Du monde entier

YANIV ICZKOVITS

LA VENGEANCE DE FANNY

roman

Traduit de l'hébreu
par Jérémie Allouche

nrf

GALLIMARD

Avec le soutien de la Fondation pour la Mémoire de la Shoah.

Fondation pour la Mémoire de la Shoah

Titre original :

תיקון אחר חצות

TIQÛN AḤAR ḤAṢÔT

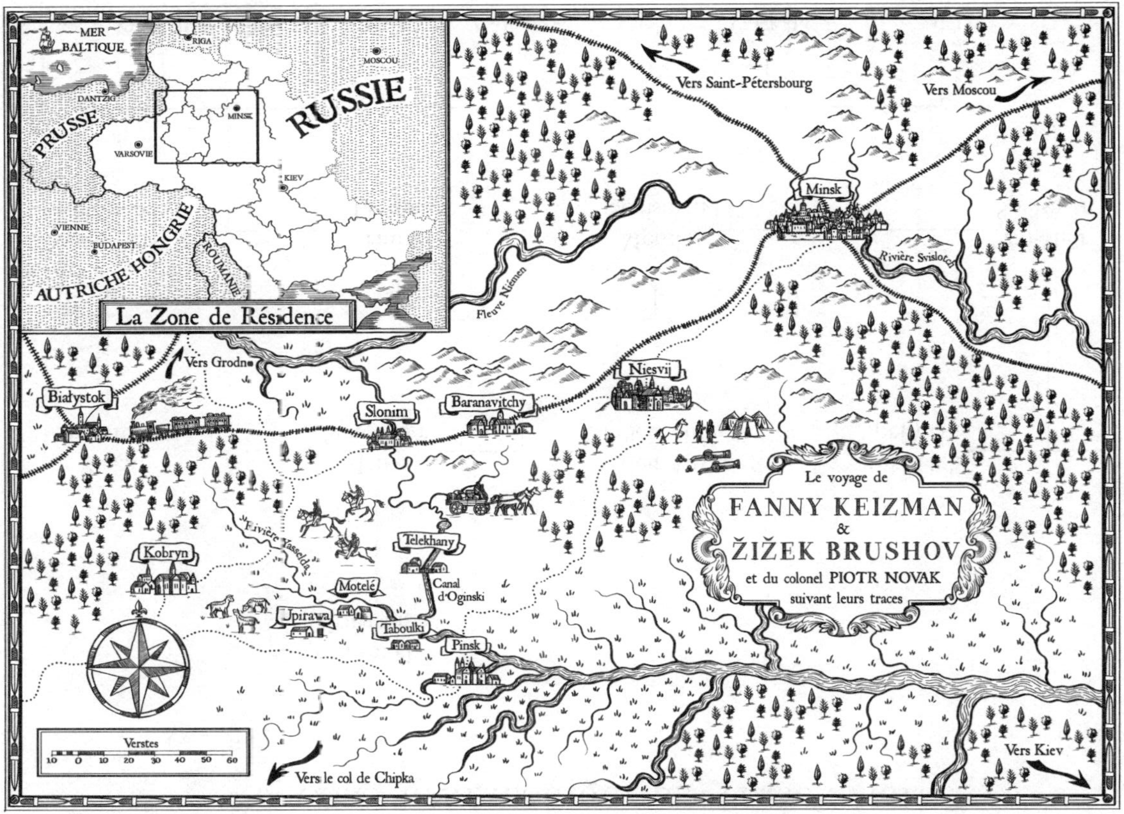
Le voyage de
FANNY KEIZMAN
&
ŽIŽEK BRUSHOV
et du colonel PIOTR NOVAK
suivant leurs traces
La Zone de Résidence
MER BALTIQUE
RIGA
MOSCOU
DANTZIG
PRUSSE
RUSSIE
MINSK
VARSOVIE
KIEV
VIENNE
BUDAPEST
AUTRICHE HONGRIE
ROUMANIE
Vers Saint-Pétersbourg
Vers Moscou
Minsk
Rivière Svislotch
Fleuve Niémen
Vers Grodno
Białystok
Slonim
Baranavitchy
Niesvij
Kobryn
Telekhany
Canal d'Oginski
Rivière Yasselda
Motelé
Jpirawa
Taboulki
Pinsk
Verstes
10 0 10 20 30 40 50 60
Vers le col de Chipka
Vers Kiev

ARBRE GÉNÉALOGIQUE DES PERSONNAGES

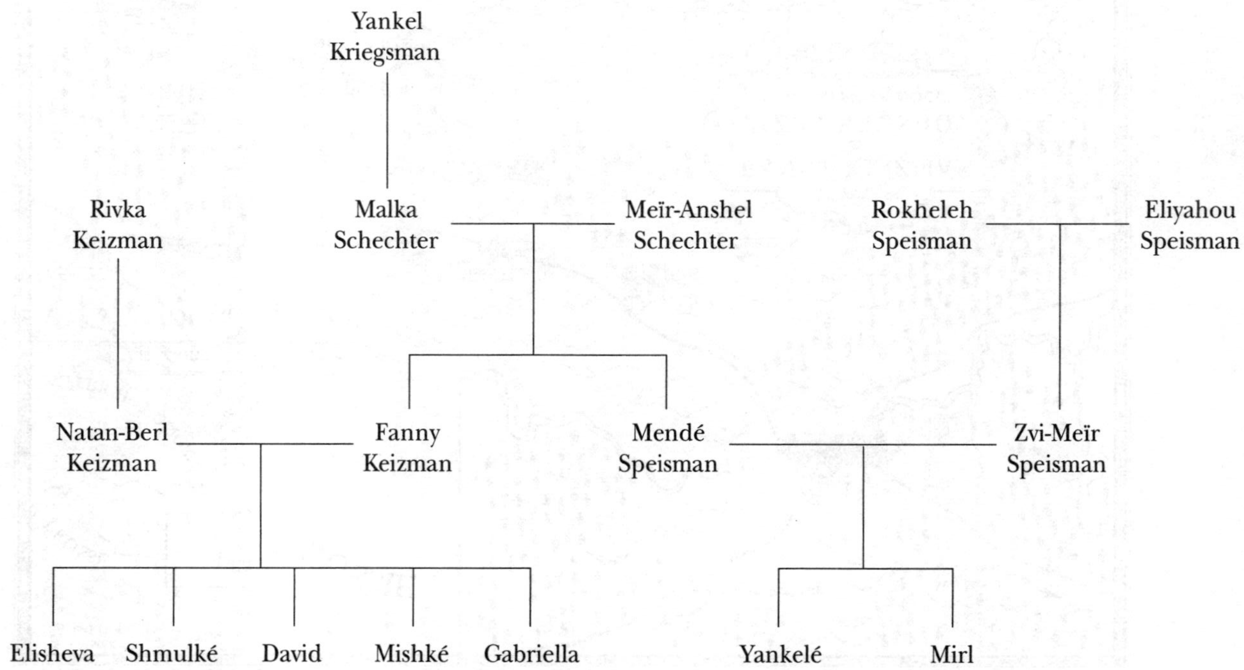

Okhrana

Chef du département :
lieutenant-colonel Piotr Novak

Lieutenant :
Albin Dudek

Agents :
Lucian Ostrovski, Mikel Simanski

Base militaire

Commandant :
général de brigade Mishenkov

Commandant adjoint :
colonel David Fajari

Officier du convoi :
capitaine Istomin

Motelé

Rabbin :
Moishe-Lyzer Halperin

Boucher :
Simha-Zissel Reznik

Parents de Žižek :
Zelig et Léa Berkovitz

Propriétaire de l'auberge : Patrick Adamski

Vagabond : Shleimel Kantor

PREMIÈRE PARTIE

LA RIVIÈRE YASSELDA

1

Extrait du ha-Maggid*, numéro 6, jeudi 2 Adar, 5654 (08-02-1894) :*

L'APPEL D'UNE DÉSESPÉRÉE

J'implore les honorables lecteurs d'avoir pitié de moi, une pauvre femme délaissée, que son homme a quittée, pendant Pessah, en pleine semaine de fête, cinq ans tout juste après notre mariage, alors que nous avons trois enfants, tous en bonne santé. Il m'a mandée auprès de lui alors qu'il se rendait à Pinsk pour gagner de quoi nourrir les siens, et je l'ai accompagné jusqu'à Souccot. Aujourd'hui, il a disparu sans laisser de trace. Il aurait été vu dans une auberge à Minsk, paraît-il, puis dans un train pour Kiev. Je suis anéantie, démoralisée, tourmentée, dans le dénuement le plus total, sans personne pour venir à mon secours. Voilà pourquoi je m'adresse à vous, honorables lecteurs : l'un d'entre vous saurait-il où se trouve mon époux ? Si tel est le cas, par pitié, tâchez de lui extorquer un acte de divorce en bonne et due forme. Je suis prête à offrir jusqu'à cent cinquante roubles à celui qui me libérera de ce fardeau. Voici son signalement : il s'appelle Meïr-Yankel Hirsch, originaire de Drohiczyn, âgé de vingt-quatre ans, taille moyenne, cheveux bruns et bouclés, barbe claire, yeux verts, sa mère et l'un de ses frères résident à Uzlyany. Je soussignée suis la plaignante, Esther Hirsch, fille de Shlomo Weiselfisch, un homme juste de mémoire bénie.

2

Pauvre Esther Hirsch, songea Mendé Speisman, couchée dans son lit, en glissant la coupure toute chiffonnée du *ha-Maggid* sous le matelas. Trois loupiots en bonne santé ? Cent cinquante roubles en poche ? Au moins ! Pas trop mal. Pourquoi donc se dépêchait-elle de passer une annonce dans le journal ? Y révéler publiquement son nom et celui de sa famille ? Avec cet argent, elle pourrait engager un détective *goy**, une brute épaisse et intrépide qui traquerait son Meïr-Yankel, sans lui laisser une seconde de répit, pas même dans ses rêves, et viendrait lui briser les dents – toutes sauf une, qui lui ferait plus mal encore.

Mendé tira à nouveau le bout de papier de sa cachette, veillant à ne pas bouger l'épaule sur laquelle reposait la tête de son fils Yankelé, assoupi. Elle remua légèrement pour détendre sa nuque, que sa fille Mirl avait bourrée de coups de coude. La lourde respiration de ses beaux-parents, longue vie à eux deux, s'élevait depuis la pièce voisine. Bientôt, Mendé le savait, elle devrait se lever, allumer la cuisinière, habiller ses enfants encore à moitié endormis et leur servir un bol de gruau dans un peu de lait. Ils ne manqueraient pas de se plaindre du goût rance et elle de solliciter Rokheleh, sa belle-mère, pour une cuillère à café de sucre qu'ils se partageraient. Cette dernière lui lancerait son regard réprobateur, les sourcils froncés sur son visage ridé : « Pas de sucre ! la houspillerait-elle. *Nit !* La fête est finie ! » Au bout d'un moment, elle pousserait un soupir résigné. Chaque matin, à contrecœur, elle se délestait ainsi d'une cuillerée de sucre.

Qu'avait donc de particulier cette annonce de la malheureuse

* Les mots, noms propres et expressions suivis d'un astérisque sont explicités dans le glossaire en fin de volume.

Esther Hirsch au sujet de la disparition de son mari, pour que Mendé la lise et la relise depuis une quinzaine de jours ?

Elle ne l'admettrait jamais, mais cette annonce la réjouissait, de même que les deux autres parues dans un précédent numéro du *ha-Maggid*, l'une s'intitulant : « À l'aide ! » et l'autre : « Un grand service !!! » – sans parler des dizaines qui, jour après jour, affluaient de toute la Zone de Résidence. Des femmes abandonnées, prisonnières d'un mariage sans conjoint, misérables, infortunées, délaissées par leur mari suite à des promesses fallacieuses et autres mensonges : l'un partait pour l'Amérique, *di goldeneh medineh*, le pays de l'or, avant de faire venir sa famille à New York, un autre s'exilait en Palestine pour brûler au soleil, un autre encore affirmait à sa femme qu'il s'en allait apprendre un métier en ville, où il se ferait embrigader dans les cercles intellectuels d'Odessa, un père jurait à ses filles de revenir avec une belle dot et, du jour au lendemain, on apprenait qu'il « embrassait les *mezouzot* » dans les bordels de Kiev. Il fallait être une idiote pour se consoler de son malheur avec celui des autres, Mendé le savait, pourtant la satisfaction s'insinuait en elle, dominant la solidarité féminine qu'elle aurait pu éprouver. Elle n'était et ne serait jamais comme ces femmes. Elle ne se hâterait pas de publier un avis de recherche, n'irait pas se lamenter auprès des chefs de la communauté, pas plus qu'elle ne ferait circuler la description de Zvi-Meïr Speisman, l'homme qui avait gâché sa vie. Pas question.

Mendé avait mal partout, alors qu'elle n'était pas encore levée, comme si le sommeil l'avait épuisée. Une odeur aigre de sueur parvenait de la chambre du vieux couple, que Dieu les bénisse. Même la puanteur qu'exhalaient les parents de son mari constituait une raison pour remercier le Saint béni soit-Il. Certes, leur maison était une vieille bicoque sombre et délabrée en bois vermoulu, composée de deux petites pièces et d'une cuisine, dont les murs menaçaient de s'écrouler. Pour le moment, ils tenaient encore debout, le sol était en terre battue, la toiture en bardeaux et les fenêtres munies d'épais carreaux. Avoir un modeste espace de vie pouvait aussi parfois présenter des avantages, notamment quand le poêle de la cuisine devait chauffer toute la maison. Certes, on n'y servait jamais de poulet, et les beignets de poisson du vendredi soir contenaient davantage d'oignon que de chair. Cela dit, le bortsch et le pain de seigle figuraient sur la table tous les midis, et le *tcholent** sans viande du shabbat n'était pas si infect, tout compte fait.

Les Speisman auraient pu la chasser ; après tout, ils ne supportaient plus leur fils Zvi-Meïr, qui avait mal tourné. Quand il était plus jeune, ils espéraient qu'il ferait leur fierté. Ils l'avaient ainsi envoyé à la prestigieuse yeshiva* de Volojine, pour qu'il y devienne un grand érudit. Mais au bout d'un an, avaient-ils appris, leur fils criait sur tous les toits que les rabbins de la yeshiva étaient des hypocrites et que le Gaon de Vilna en personne en aurait eu honte. « Une bande de bons à rien », comme les qualifiait Zvi-Meïr, « des intrigants déguisés en pseudo-savants ». Il avait quitté Volojine, ayant décidé qu'il préférait devenir un colporteur miséreux plutôt qu'un sage de la Torah, si cela signifiait magouiller avec cupidité et aveuglement.

Zvi-Meïr avait donc choisi de devenir colporteur, mais il avait toujours des critiques et des reproches plein la bouche. Il conduisait sa charrette au marché, mais n'encourageait pas le chaland à s'intéresser à sa marchandise. Il restait planté là, tel le rabbin de la communauté, certain que la foule affluerait de tous côtés comme à la synagogue pour shabbat. Cependant, les « fidèles » passaient leur chemin : « S'il ne se comporte pas en marchand, pourquoi devrions-nous nous conduire en clients ? » pensaient-ils. Ainsi, le foyer des Speisman était-il l'un des plus misérables de Motelé. Ils avaient déjà touché le fond lorsque Zvi-Meïr les abandonna. Ils s'éclairaient avec des mèches trempées dans de l'huile à défaut de bougies, et se nourrissaient de pain noir et de pommes de terre avec la peau. À chaque tentative de Mendé pour raisonner son époux et lui prodiguer des conseils concernant son commerce, il rétorquait : « Quand la poule se met à faire le coq, c'est qu'elle est bonne pour l'abattoir. » Comprendre : « Oui, oui, si tu veux. Dieu est grand, pas besoin de me faire un dessin ! »

Mendé suffoquait, se sentait oppressée. Les enfants se cramponnaient à elle dans le lit étroit. Elle se gardait de bouger de crainte de réveiller ses petits, alors que son âme criait : « Qu'ai-je à faire de ces gosses ? » avant d'être immédiatement prise de remords : « Dieu Tout-Puissant ! Mes pauvres bébés ! Je touche du bois. » Et elle suppliait le bon Dieu de lui donner la santé afin qu'elle puisse leur offrir de quoi manger et un toit, priant pour qu'Il la délivre des mauvaises pensées qui l'assaillaient, telle la rivière Yasselda qui débordait et inondait les plaines de Polésie au printemps, les transformant en marécages noirâtres.

Un nouveau matin glauque l'attendait elle et ses enfants, mendiant aux portes de l'aube. Tandis que Yankelé s'en irait au *heder**, Mirl assisterait sa mère pour le ménage chez les Goldschmidt, rue du Marché, le quartier huppé de Motelé. Ensemble, elles frotteront les sols de l'opulente maison de pierre du joaillier, s'extasiant devant le collier de perles de Mme Goldschmidt, d'une valeur de trois mille roubles, l'équivalent d'une vie de dur labeur. Après quoi, elles se rendraient chez les Tabaksmann, puis à la taverne, où l'on aurait sans doute besoin d'un coup de main. Yisraël Tayte, le propriétaire, autorisera peut-être Mendé à emporter un vieux numéro du *ha-Maggid* qui n'intéressait plus personne.

Chiffons, serpillières, laine de fer, seaux d'eau, carrelages, fours, écuelles, éviers… tel était leur lot quotidien. Les ongles s'écorchaient au fil du temps, maison après maison, l'odeur de détergent leur collait à la peau au point d'imprégner leur âme. Les corvées s'achèveraient au coucher du soleil, leur laissant à peine le temps de reprendre des forces jusqu'au lendemain. Une vie tel un cercle, refermée sur elle-même, sans espoir d'ouverture ; alors que les eaux de l'Yasselda ne cessaient de monter.

3

Une fois par semaine, la sœur cadette de Mendé, Fanny Keizman, parcourait les sept verstes séparant son village, Upirawa, de Motelé, pour relayer Mirl et permettre ainsi à sa nièce d'assister aux leçons d'hébreu et de calcul avec ses propres filles. Faire des ménages était une tâche honteuse, inappropriée pour une épouse et une mère. Mendé s'en voulait d'infliger à sa jeune sœur l'humiliation qu'elle-même devait subir afin d'échapper à la pauvreté. Et ne sachant comment la remercier, elle la houspillait, la critiquait pour un oui ou pour un non : elle s'y prenait de travers ; pourquoi avait-elle oublié de briquer le cadre de la fenêtre ? Et puis il fallait économiser le savon, sinon tous leurs gains y passeraient.

Mendé savait bien que sa sœur n'avait pas besoin du maigre salaire que leur rapportait ce travail. Un jour, elle l'avait vue glisser dans la poche de sa nièce les pièces gagnées à sa place. Mendé avait ravalé sa colère. Comment osait-elle ? À venir ainsi de son village, cette *yishouvnikit*, pour faire étalage de sa supériorité et offrir des cadeaux, juste pour montrer qu'elle valait mieux qu'eux ? Et que diraient les gens ? Que la pauvre Mendé empruntait de l'argent à sa cadette ? Dieu l'en préserve !

Deux mois à peine après le départ de Zvi-Meïr, Fanny avait dépassé les bornes en suggérant à son aînée de venir s'installer chez elle, au village.

« Les enfants seront si contents d'être ensemble, ma sœur, et nous aussi d'ailleurs. »

Mortifiée, Mendé rétorqua alors que la vie à la campagne n'était pas faite pour elle, et encore moins pour Yankelé et Mirl, marmonnant entre ses dents le mot *weit*, qui signifie « perdu », « isolé », voire « paumé ».

Fanny ne répondit pas, mais Mendé était sûre que sa sœur avait saisi ce qu'elle voulait dire. Quel genre de Juifs habitaient dans un hameau de nos jours ? Il fallait être fou ou asocial. Depuis quand ce qui était bon pour la majorité des Juifs ne l'était pas assez pour eux ? Qu'avaient-ils à reprocher à Motelé – une vraie ville qui comptait une synagogue, un cimetière, un bain public et un *mikvé** ? Qu'avaient-ils à faire avec des *goyim* au beau milieu des champs et des tourbières ? Qui protégerait leurs maisons des brutes antisémites ?

« *Weit* », répéta Mendé, alors que Fanny feignait de ne pas entendre. « Parfois, je ne comprends pas Natan-Berl, ajouta Mendé. Pourquoi vouloir habiter dans un village ? »

Lancer le nom de Natan-Berl dans la conversation était une erreur, un peu comme tirer un peu plus sur une corde déjà prête à se rompre. Fanny lui jeta un regard froid et impénétrable, celui d'une femme capable de décapiter sa sœur aînée sans sourciller. Mendé paniqua au point de s'assurer que les mains de Fanny étaient bien à leur place et non sur le manche de son couteau. Mendé savait que Fanny dissimulait sous sa robe la lame offerte par leur défunt père, lequel les avait élevées seul, après que leur mère eut reçu une convocation urgente du Très-Haut.

« Natan-Berl sait ce qu'il fait », répliqua Fanny.

Mendé ne s'expliquait pas le *shiddoukh** de sa cadette, et encore moins que leur couple soit épanoui. Natan-Berl Keizman était un grand costaud, un Goliath plutôt qu'un David, dont les silences étaient vus comme une preuve de sagesse par ses proches et une faiblesse d'esprit aux yeux des autres. Il avait la peau tannée d'un *goyim* et la chair épaisse d'un ivrogne ; une toison noire recouvrait sa nuque et courait le long de ses bras jusqu'à ses phalanges. Chaque jour, il se levait à l'aube pour s'occuper de ses chèvres et de ses brebis, produisant avec leur lait d'excellents fromages, réputés dans toute la région. Quand Mendé et Zvi-Meïr venaient les voir à Upirawa, ils attendaient avec impatience le moment où le mari de Fanny apporterait le plateau triangulaire en bois, garni de tranches de fromage qui fondait en bouche et ramollissait l'esprit. Jaune, vert et bleu, amer ou épicé, gras et fermenté, trop savoureux pour appartenir à ce monde, trop raffiné pour des papilles juives.

Mendé n'osait pas rapporter à Fanny les rumeurs qui couraient à leur sujet. Le shabbat et les jours de fête, les Keizman venaient à la synagogue de Motelé, qu'il pleuve, qu'il neige ou qu'il grêle. Et bien que reçus avec froideur ils prenaient des nouvelles des uns et des autres sans se départir de leur sourire. Les rumeurs allaient bon train : on disait que les Keizman s'acoquinaient avec les *goyim* et les pauvres, pas seulement pour le commerce, qu'ils rendaient visite aux Gentils avec leurs enfants, festoyaient avec vin et fromage et bavardaient dans un jargon mélangeant yiddish, polonais et russe. On disait encore que leur maison était faite de briques et n'était recouverte de bois que pour conjurer le mauvais œil. On affirmait qu'ils avaient tant d'argent qu'il leur sortait par les oreilles. On murmurait qu'ils avaient installé dans la cour arrière un cabinet d'aisances avec cinq ouvertures latérales pour la ventilation et un tonneau enfoui dans le sol, avec lequel ils fertilisaient leur potager une fois l'an. On croyait savoir que Fanny connaissait déjà la langue des locaux, qu'elle parlait désormais couramment le polonais et le russe, alors que son mari ne connaissait pas un mot d'hébreu : il se balançait en prières à la synagogue pareil à une tige de blé au vent, le *golem** en personne. On racontait que…

Mendé désavouait ces histoires malveillantes et défendait sa sœur bec et ongles : comment l'âme d'un Juif pouvait-elle se mêler à celle d'un Gentil ? Or tout le monde croyait que les Keizman avaient tourné casaque ; de vrais caméléons. S'ils avaient vécu à Berlin ou à Minsk, ils auraient depuis longtemps suivi les descendants de Moïse Mendelssohn et seraient devenus chrétiens.

Mendé n'ignorait pas que les racontars l'emportaient parfois sur la réalité. C'est pourquoi elle avait poliment décliné l'invitation de Fanny à emménager chez eux, au village. « Zvi-Meïr finira par rentrer à la maison un jour ou l'autre, déclara-t-elle à sa jeune sœur avec une foi inébranlable. Tu sais comment il est. Il ne se contente pas de l'à-peu-près. Même s'Il l'a voué à finir marchand plutôt que savant, il est normal qu'il veuille développer son affaire. Que dirait-il s'il apprenait que ses enfants sont partis au village, sont devenus des *yishouvnikim* ? »

Une curieuse sensation de plaisir se répandit dans les veines de Mendé, tandis qu'elle réitérait sa confiance en son époux. Aujourd'hui encore, dix mois après le départ de Zvi-Meïr, elle avait le sentiment que le temps s'était arrêté. Elle lisait dans *ha-Maggid* des récits d'épouses qui, après plus de cinq ans d'attente, ayant perdu tout espoir, avaient vu leur mari ressurgir sans crier gare.

Mais aujourd'hui, comme une merveilleuse coïncidence, une surprise de taille attendait Mendé. Submergée par les tâches quotidiennes, elle en avait oublié que ce jour était le 15 du mois de Sivan 5654 – elle fêtait ses vingt-six printemps. Sa sœur et sa fille avaient manigancé ensemble en vue de célébrer l'événement.

Fanny n'était cette fois pas venue remplacer Mirl, mais Mendé elle-même, afin qu'elle profite comme bon lui plairait d'un jour de repos. Les deux conspiratrices avaient réglé tous les détails, et la Providence était également de leur côté, car le temps était au beau fixe. Après le travail, sa sœur et sa fille iraient au marché acheter de quoi préparer un banquet digne d'une reine. Elles avaient même fait promettre au rabbin Moishe-Lizer d'accorder à Mendé une bénédiction. Ce dernier leur avait quant à lui demandé de lui répéter qu'une journée d'anniversaire devait se vivre comme la possibilité d'une renaissance. Entre-temps, Mendé pourrait se reposer chez elle, à moins qu'elle ne préférât quitter le vacarme de la ville pour se promener en forêt, de l'autre côté de la rivière.

Mais cette idée de repos et de renaissance mettait Mendé mal à l'aise. Le doute s'installait dans son esprit : comment pouvait-elle se prélasser et les laisser travailler si dur ? Et pourquoi l'Éternel avait-Il créé le ciel et la terre en six jours, et non en sept ? Après tout, elle bénéficiait déjà d'un jour de repos chaque semaine.

Fanny et Mirl balayèrent ses objections :

« Shabbat c'est une reine, une fiancée, elle célèbre la Sainteté. Alors qu'un anniversaire… c'est la fête des jours ordinaires.

— Mais pourquoi fêter mon anniversaire ? Comme si c'était un exploit. Et qu'est-ce que je vais bien pouvoir y faire dans la forêt ?

— L'air est pur ! Il y a plein de mûres, de myrtilles et de cassis ! Sors et profite un peu de ce monde.

— Ce monde ? Ce monde est… » Elle aurait voulu dire : « terrible », « maudit », mais elle se mit à bégayer devant sa fille. « Et de toute façon, reprit-elle, je ne pourrai pas traverser la rivière. »

Fanny et Mirl pouffèrent.

— On savait que tu chercherais des prétextes. Tout est déjà arrangé avec Žižek, nous avons été le prévenir.

— Dans la barque d'un *sheigetz* ? s'écria Mendé, stupéfaite.

— Žižek n'est pas un *goy*, répondirent-elles.

— Il ne sait même pas qui il est, le pauvre homme, que Dieu lui vienne en aide.

— Tout le monde est pauvre et malheureux à tes yeux », la taquinèrent-elles.

Mendé jeta un regard oblique à sa sœur avant de se tourner vers sa fille :

« Et l'école ? »

Les yeux de Mirl s'embuèrent de larmes.

« Laisse-la tranquille, ma sœur, c'était son idée, lui souffla Fanny à l'oreille. Je l'aiderai à rattraper ses leçons plus tard, je te le promets. »

Mendé détestait que Fanny l'appelle sans arrêt « ma sœur », comme si cela n'allait pas de soi, qu'il fallait le souligner à tout bout de champ. Quoi qu'il en soit, elle devait se rendre à l'évidence : la voilà qui était maintenant piégée et obligée de faire la fête, non pas pour elle-même, mais pour ces deux-là. L'affaire était déjà bouclée.

4

Fanny et Mirl saluèrent Mendé à l'entrée du marché, près de l'étal de Yoshké-Mendel. Mendé les vit s'éloigner en gloussant. Elles se retournèrent pour lui jeter un regard, et rirent de plus belle. Quoi qu'il advienne, Mendé n'irait pas cueillir des myrtilles ; elle n'avait pas l'esprit aventureux. Jusqu'à quelle distance se hasarderait-elle en ce jour de fête ? Tout au mieux, de l'étal des courgettes à celui des radis.

Le marché, en pleine effervescence, bruissait de voix humaines et de cris d'animaux. La rue au sol desséché était bordée de maisons en bois branlantes. Les vaches étaient nerveuses et les oies étiraient leur cou, prêtes à mordre tout intrus qui s'approcherait d'un peu trop près. Le vent d'est rabattait la puanteur d'une haleine chargée. Les chalands haussaient le ton avec force gestes pour ponctuer leurs paroles. Des transactions se concluaient : l'un gagne, l'autre perd, alors que l'envie et le ressentiment émanaient de la tension ambiante. Ainsi va la vie.

Yoshké-Mendel observait les passants, planté au-dessus de sa « boutique » : une brouette en bois où s'empilait un bric-à-brac composé de crayons, clous, cure-dents, mouchoirs, articles de mercerie… Chacun savait que l'on y dénichait les objets inutiles les plus improbables. Il sourit à Mendé de tous ses chicots, que laissait entrevoir sa barbe ébouriffée, avec son caftan élimé et sa kippa fripée.

« C'est votre anniversaire, madame Speisman, si j'ai bien compris ? *Mazal tov !* Pourquoi ne pas vous offrir une épingle à cheveux de chez Yoshké-Mendel ? Deux petits kopecks, moitié prix, merci beaucoup. »

Partout autour d'elle, ce n'étaient que robes de lin, bottes en cuir, coqs et quartiers de viande. Et Yoshké continuait quant à lui d'exhiber ses dents pourries.

Qui se ressemble s'assemble. Pour fêter son anniversaire, Mendé était très tentée de fouiller dans la brouette de Yoshké-Mendel, lequel se répandait en remerciements alors qu'elle ne lui avait encore rien acheté. Elle grimaça quand il lui lança : « Merci beaucoup, revenez plus tard, je serai là. »

Elle passa devant les *luftmenschen**, ces oisifs qui bayaient aux corneilles au bord des routes, empestant la vodka et la liqueur de cerises. Ils se regroupaient au marché en quête d'un travail occasionnel pour nourrir leur famille. Les scieurs de bois et les porteurs étaient particulièrement recherchés. Quand les temps étaient très difficiles, Zvi-Meïr se joignait aux « moujiks », comme il les appelait, aux « gitans ». L'argent et le luxe étaient au centre de leurs discussions toute la sainte journée, alors qu'ils n'avaient pas un kopeck en poche. Ils vouaient une admiration sans borne aux financiers responsables de leur misère. Demandez-leur s'ils préféreraient vivre honorablement sans espoir de s'enrichir ou croupir dans la pauvreté avec une infime chance de faire fortune ; vous verriez bien leur réponse.

Mendé perçut à cet instant que les amis de Zvi-Meïr évitaient de la regarder, comme s'ils se sentaient complices du crime de son mari. Lequel d'entre eux s'apprêtait à le rejoindre ? Lequel quitterait sa maison à l'aube en abandonnant femme et enfants ? Ce monde filait décidément un mauvais coton, songeait Mendé ; tous étaient occupés à en tirer le plus possible, oubliant les anges maléfiques qui les guettaient dans le *shéol**.

À l'autre bout du marché, non loin du clocher de l'église, se trouvait la boucherie – la cuisine de Simha-Zissel Reznik en d'autres termes. Dans la vitrine, c'est-à-dire, à la fenêtre de sa maison, des poulets entiers étaient suspendus par les pattes à côté de quartiers de viande, de côtelettes et de saucisses. D'ordinaire, Mendé pressait le pas en passant devant, car ces odeurs lui rappelaient son enfance à Grodno, une époque où elle ne manquait de rien.

Leur père, Meïr-Anshel Schechter, *shokhet** de son état, chargé de l'abattage rituel des bêtes, avait l'habitude de préparer de somptueux repas pour ses filles, bien qu'il ne leur témoignât jamais une affection débordante. Ces dernières années, Mendé s'était privée de viande, se contentant de sucer la moelle des os que ses enfants laissaient dans leurs assiettes, les jours de fête. Mais à cet instant, elle fut saisie d'une fringale subite, du désir irrépressible de s'offrir un plat de viande. Son estomac était comme un trou béant jusqu'à lui donner le tournis. Elle en salivait d'avance au point que, prise de faiblesse, elle dut s'appuyer au mur de la synagogue voisine. Ce serait son cadeau d'anniversaire, décida-t-elle. *A mekhayeh* ! Un vrai délice !

Quel gaspillage ! Avait-elle perdu la tête ? Avait-on jamais vu une Juive en mal de viande de bon matin ? Et que diraient les gens de la gourmandise de Mendé Speisman, prête à ôter le pain de la bouche de ses enfants pour un plaisir éphémère ? Pourtant, ces objections ne firent qu'intensifier sa convoitise et lui brouiller les idées, au point qu'elle se dépêcha de rentrer chez ses beaux-parents, pour chercher de l'argent.

Rokheleh l'accueillit par un flot de récriminations : sa bru se souciait-elle du fait que sa belle-mère astique toute la maison pour son repas d'anniversaire ? Pour qui Rokheleh s'échinait-elle ? Qu'elle vienne donc voir les lampes, rutilantes et remplies de pétrole qu'elle réservait spécialement à cette occasion.

Sa belle-mère entonna sa rengaine habituelle : « Pour qui est-ce qu'on s'est mis en quatre toute la journée ? » maugréa-t-elle. Et maintenant, si sa belle-fille voulait bien se donner la peine de ressortir, le bois pour le poêle venait à manquer.

Mendé s'excusa, embrassa le visage revêche de Rokheleh et se faufila dans la chambre du fond pour récupérer ses économies, cachées dans une cassette sous le matelas.

Un rouble devrait suffire à se procurer une bonne tranche de viande. Elle préleva d'abord deux roubles, puis en remit un à sa place, avant de refermer promptement le coffret en bois. Réflexion faite, elle l'ouvrit à nouveau et compta l'argent : trente-deux roubles et soixante et onze kopecks, toute sa fortune. Deux sur trente-deux, ce n'était pas rien. Mais si elle dépensait deux roubles, il lui en resterait encore plus de trente. Et soudain, sur un coup de tête, la faim au ventre, elle vida le tout dans ses poches et quitta la maison, tandis que la voix de Rokheleh résonnait dans le vide : « Mes os me font mal, et tout ça pour quoi ? »

Les regards convergeaient dans sa direction. Des mendiants miséreux la fixaient avec insistance. Mendé évita le marché en empruntant une ruelle boueuse entre les maisons de bois, pour déboucher au niveau de la cour de l'église. Elle se faufila derrière la boucherie et surprit Simha-Zissel Reznik, lequel s'accordait un petit somme ; ce dernier garda toutefois sa contenance. Généralement, Mendé ne venait que pour acheter des cuisses de poulet, pour les fêtes – pas de quoi s'exciter. Il redressa son chapeau, s'humecta les lèvres et saisit son couteau à plumer.

« Qu'est-ce qu'il vous faudra, Speisman, du poulet ? »

Lorsque Mendé demanda une tranche de bœuf, Simha-Zissel pressa les franges de ses *tsitsit**, comme pour délibérer la chose avec le Très-Haut, Lui qui sonde les reins et les cœurs. Quatre pièces d'argent firent office de réponse, Simha-Zissel disparut dans la remise au fond de la cour et revint avec un morceau de bœuf enveloppé dans du papier. Incapable de se contenir, Mendé défit aussitôt l'emballage. Elle n'aurait pu rêver pièce plus juteuse, probablement de la longe. La viande était rouge, mais pas brillante – exactement comme le lui recommandait son père –, sèche à l'extérieur, musclée et recouverte d'une fine couche de graisse.

« Que ne ferait-on pas pour la fille de Meïr-Anshel Schechter ? » plaisanta Simha-Zissel Reznik en se tapotant le ventre.

Mendé ravala l'humiliation avec un sourire : quatre roubles l'avaient fait passer de pauvresse à fille de.

De retour dans l'allée qui contournait le marché bondé, elle tremblait de faim. Elle étreignit la viande froide contre son cœur qui battait la chamade. Soudain, elle se figea, horrifiée : comment allait-elle la faire cuire ? Impossible d'arriver chez ses beaux-parents avec sous le bras du bœuf pour quatre pièces d'argent. Et quand bien même l'une de ses amies eût accepté de la recevoir, comment expliquerait-elle sa bonne fortune sans s'attirer leur jalousie ? Oserait-elle préparer sa nourriture devant des visages blêmes et des yeux affamés sans partager, sans autre explication ?

Mendé s'appuya contre la clôture encadrant la cour de l'église. Elle s'affaissa sur le sol fangeux et noir, tandis que le soleil lui agressait la peau. La lumière éclatante embrasait la ville et contrastait avec les faces blafardes des chalands. Les barbes, les chapeaux de fourrure et les foulards se mêlaient aux stores et aux auvents. Les voix se fondaient avec le bourdonnement des mouches. Mendé empoigna le paquet, en retira le papier et, sans même y réfléchir, mordit la viande crue à pleines dents. Ces dernières tressaillirent sous l'effet du froid, et ses yeux s'écarquillèrent tandis qu'elle s'efforçait de déchirer une lanière de chair tendineuse. Le goût du sang brouilla ses sens, elle se blessa les lèvres et se mordit la langue.

Heureusement, Simha-Zissel Reznik, se doutant que quelque chose ne tournait pas rond, l'avait suivie depuis sa fenêtre et avait accouru auprès d'elle, laissant son épouse s'occuper de la boutique. Il aida Mendé à se remettre sur pied, remballa la viande et la guida vers une seconde remise dans sa cour, là où il stockait du bois et des sacs de céréales, ainsi qu'un vieux poêle. Il installa la jeune femme face à lui sur un tabouret, alluma le feu et découpa la pièce de bœuf en épaisses lamelles, qu'il enduisit d'huile au pinceau et assaisonna d'épices. Après quoi, il les aligna dans une poêle et attisa le feu à l'aide d'un soufflet ; après quelques instants il lui servait déjà une première tranche.

Mendé dévora la viande, qui aurait suffi à rassasier quatre bouches, nourrir six pauvres miséreux ou encore dix orphelins.

Simha-Zissel l'observait avec inquiétude, l'incitait à faire une pause et à mastiquer chaque bouchée pour en apprécier la saveur. Mais elle se vautrait avec délices dans sa gloutonnerie, louchant sans cesse vers la porte comme une bête surveillant sa proie. Et même si la nourriture lui pesait sur l'estomac jusqu'à la gorge, elle continua de se gaver au risque d'une indigestion. Simha-Zissel la contemplait avec un mélange d'effroi et de désir refoulé. Lorsque sa femme l'appela depuis la boutique, il s'en alla à contrecœur, la tête basse.

Mendé s'adossa à un sac de blé. Le goût de cette nourriture tassée dans son ventre l'inondait de bonheur. Elle sombra dans un rire à en perdre haleine. Jamais encore elle n'avait ri de la sorte ; une femme respectable n'était pas censée se livrer à la frivolité, encore moins une épouse et une mère de famille. L'angoisse s'immisça dans ses pensées : que venait-elle de faire ? Et si ses beaux-parents l'apprenaient ? Et le bois qu'elle devait rapporter à la maison ? Et l'argent ?

Elle palpa les billets et les pièces dans sa poche, mais ne voulait pas redevenir elle-même, pas si vite. La Mendé qui se flagellait en permanence, qui était en colère, qui souffrait, qui s'inquiétait, qui reprochait : où sont Mirl, Yankelé, Fanny… quand ça, pourquoi ici, comment a-t-il pu partir, quand reviendra-t-il ?… Assez ! Ça suffit ! Pas maintenant ! Elle s'ébroua, se redressa et s'en retourna au marché ; elle passa d'un étal à l'autre, d'une charrette à l'autre, d'une boutique à l'autre. Elle choisit un nouveau foulard chez Grossman, s'attarda à l'étal de Lederman pour acheter des souliers en cuir fin, changea un billet de vingt-cinq roubles pour s'en aller essayer une robe en chintz couleur turquoise – quelle audace ! – chez Schneider, avant de demander une part de tarte aux prunes chez Blumenkrantz. Et tous lui en donnaient pour son argent ; ce n'était pas tous les jours qu'ils avaient la chance d'avoir un nouveau client si enthousiaste. Ils demandaient dix roubles, elle en proposait huit et ils s'accordaient sur neuf, sans qu'ils n'entendent les habituelles jérémiades telles que : « Je ne le prendrais même pas gratis », ou encore : « Ce n'est pas à moi de payer la dot de votre fille ». Mendé se comportait comme une jeune mariée le jour de ses noces, distribuant des sourires et des compliments tous azimuts. « En quel honneur, madame Speisman ? ne put s'empêcher de demander Mordekhaï Schatz, le colporteur de livres. Zvi-Meïr serait-il de retour aujourd'hui ? » Mendé éclata de rire et dénicha dans sa charrette un nouveau numéro du *ha-Maggid*, datant d'il y a seulement douze jours, une véritable pépite, au prix naturellement exorbitant. Mais elle n'en avait cure, aujourd'hui, elle l'achète !

Une fois de plus, elle tomba sur l'appel d'une malheureuse *agouna* avec, cette fois, le simple titre : « Aidez-moi ». Elle lut l'annonce à Mordekhaï Schatz avec emphase, jouant la victime versant des larmes de crocodile : « Je supplie les honorables lecteurs du *ha-Maggid* : peut-être ont-ils entendu parler de mon mari, Reb Yosef Zilberstein, qui m'a quittée il y a neuf ans alors qu'il partait pour Minsk. Depuis lors, pas un mot de sa part. Peut-être a-t-il été emporté par une maladie de cœur ou de poitrine, à Dieu ne plaise, ou serait-il tombé aux mains de malfaiteurs ? Il aura certainement pitié de moi et de ses deux fils affamés. En son absence, les larmes sont notre pain quotidien. Voici son signalement… » Mordekhaï Schatz la dévisagea avec stupeur, ne sachant s'il devait rire ou pleurer.

« Neuf ans, Reb Mordekhaï, qu'en pensez-vous ? poursuivit Mendé avec un sourire chafouin. Est-il malade ? Mort ? En prison ? »

Mordekhaï Schatz baissa ses yeux dénués de sourcils.

Mendé lui tapa sur l'épaule.

« Ou bien est-il séquestré par des *kurwes** dans un bordel ? »

Soudain, une idée lui traversa l'esprit et elle lui demanda une feuille de papier. Elle se rendit ensuite à la « boutique » de Yoshké-Mendel et se délesta d'un kopeck pour un quart de crayon. Tout s'enchaîna si vite que Yoshké-Mendel n'eut même pas le temps d'ajouter son « merci beaucoup ». Elle s'éclipsa et trouva un endroit ombragé entre deux cabanes délabrées. Tout excitée, elle s'assit pour écrire sa première lettre au *ha-Maggid*, intitulée « La voix d'une femme heureuse ». « Je tiens à remercier le Saint béni soit-Il pour ses largesses et sa générosité : Il m'a donné un toit et deux enfants chéris. Moi, Mme Mendé Speisman, fille de Meïr-

Anshel Schechter, je n'attends pas mon homme, Zvi-Meïr. J'ai même du mal à me rappeler ses traits ; je n'ai aucun souvenir de son visage, je ne saurais décrire sa barbe et j'ai depuis longtemps oublié la couleur de ses yeux. Mais tant que je vivrai, je continuerai à accomplir mes devoirs envers le Créateur pour Le remercier de Sa mansuétude. » Elle fut prise d'un moment d'hésitation : cette annonce était-elle d'intérêt public ou ne ferait-elle qu'alimenter les ragots ? Elle ne savait plus trop ce qu'elle voulait dire, et si elle avait fait des fautes d'orthographe. Quoi qu'il en soit, elle inscrivit l'adresse qui figurait sur le bulletin qu'elle avait en main, à l'attention du rédacteur en chef Yaakov Shmuel Fuchs. Cette annonce était le symbole de sa renaissance. D'une main tremblante, elle remit l'enveloppe à Mordekhaï Schatz, qui reliait Pinsk et Baranavitchy avec sa charrette et pourrait ainsi la déposer au bureau de poste de Telekhany. L'affaire était réglée.

Elle rajusta son châle en ressortant dans la rue. Sa gorge fut soudain assaillie par une odeur d'excréments qui s'échappait des latrines situées dans les cours des maisons voisines. Un vieux cheval non loin d'elle déchargeait de gros paquets de crottin, qui venaient s'ajouter à cette tambouille fétide. Des mouches fourmillaient autour des déjections, Mendé fut saisie de nausée. Tandis qu'elle se hâtait de rentrer, elle se rappela qu'elle était censée ramener du bois pour le feu – elle n'avait pas vu le temps passer. Elle parvint à l'étal d'Isaac Holz, le corps secoué de frissons, l'haleine glacée. Trois roubles et quarante-cinq kopecks, voilà tout ce qui lui restait. Tout cet argent économisé en prévision des jours difficiles – acheter un billet de train, envoyer Yankelé à la yeshiva, soudoyer un fonctionnaire pour obtenir un passeport, donner à Mirl quelque chose pour sa dot et son mariage –, voilà qu'elle venait de tout dilapider dans un accès de folie. Et maintenant, elle se tenait devant le marchand de bois, incapable de donner ses dernières pièces de monnaie à Isaac Holz en échange de quelques bûches.

Deux cavaliers s'approchèrent du marché. Mendé pria pour que le pire arrive. Elle espérait qu'ils pilleraient, massacreraient et brûleraient à tout-va. Elle se rappela les descriptions horribles entendues de la bouche de son grand-père, Yankel Kriegsman, alors qu'elle était enfant. Il les terrorisait, Fanny et elle, avec ses histoires de pogroms perpétrés par Bohdan Khmelnitski. Suffoquée par les larmes, elle espérait que ces deux cavaliers fussent des cosaques. Mais il ne s'agissait que des Kaufmann, le marchand de chevaux et son fils, qui la saluèrent au passage. Pourquoi tous ces visages qui l'entouraient devaient-ils toujours lui être terriblement familiers ? Où trouverait-elle du réconfort ? Les Juifs vivaient les uns sur les autres au point qu'il n'y avait plus d'espace pour respirer !

Une douleur vive irradia dans son crâne. Des frissons glacés lui parcouraient l'échine. Il lui fallait retourner voir chacun des marchands et les prier de reprendre leurs articles. À moitié prix si nécessaire, ou même au quart. Mais Grossman ne vendait pas de châles de seconde main, Lederman avait déjà fixé les clous dans les semelles de ses nouvelles chaussures, tandis que Schneider avait coupé l'étoffe et s'était mis à coudre ; tous refusèrent de lui rendre le moindre kopeck.

5

Ils allaient venir la chercher. Ses beaux-parents se douteraient bien qu'il s'était passé quelque chose, et ils ne resteraient pas les bras croisés. Sa seule solution était désormais de traverser la rivière, au prétexte d'aller se procurer du bois meilleur marché sur l'autre rive, par souci d'économie.

Évidemment, elle ne parlerait à personne de sa crise de folie, pas même à sa sœur, et elle travaillerait d'arrache-pied en multipliant les ménages, pour renflouer ses économies. Au fond d'elle-même, Mendé savait que la pulsion sauvage qui s'était emparée d'elle lui coûterait cher ; et pourtant elle avait du mal à admettre qu'il s'agissait d'un caprice. Son cœur n'avait jamais battu de cette façon auparavant.

Elle se précipita vers la rivière. Le soleil, ce mécréant, dardait ses rayons sur son crâne ; les pins et les chênes jetaient cependant une ombre passagère sur son chemin. Elle jeta un œil par-delà les clôtures, et surprit une discussion animée entre des canards et des coqs. Une *shikse** sortit alors de chez elle avec ses deux enfants ; ils se mirent ensemble à nettoyer le seuil de la maison avec un balai de paille. La femme gratifia Mendé d'un sourire qui dévoilait ses dents noircies. Aurait-elle été abandonnée avec ses deux petits, elle aussi ?

De loin, Mendé aperçut Žižek qui patientait dans sa barque. Le voyant fixer les rames sur leur support, elle songea qu'il avait dû lui aussi l'apercevoir et avoir deviné ses intentions. Elle s'approcha d'un pas hésitant, sans rien dire. On ne discutait pas avec Žižek. On montait à bord, il vous conduisait jusqu'à l'autre rive, puis vous ramenait. Il n'était pas enclin à évoquer le passé, et encore moins à parler de son quotidien. Il vous offrait en revanche très volontiers un verre de rhum du tonneau qu'il gardait dans son bateau. Žižek ne portait pas de chapeau, ni de maillot muni de franges aux quatre coins inférieurs – comme tout bon Juif – et n'avait pas posé les yeux sur une page de Guémara depuis ses douze ans. Ceux qui souhaitaient embarquer étaient les bienvenus. Les autres n'avaient qu'à passer leur chemin. Quant à ceux qui le traitaient de *sheigetz*, de sale *goy*, ils n'avaient qu'à le lui dire en face, et en assumer les conséquences.

Tout le monde savait qu'enfant, Žižek avait pour nom Yoshké Berkovits, et que son unique péché avait été de naître dans une famille pauvre, au cours d'une sombre époque pour le peuple d'Israël. Nicolas Ier, le Tsar de fer, que son nom et sa mémoire soient maudits, promulgua le décret instituant le régime des cantonistes, lequel ordonnait l'enrôlement forcé d'un jeune garçon innocent dans l'armée russe pour chaque millier de Juifs dans la population. Ainsi, chaque communauté était forcée d'arracher la chair de sa chair et de sacrifier sa progéniture à Moloch. Les autorités communautaires décrétèrent un jeûne général, tentèrent de soudoyer des dignitaires au moyen de grosses sommes d'argent ; en vain. Par la suite, chaque foyer d'Israël comprit qu'il lui faudrait se débrouiller seul. Des parents contractaient un mariage pour leur fils âgé de douze ans, car les hommes mariés étaient exemptés du service militaire. Des familles entières fuirent la Zone de Résidence, où étaient parqués les Juifs de l'Empire. Des fonctionnaires recevaient des pots-de-vin pour « corriger » les dates de naissance et falsifier le nombre de membres que comptait un foyer. Et quels noms finirent par figurer sur les listes des conscrits ? Ceux des familles pauvres, qui n'avaient ni les moyens de soudoyer des fonctionnaires, ni de fuir, et aux fils desquelles personne ne se pressait de proposer une fille à marier.

Les dignitaires de la communauté désignèrent ainsi Yoshké Berkovits, le jeune fils de douze ans de Zelig alias *le boiteux*. Ils avaient dépêché le *sborchtchik**, le collecteur d'impôts chargé de la conscription des garçons juifs, pour annoncer la nouvelle aux parents. La mère de Yoshké s'était écroulée au sol, pendant que son père trépignait et cognait le mur à se faire saigner les phalanges. Zelig et Léa Berkovits se ruèrent à la synagogue et supplièrent le rabbin, ainsi que le chef de la communauté, de revenir sur leur décision. Toute la nuit durant ils avaient hurlé, sangloté, empêchant tout le monde de dormir, tandis que le rabbin pleurait de douleur entre les quatre murs de sa chambre. Naturellement, il avait conscience que la conscription militaire équivalait à l'annonce d'une mort assurée. Ces enfants seraient baptisés et éduqués selon les coutumes des *goyim*. Ils mangeraient des aliments *treyf**, défendus, enfreindraient les lois du shabbat et, s'ils survivaient à la bataille, ils vénéreraient ce fou furieux de Yeshou'a, qui s'imaginait être le fils de Dieu.

Les parents s'étaient entêtés à faire le siège de la cour de la synagogue, au point que leur présence devint embarrassante. Les habitants de Motelé les croisaient en se rendant à la prière du matin, et les trouvaient secoués de sanglots après l'office du soir. Tout ce remue-ménage altérait la sainteté du lieu, où les fidèles gardaient désormais la tête basse. À la date prévue, Zelig et Léa avaient refusé de conduire leur fils auprès de l'*assesor**, le fonctionnaire local. Ils l'avaient enfermé à la maison, sans l'envoyer au *heder*, ni même sortir puiser de l'eau. Le *sborchtchik* fut contraint de recourir à Leib Stein, le *khaper**, qui gagnait sa vie en arrachant les enfants des mains de leurs parents pour remplir les quotas de conscription. Bien avant les premières lueurs de l'aube, il avait fait irruption chez les Berkovits, accompagné d'un cortège de brutes épaisses. Il avait frappé au visage la mère lorsqu'elle fit mine de résister, et avait fait enfermer Yoshké ainsi que deux autres orphelins dans une cellule, non loin de la synagogue. Plantée à la porte de la prison, Léa Berkovits poussait des cris déchirants.

Quels furent les états de service de Yoshké-Žižek au sein de l'armée tsariste ? Nul ne le savait. Au dire de certains, il aurait tué deux cents Turcs à mains nues, d'autres pensaient qu'il n'était qu'un minable troufion. Quoi qu'il en soit, il n'était plus juif. Rasé de près, les cheveux coiffés sur le côté, sanglé dans son uniforme constellé de médailles, auréolé de gloire, il avait regagné sa ville natale, trente ans après avoir été arraché à son foyer. Effrayés par ce redoutable militaire, les commerçants avaient même hésité à lui indiquer où se trouvait la maison de sa mère. Ne reconnaissant pas le jeune garçon qu'ils avaient fréquenté autrefois, les voisins se méfièrent, craignaient d'être face à un imposteur. Trois de ses frères étaient mariés et vivaient désormais loin de Motelé. Pensant à un motif de vengeance, celui qui vivait encore avec sa mère avait refusé d'ouvrir la porte, et s'était bien gardé de décrire à la vieille femme l'homme qui s'était présenté sur leur seuil. Yoshké voulait informer ses parents que leur plus jeune fils était bien vivant, comme ressuscité d'entre les morts. Mais on lui apprit sans ménagement que son père était mort de chagrin et que sa mère vivait en recluse. Mieux valait ne pas aggraver la situation, savoir qu'il était là l'aurait probablement tuée.

Yoshké n'en démordit point. Il était devenu riche et jouissait de nombreux privilèges en tant que militaire. On lui avait même accordé une carte jaune, un laissez-passer l'autorisant à s'installer n'importe où hors de la Zone de Résidence. Personne n'ayant accepté de lui louer à Motelé, il avait acquis un terrain sur la rive nord de la rivière, au-delà du lac. En quelques semaines, il avait construit une solide embarcation pouvant accueillir trois ou quatre passagers. À l'emplacement des troisième et quatrième assises, il avait installé un baril de rhum – boisson à laquelle il était devenu dépendant au sein de l'armée. Depuis lors, il prenait quotidiennement son service, en uniforme, et assurait la traversée de la rivière à la rame, aller et retour. Étant donné qu'il ne demandait pas d'argent en échange de ses services, et qu'il offrait même un verre d'alcool, son rôle devint rapidement essentiel. Žižek, l'indésirable, s'était mué en incontournable, au grand dam des habitants de Motelé qui se sentaient honteusement coupables.

Qu'attendait précisément Žižek d'eux ? Le leur aurait-il expliqué qu'ils auraient peut-être pu comprendre. Au début, ils redoublèrent d'efforts pour l'inciter à parler, proposant de le rétribuer en nature, mais Yoshké Berkovits s'y opposait. Ils se dirent qu'il avait oublié le yiddish, s'y reprirent à plusieurs fois, en russe, en polonais. Mais il continuait à ramer sans répondre, même lorsqu'ils l'interpellaient par son nom. Leur en voulait-il ? Souffrait-il ? Était-il plein d'espoir ou ruminait-il sa déception ? Était-il revenu pour se venger ou pour tendre l'autre joue ? Une chose était claire : le nom de Yoshké Berkovits évoquait des souvenirs qu'il valait mieux oublier, d'autant qu'il ne convenait pas vraiment à un homme éloigné de la foi et n'ayant pas fondé de foyer. Par conséquent, lorsque les habitants de Motelé eurent vent de son nom d'usage dans l'armée, Žižek Brushov, ils en furent immédiatement soulagés. Žižek était un prénom répandu parmi les *goyim* et les militaires ; ce qui, d'une certaine manière, témoignait de sa totale conversion au christianisme.

Žižek hocha la tête. Mendé sauta quant à elle dans l'embarcation. Le cœur plein de compassion, elle devinait le pauvre Yoshké Berkovits, dissimulé derrière son uniforme de soldat. D'un coup d'aviron, il s'éloigna de la rive, sans secousse, avec une grande économie de mouvements. Il ramait avec précision, le visage serein. Comme beaucoup avant elle, Mendé se dit qu'il accepterait de lui parler, et elle choisit de l'interpeller par son vrai nom : « Yoshké ? » Mais ce dernier resta impassible. Ses lèvres, marquées par une balafre, étaient scellées ; ses narines dilatées, et ses yeux clairs rivés sur l'horizon. Soudain, sa placidité lui donna l'air atone, son regard paraissait receler la mort, telle la carcasse d'un cerf. Mendé en eut le cœur brisé. Dans quel monde vivait-on ? songea-t-elle en tâtant les pièces dans sa poche, un monde où les enfants étaient arrachés à leurs parents, les croyants dépouillés de leur foi, les pauvres opprimés et livrés à eux-mêmes. Où était la justice ? Que Dieu leur vienne en aide.

Mendé n'était déjà plus focalisée sur elle-même. Au fond, elle ne s'en sortait pas si mal. Elle avait ses coutumes, ses traditions, ses enfants, ses voisins, elle gagnait sa vie et avait un toit sur la tête. Où s'aventurait-elle ainsi précipitamment, et pour quelle raison ? Chercher du bois pour le poêle ? Fêter son anniversaire ? En quoi était-elle si différente des *goyim* qui dînaient tranquillement chez eux, tandis que des ivrognes brûlaient les demeures juives ? En somme, tout comme eux, elle ne faisait que s'apitoyer sur son sort, alors que certains, moins chanceux, voyaient leur monde s'effondrer.

« Arrêtez, dit-elle à Yoshké, je veux faire demi-tour. »

Imperturbable, il poursuivit son effort pour leur faire rallier l'autre rive.

« Stop ! supplia-t-elle. Je ne peux pas continuer. »

Yoshké leva les rames à l'unisson. Le détachement qu'il affichait l'horrifia. Elle pria le Dieu de miséricorde et se jeta la tête la première dans la rivière.

6

L'Yasselda aux eaux peu profondes et aux faibles courants présentait peu de risque de noyade. Gelée en hiver, elle inondait les champs au printemps. Quant à son humeur estivale, elle évoquait la tempérance du *tsaddik**, la figure du sage : celui qui ne s'époumone pas à la synagogue, ne prodigue pas ses largesses au marché et qui évite de frayer avec les assemblées savantes ; plutôt que de chercher à impressionner ses coreligionnaires, il observe les commandements en sa demeure, se montre charitable en toute discrétion.

Mendé se réveilla dans son lit. Elle pouvait à peine ouvrir les yeux, et sa vision était trouble. Elle devina sa belle-mère Rokheleh à son odeur rance, et Eliyahou, son beau-père, à sa silhouette bossue et sa voix tonitruante – laquelle s'évertuait à combattre sa surdité. Difficile de ne pas reconnaître rabbi Moishe-Lyzer avec son imposante barbe bien soignée, ni la silhouette de ses enfants, qu'elle pouvait sans mal repérer de loin. Du coin de l'œil, elle aperçut une jeune fille, peut-être une femme, probablement sa cadette Fanny, qui tapotait nerveusement sur le lambris. Un homme se tenait assis à son chevet. Elle ne parvint pas à atteindre cette présence du regard, ne voyant qu'une main posée sur sa poitrine. Soudain, il se leva et se pencha au-dessus d'elle. Était-ce possible ? Son état était-il si désespéré pour éveiller des remords chez Zvi-Meïr ? Était-il enfin revenu vers son épouse et ses enfants ? Elle s'efforçait de mieux voir son visage, en vain, sa nuque était trop raide.

« Elle s'est réveillée », déclara le jeune homme d'une voix haut perchée.

Il lui fallut quelques secondes pour comprendre qu'il s'agissait du docteur Itché-Bendt Elkana.

Paupières battantes, elle laissa échapper un gémissement de douleur. À l'exception de sa cadette, tous se précipitèrent autour d'elle. Son fils Yankelé lui sauta de tout son poids sur le ventre, Mirl le tira en arrière. « Non, aurait voulu s'opposer Mendé, laissez-le, quelle merveilleuse douleur ! » Mais elle ne put articuler la moindre syllabe. Quant à Rokheleh, un simple coup d'œil jeté à sa bru fut suffisant pour déterminer que la malade survivrait.

« *Nu* ? Et alors ? la tança sa belle-mère, en lui empoignant brutalement le bras, as-tu fini de nous faire peur ? »

Elle tapota son oreiller pour lui redonner forme et, tout en le glissant sous sa tête, maintenait son étreinte sur le bras endolori de Mendé.

« Elle n'y est pour rien, intervint Eliyahou. J'ai toujours dit que ce Žižek était une calamité. »

Il sembla pourtant à Mendé ne jamais avoir entendu son beau-père émettre ce genre de propos.

« Vous a-t-il poussée dans la rivière ? questionna Moishe-Lyzer Halperin, qui avait la sécurité de ses ouailles très à cœur.

— Il l'aurait jetée à l'eau puis secourue, rabbi ? objecta Fanny, depuis le fond de la pièce. C'est bien lui qui l'a immédiatement portée jusqu'ici et fait venir au plus vite le médecin.

— Eh bien, il l'a poussée à l'eau pour se venger, et sauvée pour se racheter, répliqua le rabbin après un moment de réflexion. Ainsi agit l'homme tourmenté, dont l'âme est déchirée entre la foi juive et la religion chrétienne. »

Mendé secoua la tête pour exprimer son désaccord, toujours incapable d'articuler un mot.

« Moi je vais vous le dire, ce qui s'est passé, assura Fanny, faisant quelques pas en avant. Elle voulait se rafraîchir le visage à cause de ce soleil de plomb, et elle a glissé. N'est-ce pas, ma sœur ? À présent, laissez-la tranquille avec vos questions et envoyez plutôt quelqu'un remercier ce cher Žižek de lui avoir sauvé la vie. »

Mendé approuva de la tête. À l'évidence, cette explication décevait ses proches, un banal accident… Si un drame s'était produit, il fallait en trouver les coupables ; et il serait malvenu d'en faire le reproche à la victime. Eliyahou rétribua le rabbin pour ses bénédictions ainsi que le docteur Elkana pour ses soins, avant d'incliner la tête en signe de gratitude.

Quant à Rokheleh, elle lança à Mendé un regard plus douloureux encore que l'étreinte qu'elle avait infligée à son bras.

« Un rouble de gaspillé et un autre de gâché, brocarda-t-elle. On se demande bien pourquoi ! »

Le médecin prit congé en leur remettant des instructions qu'ils auraient pu concevoir par eux-mêmes : la malade devait récupérer, manger trois repas par jour pour reprendre des forces, boire beaucoup d'eau et rester au chaud. Le prévenir d'urgence en cas de fièvre, ou si son cou enflait – Dieu nous en préserve. Que pourrait-il bien y faire dans ce cas ? Chacun le savait : pas grand-chose.

Rabbi Moishe-Lyzer Halperin s'approcha pour saluer Mendé et l'assurer de l'intérêt que tous portaient à sa santé. Elle n'en croirait pas ses oreilles, mais Lederman le cordonnier avait offert une paire de bottes en cuir et fait venir Haya-Leyke afin qu'elle conjure le mauvais sort – avec des œufs et un onguent à la camomille. Schneider, le tailleur, avait promis une robe turquoise en cadeau – « Ah, les folies de Schneider ! » Simha Zissel-Reznik le boucher avait quant à lui apporté des restes de saucisse, des herbes médicinales et des fleurs de tilleul. Oui, tout le monde se demandait ce qui pourrait lui faire plaisir et la réconforter. « Jamais nous n'avions vu pareille solidarité chez nous », se rengorgea le rabbin, avant d'inviter Yankelé et Mirl à l'accompagner chez les voisins pour laisser Mendé se reposer. Mirl rechigna à quitter sa mère mais finit par obéir. Une fois les enfants partis, une violente dispute éclata dans la pièce voisine. Rokheleh et Eliyahou s'en prirent à Fanny, qui les supplia de laisser sa sœur tranquille.

« La laisser tranquille ?! rugit Eliyahou, dont la surdité n'était cette fois pas en cause. La laisser tranquille alors qu'elle a perdu la tête ? Je te le répète depuis un moment, elle déraille complètement !

— Et où a-t-elle disparu, hein ? renchérit Rokheleh. Tu peux nous le dire ? C'est bien toi sa sœur, n'est-ce pas ! ajouta-t-elle en faisant claquer *toi* au visage de Fanny comme une accusation.

— Sais-tu que nous avons retrouvé une véritable fortune dans les poches de sa robe ? poursuivit Eliyahou, soupçonneux. Plus de trois roubles ! Que fabriquait-elle avec une somme pareille ?

— Nous avons droit à des explications. Notre vie est devenue un enfer, et on se demande bien pourquoi, fulmina la belle-mère.

— Si nous l'avons accueillie sous notre toit, ce n'est pas pour voir notre réputation entachée », asséna son mari.

Un long silence s'instaura alors, ponctué de « *chhhh*... » qui fusèrent à travers la pièce. Mendé entendit quelqu'un entrer dans la chambre et feignit de dormir.

« Frangine, c'est moi », dit Fanny.

Mais Mendé resta recroquevillée sur elle-même. Aucun des mots prononcés n'aurait su l'apaiser, ni « frangine », ni « c'est moi ». Elle était seule dans ce monde, un monde qui n'était pas fait pour elle.

Les jours passèrent, quelquefois entrecoupés par une nuit, une semaine s'écoula ainsi sans que rien ne change. Physiquement, Mendé allait mieux, ses poumons s'étaient vidés de l'eau de la rivière. Mais elle était devenue mutique, comme si son âme était prisonnière de son corps. C'était à peine si elle parvenait à se lever de son lit. Elle se bornait à hocher et secouer la tête en signe d'approbation ou de refus, de sorte que ses proches en étaient réduits à lui poser des questions n'offrant que oui ou non comme réponses possibles. « Tu as faim ? Soif ? » « Tu es fatiguée ? » « Tu veux te lever ? » « Tu es bien installée ? » « Encore ? » « Tu veux une couverture ? » À vrai dire, Mendé appréciait de plus en plus cette forme de communication. Un, pas besoin d'effort ni de réflexion. Deux, cela l'obligeait à se focaliser davantage sur ses fonctions corporelles que spirituelles. Trois, plus de discussions oiseuses sur les événements survenus à la rivière avec Žižek.

Mais voilà le hic : avec le temps, ses pensées en venaient elles aussi à se résumer à oui ou non. Son regard était devenu vitreux, ses lèvres se desséchaient ; et sa simple compagnie était désormais un fardeau. Si un *dibbouk** s'était emparé d'elle, il s'agissait là d'un bien étrange démon : pas de convulsions, ni d'injures grossièrement proférées, sa foi était plus vivace que jamais ; si bien que les sages ignoraient si un rituel d'exorcisme améliorerait son état. Les voisins continuaient d'apporter des amulettes, mais abrégeaient leurs visites : une seule minute auprès de Mendé était déjà pénible tant elle les assommait d'ennui. Quant à ses beaux-parents, ils ne pouvaient s'en prendre à un corps inerte. Même ses propres enfants craignaient de l'approcher.

Seule Fanny venait tous les jours depuis Upirawa lui rendre visite. Elle apportait du pain et du fromage, quelquefois une tranche de moka ou un pot de confiture. Fanny ouvrait la fenêtre, aérait la pièce, refaisait le lit et s'installait au chevet de sa sœur. Elle lui parlait de ses enfants, des bêtises de Yankelé, des progrès de Mirl et de ses cousines en hébreu ou en calcul, puis elle lui rapportait les derniers ragots de Motelé. Sauf que Fanny n'était pas de nature très bavarde.

Le shabbat, Fanny débarquait avec Natan-Berl et leurs cinq enfants. Parfois Rivka Keizman, sa belle-mère, les accompagnait malgré le trajet pénible, uniquement parce qu'« ils l'avaient suppliée ».

Mendé ignorait la somme que Natan-Berl donnait en sous-main pour sa pension – vingt roubles par mois, peut-être trente. À en juger par le ton mielleux d'Eliyahou, elle devinait que ses beaux-parents ne pourraient pas joindre les deux bouts sans l'aide de sa sœur. Et pourtant Mendé était incapable d'exprimer le moindre sentiment. Jusqu'au jour où Fanny lui annonça qu'elle allait s'absenter pendant un certain temps. L'oncle de Natan-Berl était à l'article de la mort et toute la famille se réunissait à Kiev. Quand reviendraient-ils ? Elle l'ignorait. Dans un mois, peut-être deux. Mais pas d'inquiétude à avoir, la rassura-t-elle, elle avait pris toutes les dispositions nécessaires avec Eliyahou et Rokheleh. Mendé suffoquait, étouffée par les larmes. Elle se leva et se pendit au cou de sa cadette.

« Ne t'inquiète pas, ma sœur, lui murmura Fanny, je reviendrai bientôt, avant les fêtes, c'est promis.

— Je… bégaya Mendé, serrant ses paupières pour ne pas fondre en larmes.

— Je sais, ma sœur », chuchota Fanny, heureuse de l'entendre enfin dire autre chose que oui ou non.

L'absence de Fanny fut insupportable. Les journées s'étiraient, les dates se brouillaient et les fêtes étaient encore loin. Le temps qu'il faisait dehors avait pour seul impact le degré d'ouverture de sa fenêtre, et les bruits du monde extérieur semblaient la narguer, elle qui était recluse dans sa chambre. Les pas vifs de Rokheleh et d'Eliyahou résonnaient comme un réquisitoire : « Jusqu'à quand, Mendé, jusqu'à quand ? » Ses petits, de source de joie étaient devenus cause de tourments ; ils restaient au seuil de sa chambre, assoiffés d'affection.

Un beau jour, Yisraël Tayte, le patron de la taverne, lui apporta le dernier numéro du *ha-Maggid* – denrée des plus rares à Motelé, qui n'avait même pas de bureau de poste. Une fois seule, Mendé déplia le journal avec un mélange d'excitation et de honte. Et sa petite annonce ? Son tour était-il venu ?

Mais c'était une double déception qui l'attendait : pas une trace du texte qu'elle avait envoyé, mais voilà qu'elle tombait sur cette nouvelle brève, intitulée bien étrangement « Avis de recherche ». Un appel à l'aide pour retrouver une femme – une épouse ? – qui se serait volatilisée. Curieux, songea Mendé en parcourant les premières lignes, tout cela était une offense au bon sens et à la morale. Elle était submergée de colère contre ces femmes gâtées, qui manquaient au devoir que la vie leur avait assigné.

« Une femme a quitté son foyer à deux heures passé minuit, et n'a pas donné signe de vie depuis. Toutes nos recherches dans les bourgs, les villages, les forêts et rivières, se sont révélées vaines. Nous n'avons aucune idée de là où elle pourrait être, elle a disparu sans laisser de trace. Toute personne qui aurait ne serait-ce qu'une bribe d'information à son sujet est priée de se faire connaître au plus vite. Elle a laissé derrière elle son mari, ses cinq enfants et sa pauvre belle-mère, accablés de chagrin dans leur village. »

Péquenots de *yishouvnikim*, se dit-elle, rien d'étonnant. Les malheureux, à vivre parmi les *goyim* et à singer leurs manières. Le noir est blanc, le mal est bon, la terre est le ciel et la femme est l'homme. *Ha-Maggid* n'était rien de mieux qu'une feuille de chou pour oser publier de telles abominations. À quoi bon diffuser ces brèves abracadabrantes, sans le moindre intérêt ? Comment savoir si cette histoire n'était pas montée de toutes pièces, s'ils ne cherchaient pas simplement à attirer l'attention et choquer les lecteurs avec ces sornettes ?

Elle envoya valser le journal. Alors quoi, la Terre s'était-elle arrêtée de tourner ? La mer s'était-elle embrasée ? N'y avait-il pas d'autres sujets sur lesquels écrire ? Le Messie était-il arrivé ? Se trouvait-elle dans la Jérusalem rebâtie ? Les Juifs étaient-ils parvenus à un stade où de misérables épouses pouvaient se permettre d'abandonner enfants et mari à leur triste sort ? « Le Ciel nous en préserve, sanglota-t-elle amèrement. Maître du Monde, je te supplie de mettre des bâtons dans les roues à cette femme, qui a déserté sa maison à deux heures du matin. Renvoie-la à son village, à son mari et à ses cinq malheureux enfants ; et par-dessus tout, empêche-la de pousser d'autres femmes sur le mauvais chemin. Une catastrophe est sur le point de se produire, ô Saint béni soit-Il, à m'en glacer le sang dans les veines. »

Mendé récupéra le journal et se mit à chercher entre les lignes le signe que sa prière avait été exaucée. Ses yeux étaient inexorablement attirés par l'annonce : « Avis de recherche », et elle poursuivit sa lecture : « Voici son signalement : jeune, vingt-cinq ans, visage rond, cheveux clairs (blonds), yeux gris cendré, une femme simple, réservée, avec au bras gauche une longue cicatrice due à la morsure d'un animal. A été vue partant de chez elle avec un habit noir et un court manteau ocre. Son nom est Fanny Keizman. Je soussignée, Rivka Keizman, sa belle-mère, vous prie de venir en aide à mon fils, Natan-Berl Keizman, et je suis prête à récompenser généreusement quiconque sait où elle se trouve. »

DEUXIÈME PARTIE

GRODNO

1

Fanny passait bien des nuits sans trouver le sommeil. Le regard triste de Mendé lui rappelait celui de leur mère, à l'époque où la famille vivait à Grodno, avec ses yeux noirs et cernés. Que n'avait pas fait la petite Fanny pour lui plaire : elle aidait aux tâches ménagères, préparait des *kreplech**, les raviolis à la viande et du *krupnik**, la soupe à l'orge, elle apprenait à lire dans le *Tsena Urena** – la Bible en yiddish pour les femmes. Elle allait même chercher l'eau au fleuve, le Niémen. Elle en transportait autant qu'une petite fille le pouvait, même si elle en renversait la moitié en chemin. Mais quand elle s'approchait de sa mère pour obtenir sa récompense – un câlin ou un baiser –, elle se heurtait toujours à la même réponse : « Pas maintenant, Fannishka. Maman est fatiguée », accompagnée d'un soupir.

Son père, Meïr-Anshel Schechter, un homme austère, avait toujours la même plaisanterie à la bouche. Il rejetait catégoriquement l'hypothèse d'un soi-disant *dibbouk* qui aurait pris possession de son épouse et ne voulait entendre parler ni d'exorcisme, ni d'amulettes.

« Votre mère, expliquait-il à Fanny et à son aînée, est une femme comblée, car il n'y a rien au monde qu'elle aime plus que ses deux filles. Mais hélas, elle est aussi des plus ferventes. Et puisque notre Torah nous dit : "Dans la douleur, tu enfanteras", elle ne fait qu'obéir à la lettre…

— Ce commandement n'existe pas ! » se récria Fanny, indignée.

Les traits sévères de son père s'adoucirent.

« Tu es intelligente, répondit-il, très intelligente. »

Enfant, Fanny avait l'habitude de tirer sur ses joues de peur de se retrouver avec les mêmes cernes que sa mère. Dernièrement, durant les nombreuses heures passées au chevet de Mendé, elle avait remarqué qu'elle reproduisait machinalement ce geste, tandis que ses pensées retournaient malgré elle vers ces jours lointains.

Dans la nuit obscure, alors qu'elle quittait son foyer à deux heures passé minuit, pour grimper dans la charrette de Mikhaï Andreyevich, qui, comme convenu, l'attendait avec son cheval, à l'orée du village, elle eut comme l'impression de galoper vers la dernière demeure de sa mère – logée quelque part entre les champs de pommes de terre et de blé.

Âgée de dix ans lorsque cette dernière s'était éteinte, Fanny avait vu la dépouille, recouverte d'un drap blanc et déposée sur un fin matelas dans la cuisine. Son père lui avait expliqué qu'ils attendaient les employées de la *hevra kadisha**, la sainte confrérie ; elles devaient venir effectuer la toilette rituelle mais étaient retardées par une tempête de neige. Toute la nuit, sa mère était restée ainsi, gisant à même le sol, entre la table à manger et le four, et Fanny n'avait pu fermer l'œil. Croyant entendre un souffle et un gargouillis en provenance de la cuisine, elle avait sauté de son lit et s'était aventurée jusqu'au corps de sa mère, dont elle avait effleuré le bras glacé, avant de se faufiler sous le drap qui la couvrait. Pour la première fois de sa vie, elle n'entendait pas cette voix éraillée qui lui disait : « Pas maintenant, Fannishka. Maman est fatiguée », ni ce maudit soupir qui suivait. Elle se blottit contre elle et lui tint la main jusqu'à ce que son père les découvre ainsi allongées l'une contre l'autre au petit matin. Ces heures comptaient parmi les plus heureuses qu'elle ait vécues. Son père quant à lui la gratifia d'un sourire exempt de toute frayeur.

2

Meïr-Anshel Schechter était un brave homme, *eine erlekher yid*, disait-on de lui. Ce n'était pas un érudit, ni un sage ou même l'incarnation du *tsaddik*, mais un Juif empreint de dévotion. Issu d'une famille de *shokhetim* bien connue, il perpétuait la tradition familiale : le strict respect de l'abattage rituel des animaux, la scrupuleuse observance de la *cacherout** et un juste prix à l'acheteur comme au vendeur. Il refusait d'être payé en pièces ou en billets. C'était bon pour les spéculateurs, disait-il. En échange de ses services, ses clients lui fournissaient de la viande de premier choix, des sacs de blé, des cruchons de lait, des fruits, des légumes, voire des meubles et des vêtements. La méfiance envers l'argent était la marque de fabrique de la famille Schechter de génération en génération. Cela leur évitait en outre de s'inquiéter du poids que la situation politique faisait peser négativement sur la valeur de la monnaie.

La routine de Meïr-Anshel était réglée comme du papier à musique. Chaque matin après s'être levé, il se lavait les mains, récitait les bénédictions, priait, avalait son pain et aiguisait son *halaf** sur une pierre. Après quoi, il s'occupait pieusement de ses filles depuis leur lever jusqu'à leur départ de la maison, avant de se rendre à l'abattoir pour accomplir sa tâche quotidienne.

Le bétail et les volailles arrivaient ligotés et entassés ensemble, la peur de la mort dans les yeux. Vaches, moutons, chèvres, veaux, agneaux et poulets débarquaient pêle-mêle, les pattes flageolantes, la langue pendante, et leur esprit brisé. Une fois conduits dans l'enclos, les animaux rassemblaient leurs dernières forces dans une ultime tentative de résistance. Ils ruaient et poussaient des cris stridents, pareils à ceux qu'ils avaient entendus les jours précédents en provenance de l'abattoir. Leurs propriétaires faisaient claquer leurs fouets pour tenter de les mater, jusqu'à ce que Meïr-Anshel les emmène en priant ses clients de patienter à l'extérieur. Resté seul avec les bêtes, Meïr-Anshel n'éprouvait pour autant aucune compassion. Certes, il abreuvait les vaches, caressait les petits veaux et observait les yeux implorants des agneaux, mais il le faisait par sens du devoir plutôt que par pitié. Les animaux croisaient son regard, reniflaient l'odeur du sang sur son tablier et devinaient que cette dernière largesse leur était accordée par nul autre que leur bourreau. Sa gentillesse, qui surpassait celle de leurs maîtres, éveillait leur méfiance. C'est pourquoi, lorsqu'ils se retrouvaient vautrés dans la terre, les pattes ligotées, leur regard se décomposait, comme s'ils avaient conscience que leur destin était scellé.

Meïr-Anshel ne lambinait pas une fois qu'il avait entamé le rituel. D'un geste toujours sûr et précis, il entaillait le cou de la bête de manière à sectionner la trachée et l'œsophage, ainsi que la carotide et la jugulaire dans ce même élan ; et cela sans heurter de vertèbre, ni effectuer son geste en allant du haut vers le bas. Sa lame ne glissait jamais pour venir se loger entre les différents organes à traverser, et sa pointe ne devait en aucun cas s'enfouir ou perforer la peau. Il devait de même veiller à ne pas déchirer la chair, avec sa lame ou même ses doigts, ni exercer aucune pression sur le cou de l'animal. Enfin, Meïr-Anshel ne pratiquait jamais lorsqu'il était fatigué. Après avoir vérifié que la *shekhita** effectuée était casher, remplissant avec succès l'ensemble de ces exigences, il s'essuyait le front et les mains, récitait la bénédiction qui louait l'Éternel d'avoir ordonné à l'homme de « recouvrir le sang de poussière » et s'assurait de bien assécher la flaque sanguinolente avec du sable.

Le soir, il rentrait chez lui retrouver ses deux filles et sa femme, Malka Schechter. Comme celle-ci était habituellement claquemurée dans sa chambre, il préparait un plantureux repas pour eux quatre. Le père et ses filles avalaient avec appétit du pain bis, des légumes frais, des céréales, des nouilles et de la viande, sous le regard attentif de leur mère. Meïr-Anshel avait construit sa maison sur la rive gauche du Niémen, à bonne distance de la place du marché, afin d'établir l'abattoir le plus loin possible des habitants et ainsi ménager leur sensibilité. Il ne s'intéressait pas aux ragots et détestait les arguties théologiques, de sorte qu'ils ne recevaient que très peu de visites. Le soir, son seul désir était de fumer tranquillement sa pipe et se coucher tôt.

Il aimait sa femme à la folie. Ses parents avaient arrangé son mariage quand il avait dix ans et, pendant des années, lui avaient vanté la beauté et la sagesse de Malka. Il en était tombé amoureux avant même de l'avoir vue.

Les noces furent célébrées deux ans après sa bar-mitsva. Ses parents lui avaient enseigné que, fondées sur le sens du devoir, les relations entre un homme et une femme évoluaient progressivement. Mais devant Malka il se sentait comme noyé sous un déluge : le visage brûlant, le cœur cognant dans sa poitrine, des bêtises et des mensonges plein la bouche. Il se jugeait indigne de sa beauté, de son visage arrondi, de ses joues roses, de ses lèvres grenat, et même de la petite cicatrice qu'elle avait au menton. Il se sentait coupable en sa présence. La seule raison de ce *shiddoukh*, il le savait, était ses revenus substantiels et stables conférés par sa profession ; tout autant que cette dernière l'empêchait de toucher son épouse : comment pouvait-il l'approcher avec ses mains maculées de sang et ses habits qui empestaient la mort ? Pourquoi éclipserait-il sa splendeur avec son monde obscur ? Le soir de la nuit de noces, il n'avait pas osé la rejoindre dans son lit. Ils dormirent côte à côte dans des lits séparés pendant des mois avant qu'elle n'entreprenne de se glisser sur le matelas de son époux et s'étende à ses côtés. Ne pouvant plus reculer, il malmena son corps svelte avec sa grande carcasse malhabile et ses grognements bestiaux. Au matin, quand elle lui avait souri, le rouge aux joues, il crut qu'elle simulait par respect pour lui. Il ne l'aimait pas comme le juste aime sa femme, par sens du devoir et par observance des commandements ; il la désirait en prédateur et dépendait d'elle comme un esclave. Chaque soir, de retour chez lui, il était sûr de ne pas la retrouver à la maison, éperdu de reconnaissance parce qu'elle était prête à endurer un jour de plus ses regards gauches, son odeur âcre, son esprit lent et son métier inavouable.

Il reçut un avertissement d'En-Haut sous la forme d'un rêve récurrent. Il se trouvait à l'abattoir, attendant un client qui conduisait un étrange animal par une corde : il avait le corps d'une bête, la tête d'un ange et les traits délicats de Malka. Le *shokhet* et la créature – la langue desséchée et les yeux grands ouverts – demeurèrent seuls. Il implora le Ciel à grands cris, pris d'amers sanglots, puis brandit son *halaf,* mais il était dans un tel état d'agitation qu'il écorcha mortellement son cou au lieu de sectionner les bons organes, de sorte que l'abattage venait de perdre sa validité. Elle avait agonisé dans ses bras, lentement, et lui s'était réveillé de ce cauchemar épouvanté et trempé de sueur.

Le souvenir affreux de la tête de son épouse bien-aimée reliée au corps d'une vache avait bouleversé Meïr-Anshel. Cependant, il y avait autre chose qui le perturbait encore davantage : comment sa main avait-elle pu être incertaine au point de mettre ainsi en lambeaux la trachée et l'œsophage, tel un amateur incompétent ? À cause du désir ardent qu'il éprouvait pour Malka, il risquait de perdre son activité et mettre en péril sa famille et lui-même. Cet été-là, il avait agrandi leur maison de bois, ajouté une pièce supplémentaire dans la cour arrière et s'y était installé définitivement.

3

Depuis sa tendre enfance, Malka s'agitait dans son lit, la nuit, rongée par la culpabilité. Son père, Yankel Kriegsman, l'avait quant à lui toujours tenue pour responsable. Les temps étaient durs, seul le Saint béni soit-Il avait le souvenir des jours meilleurs, et les revenus de Yankel Kriegsman ne tenaient qu'à un fil. Dans sa jeunesse, il avait hérité d'importants stocks de blé, qui avaient moisi dans les granges en raison de son indécision. Au début, il avait songé à l'exporter à l'Ouest, mais la bureaucratie gouvernementale lui avait mis des bâtons dans les roues. Il s'était ensuite mis en tête d'apprendre à brasser la bière, sauf que les Juifs furent alors interdits d'exercer des activités incluant la fabrication ou la distribution d'alcool. Yankel attribuait ses échecs à ses enfants trop gâtés, qui l'entravaient et lui faisaient perdre son temps. C'est pourquoi il ne leur épargnait pas les coups de bâton et les terrifiait en leur racontant des histoires d'anges frappant les défunts avec des barres de fer chauffées à blanc.

Pourtant, même avec des rejetons paresseux comme les siens, Yankel Kriegsman découvrit qu'il pouvait tirer un bénéfice substantiel grâce à de riches dots pour ses fils, tout en déboursant une somme modique pour ses filles. Après tout, réaliser un profit n'avait rien de répréhensible. Il ne s'était donc pas montré très regardant lorsque se présentèrent des prétendants à la main de ses filles. Il décida que Malka, la plus jolie, épouserait le fils d'Isaac-Wolf Schechter, issu d'une famille de *shokhetim*. Ce n'était peut-être pas une profession honorable, mais les Schechter étaient ce qui se faisait de mieux dans la région. Malka avait douze ans quand on la maria.

Elle n'avait rien vu d'étrange à ce que son mari garde ses distances après la cérémonie. À ses yeux, elle était un fardeau avant le mariage et le resterait après ; si son père le savait, comment les autres pourraient-ils l'ignorer ? Elle ne s'était donc pas offusquée du comportement de Meïr-Anshel pendant leur nuit de noces, pas plus qu'elle ne s'était étonnée qu'ils aient dormi dans des lits séparés pendant des mois. Pour garder espoir, elle avait imaginé un jeu à l'aide de signes annonciateurs : si le coq chantait moins de trois fois, Meïr-Anshel lui sourirait, autrement, il afficherait son air maussade habituel. Si elle servait le thé sans le renverser, son mari remarquerait sa beauté, sinon, il la trouverait laide. Si le cheval hennissait au-dehors, ce serait de bon augure, mais si ses chaussures étaient maculées de boue, il arriverait malheur. Inutile de dire que cette chaîne de causes à effets qu'elle plaquait sur la réalité ne fonctionnait pas vraiment. Pourtant, il suffisait qu'une prédiction ne se réalise qu'une fois, pour que Malka ressente un contrôle sur les événements, et continue ainsi d'édicter de nouvelles formules. C'est ainsi que, par une nuit d'orage, elle s'était juré que si le vent ouvrait en grand la fenêtre, elle se glisserait dans le lit de son époux – ce qui se produisit.

Après cette nuit-là, Meïr-Anshel l'avait poursuivie de ses assiduités, mais elle ne fut pas surprise quand, quelques mois plus tard, il y renonça et fit chambre à part. Seule, la nuit, à moitié assoupie, elle fantasmait sur son bébé à qui elle apporterait soutien et réconfort. Quand Mendé naquit, Malka ne la lâchait pas du regard et ne laissait personne s'en approcher par crainte du mauvais œil. Elle l'attachait à son tablier à l'aide d'une corde, sûre que si les voisins la prenaient dans leurs bras, elle ne trouverait jamais de mari pour sa fille, et que si la petite quittait la maison sans sa mère, elle finirait probablement sous les roues d'une carriole. Dans la moindre caresse donnée par Meïr-Anshel au bébé, elle voyait le baiser de la mort.

Un an plus tard, les choses avaient empiré avec la naissance de Fanny. Malka perdit complètement la tête et prédit une catastrophe imminente. Elle croyait dur comme fer que le Niémen déborderait tôt ou tard et noierait ses deux filles. Déjà, elle les voyait suffoquer, tandis qu'elle tentait vainement de les sauver. Terrassée par le chagrin, elle pouvait à peine descendre de son lit. Elle les avait mises au monde le cœur rempli d'espoir et les regardait grandir avec tristesse, incapable de les soustraire à leur funeste destin.

4

À la mort de sa femme, Meïr-Anshel avait refusé de prendre une autre épouse – contrairement au commandement incombant à l'homme de *croître et multiplier* –, même si on lui rabâchait qu'il n'avait pas d'héritier mâle. Il poursuivait ses occupations habituelles et confia ses filles à la garde de leur grand-père, Yankel Kriegsman. Le vieil homme était censé leur enseigner l'hébreu et le calcul, mais ses leçons étaient essentiellement consacrées à la description par le menu du sort qui les attendait en enfer, où les femmes étaient suspendues par les cheveux et les seins.

Un soir, alors que Meïr-Anshel dînait avec ses filles, il remarqua que Mendé dévorait son plat avec un appétit inhabituel. Fanny expliqua que sa sœur avait été punie pour avoir arraché la charnière d'une porte chez leur grand-père. Meïr-Anshel était incapable de comprendre la logique poussant à punir un enfant en le privant de nourriture, et ce fut seulement alors qu'il découvrit les méthodes éducatives de son beau-père. Il ordonna à ses filles de terminer leur repas, saisit son *halaf* et se rendit chez son beau-père, lequel fut totalement pris au dépourvu de voir sa porte voler en éclats, laissant apparaître sur le seuil de sa maison une imposante silhouette, vêtue d'une pelisse noire et coiffée d'un capuchon en fourrure. Yankel fut horrifié de découvrir que cet homme qui semblait déterminé à faire usage de la lame de boucher qu'il brandissait n'était autre que son gendre. Meïr-Anshel le plaqua contre la table de la cuisine, l'agrippa par le cou et pressa le tranchant de son *halaf* sur sa gorge. Le vieillard se contorsionna sous la poigne de Meïr-Anshel, lequel lui envoya son poing dans la figure. Voyant Kriegsman tâter deux dents cassées du bout de la langue, la bouche ensanglantée, Meïr-Anshel se dit qu'il aurait probablement du mal à mastiquer les jours suivants.

Depuis ce jour, il choisit de laisser ses filles à la garde de Zondel Gordon, le tailleur, afin qu'il leur apprenne son métier. La couture était certes une profession peu rémunératrice, et très mauvaise pour la vue de surcroît, mais Meïr-Anshel espérait que cela lui permettrait d'envoyer Mendé et Fanny dans le Lower East Side à New York, où, à ce qu'on disait, les couturières étaient très recherchées et où les Juifs prospéraient. En outre, la boutique de Gordon se trouvant non loin de l'abattoir, il pourrait garder un œil sur elles.

Pourtant la Providence, comme à son habitude, se manifesta là où on ne l'attendait pas. Depuis plusieurs jours, Meïr-Anshel avait la curieuse impression d'être épié. Le bétail sentait sa nervosité et se débattait avec un regain de vigueur. Même les clients remarquaient son trouble quand ils lui apportaient leurs bêtes. Parfois, il pensait que le Saint béni soit-Il surveillait son travail, évaluait l'exécution de ses gestes, ce qui le perturbait considérablement lorsqu'il manipulait son *halaf*.

Alors qu'en fait, il n'en était rien. Un jour, alors qu'il s'activait à enfouir le sang d'un animal dans la terre, il entendit du bruit provenant du toit, confirmant ainsi ses soupçons. Mais nulle trace du bon Dieu, il apparut que le voyeur n'était nul autre que…

« Fanny ?! »

La fillette faillit glisser sur les tuiles en entendant son père l'appeler. Quand il l'aida à descendre de la fenêtre avec un luxe de précautions, elle tenta de s'enfuir. Meïr-Anshel la rattrapa fermement par le bras et sentit qu'elle tremblait de tous ses membres. Pourtant, avec ses yeux gris et son regard inexpugnable, Fanny affichait un visage des plus calmes.

« Tu n'aurais pas dû voir ça ! s'exclama son père. Retourne vite chez Zondel Gordon. »

Ils n'avaient pas échangé un mot au dîner ce soir-là. Meïr-Anshel choisit le moment où Mendé débarrassait la table pour s'entretenir avec sa cadette.

« Ce que tu as vu aujourd'hui, c'est la *parnassa**, mon gagne-pain, expliqua-t-il. Ton grand-père était également *shokhet*, et son grand-père avant lui. Toute la famille. Je regrette que tu aies assisté à cela.

— Je veux apprendre moi aussi », rétorqua Fanny, ses boucles blondes retombant sur ses yeux.

Meïr-Anshel éclata de rire, si fort que Mendé sursauta. Il réalisa alors que Fanny, qui n'avait pas encore onze ans, ne plaisantait pas.

« Apprendre quoi ? insista-t-il, histoire de vérifier qu'il avait bien compris.

— À me servir du couteau. »

Meïr-Anshel ne s'était pas emporté, bien au contraire, son cœur rayonna de fierté. Le sang des *shokhetim* coulait dans les veines de la petite. Il se rappela le matin, un an plus tôt, où il l'avait surprise, couchée sous le drap blanc à côté de sa mère. Fanny lui tenait la main sans craindre la danse de l'âme qui s'échappait du corps. Elle voulait être la dernière à faire ses adieux à la défunte, tout comme son père se présentait chaque matin aux portes du néant. S'il y avait une chose que Meïr-Anshel haïssait, c'étaient les bien-pensants qui mangeaient de la viande sans dissimuler leur dégoût pour la mort et le sang, se plaignaient des cris et des gémissements, et exigeaient de déplacer l'abattoir à la sortie de la ville, à cause de la puanteur des carcasses. Mais ensuite, de quoi garnissaient-ils leurs assiettes ?

Quoi qu'il en soit, il était impensable qu'une jeune fille – sans parler d'une future épouse et mère de famille – apprenne le métier de *shokhet*. Toutefois, en violation totale des souhaits et des instructions de son père, Fanny n'en démordait pas, et Meïr-Anshel se mit alors à relever des comportements inquiétants chez sa fille. Premièrement, tandis que Mendé était déjà capable de repriser des vêtements, sa sœur n'avait rien appris du tout chez Zondel Gordon. Deuxièmement, Meïr-Anshel l'avait surprise par deux fois en train de rôder autour de l'abattoir. Troisièmement, le toit fuyait en plusieurs endroits les jours de pluie. Il y était grimpé pour découvrir que les tuiles avaient été déplacées sans avoir été remises convenablement à leur place. En quatrième lieu, le coupe-papier qui avait disparu de la table de la cuisine s'était retrouvé dans la chambre de Fanny. Enfin, il constatait de profondes éraflures sur les meubles de la maison.

Sa fille avait tout nié en bloc : ses déambulations, les tuiles, les éraflures, etc. Mais un soir, alors qu'il jetait un coup d'œil en passant devant sa chambre, il la vit brandir le coupe-papier de la main gauche en feignant d'égorger une créature imaginaire de la droite. Meïr-Anshel comprit alors qu'il était dans un sacré pétrin. N'étant pas homme à se laisser abattre, il préféra interdire ce qui se déroulait sous ses yeux, quitte à accepter ce qui échappait à son regard, dans l'espoir que cette lubie lui passerait. C'est alors que le rabbin vint frapper à sa porte de la part de Zondel Gordon, le tailleur, qui craignait d'aborder de front avec Meïr-Anshel le problème de sa cadette, bien que le coupe-papier qu'elle utilisait pour décapiter des insectes par terre dans son atelier l'inquiétât particulièrement.

Le rabbin fit clairement comprendre à Meïr-Anshel qu'il lui parlait d'égal à égal, comme un père à un autre. Fanny venait de perdre sa mère. Son refus d'apprendre à coudre et ses pitreries avec le couteau prouvaient qu'elle traversait une période difficile. Il était préférable de ne pas prendre les choses à la légère et peut-être de recourir à une présence féminine à la maison ; Dieu sait qu'une fille a besoin d'une mère. Quoi qu'il en soit, il était clair qu'il ne voulait pas s'immiscer dans l'éducation de l'enfant. Le concernant, sa fille pourrait même devenir une femme *shokhet* une fois formée, une *shokhetet,* si monsieur le souhaitait. Mais mieux valait la remettre dans le droit chemin, et ne pas compromettre son avenir à cause d'un caprice d'enfant, et que par conséquent…

« Qu'entendez-vous par "pourrait devenir une femme *shokhet*" ? coupa Meïr-Anshel.

— Je ne voulais pas vous contrarier.

— Peut-elle devenir *shokhetet* ? » reprit Meïr-Anshel sur un ton radouci.

Moishe-Lyzer Halperin leva les bras au ciel.

« Pardonnez-moi, mais il ne s'agit pas de cela.

— Les femmes peuvent-elles procéder à l'abattage rituel ? revint à la charge Meïr-Anshel, qui n'aurait pas un instant cru la chose possible. Y sont-elles autorisées, vraiment ?

— Euh… peut-être pas. Peu importe. Là n'est pas la question…

— Donc, cela leur est interdit ?

— Pas formellement. La loi le permet en principe, toutefois de grands décisionnaires ont recommandé que les femmes s'en abstiennent, en raison de leur pusillanimité et de leur fragilité. Mais ce n'est pas ce qui motive ma venue auprès de monsieur, là n'est pas la question. »

Le lendemain, Meïr-Anshel permit à Fanny de venir à l'abattoir, à condition d'observer en silence. Il lui donna un vieux tablier beaucoup trop grand pour elle et l'installa sur un tabouret dans un coin – tout comme on l'avait fait pour lui, à l'âge de dix ans. Il se rappelait avoir été pris de vomissements et de vertiges, et qu'on l'avait transporté à deux reprises à la maison. Le soir, son père s'était assis au bord de son lit. « Bien sûr, tu ne connaîtras jamais la beauté, mais en contrepartie ta famille et toi ne manquerez jamais de rien. » Il avait détesté son père pour ces paroles, tout comme cette profession dont il avait hérité. À présent, il regrettait de ne pas avoir empêché Fanny de suivre le même chemin.

« Prête ? » demanda-t-il à sa fille, priant pour qu'elle ait changé d'avis.

Elle acquiesça.

Il enferma dans l'enclos un bélier brun, au tempérament fier et âgé d'environ douze ans. Meïr-Anshel le plaqua au sol et l'attacha par trois pattes. Le bélier rua de la tête et des sabots, mais le *shokhet* évita habilement les coups. Il plaqua sa lame sur la gorge de l'animal bêlant et l'incisa d'un geste alliant rapidité et maîtrise.

Meïr-Anshel loucha vers sa fille tandis que le bélier se débattait dans une mare de sang. Loin de chercher le réconfort dans la présence paternelle, elle paraissait fascinée par les dernières convulsions de la bête. Elle semblait ne pas éprouver la moindre frayeur, et son père craignait même qu'elle prenne cela comme un jeu. Il s'avança avec son tablier taché et elle tendit les doigts pour toucher le sang. Lorsque le bélier cessa de bouger, Meïr-Anshel prit la main de sa fille pour lui faire palper l'incision nette de la trachée et de l'œsophage. Plantée dans la flaque écarlate, son regard rivé sur le cou du bélier, elle était comme déjà fin prête à passer à l'action.

« Tu as conscience que c'était un animal ? questionna-t-il. Un être vivant ?

— Oui, je sais. »

Des mois durant, elle observa son père, tendue, dans l'expectative, attendant de passer enfin de la théorie à la pratique. Dans l'intervalle, elle apprenait la gestuelle en détail et jetait de la terre sur le sang répandu au sol. Au bout d'un an, le jour de son douzième anniversaire, son père lui offrit un petit couteau pour égorger des poulets. Ravie, Fanny l'aiguisait régulièrement. Elle demanda à sa sœur de lui confectionner une poupée de chiffon pour s'entraîner.

Mendé refusa tout net. Pour elle, son père et sa sœur n'avaient plus toute leur tête. Elle en conclut qu'elle aurait à passer davantage de temps dans la famille du tailleur, Zondel Gordon. Elle savait qu'un nombre croissant de membres de la communauté ne voyaient pas d'un bon œil les extravagances de sa cadette. Le jour viendrait où ils iraient se servir ailleurs. Son père serait ruiné, empêchant sa fille aînée de faire un bon mariage. Par conséquent, elle redoublait de politesse, accomplissait avec ferveur les commandements d'En-Haut, faisait montre de douceur et de modestie devant chaque homme qu'elle rencontrait. Elle savait que l'on commençait dans son dos à l'appeler Mendé Gordon, mais considérait que cela était préférable au surnom dont on affublait sa cadette : *di wilde khayeh*, la bête sauvage.

Que ce sobriquet fût fondé ou non, dès sa première tentative Fanny s'était montrée très douée pour l'abattage. D'ordinaire, les novices s'effrayaient au moindre battement d'ailes des poulets et tâchaient d'esquiver la morsure de leur bec, déconcertés par leur instinct de survie. Ainsi, les mains tétanisées, ils finissaient par lacérer improprement le cou de la bête, quand ils ne leur tranchaient pas tout bonnement la tête. Mais Fanny savait que l'incision devait être précise et ciblée ; le volatile qu'elle tenait entre ses mains ne lui faisait pas peur. Elle le coinça sous son bras, bloqua ses ailes de la main droite et, d'un mouvement de va-et-vient précis de sa main gauche, sectionna la trachée et l'œsophage. Mais au lieu de déposer le coq agonisant dans le récipient adapté, elle le nicha contre elle jusqu'à ce qu'elle sente son âme s'échapper à travers ses bras. Enfin, elle recouvrit le sang de terre et sourit à son père.

5

Meïr-Anshel était partagé entre fierté et inquiétude pour sa fille. Deux années durant, Fanny avait principalement égorgé des coqs et des agneaux, et était devenue l'attraction de la région. Les Juifs venaient de toutes parts assister au miracle de leurs propres yeux, tandis que les détracteurs manquaient d'un quelconque argument valable, d'un interdit halakhique univoque, sur lequel s'appuyer. Bien que les clients ne fussent pas autorisés à entrer dans l'enclos, la seule idée d'apercevoir la mince jeune fille aux boucles blondes et aux yeux lupins au seuil de l'abattoir les incitait à faire route jusqu'à Grodno. Ils abreuvaient leur imagination à la taverne et logeaient à l'auberge, de sorte que les habitants de Grodno avaient vite compris que la fille de Meïr-Anshel était une aubaine pour les affaires. Les *makherim**, les maquignons du marché, embellissaient l'histoire de la *wilde khayeh*, racontant à qui voulait entendre qu'elle n'avait pas sa pareille pour pratiquer l'abattage strictement casher des bêtes et que personne ne maniait le couteau plus adroitement qu'elle. Le Saint béni soit-Il guidait sa main gauche, disait-on, et les offrandes faites avec cette viande attiraient la bénédiction sur les convives et protégeaient du mauvais œil. Rapidement, tout le monde à Grodno, juif ou *goy*, tenait à ce que *di wilde khayeh* se charge de l'abattage de son bétail.

Yankel Kriegsman, en pauvre hère qu'il était, n'aurait pour rien au monde manqué une telle opportunité, et se mit ainsi à déambuler autour de l'abattoir, offrant la bénédiction du grand-père de la *wilde khayeh* pour quelques kopecks. Meïr-Anshel décida qu'il était temps de lui pardonner ses agissements et lui offrit un emploi rémunéré : nettoyer l'abattoir.

Yankel Kriegsman y passait ses après-midi. Il accomplissait son travail avec zèle, comme s'il cherchait à s'amender, et regagnait petit à petit la confiance de son gendre. Meïr-Anshel et sa fille confièrent au grand-père le soin de verrouiller les lieux après leur départ. Kriegsman balayait le sol, frottait les murs et jetait les déchets aux chiens errants des environs. Il prenait tout son temps, peu soucieux de retourner à sa solitude entre quatre murs. Il regardait longuement les chiens se régaler des restes de sang et de pulpe, soulagé d'expier ainsi ses péchés tout en faisant une bonne action.

Kriegsman fulminait toutefois contre l'une de ces bêtes galeuses qui répondait au nom de Tsileyger, un chien à trois pattes et aux hanches de guingois. À cause de sa faiblesse et de son tempérament soumis parmi ses congénères, il était désespérément affamé et émacié. Tsileyger restait en retrait jusqu'à ce que les autres aient fini de flairer, lécher et mastiquer le butin du jour, et alors seulement il clopinait sur ses deux pattes avant et sa patte arrière en direction du tas de déchets.

Kriegsman, qui s'était mis en tête d'apprendre à Tsileyger à se défendre, l'empêchait de s'approcher des reliefs une fois les autres partis. Chaque fois qu'il voyait le chien faire un détour, la queue entre les jambes, il lui tendait une embuscade derrière le bâtiment, le frappait avec un bâton et lui jetait des pierres. Un jour, un projectile avait heurté et blessé l'une des pattes avant de Tsileyger. Pendant des semaines, le chien n'eut plus que deux pattes valides – heureusement réparties de chaque côté – sur lesquelles se traîner, grâce à quoi il pouvait conserver un semblant d'équilibre. L'animal attendait le départ de Kriegsman pour retenter sa chance mais, par désœuvrement, le vieil homme revenait le surprendre à la nuit tombée.

Tsileyger se résigna à chercher d'autres sources de nourriture, mais Kriegsman s'acharnait. Le soir, il revenait pour attirer Tsileyger avec des restes d'os et de viande, et l'entraînait ainsi avec force sifflets et claquements de langue. Il le conduisait à travers les rues boueuses de la ville jusqu'à ce qu'ils arrivent devant sa maison où il déposait l'appât sous le porche. « Tsileyger, petit vaurien, viens te régaler ! » s'égosillait-il. Kriegsman le surveillait par la fenêtre et lui jetait une pierre chaque fois que le chien s'approchait. La tentation était trop forte pour l'animal affamé. Malgré les projectiles qui pleuvaient sur lui, il parvenait de temps à autre à dérober un os qui le sustentait pour quelques jours, et le mâchouillait avec délectation dans un abri improvisé, sous l'escalier de Kriegsman.

Un matin, une odeur de chair putréfiée parvint aux narines de Yankel. Il trouva des restes de poulet et des boules de poil dans l'espace qui séparait le plancher de sa maison du sol, et déduisit qu'il s'agissait de l'endroit où le chien errant se terrait avec son os. Il décida de lui donner une leçon une bonne fois pour toutes et lui tendit un piège diabolique. Il disposa la gamelle de nourriture comme les autres soirs et lui lança des pierres, ratant délibérément sa cible. Quand il vit Tsileyger attraper un gros os bien juteux, il se faufila dans la cachette du chien, armé d'un bâton.

Fanny, qui revenait de sa leçon de calcul, assista à la scène.

Surpris, Tsileyger encaissa les coups en geignant et en hurlant : malgré sa patte avant fracturée et ses profondes blessures sur tout le corps, il ne lâcha pas la proie qu'il tenait fermement entre ses mâchoires.

Fanny resta silencieuse, sans réaction.

Yankel Kriegsman partit d'un grand rire devant la ténacité de l'animal et tenta de lui retirer son os de la gueule. Tsileyger montra ses crocs en grognant. Furieux, le grand-père le roua de coups d'une main tout en tirant sur l'os de l'autre jusqu'à ce qu'il finisse par s'en emparer.

Mais son triomphe fut de courte durée. Les yeux étincelants de colère, le chien enragé rassembla ses dernières forces et sauta à la gorge du vieil homme. Il lui lacéra le visage, entaillant profondément sa peau, lui arracha une oreille et lui creva les yeux.

Fanny se tut, pétrifiée sur place. Elle n'avait encore jamais assisté à la vengeance d'un animal. Lorsqu'elle se ressaisit, elle chercha à l'effrayer avec son couteau, mais il se jeta sur elle, la mordit au bras gauche et disparut. Elle se tordit de douleur. Il lui semblait que son bras avait été arraché de son corps. Son grand-père gisait quant à lui sous le porche, inconscient, baignant dans son sang. Le médecin arrivé sur les lieux parvint à juguler l'hémorragie et à désinfecter les plaies. « J'ai bien peur qu'il s'en sorte », confia-t-il à Meïr-Anshel en revenant le lendemain avec des onguents et des remèdes. Seuls ceux qui avaient été confrontés à la vision d'horreur du corps déchiqueté de Yankel Kriegsman cette nuit-là pouvaient comprendre ce qu'il voulait dire. Le vieillard ne se montra plus en public. Il pouvait à peine voir ou entendre, ne se nourrissait que d'un brouet tiède au concombre ; son trépas était acté pour l'hiver suivant.

Tsileyger ne revint jamais rôder autour de Grodno. À la suite de cet épisode, Fanny cessa d'abattre les animaux et de consommer leur chair. À son père qui s'insurgeait en lui rappelant la « supériorité de l'homme sur la bête », elle avait rétorqué : « Tout dépend de qui est l'homme et qui est la bête. »

Quoi qu'il en soit, Fanny n'avait plus besoin de pratiquer la *shekhita* pour faire ressurgir le souvenir du giron maternel et, quelques semaines plus tard, elle pria son père de lui trouver un *shiddoukh* en accord avec ses principes. Meïr-Anshel promit monts et merveilles au marieur. Yehiel-Mihel Gemeiner émit quelques suggestions, toutes rejetées car il n'avait pas compris les « principes » de Fanny. Finalement, Yehiel-Mihel Gemeiner se rendit à Motelé, où il avait entendu parler d'un certain Natan-Berl Keizman, un grand gaillard mal dégrossi, à l'esprit un peu lent, âgé de quinze ans de plus qu'elle. Natan-Berl avait hérité par son père d'une fromagerie et d'une bergerie dans le village d'Upirawa. C'était l'éleveur le plus prospère de la région.

Le « credo » qui le guidait dans son activité, comme on l'avait révélé en cachette à Yehiel-Mihel Gemeiner, n'avait rien à voir avec le salage ou le caillage, il consistait simplement en un élevage dirigé de manière paisible et raisonnée.

« Est-ce suffisamment en accord avec les principes de la demoiselle ? demanda le marieur, goguenard.

— Si vous trouvez aussi un *shiddoukh* pour Mendé, je les enverrai toutes les deux à Motelé », répliqua Meïr-Anshel.

6

Avant de sortir de chez elle, à deux heures passé minuit, Fanny caressa le dos massif de Natan-Berl pendant son sommeil. Elle enfouit ses doigts dans la toison noire qui recouvrait ses épaules. Comment pouvait-elle se résoudre à quitter son gros ours maladroit ? Oser lui briser ainsi le cœur et infliger tant de peine à ses enfants ?

De son propre avis, Natan-Berl était un rustaud, brut de décoffrage, et manquant de confiance en lui. Il parlait sous le contrôle de sa femme et lui confiait ses pensées avant de s'exprimer devant les autres. Le soir, une fois les enfants endormis, il aimait l'écouter parler de choses et d'autres dans la cuisine en fumant une cigarette. Pourtant, ces dernières semaines, c'était à peine si elle avait ouvert la bouche. Elle restait assise face à lui, le visage fermé, à marmonner : « Natan-Berl, on doit faire quelque chose pour Mendé », bien qu'il eût parfaitement conscience de leur impuissance dans cette situation.

Sa femme voulait refaire le monde, alors que lui avait tendance à penser que l'on ne pouvait marcher sur les plates-bandes d'autrui. Zvi-Meïr souhaitait quitter son épouse, il l'avait quittée. Mendé voulait cultiver sa mélancolie, elle s'y employait. Que pouvait faire Fanny, sinon réconforter et soutenir son aînée ? S'installer à son chevet jusqu'à ce qu'elle guérisse et l'empêcher de remonter dans la barque de Žižek ? Fanny n'en démordait pas : « Ça te va bien de penser comme ça, Natan-Berl. » Il n'avait rien fait de mal, se défendait-il. « Exactement, le tançait-elle, tu n'as absolument rien fait, Natan-Berl. » Lui qui aimait tant l'entendre prononcer son nom s'en trouvait désemparé. Il se réveillait le matin pour traire les brebis et les chèvres, menait paître son troupeau, s'activait de l'aube au coucher du soleil afin de nourrir sa famille. Si d'aventure un agneau tombait malade, si les prés se transformaient en marécages, il fallait s'aventurer plus loin. Le lendemain, il devait nettoyer l'enclos, et réparer les clôtures la semaine suivante. Mais s'il fallait prendre soin de Mendé une grande partie de la journée, qui s'occuperait de battre le lait ?

« Tu n'as que le lait à la bouche, Natan-Berl, commenta Fanny en s'éloignant. Voilà pourquoi le monde va de mal en pis. »

Le monde ? Natan-Berl resta interloqué. Qu'avait-il à voir avec le « monde » ? Ce mot abstrait, que l'on utilisait d'une manière incompréhensible. Il entendait souvent les autres se plaindre ainsi : « Dans quel monde vivons-nous ? » Mais pour lui, le monde n'était que ce qu'il était, tel qu'il était – jamais il ne serait différent.

« Bien entendu, railla-t-elle, du moment que les moutons sont bien à l'abri dans ton enclos, peu importe qu'ils soient battus et maltraités partout ailleurs.

— Écoute, Fanny Keizman, j'ai une famille sur laquelle je dois veiller », rétorqua-t-il, vexé.

Soudain, elle fut saisie d'une pensée. L'injustice qui sévissait dans le monde découlait du fait que Natan-Berl et elle-même avaient justement une famille à entretenir. En raison de son dévouement pour ses propres enfants, d'autres souffraient. Et à cause de son refus de mettre son foyer en danger, bien d'autres s'écroulaient. N'importe quelle femme, dont le premier devoir était de se sacrifier pour ses enfants et dont la maternité était la principale vertu, serait prête à tout pour préserver les siens. Si elles mettaient le nez dehors pour s'occuper des autres, des maris tels que Zvi-Meïr n'oseraient jamais les abandonner sans autre forme de procès. Mais l'injustice avait ses agents dormants, et chaque catastrophe qui se produisait quelque part était rendue possible par son acceptation passive ailleurs. Elle-même était la complice du crime perpétré chez sa sœur. Non. Pas la complice. Plus que cela. L'instigatrice.

On ne pouvait changer le monde, il était gangrené par les faux-semblants. Et il n'existait pas une seule femme juive, elle comprise, qui ne fût prête à donner de soi pour remédier à ce problème.

Elle n'attendait rien des hommes. Pourquoi devraient-ils miner leur autorité ? Renoncer aux droits qu'ils s'étaient attribués en l'absence de contestation ? Tout le monde savait à Motelé que Zvi-Meïr avait abandonné sa famille, pourtant on ne dépêchait pas de délégué à Minsk. Tous se targuaient de former une communauté soudée autour d'un rabbin influent, mais personne n'avait l'intention de faire de vagues. Tous vouaient le mari indigne aux gémonies mais, en ne le poursuivant pas, ils se réservaient le droit d'en faire autant. Ils se contentaient de paroles creuses sans agir.

« Natan-Berl, nous devrions partir pour Minsk, et trouver ce vaurien de Zvi-Meïr, s'écria Fanny.

— À Minsk ? bégaya-t-il.

— Nous irons tous ensemble. Les enfants seront ravis. Minsk est une ville superbe, à ce qu'on dit. Pas un seul Juif ne crève de faim là-bas. On les emmènera au théâtre.

— Au théâtre ?

— C'est le bon moment. Les marais sont à sec et les routes dégagées. D'ici quelques semaines, nous serons coincés ici par la boue et la glace. »

Natan-Berl ne répondit pas. Elle devina qu'il se repliait sur lui-même et fut prise de remords. Pourquoi le tourmentait-elle ? Elle reportait sur son mari sa colère envers Mendé. Plutôt que d'entretenir sa sœur avec des discussions oiseuses, elle ferait mieux de lui parler de son plongeon dans la rivière et s'assurer qu'elle retrouve goût à la vie. Mais au lieu de ramener Mendé à la raison, elle se glissait sous le drap blanc pour saisir la main frêle de son aînée, et le soir, se défoulait sur son mari.

Un jour, Fanny s'arma de courage. Elle attendit que Rokheleh sorte puiser de l'eau et ferma derrière elle la porte de la chambre. Elle grimpa sur le lit, écarta le foulard de sa sœur pour lui caresser les cheveux et s'efforça d'accrocher son regard vide. Elle chercha les mots percutants qu'elle avait ruminés encore et encore, mais ils ne franchirent pas ses lèvres car elle comprenait que sa sœur se moquait du *tikkoun*, du salut de son âme. Mendé ne voulait qu'une chose : un mari et des enfants, en un mot, une famille. Sans l'un de ces éléments, Mendé se sentait incomplète, fragilisée, et elle refusait de surmonter son chagrin pour mériter des éloges tels que : « Voyez comme elle est courageuse ! » Le statut d'*agouna**, l'épouse abandonnée, ne lui ressemblait pas, et sa situation familiale précaire allait à l'encontre de sa foi. Le *dibbouk* qui avait pris possession de Mendé n'était autre que le chagrin et l'humiliation d'avoir sombré, contre sa volonté, dans le monde du péché. Ce n'était pas de Zvi-Meïr qu'elle se languissait ; elle aspirait à l'autorité d'un mari et à la condition d'épouse. Elle ne vivait pas pour Yankelé et Mirl, mais pour être la mère de ses enfants.

Fanny préféra donc tenir sa langue. Elle sauta du lit et s'installa sur une chaise, au chevet de sa sœur. Plus tard, elle quitta la maison et marcha vers le nord par les chemins étroits de la ville, en direction de la rivière, pour y trouver la barque de Žižek. À sa demande, il l'aida à monter pour faire l'aller-retour d'une rive à l'autre. À quoi cela rimait-il ? Elle l'ignorait. Peut-être espérait-elle que Žižek lui dise quelque chose, ou fasse halte à l'endroit où sa sœur avait sauté par-dessus bord. Mais Žižek ramait calmement et à un rythme régulier, il ne marqua pas de halte, tandis que son visage demeurait impassible. Il vint alors subitement à l'esprit de Fanny que si c'était précisément ici, sur l'embarcation du passeur, que Mendé avait compris que son destin était scellé, cela ne devait rien au hasard. Elle avait dû sentir qu'elle flotterait ainsi au fil des années ; dix mois d'attente pour Zvi-Meïr deviendraient cent et, tout comme Žižek, elle finirait sa vie en roue libre vers l'insignifiance.

Une idée audacieuse germa dans son esprit et elle l'exprima à haute voix. Imperturbable, Žižek continuait à ramer sans manifester la moindre émotion, mais pour quelque raison elle savait qu'il l'entendait et la comprenait. Elle s'en tint à énoncer deux uniques mots et, à deux heures passé minuit, elle sortit de chez elle, le cœur lourd, espérant que Žižek aurait trouvé le moyen de l'aider.

Ce soir-là, elle eut du mal à se contrôler : elle chahuta, dansa avec ses enfants, les serrant fort contre son cœur.

« Qu'est-ce qui te prend ? demanda Gabriella, l'aînée. Tu es vraiment bizarre.

— Je compte sur toi, Gabriella Keizman », bredouilla Fanny, les larmes aux yeux, à sa fille aînée qui la dévisageait avec méfiance.

Une fois les petits couchés, elle s'approcha du lit et caressa longuement le dos de Natan-Berl. Lorsque la maison se mit à bruisser des douces respirations de ses enfants endormis, elle se rendit à la cuisine et s'installa à la table.

Avant de s'en aller dans la nuit, elle tenait à rédiger un message, mais la nervosité chassait les mots de son esprit. Que pouvait-elle écrire ? Quelle raison invoquer pour abandonner ainsi ses cinq petits chéris et Natan-Berl ? Finalement, elle déchira un bout de papier où elle griffonna : « Je reviens tout de suite. » Elle se ravisa, trouvant ce message trop énigmatique, et le remplaça par : « Prenez bien soin de vous jusqu'à mon retour. » Elle aurait voulu corriger cela aussi, mais le temps pressait et elle finit par laisser le mot sur la table.

Au milieu de la nuit, elle retrouva comme convenu Mikhaï Andreyevich, le cocher, avec sa charrette et un fusil de chasse, à qui elle avait fait jurer de garder sa langue en échange d'une coquette somme. Ils se dirigèrent vers le nord, effrayant les chouettes au sommet des pins et quelques cerfs. Ils avançaient le long de la grand-route de Motelé, pris en chasse par des chiens forcenés jusqu'à la sortie de la ville. Dieu merci, aucune lumière ne s'alluma aux fenêtres des maisons. Arrivés à la rivière, ils trouvèrent l'embarcation déserte de Žižek dans la nuit noire.

Le passeur surgit des fourrés, muni d'une lampe. Il mit rapidement sa barque à l'eau, aida Fanny à grimper à bord, y sauta à son tour et se mit à ramer. Quand ils eurent atteint la rive nord, elle se demanda comment le remercier, Žižek n'attachait aucune importance aux mots, aux regards ni à l'argent. Elle lui effleura brièvement le bras, mais il s'écarta d'un geste brusque qui la fit sursauter. Elle débarqua du canot en prenant pied sur le sol marécageux, et fut imitée par Žižek. Elle prit alors la direction du village voisin, où elle connaissait des personnes susceptibles de l'aider à trouver un véhicule et des chevaux, Žižek toujours sur ses talons.

Peut-être avait-elle eu tort de lui faire confiance ? Il ne quittait jamais les rives de l'Yasselda et voilà qu'il la suivait, loin de la rivière. Fanny palpa le couteau harnaché à sa cuisse et se prépara à prendre la fuite.

Soudain, Žižek la dépassa et l'entraîna vers un bosquet, où il avait caché deux chevaux et une voiture. Il l'aida à grimper sur le siège et se mit en route. Les rênes qu'il tirait et relâchait tour à tour avaient remplacé ses coups d'avirons réguliers. Impassible, ses yeux clairs fixaient l'étoile polaire, leur indiquant la direction de Minsk, guidé par les deux mots que Fanny avait prononcés à midi et qui se mêlaient au galop des chevaux : Zvi-Meïr… Zvi-Meïr… Zvi-Meïr… Zvi-Meïr…

TROISIÈME PARTIE

TELEKHANY

1

La nuit imprégnait peu à peu Fanny, s'infiltrant et s'intensifiant en elle, charriant un sentiment de liberté. L'homme est doté de cinq sens pour appréhender la Création – la vue, l'ouïe, l'odorat, le goût et le toucher – alors qu'un seul, le sens de la liberté, a été accordé à la Création pour appréhender l'homme. C'est par ce biais que la *shekhina**, la présence divine, sonde les cœurs et distingue les esclaves des maîtres ou de ceux qui ne sont ni l'un ni l'autre. Fanny sentait la liberté jusque dans ses os, l'esprit transporté d'allégresse et le cœur battant. Elle avait toujours considéré que l'Éternel ne pouvait se contenter de ceux qui Lui obéissent aveuglément.

Mais brusquement elle fut submergée par le poids de la culpabilité : elle ferait le désespoir de Natan-Berl et manquerait terriblement à ses chers petits. Quelle était donc cette liberté qui contenait en germe la trahison et la cruauté ? Qui leur chuchoterait à l'oreille les premiers mots du matin ? Qui ferait la cuisine ? Qui habillerait leur corps tendre et chasserait leurs cauchemars ? Fanny s'était immiscée dans tous les recoins de leur âme et méandres de leur cœur. Elle se levait, leur préparait à manger, les habillait, lessivait, jouait, consolait, gravant jour après jour de nouveaux signes de la maternité dans leur chair. Même si elle ne leur parlait pas beaucoup, elle devinait leurs pensées les plus intimes à l'inflexion de leur voix. Parfois, il lui suffisait d'observer la façon dont ils se servaient le thé ou avalaient leur riz pour percer le secret de leur esprit. Ils ne lui apprenaient rien qu'elle ne sache déjà ni ne lui révélaient quoi que ce soit de nouveau, mais ils adoucissaient ses souvenirs. Pour elle, ses enfants n'avaient pas d'âge, des âmes éternelles, depuis Elisheva, le bébé, jusqu'à l'aînée, Gabriella, huit ans, dont elle avait décelé le caractère téméraire à la naissance. Sa disparition soudaine leur laisserait un douloureux stigmate. Elle bouleverserait leur quotidien et ébranlerait leur équilibre. Sa liberté était leur prison. Quelle sorte de mère était-elle ?

Et pourtant, dès l'instant où l'idée de ce périple avait surgi dans sa conscience, elle avait éprouvé le sentiment qu'il lui fallait quitter sa maison. Dès la naissance de ses enfants, le désir de prendre soin d'eux s'était mêlé à son devoir de mère ; de la même façon, elle avait à présent la certitude que liberté et nécessité ne faisaient qu'un. À son retour, elle expliquerait à ses enfants comment elle en était venue à considérer que les malheurs de sa sœur ne procédaient pas d'un décret divin. D'ici là, elle galoperait à bride abattue jusqu'à Minsk pour faire ployer le genou à Zvi-Meïr.

Fanny n'appréciait guère son beau-frère, et ce avant même qu'il n'épouse sa sœur. Bien qu'ayant été expulsé de la yeshiva de Volojine – sans doute n'était-il pas une lumière –, il ne cessait d'abreuver ses proches de préceptes inspirés de la Guémara et de signaler les contradictions qu'il avait soi-disant décelées dans les Saintes Écritures. Au cours d'un dîner, par exemple, alors qu'ils dégustaient une soupe de nouilles au chou, de la salade de concombres marinés, du kugel et du pain de seigle, Zvi-Meïr leur avait posé une colle : pourquoi Adam et Ève avaient-ils été châtiés de leur désobéissance par Dieu, alors qu'ils n'avaient reçu le don de la raison qu'après avoir mangé du fruit interdit ? Naturellement, le dialogue qui s'était engagé ne tarda pas à se muer en monologue, car Zvi-Meïr n'était pas du genre à écouter, il était entièrement focalisé sur les réponses à donner ; et quand il tendait l'oreille, il ne percevait que les mots qui lui serviraient à répliquer. Avec lui, les discussions s'achevaient toujours de la même façon : il leur suggérerait de lire et d'étudier un peu, pour l'heure il avait probablement eu tort d'avoir soulevé le sujet avec eux.

Zvi-Meïr estimait que tout lui était dû, que le monde entier était responsable du fait qu'il ne possédait rien. Il reprochait aux rabbins de la yeshiva de Volojine de ne pas avoir immédiatement pris soin de nourrir son talent naturel. Les chalands avaient tort de ne pas se presser à son étal pour acheter sa marchandise. Mendé était coupable car, de l'avis de son génie de mari, l'intimité consistait en un tête-à-tête avec lui-même, un point c'est tout.

Quant à Fanny, témoin de l'humiliation de sa sœur, elle préférait tenir sa langue à table et éviter de gâcher l'ambiance. Pour Zvi-Meïr, les silences que provoquaient ses sermons n'étaient pas l'expression d'un rejet, mais au contraire le signe de sa victoire. Serait-elle intervenue à l'époque que Fanny n'aurait peut-être pas eu à abandonner ses petits, ni à se sauver de chez elle à une heure où seuls les scélérats en tout genre mettaient le nez dehors.

Žižek retira sa capote militaire pour en couvrir les épaules de Fanny. Instinctivement rebutée par l'uniforme, symbole du poing féroce du régime, elle s'emmitoufla peu à peu dans le vêtement chaudement doublé. Quand le vent forcit, elle ferma les deux boutons du col et coinça du mieux qu'elle put son fichu sous la capuche en fourrure de rat musqué. Elle remarqua que Žižek obliquait vers l'est et s'éloignait du village le plus proche, bordé par la rivière. Fanny ne comprenait pas la raison de ce détour mais ne se méfiait pas pour autant. En n'importe quelle autre circonstance, elle aurait anticipé la manière de sauter de voiture en pleine marche, mais la proximité de Žižek ne lui inspirait aucune crainte.

L'excitation nocturne retomba avec les premières lueurs du jour, et des éclairs de lucidité jaillirent du soleil éblouissant, tandis que le voile de brume qui les enveloppait finit de se dissiper. Fanny et Žižek étaient désormais à découvert. Il ôta son uniforme, le roula et le rangea dans un grand coffre en bois. C'était la première fois qu'elle le voyait en tenue civile, et sans cette casquette militaire qui ne quittait jamais sa tête. Il devait avoir une soixantaine d'années, évalua-t-elle. Ses vêtements consistaient en une blouse paysanne, un pantalon élimé qui puait le poisson, et la casquette grise des Gentils. À sa taille était nouée une ceinture rouge, à laquelle les gens du cru attribuaient le don d'attirer la bonne fortune, et ses pieds enfilés dans des chaussures en toile.

Sans plus tarder, il retira la capote militaire des épaules de Fanny. Elle se replia au fond de son siège, cherchant prudemment un éclat de douceur dans les yeux clairs de Žižek. Sans répondre à son regard suppliant, il défit deux boutons du col de sa robe et lui ôta sa coiffe. Il tira du coffre un manteau de laine marron, typique d'une babouchka* de la région, et lui tendit un foulard blanc orné d'un emblème polonais. Une fois leur métamorphose achevée, ils s'observèrent mutuellement – rien ne les distinguait plus des locaux ; il n'était plus un soldat, elle n'était plus une Juive – et un rictus de satisfaction, du moins quelque chose de ressemblant, étira les lèvres fendillées de Žižek.

2

Une volée de corbeaux grisâtres était déployée dans le ciel, des merles traquaient leur ration de vers de terre pendant qu'une cigogne, plus tout à fait éveillée, fixait quant à elle la scène d'un œil depuis la cime d'un antique chêne décharné. Les affluents de l'Yasselda tétaient la vase des marais couleur ébène. Žižek stoppa l'attelage tandis que leur téléga arrivait au niveau d'un haut tas de roseaux et de mousse. Il détela les chevaux pour les conduire et les attacher près d'une étendue stagnante dissimulée en contrebas. Il revint ensuite décharger un sac de foin, Fanny lui emboîta alors le pas sur les pentes de la ravine boueuse.

Elle réalisait à cet instant l'âge respectable du cheval à la robe claire. Sa peau lui pendait sur les flancs, telle une couverture. Son corps était gris et longiligne, son ventre maculé de boue, tandis que sa crinière noire parsemée de gris lui conférait une allure altière plutôt que résignée. Impassible, il mastiquait sans gratitude le fourrage qu'elle lui tendait, approchant sa tête comme pour la prier d'accélérer la distribution du foin, avec un regard qui refusait de se laisser impressionner.

Le cheval à la robe baie, bien plus jeune, se distinguait avec ses yeux espiègles et sa queue virevoltante. Il la renifla à quelques reprises, avant de promptement se remettre à mastiquer.

Fanny revint à la téléga, désormais dissimulée sous des roseaux. Devant elle s'étendaient des champs de blé, d'avoine et de lin, ainsi que des myrtilliers. Elle pouvait même discerner au loin les pommes de terre prêtes pour la récolte d'été. Combien de temps allaient-ils camper ici ? Elle était sans réponse. Žižek quant à lui déballait des piquets ainsi qu'une toile de canevas. Le plan qu'il avait en tête se dessinait rapidement : ils se déplaceraient désormais uniquement de nuit. La lumière du jour était une véritable menace pour ces deux étrangers, non armés, dans une région qu'ils connaissaient mal, et dépourvus des documents de voyage exigibles des Juifs passant d'une province à une autre.

Žižek enfonça les piquets dans le sol, mais sans tendre totalement la toile, semble-t-il pour leur permettre de lever le camp à la moindre alerte. Il arrangea la disposition de la tente, avec un profil abaissé, de manière à ce qu'ils puissent conserver un contact visuel avec les chevaux tout en demeurant invisibles à ceux qui passeraient sur la route principale. Fanny était stupéfaite de découvrir le degré de préparation avec lequel il avait abordé ce périple, son anticipation minutieuse de chaque étape. Elle avait honte de n'avoir pensé à prendre avec elle que de l'argent ainsi qu'un peu de pain et de fromage. Elle s'imaginait qu'il lui suffirait de faire halte dans les hameaux et les auberges, de tracer son chemin moyennant quelques roubles, et une fois à Baranavitchy de prendre le premier train pour Minsk. Que croyait-elle au juste ? Qu'ils pourraient passer de village en village les poches pleines de billets sans éveiller de soupçons ? Qu'on ne remarquerait pas son drôle d'accent ? Une Juive de Grodno, que pouvait-elle bien avoir à faire à Minsk ? Pensait-elle qu'on ne lui demanderait pas de présenter son passeport ? À en juger par les sacs de pommes de terre et de légumes extraits par Žižek, elle comprit qu'il souhaitait éviter tout contact avec des badauds avant qu'ils ne rallient Baranavitchy.

La chaleur devenait écrasante. Žižek sortit une outre qu'il lui tendit. Aucun d'eux ne s'était préparé à endurer le soleil brûlant des plaines de Polésie. Trois semaines par an, la température était insupportable. Cela avait certes un bon côté : faire reculer les marais et rendre les routes plus facilement praticables. En revanche, la tente montée par Žižek était une véritable fournaise, tandis qu'à l'extérieur le soleil était sans pitié. La seule zone ombragée se trouvait au niveau d'un talus, trop proche de la route principale. Quand pourraient-ils accorder à leur corps un peu de répit ? Žižek décela la détresse de Fanny, et tira un pan de la toile de la tente afin de les abriter. L'humidité des marécages, conjuguée à la chaleur, ouvrait le ban aux hordes de moustiques et de punaises, et la sueur de leur peau faisait fondre sur eux des essaims de mouches. Cette situation épouvantable les privait de sommeil et amenuisait leur appétit. Fanny savait bien qu'avec un jour ou deux de plus dans ces conditions, le choléra mettrait un terme à leur périple.

Affalé à même le sol, Žižek lui tournait le dos, le corps en chien de fusil. Fanny mit sa tête à l'abri dans la tente suffocante, incapable de supporter davantage le toucher brûlant du soleil. À cet instant, elle n'avait ni à s'occuper de ses enfants, ni à tenir son exploitation ; elle était libre de faire ce que bon lui semblait. Et pourtant, elle n'avait d'autre désir que celui de disparaître. Chez elle, à cette heure-ci, elle aurait eu à laver le linge, à cuisiner, apprendre une autre chanson à Elisheva, se démener pour que David mange. Une myriade de petites tâches, que toute autre mère aurait pu accomplir à sa place, mais dont le sens particulier provenait du fait que c'était bien à elle, Fanny Keizman, qu'il revenait de les mener à bien. Vue d'un regard extérieur, sa vie n'avait rien d'unique mais, pour autant, nombre de richesses ne pouvaient s'apprécier que de l'intérieur. Avant même d'avoir enduré une seule journée de liberté, la voilà qui était abattue, et déjà pressée de retrouver son environnement familier.

Les mouches et autres insectes saisissaient l'opportunité que représentait chaque assoupissement. À peine fermait-elle les yeux qu'elle sentait quelque chose grimper sur ses jambes et la piquer aux chevilles. Non loin, un crapaud s'agitait dans un buisson. Mais peut-être était-ce un ragondin ? Ou un serpent ? Fanny se remit précipitamment sur pied – juste au cas où. Par cette chaleur, le temps était lui-même pris de torpeur, alangui et suant.

Depuis combien de jours étaient-ils partis ? Pas même une journée ? Impossible. Si elle rentrait maintenant, sa disparition serait vite effacée de la mémoire de son mari et de ses enfants, comme si ce périple n'avait jamais eu lieu. Du désir de rendre justice à sa sœur ne resterait qu'une tentative ; ce n'était pas si grave. Face à elle, le dos de Žižek se mouvait au rythme de sa profonde respiration. Ses bras étaient inertes, et sa casquette gisait à l'envers sur le sol près de lui. Elle envisageait de lui faire part de ses doutes, sachant qu'elle n'aurait que son silence pour réponse. Si elle lui demandait de revenir à Motelé, il attellerait les chevaux et leur ferait rebrousser chemin. Si elle désirait continuer, il empoignerait résolument les rênes. La téléga s'était substituée à sa barque sur l'Yasselda, et Žižek était là, à son service. Mais pourquoi se dévouait-il ainsi pour elle ? Comment avait-il pu se soustraire aux flots monotones de sa routine sur la rivière ? En le regardant, elle réalisait qu'il leur était désormais impossible de faire demi-tour. Cela *leur* était impossible, oui, à elle comme à lui.

Žižek, qui avait comme lu dans ses pensées, se leva et replia la tente avant de conduire les chevaux vers la route. Le plus âgé des deux avançait d'un pas hésitant, assurément éreinté lui aussi par la chaleur ; Žižek modérait donc l'allure. Les traits inquiets, Fanny regardait l'homme râblé qui l'accompagnait. À ce rythme, ils ne pourraient progresser de plus de vingt ou trente verstes par nuit. Atteindre Minsk serait plus long que prévu, et rien n'indiquait qu'ils seraient capables d'endurer une autre journée comme celle-ci.

Les traits de Žižek demeuraient impassibles, mais il confia un instant les rênes à Fanny, tandis qu'il repoussait quelques sacs situés à l'arrière de l'assise du chariot. Il lui préparait ainsi un oreiller de fortune, de manière à ce qu'elle puisse rattraper quelques heures de sommeil. Cependant, elle se sentait tenue de demeurer éveillée à ses côtés, et se retrouvait ainsi à lutter contre la fatigue qui s'emparait brutalement d'elle et ballottait sa tête d'avant en arrière. Elle se réveilla en panique, ayant presque glissé de son siège et manqué de chuter en pleine lancée. Žižek lui passa un bout de corde autour de la taille et ajusta un robuste nœud pour la maintenir fermement en place. Elle se résigna à accepter son sort d'être ainsi ligotée, songeant que ce voyage serait bien plus difficile qu'elle ne l'avait imaginé. Tel un coup de poing en pleine figure, le sommeil l'assaillit promptement, la laissant à des rêves imbibés d'une odeur de rhum et d'hydromel.

3

Le deuxième jour, ils firent halte sur un emplacement plus agréable, au bord d'un étang ombragé par un bosquet de saules et de roseaux. Au lever du soleil, Žižek jugea qu'ils étaient trop visibles. À une distance de quatre verstes de là se dressaient, éparses, quelques cabanes de bois – visiblement des installations bâties illégalement par des moujiks*, excédés par le prix des loyers. Žižek décida donc de replier la tente et de monter attentivement la garde. Fanny s'employa à le convaincre de prendre un peu de repos, mais son visage demeurait placide et sa détermination irréductible. Ses oreilles à l'affût du moindre bruissement, il était prêt à bondir à tout moment.

L'ombre avait un effet apaisant sur Fanny, et l'amélioration de leurs conditions renforçait sa volonté d'aller de l'avant. Les pommes et les concombres emportés par Žižek la réconfortaient ; elle déposa quant à elle prudemment une tomate et deux prunes près de lui. À Motelé, la rumeur disait que Žižek se nourrissait d'anguilles encore vivantes qu'il pêchait dans la rivière. À l'inverse, d'autres pensaient que sous ses airs de pataud misérable, se cachait un richissime châtelain, servi par des valets qui lui apportaient ses repas dans un service en porcelaine de Kiev, et du vin français dans des verres viennois.

Žižek regarda Fanny comme s'il attendait son autorisation, et saisit l'une des deux prunes de mauvaise grâce. Sa bouche balafrée lui donna les plus grandes difficultés à croquer le fruit, ses traits se tordirent comme s'il venait de se mordre la langue. Remarquant que ses dents peinaient à entamer la peau, Fanny reprit la prune pour la découper en petites portions. Žižek accepta les parts qu'elle lui présentait une à une, sans dire mot. Fanny sentait toutefois qu'il lorgnait déjà la deuxième prune.

Žižek engloutit cet encas tel un vieux bouc, d'une mastication monotone et lasse. Quelque chose dans le décalage entre sa taille gigantesque et sa douceur évoquait à Fanny son époux. Cependant, alors qu'un filet de tendresse émanait toujours du regard de Natan-Berl, les yeux clairs de Žižek étaient quant à eux dépourvus de toute lueur de vie, ne trahissant ni détresse ni espoir. Le calme imperturbable qui s'étalait sur son visage était terrifiant, tel un lac sans poisson qui sentirait malgré tout le poisson.

L'après-midi, sans que Žižek ne la voie, Fanny retroussait sa robe pour laisser l'air passer entre ses jambes. L'accoutrement qui lui était imposé, celui d'une paysanne du coin, avait de nombreux avantages qu'elle connaissait de par sa vie au village. Loin des manières citadines des habitants de Motelé, elle s'autorisait à retirer de temps à autre quelques couches de vêtements, ainsi qu'à s'occuper de son jardin, en parfaite *shikse.* Elle avait certes conscience que son impudeur enfreignait les prescriptions de la *halakha**, mais elle ne l'avait jamais conçue comme une transgression. Même à cet instant, alors qu'elle n'éprouvait aucun besoin de prier, elle ressentait intensément la présence du Très-Haut.

Protégés par l'obscurité, ils se remirent en route et rejoignirent un axe plus emprunté, où défilaient des carrioles de mendiants et de colporteurs, allant et revenant de Telekhany. Ceux qui faisaient le choix de voyager de nuit étaient très pressés, et ne cherchaient pas de compagnie. D'eux, Žižek ne se méfiait pas. Il y avait également quelques vagabonds, de ceux qui avaient quelque chose à cacher, exactement comme eux deux. Žižek ne les jugeait pas plus menaçants. Mais il fallait aussi compter sur ces énergumènes, chez qui les ténèbres éveillaient la soif de nuire – précisément ceux que Žižek redoutait.

Immédiatement après avoir franchi le canal d'Oginski, ils furent apostrophés par un groupe d'ivrognes pris d'un accès de joie. Žižek se crispa sur son siège et leur fit signe de la main. Il n'y avait rien que les soiffards n'abhorraient davantage que le fait d'être ignorés, et ce n'était qu'en échange de la reconnaissance de leur allégresse qu'ils vous ficheraient la paix. L'un d'eux agita une bouteille de *yash** dans leur direction et se mit à beugler : « Ah quèqu'chose ! Ça c'est quèqu'chose ! Vous devriez vous aussi mesdemoiselles ! » Il se mit alors à alpaguer lourdement le conducteur de sa propre charrette : « Arrête-toi l'ami, allons donc voir ces jeunettes ! »

Žižek soupira de soulagement en les voyant passer devant eux sans s'arrêter.

À minuit, la route était presque déserte, et les paupières de Žižek commençaient à cligner de fatigue. Il essaya d'abord de se donner quelques tapes et de se mouiller le visage. Mais à défaut d'améliorer son état, il se mit sur les genoux et s'adressa un coup de poing en pleine mâchoire. Fanny voulait le relayer, elle était tout aussi capable de s'orienter avec l'étoile polaire, mais Žižek resta en place sur son siège, une bouteille de rhum à la main, et, à l'instar de ces ivrognes véhéments, se mit à presser l'allure des chevaux. Voyant un chariot à ridelles chargé de sacs de céréales arriver à leur hauteur, Žižek ralentit immédiatement l'allure et dériva vers l'accotement. Le véhicule était occupé par un couple, ils les saluèrent de la main et leur souhaitèrent la bonne fortune.

« Où allez-vous donc, braves gens ? » demanda la femme, le visage dissimulé presque jusqu'aux yeux par un foulard.

Fanny, sûre du fait que Žižek serait toujours aussi peu loquace, répondit à sa place :

« À Minsk.

— Et d'où venez-vous, bonnes gens ? répondit la femme, intriguée.

— De Minsk », rétorqua Fanny.

Žižek refréna les chevaux afin que les paysans les dépassent, mais ces derniers se mirent eux aussi à ralentir, et continuèrent de rouler à leur niveau. Un long moment s'écoula. Épiement réciproque. Žižek dénombrait à la hâte les possibles voies d'issue. S'il avait été plus vigilant, il aurait bifurqué avant qu'il ne soit trop tard. À court d'une meilleure option, il prit alors le risque d'arrêter la téléga sur le bord de la route. À leur plus grand désarroi, les paysans s'immobilisèrent également, au milieu de la chaussée, de manière à leur bloquer le passage.

« Un chargement à livrer ? demanda la femme.

— Oui, répondit Fanny en polonais. Des pommes de terre. »

Žižek lui fit signe d'interrompre immédiatement la conversation.

« Prenez garde chers amis », intervint l'homme. Ses joues rasées reflétaient l'éclat de la lune tandis que ses yeux étaient dissimulés dans l'ombre de sa visière. Nous avons déjà été attaqués deux fois sur cette route, j'espère que vous êtes armés, ce coin de Telekhany ne manque pas de barbares. »

Cet avertissement accentua encore la méfiance de Žižek, qui empoigna sa cravache. Le plus âgé des chevaux tressaillit.

« Votre cheval a l'air fatigué, lâcha la femme.

— Le deuxième m'a l'air justement plus vif, commenta l'homme. Et quel coursier ! T'as déjà vu un canasson pareil ?

— Non Radek, pas un si beau.

— Quèqu'chose ! s'exalta l'homme, tout en sifflant d'enthousiasme. Un aussi noble destrier pour tirer de la pomme de terre ?

— Vraiment un sacré ch'val ! approuva la femme.

— En échange du cheval, on est prêt à vous laisser les patates ! » gloussa le dénommé Radek.

Sa comparse s'étrangla de rire.

« Qu'en dites-vous bonnes gens ? » dit-elle tout en mettant le pied à terre. Žižek frémit.

« Y disent rien Radek. Y z'ont p'têt' gobé une patate ?

— P'têt' bien qu'ils cachent quèqu'chose ?

— V'là-t'y pas que ça serait des *žyds* ? questionna la femme tout en s'approchant de Fanny et Žižek.

— L'accent de cette femme me paraît bien saugrenu, lança Radek. Qui pourrait bien dire *Miansk* pour Minsk ?

— Pt'êt' quelqu'un qu'est pas de Minsk, Radek.

— P'têt' quelqu'un qui parle pas polonais, ma douce. »

Žižek sauta à son tour à terre, la cravache toujours en main. Profitant de l'obscurité, il tenta de dételer les chevaux de leur timon, afin que lui et Fanny puissent s'enfuir sur leur dos.

— Non Radek, pas des *žyds* peut-être, y sauteraient pas si vite de leur charrette. Des *žyds*, y resteraient figés sur place.

Quelque chose se mit à bouger entre les sacs de grain chargés dans la ridelle des paysans. Et soudain, deux *žlobs*, solidement bâtis et peu commodes, en jaillirent avant de venir rejoindre Radek.

La femme quant à elle se tenait face à Fanny et Žižek, son visage découvrait désormais deux rangées de chicots délabrés :

« Pour faire simple, on veut votre marchandise.

— Et la téléga avec, ajouta Radek, légèrement en retrait.

— Sans oublier le cheval, lâcha l'un des deux *žlobs*, d'une voix endormie. Un sacré canasson ! »

Les trois hommes se regroupèrent derrière la femme. Žižek, qui s'employait alors à défaire le côté opposé de l'attelage, remarqua que l'un des deux vauriens musculeux cachait un gourdin dans son dos, tandis que son acolyte empoignait la garde d'un poignard. Žižek pressa Fanny d'enfourcher sans attendre le plus jeune des deux chevaux.

« Žižek, donne-leur ce qu'ils veulent », trembla Fanny.

Mais il lui indiqua par un signe de monter à cheval, la tirant sans ménagement par le bras. Fanny jeta un regard en direction des truands et s'aperçut soudain que l'un d'eux avait disparu. Avant même qu'elle n'ait pu crier pour prévenir Žižek, ce dernier reçut un violent coup dans le dos, et s'effondra à terre. Terrifiée, Fanny se mit à hurler et essaya de monter en selle, mais elle fut assaillie par l'autre gaillard, qui tira sur le pan de sa robe et la projeta au sol. Žižek tenta de se relever pour la secourir, mais un second coup de gourdin s'abattit sur son crâne et le laissa inconscient.

La brute épaisse écrasa l'épaule droite de Fanny avec le pied et lui ordonna de ne plus bouger. La respiration coupée, seuls ses yeux continuaient de suivre les événements. Entre-temps, le couple avait investi leur téléga et entrepris d'en vider les sacs. N'y trouvant aucun objet de valeur, ils se répandaient en jurons tonitruants. Par dépit, ils mirent les sacs en lambeaux et vidèrent les outres d'eau, avant que la femme ne parvînt à la caisse en bois, pour y découvrir l'uniforme et le fût de rhum. Elle brandit triomphalement la capote militaire. « Radek ! On a eu un soldat ! » cria-t-elle avant de se baisser pour s'abreuver au robinet du tonnelet.

La bande exulta, et la brute qui avait molesté Žižek grimpa sur la téléga pour enfiler sa capote. Celui qui avait piétiné l'épaule de Fanny bondit lui aussi sur la charrette pour disputer ce qu'il restait du butin, arrachant une chemise, une écharpe d'officier, un pantalon et un ceinturon. Une fois la distribution effectuée, conformément à une hiérarchie qui échappait à Fanny – étant donné que c'était la femme qui donnait les ordres –, les truands descendirent de la téléga et s'approchèrent de la jeune femme.

« Tu sais ce qui est encore pire qu'un *žyd* ? » lui demanda la mégère. Fanny anticipait amèrement la réponse.

« Un renégat polonais dégueulasse qui sert l'armée du Tsar. Pffeuh ! » lâcha l'un des gaillards, accompagnant sa réplique d'un crachat, et se pressant dans la foulée d'administrer un grand coup de pied dans le ventre de Žižek, qui gisait toujours inconscient au sol.

« Ça suffit ! » tança la cheffe, comme si sa concentration avait été perturbée. Elle se pencha alors vers Fanny, et lui glissa à l'oreille, tout en lui postillonnant copieusement dessus : « On aimerait que ton soudard reprenne ses esprits, tu sais pourquoi ? »

Fanny tremblait. Les dents pourries de la femme dégageaient une puanteur partagée entre relents de kvass et de viande en conserve. « Car avant qu'on le pende, je tiens à ce qu'il voie mes fils baiser sa pute de femme. »

Ses deux rejetons beuglèrent de rire. « Sa pute de femme… elle est bonne celle-là maman ! » À cet instant, Fanny aurait dû prier, pleurer ou se mettre à hurler, mais quelque chose la titillait : ces pillards étaient-ils vraiment du même sang ? Aucune chance. Cette femme les avait à coup sûr recueillis dans la rue et les avait élevés en parfaits scélérats. Mais peu à peu, Fanny réalisait à quel point leurs traits étaient similaires, avec ces mêmes yeux enfoncés. Pour quelque raison, savoir que cette bande de malfrats n'était en fait rien de plus qu'une simple famille la réconfortait. Face à elle, point d'anges de la mort, mais bien des êtres de chair et de sang – qui avaient nécessairement des points faibles.

L'un des fils la tirait déjà par les cheveux, tandis que son frère déchirait le col de sa robe, puis ils la tirèrent sur le sol comme un animal. Instinctivement, elle se figura Tsileyger, le pauvre chien à trois pattes, et porta sa main à sa cuisse droite, où était sanglé son fidèle couteau de boucher.

Tandis que le couple s'évertuait à réveiller Žižek à grand renfort de gifles et d'eau, Fanny fut brutalement empoignée et forcée à se pencher sur la charrette par l'un des frères. Pendant que ces derniers se disputaient leur ordre de passage – qui prendrait les devants, et qui aurait la primeur de derrière – Fanny releva avec précaution sa jambe droite et dissimula sa lame le long de son bras gauche, plaquée contre son cœur. Celui qui avait eu gain du manteau militaire vint se coller à elle, lui laissant voir à présent l'expression de son visage. Ses traits noircis par la suie étaient entrecoupés par la lueur d'une dentition blanche et bien entretenue, faisant apparaître un nez retroussé et délicat, ainsi que des yeux enfoncés qui dansaient de haut en bas tels des poissons hors de l'eau. Elle profita de son inattention pour observer minutieusement les veines qui battaient sous la peau de son cou et, sans marquer la moindre hésitation, lui trancha la gorge d'un geste prompt et précis.

Une abondante gerbe de sang aspergea le visage de Fanny. Sa victime avait le souffle coupé, le visage inerte, et son regard s'accrochait fermement au sien. Lorsqu'il s'effondra au sol dans un bruit sourd, le frère éclata de rire tandis qu'il soulevait les pans de la robe de Fanny, songeant que l'ébriété avait eu raison de l'équilibre de son frère. Elle fit volte-face sur sa droite et, dans son élan, surina sèchement le cou de son deuxième assaillant. Ce dernier palpa sa gorge tout en continuant de rire, comme si un simple moustique l'avait piqué. Elle voyait à présent à quel point ils se ressemblaient – peut-être étaient-ils même jumeaux –, y compris dans leur manière de s'effondrer et dans leurs derniers soubresauts.

Le silence qui soudain régna autour de la charrette arriva aux oreilles des parents, qui abandonnèrent Žižek pour s'approcher, et découvrir la scène d'horreur. Leurs deux fils, se convulsant au sol dans une mare de sang, au milieu d'une forte odeur d'excréments. Debout au-dessus d'eux, Fanny tenait dans sa main gauche un couteau destiné à l'abattage des volailles. Radek tira sa femme vers l'arrière, en direction de leurs chevaux ; mais elle, la commandante, prise d'une furie incontrôlable, se rua sur Fanny en poussant des cris guerriers et en agitant les bras dans tous les sens.

Fanny la plaqua contre la charrette et lui trancha la gorge. La mère tenta vainement de se retourner et de lui porter un coup, avant de s'écrouler. Radek prit ses jambes à son cou et s'enfuit à travers champ. Il laissa ainsi derrière lui sa charrette ainsi que ses chevaux sur la grand-route – lesquels étaient seuls à occuper ses pensées, tant le reste lui paraissait invraisemblable. Étrangement, avant même qu'elle ne se rende auprès de Žižek, Fanny entreprit d'examiner les gorges béantes. La trachée et l'œsophage étaient intégralement sectionnés et présentaient une incision nette. La nuque n'était pas brisée. Fanny se montra satisfaite de la *shekhita* qu'elle avait accomplie, conformément aux exigences rituelles, et replaça la lame dans son fourreau.

4

Lorsque Žižek reprit conscience, son ceinturon lui faisait office d'oreiller, son front était bandé et son corps recouvert par sa capote maculée de sang. Fanny avait bien tenté de le hisser à bord de la téléga, mais il était beaucoup trop lourd. Elle avait alors entrepris de nettoyer ses plaies avec le peu d'eau qu'il leur restait, puis appliqué des bandes autour de son front et réajusté l'attelage des chevaux, partiellement défait par Žižek.

Le vieux cheval, resté détaché tout du long, n'avait pas profité de l'occasion pour s'enfuir. À son âge avancé, la liberté n'était plus aussi exaltante qu'auparavant. Durant ses jeunes années, il avait rêvé de grands espaces, alors qu'aujourd'hui il pouvait parfaitement se contenter d'une étable douillette et d'une belle balle de foin. Fanny caressa le galbe de son dos et lui adressa un regard reconnaissant. Quant au jeune cheval, il trépignait, en proie à une grande nervosité. Ce à quoi il avait assisté pendant ces deux derniers jours dépassait tout ce qu'il avait vécu jusque-là. Fanny passa une main sur sa tête puis se rendit auprès des montures des truands qui patientaient, abasourdies, au milieu du chemin. Elle s'assit ensuite au chevet de Žižek, espérant qu'il se réveillerait avant les premières lueurs de l'aube – c'est-à-dire avant qu'on ne les repère.

Lorsque Žižek ouvrit les yeux et recouvra sa lucidité, il lui sembla que le coup reçu à la tête, ajouté à l'obscurité, avait brouillé sa vision. À quelque distance de lui se trouvaient trois rochers, qu'il aurait pu prendre pour trois personnes allongées les quatre fers en l'air. Mais quand son regard s'arrêta sur Fanny et ses yeux écarquillés, il saisit la gravité de la situation. Aucun doute n'était possible, c'étaient bien là trois corps qui gisaient devant lui.

Il tenta précipitamment de se relever, mais s'écroula tout aussi vite, perclus de douleurs. Son dos était lacéré et sa tête tuméfiée, Fanny l'aida à se mettre debout. Il chancela jusqu'aux chevaux, vérifia le bon verrouillage de l'attelage, et jeta ensuite un œil à la route pour vérifier si la voie était libre. Peu à peu, il réalisa que Fanny l'avait précédé dans ces tâches.

Žižek redressa son dos et regarda dans toutes les directions. Il se hâta de jeter sa capote militaire, son ceinturon et son uniforme à l'arrière de la téléga, puis s'efforça d'atteindre son siège. Fanny l'aida en le soutenant par-derrière, puis grimpa à son tour. Elle s'apprêtait à prendre les rênes, mais Žižek les lui confisqua aussitôt, avant d'ordonner à l'attelage de s'élancer.

« Žižek Brushov ? » hasarda-t-elle, toujours sans obtenir de réponse. Mais elle sentit cette fois qu'il y avait dans son silence une once de culpabilité.

Fanny, assise près de lui, toucha le fourreau attaché à sa cuisse : pourquoi continuait-elle de garder son couteau alors qu'elle avait cessé de pratiquer ? Elle l'ignorait. Elle avait essayé à plusieurs reprises de le remiser au fond d'une armoire. Mais à chacune de ses tentatives pour éloigner la lame, elle éprouvait un manque ; comme si son couteau était son 249e membre, sur les 248 parties du corps que dénombrent les Sages. Devant l'impossibilité de le cacher à ses proches, elle s'était mise à s'en servir presque distraitement, en avait fait un objet du quotidien. Elle l'empoignait volontiers pour émincer des légumes, élaguer de petites branches ou trancher un nœud – tel un simple outil. Mais chaque fois qu'elle coupait ses légumes, Fanny sentait que la lame n'accomplissait pas là son authentique fonction, qu'elle ne la gardait pas sanglée à sa cuisse pour cette raison. Et, bien que l'idée de pratiquer à nouveau l'abattage l'effrayât, elle s'appliquait à l'aiguiser continuellement, exactement comme le faisait *di wilde khayeh* jadis.

Lorsqu'elle saisissait son couteau, Natan-Berl la regardait d'un air dépité, peut-être en était-il même offensé. « N'as-tu pas confiance en moi, Fanny Keizman ? croyait-elle l'entendre murmurer du regard. Tu n'en as plus besoin depuis que nous sommes mariés, n'est-ce pas ? »

Elle savait mieux que personne qu'elle n'aurait pu espérer de meilleur mari que Natan-Berl. Il remuerait ciel et terre pour qu'on ne touchât pas à un seul de ses cheveux ; et que l'on ne se méprît pas entre lenteur d'esprit et rapidité d'exécution. Quiconque aurait osé ne serait-ce qu'élever la main sur l'un de leurs enfants aurait immédiatement goûté aux poings d'un homme chez qui la violence était l'absolu dernier recours – ce pourquoi elle était précisément d'une férocité inouïe. Fanny n'avait cependant jamais considéré que tout reposait sur Natan-Berl, elle avait toujours su que son monde, au fond, ne tenait pas à grand-chose. Ce que cela signifiait ? Que ses garçons fréquentaient bien le *heder* et que ses filles grandissaient – Gabriella, Dieu soit loué, quelle fille elle avait élevée… si intelligente et courageuse. Natan-Berl était accaparé par le travail, sa belle-mère se plaignait continuellement dans son cabanon, et personne ne manquait de rien. Mais elle, où était sa place dans ce tableau ? Elle se chargeait de mener le navire à bon port, veillant, soir après soir, à jeter l'ancre dans la baie la plus sûre. Mais une fois que tous étaient couchés, elle demeurait une longue heure assise dans la cuisine, à écouter le hurlement de la meute qui se mêlait aux ronflements du foyer. Elle savait que les loups étaient là-bas, dehors, que sa maison était ici, et que la cloison les séparant n'était qu'éphémère, ou n'était même qu'une illusion. À tout moment, le vent pouvait rugir, ou des vagues les submerger – et tout s'effondrerait. Mais que signifiait « tout » ? Tout son monde, rien de moins. Ne resteraient qu'eux, sans toit ni murs, en proie à la cruauté du monde. Voilà pourquoi elle avait besoin de son couteau. Elle ne pouvait compter sur personne.

Fanny sentait que la chose avait une emprise grandissante sur elle. Aussi, elle décida un jour d'aller consulter rabbi Moishe-Lyzer

Halperin. Elle le trouva, comme à son habitude, dans le misérable logement alloué au rabbin, situé dans la cour de la synagogue, cette même cahute délabrée que ses prédécesseurs avaient subie avant lui.

En apercevant Fanny, il tira sur sa barbe et annonça :

« Ils s'en vont tous.

— Qui s'en va, rabbi Halperin ?

— Vous auriez mieux fait de demander : "Qui ne s'en va pas ?" soupira-t-il. Les Weissman, les Rosenstein, les Grossman et les Alterman, ils partent tous.

— Et où vont-ils, rabbi Halperin ?

— Vous auriez plutôt dû demander : "Où ne vont-ils pas ?" Il y a ceux qui vont à Ellis Island, d'autres à Berlin, certains à Saint-Pétersbourg et même en Palestine.

— Et qu'y a-t-il de mal à cela ? demanda-t-elle naïvement.

— Et qu'y a-t-il de bon ? rétorqua-t-il. Ils se mêlent de politique, comme le font les autres nations. Ils adoptent des opinions, comme s'ils s'étaient soudain tous changés en mandarins : qui est pour le prolétariat, qui pour la réforme, les *maskilim**, il y a ceux qui sont avec les Russes et ceux qui se bercent d'illusions au sujet de la Palestine. C'est une catastrophe, je vous le dis, une pure catastrophe. À quoi devons-nous notre salut en terre d'Exil ? »

Fanny se tut.

« Madame en a-t-elle une idée ? reprit-il d'un ton ferme.

— À la foi ? hasarda-t-elle.

— La foi ? Oui, naturellement, se hâta-t-il d'acquiescer, pour la forme, tout en se touchant le front et la poitrine du bout des doigts. Mais depuis que nous vivons en Exil, qu'est-ce qui nous a protégés ? Bien, je vais vous le dire : c'est que nous ne nous sommes jamais mêlés de politique. Comprenez-vous, oui ou non ? Le sage n'adopte pas de point de vue, il renforce sa foi en le Saint béni soit-Il ; peu lui importe si les seigneurs se chamaillent avec les paysans, ou si les nationalistes polonais affrontent les envahisseurs russes. Qu'il y ait de quoi vendre et acheter auprès des *goyim* pour subvenir à nos besoins, c'est une excellente chose. Mais c'est là justement que se trouve la ligne qui nous sépare. Avec eux, nous partageons la même terre, mais pas le même monde. Notre souffle se nourrit du même air, mais pas de la même Création. Savez-vous madame ce que signifie *Polin* en hébreu, que nous employons pour "Pologne" ? »

À nouveau elle demeurait silencieuse.

« Le savez-vous ou non ? Alors écoutez ceci. *Polin* est la juxtaposition de *poh* et de *lin*, c'est-à-dire : "Ici", *poh* ; "et il séjournera", *lin*. Il, le bon Juif, s'y reposera, priera, sanctifiera le shabbat et les fêtes dans l'allégresse, en attendant l'arrivée du Messie, fils de David, qui nous fera monter à Jérusalem. C'est donc ici, en *Po-lin*, que nous séjournons, pas outre-Atlantique au *Goldeneh Medineh*, en Palestine ou encore à Berlin. Et qui restera désormais ? En avez-vous la moindre idée, madame ? Alors voici : ceux qui ne peuvent s'offrir le voyage. Tous les modestes, les pauvres, ceux que le destin n'a pas épargnés, les mendiants, les misérables. Et tous ceux-là, à qui s'en remettront-ils ? Allons bon, à rabbi Moishe-Lyzer, pardi. Qui d'autre iraient-ils voir ? Et de quoi dispose rabbi Moishe pour leur venir en aide ? Autrefois, il y avait bien les Grossman, les Rosenstein, les Weissman et les Alterman pour adresser des dons au rabbin. Mais qu'en est-il aujourd'hui ? »

Il embrassa son doigt et le porta à son front.

Fanny comprit qu'il faisait ainsi allusion à ce que lui-même s'attendait à recevoir, après s'être entretenu avec les gens qui en avaient les moyens. Contrairement à ses prédécesseurs, tous morts de froid ou de dysenterie dans cette bicoque délabrée, qui menaçait de s'effondrer à tout moment dans la cour de la synagogue, le rabbin Moishe-Lyzer Halperin avait survécu. Il le devait à son implacable propension à ne pas compter sur le naturel généreux des membres de la communauté, et à sa miraculeuse capacité à exiger d'eux implicitement qu'ils le rétribuent. Fanny déposa deux pièces d'or sur son bureau. Le rabbin les recouvrit aussitôt avec l'un de ses chapeaux de feutre et poursuivit :

« Cela fait quelques jours que je suis très préoccupé pour votre sœur, le saviez-vous, chère madame ? »

Fanny l'ignorait.

« Madame saisit-elle ce que le rabbin entend par là ? » questionna-t-il. Elle acquiesça, sans en avoir pourtant la moindre idée. « Écoutez donc ce qui suit », dit-il, avant de se lancer dans un exposé lyrique sur ces moments de troubles, où l'unité de la famille était mise à l'épreuve, et sur la communauté qui en payait le prix, alors qu'un certain Zvi-Meïr s'arrogeait une liberté qui ne lui avait nullement été accordée.

« Mais votre sœur, Mendé, contrairement aux autres ouailles, et madame me pardonnera l'expression, sait quelle est sa place en ce bas monde. Tant de douceur, de modestie, c'est un modèle pour les autres. Comme il est dit dans le Cantique des Cantiques : "Sortez et admirez, filles de Sion", voyez donc Mendé Speisman, qui accepte humblement son sort, qui ne génère pas de conflits, et s'en remet des deux mains au Miséricordieux, Lui qui connaît le pourquoi des peines qui l'affligent. »

Fanny hocha la tête, non sans embarras, avant d'ajouter qu'elle venait aussi le consulter sur un autre sujet.

« Naturellement, répondit-il en se levant de sa chaise, indiquant dans la foulée son intention de la raccompagner. Ce que madame Keizman veut, Dieu le veut. »

Arrivés au seuil du modeste logis, elle savait qu'elle devait en venir au fait sans plus attendre. Elle évoqua le couteau reçu de son père lorsqu'elle était petite, dont il lui était à présent impossible de se séparer. Le rabbin s'employa à la rassurer, son regard s'illuminant soudain. Cette affaire était d'après lui des plus limpides : le couteau n'avait naturellement pas d'importance en tant que tel, il incarnait le souvenir de son père, Meïr-Anshel Schechter, de mémoire bénie. Elle peinait en fait à se détacher de cette évocation de son enfance, et peut-être – pour ainsi dire – qu'elle se languissait des beaux morceaux de viande que son pieux et regretté père déposait dans son assiette ; d'où cette seconde occurrence du couteau. Le temps était peut-être venu pour elle, suggéra le rabbin, de revenir aux coutumes de sa communauté, car n'est-il pas écrit en Genèse 1-28 : « Commandez aux poissons de la mer, aux oiseaux du ciel, à tous les animaux qui se meuvent sur la terre » ; le couteau faisant ainsi une troisième apparition. Savait-elle ce qui différenciait l'offrande de Caïn de celle d'Abel ? Cette chère madame connaissait-elle la réponse ? « Alors la voici, dit le rabbin :

celle de Caïn venait de sa récolte, des fruits de la terre, tandis qu'Abel avait choisi parmi les plus beaux agneaux de son cheptel. Et quelle offrande avait eu la faveur du Créateur ? Déduisez vous-même ce qui suit, voilà la quatrième occurrence du couteau. Il a été expliqué que c'était justement parce qu'il avait épargné des animaux que Caïn avait été emporté par un élan de violence, au point de faucher la vie de son innocent frère, car comme il est dit en Osée 13-2 : "Pour rendre hommage à des veaux, ils immolent des hommes." Et l'on pourrait continuer ainsi longtemps et épiloguer sans fin, la conclusion resterait pour autant la même : lorsque l'on touche à des sujets aussi essentiels, il convient d'être solidaire de la communauté et suivre ses coutumes. »

Fanny patienta en silence que rabbi Moishe ait terminé sa *drasha**, qu'il conclut par un bouquet de vœux et de compliments pour elle et son foyer, sa sœur et son foyer, ainsi que tous leurs proches et leur famille. En prenant congé, Fanny porta la main à son couteau. Elle en était convaincue, il n'avait rien d'un symbole appelant une fastidieuse interprétation. Meïr-Anshel Schechter, son père, Juif pieux de mémoire bénie, lui manquait cruellement, mais cette lame n'incarnait rien d'autre qu'elle-même – ce que l'on sait l'emporte sur ce que l'on ignore. Ce n'était là rien d'autre qu'un objet que son père avait transmis à sa cadette, scellant ainsi son aptitude à s'en servir. Et même si elle lui avait fait la promesse de ne plus pratiquer la *shekhita,* elle ne parvint jamais à se passer du sentiment de sécurité que la lame lui procurait. Rares étaient ceux qui savaient la manier comme elle. Tout cela, son père en était conscient lorsqu'il l'avait envoyée à Motelé. Il le savait, mais il n'avait rien dit. Au moment de se séparer d'elle, il lui avait confié : « Ce monde est au bord de l'abîme. Et si ma fille désire garder contre sa jambe un couteau fait pour égorger les poulets, ainsi soit-il. »

Fanny et Žižek progressaient sur la route désormais déserte. Encore hébétée, elle était dominée par un sentiment de fin du monde, comme s'ils étaient en train de revivre le Déluge. Et d'entre tous, c'était précisément elle – la fille et apprentie du *shokhet,* devenue meurtrière – qu'on avait placée dans l'Arche et fait mettre les voiles, aux côtés d'un Noé qui n'était plus que la pâle ombre d'un homme dont les traits avaient perdu toute trace d'humanité.

5

Au plus noir de la nuit, le lieutenant-colonel Piotr Novak était reclus dans une chambrette obscure louée à un habitant de Baranavitchy. Il comparait les rapports de filature remis par deux agents diligentés par ses soins : Lucien Ostrovski et Mikel Simanski.

Très confidentiel

LUCIEN OSTROVSKI	MIKEL SIMANSKI
9 h 45 – Vladimir sort de chez lui, un sac en cuir à la main.	9 h 45 – Vladimir sort de son immeuble. Dissimule un sac suspect sous sa chemise.
10 h 01 – Vladimir dépose deux plis au bureau de poste.	10 h 01 – Vladimir entre dans le bureau de poste, regarde autour de lui. Expédie deux lettres à l'étranger, l'une d'entre elles est adressée à la famille Lévine, à Paris.
10 h 13 – Vladimir achète du fromage au marché.	10 h 13 – Vladimir entame des conversations pendant qu'il se procure du fromage au marché. Le supposé fromage est emballé dans du papier brun.
10 h 26 – Vladimir va chez le coiffeur.	10 h 26 – Vladimir entre dans un salon de coiffure. Quatre hommes attendent leur coupe en lisant le journal. Échangent de temps à autre un regard, mais pas de « fromage ».

Novak en était convaincu, tout autre officier de l'Okhrana aurait renvoyé Lucien Ostrovski sur-le-champ pour ce rapport sec et insipide. Mais c'est pourtant le document remis par Simanski qu'il roula en boule et expédia à la corbeille. Comment saurait-on différencier un sac suspect d'un banal sac ? Un fromage d'un « supposé fromage » ? Quoi d'autre qu'un journal aurait censément pu occuper des hommes patientant chez le coiffeur ? Comment aurait-on acheté du fromage sans « entamer des conversations » ?

Le lendemain, Piotr Novak s'entretint avec son lieutenant, Albin Dudek. Ce dernier demanda à son commandant si l'adresse parisienne correspondant à une famille Levine, révélée par le rapport de Simanski, avait malgré tout quelque utilité. Mais Novak le fustigea aussitôt :

« Ne voyez-vous pas ce qui est pourtant l'évidence même ? Simanski n'a rien découvert du tout. Il n'a fait qu'insérer un patronyme juif pour assaisonner la soupe qu'il nous a mitonnée.

— Et d'où savez-vous qu'il ne s'agit pas de la bonne adresse ?

— L'homme qu'ils ont filé me l'a dit, grommela Novak. Il est de la maison.

— Je vois », finit par admettre Dudek.

Depuis que Piotr Novak l'avait vu entamer ainsi une lettre : « De là par d'Albin Dudek », il ne pouvait s'empêcher de se figurer mentalement les fautes d'orthographe que son lieutenant aurait assurément commises s'il avait été contraint de s'exprimer à l'écrit. Dudek était un rond-de-cuir. Il avait commencé en tant que cuisinier, puis avait bourlingué dans l'armée de poste en poste jusqu'à ce que des galons de capitaine lui atterrissent sur l'épaule. Au sein de l'Okhrana, le Département de maintien de la sécurité et de l'ordre publics, la plupart des officiers de renseignement s'employaient à faire preuve d'une indigence intellectuelle manifeste, évitant ainsi la possibilité d'être associés à une conspiration ou à une tentative de mutinerie. Dans le cas de Dudek, la chose était liée à ses propres limites. Régulièrement, Dudek s'essayait à suggérer des pistes au cours d'une enquête, lesquelles se trouvaient toujours écartées d'emblée. Le tort n'incombait peut-être pas seulement à Dudek, étant donné l'étrange traitement que recevaient les enquêtes au sein des *goubernias** de Grodno et de Minsk, placées sous le commandement du lieutenant-colonel Piotr Novak.

Partout ailleurs dans l'Empire russe, les agents de l'Okhrana étaient occupés à chasser le menu fretin. Grâce à des agents secrets diligents et motivés, à des équipes d'infiltration composées de sans-grade, ainsi qu'à des informateurs dotés d'une imagination prolifique, ils harcelaient les seconds couteaux de la révolution. Arrêtaient ici un moucheron distribuant des tracts, là abattaient un moustique en train de manifester, pour se réveiller un beau matin et découvrir que les fauves de la Narodnaïa Volia avaient eu la peau du Tsar. Assurément, une telle chose n'aurait pu se produire sous le commandement de Piotr Novak.

Au sein de l'antenne de la police secrète dirigée par Novak, tout se déroulait dans le calme. Se targuer d'un chiffre quotidien d'arrestations ne l'intéressait pas. Il s'employait principalement à se fondre en toute discrétion dans les principales villes de sa juridiction – Minsk, Grodno, Kaunas et Vitebsk. On pouvait aussi parfois le croiser dans de petits hameaux, dont les habitants ne pourraient jamais se douter qu'un détachement de l'Okhrana puisse fourmiller dans leur trou perdu répugnant. Ce n'était pas un hasard si le gouverneur et maréchal Iossif Gourko avait insisté pour que son fidèle et dévoué Novak prenne la tête de deux *goubernias*. Gourko l'avait convoqué dans son bureau et lui avait dit : « Piotr, j'ai besoin de toi ici. Tu sais bien pourquoi. » Et Novak savait en effet pourquoi. Dans ces provinces populeuses, où tout le monde connaissait tout le monde, les procédés rétrogrades de l'Okhrana étaient inopérants.

En quoi consistaient donc les méthodes spéciales de Novak ? Untel avait des velléités de soulèvement ? Parfait, lui répondrait Novak, et même mieux : des agents infiltrés de la police secrète seront ravis de collaborer avec lui au sein d'une ligue de désobéissance. Le rebelle en question souhaiterait diffuser des idées socialistes ? Naturellement ! Et s'il avait besoin d'un financement, le département lui fournirait généreusement la somme nécessaire. Que saurait la police secrète si elle n'était pas elle-même implantée dans ces organisations ? Comment les agents pourraient-ils acheter la confiance des séditieux s'ils n'attisaient pas eux-mêmes le feu de la révolte ? Une police secrète efficace, telle que la concevait Piotr, serait à même d'étouffer une révolte qu'elle aurait elle-même fomentée.

C'est pourquoi Son Excellence le gouverneur Iossif Gourko envoyait ses officiers de renseignement se former auprès de Novak. « Que pourrait-il bien avoir à nous apprendre ? » se demandaient ces hauts gradés de Saint-Pétersbourg et de Moscou ; découvrant après coup qu'ils avaient à en prendre de la graine. Quelques principes élémentaires tout d'abord. Premièrement, le lieutenant-colonel Piotr Novak apparaissait rarement dans les grandes villes. Dans ces métropoles effervescentes, l'expérience le lui avait appris, on affûtait plutôt le tranchant du verbe que celui des lames ; et les grandes idées, pour autant qu'il sache, ne déclenchaient pas les révolutions. Certes, ces villes abondaient d'universités et ne manquaient pas non plus d'intrépides étudiants, mais, chacun voulant s'attribuer le titre de chef incontesté de la révolution, on s'évertuait surtout à se différencier les uns des autres par d'imperceptibles nuances. Un socialiste était plus enclin à mépriser ses camarades que le plus fervent des aristocrates tsaristes ; et cela au simple motif que l'un de ses frères aurait omis une virgule dans le manifeste du parti. Novak savait d'expérience que les authentiques révolutions étaient menées par une foule en colère. Et une foule en colère, à vrai dire, n'a cure des pinaillages. Voilà pourquoi Novak rôdait autour des bourgs et des villages, à l'instar de Baranavitchy. De ces endroits où la vie est aussi paisible qu'un long fleuve tranquille, avant qu'elle ne se change en un torrent infernal.

Deuxièmement, tous étant familiers les uns des autres, il était possible, dans ces petites localités, de jauger la dissidence en se faisant passer pour un chemineau, contraint de passer la nuit à l'auberge et ne pouvant s'offrir davantage qu'une cellule sombre.

Dans cette bataille, les tavernes et les auberges constituaient la ligne de front. Il suffisait de s'y installer. S'asseoir et écouter – la vodka se chargeait du reste. Nul besoin de monter les villageois les uns contre les autres, ils y étaient prédisposés depuis la nuit des temps. Pour faire de solides agents de renseignement, tels que les concevait Novak, ses hommes devaient travailler leur résistance à la boisson. Développer le foie d'un cochon, les oreilles d'un lévrier, ainsi que le cuir d'un éléphant. Se frotter continuellement aux indigents et aux soiffards n'était pas fait pour les épicuriens. La police secrète n'était pas la bonne enseigne s'il s'agissait de goûter aux délices du pouvoir. Pour cela, il fallait plutôt servir auprès du gouverneur ou du général.

Troisièmement, et comme précédemment mentionné, il convenait donc de provoquer la révolution pour ensuite la réprimer. Mais la chose n'était pas aussi simple qu'il paraissait. À n'en pas douter, si Tartempion venait à traverser l'Empire russe et demandait aux simples gens ce qu'ils désiraient, il serait surpris de l'uniformité de leurs réponses : une bonne santé, un toit, un salaire, la paix et la prière. Juifs comme *goyim*, Russes ou Polonais, marchands ou artisans, fortunés ou indigents, tous évoqueraient ce qui relève de l'évidence. Mais si le même Tartempion s'essayait à les bousculer avec des questions à propos du socialisme, de la démocratie, de l'éducation et de la nation, ces simples mortels le regarderaient comme s'il avait perdu la raison et lui proposeraient à boire afin de recouvrer ses esprits « Qu'est-ce qui t'arrive, Tartempion ? Toi et tous ces grands sujets ? Serais-tu un aristocrate ? Un général peut-être ? Assieds-toi et parle-nous de tes voyages : qui as-tu rencontré à Minsk et qu'as-tu vu à Vitebsk ? Laisse donc la décrépitude morale du pouvoir, ne nous parle pas de ces idées qui menacent le peu que nous avons. » Il en avait toujours été ainsi : le fortuné avait ses propriétés, le colporteur sa téléga, et le mendiant avait sa main – ce qui de nos jours était déjà mieux que rien. « Assieds-toi avec nous, Tartempion, et cesse tes provocations avant que le sang n'inonde les rues. » Les révolutions s'achevaient toujours ainsi : un corrompu en remplaçait un autre, pendant que le miséreux était laissé à son indigence.

Il appartenait donc à l'ordre des choses – ce que Novak avait compris dès la prise de sa fonction – que les idées exaltées de liberté et d'égalité s'enracinent dans de moins nobles sentiments, telles l'amertume ou l'envie. S'il s'avérait par exemple peu aisé pour un agent infiltré de convaincre un paysan de se joindre à la « juste révolution », ou encore si un villageois n'avait jamais entendu parler d'« égalité pour tous », il suffisait de diriger son attention sur le bonheur dont jouissait le voisin. Ou même simplement sur le fait qu'untel était un fardeau sur les épaules du contribuable. Et c'est de cette façon que Piotr Novak avait saisi l'importance des Juifs. On disait qu'ils ne représentaient pas plus de quinze pour cent de la population, et pourtant. Vous désirez passer un moment à la taverne pour vous détendre ? Le propriétaire est juif. Vous avez loué un terrain pour cultiver des légumes ? Le bail mentionne un nom juif. Vous avez besoin d'un traducteur ? On vous apportera un Juif. Un billet de train pour Varsovie ? Le Juif proposera le moins cher. Diantre ! Vous cherchez à acquérir un pur-sang arabe ? Allez au marché chez les Juifs. Il vous faut un cocher ? Au prix des chevaux, les Juifs fournissent aussi l'un des leurs pour vous conduire. De la porcelaine tchèque ? À la boutique des Juifs. Par tous les diables, vous voulez un peu de réconfort auprès d'une fille à la peau hâlée ? Une Juive ! Au nom du Père, du Fils et du Saint-Esprit, les Juifs semblaient être les seuls à travailler dans ce pays ; pour ne pas avoir à traiter avec eux, il faudrait aller vivre sur la Lune ! En résumé, si après que vous avez mentionné tout cela, vos interlocuteurs ne brûlent pas de se joindre à la révolution – les maudits indolents – pas plus qu'ils ne révèlent de répugnance à l'encontre des Juifs, si vous ne pouvez les monter contre les riches, ni même contre les gitans, les Arméniens ou les Allemands, alors laissez-les, sans sourciller ; car c'est là que votre méfiance doit s'éveiller. On pourrait dans ce cas avoir affaire à un vieux singe, de ceux qui ne dévoilent pas leurs sentiments au premier venu.

Quatrièmement et succinctement, les agents, les infiltrés et les informateurs n'avaient cure de ce qui vient d'être énoncé. Pour eux, être sujet du Tsar ou d'un rat revenait au même. Mais il existait trois mots magiques : « notes de frais » ; lesquels flattaient – pour quelque raison – davantage leurs oreilles que le mot « paye » et qu'il suffisait de prononcer pour obtenir d'eux des filatures bien suivies, sans trous dans les rapports.

Il ne faisait aucun doute que les officiers supérieurs de l'Okhrana s'émerveillaient des méthodes de Novak. Jusqu'alors, ils se croyaient érigés tel un rempart face à une poignée d'agités désunis, qui menaçaient l'ordre établi et la sécurité des citoyens.

Sporadiquement, socialistes, intellectuels, libéraux et démocrates se coalisaient, et la mission de la police secrète – ainsi la concevaient-ils – était de prévenir la prolifération des germes. Leur but désormais, Novak l'avait énoncé clairement, était de diviser le peuple, les monter les uns contre les autres, provoquer le désordre, et ce, afin de séparer le bon grain de l'ivraie. Une fois tous coupables, d'une manière ou d'une autre, lorsque chaque foyer de l'Empire se trouverait entaché, prévaudrait alors le climat de défiance recherché, permettant l'incarcération des dangereux mutins. La révolution serait alors révélée dans sa véritable mesure, et le courage des commandants réellement mis à l'épreuve.

6

Après s'être entretenu avec son lieutenant Albin Dudek, le lieutenant-colonel Piotr Novak convoqua Mikel Simanski, en vue de lui signifier son renvoi. Mais avant même qu'il ait pu prononcer le moindre mot, son lieutenant revint, débraillé et le front en sueur, porteur d'une nouvelle fracassante : trois corps avaient été retrouvés sur la route de Telekhany. Selon l'informateur, absolument horrifié, les victimes n'étaient autres que les Borkovski, famille de malfaiteurs au solide pedigree. La mère et ses deux fils avaient été retrouvés poignardés en plein chemin, tandis que le père, Radek, avait disparu sans laisser de traces. Les chevaux avaient été volés, mais les biens à bord de leur chariot étaient intacts. Dudek indiqua fièrement qu'il avait déjà pris soin d'envoyer des agents à la recherche de Radek Borkovski, lequel était, selon toute vraisemblance, impliqué dans la tuerie.

Piotr Novak, qui écoutait avec grande attention, pria Mikel Simanski de dépêcher Lucien Ostrovski et de rester lui-même dans les parages. Novak ajournait son renvoi, car pour l'heure, toute main-d'œuvre était la bienvenue. Il tâta ensuite sa cuisse gauche mutilée, se servit un verre de slivovitz qu'il vida d'une gorgée. Après un hoquet, il haussa les sourcils et laissa échapper un soupir.

« Du gâteau cette enquête, hein, Dudek ? lança-t-il à son lieutenant.

— En effet, approuva ce dernier, bombant le torse pour renchérir : mieux qu'une enquête, une chasse à l'homme !

— Une chasse à l'homme, hein Dudek ? Et qui sera notre lièvre ?

— Radek Borkovski, naturellement ! claironna son lieutenant, qui ne tirait décidément aucune leçon de ses échecs.

— Moi qui pensais naïvement que nous devions rechercher le meurtrier... », ironisa Novak en se levant.

Dudek comprit alors qu'il venait peut-être de commettre ce que son supérieur appelait une « conclusion erronée ». Mais le lieutenant-colonel ayant l'air de goûter leur conversation, Dudek affecta de n'avoir pas saisi le fond de sa pensée.

« ... Borkovski père ne serait pas l'alter ego du tueur ?

— Et qu'en dis-tu, mon cher ?

— Je n'en sais rien.

— Ma foi, c'est que l'enquête progresse déjà ! Hein Dudek ? Il y a un instant nous savions qui était l'assassin et nous n'en sommes maintenant plus si sûrs, n'est-ce pas ? »

Son adjoint en prit bonne note dans son carnet : « Un survivant présent sur la cène du crime n'ait pas néssessairement le tueur. » Le soir, avant de dormir, il étudierait comme à son habitude son carnet, répétant à voix haute chacune des leçons.

Novak le chargea de remettre, en guise de rétribution, vingt roubles à l'informateur, ce bon monsieur Otto Kroll, lequel garda de manière déconcertante la main grande ouverte. Novak s'approcha d'Otto Kroll en claudiquant pour y déposer dix roubles supplémentaires, si tant est qu'il les menât au plus vite sur les lieux du crime. Une nouvelle leçon pour Dudek, qu'il scandait déjà pour lui-même : « Un temps précieux ne vaut parfois que quelques sous. »

Kroll empestait, littéralement. Ses dents peut-être – ou plutôt leur absence. Novak avait d'abord eu peine à croire que sa fonction l'obligerait à côtoyer des individus de cet acabit, mais il s'était depuis longtemps fait à l'idée que la police secrète était un corps méprisable, corrompu, aux antipodes de toute morale. Jadis, du temps où il servait dans l'armée, chaque soldat connaissait son ennemi, ainsi que ce qu'il en coûterait d'une victoire ou d'une défaite. Tandis qu'ici, tout n'était que mensonges et tromperie. Pour élucider cette affaire, il serait lui aussi contraint d'user d'innombrables subterfuges et autres fourberies. Le lieutenant-colonel Piotr Novak s'en faisait une idée des plus claires : qui dupait et mystifiait pour servir sa nation n'était pas un véritable patriote, qui soustrayait les aînés à leur lit pour raison de sécurité, arrachait les enfants des bras de leur mère au nom d'un idéal, celui-là n'œuvrait que pour des principes chimériques. Mais Novak avait-il le pouvoir de changer le monde ? Pas avec cette jambe en miettes. Et qui aurait pu garantir qu'un autre fonctionnement fût meilleur ? Nul autre qu'un sot.

Au cours des cinq heures d'éprouvante chevauchée vers la scène de crime, distante de quarante verstes, il se remémora l'époque où il chevauchait fièrement sous les ordres du révéré général Iossif Gourko. Il affrontait alors l'intrépide cavalerie turque au corps-à-corps. Le lieutenant-colonel Piotr Novak ne haranguait jamais ses hommes avant une bataille, pas plus qu'il ne consolait les blessés agonisants ; et pourtant, tous livraient l'assaut derrière lui les yeux fermés. Il se distinguait par un sens tactique affûté, et n'envoyait jamais ses troupes à la charge sans l'avantage du nombre. Même à Chipka, après que l'éclat d'un obus turc eut déchiqueté sa jambe et réduit son genou en miettes, Novak avait continué de diriger sa cavalerie jusqu'à la maîtrise de l'objectif. Gravement atteint, il s'était vidé de son sang une journée durant, étendu sur la crête, avant qu'on ne le transporte dans un village voisin. Sur place, il avait été informé de la nécessité d'amputer sa jambe gauche au-dessus du genou. Novak avait protesté violemment, allant jusqu'à assommer le médecin d'un coup de poing, avant de lui faire jurer, un instant avant de perdre connaissance, de ne pratiquer qu'une amputation de Pirogoff – au-dessus de la cheville. Le médecin s'était exécuté, songeant manifestement que Novak n'y survivrait pas. Mais coûte que coûte, le guerrier s'était accroché pour revenir d'entre les morts. D'aucuns diraient au nez et à la barbe du médecin, de même qu'à ses propres dépens.

Repartir les pieds devant plutôt que sur un seul lui aurait épargné une telle noyade dans ce torrent de doutes qui submergeait son esprit. Non contente d'avoir traumatisé son corps, sa jambe estropiée déséquilibrait également sa psyché. De fait, plutôt que de ne garder de la guerre qu'un souvenir immaculé, les autres visions s'imposaient à lui. Les membres arrachés, les râles d'agonie, les cris déchirants de soldats invoquant leur mère. Et chaque fois qu'il peinait à mettre pied à terre, pour immédiatement devoir s'appuyer sur la canne qui soutenait sa jambe tronquée, il ne songeait pas à cet insigne de bravoure, matérialisée par une croix de Saint-Georges venue récompenser sa vaillance lors de l'attaque du col de Chipka. Non, il revoyait ces milliers de corps, découverts sur le pavé de la ville assiégée, enjambés par les passants, ou piétinés avec indifférence ; il revoyait ensuite cette litanie d'agonisants, entassés dans les églises et les mosquées, dont les dépouilles étaient évacuées chaque jour par centaines ; il revoyait aussi ces innombrables soldats mutilés, aux oreilles tranchées, aux visages dévastés, ceux qui furent émasculés par ces barbares de Turcs, emmenés par leur illustre commandant, Osman Pacha ; il revoyait encore ces dizaines de milliers de prisonniers turcs affamés, embourbés, privés d'abri des jours entiers par les Russes, si bien que Noël sonna le glas pour un quart d'entre eux. Et nul n'aurait pu reconnaître le bon du mauvais, le libérateur de l'envahisseur, le vrai du faux.

Cette blessure avait également infléchi le cours de sa vie. Jamais il ne serait général. Quant à s'imaginer cantonné à la paperasse, cela lui était proprement insupportable. Son général vénéré, Iossif Gourko, n'avait, lui, pas l'intention de renoncer à ses services. Lorsque ce dernier fut nommé gouverneur, il convainquit Novak de prendre la direction de la police secrète. Rétif à l'idée d'objecter un refus à son commandant, Novak reçut à son corps défendant la charge des *goubernias* de Grodno et de Minsk, notamment parce que Gourko avait fait valoir le souhait qu'ils restent de cette manière à proximité l'un de l'autre. Certes, le mot « proximité » était peut-être quelque peu excessif, le nouveau gouverneur étant désormais un cacique très affairé. Mais le lieutenant-colonel Piotr Novak lui vouait une loyauté indéfectible, qui ne se mesurait pas à l'aune du nombre de lettres reçues de lui, ou même de la fréquence de ses visites. Gourko incarnait la dernière once de dignité qui persistait dans son existence.

Novak chevauchait à présent à la suite de l'informateur Otto Kroll, cet imbécile certifié, qui les traînait sur des chemins dardés de soleil, manquant même de tous les précipiter dans un affluent de la Chtchara. À la faveur de son aide précieuse, ils parvinrent sur la scène du crime complètement essorés, dans tous les sens du terme.

Bien qu'ils fussent habillés comme de simples gens, la noblesse de leurs montures parlait pour eux. Ils virent ainsi badauds et autres chemineaux se disperser soudain à mesure qu'ils approchaient. Kroll avait confié la surveillance des preuves à sa femme. Et cette gourde patientait là, sur la carriole des pillards, mâchouillant une saucisse dénichée dans l'un des sacs. Novak descendit de cheval, dissimulant la douleur insupportable remontant de sa cuisse gauche à sa hanche. Sa jambe meurtrie s'était dernièrement réveillée, et les poussées irradiaient jusqu'à son buste. Novak rejoignit péniblement le véhicule et tapota du bout de sa canne contre la roue la plus proche. La femme de Kroll, étonnamment, ne saisit pas le sous-entendu et poursuivit, impassible, sa mastication. M. Kroll, habitué du fait, fit signe à son épouse de descendre – prouvant par là même qu'entre simples d'esprit prévalait également une hiérarchie –, laquelle eut un rictus et empocha son bout de saucisse avant de se laisser choir, non sans déchirer encore un peu plus sa robe.

Enhardi par l'obéissance de Mme Kroll, Otto s'approcha de Novak afin de lui prêter main-forte. « Vous avez ici le chariot, assura-t-il gravement, les corps sont là-bas, et voici la route. » Et voilà la planète Terre, rumina Novak, là le ciel et ici le soleil. L'informateur alluma ensuite sa pipe et, tout en ajustant le bord de son chapeau, poursuivit ses appréciations : « Des voleurs de chevaux, à coup sûr. » Une déduction des plus limpides, médita Novak, qui signala à son lieutenant de le décharger de ce détective à la petite semaine. Désormais le temps pressait et la tâche était grande, les enquêteurs de la police régulière arriveraient d'une minute à l'autre.

Kroll s'éloigna, tandis que Novak entreprit d'inspecter les cadavres. Les deux fils gisaient dans une flaque de sang coagulé couleur mûre, sur le ventre, bras étendus et une joue pressée contre le sol. Les corps avaient enflé et leur peau viré au jaunâtre. Contrairement à eux, la mère était repliée sur elle-même, en chien de fusil, la tête rentrée en position fœtale. Novak, qui avait vu des milliers de cadavres de soldats, savait que la posture du tué éclairait les circonstances de sa mort. Les deux fils, sans l'ombre d'un doute, avaient été sèchement éliminés. La mère, quant à elle, avait agonisé un long moment.

Le lieutenant-colonel tira un foulard de sa poche de pantalon et se saisit de la flasque de slivovitz qu'il gardait dans sa veste. Il imprégna le tissu d'alcool de prune, le porta à son nez et retourna le corps des deux fils.

La nature s'accommodait mal des besoins des enquêteurs de police. Toutes sortes de mouches à viande et autres insectes œuvraient à anéantir les preuves ; ayant même l'audace, leur frénésie aidant, de ne pas battre en retraite devant les grands moulinets du responsable des investigations. Mieux encore, le pantalon de l'un des fils était baissé, mettant Novak nez à nez avec un pédoncule rose et inerte, telle une taupe aussi repoussante que myope, qui le scrutait depuis les sous-vêtements du défunt. Novak remarqua que leurs gorges avaient été impeccablement tranchées, d'une profonde incision de la trachée et de l'œsophage qui ne leur avait laissé aucune chance. Bien sûr, ils s'étaient d'abord débattus quelques instants dans leur sang et leurs excréments avant de rendre l'âme. Novak releva également des ecchymoses sur le visage de la mère, mais conclut que ces blessures n'étaient pas à l'origine du décès. Là encore, un égorgement.

Exception faite du mode singulier de mise à mort, Novak jugea qu'au regard de son service, cette affaire n'offrait pas d'intérêt particulier. Ces meurtres étaient assurément terrifiants, Novak aurait en outre été curieux d'en découvrir l'auteur, mais il s'agissait selon lui d'un cas relevant davantage des forces de police régulières plutôt que du Département de maintien de la sécurité et de l'ordre publics. « On lève le camp », s'apprêtait-il à annoncer à Dudek, mais il s'aperçut alors que son lieutenant l'avait délaissé pour rejoindre la compagnie de M. et Mme Kroll et se gaver de radis, sur lesquels les époux avaient fait main basse.

Quel genre de lieutenant en charge se dévoierait au point de siffler d'émerveillement face à Mme Kroll, mimant théâtralement sur son propre cou l'égorgement que venaient de subir les victimes de son enquête ?

« Dudek, appela Novak.

— J'arrive monsieur, madame termine son récit.

— Immédiatement ! » s'égosilla-t-il.

Dudek revint, tête basse, la queue entre les jambes.

« T'aurais-je dérangé pendant que tu faisais causette à cette charmante Mme Kroll ? asséna Novak, tandis que, supplicié de plus belle par sa jambe, il enfourchait son cheval.

— Vous me pressez sans cesse le pas. La dame était au milieu de quelque chose, pourquoi ne pas lui accorder une minute, répondit Dudek en détachant sa monture.

— Je t'aurai, somme toute, soulagé de cette bécasse.

— Je ne sais pas si c'est une bécasse, plaida Dudek, c'est vous qui le dites. Elle en a vu passer…

— Préviens les confrères, Dudek, nous n'avons pas de temps pour les anecdotes. Signale-leur que trois tués ont été retrouvés sur la grand-route Telekhany-Baranavitchy. Le mobile est probablement crapuleux. Qu'ils ouvrent une enquête. En ce qui nous concerne, le dossier est clos.

— Oui, monsicur. »

Dudek relaya ces instructions auprès des agents et s'en retourna, toujours taraudé par cette affaire avec Mme Kroll qui lui avait valu réprimande.

« Elle est dans tous ses états, ajouta-t-il pour son commandant. Et pas prête de se calmer. »

Novak étudia Mme Kroll, qui reproduisait à nouveau sur elle-même un égorgement pour l'attroupement de curieux qui commençait à se former.

« Ce n'est pas en continuant de brandir un couteau imaginaire sur son cou qu'elle y parviendra, n'est-ce pas ?

— Elle dit que c'est comme ça qu'on tue les bêtes chez les *žyds.* »

Novak immobilisa sa monture. Du temps de son service, il avait connu de jeunes Juifs, enrôlés de force comme le veut la loi. Parmi eux, quelques conscrits continuaient d'observer coûte que coûte les pratiques primitives de leur culte, notamment ce rite païen d'abattage des bêtes avec une incision spécifique de la gorge de l'animal. Et ce, conscients qu'ils écoperaient pour cela d'un passage par les baguettes. Il avait alors saisi pour la première fois la raison pour laquelle la plèbe était persuadée que les Juifs naissaient aveugles, qu'il leur fallait sucer du sang pour recouvrer la vue. Pourquoi encore, les mères sermonnaient ainsi leurs enfants s'ils n'étaient pas sages : *« Žyd vezmé do torbou »* – « Le Juif viendra te mettre dans sa malle ».

Par ailleurs, Novak estimait qu'il serait hautement surprenant, voire qu'il pourrait s'agir d'une première, si d'aventure on découvrait que l'assassin était juif. Si quelque chose était bien de nature à l'impressionner chez ces gens, c'était leur aptitude résolue à capituler sans conditions. Novak avait à quelques reprises pu tirer profit de cette spécificité propre aux Juifs, selon une tactique qui avait toujours porté ses fruits : attrapez donc un Juif impliqué dans une situation sensible, faites planer sur lui l'ombre d'un drame – familial en particulier – et vous recevrez toutes les informations dont vous avez besoin. Néanmoins, Novak en vint à n'y voir aucune marque de faiblesse ou de couardise, mais bien au contraire un sens de la responsabilité, de même que le signe d'une intelligence pratique. Leur statut de minorité au sein de l'Empire n'était un mystère pour personne, et si la ségrégation contribuait certes à leur sécurité, elle avait pour revers un dangereux isolement : face à une poignée de fanatiques, ils se savaient impuissants. Ce qui les amenait naturellement à considérer que se soumettre, lorsque les circonstances l'exigeaient, leur permettrait de jouir de quiétude le reste du temps. Mais inversement, s'ils faisaient mine d'employer la force pour résister, le flot des accusations ne manquerait pas de s'abattre sur eux, pavant ainsi la voie à la légitimation d'impitoyables décrets, aux maisons incendiées, aux biens pillés, à l'exil en Sibérie. Non, songea Novak, difficile de croire qu'un Juif eût la témérité de s'exposer, lui comme ses semblables, à un tel péril.

D'autres indices étaient pourtant de nature à faire naître la suspicion. Si les Borkovski, connus de leur état de bandits de grand chemin, s'étaient effectivement heurtés à une surprenante résistance de la part d'une caravane attaquée, quelle raison aurait poussé les tueurs à ne pas se présenter à la police ? La légitime défense eût établi leur innocence en quelques minutes et l'on peut même douter qu'ils eussent à comparaître devant un tribunal. Se pourrait-il que les assaillis aient eux-mêmes des choses à cacher ? Question d'autant plus pertinente à l'évocation du type de « défense » opposée. L'égorgement des fils était compréhensible. Qui laisserait des brutes avinées disposer de son sort ? À plus forte raison lorsque l'un d'eux se pavane avec cet abject attribut porcin et rosâtre se dandinant entre ses jambes. En revanche, pourquoi les tueurs avaient-ils eu besoin de suriner la mère ? Ne laisser aucun témoin, pourrait-on supposer. Mais dans ce cas, pour quelle raison avaient-ils laissé le père s'échapper ? De même, pourquoi ne pas s'être emparés du chariot richement pourvu ? Quelle route avaient-ils fait prendre aux montures dételées ? La région n'est pas bien grande et les bruits de sabots s'y répandent plus vite que des chevaux lancés au galop. Tout cela était étrange. Tout à fait étrange.

Un autre informateur arriva justement sur les lieux. Il s'agissait cette fois du frère – et troisième prodige de la maison Kroll – Nikolaï, mandaté par Otto pour collecter d'autres preuves afin de bonifier encore le revenu familial. Il s'avérait que Radek Borkovski avait été retrouvé inconscient dans un village voisin. Toute la nuit, il avait copieusement jasé, en se soûlant à la pálinka. De ce qu'ils parvinrent à tirer de M. Borkovski, des soldats de l'armée russe s'en étaient pris à son innocente tribu. Ils étaient au moins trois ou quatre, de redoutables dragons, qui comptaient également parmi eux une femme, aussi grande que terrifiante. Il avait, de justesse, réussi à s'extirper de cette impitoyable embuscade, et avait fui aussi vite qu'il le pouvait vers le village le plus proche.

« Doit-on le faire arrêter ? demanda Dudek.

— Évidemment que non, répondit Novak. Gardez-le sous surveillance rapprochée. »

Son lieutenant hocha la tête, se mordant les doigts d'avoir posé cette question. Il était censé savoir que son supérieur ne croyait pas aux arrestations : elles ne touchaient qu'à ce qui s'était déjà produit. Son supérieur se réservait toujours la possibilité d'incarcérer, afin de prévenir les forfaits qui restaient à venir. S'il s'abstenait dans le cas présent d'y procéder, c'est qu'il espérait ainsi pêcher de plus gros poissons. Il ne restait au lieutenant qu'à inscrire dans son carnet et à mémoriser : « Laissé au suspect la possibiliter d'agir, préféré la filature à l'incarsération. »

Novak remit vingt roubles à Nikolaï, lesquels s'ajoutaient aux trente déjà glanés en une seule journée par la famille Kroll. Plus qu'appréciable pour des informations qui auraient, de toute façon, fini par arriver gratuitement aux oreilles de Novak. Mais le temps passait avant le reste, et l'avantage d'être le premier sur les lieux n'était pas à prendre à la légère.

La police régulière devait à présent être alertée – comme il l'avait déjà ordonné – pour qu'ils puissent se dégager officiellement de l'affaire, et continuer naturellement d'opérer activement en sous-main. Sur ces entrefaites, il envoya son lieutenant mobiliser l'ensemble des agents disponibles. Dans l'immédiat, il leur fallait passer le secteur au peigne fin. Novak demanda aux informateurs présents sur les marchés des villes proches, Telekhany et Baranavitchy, d'ouvrir l'œil, et aux marchands de chevaux de prêter attention à d'éventuelles transactions inhabituelles. Quant aux aubergistes, il exigea qu'ils l'avertissent de l'arrivée de tout hôte suspect dans leurs établissements. On ne tombait pas tous les jours sur trois cadavres, un égorgement rituel juif, une accusation portée sur un détachement militaire hostile, qui plus est flanqué d'une femme de grande taille et terrifiante ; tout cela étant supposé pouvoir s'agréger en un récit crédible. Par tous les diables, pensa Novak, ce pays perd la boule.

7

L'état calamiteux de Fanny et Žižek se révéla plus encore avec les premières lueurs du jour : couverts de bleus et les vêtements en charpie. Žižek avait besoin d'un médecin au plus vite, ou tout du moins de voir ses blessures traitées et désinfectées. Ne restaient ni eau, ni vivres ; rien en dehors d'un fût de rhum. Les pièces de son uniforme maculé de sang étaient jetées çà et là sur la téléga.

Žižek arrêta les chevaux près d'un étang, où ils pourraient se laver et remplir leurs outres. Fanny s'accroupit derrière de petits saules. Žižek supposa qu'elle urinait mais, le temps devenant relativement long, il décida d'aller s'enquérir de son état. Il l'aperçut alors assise sur un rocher, sa robe presque remontée jusqu'aux genoux, aiguisant sa lame à l'aide d'un galet.

Hésitant, il s'approcha à pas feutrés, Fanny lui semblait en effet être en état de choc. Il voulut dire quelque chose, mais les mots se bousculaient dans son esprit et restèrent bloqués dans sa gorge. Une infructueuse tentative qui n'échappa pas à Fanny. La prodigieuse corpulence de Žižek trahissait pour la première fois un soupçon de vie. Ils avaient passé plus de deux jours ensemble sans qu'il ne dît mot.

« Pourquoi es-tu venu, Žižek Brushov ? » lui demanda-t-elle en polonais, se levant pour lui faire face.

Žižek se gratta le front, ses yeux clairs rivés au sol, et s'en retourna au briska. Fanny le rattrapa et le saisit par le bras, tandis qu'il restait planté, les bras ballants, tel un enfant réprimandé.

« Žižek, je suis désolée, je… » Des sanglots lui montaient à la gorge.

Il regarda la main qui l'agrippait comme s'il s'agissait d'un chardon enfoncé dans sa chair, et resta figé sur place – les épines feraient couler le sang au moindre mouvement. Mais il ne parvenait pas pour autant à se libérer de cette étreinte. Des fourmis serpentaient sous sa peau, avançant en rangs serrés le long de son dos vers sa nuque. Une douleur, pure et addictive, paralysait ses membres ; une funeste pensée lui vint à l'esprit. Il se préparait à mourir à cet instant, tandis que ces doigts s'enfonçaient dans sa chair. Comme poussé dans le vide, il décocha enfin quelques mots, se rattrapant in extremis.

« Il nous faut regagner Motelé, dit-il d'une voix étranglée. Pardon, désolé, mais en restant ici, ils finiront par nous trouver. »

Fanny se détacha aussitôt de lui. S'il n'avait eu que cela à dire après tout ce temps, il aurait mieux fait de continuer à se taire. Elle s'en alla couper des épis d'avoine pour nourrir les chevaux.

Žižek savait qu'il avait commis une erreur. Ses mots, les premiers qu'il avait prononcés depuis longtemps, n'avaient pas produit l'effet escompté. Peut-être aurait-il dû s'abstenir de parler, pauvre idiot. Il voulait simplement leur éviter de s'enliser encore un peu plus ; ils étaient de fait à court de vivres et auraient d'ici peu toute la région à leurs trousses. À défaut de rebrousser chemin, ils seraient dans le meilleur des cas arrêtés, ou tomberaient, dans un scénario moins clément, aux mains d'une foule en colère. Fanny, quant à elle, avait la possibilité de rentrer à Upirawa et retrouver son quotidien villageois, sans éveiller de soupçons.

Soudain, Žižek vit Fanny détacher le harnais du plus jeune des deux chevaux, qu'elle conduisit ensuite dans sa direction.

« Voilà, Žižek Brushov, dit-elle en lui tendant les rênes. Tiens, je continue avec le vieux. »

Žižek n'eut le temps de dire mot qu'elle avait déjà fait volteface, tandis que le vénérable équidé se mit à ébranler la téléga en remuant d'avant en arrière, laissant ainsi entendre qu'il n'avait pas l'intention de tirer ce fardeau à lui seul. Fanny avisa le récalcitrant en lui indiquant la cravache, tandis que l'équidé sanctionna l'impertinence de la jeune femme en l'expédiant d'un coup de naseaux dans une flaque de boue.

Žižek se précipita à son secours, et ne put s'empêcher de dévoiler l'esquisse d'un sourire en voyant Fanny patauger dans la gadoue. Voir ses lèvres balafrées frémissantes aux commissures déclencha chez elle un fou rire.

« Vraiment un sacré ch'val ! » grasseya-t-elle en imitant la voix de la cheffe des Borkovski, transmettant à Žižek son hilarité contagieuse, mêlant folie et désespoir.

Fanny s'aida du bras de Žižek pour se tirer de la gadoue importune et tous deux se séchèrent au bord de l'étendue d'eau ; laquelle leur avait semblé, de loin et à la lumière de l'aube, être un lac, et désormais exhalait une odeur âcre d'huile de friture. Face à la plaine marécageuse, telle la surface d'un gâteau brûlé, ils échangèrent des regards emplis d'abattement moral et physique. Au moment de prendre la route, ils n'auraient jamais songé se retrouver ainsi perdus au milieu de nulle part, avec trois cadavres à leur actif. Žižek sortit sa tabatière et moucha son nez avec sa manche. Fanny remarquait à présent que l'entaille barrant la lèvre de son compagnon était profonde et suintante, conséquence semblait-il d'une brûlure. Žižek entreprit d'harnacher le jeune cheval et fit signe à Fanny de grimper sur la téléga.

Une fois lancés, Žižek leur servit à chacun un verre de rhum et lui exposa son nouveau plan, avec l'enthousiasme de celui qui retrouve quelque chose dont il avait été séparé depuis longtemps.

« Baranavitchy, annonça-t-il.

— Comment ? répondit-elle, déconcertée.

— Baranavitchy, bougonna-t-il. Pardon, désolé. Je connais le propriétaire d'une petite auberge, peut-être que tu pourras loger chez lui quelques nuits, le temps qu'ils arrêtent les recherches. »

Žižek débitait ses phrases à toute allure, sans marquer de pause, comme s'il ressentait le besoin de combler un manque :

« Entre-temps, tu dois brûler les uniformes tachés de sang, rapidement, je t'en prie, et bien entendu, il te faut de nouveaux vêtements.

— Il ne me faut pas, Žižek Brushov, il *nous* faut.

— Pardon, désolé, mais tu devrais donner à boire aux chevaux qui meurent de soif. Vite, s'il te plaît, va jusqu'au prochain village. Tu devras compter sur la bonté des habitants, nous n'avons pas vraiment le choix. De toute façon, tu ne pourras pas t'attarder plus d'une heure, la rumeur de deux meurtriers rôdant dans la campagne va se répandre comme une traînée de poudre. C'est pourquoi il n'est plus question d'avancer de nuit à partir de maintenant. La seule solution est de te noyer dans le décor, expliquer que tu as de la famille dans le coin. Ne réponds à aucune question s'ils en posent. Je connais le patron d'une auberge sur place, tu pourras peut-être y loger quelques nuits, le temps qu'ils interrompent les recherches.

— *Nous* pourrons y loger, tu veux dire, releva-t-elle à nouveau. Je n'irai nulle part sans toi.

— Vite, s'il te plaît », répondit-il en ignorant sa remarque.

Fanny le regarda abasourdie. La résurrection de la parole de Žižek lui donnait le tournis – mais pourquoi donc ne s'incluait-il pas dans les plans qu'il élaborait pour elle ? Sans autre réponse, elle était forcée de constater que ses instructions paraissaient sensées ; et répondit à son regard insistant par un hochement d'approbation. Comme terrifié par le torrent de mots qu'il venait de déverser, Žižek baissa son regard et s'affaira sans plus attendre. Il rassembla son uniforme, son manteau et son ceinturon, et les roula en boule dans un buisson d'épineux qu'il préleva au bord du marais. Après avoir enflammé le compromettant amas de tissus, il attisa le feu à l'aide d'une branche, s'assurant ainsi que son passé sous les drapeaux était entièrement consumé. Toute une vie qui partait en fumée. Žižek regarda Fanny, la mine fripée par l'angoisse, comme un homme qui vient de tout perdre. Ses yeux clairs s'élevèrent vers le ciel, tandis que ses lèvres se froncèrent avec la force d'un bébé affamé. Fanny passa son bras autour du sien, encore hébétée par le flot de mots qui avait jailli de la bouche de celui que beaucoup considéraient comme l'idiot du village. Couverts de boue séchée, ils regardèrent ensemble le feu s'éteindre.

8

La réussite des prémices du plan établi par Žižek était encourageante. Ils grimpèrent à bord de leur téléga et s'élancèrent vers le village voisin. Mais les étapes suivantes tombèrent à l'eau avant même qu'ils n'y parviennent : un homme gisait sur le ventre au bord de la route. Žižek ramena les rênes à sa poitrine pour presser un peu le pas des chevaux, mais le plus âgé des deux avait précisément décidé de ralentir, empêchant ainsi ses maîtres d'ignorer le cadavre en le dépassant rapidement. Ils remarquèrent ensuite que l'homme étendu sur la route était un malheureux Juif, vêtu d'un caftan déchiré, noué à la taille, et d'un chapeau troué qui recouvrait la moitié de sa tête.

Deux corbeaux, fondus dans le noir de la redingote du tué, lui picoraient la nuque.

« Il faudrait au moins… murmura Fanny.

— Désolé, mais il n'en est pas question », la coupa aussitôt Žižek.

Et au moment où ils croyaient le plus dur derrière eux, que cet étranger laissé pour mort ne pouvait plus les atteindre – à moins de s'obstiner à s'en s'infliger la vision –, Žižek arrêta l'attelage, se saisit d'une pelle dans l'une des caisses que transportait le briska et, de toute sa masse meurtrie, à bout de nerfs, se dirigea chancelant vers le corps.

Fanny sauta du véhicule et se pressa après lui. Elle entreprit de retourner le Juif sur le dos, pour s'apercevoir avec stupéfaction qu'il respirait encore. « Il est vivant ! » s'écria-t-elle avec joie, alors que la mine affichée par Žižek lui indiquait que cette halte leur avait apporté un nouveau dilemme : comment pourraient-ils continuer leur fuite une fois chargés d'un Juif entre la vie et la mort ?

Il adressa à Fanny un regard abattu. Si cet homme était bien passé dans l'au-delà, ils auraient pu contribuer à son juste repos. Mais dans leur situation, pouvaient-ils se résoudre à encourir un tel risque pour un parfait inconnu, dont la vie ne tenait qu'à un fil ? Žižek, à pas traînants, s'en retourna vers la téléga et fit signe à Fanny de se rallier, comme lui, à la décision la plus raisonnable. Mais de loin il vit, horrifié, Fanny empoigner sa lame. La femme qui chevauchait à ses côtés avait-elle perdu la raison ? Un meurtre était-il pour elle désormais réduit à une banalité ? Il s'aperçut alors qu'elle ne faisait que couper les *péot** et dégrossir la barbe de cet homme à l'apparence immanquablement juive, espérant pouvoir la dissimuler quelque peu. Sans attendre, elle interpella Žižek afin qu'il avance la téléga. Ce dernier lui opposa son refus et la pressa de revenir. Mais, manifestant un entêtement des plus agaçants, Fanny s'abaissa et fit passer le bras de l'étranger autour de son cou.

En chemin vers le village, leur voiture désormais lestée d'un Juif inanimé, Fanny expliqua à son compagnon que la police était à la recherche d'un couple, et non d'un groupe de trois. En d'autres termes qu'ils venaient de se trouver un alibi. Si le gringalet effondré à l'arrière recouvrait ses esprits, il pourrait sûrement s'accommoder d'un faux témoignage en remerciement de lui avoir sauvé la vie. Il n'aurait même pas à mentir, du moins pas sciemment – ils lui rafraîchiraient naturellement la mémoire au préalable.

« Ne vois-tu pas, Žižek, que ce Juif est un véritable cadeau du ciel ? »

Žižek leva les yeux vers Celui qui harcelait ses plaies de Ses ardents doigts de lumière. Il jeta ensuite un coup d'œil en direction du Juif, soi-disant envoyé d'En-Haut en guise de planche de salut. Sa barbe et ses *péot* élaguées dans l'espoir de cacher sa judéité ne convaincraient personne. Il n'avait plus d'autre choix que d'adresser un hochement de tête à Fanny, signalant son adhésion résignée.

C'est en arrivant au village qu'ils prirent la mesure de la gravité de la situation. Généralement, lorsque des étrangers y passaient en été, les locaux laissaient leur terrasse, venaient les accueillir et les invitaient à partager un bortsch et des harengs marinés, ou au moins à boire un verre de thé sucré. Mais ce jour-là, ils n'eurent pour accueil que des portes closes. Aucun habitant ne vint à leur rencontre. Aux yeux des *goyim*, il ne faisait aucun doute que l'homme étendu à l'arrière de leur téléga, avec ses lèvres en charpie et sa barbe manifestement taillée à la hâte, était un Juif – quand bien même il eût porté une croix incisée sur le front. Sans attendre, tous suspectèrent également ces deux Polonais, soi-disant un père et sa fille, de fomenter quelque méfait. Au sein des trois familles qui affichaient une *mezouza** à leur porte – c'est-à-dire chez les quelques *yishouvnikim*, ces Juifs qui vivaient toujours parmi les paysans –, la présence des trois étrangers suscitait aussi la défiance. Ils les appelèrent toutefois à faire halte et leur jetèrent une vieille couverture, une chemise déchirée, une miche de pain moisie, des fruits à moitié gâtés, et même un tabouret cassé.

Fanny sentait que leur temps était compté. Dans ces minuscules hameaux, où l'on pouvait entendre les mouches voler, le moindre bourdonnement valait piqûre. Ils avaient malgré tout amassé suffisamment d'habits pour se confectionner des déguisements de paysans : Fanny avec une jupe rouge à franges, maintenue par des épingles plutôt que par des boutons, un manteau lainé de babouchka et un foulard blanc marqué d'un emblème polonais. Žižek était quant à lui vêtu d'une chemise de soie blanche en lambeaux sous une lourde touloupe, ainsi que d'une ceinture rouge fatiguée. On les laissa puiser de l'eau afin d'abreuver les chevaux et remplir leurs outres. De l'une des maisons, où l'on avait remarqué les blessures au visage de Žižek, on leur jeta des bandages ainsi qu'un bocal d'herbes médicinales. D'un autre foyer, ils reçurent un flacon de sels odorants, qui aideraient peut-être à ranimer le pauvre homme affalé à l'arrière. Fanny, coutumière de la vie villageoise, devinait que leur drôle de troupe était déjà l'objet de tous les bavardages. Il leur fallait poursuivre sans délai vers Baranavitchy et s'être volatilisés avant que la rumeur des trois cadavres ne parvienne au village.

Les sels odorants aidant, le prince à bord du carrosse émergea de son sommeil. Ses yeux sombres s'écarquillèrent à la vue du visage balafré de Žižek penché au-dessus de lui. Il essaya d'emblée de se relever pour déguerpir, mais tel un agneau venant de naître, ses jambes vacillèrent et il s'effondra aussitôt. En comprenant que l'on avait arrêté l'attelage afin de le restaurer avec un peu d'eau et de pain sec, il fut soudain bien moins pressé de se redresser. Son dos le faisait souffrir et ses muscles étaient affaiblis ; s'il avait seulement eu la force de croquer la pomme qu'ils lui tendaient, il s'en serait certainement trouvé fortifié. Mais ses dents étaient douloureuses, auraient-ils la bonté de la lui éplucher et de la tailler en quartiers ? Fanny et Žižek réalisèrent sans tarder que ce Juif était bien exigeant.

Il se présenta à eux sous le nom de Shleimel, Shleimel « Kantor », en sa qualité de *hazan** – de chantre synagogal. Fanny fut surprise qu'il s'agisse là de sa profession. Le *hazan* était généralement une figure pieuse et très respectée au sein des communautés juives. Que lui était-il arrivé pour en être réduit à une telle indigence ? Et qui plus est, comment se faisait-il qu'il parle polonais ? Les *hazanim* étaient d'ordinaire cantonnés au yiddish et à l'hébreu. En guise de réponse, Shleimel Kantor se contenta de hausser les épaules. Ils l'avaient retrouvé au bord de la route ? s'étonna-t-il. Peut-être avait-il été victime d'un coup de chaleur, ou alors des pillards l'avaient agressé. Ils étaient deux, peut-être trois – oui, à présent les images revenaient à son esprit –, de véritables colosses, des fils de titans, qui l'avaient interpellé, soucieux de savoir pourquoi il rôdait autour des villages, tel un espion du gouvernement. Shleimel avait expliqué qu'il était un *hazan*, gratifiant les Juifs de mélodieux cantiques. « Et ça c'est un métier ? » avaient-ils raillé. « Naturellement ! Des plus nobles, s'il en est ! » leur avait-il répondu. Ils l'avaient alors sommé de faire la preuve de son brio en leur interprétant un chant. Joignant le geste à la parole, Shleimel entonna alors pour Fanny et Žižek le chant qu'il avait proposé aux pendards : « *Adooon Olaaaaaam, Asherrrrrr Malakhhh...* »

« Ça suffit ! » Žižek plaqua les mains à ses oreilles et jeta à Fanny un regard sidéré, comme pour lui dire : « Lui un *hazan* ? Et moi le Tsar ! » Ils comprirent ainsi comment il en était arrivé à errer sur les routes. Point de coup de chaleur, ni de truands : ce chantre avait la voix d'un garçon lors de sa bar-mitsva, de celles dont l'assistance prie pour qu'elle se taise enfin.

Shleimel présenta alors sa paume de main, comptant bien recevoir rétribution pour son labeur. Incapable de se retenir, Fanny éclata d'un rire sonore. Sans sourciller, le chantre reprit : « *BeTereeem Kolll, Yetsiiir Nivraaa...* » Sa main était toujours grande ouverte et il ne cesserait manifestement pas de chanter si quelques kopecks n'y étaient pas déposés. Fanny sortit alors deux sous de sa ceinture. Il apparaissait ainsi que ce *hazan* ne gagnait pas sa vie à chanter, mais précisément à monnayer son silence. Ce dernier, se sentant tout d'un coup « beaucoup mieux », bondit au sol et s'apprêta à prendre congé d'eux – il ne pourrait pas tirer davantage de ces *sheigetz* de paysans polonais. Il lui fallait plutôt retourner courtiser les Juifs des villages, sûrement très friands de belles mélodies – ou de silence salvateur. Mais Žižek, sur les talons de Kantor, empoigna par le col la demi-portion terrorisée et lui dit :

« Si vous permettez, Shleimel, vous continuerez avec nous jusqu'à Baranavitchy. »

Tandis qu'ils reprenaient la route, le *hazan* songea tout naturellement à poursuivre son psaume : « *Azayyy Melekhhh, Shemooo Nikraaa…* »

Les nerfs de Žižek étant sur le point de céder, Fanny fit signe à Shleimel de ne pas s'y risquer davantage. Elle tenta d'en apprendre plus sur lui ; où avait-il étudié, d'où venait-il et où vivait-il ? À chaque réponse, les détails qui témoignaient de sa situation devenaient plus limpides. Shleimel Kantor était un sans-logis qui n'avait reçu aucune éducation. Ses aptitudes se limitaient à *Adon Olam* et quelques autres psaumes liturgiques, récités lors de l'office de Rosh ha-Shana. Il vagabondait de village en village, loin des villes, là où les synagogues faisaient défaut et où les *yishouvnikim* étaient enclins à se montrer généreux pour écouter des airs évocateurs de leur enfance – ou une fois encore, pour qu'ils ne soient pas davantage malmenés. Il avait appris le polonais dans les tavernes, qu'il avait fréquentées assidûment du temps où ses affaires prospéraient et où sa réussite aux cartes et aux dames semblait guidée par une Divine Main. Mais étant désormais connu dans les environs, ses revenus s'étaient réduits à peau de chagrin. Les tavernes lui étaient à présent interdites d'accès et l'on ne lui proposait plus de dormir dans les écuries. Ses anciens partenaires lui avaient forgé une réputation telle que, privé de ressources, il s'était retrouvé au bord des routes. Mais pour l'heure, auraient-ils l'amabilité d'expliquer en quoi sa présence à Baranavitchy était nécessaire ? Non pas qu'il ait quelque chose contre cette ville, sympathique au demeurant, abritant une grande communauté juive ainsi qu'une belle synagogue et un *mikvé* – sans oublier le marché et la taverne. Une ville comme il en existait bien d'autres, en somme. Les cahutes n'y étaient pas faites d'or. Cette dame pourrait-elle malgré tout intercéder auprès de l'aimable monsieur tenant les rênes, afin qu'il soit accordé à Shleimel Kantor de descendre de voiture ?

Fanny regarda Žižek avec connivence, le moment était venu de restaurer quelque peu la mémoire du *hazan*. Fanny expliqua à Shleimel qu'il voyageait avec eux depuis deux jours – ne s'en souvenait-il pas ? Ils l'avaient croisé et fait monter aux environs de Telekhany. Lui avait demandé à être déposé dans l'un des villages alentour, mais c'est alors qu'il fut pris d'insolation et perdit connaissance. Voilà pourquoi ils le conduisaient à Baranavitchy, qui comptait une grande communauté juive. Peut-être pourrait-il trouver du travail auprès d'eux, ou bien recevoir la charité. Il y serait, dans tous les cas, en lieu sûr.

C'est lorsqu'il gratta ce qu'il lui restait de barbe et se palpa les tempes à la recherche de *péot* que Shleimel remarqua enfin la mutilation infligée à sa judéité. Il remercia Fanny pour son obligeance, bien que sa description des deux derniers jours lui semblât bien étrange. Il était prêt à jurer qu'il était resté allongé au bord de la route une heure, peut-être deux tout au plus, se pourrait-il que son infortune ait vraiment duré tout ce temps ? Soit. L'un dans l'autre, si deux jours s'étaient effectivement écoulés – ce qu'il ne contredisait pas –, la faim qui le tenaillait était alors plus atroce encore qu'il ne l'aurait cru. Son corps était manifestement épuisé, et à défaut de pouvoir boire et se restaurer à volonté, il ne tiendrait pas le coup. Fanny lui coupa une autre tranche de pain, et saisit derrière elle une seconde pomme, tandis que Žižek, qui tenait les rênes, regardait droit devant pour contenir sa fureur. Concernant Baranavitchy, ajouta le chantre, ville incontestablement charmante, une grande communauté juive était certes le plus souvent un avantage. Cependant, Shleimel Kantor s'attendait sur place à devoir affronter un certain nombre, disons, de divergences d'opinion. De même, lui restaient, semblait-il, quelques dettes contractées lors de parties de cartes et de dames où les Cieux lui avaient laissé la main. En outre, le *hazan* en chef de la ville, craignant la concurrence, avait déclaré la guerre à son gagne-pain et lui avait interdit de chanter. La ville, comme cela lui avait été rapporté, ne s'accommodait pas du style de Shleimel ; et s'il s'essayait à entonner un chant, il aurait désormais affaire aux autorités. En somme, Shleimel Kantor se demandait si, étant donné qu'ils l'emmenaient dans une ville qui présentait pour lui un péril, ils ne lui étaient pas redevables de quelque dédommagement, autre que sous forme de pain, disons ?

Lorsqu'ils rallièrent enfin Baranavitchy, au crépuscule, Fanny et Žižek soufflèrent de soulagement. Un jour de plus à voyager avec un *schnorrer** de cette espèce les aurait mis sur la paille.

9

Baranavitchy comptait trois auberges. La première se trouvait rue de la Poste, elle était tenue par Tomachevski, un homme au sens aiguisé des affaires et qui avait horreur de payer des impôts. Voilà pourquoi l'endroit pullulait de fonctionnaires locaux et de policiers, qui se voyaient gratifiés de boissons et de soi-disant « saucisses de veau » offertes. Car en pratique, le menu de la maison avait tout d'une ode au chou : soupe de chou, salade de chou, saucisse de chou et tourte au chou – que l'exaltation de Tomachevski transfigurait en « spécialités carnées ». Mais le lieu n'était guère fréquenté pour sa cuisine, le palais de l'ivrogne n'étant pas des plus exigeants. Les meurtriers n'iront pas là-bas, estima Novak, soulagé de s'épargner une étape dans l'antre du chou.

La seconde auberge, rue Alexandre, avait pour patron un certain Wožniak. Avant même d'avoir atteint la salle principale, vous y étiez accueilli dans un sublime vestibule, avec vestiaire et portier. Les murs étaient en pierre brute – une touche d'originalité. Chaque chambre était équipée d'un âtre, et l'on y servait des alcools importés, de France par-dessus le marché. Quiconque désirait voir et être vu à Baranavitchy se mettait sur son trente et un pour parader chez Wožniak, y fumer un cigare avec un punch maison. Est-ce que c'était là un environnement qui collait avec des fugitifs ? Pas vraiment, songea Novak, qui regrettait amèrement de passer ainsi à côté du merveilleux caviar qu'il y avait dégusté lors de sa dernière visite.

Il en découlait que si les tueurs s'arrêtaient à Baranavitchy, et à défaut d'avoir un lien avec l'une des familles locales, ils n'auraient sans doute d'autre choix que de descendre à l'auberge de Patrick Adamski, dans une allée attenante à la rue Marinska.

Un vagabond aux vêtements élimés et au visage noir de crasse venait justement de s'y échouer, affalé sur une joue à même la table. Il commandait pour la deuxième fois la vodka la moins chère, sorte d'urine jaunâtre vraisemblablement distillée dans une fabrique à savon. Mais lorsque personne ne regardait, il renversait soigneusement sa boisson sous sa chaise dans les interstices des lames du parquet. Il remplissait ensuite discrètement son verre à partir d'une flasque de slivovitz, dissimulée dans l'une des poches de la guenille que d'autres auraient désignée comme « ses habits ». Cette manœuvre était certes périlleuse au regard de son infiltration parmi les indigents, mais cette part de risque en valait la peine. Tout du moins afin de se prouver à lui-même que, contrairement à ces gens-là, lui parvenait à préserver un semblant de dignité.

Le choix de Novak s'était porté sur l'établissement d'Adamski pour une seconde raison. Premièrement, la nuit suivant un meurtre est toujours décisive. Les tueurs n'avaient tout d'abord pas pu s'éloigner, ils étaient toujours dans les parages. Deuxièmement, la peur d'être arrêtés pouvait leur faire commettre une bourde fatale. Enfin, ils avaient nécessairement besoin d'un soutien parmi les locaux. Pour le meilleur comme pour le pire, les gens étaient bel et bien liés par le donnant-donnant. Si l'on considérait d'une part le fait qu'entre tous les propriétaires d'auberge de la ville, Patrick Adamski était le seul à se targuer d'un passé sous les drapeaux, et que l'on ajoutât à cela le témoignage de Radek Borkovski, lequel mentionnait des soldats russes les ayant soi-disant attaqués lui et son innocente famille, il se pourrait que l'on tînt là un cheminement sensé.

À vrai dire, le récit de Borkovski avait une crédibilité plus qu'entamée – ce qui n'avait rien de surprenant. Lorsque ses proches et autres fréquentations, préoccupés de son état, l'avaient trouvé étalé dans un sommeil éthylique, ces derniers l'avaient transporté jusqu'au meilleur dispensaire de la région – se trouvant incidemment être une taverne – et lui avaient administré sur place un traitement de choc afin qu'il recouvrât ses esprits. Nikolaï Kroll, l'informateur, qui avait déjà, par le passé, exprimé son souhait d'intégrer l'Okhrana de manière plus officielle, faisait partie ce soir-là des « soignants » qui l'avaient pris en charge. C'est ainsi qu'il avait pu leur faire remonter les différentes versions débitées par Borkovski. Après chaque rasade, Radek dégosillait une histoire différente. D'abord, il avait été attaqué par six soldats, dirigés par un officier et une femme. Plus tard, l'officier en question se trouva en fait être une officière, il s'était alors souvenu que deux soldats géants et armés d'un fusil escortaient cette femme. Peut-être même étaient-ce des cavaliers juchés sur des centauresses ? En résumé, il jurait ne plus très bien s'en souvenir. Albin Dudek implora son supérieur de faire arrêter Borkovski, pour lui soutirer la vérité sous la torture, « à ce menteur-né, dépravé par la bibine et le jeu ». Novak adressa un sourire malicieux à son lieutenant. Il savait bien que la vérité ne s'arrachait pas, qu'il fallait au contraire la cultiver, la faire pousser. Que pourraient-ils bien glaner en faisant passer un interrogatoire à ce gibier de potence ? Tout au mieux une version supplémentaire – et tout aussi vaseuse – à laquelle il collerait mordicus, de peur qu'on le prenne pour un menteur. Pour l'heure, il y avait donc plusieurs versions, qu'il fallait comparer et recouper les unes avec les autres. On pouvait ainsi en déduire que l'affaire impliquait forcément un certain nombre de soldats, entre un et six, ainsi qu'une terrifiante femme de grande taille – laquelle n'était en tout état de cause ni un officier, ni une jument. Novak avait par ailleurs aussi relevé l'incision caractéristique du rite d'abattage des bêtes chez les *žyds.* De surcroît, si Novak s'entêtait à filer Borkovski et ses congénères, ces derniers finiraient par reconnaître son visage, celui de la loi. Lui retirant la possibilité de passer pour un soiffard lambda dans un débit de boisson. Car effectivement, pas un seul de ceux qui l'entouraient dans la salle commune de l'auberge de Patrick Adamski n'aurait pu s'imaginer un instant que ce gougnafier avachi sur sa table n'était autre qu'un officier de la police secrète, commandant de *goubernia* par-dessus le marché. Celui qui fut jadis le lieutenant-colonel Piotr Novak était devenu un rat.

QUATRIÈME PARTIE

BARANAVITCHY

1

D'une main forte et d'un bras étendu, le Créateur avait maté le soleil et sa superbe. La chaleur s'était depuis estompée, tandis qu'un vent oblique soufflait sur les trois compagnons. Shleimel Kantor avait une autre explication à ce changement soudain : « Le soleil est affamé, il se ratatine. Et si l'astre solaire est lui-même sujet à la faim, que dire de ce maigrichon orphelin de Shleimel Kantor ? »

Il ne fallut qu'un simple regard de Žižek pour l'envoyer aussitôt se blottir à l'arrière de la téléga. Le voyage s'étirait en longueur et éprouvait leurs corps, il leur semblait même par moments que rien n'y était ancré correctement. Une côte aurait volontiers troqué sa place avec la glotte, et vice versa.

Ils franchirent enfin le pont qui enjambait la Chtchara et s'approchaient de la grand-rue de Baranavitchy. Dès lors, le silence était de mise. Il fallait qu'on les prenne pour des étrangers qui ne faisaient que traverser la ville ; un père et sa fille en route pour Minsk, qui avaient recueilli un pauvre homme sur leur chemin. Tandis qu'ils passaient devant la synagogue, Fanny prit Žižek par le bras – comme elle l'aurait fait avec son père. Troublé par ce contact forcé, ce dernier eut un mouvement de recul. Ils réalisaient tous deux soudain à quel point ils étaient étrangers l'un pour l'autre, et combien ils étaient loin de chez eux : Fanny de

Natan-Berl et de ses enfants, Žižek de sa barque sur l'Yasselda. Une forme de mélancolie les gagnait. Au cours des moments difficiles qu'ils avaient traversés, ils avaient su surmonter leur désespoir en se réconfortant mutuellement. Mais à présent, les voilà qui étaient incapables de se tenir simplement le bras par mesure de précaution. Plus ils évitaient de se croiser du regard, plus la présence de l'un prenait de place dans le champ de vision de l'autre.

Le crépuscule était le moment idéal pour entrer dans une ville où les Juifs représentaient la moitié de la population. Tout comme l'année convergeait vers les fêtes, et que la semaine préparait le shabbat ; la journée attendait quant à elle la prière. Voilà pourquoi les Juifs se hâtaient de plier leurs étals et de fermer leurs boutiques quand venait l'heure de la prière du soir. Une aubaine pour les trois compagnons, qui évitèrent ainsi les regards curieux : pas un badaud ne tourna la tête sur leur passage. S'ils étaient arrivés en pleine journée, tout un chacun se serait demandé qui ils étaient et où ils allaient. Bien entendu, ils les auraient incités à acheter quelque chose. Mais à cette heure-là, il n'y avait personne pour les questionner sur la raison de leur venue.

Les paysans eux aussi avaient quitté Baranavitchy, et retournaient à leurs villages après avoir écoulé leurs produits auprès de leurs voisins juifs. Les moujiks n'avaient pas goût à la vie nocturne. Pour eux, l'obscurité ne soulignait pas le temps qui s'écoule, mais plutôt l'occurrence d'une situation. Les animaux diurnes laissaient place aux créatures nocturnes, les couleurs s'estompaient tandis que les sons se démultipliaient. La ramure des arbres frémissait, les feuilles vitupéraient sous le vent, les crapauds protestaient en chœur et les loups dévoraient en meute. Le soir, les paysans préféraient rester à l'abri de leur porche, les doigts fermement enserrés autour d'une tasse de thé et le corps lové au creux d'un confortable fauteuil. Naturellement, certains moujiks se retrouveraient pour partager un peu de vodka. Mais une fois minuit sonné ils étaient assaillis par l'amertume, avant que la colère ne les raccompagne chez eux. Avec un peu de chance ils ne s'endormiraient pas encore chaussés de leurs bottes.

Les trois voyageurs avancèrent sur l'artère principale du bourg pour rejoindre la rue Marinska, et mirent pied à terre à proximité de l'établissement tenu par Patrick Adamski. Le soir, à cette heure-là, brasseries et auberges étaient pleines à craquer ; c'est le moment pour le clampin de se défaire de sa paresse et ne faire qu'un avec son destin – en d'autres termes, s'apitoyer sur lui-même. Žižek demanda à Fanny et au *hazan* de l'attendre dans la téléga, pendant qu'il allait demander de l'aide à l'aubergiste.

« Tu lui fais à ce point confiance, Žižek Brushov ? s'inquiéta Fanny.

— Pardon, désolé, répondit Žižek. Confiance à ce point et bien au-delà. »

Après quelques pas hésitants, Žižek entreprit d'inspecter les lieux depuis le seuil. La salle commune était encore plus exiguë et humide que dans ses souvenirs. Les murs étaient faits d'un lambris de bois brut pourri, et les poutres branlantes au plafond soutenaient difficilement les chambres au-dessus. Chaque pas qui résonnait depuis l'étage éprouvait les nerfs de Žižek, à qui il semblait que l'endroit était plus fréquenté que par le passé. La dernière fois qu'il était venu, bien des années auparavant, les visiteurs couchaient sur leurs lits dans le désœuvrement et s'occupaient à dénombrer les cafards morts et les crottes de rat qui s'accumulaient entre les lattes du plancher. Tandis qu'à présent d'étranges bruits en tous genres provenaient de l'étage supérieur. Des crissements et des gémissements étouffés, de maris infidèles, de moines, ou le diable savait qui d'autre encore.

La salle commune était compartimentée par des arches, d'un style ottoman des plus vulgaires. Le mur arborait une scène représentant Jésus sur le mont Golgotha. Reproduite à une si grande échelle que l'on avait l'impression de voir le corps de Jésus fondre au soleil, et Marie-Madeleine se réjouir de ses tourments. Il y avait des icônes partout, des niches avec des fleurs et des peintures à l'encadrement doré, en dessous desquelles trônaient lesdits « moines », récitant leur office sur du *kvass.*

Dans l'une des niches, Žižek repéra des joueurs de cartes, des margoulins qui s'amusaient à miser de l'argent qu'ils n'avaient pas. L'un d'entre eux observait la main qui lui avait été distribuée et lâcha un rire amer. De l'autre côté de la salle, trois hommes étaient plongés dans une conversation, peut-être parlaient-ils de politique, ils tempêtaient dans leurs allégations et se mettaient les uns les autres en joue de l'index. Ici et là, trois tire-au-flanc avinés, livrés à eux-mêmes. L'un était avachi dos au mur, son visage lui donnait l'air d'une chouette, avec un regard perçant à vous en donner froid dans le dos. Le deuxième était si gros qu'il ne parvenait pas à trouver une assise confortable sur sa chaise. Quant au troisième, eh bien, cinq verres de vodka dûment vidés – ainsi que sa propre joue – posés sur sa table donnaient l'assurance qu'il ne serait plus conscient bien longtemps. Dans tous les cas, il n'y avait ni policier en vue ni femmes. Žižek s'avança alors à l'intérieur.

Patrick Adamski déboucha de l'escalier depuis l'étage des chambres, se traînait derrière lui un jeune servant, un balai à la main. « Là-bas », pointa Adamski sans même lui adresser un regard, et le garçon se pressa vers un coin de la pièce pour se mettre à nettoyer. Malgré l'autoritarisme inflexible d'Adamski, auquel tous ses employés s'étaient habitués au fil des années, Žižek ne pouvait effacer de sa mémoire l'image de l'orphelin, qui avait été enlevé avec lui par Leib Stein le *khaper*, ce vaurien voleur d'enfants.

2

À cette époque, Patrick Adamski avait pour nom Pessah Abramson. Il vivait avec son frère aîné, Motl Abramson, chez leur oncle. Les parents de Motl et Pessah, atteints par la tuberculose, avaient été rappelés auprès du Créateur. Les deux orphelins s'étaient ainsi joints à la fratrie de sept enfants de Shalom et Mirka Abramson. Leur misère était connue de tous à Motelé, et chacun s'appliquait à leur faire des dons sur la durée plutôt qu'en une seule fois, de peur qu'ils n'engloutissent des quantités de nourriture à s'en ouvrir le ventre.

Lorsque la malédiction des quotas de conscrits requis pour le service militaire parvint à Motelé, l'enrôlement de Motl et

Pessah eût été opportun, afin d'alléger, et pas qu'un peu, le fardeau de Shalom et Mirka. Mais malgré cela, dans un entêtement incompréhensible, ces derniers refusèrent d'envoyer leurs neveux orphelins, et contrevinrent à la missive du *sborchtchik*. La nuit où le redoutable enleveur d'enfants Leib Stein avait tapé à leur porte, Shalom Abramson avait osé lui opposer une fourche. Cette dernière fut, naturellement, bien vite brisée en deux sur la cuisse de Leib Stein, et Shalom Abramson se sentit plus proche que jamais de son Créateur après la beigne qui le heurta en plein visage. Le *hatfan* n'épargna pas non plus la tante Mirka ; alors qu'elle s'était précipitée au secours de son mari, il l'avait giflée sans crier gare. La claque fut si soudaine que le concert de pleurs et de cris avait cessé aussitôt, et tous avaient rivé leurs yeux stupéfaits sur Leib Stein, comme si ses agissements avaient relevé jusque-là du parfait bon sens. Son sourire sournois était univoque : l'infâme prenait plaisir à frapper les femmes, et s'ils continuaient de le dévisager, il en viendrait même aux petites. Quoi qu'il en soit, les colosses de Stein avaient déjà empoigné Motl et Pessah par le col, et les deux frères n'avaient pas tardé à rejoindre un autre enfant apeuré, qui attendait dans un cachot attenant à la synagogue.

Les sanglots de Shalom et Mirka Abramson étaient venus s'ajouter à ceux de Zelig et Léa Berkovits. Les habitants de Motelé pleurèrent à leurs côtés, et le rabbin local en avait quant à lui le cœur brisé, mais la nuit venue, beaucoup soufflaient de soulagement ; au moins, leurs propres enfants étaient sains et saufs.

S'était alors produit quelque chose de surprenant, y compris pour Leib Stein. Sa mission était de mener les garçons à l'*ispravnik*, le gouverneur du district, et de là à l'internat des cantonistes. Mais avant l'aube, alors qu'ils avaient fait halte à proximité d'un foyer non juif, chez qui une nuitée et un repas avaient été arrangés à l'avance, Motl Abramson, du haut de ses quatorze ans, avait bondi hors de la charrette avant de courir dans la direction des marais d'ébène. Leib Stein et sa bande l'avaient pris en chasse, mais le garçon s'était évanoui, comme si les marais l'avaient englouti. Jusqu'au lever du soleil, Leib Stein avait traqué le jeune fugitif, mais l'horizon ne faisait qu'un avec la terre dans la brume matinale – ils avaient perdu toute trace de lui.

Où donc Motl Abramson s'était-il enfui ? Nul ne le savait. Mais une série d'événements fit émerger l'hypothèse qu'il se trouvait encore dans les parages, occupé à venger l'enrôlement forcé de son frère, à moins que ce ne fût le peuple juif tout entier. Tout d'abord, un mois après avoir été arraché aux siens, les maisons de deux petits fonctionnaires partirent en fumée. Aucun doute n'était possible, les deux incendies étaient volontaires et connectés. La suspicion penchait naturellement vers la faction clandestine polonaise, sauf que, deux mois plus tard, un cas similaire se produisit à Baranavitchy. Cette fois c'était la maison de l'assesseur, le représentant local du gouverneur, qui avait été livrée aux flammes. La police avait décrété l'état d'urgence, promis une récompense pour toute information sur le pyromane, et prévenu des châtiments que connaîtraient ceux qui oseraient aider cet assassin à fuir. Ils menacèrent tout particulièrement les dirigeants des communautés juives. Car l'armée russe les protégeait tel un rempart face aux pogroms ; mais s'il s'avérait que les Juifs dissimulaient ce criminel, les soldats ne sauraient alors continuer de s'interposer entre eux et la foule haineuse.

Le suivant à payer les pots cassés fut l'un des gros bras de Leib Stein. Nul ne sut comment cela s'était produit, mais en son absence, quelqu'un s'était introduit chez lui et avait enlevé son fils innocent.

Le dernier à subir des représailles fut le *sborchtchik* de Motelé, notamment chargé de remplir les quotas de conscription. L'incendie qui ravagea sa maison fut particulièrement virulent, c'est en tout cas ce que l'on estimait à Motelé – comment un incendie aurait-il pu être plus terrible que les précédents, hormis de par le fait qu'il se produisait dans leur ville, et contre un Juif, la chair de leur chair ? Le nom de Motl Abramson fut dès lors évoqué de manière explicite. Les dirigeants de la communauté avaient quant à eux désormais la conviction qu'il fallait mettre un terme à cette terrible vague de représailles. Si elles se poursuivaient, c'est toute la communauté juive qui serait sous la menace de cette malédiction qu'est la politique – au risque d'un véritable bain de sang. Le Créateur ne les avait certainement pas consacrés parmi tous les peuples pour qu'ils s'empêtrent dans le bourbier des affaires profanes. C'est pour cette raison qu'ils avaient accepté les différents régimes qui s'étaient imposés à eux, de même qu'ils étaient prêts à vendre des biens à l'armée russe, puis aux ennemis des Russes, sans y voir la moindre contradiction. Ils étaient apolitiques. Car en Pologne, *po-lin*, on y dort, les Juifs ne s'y étaient installés que pour y sommeiller jusqu'à la venue du Messie, le fils de David qui les mènerait à Jérusalem. Mais à présent l'affaire Abramson menaçait de les discréditer vis-à-vis de l'État, et de mettre la communauté au centre de la controverse. N'était-il pas vrai que si un *sheigetz* de non-Juif était un assassin, il n'était rien d'autre qu'un scélérat, un sauvage, mais que si, en revanche, un Juif était reconnu coupable de pyromanie, c'étaient tous les Juifs qui étaient des assassins et des traîtres ? Il n'y avait pas d'alternative possible, Motl Abramson devait être livré aux autorités.

Personne ne sut comment la chose s'était faite, pas plus que l'identité de la source, mais l'information donnée fut suffisamment précise pour permettre à dix policiers de surprendre les Abramson, chez eux, au beau milieu de la nuit. Ils leur demandèrent d'aligner face à eux tous leurs enfants, Shalom Abramson leur avait bien proposé de les compter eux-mêmes dans leur lit, mais l'officier n'en démordit pas et le somma de tous les réveiller – jusqu'au nourrisson d'un an. Conformément à ce qui était mentionné dans leur registre, ils étaient bien au nombre de sept – trois garçons et quatre filles, comme les Patriarches et les Matriarches de la Bible – et Shalom Abramson haussa donc les épaules, l'air de dire qu'il n'y avait rien d'autre à ajouter. Mais l'officier passa chaque enfant en revue, vérifiant systématiquement son document d'identité, et finit par extirper le plus grand du rang, un jeune homme d'environ quatorze ans, et lui demanda avec hargne :

« Nom !

— Yeki Abramson » répondit le jeune homme avec aplomb.

L'officier se plongea dans le document et grommela :

« Ah, d'accord… et quel âge as-tu Yeki ?

— Il ne parle pas polonais, intervint Shalom Abramson.
— Âge ! *Alter !* hurla l'officier, réitérant sa demande en yiddish.
— Sept… huit ans, bégaya le père. *Sieben, acht,* ils grandissent si vite… »

L'officier se rasséréna un instant, avant que le soi-disant Yeki Abramson ne le repousse brusquement et se rue vers la porte. Mais trois agents postés en arrière, prêts à le cueillir, lui tombèrent dessus et le maîtrisèrent à grand renfort de coups de poing.

L'information parvenue aux policiers était d'une effrayante précision. Motl Abramson s'était bien caché chez son oncle, en lieu et place de son cousin Yeki Abramson, envoyé dans une autre ville à l'âge de huit ans en tant qu'apprenti forgeron. Les policiers avaient menotté Motl et son oncle, sous les cris déchirants de sa femme et de leurs enfants. Le tribunal les condamna à vingt ans de travail forcé en Sibérie. Un mois plus tard, la famille reçut une lettre les informant qu'ils étaient morts avant même l'application de la peine. Cause officielle du décès : typhus.

Mirka Abramson, brisée, repoussait tous les soutiens que lui proposaient les décideurs de la communauté et les habitants de Motelé. Léa Berkovits, la mère de Yoshké, était la seule que Mirka acceptait de voir, en cachette. Et alors que les enfants Abramson et Berkovits purent surmonter leur peine avec les années, leurs mères s'exclurent peu à peu de la communauté. Elles se limitaient à leur entrevue annuelle avec le rabbin Schneerson, de la Confrérie de résurrection des morts, lequel se déplaçait spécialement à Motelé pour leur transmettre ce que l'on savait à propos de leurs fils.

Les habitants de la bourgade respectèrent leur désir de rester recluses, bien qu'après une décennie cela semblât insensé et excessif – ne serait-ce que par égard pour leurs enfants, qui méritaient tous de rencontrer l'âme sœur et connaître un avenir meilleur. Car après tout, elles avaient toujours plus d'enfants à la maison que ceux qu'on leur avait arrachés. Pour autant, quiconque s'essaya à les raisonner, même avec la plus grande délicatesse, se heurta à une hostilité des moins polies, frisant l'ingratitude. On venait les réconforter et leur apporter du soutien, car on se souciait d'elles, pour repartir maudits et humiliés. Après la mort de rabbi Schneerson, plus personne ne tenta de briser la muraille de leur solitude.

Pessah Abramson et Yoshké Berkovits arrivèrent aux quartiers des cantonistes, où ils allaient entamer leur rééducation. Ils refusèrent d'assister aux classes où l'on enseignait des prières chrétiennes, ainsi qu'aux cours de marche militaire. Les maîtres leur expliquèrent que c'était là l'unique voie pour s'intégrer à la société russe. Leur refus les gratifia d'une généreuse bordée de coups de fouet ; qui réduisirent certes leur dos en charpie, mais laissèrent leur esprit intact. Du fait de leur obstination, ils écopèrent du pire des châtiments : le nettoyage des latrines, équivalant à la peine capitale du fait des épidémies et de la diphtérie.

L'évasion de Motl avait inspiré à Pessah l'espoir que son frère reviendrait le sauver de cet enfer, c'est pourquoi il s'appliquait à accomplir les commandements divins, les *mitsvot*, tels qu'il en avait le souvenir, et continua de prier Dieu – bien qu'au regard de ses nouvelles activités, il eût certes été préférable que le Créateur n'ait pas « pourvu l'homme d'ouvertures et d'orifices ». Mais à compter du moment où il apprit ce qui était arrivé à son frère et à son oncle, Yoshké ne le vit plus jamais apeuré ou pris de sanglots, ou au contraire joyeux. Comme s'il avait été saisi d'une pulsion, comme pour vomir le dégoût accumulé au cours de son service aux latrines, Pessah abandonna les coutumes de son peuple pour n'être plus qu'un jeune garçon de douze ans. À la fin de sa période de formation, il demanda à intégrer les classes d'infanterie. Avec le temps, il finit par adopter le christianisme et se fit baptiser Patrick Adamski ; un nom qui lui ouvrait la possibilité d'intégrer le corps des officiers. Il quitta son service avec le grade honorable de commandant, même si la plupart l'appelaient toujours *kapitan*.

Sa bravoure au combat avait fait le tour de l'Empire au cours de la guerre de Crimée, tout autant que sa haine revendiquée du peuple élu. La rumeur disait que lorsque Adamski avait pour ordre d'arrêter une meute de fanatiques prêts à casser du Juif, il ne pressait nullement l'intervention de ses hommes, prenant même soin de laisser quelques maisons juives brûler. Durant la guerre face à l'Empire ottoman, il était même resté aux portes de la ville de

Stara Zagora, contemplant sans ciller la synagogue dévorée par les flammes. Les seuls liens qui perduraient manifestement avec ses origines étaient d'une part sa loyauté indéfectible envers celui qui avait été arraché aux siens la même maudite nuit que lui, Yoshké Berkovits, ainsi que l'enveloppe qu'il envoyait chaque mois à sa tante Mirka Abramson, contenant la moitié de sa solde en billets – sans un mot, ni explication. Adamski économisait le reste et, une fois relevé de son service, il fit ainsi l'acquisition de cette auberge, à Baranavitchy. Inutile de préciser que les Juifs n'y étaient pas les bienvenus, tout comme lui-même était un indésirable aux yeux de la communauté.

« Son frère était un meurtrier, lui est d'une espèce pire encore », murmurait-on dans son sillage.

3

Žižek remarquait que des cheveux blancs avaient fait irruption dans la chevelure du capitaine. Ses favoris s'étaient épaissis et les poils de ses sourcils s'entortillaient. Mais ses mouvements étaient toujours vifs, et ses yeux de chouette impitoyables. Debout à son comptoir, Adamski était plongé dans de la paperasse. Žižek se tenait quant à lui dans un recoin, ce qui n'empêcha pas le capitaine de l'interpeller sans même relever la tête : « Et pour monsieur ?

— Pardon… Une bonne ration de guano, ça sera parfait », grasseya Žižek.

Adamski tressaillit et recula brusquement, comme s'il avait reçu une claque sonore en plein visage, et sortit la tête d'entre ses épaules, avec l'air d'une bête observant depuis sa tanière.

« Yoshké ? » demanda-t-il, en vérifiant que face à lui se trouvait bien l'unique homme qui connaissait leur petite plaisanterie, remontant à l'époque où ils nettoyaient les latrines, ce qui donnait à chaque aliment qu'ils portaient à leur bouche cette odeur de fiente de pigeon.

« Capitaine ? »demanda Žižek, les yeux scintillants.

Adamski effaça le demi-sourire qui s'était dessiné sur ses lèvres et égraina à voix basse : « Vraiment, c'est toi… bordel de merde ! »

Žižek savait que sans son visage tuméfié, Adamski l'aurait certainement congédié sans cérémonie. Mais le capitaine l'entraîna vers un cabanon à l'arrière du bâtiment, où il lui servit sans attendre un verre de vin rouge, du fromage et une saucisse, et lui trancha du pain. Žižek but d'un trait son vin et remplit ses poches de la majeure partie de la nourriture. Sans donner plus d'explications sur l'urgence de la situation, il demanda refuge au capitaine, pour lui et deux compagnons. Les sourcils enchevêtrés d'Adamski se froncèrent en pointant vers son nez tortueux, mais il répondit immédiatement par l'affirmative, et ce en dépit du fait que toutes les chambres étaient occupées. Ils dormiraient dans sa chambre de service, en attendant qu'une chambre se libère la nuit suivante. Mais remarquant immédiatement le teint jaunissant de son vieux camarade, Adamski saisit la gravité des circonstances. Il ne s'agissait pas là d'une visite de courtoisie, Žižek et ses deux compagnons avaient de sérieux ennuis.

« Vous tombez mal, dit Adamski. Ça grouille de flics par ici. Il y a eu une alerte… attends… »

Adamski lorgna un long moment le visage de Žižek, qui resta muet.

« Pas possible, bordel ! Tout le secteur est à vos trousses. Un agent à chaque coin de rue, et celui qui vous livre pas finit en Sibérie. »

Le phrasé elliptique et plein d'assurance du capitaine avait manqué à Žižek, qui le pria en retour :

« Vite s'il te plaît, et sans faire d'histoires.

— Sans faire d'histoires il me dit, se gaussa Adamski.

— Ce n'est pas ce que je voulais dire, répondit Žižek avec embarras.

— Bien sûr que si, assura le capitaine. Putain de bordel ! »

Adamski donna à Žižek ses instructions : ses deux compagnons devraient entrer dans l'auberge séparément et s'asseoir à distance, ils attendraient qu'il leur fasse signe de la main pour leur allouer une chambre – on ne pouvait savoir quel genre de mouchards rôdaient peut-être dans les parages. Le capitaine promit qu'on prendrait soin de leurs chevaux à l'étable, et leur enjoignit de ne pas s'aventurer hors de leur chambre ou même de lui adresser la parole avant que tous les autres clients ne soient partis. Žižek expliqua qu'ils comptaient parmi eux une femme, et Adamski le dévisagea en retour.

« La tienne ? »

Žižek rougit et agita la tête en signe de négation.

« Jolie au moins ? » s'enquit Adamski, tandis que Žižek manquait de s'étrangler. Le propriétaire des lieux trancha alors :

« Dans ce cas-là, ça va chier dans la colle d'un moment à l'autre. La vermine va s'amasser autour d'elle en un rien de temps et promettre de lui décrocher la lune. Les gens sont des porcs, Brushov, ne le sais-tu pas ? Il vaut donc mieux qu'elle s'asseye avec ton autre ami, à la même table, qu'ils prétendent être un couple. Et toi, au comptoir à côté de moi. Compris ? »

Sans attendre de réponse, le capitaine disparut à l'étage supérieur. Žižek sortit rejoindre Fanny qui attendait, sur ses gardes. Il découvrit Shleimel Kantor allongé sur le dos, mâchouillant sa troisième pomme. Žižek leur détailla les recommandations précises d'Adamski, indiqua où ils devraient s'asseoir dans la salle, et finit par attraper Shleimel par l'oreille pour le mettre en garde de ne pas faire le *sheigetz* à éructer en yiddish. La mine très sérieuse, Shleimel tourna la tête vers Fanny :

« *Was hat er gesogt ?* Qu'a-t-il dit ? »

Žižek le saisit par le cou et vit le contentement de Shleimel s'accroître encore. Cet abruti d'imposteur avait compris qu'ils avaient plus besoin de lui que l'inverse, et Žižek avait conscience du grand danger que cette situation leur faisait courir. Il fit alors part à Shleimel de l'affection particulière qu'avait Patrick Adamski pour les Juifs, ne manquant pas de lui décrire la synagogue en flammes de Stara Zagora – un exemple parmi tant d'autres de la cruauté implacable de l'aubergiste. Sauf que cela effraya également Fanny, dont les yeux gris et anxieux faisaient penser à ceux d'une bête apeurée. Žižek leur distribua une tranche de fromage, gage rassurant de la bonté du patron envers eux.

Le lieu que Fanny et Shleimel découvrirent leur fit l'impression d'un véritable nid de frelons. Il était plus qu'improbable de croiser des Juifs pieux, et encore moins des femmes, dans l'une de ces auberges reculées qui servaient aussi bien de tavernes que de bordels et donnaient à la nuit sa triste réputation. Ils s'installèrent à l'endroit désigné par Žižek, à bonne distance des joueurs de cartes, lesquels ne les avaient par chance guère remarqués, ainsi que du groupe des polémistes, qui les jaugèrent de quelques coups d'œil – fournissant même à l'un d'eux l'occasion d'une saillie à l'encontre des étrangers qui envahissaient leur ville et volaient leur gagne-pain. Mais les mandarins se replongèrent sans tarder dans l'une de leurs discussions savantes. Les quelques ivrognes, recroquevillés dans leur ébriété, étaient bien incapables de remarquer leur présence. Quant à Adamski, Fanny et Shleimel ne le connaissaient pas, ils supposèrent simplement que le jeune garçon infirme qui leur servait du *yash* n'était vraisemblablement pas le terrible capitaine qui exécrait les leurs.

Peu après, Žižek fit son entrée et vint s'asseoir au comptoir sans un regard vers ses deux compagnons. Des craquements sonores du parquet à l'étage se firent soudain entendre, bientôt accompagnés par la voix orageuse d'une femme et des bruits de pas énergiques qui tambourinèrent sur les marches. Vacarme qui se solda par le déboulé d'un homme en culotte en bas de l'escalier du rez-de-chaussée, au-devant d'une assistance déjà chauffée à blanc. Hurlements de rire des joueurs de cartes et clameurs de dégoût des mandarins.

« On n'est pas au bordel ici ! » fulmina le capitaine Adamski à l'adresse du client molesté, tandis qu'il empoignait le bras de la femme à peine couverte par son linge de nuit.

Adamski la traîna derrière lui dans l'escalier, épaules nues et poitrine ballante. L'homme ridiculisé s'était quant à lui emparé d'une chaise avec la ferme intention de l'expédier droit sur son hôte.

« Ah parce que maintenant ça n'en est plus un ? » s'égosilla-t-il.

Mais le soulevé faiblard de cette arme, le visage d'ivrogne du querelleur et sa poitrine affaissée étaient autant d'invitations à un brutal coup au foie de la part du capitaine, qui l'expédia ensuite vers la sortie, la chaise toujours en main.

La femme à moitié nue quant à elle ne comptait pas en rester là et s'éclipser sans avoir récupéré ses vêtements et sa paye, office dûment rempli ou non. Adamski lui fourra une poignée de billets dans la main, et dépêcha son garçon de service à l'étage qui rapporta ses habits en boule. Entre-temps, Adamski balaya la pièce du regard. Polémistes et brelandiers étaient revenus à leurs occupations. Quant aux brindezingues collés à leur table, il faudrait visiblement les en décrocher au moment de faire le ménage. Yoshké, enfin, était pelotonné contre le comptoir. C'est seulement alors qu'Adamski remarqua l'étrange duo installé dans un coin.

Au milieu du vacarme ambiant, le capitaine fixa son regard sur le couple apeuré et ne tarda pas à bouillir de rage. La femme avait sa robe boutonnée jusqu'au cou. Cheveux clairs, décemment attachés, regard lupin et alerte, nez affûté – une laideur presque charmante. L'homme était quant à lui une brindille sur pattes, avec sa barbe raccourcie à la hâte et des restes de *péot* aux tempes. On aurait reconnu ces deux *žyds* à cinq verstes de là. Adamski adressa un regard furieux à Žižek, lequel afficha en retour une mine indifférente, l'air de dire qu'il n'y avait rien de plus banal.

Prenant une profonde inspiration, le capitaine bomba le torse et dévisagea Fanny, qui tenta de se réfugier derrière une expression figée. Adamski leur fit signe de le suivre à l'étage. Fanny regarda Žižek, qui opina du chef en signe d'approbation, tout en leur tournant le dos. Lorsqu'il passa au niveau de Žižek en les conduisant vers l'escalier, Adamski lui chuchota :

« Tu n'es qu'un sale porc Yoshké. M'amener des *žyds* ici… Bordel de merde !

4

Bien que pleinement investi dans son rôle de loque humaine imbibée empilant les verres à vodka sur sa table, il n'avait pas échappé à Piotr Novak que quatre heures s'étaient écoulées depuis l'arrivée de trois étranges clients. De même, que ce valeureux capitaine de Patrick Adamski avait omis de leur faire remplir le registre des visiteurs, pas plus qu'il n'avait envoyé son employé récupérer leurs papiers d'identité, pourtant obligatoires. L'aubergiste n'avait même pas pris la peine d'échanger un mot avec eux. Novak avait là mille possibilités. Il aurait pu envoyer son valet jacasser au poste, demander aux bonneteurs s'ils connaissaient le curieux couple qui échangeait des messes basses dans le coin, ou encore faire un clin d'œil – accompagné d'un solide pourboire – au palefrenier afin qu'il s'occupe tout spécialement de leurs deux chevaux épuisés. Quoi qu'il en soit, Patrick Adamski enfreignait la loi, aussi Novak prit mentalement note de creuser du côté du passé du capitaine, de même que de vérifier la licence de son auberge et le bon règlement de ses impôts.

Bon point pour le capitaine, sur les trois qui étaient entrés en dernier, deux avaient tout sauf l'air de meurtriers. Ainsi, Adamski jugeait peut-être superflu de signaler chaque couple de clampins qui passaient sa porte. Cette femme n'avait rien d'effrayant, pas même sa taille, elle avait même plutôt l'air gracile et douce. Son mari quant à lui, épais comme feuille, avait surtout l'air de l'idiot du village, à nager dans ses vêtements. Ses yeux noirs étaient enfoncés comme s'ils avaient été becquetés par un rapace. D'un autre côté, plusieurs éléments auraient effectivement pu les associer aux circonstances du crime. Avant toute chose, on avait là affaire à deux *žyds*, sans l'ombre d'un doute. Novak s'amusait même de leur façon d'avoir voulu se faire passer pour des Polonais. Ils n'avaient pas bu une goutte et ne s'étaient pas adressé la parole ; afin de ne pas se trahir par leur accent, semblait-il. Le bassin de la femme, rapporté à la finesse de ses traits, indiquait quatre, ou même cinq couches. Elle pouvait arborer son manteau de babouchka et son foulard imprimé autant qu'il lui plaisait, elle n'était évidemment pas polonaise. Ensuite, il y avait ce gaillard plus tout jeune qui les avait précédés et discutait avec Adamski – d'une manière qui, disons, n'était pas inconnue de Novak. Deux hommes qui se parlaient ainsi avaient déjà mutuellement vu la peur de la mort dans les yeux de l'autre.

Et s'il ne se trompait pas, alors ce vieux briscard et sa balafre à la bouche, qui était d'abord sorti puis revenu s'installer au comptoir, n'était autre qu'un ancien frère d'armes d'Adamski. Pourtant il y avait dans leur façon d'échanger une sorte de réserve, peut-être même de distance. Pas d'accolade, ni de poignée de main, et aucune effusion joviale. Le front aurait-il fissuré leur amitié ? Quoi qu'il en soit, si l'on recoupait ces éléments avec les points communs des versions données par Radek Borkovski, on tenait là aussi bien quelque chose qui pointait vers l'armée, une femme – à défaut d'être grande ou terrifiante – ainsi qu'un lien avec le rite d'abattage des Juifs – certainement pratiqué par ce triste gringalet à l'air ingénu, peut-être avait-il été l'apprenti du boucher par le passé.

Très bien jusque-là, mais n'en demeuraient pas moins plusieurs questions. Sur les trois, seul ce reître à la bouche balafrée semblait de taille à en découdre avec Borkovski. Mais en tant qu'ancien soldat, pourquoi ne se manifestait-il pas auprès de la police pour donner sa version des faits ? Car après tout, la crédibilité ne faisait certainement pas partie des qualités notoires de Radek Borkovski, sa parole n'aurait pas tenu un instant face à celle d'un vétéran de l'armée du Tsar. Ainsi, cette vieille brisque serait peut-être un nervi à la solde de ces Juifs, qui aurait égorgé sur leur demande expresse, en guise de revendication. Car la seule raison de choisir ce mode d'exécution était son caractère ostentatoire, qui délivrait un message clair : les Juifs ont liquidé les Borkovski, qui s'étaient mis en travers de leur chemin. Dans cette perspective, cette tuerie ne serait pas seulement crapuleuse, elle aurait aussi un motif idéologique. Novak fit mentalement le décompte de tous les agents qu'il avait déployés dans les *goubernias* de Grodno et de Minsk, de toutes les sortes de révoltes qu'il devait affronter au quotidien : cinquante-deux infiltrés dans les milices clandestines socialistes, plus quinze au sein des factions démocrates ; deux cent quatre agents derrière les intellectuels et autres gens de lettres, ainsi que cent soixante-six informateurs dans le milieu étudiant. Six agents surveillaient le mécénat, quatre étaient infiltrés au sein des *hassidim*, vingt et un chez les illuminés qui rêvaient de Palestine ; une douzaine enfin scrutaient du côté des travaux des scientifiques. Ce trio donnait-il l'impression d'appartenir à l'une de ces dissidences ? Les socialistes assassinaient les commis du Tsar, pas les simples gens. Les démocrates étaient quant à eux assez naïfs pour croire à l'octroi du droit de vote à des détraqués comme les Borkovski ; massacrer toute leur famille serait contraire à leurs convictions – quel dommage. Les moralistes, du fait de leur stupide foi en l'esprit humain, étaient majoritairement opposés à l'usage de la violence, alors que l'engeance estudiantine était la preuve vivante que cet esprit humain n'oscillait qu'entre naïveté sans fond et pulsions urgentes. Les philanthropes à la conscience tourmentée par leur fortune ne faisaient que se racheter en finançant l'insurrection, laquelle finirait par les conduire à l'échafaud. Les *hassidim* avaient assez à faire avec leurs contempteurs, les *mitnagdim*. Ces illuminés qui rêvaient de Palestine finiraient tous terrassés par la malaria ; quant aux scientifiques, ils avaient une nette tendance au suicide. Difficile donc de penser que les assassins des Borkovski soient issus de l'une de ces catégories, mais quel serait alors leur mobile ? Novak devait-il s'inquiéter d'une forme nouvelle de dissidence ?

L'idée d'avoir ces trois larrons fourrés dans leurs chambres n'était pas du goût de Novak, ces mêmes chambres qu'Adamski s'était empressé de libérer pour eux. D'un seul coup, son auberge qui servait à longueur d'année aux hommes de Baranavitchy pour y ramener des filles de joie n'était plus un bordel – tant qu'à faire, on y distribuerait aussi bientôt l'hostie et le sang du Christ. Et ces trois-là, que pouvaient-ils bien fabriquer à l'étage ? Dormir ? Fomenter un autre coup avec Adamski ? Aiguiser des couteaux ? Sauf qu'une vermine imbibée comme lui n'avait aucun prétexte valable pour se rendre à l'étage supérieur.

Novak empoigna sa canne et tituba jusqu'à l'extérieur, afin d'y respirer un peu d'air frais. Levant les yeux vers l'étage du bâtiment, il trouva les lampes éteintes. Les fenêtres sombres avaient quant à elles l'air d'une rangée de bouches béantes. Il se dirigea alors vers l'étable. Le palefrenier dormait sur une botte de foin, imité par quelques bêtes dans leur enclos. La nuit enveloppait

Baranavitchy d'un voile brumeux et apaisant. Très loin d'ici, à Saint-Pétersbourg, sa femme Anna et ses deux fils étaient endormis. Si Novak leur avait fait la surprise de sa visite, ils auraient sûrement montré de la joie de le voir, mais au-delà de leur sourire pointerait ce même embarras imbuvable que sa présence suscitait en eux. Il aimait mieux rester là avec ses haillons, à une heure passé minuit, à embrasser son uniforme et sa mission. Aussi parce que son absence au foyer avait au moins le mérite de susciter le respect.

Une fois remis de sa terrible blessure à la jambe, Novak avait accepté sans hésitation la proposition du général Iossif Gourko, son vénérable commandant, qui souhaitait l'incorporer à l'Okhrana. Principalement parce qu'il craignait de décrépir dans une vie sans devoirs.

« Nous devons désormais opposer à nos ennemis intérieurs le même courage et la même droiture dont nous avons fait preuve sur le champ de bataille », lui avait confié Iossif Gourko lorsqu'il avait chargé Novak de diriger la police secrète.

Novak s'était ainsi attelé à sa nouvelle mission avec courage et dignité, ces mêmes vertus avec lesquelles il avait déployé son réseau d'agents, tels des îlots dans la population, avait procédé à des arrestations, arraché des bambins à leur lit. Tout allait jusque-là pour le mieux. Mais peu à peu, il avait compris que sa mission n'avait rien à voir avec le courage ou même la dignité. Il ne faisait qu'exercer sa vile besogne en vertu de l'autorité dont l'avait investi le pouvoir impérial.

Il devait à présent remonter au front, et le champ de bataille était désormais la sordide gargote de Patrick Adamski. S'il était raisonnable de penser que ce gros mastoc à la bouche balafrée était effectivement un coupe-jarret averti, Novak savait bien que la procédure requérait qu'il appelât des renforts. Avec une seule jambe valide, il lui fallait à tout prix éviter d'être pris dans une rixe. C'est pourquoi il réveilla le palefrenier afin qu'il aille alerter en urgence ses agents, lesquels profitaient à tous les coups des largesses de Tomachevski, l'aubergiste de la rue de la Poste. Le palefrenier se leva sans rechigner et s'extirpa de sa botte de foin, comme s'il s'attendait à ce qu'un parfait inconnu le réveille au beau milieu de la nuit pour lui assigner une quelconque tâche. Celle qui venait de lui échoir : localiser un certain Albin Dudek et dépêcher avec lui les dénommés Ostrovski et Simanski – et que ça saute !

De retour à sa table, Novak eut la satisfaction de découvrir que la chance venait de pencher de son côté. Le juifaillon rachitique qui était auparavant assis avec sa pudibonde épouse était redescendu et cherchait maintenant à rejoindre le cercle de jeu. La bande des joueurs de cartes le dévisagea et fut aussitôt prise d'un fou rire tonitruant. Cet emmanché leur agita alors sous les yeux une poignée de pièces et ces derniers furent soudain ravis de l'intégrer à leur table, lui versant de la mauvaise gnôle en guise de bienvenue. Tant à gagner en si peu d'efforts, cela ne se refusait pas. Le freluquet se mit à boire comme un trou, et réussit en prime à dilapider pas moins d'un rouble au premier tour, ce à quoi il réagit en grattant sa barbe mal élaguée, comme s'il était capable de tirer un quelconque enseignement de son erreur. Au deuxième tour, il se mit à grommeler des « mmm… », l'air de dire qu'il mijotait soigneusement son coup à venir, alors que tous autour de lui voyaient bien qu'il n'avait qu'un petit pois dans la tête. Au tour suivant, cette cruche se distingua par une gaffe si grossière qu'il donnait plutôt l'impression d'avoir de la paille à la place du cerveau – et voilà cinq roubles envolés d'un coup d'un seul.

Au septième tour, n'ayant plus un rouble en poche, il fut congédié de la table. La demi-portion annonça alors très solennellement qu'il était sur le point de tous les dépouiller ; il prendrait donc part à la donne suivante, qu'ils le veuillent ou non. En guise de garantie contre la créance susceptible de se créer – les risques étaient certes minimes, puisqu'il s'apprêtait à tous les coucher –, ce demeuré leur promit une contrepartie qu'ils ne sauraient refuser. À l'issue des septième, huitième, et neuvième tours, lui échut une dette de cinq roubles – dont il ne pouvait naturellement pas s'acquitter. Lorsque ses partenaires de jeu lui demandèrent de révéler la nature de son alléchante promesse, il retira son chapeau pour leur offrir un spectacle gratuit.

« Je suis un chanteur renommé », s'enorgueillit-il, exhalant autant de sottise que de vapeurs de vodka. Il entonna alors son « *Adoooon Oooolaa...* », mais fut happé en plein trémolo par un poing qui l'atteignit à la mâchoire, lui brisant deux dents qu'il recracha aussitôt. Plus qu'un débiteur lambda, il était désormais un Juif qui devait de l'argent à des gens du cru – chose peu courante, qui avait le don d'attiser les accès de violence. Avant que le deuxième coup ne trouve sa cible, Novak s'interposa promptement, leva la main et déclara qu'il rachetait la dette du Juif. Sauf qu'en lieu et place des cinq roubles dus, Novak présenta aux créanciers un billet de vingt-cinq roubles.

Ces derniers échangèrent des regards ébahis. L'un des larrons, solidement bâti, se laissa aller à saisir le billet, mais un autre le lui arracha aussitôt pour le restituer à Novak, se fendant au passage d'une courbette d'excuse, « Inutile, votre Altesse ». En l'espace de quelques instants, le groupe se dispersa sans demander son reste. L'un d'entre eux expliqua que sa femme l'attendait à la maison, le suivant se porta volontaire pour l'accompagner, le troisième était soudain fatigué et le dernier devait se lever de bonne heure. Quant à Novak, il savait bien qu'il venait d'éventer sa couverture. Le portefeuille d'un boit-sans-soif n'était pas exactement le plus indiqué pour renfermer une telle somme. Il insista malgré tout pour s'acquitter de la dette du Juif avant qu'ils s'en aillent, mais ces derniers lui opposèrent un refus catégorique. Ils s'évertuèrent même à remettre le freluquet sur sa chaise et défriper le col de sa chemise – certes il était peu aisé de rendre présentable un nigaud à la bouche sanguinolente. Le groupe des mandarins emboîta le pas à celui des bonneteurs et s'éclipsa hâtivement, sans manquer sur leur passage de relever de force un soûlard inconscient qui pataugeait dans sa bile noirâtre. Ne restaient guère plus dans la salle que Novak et le gringalet, hagard, qui bêlait les yeux perdus dans le vide : « *BeTereeem Koool Yetsir Niiivraa...* »

Novak s'installa face à lui et lui versa le contenu d'un verre d'eau sur le crâne. Le Juif rachitique s'agita comme une feuille, et leva les yeux vers Novak comme s'il était ébloui par le soleil.

« Où est ta femme ? demanda Novak avec retenue. Je t'emmène la rejoindre.

— Ma femme ? gloussa-t-il.

— Ça n'est pas ton épouse ?

— Parce que je suis aussi censé savoir qui elle est ? répondit-il en plaquant son visage sur sa table. Ma femme ? On ne se connaît que d'hier ! Certes, elle prétend que ça remonte à avant-hier. Ils m'auraient récupéré à Telekhany, c'est ce qu'ils disent. Moi, je n'ai pas le souvenir d'y être passé. Ils m'auraient trouvé dans une ville où je n'ai pas mis les pieds ? Diable sait. Cela dépasse mon entendement, mais monsieur saurait peut-être me l'expliquer ? »

C'était l'ouverture parfaite pour Novak. Il pouvait à présent hisser tranquillement ce minus sur ses épaules jusqu'à l'étage des chambres, sans que l'on pût suspecter ses véritables intentions. Ils n'y verraient rien d'autre qu'un brave homme qui venait de sauver leur ami d'une bande de canailles de tripot. Il ne leur viendrait jamais à l'esprit qu'il puisse s'agir du commandant en chef des districts nord-ouest de la police secrète. Mais l'unique jambe valide de Novak était bien en peine de supporter la charge qui pesait sur ses épaules – aussi léger que pouvait être ce gringalet. Ayant trébuché au niveau de la deuxième marche, Novak vit le chantre inconscient lui atterrir droit sur sa cuisse estropiée. Probablement alerté par les heurts, Adamski accourut depuis l'étage et les saisit tous les deux par le col :

« Vauriens, misérables ! Assez pour aujourd'hui, sales porcs ! »

Le tenancier expédia sans ménagement le gringalet vers la sortie, puis gratifia Novak d'un coup de poing à l'abdomen qui le précipita au sol. Humilié, le lieutenant-colonel s'efforça de se relever, mais sa canne, restée aux abords de l'escalier, était hors de portée. Il s'agrippa donc à l'une des tables, et claudiqua en direction de sa troisième jambe. Il fut cependant devancé par Adamski, qui prit le temps d'examiner les gravures qui ornaient le pommeau et riva aussitôt son regard orangé de chouette sur Novak. Une telle canne ne pouvait appartenir à un va-nu-pieds, d'autant que l'infirmité du misérable ne ressemblait guère à une malformation de naissance. Des hommes à la démarche ainsi ravagée par un éclat d'obus, au pied amputé d'après la méthode de ce cher docteur Pirogoff, Adamski en avait vu des dizaines avant lui. Il se tint dès lors sur ses gardes face à Novak. Tous deux en avaient conscience, ils ne pourraient être qu'alliés ou ennemis – et rien entre les deux.

« Bon, vous avez une chambre libre pour moi ? demanda Novak en époussetant sa chemise.

— Vous m'en voyez bien désolé, monsieur, répondit Adamski, supposant qu'il avait affaire au mieux à un capitaine. Nous sommes complets pour cette nuit.

— On peut toujours se serrer un peu, suggéra Novak. Vous pensez que cela leur posera problème ?

— Posera problème à qui ?

— Ce sympathique petit couple, vous vous êtes mis en quatre pour leur trouver une chambre, n'est-ce pas ? »

Adamski resta figé, le visage grave.

« Ils ont payé, au moins ? Avec de l'argent je veux dire.

— Voyons monsieur… J'ai l'air d'être l'Armée du Salut ? ironisa Adamski.

— Oh je ne sais pas… répondit Novak, jouant l'ingénu.

— S'ils ne paient pas, moi, ces porcs, je les balance aux cognes ! martela-t-il.

— Vous ne croyez pas si bien dire, c'est précisément de police dont je souhaitais m'entretenir avec vous », répondit Novak tout en s'asseyant.

Adamski s'effondra sur l'une des chaises disposées derrière lui.

« Vous êtes… ?

— Non, pas exactement », grommela Novak avec un pincement au cœur.

Dix ans déjà qu'il occupait ce poste, et il avait pourtant toujours du mal à l'assumer : il n'était guère qu'une misérable taupe, aussi haut gradée fût-elle, au sein des forces de l'ordre.

« Ce ne sont pas vos papiers qui m'intéressent, monsieur Adamski – ou plutôt devrais-je dire, capitaine Adamski. »

Novak voyait que son interlocuteur tremblait. L'enquêteur avait désormais l'ascendant.

« Bref, il est tard et je suis épuisé, il me faut un lit et du repos. Il ne vous aura pas échappé – du moins, si vous n'étiez pas trop occupé à faire fonctionner votre établissement – que j'ai tiré cet emplâtre des griffes de vos joueurs de cartes enragés, vous comprenez donc que je n'ai l'intention de lui faire aucun mal. Ce que je demande en retour ? Partager la chambrée de celui dont je viens de sauver la vie. Sa femme aussi a l'air tout à fait charmante, décente et réservée – comment s'est-elle retrouvée avec ce ramassis d'égout ? Je n'en sais diable rien. Mais il ne fait nul doute que ces deux-là auront à cœur de me faire part de leurs aventures et tribulations. Disons maintenant que, s'il m'était accordé une nuitée supplémentaire, je tiendrais également à ce que nous ayons le temps de discuter de votre passé avec ce camarade, celui-là même qui est resté pendant plus d'une heure à l'étage – à moins qu'il ne s'agisse d'un vieil ennemi ? Je n'en suis pas encore tout à fait sûr. Si d'aventure enfin, monsieur se levait demain et que le couple manquât à l'appel, pas d'inquiétude, je serais ravi de régler leur ardoise. Tout cela resterait bien sûr secret entre nous, n'est-ce pas ? »

Le gaillard à la bouche balafrée déboula soudain de l'étage. Il passa devant eux, hocha poliment la tête, et fondit aussitôt sur l'avorton, affaissé contre la porte d'entrée. On aurait cru un instant qu'il s'apprêtait à le relever, mais au lieu de cela il le frappa au visage, le rattrapa par l'oreille et le tira par la peau du cou jusqu'à ce qu'ils disparaissent dans l'escalier. Novak raclait le sol répugnant avec sa canne, comme s'il était importuné par une tache, puis se redressa en s'appuyant sur elle pour venir surplomber Adamski, qui resta assis.

« Vous vous faites du souci pour lui, n'allez pas imaginer que je ne m'en rends pas compte. Un vieux camarade de l'armée peut-être, Adamski ? Si tel est le cas, l'immunité lui est garantie. Tous les deux, il me semble que nous nous comprenons, n'est-ce pas ? »

Adamski pâlit.

« Je pense donc que si nous gardons ceux qui nous sont chers à proximité, disons même dans une chambre privée et fermée à clé, alors il ne leur arrivera assurément aucun mal – du moins, pas cette nuit. Et pour ce qui est des autres, laissons le destin advenir…

Adamski hocha la tête en signe d'approbation.

5

À la troisième heure passé minuit, Fanny se réveilla en sentant comme une araignée géante grimper le long de sa nuque. À côté de son lit, elle distinguait une silhouette, assise sur une chaise, qui tapotait son bras. Elle se retourna aussitôt sur le dos et porta sa main à la cuisse. Mais son élan fut trop brusque, la silhouette la saisit à la gorge et plaqua son bras au matelas.

« Pas de panique, chuchota l'homme avec douceur. C'est moi. »

La respiration de Fanny se coupa. La lumière de la lune ne se déposait que sur une mince partie du sol, l'obscurité était presque totale.

« Que voulez-vous ? » dit-elle en élevant la voix, Žižek l'entendrait peut-être depuis sa chambre, ou à défaut, peut-être réveillerait-elle Shleimel, qui ronflait dans l'autre lit.

Elle supposait qu'il s'agissait d'Adamski, le pourfendeur d'Israël. Un homme qui avait incendié des synagogues n'hésiterait pas à la surprendre dans sa chambre et user de sa position de force.

« Ma chère, il se trouve que nous n'avons pas encore fait connaissance. Mais je ne compte pas pour le moment, et loin de moi l'envie d'être au centre de cette discussion, mais vous… Dans ce genre d'auberge sordide, on ne rencontre pas tous les jours une femme aussi douce et délicate, quoique ayant un accent étranger. Si je jouais aux devinettes, j'aurais pensé à une Juive, mère de famille par-dessus le marché. Mais difficile d'en être certain, chacun sait bien que les mères juives ne quittent pas leur foyer et leur progéniture, n'est-ce pas ? »

Fanny mit ses autres sens en alerte. Les habits du tenant des lieux dégageaient une odeur d'alcool, de chicots pourris, de sueur et même de sang. Sa main était rugueuse et ferme, elle n'avait aucune chance d'échapper à sa poigne.

« Quoi qu'il arrive, le propriétaire, Adamski, m'a promis que nous pourrions discuter sans être dérangés. J'ai donc pris tout spécialement avec moi cette bouteille de brandy aux prunes. Comme on dit chez vous, *lekhaïm !* Puis-je desserrer ma main sans que vous ne vous mettiez à hurler ? »

Fanny acquiesça. Ainsi, celui qui l'empoignait n'était pas Adamski, ce scélérat l'avait tout bonnement livrée.

« Parfait, jusqu'ici tout va bien, excellent. Ne buvez-vous pas avec moi ? Dommage, sachant que cette affaire est déjà pesée et emballée. Quelques bons amis à moi vont débarquer d'un moment à l'autre et m'aideront à maîtriser le nervi que tu as engagé pour accomplir tes basses œuvres. Pardonne-moi de ne pas inclure à l'affaire ce va-nu-pieds qui ronfle à côté de nous. Même en le connaissant peu, je crois pouvoir dire que s'il avait été partie prenante d'une affaire criminelle, il en aurait été la victime – tu me l'accordes ? Vous l'avez recueilli pour vous couvrir ; dans notre jargon on appelle ça un alibi. Sauf que le témoignage d'un clochard comme lui est une lame à double tranchant, elle peut aussi bien être retournée contre vous. Quoi qu'il arrive, j'aurais laissé ton petit complot se poursuivre, j'aurais même pu t'aider si j'avais compris précisément quel était ton but. Mais tu as déjà trois macchabées sur les bras, tous d'une même famille, et je crains que les dégâts n'empirent si nous ne mettons pas un terme à cela pour y voir plus clair. Je n'aurai donc qu'une seule et unique question, si tu parviens à me répondre avec franchise, on reprendra tout depuis le début. La voici : Pourquoi, tout bonnement. Pourquoi ?

— Zvi-Meïr, maugréa Fanny.

— Zvi-Meïr ? bafouilla son vis-à-vis, tout en desserrant son étreinte. Qui diable est ce Zvi-Meïr ? »

Au-dehors, des bruits de sabots se firent entendre. Des cavaliers mirent pied à terre au niveau de l'auberge, puis des bruits de pas retentirent au rez-de-chaussée. L'homme qui la tenait à la gorge s'en alla les recevoir, et chargea un colosse dénommé Simanski de tenir Fanny à l'œil. Il expliqua aux deux autres rustres d'une voix posée et directive qu'ils allaient entrer derrière lui dans la chambre de service du propriétaire, Patrick Adamski. Il les avertit de la probable résistance de la part de l'ex-capitaine et de son complice, deux hommes robustes et rompus au combat. Simanski n'était pas satisfait d'avoir hérité de l'affectation de porte-clefs, il avait justement là l'opportunité de faire la démonstration de ses réelles aptitudes.

Le reste des agents firent irruption dans l'appartement d'Adamski et les surprirent lui et Žižek dans leur sommeil. Adamski bondit de son lit et hurla à Novak : « Misérable ! Tu m'avais promis que tu ne t'en prendrais pas à nous ! » avant de recevoir immédiatement un coup de poing en plein visage dont le lieutenant Albin Dudek avait le secret. Ostrovski et Dudek avaient déjà maîtrisé le gaillard à la bouche balafrée. Ils lui menottèrent les mains dans le dos et le plaquèrent face au mur. Novak quant à lui rendit la monnaie de sa pièce à Adamski, et le frappa au ventre, avant de le clouer au sol à l'aide de sa canne.

« Savez-vous quelle est la différence entre un capitaine et un lieutenant-colonel ? lâcha-t-il à Adamski recroquevillé par terre. J'aimerais vous dire le fin mot de la chose, Votre Excellence. Un bon capitaine se doit d'être un officier exemplaire sur le champ de bataille. Il doit mener ses cavaliers, être en première ligne, faire preuve de courage jusqu'au contrôle de l'objectif. Mais un lieutenant-colonel doit quant à lui user de stratagèmes, de diversions, sacrifier un bataillon pour en sauver un autre, bref, manœuvrer. Au fur et à mesure que l'on monte les échelons de la hiérarchie, le haut commandement se jauge à sa capacité d'induire en erreur. Pas simplement l'ennemi, mais aussi l'échelon inférieur... Et concernant notre affaire, j'ai senti durant notre première discussion que vous ne sacrifiiez pas cet étrange couple simplement pour sauver votre ami, mais que leur arrestation ferait à vos yeux déjà office de moindre mal – sauf que s'il en était ainsi, selon l'accord que nous avons conclu, je me retrouverais être celui qui fait quelque chose pour vous, sans rien obtenir en retour. Au regard de cette nouvelle situation, cet accord est par conséquent caduc. À présent, servons-nous un peu de brandy aux prunes et asseyons-nous pour discuter comme de vieux amis, n'est-ce pas ? Simanski ! rugit Novak dans l'entrebâillement de la porte. Amène-toi avec la femme ! »

Tout ce qu'avait prévu Novak était parfait, jusque dans les détails de l'arrestation. Le plan d'action qu'il avait transmis à son lieutenant et à ses agents était impeccable, de même que son appréciation de la situation, et ce même après avoir passé une nuit entière dans ce trou à rat, avoir été roué de coups dans les côtes et l'abdomen. Les mots du lieutenant-colonel étaient tranchants, précis. Ses hommes étaient à présent curieux de savoir ce que son esprit avait mijoté pour l'interrogatoire.

Mais il y avait pourtant un hic, et à cet instant nul d'entre eux ne l'avait encore réalisé. Simanski, à qui l'on avait ordonné de faire descendre la femme, se tenait depuis une heure au seuil de la chambre. Il fulminait d'avoir été écarté de l'assaut. Dans la chambre dont il devait assurer la garde était allongée une pauvre femme sans défense, flanquée d'un autre être misérable qui, à en juger par l'odeur âcre qu'il dégageait, pataugeait dans sa propre urine. Simanski, plutôt que d'exécuter la tâche qui incombe à un policier, se mua en bonne sœur d'hospice – encore un peu et on l'aurait pris pour Florence Nightingale –, et troqua son revolver contre une lampe à huile et des bandages. Ainsi délaissa-t-il la mission qui lui avait été assignée pour s'approcher peu à peu du théâtre des opérations – lequel se trouvait être l'appartement privé du propriétaire, Patrick Adamski –, si bien qu'il finit l'oreille plaquée à la porte qui le séparait des lieux de l'arrestation, laissant son dos totalement vulnérable.

Soudain il sentit une sorte de piqûre dans son cou, suivie d'une douleur insoutenable. Simanski, qui resta pétrifié sur place, espéra qu'elle lui passe vite. Après un moment il recouvra son calme et se tapa la nuque, à l'endroit où il avait été piqué, pour éloigner ce maudit moustique ou cette mouche. Puis tendant de nouveau l'oreille à ce qui se passait derrière la porte, il sentit soudain que sa main était imprégnée d'un étrange liquide. Il jeta un œil derrière lui et aperçut la femme qu'il était chargé de surveiller. Elle le regardait avec indifférence, folle qu'elle était. Il eut alors l'intention de lui demander poliment de retourner à sa chambre, mais une abominable douleur fendit brutalement son crâne et lui fit perdre connaissance. Son bras retomba contre la porte, qui s'entrouvrit vers l'intérieur.

Lorsque Novak remarqua Simanski sur le seuil, il regretta de ne pas l'avoir renvoyé immédiatement pour son rapport trafiqué. Qu'un agent de l'Okhrana puisse se retrouver dans un état pareil était une honte. Ses yeux étaient exhorbités et il bavait comme un pitoyable ivrogne.

« Simanski ! hurla Novak. Où est-elle ?! »

Mais avant même que ce dernier n'ait pu lui répondre, il s'effondra dans un fracas sinistre.

En s'affaissant sur lui-même, l'agent laissa place à celle qui venait de le tuer froidement. L'espace d'un instant, les protagonistes furent tous réunis par la stupéfaction. Fanny fit irruption dans la pièce et bondit au cou de l'un des deux hommes qui maintenaient Žižek. Contrairement à Simanski, l'agent Ostrovski savait déjà à quoi s'attendre, mais pas au fait qu'elle puisse dégainer aussi promptement une lame si aiguisée. Une fois sa gorge tranchée, il se laissa plonger vers la mort, profitant de ses derniers moments. Il s'affaissa au sol, le visage pris entre les genoux, l'air pensif – à quoi pouvait-il songer ? Rien de moins clair.

Albin Dudek empoigna le bras de Fanny et lui arracha sa lame de boucher des mains, Novak en soupira de soulagement. Mais le capitaine Patrick Adamski, qui était toujours cloué au sol par le bâton de Novak pointé sur son torse, profita du tumulte pour se redresser. Malgré ses deux côtes brisées, il parvint à arracher sa canne des mains de Novak et frappa Dudek dans le dos, avant de mettre le lieutenant-colonel en joue, lui intimant de ne plus bouger d'un pouce. Fanny récupéra son couteau, et Adamski défit les liens qui entravaient Žižek. Avant qu'ils ne quittent les lieux, le capitaine s'attarda dans la pièce. Il regarda Novak, qui l'observait lui aussi, les yeux creusés. Le lieutenant-colonel savait pertinemment ce qu'Adamski avait à l'esprit. Les capitaines étaient d'excellents combattants, mais si leur pensée stratégique était limitée, ils savaient ce qu'il en coûtait pour remporter un combat au corps à corps. Adamski brandit la canne, Novak protégea son visage dans un réflexe de défense mais le capitaine le surprit en abattant son arme sur sa jambe mutilée. Le lieutenant-colonel ressentit le coup comme s'il était revenu au moment de la bataille du col de Chipka, où il avait vu sa jambe pulvérisée, et avec elle son rêve de devenir général à l'instar de Iossif Gourko, qu'il révérait tant. Il avait rampé sur le sol imbibé de sang tel un lézard à l'agonie, espérant que les cavaliers turcs perceraient de leur glaive la charpie qui restait de lui. Sauf que l'infirmier du bataillon s'était hâté de stopper l'hémorragie et lui avait sauvé la vie. Une vie qui ne ferait que sombrer dans une triste spirale.

Novak se recroquevilla de douleur aux pieds d'Adamski et poussa des hurlements qui se firent entendre dans tout Baranavitchy.

« Savez-vous ce qui différencie un capitaine d'un lieutenant-colonel ? lui demanda Adamski, tout en crachant sur le côté. Un capitaine ne glapit pas comme une fillette. »

Une charrette attelée à deux chevaux quitta l'étable avant l'aube, sans la moindre précipitation qui aurait pu donner à ses occupants un air de fugitifs. À côté du siège du cocher, réservé à Žižek, se serraient Patrick Adamski et Fanny Keizman. Ces trois-là n'avaient pas échangé un mot depuis leur départ de l'auberge, pas plus qu'ils n'avaient évoqué les événements de la nuit. Fanny avait été surprise dans son lit, avant de retourner la situation à son avantage. Adamski avait livré ses camarades en pâture avant de les sauver. Quant à Žižek, qui était jusqu'ici le suspect principal de cette affaire, il s'était à nouveau fait molester et ligoter, avant d'être libéré. À l'arrière, le dernier d'entre eux avait été laissé en plan, Shleimel Kantor. Tous ces revirements, jusqu'à la finale maîtrise de la situation, il les avait vécus de bout en bout en état d'ivresse, d'inconscience ou de sommeil, selon le moment. Entre-temps, il avait même pu gratifier les autres d'un *Adon Olam*. À présent, il semblait que le rythme constant de la chevauchée, accompagné par de légers cahots, convenait parfaitement à son délectable sommeil – preuve en était que ses ronflements se faisaient de plus en plus tonitruants, au point de prendre le pas sur le martèlement des sabots. Les trois autres se retournèrent pour jeter un regard au chantre, et bien qu'ils ne pussent l'admettre, un agréable sentiment emplissait leur cœur éreinté, quand bien même il ne serait que trop éphémère.

CINQUIÈME PARTIE

MOTELÉ

1

Tout Juif, et Mendé Speisman n'y faisait pas exception, savait que le corps pouvait être façonné grâce à de menus efforts : on renonce à une tranche de pain par-ci, on se prive des sucreries par-là, et en un rien de temps vous sentiez le tissu se détendre au niveau des hanches et virevolter au premier coup de vent. Travailler sur l'âme était en revanche on ne peut plus difficile. En traversant des épreuves, Dieu nous en préserve, comment sa foi envers le Maître du Monde pouvait-elle perdurer ? Comment ne pas céder à la tentation du *lashon hara**, ces médisances tentatrices ? Ne pas sombrer dans des pensées hérétiques ? Écoutez donc ce qui suit : face à la nécessité d'établir des priorités entre les combats de la volonté, il valait mieux lâcher du lest au corps lorsqu'il désirait un morceau de sucre de plus ; mais si en revanche l'âme renâclait à la prière, on devait combattre cette réticence d'arrache-pied. Voilà pourquoi les enfants du peuple élu ne se pressaient pas à l'assaut des hautes cimes et pourquoi ils étaient si peu à flâner dans les prés. Ils n'aéraient leur carcasse qu'une fois par jour, le soir venu. À leurs yeux, l'érudit déplaçait les montagnes, et le plus redoutable guerrier était celui qui maîtrisait ses penchants ; ils délaissaient le domaine du corps au profit de l'élévation spirituelle. À leurs yeux, il était évident qu'un esprit sain dans un corps malade valait mieux qu'un esprit malade dans un corps sain – comprenne qui pourra.

Et malgré cela, dès l'instant où Mendé Speisman avait appris la disparition de sa sœur Fanny, la vision de son propre corps, affalé sur son lit, lui était devenue insupportable. Après avoir lu cette brève tonitruante du *ha-Maggid*, elle avait remonté sa robe pour constater que ses genoux étaient potelés, ses chevilles livides et ses pieds dodus – une patate à la place de chaque orteil. Elle se répétait avec une inlassable ferveur que l'important n'était pas le corps. N'était-il pas vrai que si on lui ôtait un bras, Dieu nous en préserve, elle resterait malgré tout Mendé Speisman ? Alors que si on lui retirait le shabbat, que resterait-il d'elle ? Une pauvre femme, pareille aux *goyim*, ces êtres dépourvus d'âme qui erraient dans ce monde.

Il y avait cependant quelque chose à propos de son corps qui la dérangeait, à tel point qu'elle ne parvenait pas à dépasser ce tracas temporel par le sacré. Ses membres avaient franchi une étrange frontière, une limite à partir de laquelle ils n'étaient plus tout à fait les siens. Certes, ses orteils charnus répondaient toujours à sa volonté, mais à qui donc pouvaient appartenir ces cuisses endolories sous son ventre bedonnant ? Pour autant, se résoudre à l'idée que ce tas de viande en décomposition était sa propre chair lui était impossible. L'inanité de ces jambes ne correspondait pas à son vécu, elle croyait même observer le bas du corps d'une femme misérable, et certainement pas du sien. Qui es-tu, Mendé Speisman ? N'était-il pas vrai qu'avec tout le respect pour le chagrin qu'elle avait ressenti après la disparition de Zvi-Meïr, il y avait bien une ou deux choses plus importantes en ce bas monde ? La famille par exemple, aider sa sœur également. Il était évident qu'elle tenait désormais un rôle essentiel auprès de la famille Keizman. Natan-Berl et les enfants étaient dépassés par la situation, submergés de chagrin, et elle avait l'audace de continuer de rester oisive dans son lit. Une véritable honte.

Pour la première fois depuis des mois, Mendé se tint debout sur ses jambes – *a mekhayeh*. Sa tête tournait et son équilibre était précaire, mais elle ne se replia pas vers le confort de son lit. Elle s'appuya contre le mur le temps que la tempête passe. Une fois sa lucidité recouvrée, elle observa sa chambre avec dégoût, tel un roi revenant de campagne et trouvant son royaume embourbé dans le chaos. Elle tonna aussitôt avec autorité : « Yankelé, Mirl ! »

Depuis l'autre pièce, des petits pas d'écureuils prenant la fuite se firent entendre. Ses deux enfants étaient en train de jouer par terre dans la cuisine lorsqu'elle les avait appelés. Pris de panique, ils filèrent se réfugier sous la table, comme si une menace approchait au son des bruits de sabots. Eliyahou et Rokheleh se placèrent devant leurs petits-enfants, elle apeurée et lui hésitant. Tel un mastodonte, Mendé se tenait au seuil de la pièce, dans une robe à fleurs couleur turquoise qui ne leur évoquait strictement rien. Les deux grands-parents échangèrent un regard interloqué.

« Vous n'avez même pas ouvert un journal ? leur reprocha Mendé. Vous n'avez pas parlé avec les voisins ? Chacun chez soi, bien à l'abri entre quatre murs ?

— La carrure de qui ? maugréa Eliyahou, tendant l'oreille.

— Quatre murs ! répéta son épouse en lui assénant un coup de coude.

— Pourquoi n'êtes-vous pas chez Natan-Berl à Upirawa ? Pourquoi ne m'avez-vous pas prévenue pour ma sœur ?

— Et te prévenir de quoi ? répondit Rokheleh sur la défensive. Tu as bien dit qu'ils étaient à Kiev, n'est-ce pas ?

— De toute façon, vous ne vous préoccupez pas de tenir un foyer juif. Quant à ce qui se passe dans votre ville, vous y êtes indifférents. Mais en arriver à vous comporter comme des étrangers avec votre propre famille ? Ma pauvre sœur a disparu, le Ciel nous en préserve, évaporée Dieu sait où, avec derrière elle cinq malheureux enfants et un mari en état de choc.

— Un mari en toc ?

— En état de choc ! fulmina Rokheleh, toujours sur la défensive face à sa belle-fille. Quelle catastrophe ! Nous n'étions absolument pas au courant.

— Comment peut-on rester ici alors qu'on a besoin de nous ailleurs ? s'agaça Mendé. Allons, rassemblons des provisions ! Il faut leur préparer de bons petits plats, les aider à tenir ce foyer, aussi longtemps qu'il le faudra. »

Elle convoqua Yankelé et Mirl, qui avaient toujours les yeux rivés sur elle depuis leur cachette sous la table : « Les enfants ? Vous allez vous habiller ? »

Rokheleh et Eliyahou échangèrent un autre regard, vacillants face à l'appel du devoir, mais se remémorèrent alors leur propre misère, et réalisèrent qu'ils étaient sur le point de se laisser berner par une irresponsable qui donnait de la voix. Avec quoi prépareraient-ils ces « bons petits plats » ? Des patates et des carottes ? Quelles provisions allaient-ils emporter avec eux, du pain truffé de moisissures ? En acceptant Mendé Schechter, fille de Meïr-Anshel Schechter, comme future belle-fille, les parents avaient su qu'ils s'étaient mis dans un véritable bourbier. Les histoires qui circulaient à Grodno, ils ne les avaient que trop entendues. Ils étaient au courant pour sa mère à l'esprit fragile et pour sa sœur, *di wilde khayeh,* qui les terrifiait. Mais ils avaient fini par céder au chant des sirènes de l'obséquieux marieur, Yehiel-Mihel Gemeiner, qui ne cessait de leur vanter la singularité de Mendé et sa formation auprès du tailleur Zondel Gordon. La seule chose qu'elle partageait d'après lui avec sa sœur était sa généreuse dot.

Eh bien ce n'étaient là que des balivernes. Leur propre fils avait dilapidé la dot de son épouse avec son affaire lamentable de marchand itinérant. La sœur était toujours folle, et désormais leur bru hallucinait elle aussi.

« De bons petits plats ? se gaussa Rokheleh, eh bien prépare-les toi-même ! Tu ferais mieux de te mettre à te soucier de tes enfants, plutôt que de verser ta bile sur tes aînés. Voilà, asséna-t-elle en pointant l'étagère des légumes du doigt, seulement garnie d'une patate ratatinée. Les voilà tes provisions ! À moins que tu ne retournes à la rivière, et reviennes une fois de plus inconsciente et avec trois roubles dans tes poches. Pour quoi faire, ces trois roubles ? Déjà trois mois que je me retiens de te le demander, d'où as-tu bien pu les prendre ? »

Tous les usages auraient voulu que Mendé accepte de recevoir le châtiment verbal de sa belle-mère. Mais Mendé ne prêta aucune attention aux mots de Rokheleh, qui résonnaient à ses oreilles comme un concert de criquets. L'esprit de Mendé était focalisé sur cette patate toute ridée, esseulée sur son étagère. Elle remarqua soudain qu'en émergeaient deux petites feuilles – contre toute attente, cette patate affichait un signe de vie. De cette chose dont personne ne voulait, pouvait fleurir une vie nouvelle ! Mendé s'approcha de l'étagère et pressa avec excitation la fine tige entre ses doigts. Elle sentait un bourgeonnement de vie, le miracle de la patate s'était produit, et elle se mit à quatre pattes sous la table pour enlacer ses enfants.

« Mes chéris, leur dit-elle en les inondant de larmes, maman est là maintenant. »

À l'unisson de leur mère, les deux enfants se mirent à sangloter et à éclater de rire. Rokheleh et Eliyahou se tenaient là, bouche bée devant ces pleurs-rires du trio : une telle scène face à une patate ridée ne s'était pas produite la veille ! Ils se regardaient abasourdis, se demandant comment ils pourraient éloigner leurs petits-enfants de l'influence nocive de leur bru à l'esprit fragile. « Au marché ! s'écria Mendé à l'attention de ses enfants, avant qu'il ne ferme ! » Elle fourra la patate dans la poche de sa robe. « Que pourras-tu bien y acheter sans un rouble en poche ? Laisse donc les enfants ici, la supplia sa belle-mère, épargne-leur l'humiliation ! » Mais Mendé passa le seuil avec ses deux enfants et, telles des gazelles lancées en plein bond, ils s'élancèrent vers la rue du Marché.

2

C'était un jour d'été étouffant à Motelé, de ceux où le Juif démontre sa vertu y compris dans sa tenue, rappelant à tous que foi et bien-être sont nécessairement inconciliables. Si le Saint béni soit-Il avait ordonné à son peuple de faire ripaille à de grands banquets, de déambuler pour afficher leur ivresse et de s'adonner ouvertement à la fornication, l'humanité tout entière aurait été faite de grands sages de la Torah et de pieux dévots.

Bien qu'elle eût du mal à respirer, Mendé sautillait de maison en maison, ses enfants agrippés à chaque main. Elle songeait initialement profiter de l'ombre des toits, mais l'allée centrale avait quelque chose d'attrayant. Apercevant soudain le clocher de l'église, elle bifurqua dans sa direction. Elle avait d'un côté Yankelé, qui avait enroulé son bras autour du sien et se pavanait comme un paon, et de l'autre côté Mirl, qui tenait sa mère par la main mais qui était d'humeur ombrageuse, comme quelqu'un qui se démène pour se souvenir de quelque chose d'important.

« Ne t'inquiète pas ma fille, lui dit Mendé, sentant qu'ils avançaient unis malgré les difficultés. Notre famille se doit d'être forte pour aider celles que le destin malmène. »

Ma pauvre sœur, pensait Mendé pour elle-même, se pourrait-il qu'elle fût somnambule ? Elle s'est peut-être levée pendant son sommeil et a marché en somnambule jusqu'à se perdre ? Ou peut-être était-elle depuis toujours malheureuse auprès de Natan-Berl, mais trop fière pour révéler son secret ?

La deuxième possibilité était davantage plausible. Quelque chose dans la vie de sa sœur n'avait jamais fait corps avec ce qu'on a l'habitude de désigner par « famille ». Natan-Berl était, disons, un rustaud un peu enfantin. Un ours mal dégrossi et sans charme, dont le regard morne démontrait que le silence n'était pas toujours preuve de sagesse. Le fromage, personne n'aurait nié qu'il en produisait d'excellents. De même qu'il savait préserver son cheptel des maladies. Mais à vrai dire, Mendé avait toujours considéré que sa ferveur à l'ouvrage était démesurée. Un fromage restait un fromage, et le resterait même si on le foulait aux pieds. Ces nuances de saveurs pour lesquelles s'enthousiasmaient les palais délicats n'étaient que des broutilles qui prenaient des proportions exagérées. Après tout, Dieu nous en préserve, ce n'est rien d'autre que du lait fermenté. Au moins, Zvi-Meïr avait pour lui une forme d'intelligence cachée, une certaine finesse intellectuelle. Si on lui avait demandé pourquoi cet homme lui avait plu, ses réponses auraient évoqué autre chose que traite, caillage et salage. En son for intérieur, Mendé savait qu'elle avait une part de responsabilité dans la disparition de sa sœur. Plutôt que d'empêcher Fanny de s'embourber dans un *shiddoukh* douteux, elle avait contribué à cette parodie cauchemardesque de mariage.

Désormais elle se portera au secours de sa cadette, elle ne renoncera plus au motif d'un manque de ressources. Elle s'arrêta face à la boutique de Simha-Zissel Reznik, toujours suivie du regard par le clocher de l'église au loin. Le boucher somnolait comme à son habitude sur son comptoir, et passait ses doigts le long de ses *tsitsit* comme un bébé apaisé par son doudou.

Habituellement ceux qui tenaient un commerce restaient reclus dans leur arrière-boutique pour étudier la Torah, tandis que leurs épouses, si elles étaient véritablement pieuses, assuraient les ventes au comptoir afin de sanctifier leur mari par l'élévation spirituelle. À leur mariage les femmes chantaient :

L'épouse du cordonnier saura fixer des chevilles,
Celle du tailleur travailler à la lumière du falot,
La femme du charretier graissera les essieux,
Et celle du boucher devra hisser les gigots !

Mais chez Simha-Zissel Reznik, son épouse s'en était peu à peu rendu compte, le simple fait d'être penché sur un texte sacré le plongeait aussitôt dans un sommeil profond. Au début elle rouspétait :

« N'as-tu pas honte, Simha-Zissel, d'être assis là à rien faire alors que le dos de ta femme se tue à la tâche ? »

Et lui de se justifier :

« Ma chère, nul homme ne peut étudier toute la journée sans avoir une paupière qui tombe. »

Avec les années, sa femme s'était faite à l'idée que son mari n'allait de toute façon pas devenir un grand érudit, et jugea qu'il serait plus utile en restant éveillé au comptoir au moins la moitié de la journée. Mais malheureusement, on ne pouvait rester debout toute la sainte journée. Rien qu'en s'appuyant sur le comptoir, déjà les sourcils s'affaissaient. De temps à autre un œil se fermait tandis que l'autre montait la garde, au cas où Mme Reznik viendrait le surprendre à l'heure bénie de la sieste.

Mendé entra et s'éclaircit la gorge, faisant sursauter le boucher. Il soupira de soulagement en voyant qu'il ne s'agissait pas de son épouse. Il écarta aussitôt sa barbe et gronda : « Et pour madame, du poulet ? » Sans même lui prêter attention, il s'emparait déjà du couteau le plus proche et se mit à trancher des restes de saucisses qu'elle n'avait pas demandés.

Ayant ainsi démontré qu'il était bel et bien réveillé, il prit alors le temps de la regarder, mais son visage ne lui disait rien. Après avoir jeté un œil à ses enfants, il se boucha le nez, débarrassa son établi des restes de saucisses et les leur offrit charitablement, enveloppés dans du papier-journal. Quel cruel tailleur avait pu proposer à cette pauvre femme une robe aussi serrée, se demandait-il, elle craquait de partout sous ses généreuses formes. Ce spectacle confortait Simha-Zissel dans son opinion que ce qui séparait générosité et abus était souvent flou. Voilà pourquoi il n'offrait jamais aux pauvres plus que des restes de saucisses. Si un mendiant venait à goûter, ne serait-ce qu'une fois, une pièce de viande digne de ce nom, il deviendrait fou en songeant à la vie prodigieuse qui lui échappait.

Sauf que cette zélée n'avait pas l'air satisfaite. Elle restait là à lui faire perdre son temps. Voilà ce qui caractérisait les mendiants, prendre la générosité pour de la faiblesse. Ils en demandaient toujours davantage – s'il refusait, on le jugerait aussitôt avare, et accepter ferait de lui un philanthrope bon à être exploité.

« Merci beaucoup », lança-t-il à la mère et ses deux bambins. Leur odeur était insupportable et leur maigreur déprimante.

« Simha-Zissel Reznik, l'interpella la femme, c'est moi. »

Moi ? Le boucher était à bout de nerfs, que pouvait bien signifier un « c'est moi » de la part d'une mendiante ?

« C'est moi, Mendé Speisman. »

Ce nom-là, Simha-Zissel l'aurait reconnu même dans son sommeil. Depuis sa dernière visite à la boucherie, Mendé apparaissait dans ses rêves, assise dans le cabanon derrière sa maison, mordant à pleines dents un morceau de viande qu'il lui avait découpé. Dans son rêve, ils étaient allongés nus sur une montagne de viande crue, la bouche sanguinolente et leur faim inextinguible. Ils se dévoraient l'un l'autre sans même en avoir conscience. Le sang ruisselait sur le visage déchaîné de Mendé tandis que ses canines lacéraient sa propre chair. Une fois mutuellement repus, ils restaient allongés, enlacés dans un profond sommeil. Au matin,

Simha-Zissel avait l'esprit échaudé, la vision onirique de ses ébats avec Mendé Speisman encore en tête. Et voilà maintenant que débarquait face à lui une misérable qui prétendait répondre au même nom ! Mais un nom seul ne suffisait pas à faire fusionner la Mendé de son rêve avec celle qui se trouvait face à lui. Impossible.

« Mendé ? Vous ne pouvez pas être Mendé, il y a un mois tout juste vous étiez… Et puis la rivière… Ils ont dit que Žižek… J'ignorais que…

— Simha-Zissel Reznik, reprit Mendé, se voulant rassurante. Peut-être serez-vous surpris d'apprendre que je me porte pour le mieux, mais ma sœur en revanche a des ennuis, Dieu nous en préserve.

— Votre sœur ? » Le boucher était bien en mal de digérer cette masse d'informations. « Qui ça ? Que s'est-il passé ?

— Je l'ignore, répondit Mendé en agitant la tête. De graves ennuis. Vite ! Il me faut partir pour le village avant que la nuit ne tombe.

— Comment ça, *vite* ? répondit le boucher, jouant l'ingénu.

— Préparez-moi des pièces bien juteuses, cinq malheureux enfants sont affamés. »

Le boucher marqua une hésitation. En contenant ses fantasmes échevelés, il était parvenu à reconnaître Mendé derrière ces traits défaits, mais il n'était pas encore tout à fait à même de déterminer si elle avait fini d'achever sa métamorphose, de mendiante en cliente. Il s'attendait à ce que Mendé remue ses poches à la recherche de roubles sonnants et trébuchants. Mais au lieu de cela elle restait plantée comme un piquet face à lui, le regard impérieux. Elle n'était ni rêve ni réalité, mais bien un cauchemar.

« Simha-Zissel Reznik ! aboya-t-elle à son endroit, je vois que monsieur rêvasse. Peut-être s'attendrait-il à être payé ? Allons bon. Il en oublie ce qui l'oblige. Rabbi Moshe-Leyzer sait-il qu'il a abusé d'une femme confuse qui s'est présentée à sa boutique le jour de son anniversaire ?

— Abusé ? Comment osez-vous…

— Mme Reznik sait-elle qu'il a allumé du feu dans le cagibi derrière la maison, où il a soumis ladite femme à la tentation ?

— Soumis ? À la tentation ? Quel culot !

— Les pièces de viande je vous prie, monsieur Reznik. Et n'allez pas penser que cela vous acquitte de votre dette. »

Mme Reznik fit irruption à point nommé.

« Ta dette ? s'écria-t-elle en bondissant vers son mari, adressant ensuite un regard à Mendé. Et de quelle dette discutes-tu avec cette femme ? Parce que maintenant on est endettés, c'est ça ? »

Tout homme juif, et Simha-Zissel Reznik n'y faisait pas exception, savait que les femmes avaient un moyen de défaire l'autorité de leur mari. Il leur suffisait d'afficher leur ressentiment par le silence – ce que l'homme ne pouvait interdire – pour qu'immédiatement règne une atmosphère pesante. Lorsque la femme était heureuse, Reznik le savait bien, le foyer l'était tout autant. Mais s'agissant du mari, qu'il soit heureux ou non, tout le monde s'en moquait. Il s'efforça ainsi d'expliquer avec enthousiasme à son épouse que c'était là un miracle qui se produisait. Cette *femme* avec qui il discutait n'était autre que Mendé Speisman, tout juste ressuscitée. Il se devait donc de lui réserver les meilleurs morceaux, c'était bien la moindre des choses, n'est-ce pas ?

Mme Reznik n'en démordait pas, et Mendé préféra laisser les Reznik à leurs disputes et continua de sillonner le marché avec ses enfants. Ceux qui avaient pris part à sa précédente tournée d'achats accoururent aussitôt, leur sens des affaires dépassé par la culpabilité. Schneider ne la lâchait pas, depuis un moment il songeait à lui rendre visite mais voilà qu'elle l'avait devancé. Après tout il devait bien lui retoucher cette robe turquoise qu'il lui avait confectionnée pour son anniversaire, il avait manifestement mal fait ses mesures : beaucoup trop serrée à la taille, la couture des épaules mal ajustée. Pas d'autre choix, il fallait tout refaire. Le tailleur se mit donc à s'affairer autour de Mendé, comme il l'aurait fait pour une future mariée. Et il n'oublia pas ses enfants, prenant les mesures de Mirl pour une robe marron avec une mousseline blanche. Pour Yankelé, il dégota sur une étagère une veste neuve ainsi qu'une chemise blanche habillée. Lorsque Mendé le remercia et lui promit de lui rembourser la note, il balaya ses manières d'une colère toute maîtrisée :

« Allons, allons. Nous nous connaissons d'aujourd'hui ? Pas de dettes entre amis. »

Lederman ne resta pas en retrait. Il offrit à Yankelé et Mirl deux paires de sandales, et quand ils le fixèrent stupéfaits il déposa dans leurs mains deux paires de guêtres en vue des jours d'hiver qui approchaient.

« Pour votre mère, tonna-t-il, je vais confectionner une paire de bottes en cuir. Je sais déjà ce que vous allez penser, madame Speisman, une paire de bottes, il m'en a déjà fait une il y a peu, alors pourquoi une deuxième ? Et ma foi je vous dirai justement qu'aujourd'hui on n'a plus à se contenter de ce qui est nécessaire, on doit étendre le domaine du possible.

Avant même que Lederman n'en termine, Grossman le drapier et Blumenkrantz le pâtissier étaient aux aguets à l'entrée de leurs échoppes respectives. Ils étaient divisés quant à savoir qui allait se présenter à la suite du cordonnier : le meilleur drapier de la région, ou bien le pâtissier dont on entendait parler jusqu'à Minsk ?

Mais Mendé, en sortant de chez Lederman, ne les départagea pas – elle n'avait plus le temps. Il valait mieux qu'ils songent à lui rendre visite chez elle dans les prochains jours.

« Chez vous ? bégaya Blumenkrantz stupéfait. Disons que c'est assez inhabituel…

— Chez vous ! » se réjouit au contraire Grossman, coupant l'herbe sous le pied de son rival.

Voyez un peu le prodige, il y a de cela très peu de temps, Mendé se promenait au marché pour son vingt-sixième anniversaire, trente roubles et soixante et onze kopecks en poche – une bien rondelette somme. En quelques heures seulement elle se retrouvait sans le sou et inconsciente. Et maintenant, bien qu'étant partie sans un sou, la voilà qui revenait chez ses beaux-parents chargée d'un opulent butin : des habits et des chaussures du dernier chic, d'appétissantes pièces de boucher, sans compter les artisans qui avaient promis de faire le déplacement. Qui aurait pu douter du Miséricordieux, Lui qui connaît l'âme de Son peuple, croit en leur générosité et sait qu'ils ne manqueraient jamais l'occasion d'accomplir une *mitsva**. « Que Son nom soit béni à jamais ! » proclama Mendé, sautillant avec ses enfants sur le chemin du retour vers la maison de ses beaux-parents. Elle sentait en elle le bourgeonnement d'une vie nouvelle. Se pourrait-il que son ventre abrite un petit être, malgré l'absence prolongée de son mari ? Elle croyait aux miracles. Dieu lui en soit témoin, elle était habitée par la foi, même si nul n'avait voulu croire qu'elle se relèverait un jour de son lit. Et voilà qu'elle était maintenant en pleins préparatifs avant de partir pour le village, au secours du foyer de sa sœur. Ce qu'il fallait retenir de tout cela ? Tant que le Gardien d'Israël régnait sur les Cieux, aucune possibilité n'était à écarter, si mince fût-elle.

3

On disait de Rivka Keizman, la mère de Natan-Berl Keizman, qu'elle était une femme rude. La vérité étant que Rivka Keizman était tout à fait aimable.

On disait aussi de Rivka Keizman qu'elle se plaignait à longueur de journée. La vérité étant qu'on ne l'entendait presque jamais, ses maux prenaient le pas sur ses mots.

Certes, un grognement échappait de temps à autre au corps de cette femme arrivée à un âge respectable. Les innombrables lessives faites au bord de la rivière avaient inexorablement rendu ses mains calleuses, les seaux d'eau brisé son dos, et sa peau était désormais rêche. Il fallait avoir en tête que Rivka Keizman n'était plus tout à fait une jeune fille, elle approchait de la soixantaine – et toute sa vie durant, elle n'avait pas dit un mot au-dessus de l'autre. On lui avait dit d'épouser Shévah Keizman, elle l'avait épousé. On lui avait dit d'être une épouse modèle, elle l'avait été. On lui avait dit d'aller là où il irait, elle l'avait suivi – même quand il avait choisi de s'acoquiner avec les *goyim* du village. On lui avait dit que Natan-Berl serait le seul enfant que le Très-Haut lui accorderait, elle avait compris qu'elle l'aimerait comme la prunelle de ses yeux, lui son fils chéri. On lui avait dit que son fils était maintenant un homme et qu'il avait trouvé une fiancée, un point c'est tout, désormais elle se contenterait d'observer, en retrait. Eh bien, que n'avait-elle pas observé ? Mais elle ne savait pas qu'il en oublierait le commandement d'honorer son père et sa mère. Ni qu'observer en retrait ne se ferait pas depuis l'une des pièces de la maison, mais d'une cahute dans le jardin où ils la logeraient, comme un chien dans sa niche. Il ne venait pas à l'esprit du nouveau couple que *bobè** puisse vivre avec eux à la maison, ils avaient préféré la jeter dans la cour, là même où l'on jetait les excréments. Plutôt que d'apprécier l'aide qu'elle pouvait leur apporter, ils la voyaient comme un fardeau. Sans oublier qu'elle aurait des besoins une fois vieille. De l'argent ? Dieu nous en préserve ! De l'amour ? Même pas en rêve. La santé ? Pas à cinquante-trois ans. Quoi donc, lui demandaient-ils, que pouvait-elle demander ? Un peu de considération et de respect, c'est tout. Des choses qui ne coûtent pas un sou, ni même du temps à y consacrer – un mot, un regard, un matelas à l'abri des murs de la maison. Dieu seul savait comme elle vivait. Elle aurait aussi bien fait d'être morte.

On disait que Rivka empoisonnait la vie de sa belle-fille, Fanny Keizman. Elle trouvait toujours quelque chose à redire, à mettre en doute. Une fois la maison impeccable, Rivka pointerait une saleté dans un coin. Fanny avait préparé un plat de lentilles ? Rivka suggérerait un autre assaisonnement. En habillant les enfants, Fanny entendrait à coup sûr quelque part dans son dos : « Il fait beaucoup trop chaud pour mettre un manteau », ou bien : « Il fait bien trop froid pour ne mettre qu'une seule couche. » Impossible de faire quoi que ce soit à côté de Rivka Keizman sans qu'elle ne vous corrige. Et d'où venait l'erreur en question ? De ne pas avoir laissé Rivka Keizman s'en charger. En vérité, il n'y avait que Rivka Keizman que l'on scrutait ainsi, c'était la seule que l'on jaugeait à tout bout de champ. Au nom de quoi n'aurait-elle pas pu songer que Fanny Schechter, sa belle-fille, connue de tous à Grodno comme *di wilde khayeh*, celle qui égorgeait les agneaux d'une main sûre, n'était pas assez bien pour son fils ? Pouvait-elle seulement concevoir que les chambres n'étaient pas suffisamment propres après le nettoyage de Fanny ? N'était-elle pas sensé de constater que sa belle-fille cuisinait trop salé ? Rivka Keizman n'avait-elle pas elle-même élevé des enfants ? Ne savait-elle pas faire la différence entre la malice et le manque de discipline chez ses petits-enfants ? Et que dire des habitudes dépensières de sa belle-fille ? Des vêtements neufs – les raccommoder n'était-il pas suffisant ? Des mets fastueux – ne mangeaient-ils pas à leur faim avant quand ils n'avaient pas de truite à table ? Des cours d'hébreu et de calcul pour ses filles – Rivka Keizman, elle, n'avait-elle pas pu se marier et fonder une famille sans hébreu ni calcul ?

La plupart du temps, elle prenait sur elle, bien entendu, elle se gardait de partager son opinion. Elle s'efforçait d'être bonne avec tout le monde, et c'était peut-être là son erreur. Étant donné qu'une certaine femme, répondant au nom de Fanny Keizman, sainte de son état, était partie de la maison à deux heures passé minuit. À son mari, Natan-Berl, elle avait au moins fait la grâce de laisser quelques mots : « Prenez bien soin de vous jusqu'à mon retour. » Une véritable farce. Comment des enfants frappés par l'abandon de leur mère pourraient-ils prendre soin d'eux ? À ce jour, la mère volage n'était toujours pas revenue à son nid et à ses petits.

Sans autre choix, Rivka leur avait expliqué que leur très pieuse mère était partie s'occuper de leur grand-père. Mais ces garnements étaient déjà assez grands pour se souvenir que Meïr-Anshel était mort il y a déjà quelque temps. Elle leur dit alors que leur mère était simplement partie le temps d'une semaine, pour suppléer quelqu'un de haut rang dans l'administration. Shmulké était ébahi d'apprendre que sa mère fût qualifiée pour un tel poste, Mishké exigea quant à lui de savoir pourquoi les finances du foyer nécessitaient un apport supplémentaire, tandis que David égraina un à un les jours de la semaine annoncée – arrivé à la fin du décompte, il exigea d'avoir une explication. C'était sans même parler de la petite Elisheva, qui apercevait de temps à autre le tablier sur la chaise dans la cuisine, et criait aussitôt : « *Mamé* ! » Gabriella, l'aînée, prenait la benjamine contre elle pour la consoler, le visage défait. Un véritable crève-cœur. Et elle, la grand-mère, que pouvait-elle bien dire ? Le regard rivé au sol, elle gardait le silence.

« Où est maman ? » demandait instamment David.

Rivka Keizman versait une larme et le prenait dans son giron.

« Où est maman ! » s'obstinait-il en se débattant.

Aurait-on pu lui en vouloir ?

Et qu'en était-il de Natan-Berl ? À vous briser le cœur. On disait que rien ne pouvait percer la carapace de son fils, qu'il acceptait la beauté et les affres du monde d'un seul bloc. On disait que ce qui séparait les aspirations personnelles de la réalité des choses, écart dont la plupart des gens se servaient pour accuser ce bas monde, Natan-Berl l'attribuait à sa volonté démesurée et son esprit rustaud. N'aurait-il pas été préférable que l'homme traite son bétail comme lui-même prenait soin de ses bêtes ? Quelle question, évidemment ! Mais que représentait Natan-Berl ? Un petit point parmi tant d'autres. Il y avait tant du reste du monde, et si peu de lui – pourquoi le cours des choses irait-il dans son sens ?

Mais en vérité, cette fois Rivka se permettait de l'affirmer clairement, personne d'autre qu'une mère ne connaissait le cœur de son fils ; et cela, nul ne pouvait le discuter. Natan-Berl faisait les cent pas dans la maison telle une âme en peine. Sans dire un mot au dîner, il allait se coucher de bonne heure. Puis le matin venu, il quittait la maison avant que l'aube ne blanchisse l'horizon.

On disait que Natan-Berl avait toujours fait ainsi. Il allait traire chèvres et brebis avant le lever du jour, s'affairait ensuite au barattage du lait puis faisait paître ses bêtes, et retrouvait le cocon familial avant la tombée de la nuit.

Mais en vérité, on pouvait œuvrer à la même tâche avec entrain, dans une volonté de sublimer son quotidien, ou à l'inverse ployer sous la langueur de la routine. Clairement, cette distinction n'était pas perceptible dans la gestuelle de Natan-Berl. Il affrontait le quotidien sans que son visage ne trahisse la moindre faille. De ses mains imposantes et velues, il trayait ses chèvres sans relâche, avec une incroyable délicatesse, sans le moindre accroc. Mais seule une mère pouvait voir qu'au fond de lui – oh misère ! – tout au fond, l'âme était écorchée et le cœur transi.

« Žižek », un nom qui n'avait jamais été prononcé en sa demeure jusqu'alors, était désormais sur toutes les lèvres. Dans un terrible concours de circonstances, Fanny et Žižek avaient tous deux disparu la même nuit. Parmi tous les hommes qui vivent en ce bas monde, il fallait que sa bru s'entiche d'un gougnafier, *goy* pardessus le marché, un homme qui avait vendu sa judéité pour une soupe aux lardons, constamment avachi dans son canot à rames comme l'idiot du village.

Rivka Keizman n'avait pas d'autre solution, elle devait ravaler sa fierté et venir loger dans cette maison où l'on ne voulait pas d'elle. Ses affaires rassemblées, elle étendit un matelas près de ses petits-enfants. Et sans demander l'avis de personne, elle se pressa d'envoyer un télégramme au *ha-Maggid*. Que quelqu'un brise enfin le silence. On disait que Rivka Keizman se mêlait de tout. On disait que Rivka était intrusive. Et la vérité dans tout ça ? Rivka avait raison, comme toujours ! Rivka suspectait. Rivka se méfiait. Elle était sincèrement désolée d'être désobligeante, mais en des temps pareils, elle devait se frayer un passage entre le mauvais et ce qui était pire encore.

Quant à celui qui préférait encore se complaire dans son scepticisme, qu'il passe ses nuits sans fermer l'œil, comme elle. Qu'il écoute son fils suffoquer dans la chambre voisine. Qu'il soit réveillé par les cauchemars des petits. On disait à Rivka Keizman que les enfants faisaient de mauvais rêves, rien de plus normal, que Natan-Berl était connu pour ses ronflements tonitruants. De l'extérieur, on aurait pu n'entendre qu'un ronflement, répondait Rivka Keizman. Mais de l'intérieur, oh misère ! Les frémissements d'un cœur qu'on piétine.

4

Le vendredi matin, son fils Natan-Berl s'entretint avec ses bergers de la menace grandissante des loups – les hurlements se rapprochant inexorablement du troupeau. Tandis qu'ils discutaient de la nécessité de relever la clôture de l'enclos, Rivka se réveillait en pleine panique, la carcasse frémissante : le shabbat arrivait à grands pas. L'ensemble des tâches qui s'annonçaient lui donnaient le tournis. Préparer le repas du soir ? Habiller les petits ? Par où devait-elle commencer ? À un âge comme le sien, elle devrait plutôt être l'invitée d'honneur de ce dîner du vendredi soir en famille, et rejoindre à l'heure de l'entrée de la reine Shabbat ses petits-enfants aimants, autour d'une table dressée et garnie de bons plats. Mais à son grand dam, au lieu d'un juste repos la voilà qui devait s'occuper de chacun des enfants de sa belle-fille, sans même compter cette vision importune qui apparut soudain à sa fenêtre : une femme bien en chair, flanquée de deux enfants émaciés, poussant un chariot de bois chargé de quelques sacs, frayant leur chemin de mendicité vers la maison de Rivka Keizman. Si elle avait eu de l'argent en trop, ne le leur aurait-elle pas généreusement donné ? Bien sûr que si. Elle n'était pas de ces impitoyables mégères. Mais les temps étaient durs, et en période de troubles il n'y avait guère de place pour la générosité condescendante – au sens de « moi j'ai et eux n'ont pas » –, c'était là quelque chose de répugnant que seuls les riches osaient appeler charité.

Sauf qu'à en juger par la superbe robe à motifs de cette Juive, et malgré ce turquoise abominable, elle n'était pas une mendiante lambda. Un patron fait sur mesure, un col bien cousu, sans doute une étole de lin de premier choix, voilà manifestement une riche dame qui venait de tout perdre. À cet instant surgit une crainte, mêlée d'une dose non négligeable de curiosité. Qui pouvait donc être cette ingénue ?

Trois coups à la porte, deux croches à la suite puis une troisième espacée d'un soupir, Rivka en eut la chair de poule. Que ne voit-on pas de nos jours – des étrangers qui tapent aux portes avec cette insupportable légèreté ! La même cellule rythmique ne tarda pas à retentir à travers la cloison, et cette fois Rivka entrouvrit légèrement pour jeter un coup d'œil à l'extérieur, la mine furieuse :

« Que voulez-vous, madame ?

— Grand-mère ! s'écria la prétendue mendiante en lui tendant les bras.

— Grand-mère ? rétorqua Rivka en reculant promptement pour réduire l'entrebâillement de la porte.

— Grand-mère ! reprit-elle, forçant maintenant telle une tempête un passage vers l'entrée. Vous ne me reconnaissez pas ? Je suis Mendé Speisman, la sœur de Fanny, et voici mes enfants, Yankelé et Mirl. Nous avons eu vent de ce terrible drame, et nous venons aider Natan-Berl et les petits. »

Rivka Keizman connaissait bien Mendé. D'entre les deux sœurs Schechter, elle avait toujours été la bonne moitié. Une femme éduquée et décente, tenant impeccablement son foyer en mère respectable. Certes, son mari était un nigaud – les tonneaux vides font toujours le plus de bruit – mais Mendé supportait l'opprobre avec dignité. Elle ne geignait pas, ne maugréait pas, prenait sur elle ses souffrances – à l'image des quatre Matriarches, et comme on pouvait l'attendre d'une fille d'Israël. Elle avait toujours eu ce charme stupéfiant, ses traits dégageaient quelque chose de serein, de congruent. À qui Rivka avait-elle donc affaire ? Ce n'était pas plaisant à dire, mais à une véritable montagne de chair. Et si l'on en jugeait par cette intrusion, à une femme grossière par-dessus le marché. Son bassin large ployait sous le poids de son ventre, et son visage était marqué par des plis adipeux tel un bébé replet, ses yeux étaient occultés par les joues, elle avait le menton en dedans et les lèvres enflées. Toute Mendé Speisman qu'elle était, Rivka n'avait pas besoin de cette femme. Elle avait à cet instant fermement en tête l'idée de lui faire rebrousser chemin, bien qu'elle fût de la famille.

« J'ai apporté de bonnes choses », déclara Mendé, accourant vers son chariot pour en décharger les sacs.

Et la grand-mère de suspendre la sentence en voyant s'amonceler à son seuil des sacs de légumes et des patates, des souliers pour enfant, du tissu, ainsi qu'une ribambelle de breloques.

« Nous n'avons besoin de rien de tout cela », maugréa Rivka, fouillant malgré tout dans les paniers de légumes, et finissant par en faire émerger des radis de premier choix.

« Voyez donc ! s'écria gaiement Mendé en déroulant les tissus sur l'une des chaises. *Sheyihiyeh* !* – qu'il en soit ainsi !

— Pas comme ça, la réprimanda Rivka, repassant les plis du tissu derrière elle.

Tous les quatre s'attablèrent bientôt pour partager une miche de pain avec un peu d'oignon et du concombre apportés par Mendé. Rivka évoquait la disparition de sa sœur, Fanny. Mendé ne cessait quant à elle de faire clapper sa langue, de soupirer – « Quel malheur… » – en s'appliquant de petites gifles – « Pauvre d'elle, miskena ». Elle opinait du chef lorsque Rivka s'épanchait en geignements – « Pauvre d'elle ? La malheureuse ? Et Natan-Berl ? Et les enfants ? Et moi ? » Mendé en clappait de plus belle : « Dieu les préserve, ces malheureux ! » Et la grand-mère de renchérir : « Ce ne sont pas tous des malheureux, non, madame Speisman, pas tous ! Pour ce genre de choses il y a différents niveaux ! »

Rivka nota qu'un étrange sourire s'étirait sur le visage de Mendé. Qu'y avait-il de si cocasse dans l'énoncé de tous ces malheurs ? Elle se le demandait bien. Rivka en vint à suspecter qu'à l'instar de sa sœur Fanny, Mendé n'avait pas toute sa tête.

Presque machinalement, Mendé se leva et débita en tranches la saucisse qu'elle avait apportée, tandis que le regard paniqué de Rivka alla se perdre dans le mur. Voilà des années qu'elle n'avait plus vu de viande à la maison. D'autant que depuis son intégration au foyer Keizman, les repas étaient principalement composés de fromage. Le simple goût d'une saucisse n'était plus qu'un lointain souvenir. La famille Keizman avait une répugnance ancrée de longue date pour la viande.

Mais à cet instant, tandis que Mendé lui présentait cette assiette garnie d'une tranche de saucisse, Rivka n'opposa pas la moindre résistance. Elle dissimula même le comble de bonheur que la saveur piquante lui provoquait derrière une salve de reproches énoncés à Yankelé et Mirl – la manière dont ils étaient assis, leur façon de manger la bouche ouverte, les coups de pied qu'ils flanquaient à la table, et le fait qu'ils ne disent pas « s'il te plaît » lorsqu'ils demandaient quelque chose. Les enfants de Mendé lui renvoyèrent un regard indifférent, reprenant même de plus belle. Ils n'accordaient à Rivka aucune sorte d'autorité. Sauf que contre toute attente, Mendé choisit le parti des remarques acérées de la vieille femme, et enjoignit à ses enfants d'obéir aux directives – elles-mêmes déjà censées couler de source. Ayant rallié du soutien, Rivka raffermit un peu plus encore ses exigences. Désormais, les enfants ne devaient plus simplement se taire, se répondre par des mimiques était interdit. « Une grimace, c'est exactement comme parler », professa la vieille femme, et leur mère de lui emboîter le pas. Enfin, Rivka ordonna aux enfants de se lever de table et de débarrasser le couvert.

À la stupéfaction de la grand-mère, Mendé s'exécuta elle aussi. Il ne faisait aucun doute qu'elle n'avait pas été entachée par l'esprit rebelle de sa sœur. Loin de se contenter d'accompagner ses enfants, voilà qu'elle balayait et rangeait la pièce, arborant un sourire plus stupide que jamais. Peut-être ne les chasserait-elle pas aussitôt ? Rivka avait peut-être l'occasion de faire une bonne action vis-à-vis de cette pauvre famille, les aider à se remettre sur pied, et donner un sens à leurs existences privées respectivement de père et de mari. Ils en étaient réduits à vagabonder derrière un chariot de mendiant, et voilà à présent qu'ils étaient installés dans une maison en ordre et bien garnie à l'approche du shabbat. Il restait encore beaucoup de travail pour l'après-midi avant l'arrivée de la reine Shabbat, mais Rivka s'honorerait d'une *mitsva* en les gratifiant d'un repas de fête en famille.

Sans plus tarder, Rivka donna à Mendé le détail des tâches à terminer avant midi, et cette dernière les accepta en pleine responsabilité. Mendé avait bien conscience que la grand-mère était cruelle avec ses enfants, qu'on profitait de sa volonté de rendre service – Mendé n'était pas une abrutie finie après tout –, mais s'intégrer au sein du foyer de Natan-Berl était pour l'heure le plus important. Et la voilà qui préparait la table du shabbat selon les indications de la grand-mère, comme si c'était elle sa bru, et non pas Fanny. Mendé avait décidément bien fait de voler au secours de cette pauvre famille Keizman, orpheline de mère et dans le besoin.

5

Les préparatifs du repas n'avançaient pas assez vite. Mendé faisait tout à l'envers, allant parfois contre tout bon sens. Elle avait allumé le feu trop tard, les mettant inutilement en difficulté alors qu'approchait l'heure d'arrivée de la reine Shabbat. Elle n'avait pas songé à protéger la nappe en préparant les *hallot**, son bortsch était fade, ses *kartoshkes** pas assez tendres. Les cinq enfants de Fanny n'obéissaient pas à leur tante, et Mendé fut incapable de les presser d'aller se laver et s'habiller. En un mot, cette maison était un véritable chaos. David avait enfilé ses habits du shabbat à l'envers, Gabriella lustrait les bougeoirs après avoir brossé ses ongles. Mendé se démenait d'un coin à l'autre pendant que les enfants s'échangeaient des coups. Rivka, assise à la table, conduisait quant à elle ce petit orchestre avec ses instructions de dernière minute. Si seulement ils l'avaient écoutée depuis le début, tout se serait déroulé dans le calme. Mais les complications s'immisçaient dans tous les petits interstices. Et ces tâches, qui allaient pourtant d'elles-mêmes, celles qu'elle n'avait pas jugé nécessaire de mentionner, demeuraient inachevées. Quant à ce qui avait été fait sans sa supervision, cela se révélait être superflu. Rivka aurait dû partir du principe que Mendé était incapable de faire preuve du moindre discernement. Elle savait qu'à l'avenir, il faudrait tout lui expliquer par le menu.

Et comme si le bazar ne se suffisait pas à lui-même, Mendé était une vraie pipelette, elle ne pouvait s'empêcher de défendre sa sœur.

« On ne peut pas savoir ce qui lui est passé par la tête, plaida Mendé, provoquant l'ire de la grand-mère.

— Ce qui lui est passé par la tête, on n'en a rien à faire !

— On ne juge pas quelqu'un sans se mettre à sa place, reprit Mendé, avant que Rivka ne réplique en abattant un poing sur la table.

— Alors les criminels peuvent courir sans jamais être condamnés !

— Criminel, c'est exagéré.

— Et comment appeler ça, sinon ?

— Une erreur.

— Un crime, maintint la grand-mère.

— Une faute, ergota Mendé.

— Regardons la chose d'un autre œil. Toi, tu serais partie ?

— Jamais de la vie.
— Tu aurais abandonné tes enfants ?
— Vous savez bien que non.
— Alors c'est un crime ou une erreur ?
— Le bon mot n'a pas d'importance, il se pourrait aussi bien que ma sœur ait été malheureuse depuis toutes ces années.
— Parce que toi tu n'étais pas à plaindre avec Zvi-Meïr ?
— Évidemment que non, répondit Mendé, outrée par l'insinuation. Il y avait parfois des moments difficiles, mais je n'ai jamais été malheureuse.
— Et t'es-tu déjà enfuie de la maison ?
— Vous allez trop loin ! Je ne suis pas farouche à ce point.
— Aha ! s'exclama la grand-mère en battant des mains. Dans ce cas pourquoi défendre ta sauvage de sœur ?
— Ce n'est pas mon intention, chacun a son histoire. Il lui est peut-être arrivé quelque chose. Qui sait si elle n'a pas été enlevée.
— Et le ravisseur aurait signé le mot en son nom ?
— Je l'ignore…
— Mais sais-tu au moins quelque chose ?
— Qu'elle est ma sœur et que je me dois de l'aider.
— Là-dessus personne ne te contredira.
— Alors nous sommes bien d'accord.
— Que ta sœur est une sauvageonne ? Absolument ! »

Malgré ces vaines arguties et le chahut des enfants autour d'elle, secouée dans son siège telle une barque prise dans la tempête, Rivka était imprégnée de sérénité – car il aurait toujours dû en être ainsi. Il aurait suffi que Natan-Berl épousât une autre femme, une fille comme Mendé Speisman, pour que Rivka sache son fils en de bonnes mains et puisse quitter ce monde. Mais au lieu de ça, ses tracas ne faisaient que la retenir ici-bas, contre son gré et son propre bien. Elle craignait qu'en laissant son fils dans cette situation, elle n'atteigne jamais vraiment l'au-delà. Pour qui vivait-elle vraiment ? Autant être déjà morte. Si personne n'avait encore besoin d'elle, elle aurait volontiers renoncé aux joies de ce monde.

Tandis que Mendé jouait de la fourchette pour vérifier la consistance des *kartoshkes*, David – le petit-fils de Rivka – arrangeait son chapeau. Gabriella peignait les cheveux d'Elisheva, Mirl aidait quant à elle sa mère, à quatre pattes sous la table avec un chiffon, pendant que Yankelé, Mishké et Shmulké jouaient avec des allumettes – pourquoi n'en serait-il pas ainsi ? se demandait la grand-mère. Assurément, Fanny ne reviendrait pas, et même dans le cas contraire, Natan-Berl ne la reprendrait pas. L'éloquence et la finesse d'esprit n'étaient peut-être pas le fort de son fils, mais la dignité et la convenance étaient son pain quotidien. Une mère savait ce que son fils avait au fond du cœur, et Rivka était ainsi certaine qu'il en viendrait à oublier Fanny pour de bon. Pourquoi ne pas renverser la règle du *yibboum*, et remplacer ainsi sa défunte belle-fille par sa sœur ? Pourquoi ne pas marier Mendé à son beau-frère veuf ? Il fallait absolument en discuter avec rabbi Moishe-Lyzer Halperin. Elle-même n'était pas qualifiée en matière de décrets de *halakha*, mais comment croire que la *halakha* puisse s'opposer à la réunification la plus naturelle d'une famille ?

Voilà pourquoi, lorsque Mendé eut distraitement déballé le jarret d'agneau qu'elle avait apporté de chez Simha-Zissel Reznik, avec l'intention de le rôtir au four, Rivka s'était levée et avait pris Mendé par la taille, lui soufflant qu'il valait mieux que Natan-Berl n'apprenne pas que de la viande avait pénétré dans la cuisine. Paniquée, Mendé se mit à trembler comme une feuille : comment avait-elle pu être si stupide ? Mais la grand-mère la rassura aussitôt : heureusement, Rivka était là. Autrement… qui sait. Natan-Berl aurait pu renverser la table de rage, et n'aurait plus jamais regardé le beau visage de Mendé. Le drame décrit par la grand-mère ayant été prévenu, Mendé soupira de soulagement et songea dans la foulée que malgré son double menton, son visage avait peut-être gardé son attrait – Rivka l'avait dit elle-même. Lorsqu'elle entendit la voix de Natan-Berl réunir le troupeau près de la maison, un fourmillement parcourut son ventre.

Natan-Berl ne fit pas son retour à la maison comme il en avait l'habitude. Le chariot de Mendé, laissé dehors, avait peut-être éveillé ses soupçons. Peut-être des bruits différents ou même une odeur non familière – l'esprit de Natan-Berl et l'étendue de ses sens aiguisés étaient insaisissables. Quoi qu'il en soit, il jeta un œil à l'intérieur depuis le seuil, et réalisa après décompte que la maison abritait quelques âmes de plus qu'elle n'aurait dû. L'espoir releva aussitôt son regard abattu et il se retrouva alors nez à nez avec sa belle-sœur, Mendé Speisman. Natan-Berl resta cependant mutique. Embarrassée, Mendé se mit à lui expliquer la raison de sa venue, mais Rivka lui pinça le bras comme pour lui dire : son silence est bon signe, inutile de gâcher ce moment avec des palabres.

Les enfants se précipitèrent sur le dos de leur ours de père. Même Yankelé et Mirl étaient heureux de le voir. David et Mishké s'écharpaient déjà quant à qui d'entre eux pourrait accompagner les bergers dimanche – heurtant au passage la table et renversant le bol de choux, ce qui leur valut les réprimandes de Gabriella. La petite Elisheva se faufila entre tous et vint se pendre au cou de son père : « Moi, moi ! », et le soulagement qui soudain s'afficha sur le visage du chef de famille annonça aux yeux de tous que son choix venait d'être arrêté. Profitant d'un moment d'inattention de l'assistance, père et benjamine avaient d'un simple regard scellé un pacte. Ignorant ceux qui se chamaillaient tout autour, ces deux-là avaient convenu de passer un moment ensemble : dimanche, ce serait au tour d'Elisheva de sortir avec le troupeau.

Mais la jalousie ne laissa pas place à l'amertume. Les frères et sœurs d'Elisheva savaient bien que la dernière avait davantage besoin de son père qu'eux-mêmes. Les trois nuits précédentes, elle avait appelé sa mère sans obtenir de réponse. Sa grand-mère eut beau essayer de la consoler, « Là… là, *bobè* est là », seul l'épuisement avait eu raison des sanglots de la jeune enfant. Sans qu'ils aient eu besoin de l'évoquer entre eux explicitement, les enfants comprenaient que les temps n'étaient pas aux gâteries superflues. Leur mère aurait attendu d'eux qu'ils se comportent dignement avec leur plus jeune sœur. Le souvenir de Fanny, disparue depuis plus de deux semaines, se dispersait entre colère et rancœur, mais sa voix douce résonnait toujours en eux. Et le manque, douloureux, ne faisait que s'alourdir. Étonnamment, l'incompréhension quant aux raisons de sa disparition laissait intacte leur certitude qu'elle reviendrait saine et sauve. Ensuite, ils pourraient régler leurs comptes avec elle.

Que pouvait bien avoir Natan-Berl sur le cœur ? Nul ne pouvait le savoir. Il récita la prière sur le vin, se lava les mains, et vint s'installer en tête de table. Il affichait un air sonné, comme s'il avait oublié ce qui les rassemblait pour ce repas, et qu'il devait à présent distribuer le *motsi** après avoir béni le pain. La grand-mère s'éclaircit la gorge et son fils se leva aussitôt, stupéfait. S'ils lui avaient dit qu'on était mardi, il aurait répondu « Formidable ! », et se serait mis à manger. Mendé remarquait que le shabbat n'était pas accueilli ici en grande pompe, comme elle et Zvi-Meïr en avaient l'habitude chez eux.

Les adultes n'échangèrent pas un mot au cours du repas, mais se tournaient par moments vers les enfants : la grand-mère adressait ses réprimandes, Mendé ses requêtes et Natan-Berl ses hochements de tête. Mendé eut le sentiment que Natan-Berl aurait pu tomber sur les trois Patriarches et les quatre Matriarches à sa table, il se serait tout de même assis, les yeux tombants, pour mastiquer grossièrement son repas. Qui aurait pu reprocher à sa sœur d'avoir voulu échapper à cette fadeur ? S'il s'était agi de parents éloignés, elle les aurait remerciés à la fin du repas et serait rentrée chez elle. Mais ces enfants-là, Dieu les préserve, étaient ses neveux, la chair de sa chair. Comment aurait-elle pu les abandonner ainsi, sans mère pour les éduquer ? Ce n'était pas un simple devoir qui l'obligeait à apporter son aide, mais bien le commandement divin ; en prenant congé à l'issue du shabbat, elle ne pourrait plus se regarder dans la glace.

Mais parallèlement, elle avait l'impression que ce silence pouvait aussi avoir ses vertus. Lui revenait en mémoire un certain vendredi où elle était terriblement fatiguée. Ce soir-là, Zvi-Meïr était rentré très à cran, et avait exigé d'elle qu'ils discutent d'une question précise, qu'un illustre sage de la Torah lui-même n'aurait su trancher : comment Adam et Ève avaient-ils pu concevoir l'interdiction formulée par Dieu avant d'avoir acquis le discernement en consommant le fruit de l'Arbre de la connaissance du bien et du mal ?

« Comprends-tu l'immense paradoxe qu'il y a là ?
— Plus ou moins.
— Comment ça, plus ou moins ?
— Zvi-Meïr, plus tard… avait soupiré Mendé.
— Et comment ça, plus tard ? s'était agacé son mari. Qu'y a-t-il de si difficile à comprendre ? »

Déjà épuisée, Mendé s'était efforcée d'étendre autant qu'elle le pouvait sa faculté d'entendement. Et tout au long du repas, occupée par l'exposé confus de Zvi-Meïr, elle s'était appliquée à hocher la tête. Remarquant la fatigue de son épouse, Zvi-Meïr avait exigé qu'elle répète la dernière chose qu'il avait dite. Mendé lui avait demandé de la laisser tranquille, avouant qu'elle était à bout. Zvi-Meïr avait alors bondi de sa chaise et frappé la table de sa main : « Fatiguée ? De toute façon tu n'es qu'une idiote ! » Les joues rougies par l'alcool, il avait conclu son propos d'un ton las : « À quoi bon débattre de Torah avec une femme… »

Sur le moment, alors que personne ne s'adressait la parole, Mendé songeait qu'il ne fallait pas forcément voir le mal dans ce silence au long cours. Son expérience lui avait appris que les gens pouvaient parler sans discontinuer, sans que l'on pût pour autant appeler cela un dialogue. Mais lorsque Natan-Berl se leva de table sans lui accorder ne serait-ce que l'esquisse d'un regard, elle sut que ses jours parmi eux étaient comptés. Sa présence ici ne tenait en fait plus qu'à un fil. C'est alors que Rivka lui toucha la jambe et lui murmura à l'oreille :

« Tu as remarqué comme Natan-Berl est ravi que tu sois venue ? Tellement longtemps que je ne l'avais pas vu si heureux ! »

6

Mendé n'avait que peu de défauts. À ses bonnes heures, elle était une femme agréable d'apparence, décente et craignant Dieu. À l'instar des pieux orthodoxes, qui ne s'étaient pas laissé séduire par les vanités du mouvement hassidique, Mendé ne se questionnait pas sur ce qui relevait du divin, ni ne remettait en cause l'ordre des choses. Sa foi s'adossait à l'accomplissement des commandements et non l'inverse. Si d'aventure on avait pu lui démontrer, avec une absolue certitude, que le Créateur ne l'obligeait pas à jeûner, elle aurait tout de même continué de se mortifier. Ce qui avait été bon pour les Juifs pendant des milliers d'années l'était aussi pour Mendé, le pourquoi du comment n'avait pas la moindre importance.

Et de la même façon qu'elle évitait de se questionner sur sa foi, elle ne se montrait pas difficile en matière de famille. N'étant encore qu'une enfant lorsque sa mère avait été emportée, elle s'était depuis éloignée de son père et de sa rêveuse de sœur. Plus que tout, elle aspirait à fonder son propre nid. Elle n'entretenait pas le rêve que son futur mari serait un illustre érudit, ou même un marchand émérite. Elle parvenait à peine à se figurer les traits d'un visage. Pour tout dire, elle n'avait jamais imaginé à quoi il pourrait ressembler. Mais, à chaque fois qu'elle rêvait de ses cinq futurs enfants se mettant à table, à qui elle servait une pièce de bœuf accompagnée de pommes de terre, elle ressentait aussi sa présence. Son aspect continuait de lui échapper, mais son existence ne faisait aucun doute.

D'aucuns diraient que Mendé Speisman avait trop peu d'attentes envers son futur époux. Être présent, être à un certain endroit à un moment donné, cela était somme toute ce que l'on pouvait souhaiter de plus élémentaire de la part d'un conjoint. Mais à vrai dire, Mendé n'en demandait pas davantage à Zvi-Meïr. Tandis que sa finesse d'esprit et ses études au sein de la prestigieuse yeshiva de Volojine étaient une largesse inattendue du Très-Haut, le tempérament brutal et les saillies caustiques de son mari étaient des défauts qu'il lui fallait accepter. Le bon et le mauvais allaient de pair, de même que la vie ne se résumait pas à blanc ou noir. Tant qu'ils étaient réunis pour le repas du shabbat, cela lui suffisait – et que Son nom soit sanctifié à jamais.

Le petit déjeuner du samedi matin que Mendé préparait pour la famille de Fanny lui faisait l'impression d'une vision devenue tangible. Cinq enfants étaient assis autour de la table. Les siens, Yankelé et Mirl, l'aidaient à servir le *krupnik* qu'elle avait pris la peine de mitonner avant l'entrée du shabbat. La grand-mère surveillait quant à elle les opérations, pendant que Natan-Berl mangeait avec enthousiasme. La maison était agitée de vie et de bruits – de tintements de cuillères, d'éclats de voix, de pleurs, de rires – et Mendé n'avait pas une seconde de répit. Cette ferveur à la tâche lui était salvatrice, écartant ses pensées nébuleuses. Cuisiner, nettoyer, ranger, tout cela conférait un plaisir infiniment plus grand au fait de profiter de son lit douillet. Nul ne pouvait jouir du repos sans labeur, voilà pourquoi elle ne pouvait considérer toutes ces semaines passées alitée comme du repos. Pour une femme n'ayant ni foyer à tenir, ni famille dont il fallait prendre soin, le repos n'était qu'une chute vers les tréfonds de l'âme, une plongée dans un désarroi abyssal.

Mendé n'était pourtant pas sotte, elle savait pertinemment que l'agitation qui fourmillait autour d'elle ne lui revenait pas, que cet endroit n'était pas sa maison. Lorsque le soleil se mit à bâiller et que les cillements des étoiles annoncèrent la sortie imminente du shabbat, Mendé se demanda si elle pourrait consentir de tels sacrifices pour quelque chose qui ne lui appartenait même pas.

C'est alors qu'elle eut la surprise de découvrir que la décision non plus ne lui revenait pas. Le Saint béni soit-Il se chargeait de la guider à travers les signes qu'elle recevait. À la tombée de la nuit, Rivka apparut avec des draps propres, et conduisit Mendé et ses enfants jusqu'au cabanon dans la cour. Il fut un temps, lui expliqua-t-elle, où *bobè* dormait elle aussi dans cette agréable et chaleureuse petite chambre, qui l'avait comblée. Elle y avait profité du calme, du repos et de l'intimité bien au-delà de ses attentes. Mais à son grand regret, il lui fallait désormais dormir avec les petits, qui avaient plus que jamais besoin de leur grand-mère. Pour autant, Mendé et ses enfants passeraient le plus clair de la journée à la maison, et il n'y aurait pas matière à séparer les Keizman des Speisman. Bien au contraire. Réunir ces deux familles, chacune frappée par sa propre tragédie, était justement dans leur intérêt commun. Les liens du sang les obligeaient à se soutenir mutuellement.

« Une tragédie, je n'en suis pas sûre, tempéra Mendé, faisant référence à Zvi-Meïr.

— La mort de ta sœur n'est pas une tragédie ? s'étonna Rivka.

— Ma sœur ? Morte ? s'horrifia Mendé, les traits pétrifiés. Dieu nous en préserve ! »

Rivka ne comprit pas l'expression de terreur que Mendé afficha. Qu'allait-elle s'imaginer ? Qu'une épouse pût abandonner son mari sans que sa belle-mère ne la considère comme morte ? À cet instant elle sentit que Mendé venait de saisir le poids des mots employés, et l'idée que sa sœur puisse être réellement morte la plongeait dans un état de choc.

« Ma pauvre, tu n'avais pas encore compris ? dit-elle en s'approchant de Mendé et lui caressant la nuque. Comment une femme pourrait survivre, seule, livrée à ce monde de vice et de sauvagerie – qui plus est aux côtés d'un fieffé ballot muet comme une carpe ? Qu'allais-tu croire ? Qu'ils étaient à Minsk ou à Pinsk peut-être ? Menant la belle vie par-dessus le marché ? Lui dans un canot à rames et elle dans une cabane ? Là où ils sont, bien loin des limites de Motelé, crois-moi qu'ils sont déjà tombés aux mains de bandits ou ont été dévorés par des bêtes sauvages.

— Comment le savez-vous ? » Mendé éclata en sanglots. « Ne leur portez pas le mauvais œil.

— Quand la rumeur et le bon sens vont de pair, c'est qu'il n'y a pas de plus grande certitude.

— La rumeur ?

— C'est ce que l'on raconte à Motelé.

— À Motelé ? Et depuis quand ?

— Depuis le premier jour. Je suis navrée d'être l'oiseau de mauvais augure, mais tu aurais préféré que je te le cache ?

— Non, sanglota Mendé, bien sûr que non.

— Bon. Va donc te reposer ma chère, nous avons une longue journée devant nous. »

Mendé se tourna et se retourna toute la nuit. Elle aurait voulu que le monde s'arrête, que le Saint béni soit-Il ouvre les portes célestes et que les séraphins pleurent avec elle, que les cieux lui signifient que sa sœur était saine et sauve. Se pourrait-il qu'à ce moment précis, sa pauvre petite sœur se trouvât malmenée par des anges de la destruction, comme le leur racontait le vieux Yankel Kriegsman, de mémoire bénie ? À minuit, elle capitula face à l'épuisement. Lorsqu'elle fut réveillée par le chant du coq, elle vit le ciel resplendir à sa fenêtre. Le monde continuait de tourner : les prairies d'or, les champs moissonnés et les marais d'ébène tapis à l'horizon, tels des monstres endormis. De nouveau, Mendé éprouvait de la difficulté à quitter son lit, mais après un regard lancé vers ses enfants, elle fit le vœu qu'elle ne permettrait plus qu'ils fassent les frais de ses accès de mélancolie. Elle regarda à nouveau par la fenêtre et aperçut les petits lopins des villageois, des courgettes blotties dans la terre, des pommes scintillantes au bout de leur branche, des mourons un peu partout dans les recoins négligés, et le cerisier en fleur du jardin de sa sœur – les cerises, le fruit préféré de Fanny. Devait-elle y voir un signe de vie ? Mendé ne pouvait en être sûre. Il lui fallait pour l'heure se focaliser sur les certitudes : elle était ici, ses enfants étaient ici, sa famille aussi. Qu'en était-il de sa sœur ? Évidemment, une belle-mère ne pouvait que vouloir le bien de sa bru – elle ne saurait mentir sciemment au sujet de Fanny. Mais à moins d'une preuve irréfutable, Mendé ne croirait personne. Entre-temps, elle attendait le jour où elle se réveillerait du cauchemar dans lequel était plongée la famille de sa sœur. Sa mission auprès des Keizman toucherait alors à sa fin.

7

Tous ces bouleversements familiaux accablaient Rivka, qui ressentit le besoin de solliciter conseil et soutien auprès de rabbi Moishe-Lyzer Halperin. Elle songea dans un premier temps à lui faire remettre une lettre par l'intermédiaire d'un villageois qui se rendait à Motelé. Mais ne parvenant pas à rédiger convenablement sa requête, elle jugea qu'à son âge, elle n'était plus tenue de s'y prendre à l'avance pour obtenir cinq minutes d'entrevue avec l'honorable rabbin.

Elle rallia Motelé sur la charrette de l'un de leurs voisins, Tomash Graboski, *goy* et cultivateur de pommes de terre de son état. Rivka jugeait que ce dernier l'avait installée au-dessus d'une roue branlante. Peu importe s'il l'avait fait délibérément ou non, Rivka était arrivée à destination avec le dos en miettes ; Tomash ayant précisément choisi ce jour-là pour charger le double de patates, espérant en vendre un peu plus, le chariot s'était péniblement traîné tout du long. Et Rivka n'était pas du genre à garder sa langue dans sa poche : « Vous les jeunes vous êtes si pressés. Ce qui était bon encore hier ne l'est déjà plus aujourd'hui. Alors comme ça on fait maintenant dans le négoce, Graboski ? Et aux frais de mon dos par-dessus le marché ? »

Chaque fois qu'elle se déplaçait jusqu'à la grand-ville, Rivka était stupéfaite du cloaque qui y régnait, sans même parler des manières répugnantes de ses habitants : des fruits pourris jonchant les accotements comme des cadavres, des mouches qui venaient frénétiquement s'écraser sur son visage telles les flammèches d'un feu de camp. Ces maisons de bois, toutes les mêmes, mornes et silencieuses, au point qu'on aurait pu les prendre pour des menuiseries à l'abandon. La puanteur des fosses d'aisances des maisons était insupportable. Eux, les gens de la ville, qui se qualifiaient volontiers de « civilisés », n'étaient même pas capables d'éloigner les latrines des maisons. Et ce n'était rien à côté de leurs puits, à l'odeur de moisi et de cendre. Ces gens qui se considéraient « éclairés » sortaient à la taverne et discutaient des pièces qui se jouaient à Minsk, pendant que dans leurs corps se répandait la dysenterie ! Répugnant.

Rivka se dirigea vers la synagogue, une modeste bâtisse à deux étages. Elle frappa à la porte du cabinet rabbinique. Ne recevant aucune réponse, elle décida d'entrer. La pièce était déserte et Rivka fut étonnée de ne pas trouver de livres sacrés ouverts sur la table de travail. Elle avait toujours soupçonné que rabbi Moishe-Lyzer Halperin était un potentat véreux bien davantage qu'un érudit. Ses prédécesseurs, eux, nageaient dans la science de la Torah, tandis que leur corps se délitait. Leur âme était si accaparée par l'étude qu'ils se laissaient décrépir sans manger.

Mais celui-là ? Une vraie feignasse, juste bon à flâner dans Motelé comme un politicien. Depuis sa prise de fonction, l'oisiveté lui avait fait prendre du poids. Il prélevait méticuleusement les contributions de la communauté, et ne refusait jamais le don d'un pauvre ou d'une veuve. On disait à Motelé qu'en plus de l'impôt public, il y avait la « taxe Lyzer ». Quiconque tardait à s'en acquitter eût presque préféré se voir livré au pogrom. Rabbi Moishe-Lyzer Halperin poursuivait les mauvais payeurs par des regards perçants ; les coinçait ensuite entre quatre yeux pour leur parler des assimilés à Berlin, des jeunes lancés après de chimériques lubies à New York et en Palestine. La raison de tout cela ? Car le fonds de la synagogue s'appauvrissait, et l'unité de la communauté se délitait. Un peu plus tard, rabbi Moishe-Lyzer venait les surprendre au beau milieu de la synagogue, devant leur famille, proches et voisins, leur demandant à voix haute s'ils avaient bien donné leur contribution ce mois-ci. Les habitants de Motelé savaient qu'il était préférable de s'en acquitter en temps et en heure – et rubis sur l'ongle. Faute de quoi, non contents de devoir tout de même payer, une humiliation publique les attendrait.

Mais Rivka Keizman n'était pas née de la dernière pluie. Même aveugle, elle aurait vu clair dans le jeu de rabbi Moishe-Lyzer. Avec les années, un accord tacite s'était conclu entre eux : fromages contre conversation. Lui tapissait ses bourrelets avec du fromage estampillé Keizman, réputé dans toute la *goubernia* de Grodno, tandis qu'elle profitait de l'écoute attentive du chef de la communauté. Comme elle en avait pris l'habitude, elle déposa le panier de fromages qu'elle avait rapporté et s'installa sur l'un des sièges en chêne.

Son Excellence fit son apparition quelques instants plus tard, flanqué de deux hommes qu'elle n'avait jamais vus – aucun ne lui donnant l'impression d'être du cru. Le premier chancelait sur une étrange canne et traînait la jambe, comme s'il avait une vertèbre brisée. Son acolyte quant à lui était élégamment habillé, à la façon des intellectuels étrangers.

« Madame Keizman ? s'écria le rabbin, surpris.

— C'est bien moi.

— J'espère que vous vous portez bien, je sais les temps difficiles. Y a-t-il des nouvelles de la jeune Mme Keizman ? »

L'indiscrétion du rabbin surprenait Rivka chaque fois davantage. Il ne lui avait pas encore présenté ces deux inconnus, que déjà il faisait étalage de ses tracas devant eux.

« Un véritable drame, déclara-t-il sans la moindre honte, en regardant les deux hommes.

— Dieu veille sur nous, répondit Rivka – venue pour recevoir du soutien, voilà que les rôles s'inversaient –, je touche du bois. »

À cet instant, elle remarqua que l'érudit traduisait en polonais les propos du rabbin à l'oreille du boiteux. Voilà qui était on ne peut plus inhabituel. Le rabbin s'acoquinait-il avec des non-Juifs ?

« Naturellement, grommela Moishe-Lyzer. C'est-à-dire que… Dieu… aidant… Quoi qu'il en soit, permettez-moi de vous présenter ces deux honorables messieurs. Quarante ans durant, ils ont erré dans le désert, et les voilà revenus à la terre promise. Savez-vous qui ils sont ?

— Moïse et Aaron ? répondit Rivka, jouant l'ingénue.

— Akim et Prokor. »

Akim et Prokor ? s'effraya-t-elle. Des noms on ne peut plus singuliers – et polonais à vous en glacer le sang.

« Ne portez pas de jugement hâtif, madame Keizman. Ces deux pieux frères ont été enrôlés enfants dans l'armée du Tsar, leurs vrais noms leur ont été retirés. Quarante ans durant, ils ont servi au sein de l'armée, l'un a oublié sa langue maternelle et le second s'est éloigné des *mitsvot.* Mais ils sont venus jusqu'ici aujourd'hui avec de nobles et dévotes intentions – puisse la flamme de leur âme continuer de briller telle une lumière éternelle. »

Rivka s'efforçait de retrouver le souvenir de deux garçons enlevés à Motelé il y a quarante ans. En dehors de Žižek, personne ne lui revenait à l'esprit à part les frères Pessah et Motl Abramson.

— Ce sont les fils Abramson ?

— Nos visiteurs ne sont pas d'ici, répondit le rabbin, eux viennent de Vitebsk. Akim et Prokor sont en fait Abramlé et Pinhaslé Rabinovitch.

Rabinovitch ? s'étonna Rivka, un nom si commun qu'il en devenait louche. Je ne connais aucun Rabinovitch venant de Vitebsk.

Une assertion parfaitement vraie, puisqu'elle ne connaissait aucun natif de Vitebsk – qu'il ait été Rabinovitch ou non. Toutefois, Rivka provoquait la gêne des deux visiteurs, en particulier chez l'érudit, lequel lui adressait des regards hostiles.

« À notre grand regret, leurs familles ont refusé de les accueillir et les ont condamnés par un procès aveugle et injuste. Mais vous connaissez bien le secret de notre modeste communauté ? Le savez-vous ou non, madame Keizman ? Je vais donc vous le dire, nous autres à Motelé, sommes une petite communauté très unie. Comme l'ont dit nos sages : *Tous ceux d'Israël répondent les uns des autres.* Pinhaslé a fait la promesse que d'ici trois ans, il fonderait ici même une yeshiva qui n'aura rien à envier à celles de Minsk et de Vilnius. C'est une nouvelle ère qui s'annonce pour Motelé, madame Keizman, oui une nouvelle ère. »

La fin du propos du rabbin éclaircissait maintenant bien des choses aux yeux de Rivka. Moishe-Lyzer Halperin se voyait déjà directeur d'une yeshiva de premier ordre. Mais une chose continuait de la préoccuper : qu'ils aient oui ou non été arrachés à leur lit pendant leur enfance, que revenaient-ils chercher ici désormais ? Les noms Pinhaslé et Abramlé Rabinovitch ne leur seyaient guère, autant garder Akim et Prokor. Le dénommé Pinhaslé avait le regard fuyant, répondre au même nom que le petit-fils d'Aaron le mettait manifestement bien peu à l'aise. Il avait peut-être été jadis fier et bel homme, mais il était aujourd'hui voûté et abattu. On pouvait voir que son handicap s'était propagé de sa jambe à son allure tout entière. Il semblait même à Rivka qu'émanait de lui une odeur d'alcool, une sorte de liqueur. S'il s'était entraîné toute sa vie pour faire la guerre, pourquoi ne restait-il pas soldat ? Pourquoi venir fouiller dans de brumeux souvenirs d'enfance ? Abramlé n'avait pas l'air net non plus, encore une cause perdue. Qu'il veuille réellement ou non retourner dans le giron du judaïsme, Rivka l'ignorait, mais en tout cas il ne parvenait pas à dissimuler le dégoût qui pointait au bout de son nez. Pas plus qu'il ne dégageait l'émoi de celui qui rentre chez lui après une longue absence. Qui pouvaient bien être ces deux énergumènes ? Cela était peu clair, d'autant qu'ils ne donnaient pas l'air de disposer de moyens pour fonder une splendide yeshiva. Mais Rivka avait d'autres chats à fouetter, à savoir un entretien avec le rabbin – après quoi il pourrait vaquer à ses affaires, aussi respectables soient-elles. Rivka tourna donc le dos aux deux étrangers et s'éclaircit la gorge par politesse.

Mais le rabbin ne demanda pas à ses hôtes de patienter à l'extérieur, et se mit à leur expliquer que Mme Keizman était venue de loin pour s'entretenir avec lui au sujet du drame que traversait sa famille.

« Fanny Keizman, sa belle-fille, a disparu. Quel malheur ! »

Rivka était à bout de nerfs. À quoi jouait-on ici ? Ce petit monde se moquait-il gentiment d'elle ?

« Fanny Keizman ? s'écria Akim, médusé, lançant aussitôt un regard à son compère Prokor.

— Oui, intervint le rabbin, l'air radieux. Mme Rivka Keizman, qui nous arrive du village, est sa belle-mère. Les habitants du district tout entier viennent ici afin de se ressourcer. Et voyez ce qui m'attend sur mon bureau ! s'enflamma-t-il. Vous n'avez jamais goûté des fromages aussi fameux !

— Des fromages, traduisit Akim à Prokor.

— Des fromages Keizman ! » renchérit le rabbin.

Les bornes étaient cette fois dépassées. Non content de lui faire perdre son temps, Moishe-Lyzer gaspillait aussi le fruit de son travail, avec l'intention d'en faire profiter deux charlots. Elle ne s'était pas déplacée jusque-là pour faire un don à des philanthropes. Si ces messieurs désiraient des fromages, ils n'avaient qu'à les lui acheter.

« Bien, je vois que Son Excellence est occupée », annonça Rivka, avec l'intention de prendre congé.

Moishe-Lyzer sentit qu'il était préférable que Rivka ne reparte pas qu'à moitié satisfaite. Il bondit alors pour lui barrer le passage, et pria les deux hommes de bien vouloir patienter un instant à l'extérieur. Le rabbin s'assit et, une fois sorti de son rêve éveillé de grande yeshiva – promise par les généreux Abramlé et Pinhaslé –, se montra aussi sobre qu'attentif.

« Excellence, murmura Rivka, je crains pour mon fils.

— Bien sûr, bien sûr… acquiesça le rabbin. C'est une terrible passe. Il n'est pas en bonne santé ?

— Non, et la situation ne fait qu'empirer. » Rivka sortit un mouchoir. « Cela me mine le moral.

— Votre fils pourrait peut-être venir jusqu'à Motelé ? » Le rabbin regardait sa montre, une oreille à l'affût de ce qui se passait derrière la porte. « Il pourra trouver du soutien au sein de la communauté.

— Le soutien qu'il reçoit pour le moment est le fait des villageoises d'Upirawa. Elles lui apportent des gâteaux et des tartes à longueur de journée.

— Les femmes du village ? s'étrangla le rabbin. Des *shikses* ?

— Pour Natan-Berl, elles seraient prêtes à se convertir. » Rivka essuya une larme. « Cela n'a plus d'importance pour moi. Je suis fatiguée, voyez quelle vie j'ai. Il vaudrait mieux que je sois déjà morte. »

Le rabbin bondit de son siège et se mit à faire nerveusement les cent pas. Son esprit était écartelé entre Akim, Prokor, Natan-Berl et les *shikses.* Sa main tremblante se fraya un passage à travers sa barbe hirsute jusqu'à son front.

« Une telle chose est impossible, dit-il, l'air ailleurs. Natan-Berl est toujours marié.

— Veuf, vous voulez dire.

— Veuf ? Mais que… Comment… ? balbutia le rabbin.

— Je ne sollicite pas votre générosité, Excellence, sanglota Rivka. Et vous n'avez pas à me cacher la vérité. Je ne suis plus une petite fille. Des rabbins à Motelé, j'en ai vu passer. Mais aucun d'eux ne s'est impliqué autant que vous dans la vie de la communauté. Répéter ce que tout le monde sait n'a donc pas de sens.

— Ce que tout le monde sait ? bredouilla-t-il. Tout le monde sait ? Mais… ?

— Pourtant il y a toujours espoir, le devança-t-elle. Mais tous ont bien compris que ma belle-fille était tombée aux mains d'une brute qui l'avait assassinée, que ses enfants ne reverraient jamais leur mère.

— Mais le Saint béni soit-Il veille…

— … veille sur elle, anticipa à nouveau Rivka. Nul doute, cette sainte reposera en paix. Mais pendant ce temps, les femmes du village profitent du cœur brisé de mon fils, et je sais que l'une d'entre elles saura se faire sa place chez nous. Je suis fatiguée, Excellence, et sans Mendé Speisman, qui s'est dévouée pour apporter son aide et prendre soin de notre famille, je ne sais ce qu'il serait advenu de nous.

— Mendé est une vraie sainte, acquiesça Moishe-Lyzer.

— Qui mieux qu'une veuve pourrait comprendre un veuf ? Vous devriez les voir, de vrais tourtereaux.

— Veuve ? Vous voulez plutôt dire *agouna*.

— Excellence, de grâce ! s'énerva Rivka, je ne suis plus une enfant. J'entends ce que tous racontent.

— Racontent ? » demanda le rabbin, l'air inquiet. Faisant le tour de la pièce, il s'assura par l'interstice de la porte que les deux hommes étaient toujours là.

Rivka gémit quant à elle de plus belle : « Mendé, quelle malheureuse ! Dieu la protège, elle doit supporter le déshonneur que lui cause son mari. D'abord on l'a vu s'acoquiner avec des anarchistes, puis écumer les tavernes les plus sordides, et l'on a fini par entendre qu'il s'était inscrit à l'université. Sauf que cet "étudiant" se trompait de foi, il avait été contaminé par des croyances erronées et avait adopté des pensées hérétiques. "Jésus et Moïse ne font qu'un !", voilà ce qu'il hurle dans les rues de Minsk. Il se baigne nu dans la Svislotch et distribue des tracts griffonnés d'incohérences aux badauds. »

D'où pouvait-elle tenir tout cela ? Seul le diable le sait. Mais une fois prononcés, elle tenait ces propos pour vérité absolue. Rivka fondit alors en larmes. « Rabbi Halperin, dites-moi je vous en prie. Voudriez-vous que Zvi-Meïr revienne à Motelé ? Mendé est-elle une *agouna* ou bien une veuve – et ses enfants des orphelins ? Votre Excellence, vous devriez considérer très sérieusement la chose, car pour les habitants de Motelé, son diable de mari est mort et enterré. Il aurait beau se tenir droit face à eux, en chair et en os, qu'ils se mettraient à réciter le *kaddish*. Plutôt que de se préoccuper des morts, Son Excellence devrait sortir de son pré carré et venir auprès des Juifs du village. Un veuf s'y trouve, ainsi qu'une pieuse veuve, sœur de la défunte Fanny – puisse l'Éternel la venger. Eux deux, Natan-Berl et Mendé, sont comme des agneaux innocents, sans l'intervention de Son Excellence, c'est un véritable drame qui guette, et plutôt qu'un *yibboum* et un mariage de bon aloi, vous aurez Sodome et Gomorrhe.

— Un *yibboum* ? grommela Moishe-Lyzer. Mais la loi du Lévirat ne saurait marier un…

— Le mont Sinaï a donné la révélation aux hommes comme aux femmes. Si le Lévirat permet au frère d'épouser sa belle-sœur, il n'y a aucune raison qu'il n'en soit pas de même pour une sœur et son beau-frère.

— Madame Keizman, s'étrangla le rabbin. Je vous prie de ne pas…

— Naturellement, je n'en dirai pas un mot. Et puis ce n'est pas le temps qui presse. Mais je vous en tiendrai responsable si d'aventure un enfant d'Israël se retrouvait entiché d'une Christina ou d'une Maria. Dieu nous en préserve ! Quel désespoir… Je ferais mieux d'être morte.

— Je vais me rendre de ce pas au village, lâcha le rabbin, pris de panique. Je m'entretiendrai avec Mendé et Natan-Berl.

— Et le plus tôt sera le mieux, conclut Rivka. Naturellement, vous n'avez rien entendu de ma part.

— Certainement, répondit-il, tout en la poussant vers la sortie. La discrétion est de mise. »

Rivka savait que la prochaine fois que Natan-Berl aurait des nouvelles de sa femme, il entendrait dire qu'elle avait été kidnappée par Žižek, ou bien dévorée par un ours. Évidemment, il serait susceptible de réagir par une poussée de violence – nul n'avait idée de la colère contenue derrière le silence de son fils. Mais le temps aidant, il comprendrait que ses enfants ne pouvaient rester orphelins et qu'il lui fallait leur trouver une mère. Alors seulement, elle, la grand-mère, pourrait sereinement quitter ce monde.

8

On disait de Rivka Keizman qu'elle cherchait constamment à être le centre du monde, et qu'à défaut, elle se mettait à pester.

Mais en vérité, la personne au monde dont Rivka Keizman se préoccupait le moins n'était autre que Rivka Keizman elle-même. Elle se faisait passer en dernier pour donner la priorité à sa famille. Et c'était peut-être là sa plus grande erreur.

On disait : les Keizman et les Speisman ne se relèveront pas de cette tragédie.

La vérité était que Rivka avait découvert que drame plus drame ne faisaient pas drame fois deux, mais plutôt solution. Le premier drame : une femme délicate et craignant Dieu, dont la seule faiblesse était son aspiration à devenir mère et épouse, et qui, par malchance, s'était retrouvée au bras de cet olibrius de Zvi-Meïr. Le second drame : une mère fragile d'esprit, ayant quitté son mari dévoué et leurs cinq enfants, pour se retrouver – si l'on en croyait les bruits qui couraient – dans la gueule d'une bête sauvage. La solution allait ainsi d'elle-même, les Speisman avaient ce qui manquait aux Keizman, et vice versa –, c'était réglé une fois pour toutes.

On disait que seul l'esprit de Rivka pouvait qualifier cela de *solution.*

La vérité était qu'en de telles circonstances, la solution parfaite n'existait pas : Natan-Berl ne manifestait aucune émotion, et Mendé était loin de se sentir comme chez elle. Rivka lui avait dit : « Viens, assieds-toi avec nous, repose-toi un peu », mais Mendé avait continué de se démener autour d'eux comme si elle était la bonne. Si elle restait inactive, elle se sentait coupable. Rivka lui avait dit :

« Vous pouvez habiter toi et tes enfants dans notre cour, mais notre porte reste ouverte à toute heure. Jusqu'à quand vas-tu te conduire comme une invitée ?

— Avez-vous fini ? » avait répondu Mendé, le bras tendu prêt à débarrasser son assiette.

Mais la grand-mère ne s'inquiétait pas. Alors on parlait. Si elle s'était mise à écouter tout ce qui se disait, elle n'aurait pu supporter le père de Natan-Berl. Mais chez les Juifs, les sentiments se nourrissaient du tangible, et non l'inverse. Un homme et une femme apprenaient à s'apprécier par sens du devoir et destin commun. Du terreau qu'étaient le fardeau du quotidien et la tension de la routine fleurissaient les sentiments. L'amour se devait d'être basé sur des choses concrètes et non sur un caprice.

Voilà ce à quoi réfléchissait Rivka, assise chez elle, tandis qu'elle observait Mendé débarrasser le jardin des pierres. Les bavards pouvaient parler, mais pour Rivka, ce qui se déroulait sous ses yeux était bel et bien la constitution d'une famille. Yankelé, le fils de Mendé, se joignait à David et Mishké pour étudier auprès de Schnéor Mandelevitz, qui venait chaque matin de Motelé pour leur enseigner la Torah. Pendant ce temps, les petites filles de Rivka jouaient à proximité tandis que Mirl allait au puits chercher l'eau.

Le père partait travailler, la mère se souciait de l'entretien du foyer, et les enfants étaient encadrés – comme on le faisait dans les bonnes familles. Des détracteurs viendraient lui expliquer – à elle, Mme Keizman, qui ne manquait pas d'expérience – que dans leurs familles à eux, on s'aimait davantage, on discutait de temps à autre, que le mari et son épouse partageaient le même lit malgré leur âge, que les enfants savaient vraiment qui étaient leur père et leur mère. Eh bien ici, on parlait modérément et on s'aimait avec autant de parcimonie – certes. Mais il fallait également reconnaître que, chez les Keizman, point de disputes, ni d'insultes et encore moins de coups. Qu'en était-il chez les autres ? Sache qui voudra.

La grand-mère aperçut au loin deux chevaux lancés au galop. Avant d'appeler les enfants pour leur faire regagner la maison, elle prêta plus particulièrement attention aux cavaliers. De toute sa vie elle n'avait vu de scène plus étrange : chevauchait sur l'une des montures un homme robuste, à fière allure et rompu à l'équitation. La personne juchée derrière lui à la manière d'une femme, les deux jambes sur un même flanc du cheval, n'était autre que le rabbin Moishe-Lyzer Halperin. Rivka ne comprenait pas ce que cela signifiait mais, pour sûr, un homme qui acceptait qu'on le fasse monter de la sorte n'avait plus toute sa tête, on aurait tout aussi bien pu le faire s'agenouiller et le forcer à prier un faux prophète.

Ayant reconnu Moishe-Lyzer Halperin, elle songea que l'objet de cette visite était à relier à l'entrevue que le rabbin avait promis d'avoir avec son fils, Natan-Berl. Entrevue dont elle n'était plus sûre de la nécessité. Ce qu'elle avait précédemment en tête – à savoir qu'il fallait marier Natan-Berl à Mendé Speisman – lui sembla soudain vieux jeu et conservateur. Trois semaines s'étaient écoulées depuis la disparition de Fanny, et la situation en l'état ne lui convenait pas si mal. De plus, elle était particulièrement suspicieuse quant au moment choisi par le rabbin Halperin pour s'inviter au village, ainsi qu'à l'égard des étranges acolytes qu'il s'était choisis – Adim et Protor, n'est-ce pas ? Quel genre de noms était-ce ? Peut-être ne s'en souvenait-elle pas précisément. Il devait pourtant leur paraître évident que son fils, Natan-Berl, était sorti de bonne heure pour rejoindre son enclos puis les pâturages, et qu'à cette heure avancée de la matinée, il n'avait assurément pas encore regagné la maison Keizman.

À vrai dire, l'enthousiasme manifesté par le rabbin vis-à-vis de ces deux bienfaiteurs ne plaisait guère à Rivka, et ce pour plusieurs raisons. S'ils étaient tout d'abord bel et bien de Vitebsk, et s'il leur était véritablement arrivé ce que le rabbin prétendait, elle éprouverait alors de la compassion pour ces deux enfants arrachés au lit de leur mère et retranchés à leur peuple. Mais pour l'heure ils n'étaient ni Abramlé ni Pinhaslé, mais bien Adim et Protor, et elle n'était pas certaine de les vouloir près de ses petits-enfants.

Ensuite, la façon dont deux soldats avaient pu se changer en rentiers était pour le moins obscure. Celui qui avait bâti sa fortune grâce à un véritable et dur labeur n'était que peu enclin à la philanthropie. Celui qui avait amassé un à un des kopecks pour en faire des roubles, puis des roubles pour constituer un pactole, transmettait son argent à ses enfants et à sa famille. Les généreux, ces minables, n'avaient pas été contraints à une besogne pour assurer leur subsistance, ils ignoraient tout de la rudesse du travail grâce auquel on devenait quelqu'un. Leur générosité justifiait leur existence, apaisait leur conscience heurtée par la vision des masses oppressées et gémissantes. Sauf que problème : plus ils essayaient de gagner la sympathie de l'homme simple, plus ils s'en éloignaient.

Enfin, qu'ils fussent Adim et Protor ou bien Abramlé et Pinhaslé Rabinovitch, on disait qu'il était impossible de juger un homme si l'on ne se mettait pas à sa place, et Rivka n'aurait pas la prétention de s'arroger l'attribut divin de sonder les cœurs et les reins. Pourtant, elle savait à combien de reprises des enfants juifs s'étaient sacrifiés pour échapper à l'anéantissement de l'instruction prodiguée au sein de l'armée du Tsar, préférant le fouet à la transgression des commandements. Pour ces raisons – parmi d'autres, qu'il était préférable qu'elle gardât pour elle –, la grand-mère se retira dans la maison et demanda à Mendé d'annoncer qu'elle ne se sentait pas au mieux – *bobè* était alitée pour se reposer et n'était pas en état de recevoir des invités.

Rivka se cloîtra dans la cuisine et ferma la fenêtre, tout en écoutant attentivement ce qui se tramait à l'extérieur : les échos étouffés et lugubres d'une voix humaine, un cheval qui expirait par les naseaux en signe de mécontentement, et soudain le silence. Les trois coups rapprochés qui retentirent à la porte la firent sursauter. L'idéal aurait été de se réfugier dans l'une des chambres, mais le battant s'ouvrit sans assentiment avant que quiconque n'eût pu esquisser un geste. Rabbi Halperin apparut dans l'embrasure, entouré d'une aura aveuglante de soleil et des deux bienfaiteurs, Adim et Protor.

« Madame Keizman ! s'écria-t-il, levant les bras au ciel. Nous avons entendu que vous ne vous sentiez pas bien, nous nous sommes malgré cela autorisés à venir chez vous, car nous sommes absolument certains que la nouvelle que nous allons vous révéler soulagera tous vos maux. »

« Nous avons entendu ? » songea la grand-mère, à bout de nerfs. « Nous sommes absolument certains ? » « La nouvelle que nous allons révéler ? » Ces trois-là avaient-ils fusionné dans un seul et même corps ?

« Pourquoi avoir quitté votre lit si votre santé ne vous le permet pas ? protesta le rabbin.

— Et vous, pourquoi avoir quitté Motelé ? rétorqua-t-elle.

— Afin d'honorer votre demande, plaida le rabbin, surpris par le ton sarcastique de Mme Keizman. N'avions-nous pas convenu que je viendrais… ?

— C'était il y a une semaine, coupa Rivka.

— Bien plus tôt.

— Cela fait exactement une semaine aujourd'hui, corrigea-t-elle.

— Il se passe beaucoup de choses, s'excusa-t-il. Vous savez bien sûr que je ne chôme pas. Et j'apporte de bonnes nouvelles.

— Natan-Berl n'est pas ici pour les entendre. Et quand bien même il l'aurait été, il aurait peu goûté ce déballage en public. »

Cette fois-ci le rabbin suspendit sa réponse. Il sembla à Rivka qu'il comprenait l'objet de ses protestations. En courant après l'argent des deux bienfaiteurs, il en avait oublié sa fonction et délaissé son devoir.

« Serait-il possible d'avoir tout d'abord un verre d'eau pour nos visiteurs, demanda le rabbin tout en prenant une chaise pour s'y asseoir. Tout sera rapidement clarifié. »

Un verre d'eau pour les visiteurs ? On dit bien que ce qui commence par un verre d'eau ne se finit jamais avec un verre d'eau.

« Je suis encore faible, dit Rivka d'une voix éteinte. Si Son Excellence pouvait prendre le pichet et servir lui-même ses invités. »

Rabbi Halperin se saisit du pichet et remplit trois verres. Tel un servile laquais, il proposa de l'eau à ses généreux bienfaiteurs, lesquels étaient restés sur le seuil. Tandis qu'ils s'approchaient lentement de leur rafraîchissement, la grand-mère remarqua que le dénommé Protor boitait bas, sans sa canne il aurait été contraint de ramper. Son regard évasif furetait dans toutes les directions. Il donnait l'impression de passer la maison au peigne fin, à la recherche d'on ne sait quoi. Adim affichait quant à lui une sorte de dédain à son égard. Après chaque regard qu'il lui adressait, il détournait aussitôt les yeux vers les sièges à l'assise déchirée, les bocaux fendus, ou encore vers l'assiette pleine de restes de pain du petit déjeuner que Mendé n'avait pas encore débarrassée. Des coups d'œil qui disaient : « Ici le progrès n'existe pas, vous vivez comme vos ancêtres – alors que moi j'ai vu le monde, j'ai rencontré de grands savants, je sais le russe et le français. » Je, je, et encore je. Un tel homme, aussi égocentrique, ne pouvait être juif. Un Juif se caractérisait par sa modestie et sa frugalité.

Il y avait pourtant quelque chose chez Protor, peut-être que son handicap suscitait chez elle une sorte d'empathie. Peut-être aussi que les années l'attendrissaient plus qu'elle ne l'aurait voulu. Une chance pour elle, le Saint béni soit-Il l'avait dotée de sens affûtés : quand le reste de l'humanité se focalisait sur la vision, elle avait pour elle une sensibilité particulière aux odeurs. Il ne faisait aucun doute que le généreux Protor était un véritable sac à vin, ce qu'il tentait de dissimuler en s'en tenant à une liqueur de fruit – de pêche ? Peut-être de prune ? – qu'elle identifiait très clairement. Mais sa démarche chancelante n'était pas seulement due à sa boiterie ou à son ébriété. Il observait la maison comme quelqu'un qui n'a jamais vu de foyer juif. Il ouvrait grands les yeux comme un bébé avide de chaque détail. Elle avait de la compassion pour ces Juifs qui ne savaient même pas ce qu'étaient les chandeliers du shabbat. Avec cet homme, il aurait encore été possible de trouver un compromis, mais entre lui et le monde juif coulait un torrent d'alcool et de souffrance.

Rabbi Halperin signifia à ses compagnons de s'attabler. Une fois ces messieurs assis à leur place, le rabbin s'autorisa enfin à s'asseoir sur l'une des chaises et à boire un peu d'eau. « Comment la Cité fidèle est-elle devenue une prostituée ? » demandait Isaïe. La déesse avidité avait la réponse.

« Ce que nous avons à dire, annonça Moishe-Lyzer, comme s'il parlait au nom des trois, est d'un ordre strictement privé, et nous promettons que ce qui sera dit ne quittera pas cette pièce. »

Encore un secret qui part en fumée, songea Rivka.

« Ces hommes ont bon cœur, poursuivit-il. Et depuis votre visite à Motelé, Akim et Prokor – pardon, Abramlé et Pinhaslé – n'ont pas l'esprit tranquille. »

Protor était donc Prokor et Adim était Akim. Au diable les noms

– la mémoire de Rivka n'était plus ce qu'elle était. Le rabbin continua :

« Ils ont soudain eu le souvenir d'avoir aperçu Mme Fanny Keizman, dans une taverne, lors de leur dernier séjour à Baranavitchy.

— Dans une taverne ? se braqua la grand-mère. *Kwatsch mit zozé* – des âneries en sauce !

— Point de balivernes, plaida le rabbin. En outre, après leur avoir fait part du drame qui a frappé votre famille, je n'aurais pas pu omettre d'évoquer la sœur, Mendé Speisman, ainsi que son maroufle de mari, Zvi-Meïr. Eh bien, que ne m'ont-ils répondu ? Qu'ils étaient tombés sur un dénommé Zvi-Meïr, à Minsk, au beau milieu d'une synagogue. Et d'après la description que je leur ai faite, ils sont convaincus d'avoir eu affaire au Zvi-Meïr qui nous intéresse. À la synagogue, madame Keizman, à la *Shul* !

— Baranavitchy ? s'étonna la grand-mère. Minsk ?

— Il leur est possible de dépêcher des gens à Baranavitchy. Akim et Prokor m'ont indiqué qu'elle était descendue chez…

— Adamski, grommela Akim. À l'auberge de Patrick Adamski. »

Protor – c'est-à-dire Prokor – confirma.

« Adamski, répéta le rabbin après eux. Patrick Adamski. Ils l'ont donc aperçue attablée à son auberge. Point de bêtes sauvages, ni de forêt ou autres crocs acérés. Il s'avère en fin de compte qu'elle s'est simplement arrêtée là pour se requinquer. Que de nouvelles formidables – et ce n'est pas tout. »

Faites que ce soit tout, songea Rivka, faites que ce soit tout…

« J'ai déjà évoqué devant vous la générosité d'Abramlé et de Pinhaslé, et me suis étendu sur leur bonté d'âme. Eh bien, ils sont prêts à investir de grands moyens dans la recherche de Fanny et Zvi-Meïr, afin que leurs familles respectives soient réunies et retrouvent leur quiétude. Nous ne vous rendons pas visite pour essayer de sauver les meubles face à la tragédie, mais bien pour vous annoncer qu'il n'y a jamais eu de tragédie tout court. Le Saint béni soit-Il, père des orphelins, Lui qui ressuscite les morts, a veillé sur elles de très près. Bientôt, comme il est dit, les enfants rentreront dans leur domaine, les mères retrouveront leur foyer, et la joie réjouira de nouveau les cœurs. Qu'en dites-vous, madame Keizman, votre corps n'est-il pas déjà fortifié ?

À vrai dire, la grand-mère fut prise d'une foudroyante migraine, elle sentait ses membres flancher. Le rabbin n'avait fait que lui apporter faiblesse et maladie.

« Quoi qu'il en soit, reprit-il, embrassant à nouveau l'un de ses doigts pour l'apposer sur son front, nous sommes venus jusqu'ici afin de relever tous les éléments connus au sujet de votre belle-fille Fanny et de Zvi-Meïr. Ces messieurs demandent que vous soyez certaine de ne rien omettre dans votre description, il se pourrait en effet qu'un infime détail se révèle crucial. Ils dépêcheront ensuite deux envoyés qui ramèneront les deux disparus jusqu'ici, sains et saufs. Allons, madame Keizman, grande est la tâche alors que le temps presse. Vous décrivez, Akim traduira, et je vais quant à moi me relaxer quelque peu, car mon ventre gargouille. S'il restait du pain sec de ce matin, je ne pourrais être plus heureux, de même qu'il serait dommage de jeter quelques croûtes de fromage qui n'auraient trouvé preneur. Par quoi commençons-nous, madame Keizman ? Allons ! Le temps presse ! Ne laissez aucun détail de côté.

SIXIÈME PARTIE

NIESVIJ

1

« Lorsque Dieu créa le ciel et la terre, des ténèbres couvraient la face de l'abîme. Il n'avait nul besoin de créer les ténèbres, la lumière suffisait. Tout comme l'Éternel a choisi d'illuminer la misérable âme de l'homme, afin qu'il ne sombre pas dans les tréfonds de sa détresse primale, c'est-à-dire dans une terrible solitude. Voilà pourquoi Il a créé masculin et féminin, à Son image, comme pour dire : vous autres, êtes incapables de faire preuve de sociabilité. Et c'est en socialisant que vous deviendrez hommes. »

Mais à cet instant, dans le dernier tiers de la nuit, alors que les quatre compagnons bourlinguaient sur leur charrette brinquebalante, aussi bien l'obscurité du dehors que la solitude du dedans planaient sur l'abîme de leurs âmes, dominées par un grand frisson. Chacun aurait préféré être seul, s'éloigner de toute créature, ainsi que de sa propre mémoire. Ce qui générait cette terreur ? Eux-mêmes avant toute chose. Le capitaine Adamski tenait son visage entre ses genoux. Par le Père, le Fils et le Saint-Esprit, quel désastre. Qu'est-ce qui lui avait pris ? L'auberge, dans laquelle il avait tout investi, allait assurément être confisquée. Trente-cinq ans de service dans l'infanterie, et tout ça pour quoi ? Son amitié avec Yoshké Berkovits était une vieille histoire, dans laquelle Adamski était encore un pitoyable petit Juif chétif et couard répondant au nom de Pessah Abramson. Mais après avoir découvert que la communauté avait remis son frère aux autorités, de même que la manière dont les notables de la communauté avaient, sous couvert de leur foi, ourdi une intrigue pour justifier la pire des injustices, il avait compris qu'il ne voulait plus rien avoir en commun avec ces porcs, ni avec ce qui leur servait de religion, dont l'essence même des lois se courbait toujours pour satisfaire les besoins et intérêts du moment. Yoshké avait beau avoir sauvé la vie d'Adamski plus d'une – ou même de deux – fois, le capitaine ne lui avait pas offert son aide pour cette raison. Il n'avait jamais demandé à Yoshké de sauver sa misérable vie, que diable ! Mais pourquoi donc avait-il alors pris le risque de s'enliser jusqu'au cou dans cette histoire ? De même que son ami, qui n'était pourtant pas le dernier des crétins, s'était manifestement changé en petit agneau et laissé duper par une vengeresse. Elle n'était pas sa femme, et il s'avérait même que leur lien n'avait rien d'intime. Tout cela ne reposerait-il que sur un marché ? Et si c'était bien le cas, où y trouvait-il son intérêt ? Était-il trop tard pour changer de camp ?

Fanny était renfermée sur elle-même. Elle avait une main à son cou, malmené par l'un des policiers, et l'autre posée sur sa lame, qu'elle jetterait aux quatre vents dès qu'elle en aurait l'occasion. Elle s'était tant éloignée de sa volonté première, qui était d'aider sa sœur Mendé, restée *agouna* à cause de son mari Zvi-Meïr, qui l'avait abandonnée à son sort depuis maintenant dix lunes – décompte toujours en cours. Elle s'imaginait n'avoir qu'à traverser l'Yasselda et rallier Minsk, se retrouver face à Zvi-Meïr et exiger qu'il signe un *get** aussi sec. Elle n'avait à aucun moment songé qu'elle se retrouverait à massacrer une famille de truands, et la nuit suivante à réchapper à une autre scène d'horreur aux côtés d'un incendiaire de synagogues, après avoir elle-même tranché la gorge de deux représentants de la loi. Natan-Berl devait évidemment être fou d'inquiétude. Il comprendrait peut-être intérieurement son intention car, bien sûr, il connaissait sa femme. Mais le monde et la volonté ne reviennent pas au même, et se doivent d'être bien distincts dans l'existence de tout être. Comment agirait-on dans un monde où tout se plierait à ses moindres désirs ? Chaque homme devait avoir conscience qu'il ne serait jamais l'égal de l'Éternel. L'un dans l'autre, même si Natan-Berl acceptait la volonté de Fanny, il ne pourrait en être de même avec les conséquences de son choix, à savoir qu'elle avait fauché cinq vies, et que la sienne était en péril.

Ce mot grotesque qu'elle avait laissé dans la cuisine, Natan-Berl ne le comprendrait assurément pas. « Prenez bien soin de vous jusqu'à mon retour. » Une épouse sur le point de s'absenter pour de nombreuses nuits écrirait-elle ainsi ? À quoi songeait-elle ? Ses enfants devaient naturellement s'impatienter, marchant sur la pointe des pieds autour de leur père, frappés par la culpabilité et la tristesse. Fanny ne comptait que sur Gabriella pour consoler leur chagrin. Quant à sa belle-mère, Rivka Keizman, l'heure de sa consécration avait sonné ; n'avait-elle pas depuis toujours averti son fils au sujet de la fille du *shokhet*, la *wilde Khayeh* – la bête sauvage ? Était-il trop tard pour nourrir des regrets et retourner à Motelé ? Pourrait-elle un jour retrouver son ancienne vie ? Ou avait-elle plutôt, chose dont la seule éventualité lui donnait des frissons, voulu abandonner sa famille ?

Adamski et Fanny se regardaient en chiens de faïence. Lui avait été témoin de la force considérable de cette femme, soi-disant fragile, avec son couteau ; tandis qu'elle avait vu le capitaine capable de la trahir sans ciller. Certes elle avait par la suite appris qu'il lui avait sauvé la vie avec bravoure, tout comme Adamski était bien obligé de reconnaître qu'elle avait été prompte à sauver Yoshké Berkovits avec bravoure – et à rebours de l'opinion qu'il avait des youpins pusillanimes. Sauf que rien de tout cela n'avait été planifié, et nul n'avait idée de la suite des événements. Le capitaine la trahirait-il de nouveau ? songeait Fanny. Adamski était quant à lui perplexe : « Va-t-elle me trancher la gorge à moi aussi ? » Le temps le dirait – qu'il s'agisse de jours, d'heures ou peut-être même de quelques instants. Pour le moment, ils étaient tous serrés les uns contre les autres, redoublant de vigilance.

Et qu'allait faire la maréchaussée ? Ce point ne donnait guère matière à ergoter, c'était une véritable catastrophe. Cette histoire avait toutes les chances de se conclure sur un échafaud. À cet instant, chaque agent de l'ordre dans la région, aussi bien sous couverture qu'en uniforme, avait fait de leur traque une affaire personnelle. Adamski et ses acolytes ne s'étaient pas contentés d'exécuter de vulgaires truands, ils avaient également massacré des représentants du régime.

À la tête de tous ces agents, comme cela était apparu, se trouvait l'ivrogne boiteux de l'auberge. Il les avait surpris en se révélant être le commandant de l'Okhrana, il ne faudrait ainsi pas s'étonner de le voir apparaître le lendemain grimé en *tsaddik*. Outre son intelligence, il faudrait craindre désormais le corps de cet officier qui avait soif de vengeance. Sa jambe estropiée avait été mise au supplice par le capitaine, ajoutant encore un peu plus de douleur à celles que lui infligeaient ses propres pas.

Les premiers éclats du soleil à l'horizon, sans apaiser la tension ambiante, pointèrent la nécessité d'avoir un cap clairement défini. Qu'est-ce qui pouvait encore faire tenir ce groupe ensemble, si ce n'était le fait d'être conjointement poursuivis par des Polonais et des Russes ? Comment avaient-ils réussi à s'attirer à la fois les foudres des bandits et celles de la police ? Jusque-là ils se distinguaient à peine du fait de l'obscurité, et pouvaient ainsi éviter les regards. Mais alors que le ciel pâlissait et que l'horizon s'ouvrait, il semblait que l'autarcie de chacun se dissipait à mesure que la lumière du jour éclairait toujours davantage la présence des autres.

Fanny jeta un œil vers Adamski. Son regard était orange et perçant – comment ces yeux espiègles de chouette avaient-ils pu échoir à un méchant ? Ses favoris touffus lui donnaient l'air d'être mal à l'aise. Ses sourcils étaient enchevêtrés par une négligence intentionnelle et sa lèvre supérieure était compressée, comme s'il était prêt à laisser éclater sa fureur. Jadis peut-être, avant qu'il se mette à incendier des synagogues, Žižek le considérait-il comme un véritable ami. Mais après la nuit de la veille, il était clair que sa haine des Juifs avait pris le pas sur toute forme de loyauté.

Le regard d'Adamski tâtonnait en direction de Fanny. Il y avait longtemps qu'il n'avait pas vu un aussi joli laideron. Son nez fin, ses yeux froids et détachés, ses cheveux brillants sous son foulard, lequel contribuait à glacer encore un peu plus son expression déjà hermétique. Cette profonde cicatrice sur son bras gauche ne laissait aucune place au doute, c'était une louve, prête à se battre. Si comme tous les Juifs elle n'avait aucun sentiment, pourquoi donc mettre sa vie en péril pour sauver celle de Yoshké Berkovits ? Voilà un véritable mystère.

Sans pouvoir se contenir davantage, il s'écria soudain :

« Bon sang de bordel, on fait quoi maintenant ?

— Ne lui disons rien, une fois de plus il va nous livrer à eux... chuchota Fanny à Žižek, en polonais.

— Si j'ai encore ma gorge, je ne m'en priverai pas. Mais peut-être que tu vas m'égorger, moi aussi ? fulmina Adamski.

— C'est moins facile que brûler des synagogues.

— Comment ?!

— Oui parfaitement !

— Comment oses-tu... ?

— Et toi donc ? »

Žižek tira brusquement sur les rênes et stoppa l'attelage. Adamski et Fanny en avaient même oublié sa présence. Žižek avait laissé son chez-lui, son canot à rames sur l'Yasselda afin d'aider Fanny Keizman à retrouver Zvi-Meïr, et ce après que sa sœur Mendé s'était jetée dudit canot. Il avait pris ses deux chevaux ; le plus âgé, qui l'accompagnait depuis l'époque de son service, et son deuxième, afin qu'il acquière de l'expérience. Depuis lors, Žižek avait enduré la chaleur suffocante, était presque mort de faim, avait lutté contre le sommeil, et était dans l'ensemble terrassé d'épuisement. Par-dessus le marché, il avait été victime d'une attaque de bandits au beau milieu de la nuit. Non seulement il avait été durement heurté au dos et au ventre, mais il était désormais recherché par la police. Dans l'auberge de Patrick Adamski, des agents infiltrés l'avaient menotté et plaqué au mur. Sans l'intervention de Fanny et d'Adamski, il aurait rapidement fini au bout d'une corde.

« *Ay !* » s'écria Žižek avec assurance pour arrêter l'attelage.

Il retrouvait à peine sa voix, il l'écouta comme il aurait écouté un inconnu. Adamski quant à lui s'agaça :

« *Ay* quoi, monsieur le mariole ? »

Žižek demeura silencieux.

« Putain de bon sang », persifla Adamski. Žižek remarqua que Fanny elle aussi l'observait nerveusement.

« *Ay*, insista Žižek. On n'a pas le temps pour les chamailleries. Désolé, mais que celui qui le souhaite descende dès maintenant – et presto s'il vous plaît. Ces chevaux iront jusqu'à Minsk, ne vous en déplaise, et ils y emmèneront également, à mon grand regret, ce sac d'os affalé à l'arrière dans sa pisse. Si vous avez l'intention de continuer à vous crêper le chignon, vous le ferez au bord de la route – et j'en suis bien désolé – car personne n'est blanc comme neige dans cette histoire. Chacun a ses torts, et peut-être que si vous ressortez vivants de cette affaire, vous aurez le loisir d'ergoter sur lequel est plus coupable que son voisin. Compris ? »

Fanny et Adamski écoutèrent avec la plus grande attention cet afflux de paroles venant de Žižek. La ferveur résolue qui émanait de ses propos les calma quelque peu. Mais une fois son discours terminé, ils continuèrent de se regarder sans complaisance, à défaut d'avoir vu leurs doutes se dissiper. Que pouvait bien faire une femme observante sur un chariot avec un cantoniste renégat ? Et un capitaine de l'armée du Tsar aux côtés d'une Juive démente ? Et pourquoi étaient-ils eux-mêmes doublés d'un gougnafier soi-disant chantre ? – si le ronflement avait été sanctionné par un diplôme, nul doute que celui-ci aurait été professeur émérite. L'identité de leur cocher attitré restait quant à elle obscure – tantôt Žižek Brushov, tantôt Yoshké Berkovits ; souvent laconique, parfois démagogue ; muet d'ordinaire et subitement fougueux orateur. Il ne s'était pas inclus lui-même dans son laïus, comme si eux étaient ici, et lui encore là-bas – à bord de son canot sur les flots de l'Yasselda. De loin, on aurait pu dire, à raison, qu'ils étaient tous nés Juifs, mais à y regarder de plus près, on se serait aperçu que chacun faisait cavalier seul, et que leur seul point commun était d'être des fugitifs.

Toutefois, nul ne descendit du chariot. Et leur peur se trouva un peu apaisée par les propos de Žižek, en dépit de l'enchevêtrement d'excuses bafouillées qui s'y étaient glissées. Que ne redoutaient-ils pas à cet instant ? Tout d'abord, eux-mêmes. Fanny sentait à nouveau sa lame voltiger dans sa main, après toutes ces années à sommeiller contre sa cuisse. Adamski avait le sentiment que sa vie à l'auberge avait fini d'épuiser ce qu'il lui restait de dignité – une vie dans laquelle, au lieu de mener des soldats au combat, il conduisait des prostituées vers ses clients, à l'étage des chambres. Žižek avait retrouvé une voix fluide pour la première fois depuis bien longtemps. Quant au chantre, enfin, il n'y avait certes pas à s'épancher. Il valait mieux qu'il reste affalé dans le chariot avec un fût de rhum plutôt qu'au bord des routes.

L'itinéraire à suivre était toujours en question, comment allaient-ils parcourir une telle distance sans emprunter les rues d'une ville ou d'un bourg, ou même des chemins et des champs – et naturellement, sans passer par les marais. Ce qui épuisait plus ou moins d'office l'ensemble des possibilités au sein de la Zone de Résidence, pour ne pas dire dans l'Empire russe tout entier. Mais Adamski, qui connaissait parfaitement la région, glissa quelques mots à l'oreille de Yoshké, qui ne manquèrent pas de faire pâlir aussitôt ce dernier. Adamski ne réfléchit pas à deux fois et tira vers lui les rênes. Lorsque Fanny, curieuse, jeta un regard à l'aubergiste, il lui sembla qu'il n'avait plus toute sa tête. « *Ah ! Che la morte !* » s'écria-t-il fougueusement, dressé sur le chariot, comme un cri de guerre lancé par un imbécile se prenant pour un général. « Aux baraquements Yoshké ! renchérit-il tout en pointant la direction du nord-est. *Ah ! Che la morte !* »

2

Le terrible coup qu'avait subi Novak à sa jambe mutilée l'avait placé en position d'infériorité. Son lieutenant, Albin Dudek, l'avait vu se recroqueviller et gémir tel un enfant apeuré. Lorsqu'ils dépêchèrent le médecin du bourg, l'exalté lieutenant Albin Dudek exigea qu'on administre à son lieutenant rien de moins que du chloroforme, substance réservée aux chirurgies complexes ou à la sédation des chevaux.

Combien de jours était-il resté allongé ainsi ? À en juger par les ecchymoses sur son dos, peut-être une semaine. Dès qu'il reprit connaissance, il remarqua que ses yeux étaient écarquillés comme s'il hallucinait, tandis que ses lèvres, au vu des sourires qui l'entouraient, bredouillaient des incohérences. Sa jambe, Dieu soit loué, lui faisait moins mal, et Novak dissipa la cohue rassemblée autour de lui – principalement des policiers, des agents et des informateurs – et demanda même au médecin de prendre congé. En quittant son lit, Novak éprouva des vertiges. Il s'appuya au mur jusqu'à ce que son corps se ressaisisse.

Il descendit ensuite vers les parties communes de l'auberge d'Adamski et convia Albin Dudek ainsi que deux autres agents à sa table – les noms de ces derniers échappaient à sa mémoire. Ces deux-là étaient venus remplacer Ostrovski et Simanski, à qui il ne restait plus qu'à souhaiter de reposer en paix.

Si cela n'avait tenu qu'à lui, Novak serait resté seul pour réfléchir. Mais dans de telles circonstances, il avait conscience que les hommes de l'Okhrana mettaient un point d'honneur à réagir rapidement ; son autorité s'en trouverait très affectée si d'aventure il restait à lambiner dans sa chambre. Novak entreprit de vérifier auprès de son lieutenant ce qui avait été fait pendant sa convalescence à l'étage. Il fut surpris de découvrir que l'essentiel des ressources de son subordonné avaient été consacrées à l'organisation des funérailles. Naturellement, les informateurs avaient été mis dans la boucle, comme les commerçants de la région, et l'ensemble des agents informés par missives. Mais Dudek avait jugé bon d'offrir un dernier hommage somptueux aux deux héros, Ostrovski et Simanski – il mentionna notamment des couronnes de fleurs envoyées aux familles. Les joues empourprées, Novak s'efforça toutefois de garder son calme :

« On ne lésine pas sur de dignes funérailles, n'est-ce pas Dudek ? »

Les deux anonymes, tout aussi idiots que Dudek, acquiescèrent.

« Vous avez, je suppose, convoqué le portraitiste pour le profil des fugitifs, n'est-ce pas ?

— Bien entendu. C'est-à-dire, j'avais l'intention de le dépêcher en urgence, mais je devais former un groupe de recherche.

— Vous l'avez donc convoqué ? soupira lourdement Novak.

— Oui, oui, opina Dudek. Mais je ne l'ai pas encore fait venir. »

Novak jeta un œil aux deux remplaçants, qui imitaient Dudek.

« De même, je suppose que vous avez écrit au général de brigade Mishenkov à la base de Niesvij, afin qu'il nous envoie un régiment d'infanterie en renfort, n'est-ce pas ?

— Oui, oui, je vais le contacter, bien entendu... », confirma Dudek, lequel se leva et délégua à ses deux supplétifs la tâche que lui-même venait tout juste de se voir assigner.

Novak avait enfin un moment seul. Une excellente occasion de se servir un verre de slivovitz pour réfléchir aux derniers événements. Sa première conclusion sur la nuit des faits : il était parfois utile de prêter l'oreille aux imbéciles. Radek Borkovski, seul rescapé de sa famille de bandits, gougnafier aviné de son état, doublé d'un sinistre ramasse-merde, avait donné d'innombrables versions, dans lesquelles étaient initialement mentionnés six soldats, puis deux géants armés de fusils et enfin une compagnie de cavaliers – et qui savait quoi d'autre encore. Toutes ces versions faisaient figurer une grande et terrifiante femme. Novak n'avait pas encore creusé ce point précis, car rien dans l'apparence de la femme juive aperçue à l'auberge ne l'associait à l'idée de *grande* et encore moins de *terrifiante*. Pas plus en tout cas qu'à l'accoutumée chez ce peuple qui se distinguait des autres de toutes les façons imaginables. Elle avait un visage rond, une silhouette rompue aux naissances, et esquissait par intermittence des rictus d'inconfort, mais sans signe de nervosité apparente. L'abruti fini assis à côté d'elle semblait le parfait spécimen du nigaud qui attire les calamités comme des mouches – pas vraiment le portrait du rusé complice de l'égorgeuse. Sans pouvoir se douter du danger qu'elle représentait, Novak avait focalisé son attention sur le colosse à la bouche balafrée – quelle erreur ! Des quatre énergumènes impliqués dans cette conspiration, ce gaillard était justement le plus docile. Son lieutenant Albin Dudek, en dépit de son physique pataud et de ses bras faiblards, avait maîtrisé et menotté l'homme sans difficultés.

Seconde conclusion de Novak sur cette affaire : les hypothèses préconçues nuisaient à la lucidité. Parce que c'était une femme, il l'avait jugée incapable de tuer ; mais avait vu en l'homme une potentielle source de violence. En pénétrant dans sa chambre, il s'était installé près de son lit et avait brièvement caressé son bras alors qu'elle dormait. L'espace d'un instant, Novak s'était senti réconforté par ce contact. Une sensation qui relevait presque de l'inévitable, d'une réalité implacable. Peut-être parce qu'il se savait proche d'une femme. Et plus encore, l'idée qu'il s'apprêtait à toucher une inconnue juive, aux traditions tout aussi étrangères, ne lui avait pas causé de répulsion, mais au contraire un certain émoi. Étrange, n'est-ce pas ? Les exigences de sa vie de militaire l'avaient éloigné de sa femme et de ses deux fils. Il ne s'était jamais distingué dans l'exercice de la correspondance. Les enveloppes d'argent qu'il leur faisait parvenir étaient simplement signées : « À ma femme et à mes deux fils, de la part de Piotr », comme s'il s'acquittait là de tous ses devoirs envers eux.

De retour chez lui à Saint-Pétersbourg après avoir été blessé au col de Chipka, il avait été contraint de rester alité plusieurs semaines. Il se sentait comme un corps étranger, planté dans la gorge du foyer, tandis que chacun des regards étouffés d'Ana semblait vouloir l'en expulser. Lorsqu'il apprit à son épouse que Iossif Gourko l'avait en personne assigné au Département de maintien de la sécurité et de l'ordre publics, elle n'avait même pas cherché à s'enquérir de la nature de la fonction. Aujourd'hui encore, elle n'aurait su répondre précisément si on lui avait demandé ce que faisait son mari. Elle se serait contentée de dire qu'il se trouvait quelque part, dans la *goubernia* de Grodno ou de Minsk, assigné à quelque mission de sécurité. À vrai dire, elle n'en avait pas la moindre idée.

Novak quant à lui ne put jamais oublier ces jours-là, où elle avait été contrainte de s'occuper de lui, de lui servir ses repas dans la chambre. Il ne parvenait pas à déchiffrer l'expression impénétrable de ses yeux, lesquels pouvaient se poser sur lui mais sans pour autant le regarder réellement. Lorsqu'elle revenait débarrasser son couvert, il avait l'habitude de la complimenter au sujet du repas, ce à quoi elle répondait par une sorte de sourire crispé. Elle le regardait comme on regarde un lâche, avec mépris. De toute sa vie, en qualité de lieutenant-colonel, jamais on ne l'avait regardé ainsi. Lorsqu'il avait tenté de partager avec elle ses souvenirs de la bataille au col de Chipka, elle avait masqué sa bouche d'une main pour dissimuler son rire. Il avait fallu à Novak un certain temps pour comprendre qu'il avait depuis longtemps perdu la possibilité d'être un héros à ses yeux. Il avait été absent pour la naissance de ses fils, n'avait jamais ou presque partagé de dîner avec eux. Elle avait pour sa part élevé ses enfants comme des orphelins, au sens propre. À ses yeux, Novak n'était pas un officier hardi, il était avant tout un trouillard du quotidien, un récalcitrant à la routine – chose qui constituait pour elle le pire des crimes –, un crime misanthrope.

Et voilà qu'en caressant le bras de cette Juive afin de l'intimider, Novak avait senti ses émotions le submerger. Si seulement il avait pu renoncer à l'interroger et se glisser sous sa couverture. Il ne l'aurait pas déshabillée, Dieu en soit témoin, il n'était pas de ces barbares. Il se serait simplement blotti contre la chaleur de son corps et aurait sombré dans un profond sommeil. C'est ainsi qu'il l'avait imaginée, douce et délicate, sans avoir prêté attention à son surprenant sang-froid lorsqu'il avait commencé à l'interroger. Oh, non… D'après lui, comme toutes les femmes, elle avait cette aptitude innée à réconforter. Mais cela, c'est ce qu'il tenait pour certain avant de la voir massacrer deux de ses agents sous ses propres yeux.

Sa troisième conclusion : plus il en apprenait sur l'identité des meurtriers, moins il en savait sur leur mobile. Zvi-Meïr était tout d'abord le nom qui surnageait comme point de départ de cette histoire, un nom évidemment juif – bien qu'il ne lui fût pas familier. Novak n'avait pas le souvenir d'un quelconque Zvi-Meïr parmi les agitateurs socialistes ou les illuminés rêvant de Palestine. Il fallait donc rapidement établir de qui il s'agissait et dans quoi il trempait. Novak pressentait également qu'Adamski ne risquerait pas son gagne-pain pour ces curieux hôtes, quand bien même l'un d'eux eût été un ami. Cependant, pour un homme qui avait tout à perdre, agir de manière aussi stupide supposait qu'il était animé par un idéal. Généralement, cependant, l'idéal en question dictait également le mode d'action à privilégier, lequel renvoyait lui-même au dogme sous-jacent. Idéal et lutte se devaient d'entretenir une certaine corrélation. Mais dans le présent cas, les actions menées étaient ambiguës, échappaient tout bonnement à la logique. Pourquoi donc se mettre à dos à la fois des criminels et la police ? Pourquoi égorger les gens comme du bétail ?

Tout cela indiquait qu'il y avait une clé unique à toute cette affaire. Novak était prêt à parier que chez les *žyds*, un *shokhet* femme n'était pas monnaie courante et qu'il dénicherait sans mal d'où elle venait s'il prenait le temps d'aller renifler dans les bourgades de la région. Il savait aussi qu'il n'aurait pas même le temps de taper à une porte qu'immédiatement une femme se précipiterait en hurlant : « *Gevald ! Gevald !* » « Au secours ! » Qu'avaient-ils à toujours être sur le qui-vive au moindre coup de vent ? À peine allumait-on une cigarette qu'ils étaient persuadés d'être à côté d'un pillard incendiaire. S'ils découvraient en revanche que vous étiez à la recherche de quelque information, ils soupiraient de soulagement et vous révélaient tout ce que leurs oreilles avaient pu glaner. En les voyant nourrir des sentiments aussi extrêmes face à la menace, il était tout à fait effrayant d'imaginer quelle serait leur réaction s'ils s'étaient trouvés dans le camp d'en face, c'est-à-dire à la place de Novak.

3

À quoi aspirait un soldat en temps de paix ? À la guerre. Adamski était convaincu que si les ennemis du Tsar avaient été impressionnés par la bravoure de ses soldats en période de paix, ils n'auraient pas osé déclarer la guerre au méthodique ours russe. Jetez donc un œil dans le camp militaire jouxtant la ville de Niesvij : de simples tentes en canevas côtoyant quelques constructions temporaires en bois, qui transformaient cette parcelle en une ville d'officiers et de soldats. Chaque escouade formait une famille et chaque régiment comptait ses boulangers, couturiers, cordonniers et forgerons. Sans oublier naturellement ceux qui contribuaient le plus au moral des troupes : les musiciens de la fanfare militaire et les peintres qui immortalisaient les héros.

Les soldats constituaient de grands groupes assis, des hommes robustes et élancés, larges de torse et fins de taille. Vêtus d'une sorte de képi orné, d'une ample tunique vert foncé ainsi que d'un pantalon bouffant rentré dans des bottes hautes. Étant stationnés aux abords de Niesvij, très loin des rares zones où perduraient des affrontements contre les Turcs, leur moral était au plus bas. Pour les combattants, il n'y avait rien de plus désespérant que de se sentir inutiles.

Le Tsar Alexandre III, dit le « faiseur de paix », n'était d'une manière générale que peu enclin à se brouiller avec d'autres pays. Au grand dam des soldats, il passait la plupart de ses journées à arranger des alliances, à intriguer, et étendre au moyen de traités sa domination sur les terres d'Asie. À ce train-là, ces soldats achèveraient leur service sans jamais avoir fait feu. Entre-temps, ils s'occupaient à fourbir leurs fusils, à effectuer les rotations de leurs positions de garde et à s'entraîner. Le soir, ils jouaient aux cartes, observaient leur reflet dans le fond d'un verre vide et fumaient à s'en poncer le fond de la gorge. Leur passe-temps favori : faire circuler des rumeurs. Et à l'heure où l'on parlait, ils se nourrissaient de l'espoir d'un nouveau plan de mobilisation en direction du Danube.

Ces soldats gagnaient trente-deux roubles par mois, soit deux fois plus qu'un soldat turc – mais un tiers de la solde d'un Français et même le quart de celle d'un Britannique. Pour autant, cela ne les empêchait pas d'avancer au rythme de cinq verstes à l'heure lorsqu'ils recevaient une mission. Leur attirail était maintenu prêt au départ dans leurs tentes : une musette munie de deux lanières, contenant une tente, un sac de couchage, une gamelle de cuivre pour y préparer le thé, des bandages, ainsi qu'un manteau de laine gris enroulé et tenu à l'ensemble par des cordes.

Chez les cavaliers, c'était une tout autre musique. Armés jusqu'aux dents, munis d'un mousquet dernier cri hérissé d'une baïonnette, flanqués d'un revolver au ceinturon ainsi que d'une épée sans garde à l'épaule. Plus petits de taille, les traits rusés

– de petits yeux dans un grand visage –, ils se ressemblaient au point d'être interchangeables. Leur abondante chevelure – à la teinte souvent plus claire que celle de leur moustache – se drapait autour de leur cou à la façon d'un foulard. Ils se différenciaient seulement par la noblesse de leur monture, la hauteur de leur selle, ainsi que la facture des rênes et du cuir de leur sellerie. Ils avaient cependant en commun une effroyable étroitesse d'esprit. Pour eux, la guerre n'était pas affaire de nations, mais une épreuve dont un homme pouvait ressortir fier ou bien humilié. Le champ de bataille était le lieu par excellence où l'on se sentait homme, comme il n'en existait aucun autre. Si le Tsar, en sa qualité d'émissaire divin, décidait d'attaquer Constantinople, ils n'en demanderaient jamais la raison, mais seraient plutôt empressés de savoir quand la charge serait sonnée.

Les officiers couchaient dans des tentes distinctes. Le plus souvent, l'estime qui leur était témoignée était inversement proportionnelle à leur grade dans la hiérarchie. Constamment auprès de leurs hommes, les sous-officiers étaient, plus que quiconque, éreintés de fatigue – mais pour autant les plus admirés. N'ayant pas nécessairement le sang bleu, leur honneur résidait dans leurs faits d'armes et non dans leur titulature. Vifs, braves et intelligents, ils détestaient les dogmatiques et vénéraient les improvisateurs. Un bon commandant de section était expert en matière d'écoute, tant pour ses hommes que pour ses ennemis.

Un échelon plus haut se trouvaient les sergents-chefs et les sous-lieutenants, les officiers de régiment et de division.

Puis une catégorie encore au-dessus, les grades de lieutenant-colonel, colonel, général de brigade puis de division. La plupart du temps, ceux-là étaient de noble extraction. La vie à Saint-Pétersbourg leur semblait trop bourgeoise. S'enrôler dans l'armée n'était pas une question de subsistance pour eux, mais le champ de bataille représentait à leurs yeux la seule voie vers l'accomplissement de soi, vers le sens à donner à leur existence. Leur approche du commandement était philosophique, olympienne par nature. Comment auraient-ils été capables autrement d'envoyer des centaines d'hommes à la mort ? Jamais ils ne prenaient le temps d'observer les soldats de leur formation, pas plus qu'ils ne méditaient sur la nature humaine et ses principes directeurs : Qu'est-ce qui les poussait à charger sous mes ordres ? Pourquoi ne désertaient-ils pas ? Comment pouvais-je avoir la certitude qu'ils m'obéiraient aussi demain ? Et ainsi de suite.

Au sommet de la pyramide siégeait un général, lui-même prince ou comte, apte à déclamer des poèmes en français et entonner des airs de Verdi en italien. À la lumière d'une veilleuse, il étudiait *Le Prince* de Machiavel, et passait au petit matin dans le camp afin d'inspecter son domaine. Un général pouvait d'ordinaire être à la tête de dizaines de milliers d'hommes, voire davantage, sans jamais avoir fait feu hors exercice. Les généraux étaient formés par l'école militaire de Saint-Pétersbourg, dont l'instruction s'appuyait pour l'essentiel sur les doctrines de combat éculées du professeur Loutchki. Les principales problématiques liées au commandement relevaient, selon lui, de la tergiversation, de l'exploitation insuffisante d'un avantage acquis, d'un engagement insuffisant, d'un excès d'engagement de l'ennemi, d'errements tactiques, de la non-connaissance du terrain, du mauvais déploiement des forces, et le plus souvent de la non-compréhension des principes gouvernant le champ de bataille. Le général dissimulerait ses négligences en prétextant avoir protégé ses intentions « véritables » ainsi que ses plans « secrets » – chose que lui autorisait sa perspective d'ensemble, laquelle échappait à ses subordonnés, de même que la totalité des détails dont disposait le seul général. Toutefois, malgré le rejet exprimé à son égard, les regards s'élevaient vers lui comme s'il était une divinité, on lui donnait du *Son Illustre Excellence* – rien de moins – et cela pour le simple fait qu'il était le seul à son grade, ce qui donnait le sentiment qu'il avait quelque chose d'unique, même si ladite chose était imperceptible. Et à défaut d'élément tangible pour justifier un tel panégyrique, on pouvait rester à discuter des heures durant de ses luxueuses cigarettes Sobranie, qu'il tirait d'une boîte dorée fourrée dans son manteau.

Le camp militaire près de Niesvij était immédiatement adossé au village d'Uzank. Tout s'y déroulait plus ou moins dans l'ordre, sous le commandement du général de bridage Mishenkov. Ce dernier était lui-même absent du camp à cet instant. L'avant-veille, il avait été convié à une réception chez l'assesseur, et n'était pas revenu depuis. À l'académie militaire, Mishenkov avait appris qu'un bon officier se distinguait par la continuité du bon ordre en son absence. Il venait ainsi vérifier ses qualités de commandant et disparaissait du camp pour plusieurs jours, parfois plusieurs semaines. Il laissait à son lieutenant, le colonel David Fajari, le soin de superviser les opérations. Chaque fois qu'il était de retour, Mishenkov se réjouissait de constater qu'il n'y avait pas meilleur commandant que lui : l'ordre régnait au sein du camp, les entraînements étaient bien effectués et des rapports complets bien remis à son adjoint.

4

Une journée des plus ordinaires était sur le point de s'achever au campement. Les armes étaient briquées, les équipements rangés et les sentinelles se préparaient aux rondes de guet. Le sergent de garde repéra au loin une charrette, occupée par trois mendiants, venant dans leur direction. Il envoya deux de ses hommes pour leur faire quitter le secteur.

Toute la journée, les fugitifs avaient fait route jusqu'à la ville de Niesvij, aux abords de laquelle était implantée la base, par des chemins cachés que connaissait Adamski. Une confiance mutuelle s'installait peu à peu entre eux, au point d'avoir déterminé des tours de garde pour la nuit. Fanny avait rejoint Shleimel Kantor à l'arrière, Žižek avait ensuite pris sa place. Même Adamski s'était laissé aller à un petit somme aux côtés de l'avorton souillé. Les gens sont vraiment des porcs, bon sang de merde !

Alors qu'ils débouchaient sur un terrain découvert, un champ immense et verdoyant, le camp militaire que connaissait Adamski s'étala devant eux. Deux fantassins approchaient, arme à l'épaule et cigarette au bec. L'un des deux hommes se saisit d'une pierre qu'il lança dans leur direction. Adamski se dressa alors sur la charrette en agitant les bras, comme s'il criait à la noyade. « Dégagez de là ! Abrutis ! » éructa avec indifférence l'autre soldat. Les sentinelles continuaient d'approcher à pas sereins, tandis que le premier soldat se saisissait d'une seconde pierre.

Žižek tira sur les rênes pour freiner l'attelage. Les fantassins se tenaient encore à quelque distance quand le soldat qui s'était déjà adressé à eux, occupé maintenant à rouler une cigarette, cria à nouveau : « Dégagez, misérables ! » sans même leur adresser un regard. Les sentinelles bavardaient, laissaient échapper des rires sonores, il était manifestement plaisant de s'éloigner un peu du campement.

« Je suis le capitaine Adamski, hurla l'ancien aubergiste. 3e division, 5e brigade, 11e régiment.

— Et moi c'est Pierre le Grand ! » répondit le lanceur de pierres qui expédia son projectile avec une grande précision sur la charrette. L'impact rebondit tout près d'Adamski, qui sauta de la charrette, furieux.

« Soldat ! cria le capitaine. N'as-tu pas honte ? J'exige de parler à ton supérieur.

— Il est juste devant vous, indiqua-t-il en désignant son camarade, lequel envoya à son tour une pierre rouler jusqu'aux bottes d'Adamski.

— Et qui est votre supérieur ? demanda Adamski en s'approchant.

— Lui », répondirent-ils un doigt levé au ciel. Le frondeur afficha une mine grave avant d'ajouter :

« Sérieusement, grand-père. N'approchez pas davantage. Nous ne voulons pas vous faire de mal. »

Fulminant, Adamski regarda Žižek et Fanny, sa lèvre inférieure écrasait sa lèvre supérieure au point de la faire disparaître. Il remonta sur la charrette et arracha les rênes des mains de Žižek.

Les chevaux perçurent aussitôt cette poigne différente, ferme et déterminée, mais obéirent cependant au capitaine Adamski – y compris lorsque ce dernier leur ordonna de passer sur le corps des sentinelles.

Pris de panique, le soldat à la cigarette épaula son fusil et tira en l'air. Les chevaux hennirent d'effroi, l'écho de la détonation mettait leur ouïe au supplice, tandis que le soldat lanceur de pierres riva droit sur eux son canon, prolongé par une baïonnette acérée. Fanny tendit la main vers son fourreau, tandis qu'Adamski, ayant anticipé sa réaction, la somma du regard de ne pas y songer.

« Je suis le capitaine Adamski, reprit-il, invariablement. 3e division, 5e brigade, 11e régiment.

— N'avancez pas ou je tire », ordonna le soldat, débarrassé de l'air amusé qu'il arborait et désormais terrifié.

Les coups de feu résonnèrent jusqu'au camp. L'ennui de ces temps de paix aidant, ce genre d'écho n'avait pas son pareil pour chatouiller les imaginations. Deux cavaliers – les plus prompts à réagir – se dirigeaient à présent vers eux, suivis par des dizaines d'autres militaires, avides d'une escarmouche. Bientôt, la charrette fut cernée par tout un peloton d'infanterie. Les deux sentinelles, qui vivaient là leur heure de gloire, énoncèrent les circonstances de l'incident. Ces intrus avaient reçu une première sommation, suivie d'une bonne volée de pierres – afin de joindre le geste à la parole. L'un des occupants de la charrette, fou ou stupide, leur avait ensuite crié : « Je suis le capitaine Bidule, régiment Truc, division Machinchouette », avant de lancer son attelage contre eux pour tenter de les écraser. Sans autre choix, ils avaient pressé la détente afin d'arrêter la charge.

Le silence régnait désormais sur le champ rocailleux, sillonné par des ruisseaux ciselés par les lames du soleil. À cette heure tardive de l'après-midi, des eaux fangeuses sourdaient tel un saignement. Dans un crissement pareil à des cris d'oiseau, l'un des deux cavaliers tira son épée. Petit, râblé et au visage doux comme celui d'un enfant, il fit le tour de la charrette, tenant sa monture au pas. Arrivé à l'arrière, il jeta un œil à l'intérieur afin d'identifier l'étrange voix qui en provenait. Dans un air chargé d'urine, le cavalier fut surpris d'y trouver ce gus, avachi et somnolent, à la barbe mal taillée et aux joues empourprées par l'ivresse. L'étrange passager se frotta les yeux, enroula une mèche de cheveux autour de son doigt avant de se mettre à sucer son pouce – et pourquoi pas ? Ce furent là les ultimes réconforts de son délectable sommeil. En ouvrant les yeux, il aperçut plus ou moins ce qu'il s'attendait à voir. Habitué à se réveiller en plein raffut, le gringalet ne s'émut pas de tomber sur un soldat à l'épée dégainée et porta une main à son front pour saluer le militaire depuis sa couche.

Le rire tonitruant du hussard fut bientôt imité par les autres soldats, alors même qu'ils n'avaient pas assisté à la scène. Adamski connaissait bien ces éclats de rire, révélant une part sombre dans le soulagement des militaires. Tous avaient saisi que le risque d'escarmouche avait laissé place à l'opportunité d'une rapine. Déjà le cavalier fouillait dans les sacs vides et lorgnait vers le fût de rhum, songeant à s'attribuer une part du noble butin. Adamski se leva et pivota sur lui-même pour lui faire face.

« Je suis le capitaine Adamski, rugit-il avec assurance. 3ᵉ division, 5ᵉ brigade, 11ᵉ régiment.

— Tu n'es rien d'autre qu'un *żyd* répugnant, persifla le hussard. Reste où tu es. »

Beaucoup de choses pouvaient être dites à l'endroit d'Adamski. Répugnant ? Sans conteste. Tenancier d'une auberge dépravée ? Plutôt deux fois qu'une. Un maquereau doublé d'un escroc ? Pourquoi pas. Mais un *żyd* ? Qui oserait donc… Il avait dédié toute son existence à une seule cause : effacer son passé et renier son identité. Ce n'était pas un minus de cavalier gradé qui le renverrait à cette nuit où il avait été enlevé par Leib Stein. Voilà pourquoi Adamski ne prit pas le temps de juger s'il était opportun ou non à ce moment précis – alors qu'ils étaient encerclés par une troupe de fantassins – de bondir et désarçonner le hussard pour l'affronter au corps-à-corps sur le sol poussiéreux. Étonnamment, les soldats ne vinrent ni s'interposer, ni passer Adamski au fil de l'épée. Ce dernier comprit que s'il pouvait surpasser l'âge, il était également à même d'encaisser la riposte du cavalier, de trente ans son cadet.

Le capitaine Adamski ne s'était pas taillé une réputation grâce à sa carrure hors du commun ou à sa musculature, mais bien par son tempérament de prédateur sauvage et vorace. Pendant que ses frères d'armes chargeaient la position ennemie à force de crochets du poing et de coups, se roulant au sol jusqu'à pouvoir se saisir d'un cou adverse, Adamski montrait les dents, arrachait nez et oreilles, enfonçait des yeux dans leurs orbites, réduisait des cous et des lèvres en charpie. Dominant ses opposants sans mal, il les laissait ensuite gésir à terre, ensanglantés, lacérés et éborgnés, cherchant à tâtons un lobe d'oreille ou un bout de narine manquant. Au-delà des combats alentour, son aura pesait sur l'ensemble du champ de bataille. Les soldats turcs regardaient le loup du Tsar avec stupeur. Ses dents dégoulinaient de sang et ses yeux orangés étaient avides du prochain assaut. Personne d'autre ne se battait ainsi, privant son adversaire de toute humanité – en s'attaquant à l'image de l'homme elle-même.

Adamski sentait à présent ses os ployer sous les coups de poing cinglants du hussard, ses jambes faiblir jusqu'au bord de l'effondrement et ses côtes craquer. Mais profitant d'un mystérieux afflux de force, il s'élança et enfonça ses dents dans le menton du cavalier. Surpris par le style peu orthodoxe de cette attaque, son opposant s'échina à se défaire de la bête féroce, mais la mâchoire d'Adamski lacérait déjà la chair du cavalier. Spectateurs, les autres soldats restèrent médusés à la vue de leur camarade hurlant de douleur, protégeant ce qu'il restait de son menton d'une main, et décochant de vains crochets de l'autre. Étant désormais en position de force, Adamski vint se placer face à lui et tenta de nouveau sa chance.

« Je suis le capitaine Adamski, dit-il tout en recrachant un bout de chair, de menton ou peut-être de lèvre. 3e division, 5e brigade, 11e régiment. »

Le cavalier ensanglanté dégagea un revolver de sa gaine et le pointa sur Adamski. La poigne chancelante, son coup partit trop bas, frôla le genou du capitaine et fit voler en éclats l'un des rayons d'une roue de la charrette. Adamski s'apprêta à lancer un nouvel assaut, mais une seconde balle vint siffler à son oreille, tirée cette fois dans son dos. Son regard s'arrêta sur le deuxième hussard, un lieutenant. Reposant son fusil encore fumant, il dégainait maintenant son revolver.

« Que voulez-vous, capitaine ? » demanda le lieutenant d'un ton déférent. Ses yeux clairs étaient marqués par un léger strabisme et sa généreuse chevelure blonde ne semblait pas avoir goûté aux boyaux des tranchées.

« Et qui le demande ? haleta Adamski, s'essuyant la bouche. Vous ou le revolver ?

— Le revolver n'est là que pour m'assurer que vous ne viendrez pas me bécoter le menton, rétorqua le lieutenant, flatté par les ricanements qui s'élevèrent de la troupe. Quant à moi, j'aimerais savoir pour quelle raison vous ne fichez pas le camp d'ici.

— Tire ! cria le hussard estropié, le regard rivé au sol à la recherche des restes de son menton.

— Parlons-en en privé, demanda Adamski.

— Vous n'êtes pas en position de négocier, répondit l'officier en haussant le ton.

— Je suis capitaine de l'armée du Tsar, protesta Adamski. J'ai servi la Russie pendant trente ans.

— Abats-le ! hurla le blessé, qui commençait à saisir l'ampleur de la ruine infligée à son visage.

— La Russie ? s'amusa le lieutenant, ignorant les affres de son camarade. Vous avez servi pour vous-même et les vôtres.

— J'ai risqué ma vie », répondit Adamski, abasourdi. De son temps on ne parlait pas ainsi, certainement pas chez les dragons, et encore moins devant l'infanterie.

« Certes, mais on vous a grassement rétribué pour cela. N'est-ce pas ?

— Mon garçon, tu n'as vraiment aucune idée de ce qu'est la guerre, marmonna Adamski tout en faisant un pas vers son interlocuteur. Je demande à m'entretenir en privé avec votre supérieur.

— Comme vous voudrez, répondit le lieutenant, armant le chien de son revolver. Je lui transmettrai vos dernières paroles. »

Un lourd silence s'éleva. L'arme du lieutenant toisait l'obstination d'Adamski – toutes deux faites d'acier. À l'affût du signal, les soldats étaient prêts à se ruer sur la charrette. Fanny et Žižek se tenaient côte à côte, et le chantre considéra la possibilité d'entonner *Adon Olam* pour détendre l'atmosphère.

« Tire ! » ordonna la victime d'Adamski, qui s'approchait de la selle de sa monture pour récupérer des munitions.

La veille encore, alors qu'il n'était pas dos au mur, Adamski avait agi en idiot fini et pris le risque de tout perdre pour Yoshké.

Maintenant qu'il n'avait plus rien à perdre, il agissait en dément, méprisant le canon d'un revolver braqué sur lui. On pouvait en conclure qu'Adamski était un imbécile, jouant sa vie au bon vouloir de l'index d'un sous-officier, dont le verbe caustique trahissait la malveillance et venait illustrer l'absence galopante de probité chez la jeune génération. Manifestement, le lieutenant qui lui faisait face était issu de l'une de ces écoles bourgeoises, qui avant même d'inculquer les notions de respect et de justice, sensibilisaient leurs élèves aux systèmes des intérêts, et à toute l'hypocrisie cachée derrière ces « principes ». Ils dissimulaient leurs âmes corrompues derrière des guillemets, qui, telles des pinces à linge, suspendaient les mots à un fil de cynisme, jusqu'à les assécher de leur beau sens. On ne savait plus ce qu'étaient la décence et la conscience, ne restaient que « décence » et « conscience » – censées vous donner aussitôt la nausée.

Qui aurait pu dire si le très blond lieutenant hésiterait à presser la détente ? Ceux-là étaient capables de déserter le champ de bataille face à l'inéluctable défaite plutôt que d'embrasser leur mort avec modestie. Qu'à cela ne tienne, Adamski avança encore d'un pas – quel merdier !

La niaiserie, voire même l'idiotie semblaient être des qualités appréciées dans l'armée ; en témoignaient ce lieutenant qui tergiversait face à sa cible et la troupe terrifiée autour du capitaine Adamski qui s'échangeait des messes basses. Aucun doute possible, ils faisaient face à un officier, un guerrier intrépide, n'envisageant pas un instant qu'il puisse voir sa tête pulvérisée par une balle. Adamski songea à avancer d'un pas supplémentaire, mais de toutes les idioties qu'il avait choisi de faire, il lui sembla qu'opter pour une approche lente, au crépuscule, alors que vingt soldats le tenaient en joue de chaque côté, relevait du sommet de l'imbécillité. Il choisit donc d'abandonner sa cérémonieuse et prudente manœuvre et avança à pas sûrs vers le jeune officier. Ce dernier saisit qu'après une telle démonstration de témérité de la part de ce vieux fou, il eût été impensable de se réfugier lâchement derrière son revolver. S'il devait lutter à même le sol et y risquer son beau visage, ainsi soit-il. Le cavalier ensanglanté baissa lui aussi son arme, entretenant l'espoir honteux qu'il ne serait pas le seul à se voir humilié dans cette échauffourée.

Le jeune lieutenant finit toutefois par mettre pied à terre, avant d'accompagner Adamski en dehors du cercle formé par la troupe et d'échanger à voix basse avec lui. Le lieutenant pointa ensuite quelque chose en direction du camp, tandis qu'Adamski traçait un croquis sur le sol. Leur conversation privée se prolongea un long moment. Ils revinrent finalement vers les autres bras dessus bras dessous comme des tourtereaux. Adamski désigna Žižek, et Fanny crut bien que le *balèbos** leur avait de nouveau planté un couteau dans le dos. Le capitaine se sauverait lui-même ainsi que Žižek. Quant à elle, fourguée en lot avec le chantre, il la jetterait en pâture à la foule. Le lieutenant demanda cependant à Fanny l'autorisation de monter à bord du chariot et vint serrer chaleureusement la main de Žižek.

« C'est un grand honneur, monsieur, lui chuchota le lieutenant. Si seulement nous avions su… tout cela aurait été évité. »

L'officier sourit également à Fanny et lui présenta ses excuses :

« Madame, je vous prie de nous pardonner pour ce manque de civilité. » Il se mit alors debout sur la charrette et se tourna vers les soldats : « Ces gens seront nos invités d'honneur pour les prochains jours. Si j'entends que l'un d'entre vous a eu l'audace de s'adresser à eux sans permission, je lui couperai moi-même la langue. »

Adamski revint s'asseoir aux côtés de Žižek, tandis que Fanny, le jaugeant encore avec dédain, ne put s'empêcher de lui demander :

« Que lui avez-vous dit ?

— Deux mots, en tout et pour tout.

— "Zvi-Meïr" ? le questionna Fanny, incrédule.

— "Zvi-Meïr", répondit-il surpris. Qu'est-ce donc cette diablerie, "Zvi-Meïr" ?

— Cela n'a pas d'importance, maugréa Fanny.

— Je lui ai dit "Yoshké Berkovits" », chuchota Adamski, comme si ce nom était un secret. Fanny nota une réaction sur le visage de Žižek.

« Yoshké Berkovits ?

— C’est tout ce qu’il suffisait de dire, répondit le capitaine. Bon sang de bordel ! »

5

Il est des hommes qui jamais n’éprouvent le contentement. Ils ont initialement en tête une certaine image de la façon dont les choses sont censées être, et si la réalité ne recoupe pas leur imaginaire, ils ne suspectent aucunement que quelque chose puisse être à revoir dans leur projection, et accusent la réalité elle-même de distorsion. Mais Shleimel Kantor, lui, n’avait aucune image en tête. Comme pour la plupart des mendiants, il y avait peu à dire sur sa vie aussi modeste que monotone, faite de chiches ambitions et de péripéties sans gloire.

Il était né orphelin, ainsi l’avait voulu l’Éternel. Tout d’abord envoyé chez son oncle à Cracovie, puis chez le frère de son grand-père à Pinsk, il se retrouva à cirer des souliers contre quelques sous dès qu’il fut en âge de penser par lui-même. Si seulement il avait pu raconter que ce fut grâce à ce premier travail qu’il éveilla l’intérêt d’un riche bienfaiteur qui le tira de la misère en lui donnant sa chance. Qu’il aurait été plaisant d’imaginer Shleimel Kantor en apprenti forgeron ayant fini à la tête d’une compagnie d’ingénierie ferroviaire ! Mais à l’instar des enfants d’Israël à peine sortis d’Égypte, Shleimel n’en attendait pas tant du Créateur. S’Il avait fait sortir le pain de la Terre, mais ne lui en avait pas donné à manger, *dayyénou** – cela aurait été suffisant. S’Il lui avait accordé du pain, mais que son goût n’avait pas flatté son palais, *dayyénou.* Si le pain avait eu un goût exquis, mais qu’Il ne lui avait pas accordé de temps à autre une patate, *dayyénou.* S’Il lui avait parfois accordé une patate, mais ne l’avait pas gratifié de cuisses de poulet à l’occasion des jours saints, *dayyénou.* S’Il l’avait gratifié de cuisses de poulet pour célébrer les fêtes, mais ne l’avait pas comblé d’allégresse avec du *yash, dayyénou.* S’Il l’avait réjoui avec du *yash,* mais ne lui avait pas offert ce don de chanter *Adon Olam, dayyénou.* À plus forte raison, les bontés prodiguées par le

Miséricordieux s'en trouvaient ainsi démultipliées ; d'autant qu'Il n'avait pas manqué de toujours lui allouer une écurie ou un grenier où poser confortablement sa tête. Untel pouvait-il seulement comprendre le bonheur ressenti par Shleimel lorsqu'il déambulait au cœur des nuits enneigées d'Ouzda, alors que les chiens des non-Juifs aboyaient sur son passage, et que soudain un coreligionnaire venait lui ouvrir les portes de son écurie ? Un quidam aurait-il pu imaginer qu'on le conviait généreusement à partager le repas de fête, à retirer ses bottes détrempées et à s'affairer avec ses hôtes autour du fourneau ? Qui aurait pu saisir à quel point son sort était enviable ?

Mais la miséricorde de l'Éternel était inépuisable ; à Shleimel Kantor Il ne tournait pas le dos. À cet instant, le *hazan* errant était même escorté avec les honneurs jusqu'à une base militaire. On lui indiqua sa tente – toit inclus ! On lui arrangea un lit pliant – matelas compris ! On lui apporta un uniforme – propre ! Il était certes trop grand d'une taille ou deux, mais qu'y trouverait à redire celui dont les haillons étaient imbibés de… eh bien, tant mieux pour lui, personne n'avait rien senti. Le *hazan* émacié était à présent paré d'un uniforme de l'armée du Tsar, et se tenait prêt à égayer les soldats en leur chantant *Adon Olam.* D'autant plus que ces hommes s'enquéraient avec tant de soin de leur bien-être : « Avez-vous mangé ? Avez-vous eu quelque chose à boire ? Non ? Que diriez-vous d'un peu de… ? » Oui !

Mais le trio de grincheux qui l'accompagnait ne faisait que nuire à cette belle ambiance. Celui qui le terrifiait avec ses yeux de chouette lui était familier, mais où l'avait-il connu ? La femme qui l'avait traîné dans cette aventure avait l'air anxieuse, elle ne cessait de se tripoter la joue. Il faudrait qu'il se souvienne d'avoir une discussion avec elle entre quatre yeux. Quelques mots de Schleimel lui remonteraient peut-être le moral, et dans le cas contraire, une chanson ferait aussi bien l'affaire. Le colosse à la bouche balafrée, qu'ils appelaient Žižek – ou quelque chose de cet ordre – restait prostré comme s'il avait vu le troisième Temple réduit en cendres. Tous trois étaient assis, le visage défait, on aurait dit qu'un drame allait se produire, alors que dans le même temps on apportait sous leur tente du pain, des pommes de terre et de la viande en conserve. Un conseil de Schleimel : un drame allait peut-être se produire, ou peut-être pas ; mais entre-temps, il leur fallait relever la tête et apprécier une célébration telle qu'ils n'en avaient connu depuis longtemps. Mais tandis que le *hazan* errant demandait encore du pain – qu'importe s'il était vieux d'une semaine –, les trois autres picoraient des miettes, buvaient très modérément et échangeaient des regards abattus.

Tout idiot savait, et Shleimel ne faisait pas exception, que l'âme en se détachant du corps au moment de la mort endurait un véritable supplice. La plupart des gens s'imaginaient que, sur le lit de mort, l'âme s'échappait de la dépouille pour rejoindre les cieux. Mais Shleimel était convaincu que la plupart des gens, et ce n'était pas dans leur intérêt, ne comprenaient pas que c'était plutôt le corps qui s'arrachait à l'âme et entamait sa décomposition ; et cela du fait que dès leur jeune âge, les gens négligeaient les besoins du corps et se torturaient mentalement jusqu'à ce que, comme pour ses trois compagnons, l'anxiété les privât du plaisir de savourer du pain et des pommes de terre. C'est ce qu'avaient vécu Adam et Ève, qui s'étaient vu accorder le Jardin d'Éden afin qu'ils subviennent à tous leurs besoins. Et plutôt que d'apprécier l'abondance de la Création divine, ils souffrirent de l'interdit frappant un seul et unique fruit. Ainsi, depuis le premier homme jusqu'à nos jours, les gens grandissaient en se défaisant du corps de nourrisson qui leur avait été donné, qui criait à chaque fois qu'il manquait de nourriture ou de sommeil, car ils imaginaient que les exigences de l'esprit étaient plus nobles, plus élevées. Contrairement à eux, le *hazan* était rivé aux besoins de son corps, et lorsque ce dernier réclamait plus de pain, son âme lui obéissait. Quand le corps désirait plus de pommes de terre, l'âme indiquait qu'il ne fallait pas en avoir honte. Et si le corps demandait s'il y avait du *yash*, l'esprit répondait jovialement : « Pourquoi se priver ! »

Voilà pourquoi le *hazan* n'était pas enclin à faire montre de la patience manifestée par ceux qui se restauraient autour de lui. Leur ventre devait trouver leur bouche démente. Et s'ils laissaient quelque chose dans leur assiette, que ce soit un bout de pain ou une pomme de terre, Shleimel se précipitait aussitôt :

« Cela ne vous plaît pas ? Pourquoi ne pas manger ceci ? Et ça, alors ? Regardez combien il en reste, ce serait dommage d'en laisser autant ! »

Et lorsqu'un soldat entra dans la tente pour s'enquérir du bon déroulement de leur repas, Kantor ne se recroquevilla pas comme ses camarades, ne craignant pas qu'à tout instant on puisse les renvoyer illico presto patauger dans les sombres marais. Il demanda sans la moindre honte au militaire s'il pouvait humecter sa gorge sèche par autre chose que de l'eau tiède – toute couleur étant la bienvenue. Le soldat resta impassible face à l'humour douteux du sinistre gringalet et l'espace d'un instant, il sembla même que le chantre vagabond allait écoper d'un coup de poing en pleine figure. Mais la sentinelle se retira sans dire mot, avant que l'on n'apporte peu après deux bouteilles d'hydromel. Kantor exulta.

Mais sa triste coterie refusa obstinément de partager le breuvage avec lui, comme si eux et lui étaient au milieu de difficiles tractations. Que faisait-il d'autre que leur proposer un peu de joie pour l'âme et de repos pour le corps ? Que refusaient-ils exactement ? De se sentir un peu mieux qu'un instant auparavant ? Mais il n'avait pas à s'en plaindre. Parfois l'âme humaine coupait l'être de la réalité, le laissait coincé entre veille et lendemain, entre possibilité et risque. Ces gens-là laissaient ainsi la voie libre à ceux qui gardaient les yeux ouverts, ceux dont l'âme allait de pair avec le corps. Et puis se délecter d'un bocal de viande et de deux bouteilles d'hydromel n'avait jamais fait de mal à personne.

6

Adamski ne supportait plus la clique dans laquelle il s'était embrigadé. Excepté sa connaissance de longue date, Yoshké Berkovits, il aurait volontiers mis le feu à la tente et livré ses occupants aux flammes. Le débile, qui se goinfrait comme un porc, serait d'ici une heure en train de ronfler et de se pisser dessus.

Quant à cette harpie, elle était si amère qu'elle n'avait même pas su dire merci d'avoir eu la vie sauve. Elle tâtait sa cuisse droite à la recherche de son couteau, comme si une lame pouvait lui être d'un quelconque secours au milieu de baraquements grouillants de troupiers. Qu'avaient-ils, les gens de ce peuple, toujours à courir après les calamités, à se préparer pour la prochaine catastrophe ?

Adamski se souvint du jour où Stara Zagora était en flammes. Les troupes turques et les bataillons de bachi-bouzouks avaient lancé l'assaut contre la ville et l'avaient mise à sac. Le régiment d'Adamski avait été appelé en renfort quelques heures trop tard. Lorsqu'il arriva aux abords de la cité, il vit des colonnes entières de réfugiés bulgares, juifs inclus, transportant tout ce qu'ils avaient pu sauver de leur maison incendiée sur leur charrette. Ils semblaient avoir contre toute logique jeté ici un tabouret, là une étagère, une couverture – et naturellement, dans la confusion, avaient laissé derrière eux bijoux et objets de valeur.

Les bachi-bouzouks étaient une horde de mercenaires barbares, flanqués d'un large ceinturon et coiffés d'un turban rouge. Armés d'un pistolet et d'une *shabriyya**, ils avaient répandu la terreur sur la ville aux cris d'*Allahou Akbar* et avaient massacré tous ceux qui n'avaient pu s'enfuir – soit des dizaines de milliers –, avaient violé des femmes à plusieurs et tranché oreilles et parties génitales aux cadavres.

Jamais Adamski n'oublierait cette vision d'horreur : un charnier de dépouilles calcinées et profanées, un nuage de putréfaction, ces essaims de mouches bleu et vert. S'en extirpait une cohorte rampante de survivants : des bébés hurlants, des mères les implorant par des mots de réconfort, des enfants horrifiés, des pères abasourdis tirant sur des mules récalcitrantes. Leur rythme saccadé prouvait qu'ils ne fuyaient pas. Ils s'attardaient un instant au milieu du carnage. Adamski voyait défiler devant lui des êtres réduits à l'inhumanité. Nul ne lui adressa un mot, mais tous lui jetaient ces regards perçants qui disaient : « Et maintenant ? Où irons-nous ? Où étiez-vous ? Comment avez-vous pu laisser faire ? Ces barbares ont aussi brûlé les églises ! »

Soudain lui étaient parvenues les bribes d'une discussion animée et il avait aperçu un âne tractant un chariot sur lequel était entassée une famille juive. Des vieillards, des femmes et des enfants. Tout en tirant la bête, les hommes de la famille étaient plongés dans un vif débat. Les plus âgés, victimes de la fumée et de la suie, agonisaient dans la charrette. Les femmes étaient quant à elles déshydratées. Bercé par le yiddish dans son enfance, Adamski avait tendu l'oreille à la tumultueuse conversation des hommes. Un premier avait commencé par dire :

« Les musulmans et les chrétiens se font la guerre, et nous on paye les pots cassés.

— Il en a toujours été ainsi, répondit Secundo.

— Mais pourquoi les Turcs en ont-ils après nous ? demanda Tertio. Rien que cette année nous leur avons vendu trois tonnes de blé.

— Les Turcs nous ont toujours haïs », fit remarquer Quatro.

Quinto se tut.

« En sera-t-il autrement quand les Bulgares reviendront avec l'armée russe ? lança Primo sur un ton plaintif.

— Pire encore, répliqua Secundo.

— La peste ou le choléra, énonça Tertio.

— Les Bulgares nous ont toujours détestés », assura Quatro.

Quinto, une fois encore, se tut.

« Ils ont incendié la yeshiva, indiqua Primo.

— Et les rouleaux de la Torah avec, soupira Secundo.

— Nahum Goldschmidt, le père d'Arié, est mort.

— Nahum Goldschmidt m'a toujours détesté », se lamenta Quatro.

Quinto, las de tristesse, se tut une fois encore.

Continuant de les écouter, Adamski ne parvenait pas à croire à quel point ces gens-là se barricadaient dans leur petit monde. Dans une telle situation, ils parvenaient à ne pas mentionner – pas même d'un mot – la catastrophe qui venait de s'abattre sur la ville tout entière et ses habitants. À les écouter, ils étaient les seuls à avoir été frappés ; eux, leur maison et leur synagogue. Eux étaient innocents et tous les autres coupables. À les entendre, quiconque ne parlait pas leur langue n'était bon qu'à être un client. Leur détachement était tel qu'ils s'imaginaient pouvoir un jour vendre du blé à l'armée russe, le lendemain à l'armée turque, et continuer de se considérer neutres.

Mais plus que toute autre chose, Adamski avait noté un certain apaisement chez ces hommes ; et par-delà la fatigue marquant leurs visages noircis, il avait relevé dans leurs conversations un soupçon de légèreté. Comme si le fléau qu'ils redoutaient tant était finalement survenu, qu'ils se trouvaient ainsi libérés de la sempiternelle angoisse qui les étreignait jusqu'alors. Adamski avait ensuite fini par comprendre qu'ils ne tremblaient pas à l'idée du fléau à venir, ils le vivaient en avance, percevaient même le monde à travers lui. Le cataclysme ne relevait pas de l'éventualité mais de la fatalité ; ses germes n'étaient pas seulement portés par une poignée de barbares, on les voyait poindre partout. Ces Juifs en déduisaient que si un *goy* déclinait une proposition dans une négociation commerciale, il était exclu qu'il ne pût être qu'un homme d'affaires soucieux de s'enrichir. Il ne pouvait être qu'un antisémite sanguinaire en puissance, l'un de ces haineux qui un jour se présenteraient à leur porte avec une horde brandissant torches et fourches.

Et exactement comme on pouvait s'y attendre, Fanny était assise face à lui, l'air amer alors qu'il lui avait dégoté le refuge idéal pour échapper aux poursuites. Sans lui, elle se balancerait présentement au bout d'une corde, et il ne comprenait toujours pas pourquoi il avait été jusqu'à risquer sa vie et compromettre son avenir pour elle. Il devait au moins savoir dans quoi il s'était embarqué. Il demanda donc à Fanny de lui expliquer qui était ce Zvi-Meïr qu'elle avait mentionné et ce qui le reliait à Yoshké Berkovits, toujours allongé et mutique de son côté de la tente. Sans enthousiasme, Fanny commença par évoquer sa sœur Mendé Speisman – c*omme si elle l'intéressait* –, puis son mari, Zvi-Meïr, qui l'avait abandonnée – *il était à deux doigts de fondre en larmes* –, et elle voulait simplement se rendre à Minsk et avoir un petit aparté avec l'époux récalcitrant – *d'accord… et cette histoire, on y vient ?* Voilà le fond de l'histoire. *Ça ?!* Plus ou moins, oui. Le reste, ça n'était pas prévu. Ils avaient été attaqués sur la route, était arrivé ce qui était arrivé, ils avaient pris la fuite et s'étaient mis en délicatesse avec la maréchaussée. La suite, il la connaissait.

« Et c'est tout ? »

Fanny hocha la tête.

« Par tous les diables, bon sang de bordel… ! »

Adamski inspira profondément, ferma les yeux, puis retourna s'asseoir sur son lit. Shleimel, qui venait lui aussi de découvrir toute cette histoire, leva son verre de *yash* et proclama : « *Lekhaïm* !!* Que nous retrouvions ce chenapan de Zvi-Meïr au plus vite ! » Adamski ouvrit les yeux et posa son regard sur cet imbécile, puis sur cette jeune femme, qui venait de lui expliquer avec froideur et indifférence la sottise pour laquelle il avait tout perdu. Il se tourna enfin vers son camarade, afin de recueillir quelques commentaires. Mais son compagnon d'armes était en souffrance, recroquevillé, et avait refusé son assiette en haussant les épaules. Le visage de Yoshké ne trahissait aucune sorte d'explication quant à la raison pour laquelle il avait mis Adamski dans de beaux draps à cause d'une historiette à l'eau de rose, certes triste, mais qui ne regardait en rien Adamski, pas plus que tout ce qui pouvait avoir trait à ce misérable peuple auquel il avait été arraché dans son enfance.

Adamski se souvint de comment il avait eu vent de la trahison de ses frères alors qu'il nettoyait les latrines du camp. Un autre jeune garçon, enlevé à Pinsk, lui avait relayé les bruits qui couraient à Motelé. En échange d'une solide récompense, l'un des voisins de son oncle et de sa tante, Itshé Schepsel Gourevitz – expert en nettoyage d'horloges – avait dénoncé à l'assesseur ceux qui parmi ses frères juifs pratiquaient l'évasion fiscale et la falsification des noms. Étant lui-même fervent *mitnaged**, il avait d'abord donné ses ennemis jurés affiliés au mouvement hassidique, avant de se mettre à piailler également à l'endroit de ses camarades *mitnagdim.* D'aucuns disaient qu'il avait été jusqu'à livrer son beau-frère. Tous étaient au courant, mais on avait préféré détourner le regard, car les gens n'étaient la plupart du temps pas concernés directement, de même qu'ils ne voulaient pas se créer des ennuis avec les autorités. Les policiers aux trousses du frère d'Adamski, Motl Abramson, avaient fini par s'en remettre à Itshé Gourevitz, lequel avait déclaré qu'il n'avait rien remarqué de suspect chez les Abramson, mais qu'une vérification plus minutieuse de leurs papiers ne serait pas de trop. Et comprenne qui pourra.

Tous savaient ce qu'allait entraîner cette dénonciation, mais personne n'avait pour autant levé le petit doigt. Dans son dos, on disait d'Itshé Schepsel qu'il s'appliquait à briquer ses horloges en s'imaginant redorer sa conscience. Mais tant que le ciel ne lui était pas tombé sur la tête, il continuait de déambuler dans Motelé comme tout un chacun, et se rendait même à la synagogue pour la prière du soir.

Un jour, il avait disparu de chez lui et n'était jamais revenu. Qui l'avait enlevé ? Pas compliqué à deviner. Quelle région de l'enfer avait-il arpentée ? On pouvait s'en faire une idée. En définitive, ce ne fut qu'après l'avoir lardé de coups de poignard et s'être débarrassé de son corps dans les marécages de Polésie qu'Adamski avait eu le sentiment d'avoir tranché à tout jamais le lien avec son peuple. Désormais, il se tiendrait de l'autre côté de la lame.

Humilié, le capitaine se leva et quitta la tente, furieux, mais eut malgré tout le temps de voir Fanny, cette impertinente, lui jeter un regard glacial, de louve, presque menaçant. Il s'était conduit jusque-là en idiot. Désormais, il en serait autrement.

7

Aussi improbable que cela fût pour une Juive élevée dans la tradition, Fanny, seule femme parmi ces milliers d'hommes, portait le même uniforme qu'eux ; celui de l'armée du Tsar, constitué d'une tunique verte et d'un pantalon bouffant. À sa droite, un mendiant faible d'esprit et, à sa gauche, Žižek de l'Yasselda. Elle découvrait à peine que Žižek était un illustre héros de guerre. Comment aurait-on pu expliquer autrement le traitement qu'ils avaient reçu à l'évocation du nom de Yoshké Berkovits ? Ces derniers jours elle se prenait d'affection pour lui, pensant discerner dans son regard clair une émouvante fragilité. Au-delà du dadais engoncé dans sa barque, le regard vitreux et empestant le *gefilte fish,* peu à peu elle s'était mise à déceler un homme doux, toujours soigneusement peigné sur le côté, front plissé et narines en alerte. Et il s'avérait désormais que Žižek n'était autre qu'un sicaire ayant massacré des soldats ennemis par dizaines – et peut-être même par centaines. Son petit cirque, ses « Désolé, mais vite s'il vous plaît », qu'il les garde pour une autre.

Elle en venait même à se demander si elle ne s'était pas par hasard retrouvée à faire partie d'une clique d'assassins. En partant de chez elle au beau milieu de la nuit, arpentant les chemins de traverse, pouvait-elle véritablement ignorer qu'avant d'atteindre Zvi-Meïr il lui faudrait passer par des endroits où l'on n'avait jamais vu de *talit**, où une femme juive n'avait tout bonnement jamais posé le pied ? Le manque qu'elle ressentait vis-à-vis de ses enfants était tel un rocher qui dévale une pente, en proie à la gravité et donc irrémédiablement entraîné vers le bas. Ainsi déboulait-elle vers eux dans ses rêves, pour venir s'écraser au moment du réveil. Elle s'imaginait passer ses doigts dans les poils du dos de Natan-Berl, comme le Juif pieux le faisait avec ses *tsitsit* – nœud après nœud. Elle pressait ensuite les muscles de ses épaules de la paume de sa main et pétrissait du bout des doigts le gras de ses lourdes omoplates. Fanny se torturait à l'idée qu'au lieu de coucher ses enfants, avant de veiller sur leur sommeil, elle assistait à un spectacle terrifiant : Shleimel éructant avec ostentation des rots à l'odeur de viande en boîte. Pour résumer la chose, ils lui manquaient terriblement, elle était rompue de fatigue, mais le regret brillait en revanche par son absence. Elle n'avait pas le moindre remords – comment était-ce possible ?

Tandis qu'on les conduisait dans l'enceinte du camp, que leurs deux chevaux se frayaient un passage au milieu de l'agitation ambiante, que des officiers de l'armée du Tsar s'inclinaient et les saluaient de la main, Fanny espérait quant à elle que sa mère la voyait depuis les cieux. Malka Schechter passait ses journées claquemurée dans sa chambre, elle observait ses filles avec angoisse et tressaillait de peur à la moindre chose qu'elles pouvaient faire ou dire. Elle se mordait la main et se fendait d'un « Si Dieu le veut, tout ira bien ». Omniprésente dans la bouche de sa mère, l'incantation s'accompagnait toujours d'un lourd soupir et de l'esquisse d'un sourire de soulagement, qui troublait un peu plus les autres membres du foyer. Rien n'effrayait plus sa mère que l'inconnu. À ses yeux, l'incertitude était plus menaçante encore qu'une catastrophe réelle. Elle ne cessait de se lamenter en répétant que si seulement on lui disait quand et comment arriverait le malheur, il lui serait plus facile de l'accepter. Le principe même de l'imprévu lui était insupportable. Même si elle savait que les chances pour que l'une de ses filles passe sous les roues d'un fiacre étaient on ne peut plus faibles, cela n'en demeurait pas moins une éventualité ! Si deux enfants sur cent devaient mourir de la diphtérie, cela tomberait évidemment sur ses deux filles ! Quelle différence entre deux chances sur cent et deux sur deux ? C'est pourquoi son esprit avait déployé un véritable entrelacs de *si* et d'*alors* ; ayant en tout cas la certitude que ce qui entrait dans le giron des *si* était sous son contrôle. *Si* elle faisait ceci ou cela, cela conduirait à telle ou telle conséquence – et si Dieu le veut, tout ira bien.

Déjà à son plus jeune âge, Fanny observait sa mère retranchée dans son lit, se dépouillant peu à peu de son humanité. « Pas maintenant, Fannishka. Maman est fatiguée. » À chaque fois qu'elle entendait ses filles faire du bruit dans la cuisine, sa présence les rejoignait depuis sa chambre par un long soupir, venant planer sur la pièce tel un nuage orageux, chargé d'une pluie de « Si Dieu le veut, tout ira bien ». La nuit où sa mère s'était éteinte, et que sa dépouille était restée étendue à même le sol dans la cuisine, entre la table à manger et le four, Fanny n'avait pu fermer l'œil. Des calamités surgirent dans son esprit, lequel se mit à tisser sa propre trame en fils de *si* et d'*alors*. Priant en son for intérieur pour qu'à Dieu ne plaise, tout aille pour le mieux, Fanny avait mouillé son lit.

Mue par son instinct, elle s'était extirpée de ses couvertures et avait rampé jusqu'à la cuisine où gisait sa mère. À la lumière de la lampe à huile, le visage de Malka était pâle et serein. Fanny ne l'avait jamais vue si paisible. La fille serra les mains inertes de sa mère, lesquelles lui firent ressentir une étrange tiédeur. Les cernes sous les yeux de sa mère s'étaient adoucis, tandis que sa bouche s'était arrondie, comme si elle était sur le point de dire quelque chose. Fanny découvrait le visage de la mort, et il était splendide – tout le contraire de la vie brisée qui avait animé le corps de sa mère. Elle était belle, son expression apaisée, et le doux pli de ses lèvres portait la promesse d'un mot doux. Fanny savait qu'aucun canevas de supputations n'inverserait le cours des choses, ni ne lui ramènerait sa mère. Voilà pourquoi elle n'avait pas imploré l'Éternel de sauver sa mère de la mort, ne Lui demanda pas qu'Il la protège des anges de la destruction. Fanny se pressa simplement contre elle et caressa ses cheveux. C'était justement dans l'absence de prière qu'elle s'était sentie plus que jamais proche du Très-Haut, et dans l'absence de toute espérance que sa mère reviendrait qu'elle avait trouvé le réconfort. Face à la violence de l'inexplicable inhérent à la mort, elle venait de trouver Dieu pour la première fois.

Fanny avait dormi aux côtés de sa mère jusqu'à l'aube et s'était promis de ne pas avoir peur. Tout comme elle aimait tremper ses doigts dans la sauce aux tomates que sa mère préparait avec le ragoût, Fanny fit vœu de se salir les mains dans le chaudron de ce monde et de faire corps avec la vie terrestre. Mais cette vie lui était inaccessible, car tout comme Mendé, il lui fallait apprendre ce barbant métier de couturière. Chaque jour passé chez le tailleur Zondel Gordon, au prix du sacrifice de sa vue à chercher le chas de l'aiguille, l'éloignait un peu plus encore de sa destinée. Elle percevait les gens de Grodno comme sa propre mère : renfermés dans un univers bâti comme une muraille face au monde extérieur. Un Juif ne pouvait se proclamer tel s'il ne s'abritait pas derrière le rempart du yiddish et ne faisait pas du *shtetel** sa forteresse. Un homme ne pouvait accomplir les commandements divins sans éloigner de lui toutes les tentations et astreindre les femmes à des règles de pudeur. Et ces dernières n'étaient pas des êtres complets sans leur mari – même quand ledit mari n'avait rien du dernier des saints. Chaque menu détail du quotidien se devait d'être en ordre et dirigé, chaque chose devait être à sa place. La moindre virgule d'écart avec le verset sacré pouvait entraîner sur une pente glissante. Aux yeux de Fanny, il ne s'agissait pas simplement d'une vie faite d'hypocrisie, mais bien d'une injure faite à la Création accomplie par l'Éternel.

Fanny se rapprocha de son père, de qui elle apprit le métier avant de partir pour Motelé où elle épousa Natan-Berl et fut enchantée d'embrasser une vie de villageoise parmi les paysans. De l'avis de sa sœur Mendé et des femmes de Motelé, Grodno, Pinsk ou Minsk, Fanny avait tout d'une rebelle – voire d'une dérangée, *a meshugeyné.* Dans son dos, les commérages des *klaftes** allaient bon train. Elles murmuraient que celui qui dormait avec des chiens se levait avec des puces, que ce n'était qu'une question de temps avant qu'un drame ne s'abatte sur la famille Keizman, vivant parmi les *goyim.* Mais Fanny puisait de la force dans sa volonté de prouver aux femmes de Motelé qu'un Juif n'avait pas forcément à se retrancher du monde, que leur réclusion était précisément l'annonciatrice des pires malheurs. Pour cette raison, elle avait appris le polonais, s'était intégrée auprès de ses voisins et dirigeait une affaire florissante de fabrication de fromages, tandis qu'elle tenait son foyer dans le respect de la tradition et des commandements. Et puisqu'il était question de chiens, en particulier de cabots grouillants de puces et de tiques, Fanny n'oublia jamais Tzileyger, qui n'avait connu que souffrance, jusqu'à cette nuit où il s'était défendu gueule et ongles. Comme chez ce malheureux chien, le Créateur avait instillé en elle la volonté d'abattre les barrières de son destin, elle serait capable de défigurer quiconque se dresserait sur son chemin vers la liberté.

Lorsqu'elle fit son entrée avec superbe et majesté dans les baraquements, Fanny avait conscience qu'elle s'engouffrait dans le lieu de tous les dangers, qu'elle avait toutes les raisons d'avoir la peur au ventre. Les soldats non juifs du Tsar n'avaient pas pour habitude d'avoir pitié des femmes et, à plus forte raison, des Juives. Mais Fanny était malgré tout convaincue qu'il ne lui arriverait aucun mal, ces soldats qui l'avaient saluée de la tête et qui avaient partagé leur nourriture lui inspiraient confiance. Elle était impatiente d'apprendre comment Yoshké Berkovits avait acquis une telle renommée.

« Žižek Brushov ? » l'interpella-t-elle.

L'intéressé demeura silencieux.

« Yoshké Berkovits ? » essaya-t-elle de nouveau, se sachant en train de franchir une ligne.

Pas de réponse.

Tel un soldat protégeant ses oreilles de la déflagration d'obus au fond d'un bunker, Žižek était assis sur son lit, la tête enfouie dans ses bras. Il avait beau avoir reçu tous ces honneurs, Fanny voyait clairement que retrouver l'enceinte d'un camp militaire sous son ancien nom était tout sauf une partie de plaisir. Il resta assis de cette façon pendant tout leur repas et se restaura sans entrain avec du pain. Il s'allongea ensuite sur le lit d'appoint installé pour lui et fixa la toile de la tente qui les surplombait. Ces derniers jours, des poils grisonnants essaimaient sur son visage d'habitude glabre, lui donnant une allure négligée. Du fait des coups qu'il avait encaissés – de la part des bandits puis de celle des agents de Novak – il éprouvait également des difficultés à trouver une position confortable. Il donnait l'impression de se coucher à même le sol dans un champ inhospitalier, retirant des pierres invisibles de derrière son dos.

D'étranges lumières filtraient à l'intérieur, et Fanny craignait par moments que l'on ne fonde sur eux avec des torches. À travers une ouverture, elle aperçut des soldats venant déposer bougies et fleurs à l'entrée de leur tente, comme si Žižek était un saint chrétien. Cette vision donnait chaud au cœur, aussi Fanny releva quelque peu la toile, songeant que cela réconforterait également Žižek. Mais ce dernier se retourna sur lui-même et se recouvrit le visage. Elle saisit le message.

Fanny quitta la tente et vint à la rencontre des soldats qui la regardaient s'avancer, médusés. L'un des hommes s'approcha, tenant sous le bras un châssis entoilé et un fusain. Il s'adressa à Fanny en polonais, lui demandant s'il serait possible de faire un portrait du Père aujourd'hui.

« Le père ? répondit Fanny, pantoise.

— Oui, Yoshké Berkovits, précisa le peintre.

— Je suis navrée, il ne se sent pas au mieux. Nous avons fait longue route. »

Son interlocuteur traduisit immédiatement les propos de Fanny en russe pour le reste des soldats qui essaimaient autour d'eux comme des frelons.

« Je comprends, naturellement, reprit le peintre, affichant un air radieux. Auriez-vous la gentillesse de lui demander si cela lui semble possible demain ? Où que ce soit dans toute l'armée russe, on ne dispose d'aucun portrait du Père !

— Pourquoi le désigner ainsi ?

— Il est le Père qui nous a tous sauvés, lui murmura-t-il à l'oreille.

— Qui vous a tous sauvés ? s'écria Fanny. Un régiment devant son salut à un simple soldat ?

— Un régiment ? s'exclama le peintre, surpris. Que diriez-vous d'une division ? D'un corps d'armée ? Vous l'ignoriez ? Je vous prenais pour son épouse.

— Oh non », s'amusa Fanny goguenarde. Le peintre se montra aussitôt offensé, au nom de son sauveur. Elle tenta de se reprendre : « Nous voyageons ensemble », mais son interlocuteur fit montre de sa déception. « Je suis sa nièce. » Un mensonge qui fit rayonner les traits du peintre. « Mais il y avait des années que nous ne nous étions pas vus.

— Alors vous lui transmettrez ma demande ?

— Bien sûr », lui promit-elle. Incapable de réprimer sa curiosité, elle ajouta : « Était-il officier ?

— Caporal, peut-être sergent, tout au plus, chuchota le peintre.

— … mais un combattant intrépide ? sonda Fanny.

— Un lâche.

— Comment ? Mais alors… ?

— Par la force des mots. Quel autre moyen aurait-il eu ?

— Dites-m'en plus.

— À une condition. »

SEPTIÈME PARTIE

BYALA

1

Un homme et une femme étaient installés à bord d'un chariot. Il tenait un pinceau, elle tendait l'oreille. Ils avaient convenu au préalable qu'elle pourrait découvrir la véritable histoire de Yoshké Berkovits, le plus froussard des héros de l'armée du Tsar, à condition que l'artiste pût réaliser une toile de la nièce du Père.

La nuit était parée d'un clair de lune, et son rayon venait rehausser l'obscurité tel un liseré de clarté sur un habit sombre. Les étoiles brillaient comme des lampions dans le ciel. Un vent frais caressait le dos voûté de l'étendue terrestre, qui, après avoir ployé le jour sous une chaleur écrasante, demandait à présent un peu de répit. Les crapauds faisaient entendre leurs chants nuptiaux, et l'air embaumait l'herbe et la bouse. Tout en donnant son premier coup de pinceau, le peintre commença son récit :

Profil

Pardonnez-moi chère madame, mes défauts sont peut-être innombrables, mais nul ne m'a jamais accusé d'être homme de mots ! *Niet !* J'ai hérité de ce don du ciel que l'on nomme sens du beau. Pardonnez-moi, madame, mais la plupart des hommes n'héritent que de simples yeux. Et que voient-ils à travers eux ? Dieu nous en préserve. Pouvez-vous croire que les hommes aient pu créer le mot

« laid » ? Je le jure, ce mot existe bel et bien, et il est chargé de désigner ceux dont le visage est empreint d'un quelconque défaut. Mais moi, en tant que peintre, je n'ai jamais rien vu d'hideux ! Des années durant, j'ai vécu avec le sentiment d'être faible d'esprit et dur à la comprenette, car ceux qui m'intéressaient le plus étaient justement ceux qui étaient perçus comme laids. J'étais moqué de tous : si tout est beau, alors rien dans ce monde n'est repoussant – même l'énorme grain de beauté sur le derrière poilu de Machine ! J'étais embarrassé à vrai dire, car je ne considérais pas que tout était parfait, symétrique et gracieux. Mais plutôt que même les choses soi-disant repoussantes étaient belles à leur façon, et que même les énormes grains de beauté pouvaient émouvoir.

Pardonnez-moi, madame, pour cette introduction à rallonge, mais l'histoire que je m'apprête à vous conter viendra de la bouche d'un peintre. Sera-t-elle fidèle aux faits jusque dans les moindres détails ? Je l'ignore. Est-ce bien ainsi qu'on me l'avait racontée ? Je ne sais plus vraiment. Mais c'est de cette façon que je me la raconte à moi-même, l'histoire d'un homme qui ressentait la beauté, même au fond de la cuve des latrines ou d'une fosse commune. *Niet !* Si vous désirez une autre version, vous pourriez aussi bien vous tourner vers quelqu'un d'autre, un forgeron ou un boulanger qui, eux, verront naturellement les choses à travers le prisme du métal et du pain. Vous leur paraîtrez peut-être étrange, voire même effrayante, avec ces cheveux clairs, ces yeux de louve, ces petites oreilles et ce nez affûté – un méli-mélo des quatre coins du monde réunis dans un visage très arrondi. Toutefois, et pardonnez-moi d'être aussi rustre, je vous trouve fort jolie, de même que je détecte un lourd secret derrière ces sourcils aussi sereins que ceux de la Vierge. *Yok !*

Pardonnez-moi, madame, mais le terme par lequel il me faut entamer l'histoire de Yoshké Berkovits est le mot « merde ». J'écarte volontairement les vocables comme excréments, fèces, ou déjections pour effectivement employer le mot « merde », ce corps brun saucissonné qui s'extirpe quotidiennement – deux fois les bons jours – du derrière des gens. À vrai dire, l'histoire de la merde pourrait bien être celle de l'humanité, ou du moins celle de la séparation du corps et de l'esprit, en grande partie liée à cette ridicule distinction entre beauté et laideur. Si vous êtes vraiment une parente de Yoshké

Berkovits – chose qu'il m'est difficile de concevoir au moment où j'esquisse votre visage arrondi, si différent des traits abrupts et cristallins du Père –, c'est donc que vous êtes juive. Et si vous êtes ainsi versée en Ancien Testament, vous êtes sans doute familière de l'histoire d'Adam et Ève, qui ont consommé le fruit de l'Arbre de la connaissance du bien et du mal. Peut-être vous souvenez-vous, chère madame, de la première chose qu'ils firent après que leurs yeux s'ouvrirent au monde ? Ils se sont habillés ! Le corps était soudain, de nulle part, devenu objet de honte, vous comprenez ? Du moment où il devint possible de distinguer le bien du mal, le coupable était déjà tout trouvé : le corps était malsain, et la pensée pure. C'est à cet instant précis, chère madame, que débute également l'histoire de la merde, car si nous avons déjà honte de notre corps, ce qu'il excrète nous révulse.

Pardonnez-moi madame, ces mots sont probablement peu agréables à vos oreilles, d'autant que l'artiste éduqué et le peintre magnifique ne sont pas censés se pencher sur la merde. Mon œil ! L'artiste dont il est question s'intéresse bien à la merde, n'a aucune intention de couper au sujet. Plus encore, il a l'intention de s'y attarder ; savez-vous pourquoi ? Car Yoshké Berkovits a fait ses premiers pas dans la merde.

Oui, oui, chère madame, du jour où il avait été arraché aux siens par ces maudits voleurs d'enfants, Yoshké Berkovits avait été envoyé avec d'autres malheureux petits Juifs, ainsi que des gamins polonais miséreux et des orphelins russes, à l'école des cantonistes, sise sur les bords du Dniepr, près de Kiev. Que leur enseignait-on dans cette école ? Disons, des professions utiles à la vie militaire : certains étaient formés à la boulange, d'autre à panser les blessures, même à jouer du tambour pour quelques-uns, et très peu révélaient les aptitudes d'un potentiel combattant.

Si vous pouviez je vous prie ne pas bouger, madame, je m'apprête à terminer votre profil, tout mouvement affecterait la perspective et donc le dessin tout entier. Si cela ne vous gêne pas de… voilà, parfait.

Quoi qu'il en soit, Yoshké Berkovits était âgé de douze ans lorsqu'il arriva chez les cantonistes, flanqué de son camarade Pessah

Abramson. Ces deux-là étaient de véritables têtes de mule. Tous les enfants avaient été convoqués à la messe du dimanche – eux étaient aux abonnés absents. On leur avait donné vingt-cinq roubles pour recevoir le baptême dans le fleuve et rejoindre la foi du Christ – ils manquèrent à l'appel. Les cuisines n'étaient pas casher ? Ils refusaient la viande. Interdiction formelle de porter la kippa ? Ils gardaient une main sur la tête. J'attire votre attention, madame, car il faut bien le comprendre, sur le fait qu'ils enduraient jusqu'à cent coups de fouet par semaine, avant de se voir finalement condamnés à la pire sentence dont pouvait écoper un cantoniste : le nettoyage des latrines. Une corvée qui raccourcissait – pour ne pas dire abrégeait – l'espérance de vie du condamné. Le premier mois, vous attrapiez une quelconque maladie, déliriez de fièvre le deuxième, et finissiez enterré dans la parcelle la plus écartée du cimetière pour boucler le trimestre. Sauf que ces deux-là réussirent à se préserver grâce à leur sens de l'humour. Ils s'étaient promus l'un l'autre Colonel Étron et Général Pisse. Ils s'imaginaient arriver chaque matin sur les bancs de l'école pour étudier l'anatomie et ses orifices, singeaient des érudits ergotant sur la composition du dernier repas d'Untel – plutôt blé ou maïs ? Ils mangeaient leurs rations, pour l'essentiel faites d'une purée douteuse de pommes de terre, sans appétit. Leur insipide pitance et les fientes qu'ils devaient de temps à autre gratter sur les carreaux ? Du pareil au même. Leur plaisanterie routinière :

« Y a quoi à manger aujourd'hui ?

— Gratin de guano. »

Pardonnez-moi, chère madame, mais j'ignore si vous êtes à même de comprendre ce que j'ai l'intention de vous raconter. J'essaye de vous décrire deux enfants de douze ans, ayant grandi dans un hameau juif reculé, arrachés à leur lit au beau milieu de la nuit par les mains de brutes épaisses issues de leur propre communauté, avant d'être traînés dans un fourgon sur des centaines de verstes comme du bétail, et qui finissaient par se voir accorder des privilèges considérables en échange de leur obéissance. Et malgré tout, quelque chose dans le tréfonds de leurs âmes les avait poussés à tenir tête. Nous autres, dans l'armée russe, estimons la résistance acharnée. Et rien ne nous réjouit davantage que de mater une mule têtue. C'est pourquoi on les avait jetés au fond des latrines, leur signifiant en substance deux possibilités : la repentance ou la mort. Tôt le matin, ils se levaient pour se rendre aux sanitaires. Au début, ils faisaient encore attention à leurs habits, et avaient vomi leurs tripes en constatant que le purin ne tachait pas que leur manteau. Ils se mirent à ne respirer que par la bouche, et gardaient les milliers de vers et d'asticots hors de leur vue. Mais rapidement, ils comprirent que c'était leur monde, aussi puant fût-il, et que leurs yeux et leurs narines étaient leurs seules barrières.

Ils continuaient de dire les prières quotidiennes, matin, après-midi et soir, même si la prononciation correcte de l'hébreu avait déjà fui leur mémoire. Sans que l'on sache vraiment quoi, quelque chose les changeait au fil des jours. D'aucuns disaient que Dieu éclatait de rire en les entendant invoquer Son nom les deux pieds dans la merde. Cela n'arrive pas souvent, vous savez, que votre Dieu s'en paye une tranche. Toujours là avec Ses exigences, Ses châtiments, Sa miséricorde même – mais où voyez-vous risette ? Le nôtre aussi, il est sec comme du bois. Pour ma part, j'aurais coupé aux repas de famille entre le Père et son Messie de fils.

Eh bien, le rire divin ne fit qu'enhardir les prières des deux camarades, qui acquirent dès leur jeune âge ce que la plupart ne comprendraient qu'en rendant leur dernier souffle : la conscience que le corps n'a rien de mauvais, et que même ses excrétions n'ont rien d'insoutenable. Chaque jour, ils patientaient dans cette longue baraque où les milliers de soldats rassasiés se rendaient aux latrines. Et tels de dévoués aubergistes, qui n'oubliaient jamais ce que commandaient leurs habitués, ils apprirent à reconnaître les soldats à l'odeur, longueur et couleur de leurs étrons. Ils en plaisantaient entre eux ; voilà la saucisse rose du capitaine, suivie par le mollusque jaunâtre du forgeron, venait ensuite l'explosion crépitante du sergent d'artillerie – qui ne parvenait jamais à viser le trou –, puis les crottes de bique du boulanger. Les cuisiniers avaient semble-t-il changé leur menu, et devaient plutôt servir du riz et des haricots à la place de la purée de pommes de terre, c'est du moins ce que la forme filandreuse des étrons suggérait. Car poussière nous sommes, et poussière redeviendrons. Une phrase d'ailleurs tirée de votre livre, cela ne vous aura pas échappé, si tant est que vous soyez aussi juive que vous le prétendez. Mais la nièce du Père ? Permettez-moi d'en douter.

Yeux

Détendez un petit peu votre visage, nous attaquons les yeux. Votre regard est déjà bien assez perçant, froncer encore les sourcils aurait un rendu trop prononcé, merci.

Pardonnez-moi, chère madame, mais Yoshké et Pessah travaillèrent aux latrines deux mois durant sans jamais tomber malades. Et mon intuition me dit que même deux années entières ne les auraient pas brisés. Évidemment, d'autres choses y étaient parvenues. Certains appellent ça stupidement les « sentiments » et la « torture mentale », mais ce n'était là qu'une manière bien ronflante de désigner des coups et blessures infligés aux organes internes.

Pardonnez-moi, chère madame, mais comme vous l'aurez peut-être déjà compris par vous-même, je n'ai rien d'un fervent patriote. La Russie me tient certes à cœur, mais je ne mourrais pas pour elle. Je suis nourri et logé par l'armée en échange de mon art – même si celui-ci se réduit à tirer avantageusement le portrait aux généraux. Je prie Dieu, comme tout un chacun, afin de ne pas m'attirer le mauvais œil et pour ne pas, que Dieu m'en garde, être vu comme un intellectuel pédant – de grâce. Vous ne trouverez aucune cause pour laquelle je serais prêt à me sacrifier. Voilà pourquoi j'ai toujours admiré chez vous, les Juifs – c'est-à-dire, en admettant que vous en soyez vraiment une –, cette défiance résolue face au patriotisme, de même que votre loyauté envers votre famille et votre communauté. Parfois, en vous observant, je ne vois qu'un seul corps, portant les mêmes vêtements, répondant au même agenda, au point que vous séparer aurait valeur d'amputation. Et voilà qu'un jour des plus ordinaires, Pessah Abramson était adossé au cabanon des sanitaires après avoir fini de vider la cuve lorsqu'un cantoniste vint lui relayer la rumeur selon laquelle son frère avait été arrêté. Je ne connais pas tous les détails, mais il s'avérait que le frère de Pessah avait lui aussi été enrôlé, qu'il était parvenu à s'échapper et avait choisi de se venger. Mais au vu des dégâts dont il s'était rendu responsable, la communauté juive avait fini par le remettre aux autorités.

Pardonnez-moi, madame, mais en entendant cette histoire pour la première fois, j'avais eu peine à en croire mes oreilles. Un poing serait-il capable de cogner la tête qui le gouverne ? Un genou de venir frapper le ventre qui le surplombe ? Mais il s'avère qu'une fois la peur disséminée en vous, surgit une haine intime qui n'aurait pas à rougir face à celle de vos pires ennemis. Ceux-ci en veulent à ceux-là, qui haïssent eux-mêmes ceux-ci, untel informe, un autre déblatère, et soudain l'unité de l'ensemble vole en éclats et quelqu'un finit par endosser pour les autres la responsabilité de dénoncer. Cette nuit-là, Pessah Abramson était resté allongé sur son lit, incapable de fermer l'œil. Des pensées hérétiques avaient assailli son cœur sans défense. Il s'était mis à se remémorer certains événements, auxquels il n'avait jamais prêté attention, et qui lui semblaient désormais déterminants.

Il se souvint, par exemple, que quelques jours après son enlèvement et l'évasion de son frère, Leib Stein les avait traînés lui et Yoshké chez un paysan *goy*, dans un village se trouvant sur le chemin. Leib Stein avait convenu avec ce dernier d'une généreuse rétribution en l'échange d'un toit pour la nuit et d'un repas. Quelques bougies de shabbat figuraient sur la table à manger. Stupéfait, Pessah avait regardé Yoshké : ils étaient si loin de chez eux qu'ils n'avaient même pas senti la venue de la reine Shabbat. Les ravisseurs avaient fait étalage de leur piété en priant avec force trémolos sous les yeux du villageois embarrassé. Ils avaient ensuite récité le *kiddoush*, s'étaient lavé les mains et avaient distribué le pain aux convives. Impassiblement, Pessah les avait observés – quel Juif n'accueillait pas le shabbat dans la joie ? Un étranger comme ce fermier ne le comprendrait jamais.

Mais une fois la dénonciation de son frère parvenue à ses oreilles, le souvenir de cette soirée-là emplissait désormais Pessah de dégoût, il saisissait alors tout autrement l'expression affichée par le paysan. Il ne s'agissait point d'embarras, mais bien de honte et d'aversion en voyant ces serpents perfides louer le Gardien d'Israël après avoir soustrait Ses enfants à leur foyer, comme l'auraient fait leurs ennemis jurés. Ce scélérat de Leib Stein ne voyait aucune contradiction entre ses prières et ses actes odieux ; adjurait de recevoir protection, bonne santé, sécurité et bon revenu, en d'autres termes, demandait précisément ce dont lui-même privait autrui. Pessah tremblait de tous ses membres à l'idée que la religion n'était pour certains qu'un confort égoïste, où les commandements divins se résumaient à un impôt des lèvres. Il se demandait soudain ce qu'avaient de particulier les prières des têtes pensantes de la communauté, ces dévots qui se croyaient supérieurs aux autres, alors qu'ils avaient laissé un informateur de leur propre ville dénoncer son frère aux autorités. Au nom de quoi avaient-ils sacrifié son frère ? De leur foi ? De la Torah ? Évidemment pas, tout cela n'était en fait que petits intérêts et crainte. Quel mensonge se racontaient-ils pour éviter la torture de leur conscience ? Quel verset invoquaient-ils pour justifier l'injustifiable ? Pessah fut perclus de terribles douleurs, mais il ne hurla point, pas plus qu'il ne fondit en larmes, sachant qu'il s'agissait des affres nécessaires au détachement. Il devait les rejeter hors de lui, les vomir, et n'en garder aucune trace dans son environnement. Il les regarderait désormais avec la même répulsion que celle qu'avait affichée ce paysan. Et qu'adviendrait-il de la pourriture qui avait dénoncé son frère ? Son jour viendrait, tôt ou tard.

Yoshké Berkovits, dans le lit voisin, percevait la rage de son camarade. Lui non plus ne put fermer l'œil, et tâtonna jusqu'à tenir la main de Pessah. Un geste appelé à faire date, car il s'avéra cette nuit-là que Pessah ne serait plus jamais Pessah. Au matin, il se présenta aux instructeurs et leur fit part de sa volonté d'être baptisé dans la rivière. Il fut relevé de la corvée des latrines et réintégré dans la classe des jeunes destinés à l'infanterie, tandis que l'on affecta à Yoshké un nouvel apprenti, Imre Schechtman. Quant à Pessah Abramson, désormais Patrick Adamski, il ne le croisait que très rarement de jour. Mais la nuit, sans échanger un mot, lui et Yoshké dormaient côte à côte et se tenaient la main, sachant que ce qui les liait ne devait rien à la foi ou à la nation.

La façon que vous avez de ciller m'indique que l'histoire de Pessah Abramson vous surprend, peut-être même vous trouble. Pour une parente du Père, étrange que vous ignoriez comment Patrick Adamski en est venu à s'appeler ainsi. D'ailleurs, votre étonnement ressortira forcément dans le portrait, je ne peux pas tout maîtriser.

Pardonnez-moi, chère madame, mais il convient de dire quelques mots au sujet d'Imre Schechtman, particulièrement cher à mon cœur, vous comprendrez peut-être par la suite pourquoi. Sa famille était venue de très loin, du royaume de Hongrie, aspirant à une vie meilleure. Son père était un négociant en sel qui s'était installé avec toute sa famille à Odessa, au plus près des routes commerciales de la mer Noire, espérant ainsi augmenter ses gains. Le climat méridional, d'après ce qu'on lui avait dit, pourrait même apaiser les rhumatismes de sa femme – et effectivement, passé le premier été, elle ne s'était pas sentie aussi bien depuis dix ans. Mais personne n'avait en revanche fait mention au père des terribles vents hivernaux qui balayaient les bords de la mer Noire, dont les bourrasques cinglantes emportèrent Mme Schechtman, laissant Imre, dernier d'une fratrie de sept, orphelin de mère. Les affaires du père connurent elles aussi de fortes turbulences, ses concurrents ayant été également attirés par les attraits commerciaux des bords de la mer Noire. Mais au grand dam du père d'Imre, ces derniers avaient quelques atouts supplémentaires dans leur manche, une connaissance de la langue locale par exemple, un réseau de relations, ou encore des finances plus solides. Le père Schechtman se retrouva bien vite au fond du gouffre, avec des balles entières de sel ruinées sur les bras, faute d'un stockage adéquat et d'acquéreurs. Dans une telle situation, il était facile de se convaincre que l'avenir de son benjamin serait plus radieux sous les drapeaux, en tant que cantoniste de l'armée du Tsar.

Imre n'avait pas encore huit ans lorsqu'il fut enrôlé dans l'armée et enregistré comme en ayant douze. Il fut rapidement jugé mentalement déficient, étant donné qu'il peinait à lire, ne savait pas écrire, et restait sans voix à chaque fois qu'on lui hurlait dessus. Il n'y avait d'autre choix que de le coller à la corvée des latrines, tâche qui n'exigeait pas spécialement d'aptitudes rhétoriques ou de compréhension. C'est là-bas qu'il fit la rencontre de l'expérimenté Yoshké Berkovits, lequel lui apprit tout ce qu'un enfant de huit ans devait savoir au sujet de la merde.

Mais Imre Schechtman n'avait rien d'un Pessah Abramson. *Niet !* Son esprit était anéanti et son corps faible. Contrairement à son prédécesseur, il fut incapable de trouver le moindre répit dans sa tâche, la majeure partie de la journée il restait silencieux, l'expression de plus en plus apathique. Bien vite, Yoshké fut contraint de se priver de ses rations de guano pour les offrir à son jeune camarade, mais à force de vomir tout ce qu'il ingurgitait, ce dernier était devenu maigre à faire peur. À bout de forces, l'enfant s'écroula dès la première semaine. Son visage était si doux et innocent que l'on aurait pu croire qu'il souriait à la mort. Yoshké l'envoya à l'infirmerie car il savait que ses jours étaient comptés.

Pardonnez-moi, madame, nous allons encore revenir sur Imre. Même si cette histoire semble longue et confuse, nous n'en sommes qu'aux prémices, très loin du cœur de l'intrigue. Pendant ce temps, je m'attarde encore un petit peu sur vos yeux, si vous le voulez bien. Ils m'en disent bien plus sur vous que tout ce que j'aurais voulu savoir.

Chaque matin, Yoshké se présentait seul à son poste et resta sans parler à personne des semaines durant. Mis à part la bénédiction sur les orifices, intimement liée à sa fonction, il avait oublié toutes les autres prières. Le souvenir de la silhouette de ses parents, Zelig et Léa Berkovits, commençait à se brouiller. Les principes pour lesquels il s'était tant battu se dissipaient peu à peu. Le corps, apparemment, avait besoin de la terre ferme, mais Yoshké avait lui l'impression de flotter dans l'espace. Il rêvait du jour où il quitterait l'académie des cantonistes pour suivre l'étoile polaire. Il ne s'imaginait pas arpenter difficilement des chemins poussiéreux, mais plutôt glisser avec aisance par-delà monts et forêts, traverser les marais de Polésie puis l'Yasselda et finir par atterrir sans peine à Motelé. Mais une fois arrivé chez lui, il ne se rappelait déjà plus pourquoi il était parti et ce qu'il faisait là. Alors il se réveillait, les deux bottes enfoncées dans la merde.

La nuit, il ne dormait pas et tenait fermement la main de son camarade fraîchement converti. À force d'entraînement, le corps de Patrick Adamski s'étoffa, des poils firent irruption au-dessus de ses fines lèvres, et sa posture acquit une allure impressionnante qui suscitait la convoitise. Ses capacités athlétiques étaient au menu des discussions en classe, au point que Yoshké songea plus d'une fois que son ami ne lui tendait plus sa main chaude par besoin. La résistance acharnée de Yoshké en devint ridicule. Personne ne l'approchait à cause de sa besogne, et il n'eut finalement d'autre choix que d'accepter la réalité et de se résoudre à prendre un nouveau départ dans le giron du Christ. Cependant, chère madame, pour quelque raison Yoshké éprouvait une réticence à chaque fois qu'il s'apprêtait à aller voir l'un des instructeurs pour demander à être baptisé dans la rivière. Un scrupule qui n'avait rien à voir avec le judaïsme, car il n'éprouvait plus rien vis-à-vis de sa religion, il n'existait en fait que pour et par lui-même. Les considérations pragmatiques le laissaient insensible, et ainsi il déclinait les offres des instructeurs que lui relayait Patrick Adamski. Yoshké voulait se rebeller, et sa judéité était avant tout pour lui un affront fait au décorum.

Pardonnez-moi, chère madame, mais nous arrivons à la partie la plus éprouvante de cette histoire. Une nuit comme tant d'autres, Yoshké attendait dans son lit le retour de son ami Pessah Abramson. De loin, il l'entendit discuter et plaisanter avec ses voisins de classe et camarades d'entraînement. Lorsque Pessah entra dans la chambre, il s'approcha du lit de Yoshké et se déshabilla comme à son habitude. Yoshké attendit sagement que son ami s'allonge sur le matelas et manifeste son relâchement par de grands soupirs. Mais lorsque Yoshké tendit la main, attendant le contact familier, ses doigts restèrent suspendus dans le vide. Patrick était allongé près de lui, respirant profondément. Mais cette fois, il ne tendit pas la main. Après un moment, il se leva, plia ses affaires et partit s'installer sur un lit proche de ses camarades.

Yoshké resta immobile dans son lit, le cœur lourd. C'était pour lui la première nuit qu'il passait seul loin de chez lui, même si cela faisait alors des mois qu'il avait été enlevé. Il se sentait abandonné, tel un membre amputé, inutile et sans espoir. Il aimait Pessah comme un frère, et il aurait pu s'habituer à Patrick Adamski, mais il faisait désormais face à une peur abyssale, et son souffle se fit court et poussif.

Chacun sait, et Yoshké Berkovits mieux que personne, que si les orifices du corps venaient à s'ouvrir sans pouvoir être maîtrisés, ou bien s'obstruer, le sujet ne pourrait le supporter ne serait-ce qu'une heure. C'est pourquoi vous louez votre Dieu avec cette étrange bénédiction, que nous autres n'oserions jamais prononcer à l'église, le remerciant d'avoir créé l'homme avec des orifices et des cavités. Je vous estime beaucoup pour cette raison. Mais cette nuit-là, ce fut un autre gouffre qui s'ouvrit dans le cœur de Berkovits, par lequel ne s'écoulèrent ni larmes, ni quelque autre sécrétion. Un gouffre qui ne renfermait rien d'autre qu'une atroce douleur, ayant même raison de sa volonté de vivre. Le lendemain, l'intendant le mit sur le chemin du travail à coups de botte, sans petit déjeuner. Et après avoir vidé les premières cuves du matin, il plongea dans l'une des fosses à merde et perdit connaissance.

Nez

Pardonnez-moi, chère madame, nous venons d'en terminer avec les yeux et passons à présent au nez. Étant donné la teneur du sujet que nous avons jusqu'ici abordé, à savoir la merde, peut-être aurions-nous dû plutôt procéder à l'inverse, si vous voyez le fond de ma pensée… Mais un portrait peut se permettre de sortir des sentiers battus : des yeux doués d'odorat, un nez clairvoyant, une bouche à l'ouïe fine ou même des oreilles bavardes. Allons-y donc pour le nez, le centre du visage – tandis que Yoshké Berkovits était quant à lui dans la merde, et au sens propre. Sa révolte s'était achevée dans une cuve pestilentielle, et sans l'intervention de l'un des sergents, un certain Sergueï Sergueïev, son histoire se serait arrêtée là.

Le sergent Sergueïev détestait la viande en boîte, et se gavait toute la journée de pain et de pommes de terre, chose qui expliquait ses étrons particulièrement allongés et secs. Ce matin-là, le sergent Sergueïev, recroquevillé, luttait de toutes ses forces face au fardeau de sa défécation, au point de remarquer une main qui dépassait quelque part au fond de son « pas de tir ». Il dépêcha immédiatement des soldats pour dégager ce cadavre de là.

« Non ! Il respire encore ! Vite, à l'infirmerie ! Peut-être reste-t-il une chance ? »

Pardonnez-moi, chère madame, mais il arrive régulièrement qu'il soit préférable, dans certains moments, de tourner le dos et fermer l'œil. Un sergent replié sur lui-même, son corps rugissant par la plus noble des voies, le corps tout entier tendu et crispé. Pas vraiment là son heure de gloire. Mais voilà qu'il aperçut une main au fond de ce trou. Il aurait tout aussi bien pu continuer ce qu'il était en train de faire et laisser ce soldat à son sort, sachant que cela ne serait pas une grande perte pour l'armée du Tsar. Personne n'aurait cherché cet homme, il aurait simplement été ajouté à la liste des disparus le lendemain. Mais le sergent Sergueï Sergueïev ne tourna pas le dos, ni ne détourna le regard ; il porta Yoshké Berkovits, inconscient, jusqu'à Dimitri Yakounine, le médecin du camp.

Le docteur Yakounine se disait capable de soigner toutes les maladies susceptibles d'être guéries, et avait à son actif toute une série d'autres tautologies éclairées de cet acabit : ne faire que ce dont il était capable, ou que dans telle ou telle situation il ne fallait espérer que ce qu'il était possible d'espérer, et terminait toujours par son dicton qui recommandait de s'attendre au meilleur tout en se préparant au pire. Ses patients, aussi bien ceux dont il avait amélioré l'état que ceux dont il l'avait aggravé, se montraient satisfaits du traitement qu'il leur prodiguait, car le docteur Yakounine s'assurait que leur soient fournies les deux choses les plus importantes à leurs yeux, un aumônier et des drogues.

Le docteur donnait au père Aliocha Kouzmine l'accès au dispensaire, alors qu'il ne permettait à aucun autre dévot de s'approcher des malades. Les religieux n'étaient que des hypocrites à ses yeux, à déambuler dans l'infirmerie avec leur insupportable carillon et leurs icônes, servant à tout un chacun ce qu'il avait envie d'entendre. À l'inverse, le père Kouzmine jetait aux malades la vérité crue. La bouche tantôt pleine de vodka, tantôt d'olives – pourquoi diable aimait-il tant les olives ? –, il passait parmi eux, recrachant ses noyaux un peu partout, et les couvrant d'injures. « Toi, guérir ? Et en quel honneur, tas de fumier ! Après une vie de fornication et d'hérésie… Et toi le bleu-bite ! Pourquoi le Christ se souviendrait-il de toi ? Vil joueur de cartes que tu es ! » Mais pour quelque raison, il était apprécié des malades ; peut-être parce qu'il leur disait la vérité, peut-être parce qu'il était aussi impénitent qu'eux.

Quant aux médicaments à sa disposition, le docteur Yakounine en faisait un usage inversement proportionnel à leurs indications. Il laissait ainsi les mourants à leurs râles d'agonie sans chloroforme, tandis qu'il en administrait des doses massives à ceux qui souffraient d'inflammations bénignes. Étonnamment, ce système parfaitement insensé fonctionnait à merveille, car tous les malades s'évertuaient à montrer des signes, au moins extérieurs, de rétablissement, espérant pouvoir planer un bon coup, épargnant au docteur Yakounine autant de simagrées larmoyantes et gémissantes, et lui permettant ainsi de tenir son infirmerie dans le plus grand calme.

Vous comprendrez donc certainement, chère madame, qu'en tombant sur cette jeune recrue souillée et inconsciente, Yoshké Berkovits, Yakounine avait exigé qu'on lui attribuât le pire lit du dispensaire – dont deux des pieds étaient en fait des parpaings, tandis qu'un trou béant dans la tenture à l'aplomb exposait son occupant à la pluie. Le docteur ordonna qu'on lavât le corps de cette épave, afin de pouvoir procéder ensuite plus rapidement à l'enterrement, après quoi il laissa Yoshké, nu, allongé sous un fin drap blanc. Yakounine manda alors le père Kouzmine, lequel catapulta deux noyaux d'olive sur le garçon et s'écria :

« Ma parole, un *žyd* ! En enfer, et fissa ! »

Yoshké était brûlant de fièvre et pris de délire, et le docteur Yakounine n'avait donc aucune intention de gaspiller des sédatifs pour lui.

Mais Yoshké avait tout de même un avantage, madame, un remède qui faisait défaut à bien d'autres malades. Il recevait les visites du sergent Sergueï Sergueïev chaque matin, midi et soir. Au cours de sa vie, le militaire vétéran avait tout vu. En tant qu'adjudant de nombreux généraux, il avait crapahuté à travers la moitié du monde, avait connu des femmes hâlées aux yeux bridés dans les steppes de Mongolie et des lilliputiens à Erevan. Il avait assisté à un rassemblement de milliers de pèlerins russes à Jérusalem, dormant à la belle étoile sur le parvis du Saint-Sépulcre, avait vu de ses propres yeux des soudards piller et violer, et d'autres faire preuve d'humanité dans les situations les plus dramatiques. Il n'avait plus rien à apprendre de la nature humaine et considérait que l'on avait tendance à la surestimer. Il était d'avis que ceux qui étaient élevés dans la haine haïraient, que ceux qui étaient dos au mur ne reculeraient devant rien, et que le monde n'était pas régi par la justice, mais par la force et la nécessité. Certes, il y a toujours des exceptions, et alors ?

Il y avait toutefois bien une chose, chère madame, que le sergent Sergueïev ignorait : l'amour d'une famille. Il s'était engagé avant de s'être marié, et la voie qu'il avait choisie ne lui laissait guère de temps pour les frivolités. Il n'avait pas d'enfant – pas qu'il sache, du moins – et ses parents l'avaient quitté avant son vingt-deuxième printemps. Chez vous, par exemple, la famille est clairement perceptible. Votre posture dégage cette sorte d'assurance, et même peut-être d'expérience, que seule une mère peut avoir – aussi éloignée soit-elle de son mari et de ses enfants. Chose qui soulève plusieurs interrogations. Êtes-vous partie de votre plein gré ou de force ? Par choix ou nécessité ? Mais laissons cela pour le moment.

Pardonnez-moi chère madame, le sergent Sergueïev voulait un fils. Mais l'on ne pouvait pas qualifier son choix d'idéal. À presque treize ans, Yoshké n'était pas jeune. Son état physique était déplorable, et son esprit brisé. Quant à ses aptitudes en polonais et en russe – *niet !* Mais sa famille, on ne la choisit pas ; aussi le sergent Sergueïev continua de lui rendre assidûment visite, et s'appliqua à défendre les droits de son « fils ». Le docteur Yakounine, qui n'aimait pas qu'on lui traîne dans les pattes, expliqua à Sergueïev qu'il brassait du vent, que ce garçon était une cause perdue, tandis que le père Kouzmine lui laissa entendre qu'il aurait mieux fait d'adopter un malheureux issu de son propre peuple plutôt que de s'enticher d'un bourreau du Christ. Mais le sergent n'avait que faire de ces allusions et autres avertissements, et exigea que l'on transférât Yoshké dans un lit digne de ce nom.

Sergueïev restait au chevet de Yoshké des heures durant, chère madame, et vous pensez peut-être que c'est grâce à ces égards, sollicitude et autres foutaises de ce genre qu'il s'en est sorti ? Eh bien *niet* ! Avant que je ne vous conte la suite, permettez-moi de vous servir un verre de rhum du fût rondelet juché derrière nous, vers lequel je lorgne depuis un bon moment. Si je devais m'amuser à deviner, je dirais qu'il s'agit d'un rhum brun, justement celui qu'affectionne le Père, et qui sauva votre soi-disant oncle.

Car effectivement, Yoshké Berkovits, que beaucoup prennent pour un misérable ivrogne sous prétexte qu'il a toujours un fût de rhum avec lui, n'est ni alcoolique ni misérable. Il a simplement assimilé le précepte reçu de son père adoptif, le sergent Sergueïev, un secret qui, jusqu'à ce jour, a préservé sa santé : les bienfaits du rhum résident dans ce qu'il n'est pas. Sa première réaction face à la formule du sergent avait été de songer un instant qu'il s'était remis à délirer, et qu'il écoutait à nouveau les propos fumeux du docteur Yakounine. Le père adoptif de Yoshké le força à ingurgiter le breuvage, et fut sans pitié pour son fils quand ce dernier vomit ses tripes sur son oreiller. Le sergent lui dit alors :

« Tu apprendras à boire du rhum, bon gré mal gré, car ses bienfaits résident dans ce qu'il n'est pas. »

Et croyez-le ou non, en une semaine l'état de santé de l'enfant s'améliora.

Le rhum a tout d'une boisson merdique. Un degré d'alcool élevé, un goût doucereux qui tourne bien vite amer, et le tout est bon à vous engourdir les tripes pour une heure. Il vous fait suer à grosses gouttes l'été, et frissonner l'hiver. Ses bienfaits résident uniquement dans ce qu'il n'est pas ; en d'autres termes, dans le fait que ce n'est pas de l'eau.

Et pourquoi l'eau ? vous demanderez-vous peut-être ! Ou plutôt, qu'y a-t-il de si terrible avec l'eau ? Eh bien, ma chère, celle que nous buvions était puisée dans des puits contaminés, sachant qu'à l'époque, notre triste continent était ravagé par de dramatiques épidémies qui n'allaient qu'en s'aggravant. Chez Florence Nightingale elle-même – cette illustre infirmière, dont vous avez peut-être entendu parler, qui a servi dans les rangs ennemis pendant la guerre de Crimée et tenait un dispensaire modèle où elle avait engagé des centaines de soignantes, aussi douces que souriantes –, même chez elle le taux de mortalité était d'un sur deux. Pour faire court, madame, qui boit du rhum s'exempte d'eau, voilà pourquoi les bienfaits du rhum résident dans ce qu'il n'est pas.

Yoshké Berkovits avait certes survécu pendant des mois entiers aux latrines, mais le Yoshké Berkovits de l'époque était un rebelle de première. Avec Pessah Abramson à ses côtés, il aurait enduré la torture des bachi-bouzouks sans broncher. Mais la séparation avec son ami l'avait laissé démuni et apathique, si bien qu'une rasade d'eau souillée aurait facilement eu raison de lui. Heureusement donc qu'il n'en but pas une goutte, et le sergent veillait au grain. Ainsi, Sergueïev lui témoignait – et je m'apprête chère madame à prononcer un drôle de mot, dont le sens même m'échappe – ce que j'appellerais de la « bienveillance ».

Vous comprenez bien madame que dès lors que Yoshké recouvra ses esprits, un fossé s'ouvrit entre lui et le sergent, une sorte de distance que rien ne saurait venir combler. Le briscard arrivait sur ses soixante ans, était d'un naturel renfermé et mélancolique. Bien vite, il comprit que, dans cette histoire, ne lui était pas vraiment échu un fils. La judéité de Yoshké, en d'autres termes son altérité, lui sauta aussitôt aux yeux, d'autant que l'enfant baragouinait à peine quelques mots de polonais ou de russe. Le sergent ne reçut pas même de remerciements particuliers, car l'enfant était tout simplement anéanti. À chacune de ses visites, Yoshké se levait, surtout par respect, partageait avec lui un verre de rhum et une cigarette, puis retournait se coucher, le visage fermé. Et pourtant le sergent continua de venir à son chevet, car le corps, chère madame, est prêt à bien des concessions contre un peu d'intimité, même s'agissant de la proximité d'un corps étranger. Loin de se contenter de faire acte de présence, le sergent empêcha Yoshké de se laisser sombrer, et commença à lui apprendre le polonais. Lorsque le docteur Yakounine et le père Kouzmine lui demandèrent de laisser ce misérable à son sort, il leur répondit avec sarcasme que les gens d'esprit se gardaient d'employer le mot « misérable », le pire de tous – terme qui trahissait un écœurant mélange d'arrogance et d'ignorance, et masquait sa cruauté derrière une empathie de façade. « Des propos grotesques », balaya le père Kouzmine, qui fit retentir sa cloche pour attirer l'attention de ses malades :

« Où serions-nous aujourd'hui sans Jésus-Christ, fils de Dieu, dont la parole n'est qu'amour et pitié ?

— Amour et pitié ? Quel bel oxymore, se gaussa le sergent. Comment peut-on avoir pitié de la personne qu'on aime ? On ne ressent aucune proximité avec quelqu'un qu'on traite de pitoyable. »

Sentant les malades peu disposés à adhérer aux propos du père Kouzmine, le docteur Yakounine mit un terme à cet échange embarrassant.

Mais le sergent Sergueïev n'en démordit pas chère madame, et n'épargna rien au jeune Yoshké. Dès lors qu'il avait retrouvé suffisamment de force, le sergent fit faire matin et soir quelques pas au jeune homme dans la cour. Peu de temps après, et contre l'avis du docteur Yakounine, il fit transférer Yoshké du dispensaire à sa propre tente, ce malgré les recommandations du père Kouzmine, qui se pensait capable de rallier ce jeune hérétique à la foi du Christ en un petit mois. Sergueïev donna au garçon le nom de Žižek Brushov, ce qu'il avait trouvé de plus proche de Yoshké Berkovits, et s'assura que le changement soit reporté dans tous les registres. Žižek ne s'y plia pas de son propre chef, mais ne manifesta pour autant aucune résistance. Il était profondément résigné, et n'avait plus le goût de vivre. Avoir désormais pour nom Žižek et plus Yoshké lui était parfaitement égal.

N'avons-nous pas déjà évoqué la bienveillance, chère madame ? En effet, et pas qu'un peu. Nous nous sommes appliqués à la définir sous différents angles, avons décrit l'envie de famille du sergent Sergueïev, mentionné sa solitude à l'automne de sa vie, observé la grande persévérance et la ténacité dont il avait fait preuve face à Kouzmine et Yakounine, montré qu'il n'avait pas retiré grand-chose de cette histoire, car ce fils adoptif n'était simplement pas prêt à s'attacher à un père. Mais était-ce suffisant pour expliquer le souhait du sergent de léguer tous ses biens à Žižek Brushov ?

Je vois là votre surprise, chère madame, une chance que nous en ayons fini avec votre nez, qui commence à légèrement tressailler. Nous allons de ce pas attaquer les lèvres, mais avant de ce faire, prenons le temps d'inspirer profondément. Je tiens à vous rassurer en précisant que l'ensemble des « biens » du sergent ne s'élevait qu'à quelques dizaines de roubles – pas vraiment un legs faramineux, vous en conviendrez. Le sergent avait dilapidé la quasi-totalité de ses soldes en femmes et en rhum. À ceux de son entourage qui l'exhortaient à mettre un peu de côté pour les mauvais jours, il répondait qu'il avait toujours en poche de quoi s'acheter un manteau et un parapluie.

Chère madame, en abordant la question de son patrimoine, je n'entendais pas vraiment argent, mais plutôt verbe, c'est-à-dire les langues – le polonais, le russe, le français et l'anglais, les quatre idiomes qu'un adjudant averti avait intérêt à maîtriser. Tous les matins, Žižek s'éveillait à son héritage par un programme rigoureux. Le temps manquait pour aborder chaque langue dans ses subtilités, il s'agissait plutôt d'apprendre par cœur les mots essentiels et les phrases les plus courantes. Pour quoi faire ensuite ? Cela dépendrait de Žižek, mais d'ici là, le sergent s'assurait qu'il ait mémorisé une vingtaine de phrases parmi ces quatre langues avant l'heure du petit déjeuner.

Žižek ne vivait pas ses études avec grand enthousiasme, son quotidien consistant à rabâcher à longueur de journée des phrases comme « Que puis-je vous apporter ? », ou encore « Où souhaitez-vous vous rendre ? », en quatre langues. Le garçon n'exprima qu'une seule exigence, ou qu'un seul souhait : il y avait un autre enfant au dispensaire, Imre Schechtman, qui couchait dans un recoin. Il était brûlant de fièvre et crachait ses poumons. Si le sergent avait pu lui donner à lui aussi un peu de rhum, et le sauver de ce piège mortel que l'on appelait l'infirmerie, avoir un camarade d'étude serait source de motivation. Y voyant un signe de vitalité encourageant, le sergent accéda à la demande du jeune homme, et se retrouva ainsi bien vite à être le tuteur de deux jeunes gens.

Malheureusement, le rhum était trop fort pour Ignat Shepkin, le nouveau nom d'Imre Schechtman, qui n'avait que huit ans – bien qu'il eût été enregistré comme en ayant douze. Il piquait continuellement du nez, ou bien s'endormait complètement, et pouvait à peine rester éveillé deux heures d'affilée. Le sergent récriminait contre l'indolence de son protégé, lequel lui répondait par un sourire idiot encadré par deux joues roses.

Le sergent Sergueïev n'eut d'autre choix que de sévir. Il tira de sa poche un médaillon sur lequel figurait Nicolas Ier, le Tsar de fer, et demanda à Ignat de reproduire son portrait avec la plus grande précision. La moindre dissemblance avec les traits du Tsar entraînait immédiatement la mise à la corbeille de sa feuille, prestement chiffonnée en boule. Ne restait alors à Ignat qu'à recommencer du début. Après une semaine, l'enfant était capable de reproduire fidèlement la moustache impériale, son front haut, les ondulations de sa chevelure et la noblesse qui émanait de son regard, après quoi seulement le sergent lui accordait un peu de sommeil, une fois sa ration douce-amère de rhum ingurgitée. Au bout d'un an, alors que Žižek pouvait tenir une conversation dans quatre langues, Sergueïev décida que l'heure était venue pour lui de découvrir les différentes formes d'expressions et leurs limites, car une langue ne se limitait pas seulement à la conversation.

Le sergent tira alors *Eugène Onéguine* de Pouchkine de sa « bibliothèque », laquelle consistait en une caisse de munitions partiellement calcinée, et donna instruction à Žižek d'apprendre par cœur la lettre de Tatiana à Onéguine.

Chère madame, un vrai Russe a forcément les larmes aux yeux à la lecture de cette lettre. Notre ami Žižek lui non plus n'y resta d'ailleurs pas indifférent. À qui pensait-il tandis qu'il parcourait ces vers ? À sa mère ? Peut-être. À une bien-aimée du village ? Possible.

Tandis que Žižek répétait son Pouchkine du matin au soir, c'était à peine si l'on entendait Ignat Shepkin parler. En revanche, il apprit à dessiner le Tsar avec une si grande précision qu'il en venait à être assailli la nuit par des cauchemars dans lesquels il malmenait les nobles traits de Nicolas Ier, synonyme pour lui de tout un travail à recommencer.

Tel fut le legs du sergent Sergueï Sergueïev à ses deux fils adoptifs. Des biens dont, comme nous le verrons par la suite, on ne soulignera jamais assez la valeur.

Bouche

Pardonnez-moi, chère madame, mais il est déjà une heure du matin à ma montre, et vos compagnons de route ne semblent toujours pas à votre recherche. Étrange. Quel genre de camaraderie est-ce là ? Veuillez m'excuser, le rhum fait de moi une vraie fouine. Vous sentez peut-être l'heure tourner, alors que je continue de palabrer, de tracer, d'esquisser, et j'ai beau croire que j'arrive sur la fin, je réalise du même coup que je m'en éloigne – pauvre de moi. Comme on le dit souvent, les yeux sont les fenêtres de l'âme. Mais comme je l'ai déjà mentionné plus d'une fois, vu qu'il est question ici de chair plus que d'âme, on peut aussi bien dire que la bouche est la fenêtre du corps. Tous conviendront que la bouche nous permet de mastiquer et de bâiller, qui sont clairement des besoins corporels. Mais d'autres affirmeront qu'elle nous sert aussi à embrasser, à prendre la parole, qui sont sans conteste des besoins de l'âme, avide d'amour et de pensées. Allons bon !

Sachez, chère madame, qu'il n'est de plus grand risque pour l'humanité que la disjonction entre corps et esprit. Si vous êtes effectivement la nièce de Yoshké Berkovits, c'est que le destin vous a condamnée à la judéité, et donc que vous avez déjà eu affaire à des *goyim* – votre vocable pour nous désigner – vous toisant avec mépris. Ils vous prétendent sales, affirment que vous répandez des maladies, et certains seraient même prêts à jurer que vous n'êtes que des zombies sans âme. Une mère aimante caressera le front de ses petits en les prévenant que le méchant Juif se prépare à venir les enlever et les fourrer dans son sac. Allons bon !

Mais savez-vous au juste ce qu'ils abhorrent en vous ? Avez-vous la moindre idée de pourquoi vous les effrayez tant ? Ils vous causeront sans fin de la trahison du Christ, de controverse religieuse, de la jalousie qu'ils éprouvent envers votre réussite financière, ou tout simplement de leur sentiment d'altérité à votre endroit. Mais laissez-moi vous dire avec certitude, et c'est ici le peintre qui vous parle, qu'ils ne font que reconnaître chez vous les traits qu'ils ont eux-mêmes horreur d'avoir à assumer en eux. Le paysan polonais se croit bien plus digne et généreux qu'il ne l'est vraiment, quand le Russe au sang bleu se voit brave et auguste, certainement plus que de raison. Aucun ne serait capable d'admettre qu'il éprouve lui aussi peur, solitude, aliénation, avarice et désirs, et plus que tout, qu'il a lui aussi un corps fait de chair et de sang, et parsemé de rides, de bourrelets, de laideur et de souillure. Ils sont loin d'être aussi magnifiques qu'ils voudraient l'être, et c'est pourquoi ils font peser sur vous le poids du corps dont ils s'extirperaient volontiers. L'incroyable paradoxe étant qu'ils détestent chez vous cette même chose qui les habite, qui hante leur esprit.

Tout ceci pour vous dire que l'histoire de Yoshké Berkovits est celle du corps. Pas le corps en tant que simple assemblage d'os et d'organes, mais plutôt comme une créature vivante, qui comprend que son humanité est avant toute chose l'expression de son corps ; humanité qui ne pourrait être sans un corps pour l'incarner. Je vous parle ici d'un enfant qui a commencé dans la vie avec les deux pieds dans la merde. Point d'excréments, selles ou déjections ici, chère madame, et vous m'excuserez d'avoir à employer cet horrible vocable, mais on parle bien de merde. Oui ! De merde ! Nul besoin d'être savant pour suivre d'un œil cette masse brune qui vous sort chaque jour d'entre les jambes. Nul besoin d'être un génie pour comprendre que c'est grâce à cet étron que votre amour, vos émotions, vos mots, vos pensées et méditations existent. À quoi bon aller à l'université pour y étudier les sciences de l'homme si vous êtes incapable de vous y plonger, ou pire encore, si ce genre de sujet vous embarrasse ? Si vous croyez que tenir une main pour s'endormir relève de la pensée ou de l'opinion, c'est que vous êtes fêlé ou dérangé. Et si vous ne comprenez pas que ce sont les entrailles et les membres qui réclament chaleur et intimité au cœur de la nuit, vous êtes un imbécile. Si vous imaginez qu'un soir, dans l'obscurité, tendre la main dans le vide ne vous laissera pas cœur brisé et ventre déchiré, vous n'avez probablement jamais vécu. Si vous ne concevez pas qu'un mot puisse être aussi affûté qu'une lame, et pas au sens figuré, mais au sens d'un vrai couteau, c'est que vous ne savez pas grand-chose des mots. Et si enfin vous n'avez plus cette envie de tendre la main, qu'il vous est égal de savoir ce que vous réserve le futur, et ne réalisez pas que c'est votre corps grelottant et votre cœur en morceaux qui implorent la mort, c'est qu'elle vous a peut-être déjà emporté.

Partant de là, il nous est sans doute possible de mieux apprécier la suite du périple de Žižek Brushov dans les rangs de l'armée du Tsar. Et il se trouve que ce dont il avait hérité du sergent Sergueïev valut son pesant d'or. La plupart des soldats ne savaient en effet ni lire ni écrire, et les autres lisaient à peine une langue, généralement le russe. Et de fait, un adjudant maîtrisant quatre langues après deux ans d'instruction, même s'il n'était qu'un bleu, était le genre d'élément parmi les plus prisés au sein de l'état-major. Cela, le sergent Sergueïev le savait pertinemment. Voilà pourquoi il avait formé son fils à être l'aide de camp modèle. Et lorsque le sergent entendit parler de la constitution d'un nouveau régiment sur les bords du Danube, près de Bucarest, il fit le nécessaire auprès des bonnes personnes, et ainsi Žižek Brushov, bientôt quinze ans, se vit promu caporal et prit la route pour le Nord-Ouest avec Ignat Shepkin. Sergueïev avait enregistré Shepkin en tant que peintre militaire, même s'il aurait été incapable de peindre quoi que ce soit d'autre que le Tsar, et ce afin qu'il puisse se joindre à Brushov dans ce nouveau régiment, placé sous le commandement du lieutenant-colonel Gregory Radzeski.

Entracte

Radzeski le terrible. J'en ai la chair de poule rien que de prononcer son nom, il semble ainsi préférable d'interrompre le travail des lèvres pour ne pas tout gâcher. Contrairement à l'adage populaire, chère madame, l'âme du peintre n'a pas besoin de tourment pour saisir l'éternité ; tout comme elle se passe volontiers de la folie ou même d'une muse pour ébaucher une bouche à la perfection. Le peintre peut tout aussi bien être heureux, voire béat, épanoui ou fringant, et son art au beau fixe. Aussi, compte tenu de l'émoi qui s'annonce, permettez-moi de poser le pinceau quelques instants. Et de grâce, détendez-vous.

D'où venait Gregory Radzeski ? Nul ne le savait. Certains prétendaient qu'il était le dixième fils d'un Yakoutien de Sibérie, berger d'un troupeau de caribous. Et même si cette région n'était pas assujettie à la conscription des cantonistes, le père avait décidé de lancer ses fils dans un funeste périple de mille lieues, lequel impliquait de franchir les monts de l'Oural, par près de moins vingt degrés, pour atteindre Saint-Pétersbourg – où seuls deux frères parvinrent vivants, dont Gregory. La rumeur courut qu'ils avaient dû manger la chair de leurs frères pour survivre. D'autres ne voyaient là qu'une fable, les distances comme les températures étaient d'après eux irréalistes. Mais après avoir mieux fait connaissance avec Gregory Radzeski, même ceux-là n'écartaient plus la question du cannibalisme.

Une petite devinette à présent : par-delà les monts, au fond de la vallée, un oiseau à collerette fait son nid et pond des œufs – un véritable cadeau du ciel. De quel genre d'œufs s'agit-il ? Exactement, des pommes de terre. La grande Catherine et Paul Ier s'échinèrent à convaincre le peuple russe de la cultiver. Mais pour les Russes, fortes têtes s'il en est, la patate était un danger : vénéneuse et seulement bonne à apporter des maladies. Une intrigue de plus ourdie par le régime, et aux sombres desseins. Seul le Tsar de fer osa faire plier les paysans à sa volonté. Et passé une période d'opposition acharnée et de révoltes chroniques, les moujiks en vinrent à constater que la terre russe se prêtait idéalement à la culture de la pomme de terre, et même que la *kartoffel* pouvait subvenir à elle seule aux besoins de toute une famille.

Ce qui nous amène à l'autre histoire qui circule à propos de Gregory Radzeski, semble-t-il la plus proche de la vérité : on raconte qu'il est le fils d'un fermier, misérable mais patriote, qui vivait près de Kazan. Comme d'autres dans la région, il s'était mis lui aussi à cultiver le tubercule. Le seigneur auquel le père de Radzeski louait ses terres lui prélevait un impôt qui le laissait sans le moindre bénéfice. Mais en authentique patriote, le père avait accepté son destin et remercié la Mère Patrie, qui lui donnait du travail – à défaut d'un revenu. La conscription au sein des cantonistes, il la voyait davantage comme une bénédiction que comme une sentence, une opportunité rare de sacrifier, par devoir, ce qu'il avait de plus cher. Il va sans dire qu'il ne souhaitait pas la mort de ses fils, mais s'ils étaient condamnés, autant qu'ils trouvent la mort au cours d'une bataille essentielle pour le Tsar et la défense de leur patrie.

Est-il vraiment nécessaire de préciser qu'à l'époque, les guerres dites essentielles à la « défense » de la Russie étaient surtout motivées par l'extension de l'Empire vers de nouveaux marchés, ou destinées à mater le soulèvement de telle ou telle population locale ? Des guerres en Grèce, dans le Caucase, en Perse et en Turquie n'avaient pas tout à fait vocation à protéger Saint-Pétersbourg. Mais chez les patriotes, d'où qu'ils viennent, justice et intérêts de l'État sont des synonymes. Et à ce titre, le fougueux Gregory Radzeski fut incorporé à l'infanterie impériale.

Maintenant une seconde énigme : une compagnie d'infanterie a pour mission de s'emparer d'une colline. Cette dernière est contrôlée par des soldats ottomans forts d'une supériorité écrasante en armement et en artillerie. Un premier officier dit : « Cette mission est suicidaire, nous ferions mieux d'attendre des renforts ou de créer une diversion. » Un autre dit : « Telle est la mission, il nous faut la mener à bien et sans pinailler. » Lequel se verra selon vous promu par l'armée du Tsar ? Le sage officier, qui a le discernement nécessaire pour anticiper l'issue du combat à venir ? Ou plutôt le second officier, qui, lui, obéit aveuglément, et sonnerait même la charge jusque dans un cratère de volcan ? Une fois encore, vous l'aurez deviné, mais pourquoi ? Tout simplement car les fondations de l'armée du Tsar, chère madame, reposent sur la discipline. Obéissance équivaut à promotion. Remplir ses missions signifie promotion. La valeur d'un officier ne se mesure pas à l'aune de ses victoires ou de ses défaites, l'important est de savoir si ses soldats savent garder des rangs bien alignés, s'ils présentent bien, si la fanfare joue sans cesse, et si ses hommes peuvent avoir l'audace de déserter. Eh bien, chère madame, cette histoire de colline n'a rien d'une fiction. Gregory Radzeski, qui répondait alors au grade de sergent, prit la tête d'une section dont le commandant était d'avis que charger par le sud était du suicide, et qu'il était donc préférable de contourner l'ennemi par le nord. Le fraîchement galonné caporal, après avoir monté les soldats contre leur frondeur de commandant, les conduisit droit à la mort sur le flanc de la colline en hurlant « *Ah ! Che la morte !* » De cette section forte de trente fantassins, trois seulement en réchappèrent – dont Radzeski. De retour au camp, il se vit aussitôt promu officier.

Dans une large mesure, c'était la meilleure chose à faire. Depuis l'invasion de la Russie par Napoléon, le commandement avait compris que pour l'emporter dans une campagne, il suffisait de tenir bon assez longtemps, tout en maintenant un flot continu d'hommes à l'attaque des positions ennemies. Et ce même au prix d'effroyables pertes, dépassant celles de toutes les autres nations, et même si l'écrasante majorité des tués tombaient à cause de directives opérationnelles insensées – abandonner les blessés, ignorer les renforts et la logistique –, car il resterait malgré tout à l'armée du Tsar assez de patriotes illettrés pour continuer d'attaquer sans relâche. La guerre serait gagnée par l'usure de l'adversaire, et les manquements finiraient sous le tapis une fois la victoire proclamée. Savez-vous, chère madame, quel était l'ennemi le plus redoutable des soldats du Tsar à cette époque ? Était-ce la bravoure des Turcs ? La finesse des généraux perses, peut-être ? Ni l'un ni l'autre, voyez-vous. Pour chaque soldat qui tombait au champ d'honneur, dix autres succombaient aux épidémies, aux maladies et à leurs blessures. Savez-vous chère madame pourquoi ces hommes ne se sont pas mutinés ? Allons bon, essayez un peu de désobéir à Gregory Radzeski.

Radzeski était comme un poisson dans l'eau à l'armée. Il avait désormais le loisir de transmettre à ses hommes la discipline et le sens du devoir qui lui avaient été inculqués. À l'époque, il était permis aux officiers de fouetter leurs hommes, mais Radzeski fit de cette prérogative une obligation. Un soldat goûterait au fouet une fois par semaine tant que son innocence ne serait pas démontrée, et l'on ne parlait pas seulement de sa propre innocence, mais aussi de celle de ses camarades, Radzeski étant coutumier du châtiment collectif. Un déserteur savait que toute sa section croupirait en prison, où chacun écoperait de cinquante coups de bâton quotidiens. Le fusilier savait que s'il refusait de charger droit vers la mort, il serait pendu par les pieds sous une chaleur dantesque jusqu'à supplier l'Ange de la Mort d'écourter son supplice. La dévotion au Tsar n'avait jamais été si palpable.

L'ascension hiérarchique fulgurante de Radzeski pouvait être attribuée à ses mérites dans l'étouffement de la révolte hongroise. Une brigade de l'armée du Tsar fut appelée en renfort de l'Empire d'Autriche. Plus de huit mille fantassins furent ainsi mobilisés, et traversèrent les Carpates pour être finalement défaits par des Hongrois supérieurs en nombre. Seuls deux mille échappèrent à la mort ou à la captivité. Les troupes de Radzeski ne s'étaient pas particulièrement distinguées parmi les autres sections de leur compagnie, mais ses méthodes de commandement ne passèrent quant à elles pas inaperçues, au point d'attirer l'attention des huiles. Ils restèrent d'abord incrédules face à ce qu'on leur racontait, mais les rumeurs incessantes ne laissaient guère de place au doute. Premièrement, le jeune lieutenant n'autorisait pas ses hommes à évacuer leurs camarades blessés au combat. Une blessure était la preuve, selon lui, qu'on avait échoué à remplir sa mission, une sorte de fade compromis entre les seules issues souhaitables : la victoire ou la mort. Un blessé pesait de surcroît sur la logistique de la section, était même susceptible de mettre en danger des soldats valides, sans compter le fait que l'État aurait à dépenser une véritable fortune pour remettre sur pied un homme qui ne refoulerait peut-être jamais le champ de bataille – autant dire un pillage en règle des caisses impériales. Plutôt que de s'apitoyer sur son sort, le fusilier atteint pouvait, s'il était un peu plus brave, rejoindre le front et rendre sa mort infiniment plus utile. Oui, chère madame, Radzeski interdisait à ses soldats de porter secours aux blessés. Il leur interdisait même par principe – aussi ridicule que cela puisse paraître – d'être blessés tout court. Des frères d'armes furent ainsi contraints de rester à regarder leurs camarades gisant dans leur sang – ces traîtres –, s'étranglant de douleur ou faits prisonniers – lâches qu'ils étaient –, agoniser lentement ou être dépouillés et brutalisés par l'ennemi. Radzeski soutenait que les blessés auraient aussi bien pu mourir et s'épargner ces peines, et bien peu eurent l'audace de contester ce raisonnement.

Venait ensuite une question sensible d'un point de vue religieux : le lieutenant Radzeski n'était pas favorable à ce que l'on récupère les corps. Évacuer les tués minait selon lui le moral des troupes, car tutoyer la mort d'aussi près rendait son déni impossible, lequel était indispensable au soldat pour opérer sur le champ de bataille.

De plus, et comme on pouvait le déduire des deux points précédents, Radzeski jugeait qu'un officier n'avait en aucun cas besoin d'être aimé par ses hommes. Un soldat ne se ruait pas vers la mort par amour, pas plus qu'il ne tenait le rang par tendresse. Un soldat devait savoir que sa seule chance de survie était conditionnée à son obéissance.

Enfin, Radzeski ne croyait pas en la fraternité au sein de sa section. Ses hommes n'avaient pas à être proches les uns des autres. La discipline du combat, comme nous l'avons déjà vu, devait reposer sur l'obéissance et le devoir seuls, et non sur la camaraderie. En bref, chère madame, Radzeski n'exigeait pas plus de ses soldats que de lui-même, et ce à quoi il s'astreignait se résumait à une discipline de fer, une ardeur de chaque instant et une mort digne sous le sceau de la loyauté.

Le jeune lieutenant n'avait reculé devant rien pour mater le soulèvement hongrois. Il avait envoyé toute sa section au casse-pipe dans d'absurdes embuscades au cours de la bataille d'Hermannstadt. Après quoi, il avait mené l'offensive dans les vallées des Carpates en position d'infériorité, mettant la compagnie tout entière en difficulté. Le commandant fut tué au combat, et c'est naturellement Radzeski qui fut désigné pour le remplacer. Et plutôt que d'ordonner un repli vers la Valachie pour donner le temps à sa compagnie de panser ses plaies, il embarqua ses hommes dans une vaine manœuvre d'encerclement qui, ajoutée à de grossières erreurs d'orientation, les mena tout droit en enfer. L'état-major observait le nouveau capitaine avec émerveillement. Avait-il atteint des objectifs dignes de ce nom ? Pas le moindre. Avait-il entraîné des pertes dramatiques ? Plutôt deux fois qu'une. Avait-il fait preuve d'un professionnalisme frappant en termes de tactique opérationnelle ? Pas vraiment. Mais qu'à cela ne tienne, notons donc le nom de cet officier prometteur. Pourquoi cela ? Rien de plus simple : un taux de désertion de zéro, des troupes qui marchaient parfaitement en rangs, une fanfare qui trompetait à perdre haleine, et des soldats qui fonçaient droit vers la mort sans sourciller. Il traitait les blessés sur place et se montrait des plus économes en termes d'appui logistique, de même pour les tués. Donnez-nous mille autres

Radzeski et nous irons conquérir la moitié des îles Britanniques, même si vingt Russes devaient tomber pour chaque Anglais.

Vous le comprendrez aisément, chère madame, si le sergent Sergueïev avait su qu'il mettait ses deux fils adoptifs dans les mains d'un dément, il aurait fait tout ce qui était en son pouvoir pour corriger sa bévue. Mais lorsque lui parvint la nouvelle que l'on constituait un nouveau régiment sur les bords du Danube, non loin de Bucarest, il ignorait qu'il s'agissait là d'un antique régiment qui existait déjà du temps de la Grande Catherine, et dont la plupart des hommes, adjudants compris, avaient été massacrés à cause d'un énième errement de Gregory Radzeski. C'est là qu'intervient le héros de notre histoire, celui que nous appelons aujourd'hui le Père, et qui était alors un adjudant d'une quinzaine d'années, fraîchement débarqué dans le régiment de Radzeski. À ses côtés chevauchait Ignat Shepkin, qui n'avait pas encore onze ans, et n'avait aucune sorte de compétence utile en dehors de sa faculté à peindre très fidèlement le Tsar. Je peux dès lors reprendre l'esquisse de votre bouche, car le seul fait d'évoquer ces deux garçons suffit à m'apaiser.

Bouche – suite

Radzeski était tout feu tout flamme à leur arrivée, son régiment ne s'était toujours pas vu affecter d'adjudant, et encore moins de peintre. Aussi, il ordonna immédiatement au jeune Shepkin de le peindre, penché sur ses cartes du Danube. Et que fit Shepkin ? Ce qu'il avait toujours fait, peindre le Tsar de fer, mais cette fois en garnissant le crâne clairsemé de Nicolas Ier de quelques mèches de cheveux, et ajoutant le foulard brun qui ne quittait jamais le cou de Radzeski.

Chère madame, permettez-moi de vous dire ceci. Il n'y a rien que les gens aiment davantage que de contempler un portrait flatteur. Le sergent Sergueïev savait exactement ce qu'il faisait lorsqu'il infligea à Ignat cette punition consistant à reproduire trait pour trait l'effigie du Tsar. Soudain, Gregory Radzeski, ce fils de paysans venu d'un village des environs de Kazan, qui s'était hissé au rang de colonel sans le moindre titre de noblesse ou relation familiale, se vit lui-même comme il ne s'était encore jamais vu. Il observa son visage, qui d'ordinaire ne dégageait rien de particulier – une face allongée, la peau rêche, des yeux bruns sous une chevelure éparse, une pointe de dédain dans son nez tressaillant et quelques postillons luisants sur ses lèvres, qui crachaient à tout-va – et se retrouva soudain nez à nez avec un aristocrate. Des yeux verts, une moustache soignée, des favoris bien arrangés, le front peut-être un peu haut et le bout du menton trop marqué, mais c'était là indéniablement l'image d'un officier modèle, d'un homme qui avait pour piliers l'honneur et le devoir.

Radzeski étudia un long moment son portrait, tandis que Žižek remarquait que quelque chose s'était adouci dans son regard. Avec le temps, il comprit que c'était en fait la première fois que Radzeski s'était regardé autrement que comme un analphabète, rejeton d'un misérable planteur de patates, et ne devant son avancement en grade qu'à son obéissance absolue. Il avait alors vu un commandant aguerri, qui s'était frayé sa voie dans les rangs de l'armée impériale, et le voilà qui avait même l'air d'un noble ! Il avait affaire à un peintre confirmé… Oui Gregory Radzeski, c'est bien toi, pas de doute possible, c'est ton portrait craché.

« Sais-tu marcher au pas ?

— Oui monsieur.

— Seras-tu capable de peindre même quand les obus te pèteront aux pieds et que les balles te siffleront aux oreilles ?

— Oui ? » hésita Shepkin… « Oui, confirma le jeune homme.

— Tu sais dire autre chose que "oui" ?

— Non, monsieur. »

Shekpin n'était pas sûr de ce qu'il était censé dire, mais d'après le ton de la question, il savait qu'elle admettait une bonne réponse, et une mauvaise.

« Soldat, ne vois-tu pas que tu viens de te contredire ?

— Oui monsieur.

— Et ça ne te dérange pas plus que ça ?

— Non, monsieur.

— Excellent, tu es reçu ! La prochaine fois, l'implantation plus basse, compris ? »

Shepkin acquiesça, même s'il était tout sauf certain d'en être capable.

« Et le menton, tâche de ne pas m'en faire un double, par tous les diables. Et toi ! rugit-il cette fois-ci pour Žižek, faisant jaillir un crachat à travers ses incisives écartées. Toi, qu'est-ce que tu fous là ? »

Žižek se mit à lister son impressionnante palette d'aptitudes d'adjudant : tenir le registre de l'appel, faire le suivi des permissions, surveiller l'état des blessés et s'assurer du bon déploiement des forces. Mais le colonel ne se montra nullement impressionné par les compétences du jeune homme. Dans son régiment, on se moquait allègrement de l'appel, il s'agissait plutôt de faire constamment le compte des présents, trois fois par jour, et tant que le nombre était identique à celui de la veille, Radzeski n'avait que faire de vérifier les noms. Pour les permissions, pas besoin de faire un dessin, et concernant les blessés, comme nous l'avons déjà évoqué, il fallait éviter à tout prix d'en avoir sur les bras.

« Si je peux me permettre, dit-il à Žižek, tu ne me sers pas à grand-chose. Présente-toi donc à l'armurerie, on t'apprendra à manier le mousquet. Ensuite tu rejoindras une de ces foutues sections. »

Žižek ne s'émut guère de l'issue de cette entrevue, même si elle ne s'était pas déroulée comme il l'attendait. Il n'avait pas non plus fait mention des quatre langues qu'il maîtrisait, ce qui aurait été susceptible de le sauver du destin annoncé de fusilier au sein du régiment de Gregory Radzeski. Au bout de deux jours, il intégrait déjà une section. Comme tous les bleus, il fut contraint de cirer les bottes des vétérans et de leur porter la gamelle. Difficile de blâmer les soldats de Radzeski, chère madame, pour avoir forcé le jeune Žižek à apporter leur pain et leur viande en bocal avec le ruban des prostituées sur la tête. La mort était pour eux aussi proche que certaine, leur désespoir une constante, et l'adieu aux péchés de ce monde imminent, tandis qu'ils avaient plus que jamais foi en Dieu et en l'au-delà. Pour se remonter le moral, il ne leur restait que l'oppression de ceux qui leur étaient inférieurs, les jeunes conscrits de la troupe, tout en sachant que ces derniers connaîtraient un sort encore pire que le leur. Žižek ne fut pas le seul à être brimé. À l'instar des autres jeunes fraîchement engagés, il entrait sous la tente tantôt en prostituée, en serveur, en cireur de pompes, et il arriva même que… Par égard pour vous, il convient de taire ce genre de choses, chère madame.

Je vois vos lèvres se crisper et votre bouche trahir une certaine panique, chère madame, et permettez-moi de vous dire que cela ne facilite guère l'esquisse de votre visage, intrépide, intraitable. Il y a tant de choses que j'aurais à dire sur vous, chère madame, et je vois d'ailleurs votre expression s'entrouvrir d'une manière bien spécifique. Mais je ne voudrais pas que vous pensiez que l'histoire que je vous raconte se résume à du désespoir et à de la soumission. Il n'en est rien. Le corps n'est jamais vaincu, et le Père finit lui-même par trouver le moyen de se tirer de son pétrin. Certes, cela ne se fit pas en un jour. Deux mois durant, Žižek continua d'être humilié au sein de ce régiment stationné au bord du Danube, sous le commandement de Radzeski. Savez-vous, chère madame, quel est l'ennemi le plus mortel du soldat ? Non, pas la faim, pas la soif ni la fatigue, les proches qui vous manquent non plus, et pas même la mort. Tout cela, le soldat s'y astreint d'avance. Et même si ces choses étaient certes peu agréables, il trouverait toujours le moyen d'y remédier – sauf pour la mort bien sûr, qui est la solution ultime à tous les tracas. La réponse est le froid, chère madame, oui, vous avez bien entendu, le froid. Quiconque a déjà porté l'uniforme le sait pertinemment. La chaleur est difficilement supportable, mais le froid est une vraie douleur. Vous faites au mieux pour vous en protéger, vous vous mettez en boule, tout recroquevillé, enfilez les uns sur les autres tous les vêtements que vous avez reçus, portez votre casque même quand les canons sont muets, bouchez vos oreilles et pincez votre nez, abandonnez même tout votre pécule contre un manteau doublé en mouton et muni de fourrure. Mais si le froid est impitoyable, s'il trouve en vous une faille, il s'y engouffrera pour y faire son nid, et vous ne pourrez rien y faire. Tant que vous n'aurez pas de quoi acquérir un manteau de fourrure, vous resterez, à l'instar de Žižek, planté avec d'autres jeunes, à préparer une vaine embuscade en temps de paix sur les bords du Danube, le corps grelottant, vos os en colère, rugissant de l'intérieur, et endolori de la tête aux pieds. Voilà les seuls moments, chère madame, où le corps réclame tout simplement la mort, où l'esprit ne peut se détacher du froid mordant, où l'on donnerait sa mère contre un verre de thé, son enfant pour un bol de soupe fumante, où l'on brûlerait sa propre maison pour un bain moussant. Dans ces moments, le cœur vacille, et les jeunes soldats, d'habitude mutiques et amorphes, ne disposant pas même d'un manteau de fourrure, s'abandonnent au lyrisme. Par exemple un jeune se souvint à voix haute d'un jour comme les autres : son père assis à table, chez eux à Iaroslavl, sa mère qui apportait une succulente soupe de poulet, ses frères qui s'échangeaient des coups sous la table. Une histoire sans péripétie, échange ou événement particuliers, et soudain ses camarades qui l'écoutaient furent pris de sanglots, une peine sans larmes, juste un sentiment sans limites de manque.

« Si seulement je pouvais leur écrire, lâcha un autre soldat.

— Et pourquoi tu voudrais écrire à ma famille ? »

Ils échangèrent un sourire et remercièrent le ciel pour ce moment de gaieté qui leur permettait de redevenir humains l'espace d'un instant. Un soupçon d'émotion affleurait à travers cette chape de plomb faite d'obéissance et de devoir, mettait en exergue l'amour qu'ils se portaient les uns les autres, leur proximité, tandis qu'ils se consolaient mutuellement. Žižek intervint alors :

« Moi je peux écrire une lettre pour toi. »

Tous se turent. Les vétérans ne saisirent pas l'occasion de châtier cet impudent qui avait le culot de se faire mousser en les faisant passer pour des illettrés. Nul ne suscitait autant l'aversion des fusiliers que les érudits, eux qui croyaient que s'enfermer dans les bibliothèques faisait d'eux des sages. Et pourtant, la proposition de Žižek fut considérée avec sérieux. Des vétérans se présentèrent ainsi respectueusement à lui, et constituèrent une liste d'attente en vue de leur retour au camp. De premières frictions surgirent rapidement quant à l'ordre de passage, et au nombre de lignes qui leur seraient allouées, et ils se retrouvèrent bien vite à s'entretuer plutôt que de s'en prendre à l'ennemi.

C'est ainsi que Žižek devint l'élément essentiel de son bataillon. Ses camarades lui retirèrent son arme pour la troquer contre une plume et du papier. Dans le plus grand secret, il rédigeait des lettres, les unes après les autres, pour le compte des vétérans. Passé minuit, alors qu'il tombait de fatigue, il s'efforçait aussi d'écrire un peu pour les plus jeunes.

Une semaine ne s'était pas écoulée que Žižek leur soumettait déjà des suggestions.

« Au lieu de "passe le bonjour aux enfants", pourquoi ne pas essayer "dis aux enfants que pas un jour ne passe sans que je pense à eux" ? »

Le soldat qui dictait son courrier marqua une hésitation.

« Cela te paraît plus correct ?

— Le sens est rigoureusement le même, mais c'est mieux dit de cette manière, répondit Žižek.

— Mieux dit ? hésita le soldat.

— Mieux dit, oui.

— Ma foi, tant que ça veut dire la même chose… le pourquoi du comment, moi, je n'y comprends rien. »

Un autre soldat dicta à Žižek :

« "Mon fauteuil en face du feu me manque."

— Pas mal. Pourquoi ne pas plutôt opter pour : "Je repense à ces jours où j'étais assis dans mon fauteuil en face du feu pendant que je te regardais" ?

— Ne crois-tu pas que c'est un peu honteux pour un homme de s'exprimer ainsi ? objecta le soldat après avoir considéré la proposition.

— Pourquoi honteux ? Nous ne faisons que dire la même chose. Ton fauteuil face à la cheminée te manque, n'est-ce pas ?

— Bien sûr qu'il me manque.

— Et qu'est-ce que tu vois quand tu es assis dans ton fauteuil ?

— Ma femme, dans la cuisine.

— Eh bien, c'est du pareil au même.

— Alors il n'y a pas de problème ?

— Bien sûr que non ! »

Certains en revanche ne sollicitèrent pas Žižek, et se gardèrent bien d'intégrer la file d'attente. Ces soldats écrivaient-ils des lettres trop personnelles ? Peut-être préféraient-ils éviter que l'on vienne fouiner dans leur vie intime ? Qui sait. Mais Žižek connaissait plutôt bien l'un d'entre eux, ils s'évitaient d'ailleurs soigneusement du regard à chaque fois qu'ils se croisaient dans le camp. Il s'agissait d'un jeune sergent, récemment incorporé au régiment de Radzeski, auquel le courage et la détermination valaient déjà une solide réputation. Son nom était Patrick Adamski, et le cœur de Žižek manquait de défaillir à chaque fois qu'il sentait sa présence dans les parages. Son physique s'était transformé et ses yeux d'ambre scintillaient comme jamais. Il dirigeait ses hommes avec rigueur, qui le lui rendaient par un respect et un dévouement sans faille. Žižek espérait que le sergent Adamski viendrait un jour lui demander d'écrire quelques mots pour sa tante, Mirka Abramson.

Mais Adamski ne se tourna jamais vers Žižek, et se contentait d'envoyer de l'argent dans une enveloppe, sans un mot, via le bureau de poste de Bucarest.

Adamski était toutefois un cas isolé, et les autres soldats affluaient auprès de Žižek comme s'il était le Christ. Chère madame, durant l'hiver 1852, janvier et février, les terribles – ces deux putains de mois, de l'avis de tous –, furent les plus heureux qu'avaient connus les femmes de soldats de toute l'histoire de l'Empire russe. Non seulement elles bénéficiaient d'un revenu stable, grâce à un valeureux mari qui répondait à l'appel du devoir, mais ce dernier s'était mué en un poète qui témoignait sensibilité et compréhension de l'esprit féminin. Il y avait cependant un revers à la médaille. Car ces femmes, rompues à une vie de solitude, qui croyaient à cette vieille rengaine qui voulait qu'il s'agisse d'une juste contrepartie au sacrifice de leur militaire de mari, qui disaient volontiers à leurs voisines qu'elles portaient ce fardeau par honneur et sens du devoir ; ces femmes nourrissaient également du ressentiment envers leurs époux, qui se soustrayaient à leur part dans l'éducation des enfants, et les trompaient avec des types moins braves mais qui avaient pour eux le fait d'être dans les parages. Pourtant soudain, ces mêmes femmes voulaient dur comme fer retrouver leur mari – et l'armée russe pouvait tout aussi bien aller au diable.

Peut-être vous demandez-vous, chère madame, comment un jeune de quinze ans trouvait les mots pour s'adresser à des familles ? Que savait-il de l'amour que l'on porte à une femme ? Comment avait-il l'audace de corriger les phrases d'un père se languissant de ses petits ? Certes, il ne savait presque rien des femmes, et il n'avait bien entendu pas d'enfants. Mais en revanche, le manque lui était familier, tout comme la douleur et le fait d'être loin de chez soi. Ajoutez à cela une lecture assidue de Pouchkine et imaginez un peu le résultat – alors que l'un ou l'autre aurait déjà été largement suffisant. Je me dois de vous le dire, chère madame, ces lettres étaient de véritables chefs-d'œuvre.

À l'âge qu'il avait, Žižek aurait plutôt dû se marier avec une jeune fille de son village. C'est pourquoi, lorsqu'il rédigeait ces lettres au nom de ses frères d'armes, il s'immergeait dans la vie qui aurait dû être la sienne, celle de Yoshké Berkovits. Ce n'était pas à la femme du sergent à Kiev qu'il écrivait, ni aux enfants de ce hussard venu de Iaroslavl ; il s'adressait à Mina Garfinkel de Motelé, dont il avait croisé plusieurs fois le regard au marché, du moins c'est ce qu'il avait toujours cru, mais peut-être n'était-ce que le fruit de son imagination. Vous comprenez donc, chère madame, qu'après la perte de Patrick Adamski, qui effaçait avec elle aussi bien Pessah Abramson que Motelé, les écrits de Žižek Brushov étaient les seuls à maintenir Yoshké Berkovits en vie. Mieux, sa plume animait Yoshké Berkovits bien au-delà de ce qu'il était comme de ce qu'il aurait pu être. Elle le décrivait à ses fiançailles, puis sous le dais et à sa nuit de noces. En faisait quelqu'un de taquin et joueur avec ses enfants, un homme confiant et souverain, sensible et délicat, fiable et courageux. Elle le figurait comme Tatiana le faisait avec Onéguine, là où il ne serait plus jamais, c'est-à-dire chez lui.

Une fois par an, Žižek recevait la visite de rabbi Schneerson de la Confrérie de Résurrection des morts, qui lui apportait une lettre de sa mère, Léa Berkovits. Žižek examinait minutieusement l'enveloppe. Le papier était bizarre, le timbre également, et les lettres hébraïques qui formaient son nom, « Yoshké Berkovits », avaient des airs de cryptogrammes. Žižek n'avait pas oublié le yiddish, mais il ne comprenait pas pour autant ce qu'il lisait ; il y avait tous ces termes, comme « *mein zisselé* » – « mon petit » –, ou encore « *mamelé hier* » – « maman est là » –, que Žižek lisait et relisait, sans relâche, espérant finir par les déchiffrer. Il songeait lui aussi à leur écrire, mais ne savait pas quoi. Il était incapable d'écrire pour son vrai foyer, sa plume ne s'animait que pour son chez-lui imaginaire.

Et à quoi ressemblait donc cette maison ? Quelle était cette chose que Žižek parvenait à transmettre dans chacune de ses lettres et qui affectait si profondément les épouses de ses camarades de régiment ? Quelle était cette essence qu'il avait le don de distiller, qui semblait commune à toutes les formes d'attachement et de relations qui unissent un homme et une femme, et touchait tant de cœurs ? Il n'y avait pourtant ni essence, ni élément commun, pas plus que de distillation ou de concentré ; c'était peut-être même tout le contraire. Žižek se répandait sur des détails si ennuyeux et si vagues que l'on aurait pu s'attendre à ce qu'un soldat réponde aux suggestions du jeune homme, mentionner la bouilloire dans son courrier par exemple, avec un coup de poing en plein visage.

« La bouilloire ? demandait un soldat, perplexe.

— Oui la bouilloire », lui répondait Žižek avec aplomb, alors qu'il évoquait une chose insignifiante au possible, au point d'en devenir insultante.

Žižek se démenait effectivement pour raviver Yoshké Berkovits à travers ses mots, et visualiser chaque détail de la vie qu'il aurait partagée avec Mina Garfinkel. Et cette bouilloire, qu'il imaginait en fer avec un versoir comme une trompe d'éléphant, recelait des moments merveilleux : un homme et une femme sirotant un thé accompagné de *lekekh**. Il mentionnait cette même bouilloire lorsqu'il écrivait pour un tout jeune père, qui se remémorait les nuits interrompues par les pleurs de son bébé ; ou encore dans une autre lettre, où mari et femme échangeaient un sourire car ils n'avaient pas une seconde pour souffler, pas même l'après-midi à l'heure du thé. Žižek pouvait même ressentir physiquement la chaleur du thé, tandis que l'odeur du gâteau lui donnait l'eau à la bouche.

Les soldats savaient qu'il ne fallait pas déranger Žižek lorsqu'il planchait sur ses lettres. Même s'il décrivait parfois untel se rendant à l'office bras dessus bras dessous avec sa femme, ce que personne ne faisait jamais, ou encore la nostalgie d'un autre pour les nuits où il passait dans les chambres pour entendre respirer ses enfants, chose qu'il n'aurait même pas envisagée, il fallait laisser libre cours à l'inspiration de Žižek. Quelque chose dans sa manière de les décrire plaisait aux soldats, et le fait de fusionner momentanément avec Yoshké et Mina Berkovits ne les gênait pas le moins du monde.

Le croiriez-vous si je vous disais, chère madame, que le poste de commandement de Radzeski se mit soudain à crouler sous les demandes de permissions ? Imagineriez-vous ce lieutenant-colonel avide de combat se réveiller un beau matin et recevoir la consigne de soigner les conditions de vie de ses troupes, l'état-major ayant reçu des plaintes, tout ça parce que certains de ses hommes n'avaient pas été autorisés à rentrer chez eux depuis plus de deux ans ? Et maintenant, par tous les diables, on lui demandait de prendre en considération les besoins des soldats ?

« Leurs besoins ? houspilla Radzeski qui s'engouffrait en trombe sous la tente de commandement, enchaînant avec un crachat. Leurs conditions de vie ? Je vais leur en faire voir, moi, des conditions ! »

Nul besoin de préciser que Radzeski ne percevait pas ces directives comme ayant matière à être appliquées. En effet l'étroitesse d'esprit galopante au sein de l'état-major, sans même parler de la corruption, les poussait parfois à émettre aveuglément des directives illicites, ou qui s'inscrivaient du moins en faux contre l'esprit militaire. Dans une telle situation, le rôle du simple soldat, s'agissant en l'occurrence d'un jeune lieutenant-colonel, était de se fier à son jugement et de se tenir droit dans ses bottes. Sauf qu'il était par ailleurs nécessaire d'agir pour éradiquer le problème à la racine. Voilà pourquoi Radzeski devait absolument connaître la teneur du courrier envoyé par ses hommes. Le nom de Žižek Brushov ne tarda pas à surnager pour tout ce qui avait trait à la lecture ou à l'écriture, et Radzeski le manda sans plus tarder à la tente de commandement.

« On me dit que tu sais lire, lui dit Radzeski en crachant par l'interstice béant entre ses incisives.

— Oui monsieur, répondit Žižek, qui lorgna vers Ignat Shepkin, assis près de Radzeski, pinceau en main. Dans quatre langues, même.

— Quatre ? ironisa l'officier. J'ai donc affaire à une graine de génie ?

— Non, monsieur.

— À un petit mariole à la noix ?

— Non plus, monsieur.

— Alors on peut savoir ce que tu es ?

— Un adjudant, monsieur.

— Un adjudant de mes deux ?

— Oui, monsieur.

— Tu vois ce tas de lettres ?

— Oui, monsieur.

— Pioche la première et lis-la-moi, par tous les diables !

— Oui, monsieur. »

Cette demande pressante entravait la clairvoyance de Žižek, qui saisit une enveloppe et lut à voix haute la lettre qu'elle contenait : « Rosetta ma chérie, l'hiver touche à sa fin, et mis à part quelques engelures aux pieds, j'y ai survécu. J'ai tellement hâte de rentrer à la maison et te prendre dans mes bras… »

« Stop ! hurla Radzeski. Qui a écrit ça ? »

Žižek savait pertinemment qu'il s'agissait d'Alfred Stravnisky, qui écrivait à sa femme Rosetta et à leurs enfants vivant près de Kiev, mais il prit soin de se taire.

« Alfred Stravnisky ? s'écria Radzeski, découvrant abasourdi le nom qui figurait sur l'enveloppe, comme s'il se sentait trahi par un ami intime. C'est moi qui suis impatient de le prendre dans mes bras », lâcha-t-il avec un crachat.

Pardonnez-moi, chère madame, mais ce que je vous raconte est lourd de sens, historique je dirais même, car il s'agissait là de la toute première censure militaire de l'Empire russe. Žižek fut soustrait à l'infanterie et aussitôt nommé adjudant-chef de Radzeski. Sa tâche consistait pour l'essentiel à lire au lieutenant-colonel des lettres, celles qu'il avait lui-même rédigées quelques jours auparavant. Il va de soi que depuis la regrettable affaire Alfred Stravnisky – les cinq cents coups de fouet qui avaient mis le dos du soldat en charpie l'avaient laissé inconscient, jamais il ne retrouva un poste de combattant –, Žižek prenait soin de proposer à Radzeski une lecture adaptée des lettres, afin qu'il soit satisfait. Ainsi, en lieu et place de « l'hiver m'épuise », il lisait plutôt au lieutenant-colonel : « quoi de mieux que l'hiver pour fortifier l'âme d'un homme », pour « la maison me manque », il tournait la chose en : « Servir inconditionnellement le Tsar et mes officiers m'offre le droit de me languir de mon foyer », à la place de « vous me manquez tous tellement », ou bien « je pense tant à vous », il lisait : « ma section est ma famille, et j'y suis en sécurité. Mais je pense aussi à vous ». Sauf qu'il s'avéra bien vite que la véritable cause de la pluie de sanctions n'était pas le contenu des lettres mais le fait même d'écrire à sa famille, qui dénotait aux yeux de Radzeski faiblesse et couardise.

Žižek saisit rapidement qu'il valait mieux pour ses camarades faire l'impasse sur le courrier. Il fit donc passer le mot aux soldats du régiment de se contenter d'envoyer chez eux de l'argent, si possible sans indiquer leur nom, et ce jusqu'à nouvel ordre. Il s'abstint pour sa part d'écrire pour eux, et de fait, le volume du courrier se limitait au strict minimum. Mais à vrai dire Radzeski n'arrivait plus à se passer de ces moments, le plus souvent très tard dans la nuit, où il écoutait les mots inconvenants de ses hommes, et estima que leur peur d'être sanctionnés en continuant d'écrire s'accordait mal avec l'idée qu'il se faisait de son régiment. Il fit donc passer l'ordre à chacun d'écrire impérativement à sa famille tous les mois, et en pas moins de quatre cents mots, étant entendu que cinq cents coups de fouet ne seraient rien au regard du châtiment qu'ils encourraient en désobéissant.

Chère madame, les soldats étaient devenus en l'espace de quelques mois de véritables cadavres ambulants. Le dos lacéré de coups de fouet et l'esprit brisé, ils n'avaient aucune issue. Quoi qu'ils aient pu dicter à Žižek, ou qu'il ait lui-même rédigé pour eux, les conséquences restaient les mêmes. Celui qui avait été porté au pinacle se changea ainsi en fardeau pour ses frères d'armes.

Il semble alors, chère madame, que plusieurs miracles se soient produits. Et avant d'en venir au plus important d'entre eux, j'aimerais vous faire part de ceux qui, plus modestes, ont aussi eu leur rôle dans toute cette histoire que je vous raconte, et que l'on aurait tort de minimiser.

Au cours de l'histoire, toutes périodes confondues, on s'est convaincu que le genre humain, faisant partie de la nature, était nécessairement amené à lutter pour son territoire. Le lion ne chasse-t-il pas la gazelle ? Le requin ne dévore-t-il pas le phoque ? Pourquoi donc les hommes seraient-ils différents ? Essayez donc de vous inscrire en faux, par tous les diables, d'arguer que le lion ne chasse qu'une gazelle parmi tout le troupeau, aussitôt on vous répondra avec véhémence : « Ils n'en restent pas moins des animaux, alors que nous sommes des hommes. » Allez comprendre, *Yok !* Quoi qu'il en soit, des idiots continuaient chaque année de s'enrôler toujours plus nombreux, pour servir Dieu sait quoi. Leur auriez-vous demandé ce qui les motivait à rentrer dans les rangs, ils vous auraient aussitôt servi un discours ronflant de patriotisme, invoquant la nation, leur foyer à protéger, sans oublier leurs vaillants dirigeants opposés à ces maudits tyrans, et la justice, qui guidait leurs pas face à la turpitude de l'ennemi, etc. Il n'était évidemment pas seulement question d'idéologie. En dehors des imbéciles de premier ordre, les soldats étaient presque toujours récompensés convenablement par l'honneur ou bien l'argent, lesquels leur permettaient de jouir d'une situation relativement enviable, comparée à celle des autres citoyens. Et même si on leur retirait quelques-uns de leurs avantages, il leur resterait toujours les valeurs pour lesquelles ils se battaient.

Mais une fois tous les quelques siècles, se produisait une sorte de réveil, peut-être même un retour à la réalité, appelez cela comme bon vous semble, où ces mêmes principes n'échappent soudain plus au scepticisme. Voilà exactement ce qui s'était produit dans les rangs de Gregory Radzeski. Peu à peu, les soldats en venaient à penser qu'ils avaient commis une grave erreur en prenant l'épée, qu'ils auraient mieux fait de travailler pour de cupides propriétaires terriens, qui leur auraient au moins épargné les coups de fouet. Ils se mirent ainsi à refaire le monde : étaient-ils voués à ramper éternellement dans leurs tranchées et lutter à mort contre d'autres hommes – fussent-ils turcs, anglais ou français ? S'entretuer de la sorte, était-ce vraiment inscrit dans notre nature ? Pourquoi devrait-on haïr ce paysan turc, jusqu'au fait même de son existence ? Ne vaudrait-il pas mieux tisser avec lui des rapports amicaux, ou même commerciaux, plutôt que de lui coller une balle dans la tête ? Était-on condamné à être envoyé au front, où des milliers de corps déchiquetés s'amoncelleraient au bout de quelques heures sur un sol imbibé de sang ? Les intérêts du Tsar allaient-ils systématiquement de pair avec les nôtres ?

Chère madame, vous pouvez me traiter de naïf, penser même que j'hallucine, mais les soldats du régiment de Radzeski perdirent toute envie de combattre. Qu'importe ce qu'il leur infligeait, ses hommes ne se voyaient plus face à des ennemis. Pis encore, ils avaient réalisé que l'ensemble des principes à la base de leur éducation n'étaient rien d'autre que des mécanismes de terreur, procédant d'une volonté d'ériger un mur entre eux et leurs ennemis – et qui les séparait en fait de leur propre humanité. Il va sans dire qu'aucune de ces prises de conscience n'eut d'influence sur le cours des choses, car se soumettre à la discipline était toujours primordial pour ne pas finir au bout d'une corde, et préserver le peu qu'il restait de son dos laminé. C'est pourquoi ils continuèrent de se faire trimballer et massacrer par dizaines et même par centaines, rongés par l'amertume et avec l'esprit comme unique parcelle de liberté.

Le deuxième miracle ne tarda pas à se produire. À moins qu'il ne s'agît en fait toujours du premier ? Difficile de trancher. Quoi qu'il en soit, on pouvait penser que certains soldats s'en prendraient à l'éminent Žižek Brushov, dont chaque ligne écrite en leur nom leur valait un coup de fouet. Mais passé quelque temps, les soldats demandèrent à Žižek de ne plus travestir leurs lettres au gré des caprices de Radzeski, et d'écrire ce qu'ils avaient à cœur d'exprimer. Une fois débarrassés de leur aspiration à faire montre de bravoure pour finir décorés par une croix de Saint-Georges, ils n'avaient plus que leur vie, ou plutôt ce qu'il leur en restait. Brimés quoi qu'ils fassent, ils ne craignaient même plus Radzeski, et s'adonnèrent ainsi au lyrisme de leurs premières lettres.

Chère madame, je vous le dis la gorge serrée, si seulement vous aviez pu lire ces lignes ! Elles parlaient de souvenirs venus de l'avenir, de projets au passé, exprimaient les regrets d'une vie perdue et le testament de morts en sursis. Ces mêmes souvenirs, que l'on n'aurait pas imaginés pouvoir émaner d'un enfant arraché à son lit, tirèrent des larmes aux soldats, et Žižek fut soudain frappé par l'idée que ces hommes écrivaient en fait la vie perdue de Yoshké Berkovits. Lettre après lettre, Žižek devait ainsi se projeter dans l'intimité de leurs foyers, avancer jusqu'au seuil, entendre la porte grincer, reconnaître la table à manger, face à la cheminée, prendre femme et enfants dans ses bras.

Žižek songea alors qu'il ne pouvait plus se contenter du rôle de simple spectateur. Lui, l'adjudant Žižek Brushov, allait leur sauver la vie à tous. L'idée n'avait en soi rien de neuf, chacun rêvait intérieurement de délivrer le régiment du joug de son cruel commandant. Je vous confierai même ce petit secret, certains avaient plus d'une fois songé à assassiner Radzeski, et les occasions ne manquaient pas : on pouvait facilement lui mettre une balle dans la nuque en plein assaut ou empoisonner sa nourriture. Mais Žižek avait tout autre chose en tête, et si vous me permettez de le souligner, son plan seyait parfaitement à ses attributions courantes. Žižek voulait les sauver grâce à leur correspondance.

L'idée lui était venue tandis qu'il était assis face à Radzeski, occupé à lui lire une lettre tirée au hasard de la pile de courrier. Envoyée de Saint-Pétersbourg et signée par la femme du *wachtmeister* Sourikov, un grand sergent au visage poupon auquel le courage avait valu une réputation qui s'étendait bien au-delà du régiment. L'épouse de Sourikov, Agatha, avait sans le savoir causé les pires tourments au dos de son bien-aimé. Dans chacune de ses lettres, elle priait pour son prompt retour, et exigeait que cessent ces « stupides » batailles – comme elle les appelait – qui ne servaient à rien. L'année précédente, elle avait dit à son mari que leur seule fille, Yelena, voulait épouser l'élu de son cœur, et qu'il ne lui manquait que l'approbation du soldat « disparu », ainsi le désignait Agatha. Žižek parcourut d'abord la lettre en diagonale et se pressa d'annoncer à Radzeski que rien de ce qu'elle contenait ne présentait d'intérêt particulier : des nouvelles d'une fille qui allait se marier, une grand-mère à la santé de fer, une pièce vue au théâtre et des ragots qui circulaient à Kazan. Et lorsqu'il vit les oreilles du commandant se dresser en entendant « ragots de Kazan », Žižek décida de passer à l'action.

« Il y a ici une autre lettre, annonça-t-il à Radzeski avant que ce dernier n'ait eu le temps de prononcer un châtiment pour Sourikov. Une lettre écrite par la femme d'un officier supérieur, le capitaine je-sais-pas-quoi Venediktov, fraîchement débarqué, semble-t-il. » Žižek, qui venait à l'instant d'inventer ce nom, en avait les genoux tremblants.

« Hum, Venediktov ? marmonna le lieutenant-colonel. Oui… oui, bien sûr, je le connais le bougre. Et alors, qu'est-ce qu'elle lui dit ?

— C'est tout à fait singulier, lui répondit Žižek. La famille vient de Saint-Pétersbourg.

— Des maudits aristos ? persifla Radzeski.

— Ça y ressemble, oui. Nous passons à une autre ?

— Qui vous a dit de passer à quoi que ce soit, Brushov ? Lisez-moi cette foutue lettre ! »

Mon bien-aimé,

Nous t'envoyons, moi et tes enfants, nos vœux et nos prières. Mais je dois te dire que je suis très inquiète. Un vent nouveau souffle sur la Russie. On dit que le Tsar redoute d'affronter les grandes puissances. À Saint-Pétersbourg, on admire le général Paskevich, qui a traîné des pieds tout le printemps en vue du déclenchement de la campagne contre l'Empire ottoman, l'homme malade de l'Europe. Tu n'en croirais pas tes oreilles si tu étais là : Paskevich, qui a reçu l'ordre direct d'assiéger Silistra, demande des renforts et de l'artillerie. Et comment avons-nous réagi ici à la capitale ? En louant son génie ! Gortchakov s'est retranché sur les bords du Danube, atermoie au lieu de sonner la charge, et les princes réclament sa promotion !

Quelle drôle d'époque vivons-nous, où nous sommes incapables de payer le prix juste pour la Russie, incapables d'offrir à l'Ours le sang qu'il réclame. Serions-nous de ces misérables pays qui font tonner les canons pour couvrir la couardise de leurs cavaliers ? Allons-nous nous cacher derrière nos fortifications comme le font ces effendis, en attendant que l'Empire s'effondre ? Je te le dis mon amour, au moins dans cette maison, femme et enfants savent que nous ne sommes pas faits du même bois.

Tienne,
Yelena Venediktova

Il y avait bien longtemps que le lieutenant-colonel Radzeski ne s'était pas tu après la lecture d'une lettre. Il arborait une expression sereine, mais ses doigts, eux, s'agitaient.

« Un sacré bout de femme, finit-il par commenter. Comment tu as dit qu'elle… ?

— Yelena Venediktova, le devança Brushov, qui tremblotait toujours.

— De Saint-Pétersbourg ? demanda Radzeski en arrangeant les pointes de sa moustache.

— C'est exact, confirma Žižek, qui attendait d'entendre tomber la sentence à l'encontre du capitaine Venidiktov, tout aussi fictif que la lettre de sa prétendue épouse.

— Fais-moi venir ce Venediktov, somma Radzeski.

— Bien compris, lieutenant-colonel. Dès son retour de Bucarest, précisa Žižek, dont le cœur battait à tout rompre.

— Naturellement, dès que possible dans ce cas », trancha son commandant, qui donna dans la foulée instruction à son lieutenant d'annuler l'embuscade qu'il avait planifiée sur le Danube.

À cet instant précis, Žižek éprouvait la même tension qui saisit les explorateurs et les scientifiques quand ils élucident les secrets de Dieu. Y avait-il un lien de cause à effet entre le contenu de la lettre de Yelena et l'abandon de l'offensive ? Possible, ou du moins ce n'était pas à exclure. Par ailleurs, Žižek avait clairement fait tiquer le lieutenant-colonel, et cela était bien intentionnel. Il avait sciemment disposé ces mollassons d'aristocrates de Saint-Pétersbourg face à la figure du citoyen intraitable, et drapé de patriotisme. Et voilà que, comme par enchantement, la rumeur de Saint-Pétersbourg avait fini par avoir raison du cuir épais de Radzeski. Le devoir érigé en muraille, celle qu'il avait mis des années à édifier, soudain se fissurait, et quelque chose qui ressemblait à de « l'intérêt personnel » en franchissait les portes. Žižek sentait qu'il avait enfin trouvé sa propre voix, qu'il s'était libéré des mots de Pouchkine. Ce n'était plus Tatiana qui s'exprimait à travers sa plume, c'était une langue nouvelle, qu'il avait lui-même forgée ; celle que maniait madame Venediktova. Žižek n'avait plus le choix, il lui fallait faire une nouvelle tentative.

Un nouveau courrier parvint une semaine plus tard.

« À nouveau Mme Venediktova, grommela-t-il à l'attention de Radzeski. Une patriote dévouée, c'est du déjà-vu, passons à la suite.

— Venediktova ! s'écria Radzeski, avant de réfréner aussitôt son enthousiasme. Que dit-elle ? Quelque chose d'intéressant ?

— Pas vraiment, Saint-Pétersbourg encore et toujours. Des nobles qui redoutent les conflits. Puis à nouveau des ragots, et encore ces généraux en herbe qui citent à tout-va *L'Art de la guerre* de Sun Tzu, ce qui se dit de la blessure de Paskevich, et…

— Brushov ! tonna Radzeski. Lisons-la plutôt dans le texte. »

Mon bien-aimé :

Nous t'envoyons, moi et tes enfants, nos vœux et nos prières, toutefois les temps sont durs, et la Russie court un grave danger. Vous autres, au front, ignorez bien sûr ce qui se trame en coulisses. On vous distribue des ordres : « Allez là-bas ! Venez par ici ! » Mais vous n'avez pas idée de ce qui se dit à Saint-Pétersbourg. On raconte que Paskevich a simulé sa blessure, incroyable non ? Il aurait profité d'une égratignure laissée par un petit éclat d'obus de rien du tout pour revêtir l'habit du héros de la nation, laissant la Russie, qui traverse ses heures les plus sombres, aux mains de plus lâches encore que lui.

J'étais hier au théâtre avec mon père et ma tante. Nous avons passé un moment avec quelques généraux et des princes trop gâtés. Ils ne tarissent pas d'éloges sur la mesure de Paskevich, avancent que la Russie ferait mieux de rafraîchir sa vision éculée du monde. Ils sont également d'avis de relever les officiers qui continuent d'attaquer de front au prix du sang versé des soldats, et de les affecter à un corps de gardes-frontières en Sibérie. Ils tressent des couronnes à Sun Tzu, tu entends mon chéri ? On s'inspire des barbares, maintenant ! Ils parlent de doctrines de combat avancées, qui visent à tirer le maximum d'une unité, n'ont à la bouche qu'ascendant, tactique, utilisation des forces, mise à profit des opportunités... Ils décrivent l'officier de demain avec des raisonnements économiques, en termes de pertes et profits. J'imagine déjà la prochaine campagne, avec des banquiers et des comptables à la tête de nos troupes. Tu ne vas pas croire ce qu'ils suggèrent : améliorer le bien-être des soldats, et leur faire boire du rhum plutôt que de l'eau par-dessus le marché. Imagine-toi un peu, charger avec tout un bataillon de brindezingues ? Tu as ma parole, voilà ce qu'ils disent.

Les coups de fouet reviennent inlassablement au cœur des débats, ils les jugent inhumains. *Dieu m'en soit témoin, je ne sais pas ce que signifie ce terme. Ils manient des concepts qu'ils inventent au passage, et croient soudain avoir mis la vérité au jour, tu comprends ? Mais où est l'honneur dans tout cela ? Quand crie-t-on « Chargez ! » ? La discipline est-elle devenue accessoire ? Qu'y a-t-il de plus admirable que de vouloir mourir pour sa patrie ? Qui sont exactement ces officiers, soi-disant de demain, que l'on promeut sans cesse ? Que savent-ils de l'authentique Russie ? Tous les idéaux qui nous entourent s'effritent, tandis que la foi en Dieu s'amenuise. Ici, les femmes déambulent en robe comme à Londres ou à Paris, les journaux publient des annonces pour de sublimes demeures, et la «* délicatesse *» de la chair de canard fait se pâmer les gandins. Mais de quoi la délicatesse est-elle le nom ? Celui du bordel dépravé et corrompu dans lequel nous croupissons désormais.*

Alors que chez vous, mon bien-aimé, je suis certaine qu'il n'est pas question de délicatesse, car vous êtes le fier et authentique cœur de la nation. Je te le dis, mon amour, au moins dans cette maison, femme et enfants savent que nous ne sommes pas faits du même bois.

Tienne,
Yelena Venediktova

Le lieutenant-colonel avait beau rester de marbre, Žižek le surprit en train de piétiner, tandis que les veines de son cou palpitaient. Pour la première fois dans sa vie, Radzeski se retrouvait face à un dilemme. D'un côté il s'était toujours fait une image héroïque de sa mort, après être tombé de cheval, poursuivant sa charge jusque dans la gueule de l'ennemi, ses derniers mots, la marque qu'il laisserait sur ses soldats, qui même sans l'aimer n'en demeuraient pas moins admiratifs de son indéfectible professionnalisme. Tout cela relevait pour lui de la certitude, voyez-vous. Il est des gens pour qui l'absence d'amour est signe de respect et d'estime, qui sont bien incapables d'imaginer que l'absence d'amour va justement de pair avec l'absence de respect et d'estime. Mais d'un autre côté, s'apprêtait-il à mourir en « officier rétrograde » ? Allait-il donner à ces petits privilégiés de Saint-Pétersbourg le plaisir de se souvenir de lui comme d'un âne bâté qui avait couru à sa perte ? Ne pouvait-il pas leur démontrer qu'il avait l'étoffe d'un officier « de demain », et qu'il leur était infiniment supérieur ?

Radzeski quitta son siège, se moucha une narine avec le doigt, et s'immobilisa face à Brushov, qui crut bien être sur le point d'écoper d'une raclée de son commandant. Žižek craignait d'avoir concocté une lettre trop assaisonnée, que les références à Sun Tzu aient semblé artificielles au point de révéler la supercherie. Peut-être aurait-il fallu renoncer à faire allusion aux coups de fouet et au rhum ? Radzeski allait certainement convoquer le capitaine Venediktov d'une minute à l'autre, et lui, qu'allait-il bien pouvoir répondre ? Brushov avait-il vraiment entrepris un sauvetage, ou plutôt un suicide ? Mais le lieutenant-colonel pinça le nez de Žižek, comme s'il s'agissait de lui nettoyer à lui aussi les narines, puis il nasilla :

« Yelena Venediktova, hein ? Un sacré bout de femme. »

La même semaine, chère madame, on n'entendait déjà plus le fouet claquer au sein du régiment de Radzeski, vous avez ma parole. Bien entendu, cela ne fut pas ordonné explicitement. Sauf qu'aucun autre ordre n'intervint par ailleurs, et en l'absence de directives claires, les officiers choisirent de se passer de cette méthode. Deux semaines plus tard, sous l'effet d'une lettre similaire adressée au capitaine Venediktov, Radzeski demanda à ses supérieurs de pouvoir se tenir en embuscade dans le cas où les forces ennemies choisiraient de battre en retraite.

« Une charge frontale, expliqua-t-il à son général de division, ne permettrait pas de tirer le plein potentiel de mon régiment.

— Le potentiel ? répéta le général, encore sonné par ce qu'il venait d'entendre. Si vous voulez attaquer par l'est, Radzeski, prenez le flanc est, mais ne venez pas m'embrouiller le cerveau. »

Tandis que les forces russes assiégeaient Silistra, Radzeski s'écarta au nord-est et déploya ses cavaliers et fantassins sur une position clé qui contrôlait l'une des étroites vallées du Danube. Étant donné qu'il s'était attelé à la lecture attentive des œuvres de Sun Tzu, avec le concours de son adjudant Žižek Brushov, Radzeski avait bien noté que « le général avisé veille à mettre les ressources de l'ennemi à profit », et envoya ainsi ses hommes se restaurer dans les villages alentour, boire un peu d'alcool et profiter des bordels pour revenir avec un moral au beau fixe. Car en effet, « pour avoir le courage de tuer, les soldats doivent entrevoir une récompense ». Ainsi parla Sun Tzu !

Chère madame, veuillez m'excuser. Nous allons en terminer d'un instant à l'autre avec les lèvres, une partie dont le tracé n'est certes pas dépourvu d'intérêt, mais la majeure part du mystère d'une bouche réside assurément dans sa couleur. La vôtre n'est pas rouge mais plutôt rose, tirant même sur le blanc. Une teinte qui ne me semble pas due à une peau sèche, mais plutôt à votre complexion naturellement froide. Pour votre dévoué serviteur, ce visage est aussi étincelant qu'impassible, il laisse paraître comme vous vous languissez tout autant que votre résolution. Je ne parviens toujours pas à déterminer si votre cœur fourmille de liberté ou bien de retenue, de fierté plus que de douleur, de mensonge ou plutôt de vérité, de début ou de fin. Quoi qu'il en soit, nous en arrivons aux oreilles, l'organe le plus à même de renifler, de goûter et discerner – comme tout un chacun le sait bien.

Oreilles

L'oreille, chère madame, est la seule partie du visage que les peintres ont la possibilité de dissimuler, tout ou en partie, grâce aux cheveux ou au profil. Souvent, on ne laissera ressortir que le lobe, alors qu'on portera parfois une attention particulière au pavillon. Pour le peintre, l'oreille ne se résume pas à un défi de précision, elle met aussi à l'épreuve sa conception de l'écoute.

Chère madame, on peut clairement dire que pour sa part, Žižek Brushov avait une vraie capacité d'écoute. Mais je ne le comparerais pas pour autant à ceux qui ont la patience de rester assis à écouter les problèmes des autres, *niet !* Certainement pas. Žižek savait écouter le temps et l'espace – et le Père, quant à lui, le cœur de son époque.

Et quel genre d'époque était-ce ? Eh bien une époque où, comme le disait Sun Tzu, pour tuer son ennemi, un homme devait éprouver de la haine à son encontre. Imaginez une telle situation : deux personnes se trouvent chacune à un bout du monde, l'une en Russie et l'autre en Angleterre, en France ou en Turquie. Ils ne savent rien de l'autre, ne connaissent ni leur femme, ni leurs enfants, ni même leur belle-mère – que Dieu les protège. Sauf qu'ils ont grandi dans un lieu et une époque qui leur ont appris à s'opposer à l'autre, à nourrir contre lui une haine abyssale, à vouloir attenter à sa vie, à aspirer à lui couper les oreilles et avoir sa tête. Et pourquoi tout cela ? Pour la simple et bonne raison que le premier a grandi à Kazan, et l'autre à Constantinople. *Yok !*

Vous allez naturellement me demander ce qu'avait pu découvrir le Père de si grandiose ? Eh bien, il s'était défait de l'opinion largement répandue qui voulait que de grands idéaux poussaient les hommes à prendre l'épée ; alors que c'était tout le contraire : vous entassiez d'abord des hommes dans des baraquements, puis veniez justifier cela à grand renfort d'idéaux. En d'autres termes : plus des principes se voulaient nobles et moraux, plus ils avaient de chances d'émaner du besoin compulsif d'une saleté d'aristo – voilà que j'en viens à m'exprimer comme Radzeski – de débiter règles et injonctions. Et plus untel invoquait le nom de Dieu avec ferveur, plus il fallait craindre que le Créateur ne soit qu'un outil aux fins de sa concupiscence.

Žižek Brushov voyait parfaitement comment les principes du lieutenant-colonel Radzeski muaient au gré des soi-disant remous politiques qui agitaient la capitale. Tout cela pour finir tapi en embuscade avec son régiment au complet, dans une attente qui n'en finissait plus de s'étirer. Et pendant que l'armée impériale subissait un revers majeur à Silistra, la cavalerie de Radzeski se tenait prête à fondre sur un ennemi en déroute décidément introuvable. La division à laquelle était rattaché Radzeski était sur le flanc (des milliers de tués, ajoutés aux dizaines de milliers emportés par le choléra) tandis que les hommes de Radzeski étaient pour leur part indemnes – ou déploraient tout au plus un foie esquinté par les coups de boutoir du rhum, plus quelques malades de la syphilis. Lorsqu'on demanda à Radzeski de rendre compte de ses opérations et de l'état de ses troupes, tous restèrent pantois en découvrant que son régiment n'avait essuyé aucune perte, pas plus qu'il n'avait enregistré le moindre cas de choléra. Face aux questions de ses pairs, Radzeski feignit la candeur et se prétendit même stupéfait de les entendre tenir des propos aussi rétrogrades : Sun Tzu ne disait-il pas qu'il « n'y a pas de pire stratégie que d'assiéger une ville fortifiée » ? N'était-il pas bien connu que « sera victorieux celui qui sait quand combattre et quand s'en abstenir » ? Les autres gradés fixèrent Radzeski, incrédules, ignorant s'ils avaient affaire à un génie ou à un crétin fini. Mais qu'importe, l'absence d'épidémie dans les rangs de Radzeski tenait à leurs yeux du miracle. Car en effet, pour chaque Russe tombé en martyr au combat dans leurs propres régiments, dix autres avaient rendu leur dernier souffle dans leur tente : grelottants de froid, secoués de vomissements et de diarrhées, leurs âmes avaient fini par s'extirper d'un corps desséché après de terribles tourments, sans eau, ni rien qui pût les soulager.

« De l'eau ? suffoqua Radzeski. Chez moi, on boit du rhum et un peu de café, d'après les recommandations des émissaires du Tsar à Saint-Pétersbourg. On ne vous a pas mis au courant ? »

Et de fait, comment auraient-ils pu tomber sur les courriers factices d'une certaine Yelena Venediktova de Saint-Pétersbourg ? *Niet !*

Quoi qu'il en soit, et même s'ils ne parvenaient toujours pas à trancher sur son cas, maître tacticien ou triple buse, deux choses n'en demeuraient pas moins très claires : la première, que Radzeski était manifestement lié à la haute société de Saint-Pétersbourg, et la seconde, qu'il était semble-t-il béni des dieux. Deux raisons suffisantes pour le promouvoir sur-le-champ.

L'obtention du grade de *polkovnik**, colonel, qui ouvrait la possibilité d'intégrer le cercle de l'état-major, déstabilisa Radzeski. Il comprit soudain qu'il avait eu tort de juger aussi hâtivement ces aristos au sang bleu de Saint-Pétersbourg, et même de s'être montré aussi dur avec les huiles. Mais ils avaient reconnu ses aptitudes et, à en croire Mme Venediktova, des rumeurs couraient au sujet d'unités secrètes qui tendaient des embuscades aux bachi-bouzouks moyennant des ruses sophistiquées, et dont le nom des commandants restait bien gardé au sein des plus hauts échelons.

Évidemment, Radzeski continuait d'être guidé par son sens du devoir, et ne cédait pas à l'excitation conférée par l'admiration que lui vouaient ses hommes. À chaque fois qu'il passait dans le camp, il croisait des regards de soutien. Les soldats lui ouvraient une haie d'honneur, les cavaliers bombaient le torse, les couturiers s'inclinaient respectueusement, tandis que les cuisiniers le suppliaient du regard de s'arrêter et de se restaurer dans leurs quartiers. Mais Radzeski les passait impitoyablement en revue de la tête aux pieds, vérifiait méticuleusement si leur arme était bien graissée, et leur ceinturon ajusté à la taille. L'admiration, c'est une chose, mais l'armée reste l'armée.

Ne s'étant pas séparé de son adjudant, Radzeski n'eut pas le loisir de songer un instant que l'engouement dont il jouissait n'était rien d'autre que les remerciements adressés au Père, lui qui avait allongé l'espérance de vie des soldats bien au-delà de tout espoir, lui qui leur avait épargné un bain de sang, où l'on avait compté les morts en milliers, voire en dizaines de milliers. Et ainsi, Žižek put continuer de rédiger la correspondance des soldats pour leur femme et leurs enfants. Il enseignait même sur son temps libre la lecture et l'écriture à de nombreux combattants. Ils étaient comme ses enfants, disposés autour de lui en un premier puis un second cercle, comme rassemblés pour un feu de camp. Enthousiastes, ils étaient absorbés par ses leçons, et songeaient aux mots qu'ils auraient le loisir d'employer dans leur prochain courrier. Žižek écoutait quant à lui leurs histoires, apprenait de la vie, celle qui aurait pu être la sienne. Il s'imaginait leurs femmes comme Mina Garfinkel, leurs villes comme Motelé, et leurs maisons ressemblaient à celle dont il avait été arraché pendant son enfance. Eux avaient besoin de ses mots afin d'inspirer leurs cœurs, et lui de leurs vies pour galvaniser l'âme de Yoshké Berkovits : mari, parent et bon père de famille.

Tout ce temps durant, Imre Schechtman avait continué de réaliser des portraits de Radzeski. Le fraîchement promu colonel percevait son effigie, qui était en fait toujours celle du Tsar de fer, d'une tout autre manière. Il se considérait désormais membre à part entière de l'aristocratie, et même si cela semblait des plus étranges, quelque chose dans les traits de son visage se fondait graduellement et avec une justesse stupéfiante avec son nouveau rang. Face au portrait de Radzeski, un idiot n'aurait jamais pu se douter qu'il s'agissait là d'un fils de paysan. Jamais il ne lui serait venu à l'esprit que ce rejeton de cultivateurs de patates ait pu durcir son expression et altérer son regard au point de se donner l'air d'un polémarque spartiate, et même d'aspirant au grade suprême. Car pourquoi pas ? Yelena Venediktova ne disait-elle pas que la Russie avait perdu la raison ? Que des voix s'élevaient désormais, et appelaient à exécuter les généraux vétérans qui avaient déraisonnablement envoyé leurs forces au casse-pipe ? Et qui resterait-il derrière ? Qui serait désigné pour prendre la tête de l'armée, si ce n'est l'un de ces officiers modernes que Venediktova abhorrait tant ? Yelena Venediktova, c'est bien ça ? Des idées certes désuètes, mais un sacré bout de femme malgré tout.

Ainsi, lorsque échut à Radzeski, fraîchement promu colonel, la mission de venir appuyer les forces assiégées à Sébastopol, étant entendu que la ville était perdue quoi qu'il advienne, ce dernier demanda à pouvoir se déployer au nord de la péninsule de Crimée, afin de prévenir toute velléité des Britanniques et des Français de les surprendre au nord. Les généraux considérèrent sa requête avec la plus grande attention, et même si l'éventualité d'une telle attaque, par le nord, semblait des plus faibles, l'état-major était soucieux de ne pas s'opposer à Radzeski. De ce fait, tandis que l'effort russe pour briser le siège de Sébastopol se faisait au prix du sang, par le biais des batailles de Balaklava et d'Inkerman au sud de la péninsule, la division de Radzeski resta quant à elle stationnée dans les plaines ukrainiennes, sans tirer la moindre cartouche.

« Une nouvelle lettre de cette chère madame ? demandait le colonel dans sa torpeur, alors que le feu pleuvait sur ses pairs à Sébastopol. Que se passc-t-il Brushov ? Tu as avalé ta langue ? Lis-moi donc cette fichue lcttrc !

Mon bien-aimé,

Nous t'envoyons, moi et tes enfants, nos vœux et nos prières. Mais ici, la situation est désormais intenable. La Russie tutoie l'abîme, et je ne parle pas de ces revers mineurs en Crimée, non mon chéri, car n'avons-nous pas connu de pires heures ? La Russie s'effondre spirituellement, voilà d'où viennent mes craintes. Vous autres, les soldats, que nos saints vous protègent, vous souffrez dans les tranchées, essuyez des barrages de mortier, mais ne voyez pas que dans votre dos la révolution est en marche. Les nobles et les princes de Saint-Pétersbourg multiplient les tractations en vue d'une paix à vos dépens. Ils font même pression sur notre Tsar de fer, dont la santé se détériore, si l'on en croit les bruits qui courent. D'autres disent même que… pardonne-moi mon amour, j'en ai la main qui tremble. Certains racontent qu'il n'en a plus que pour quelques semaines, et nous ne savons que trop bien qui le relèvera, Alexandre Nikolaïevitch, tu parles d'un militaire ! On entend également dire que tous les généraux responsables de la déroute en Crimée seront expédiés en Sibérie après s'être vu retirer leurs galons.

Hier nous étions à l'Opéra, où nous avons assisté au tout dernier Glinka, qui est sans conteste son meilleur, Une vie pour le Tsar. *Le Tout-Saint-Pétersbourg s'était pressé pour assister au sacrifice de l'héroïque Ivan Soussanine pour le Tsar Mikhaïl Romanov, ce qui n'empêchait pas ce beau monde de débattre également de la nécessité de revenir aux frontières de la Russie et de mettre un terme à ces absurdes massacres. Tu entends, mon amour ? Si demain tu devais, Dieu nous en préserve, être fauché au cours d'une bataille acharnée, ta mort serait selon eux vaine. Ils ne conçoivent pas le courage comme une valeur assez noble pour que l'on se sacrifie en son nom. Pour eux l'honneur est monnayable, la foi un simple objet, et l'amour de la patrie un vague concept. Ils veulent faire émerger des officiers d'un genre nouveau, aptes au raisonnement, soucieux de sauvegarder leurs forces et capables avant toute chose de prévenir la propagation du choléra dans leurs rangs. À ce train-là, notre prochain chef d'état-major ferait aussi bien d'être une bonne sœur, dont les officiers distribueront pain et viande aux simples soldats.*

Le bruit court que Sébastopol est sur le point de tomber, alors qu'ici on s'apprête pour se rendre à l'Opéra, et déjà on cherche des coupables. Il se dit que l'ensemble du corps des officiers supérieurs est bon pour la Sibérie. C'est une véritable honte d'en être arrivé au point où la moitié des forces armées russes s'entassent sur une moitié d'île. Je sais que de ton point de vue, il était préférable de tenter coûte que coûte de briser le siège, même au prix de dizaines de milliers de vies. Mais comme chacun le sait bien, les officiers comme toi sont jugés rétrogrades. Ils oseraient même assimiler ta foi et ton courage à de la traîtrise. Mais n'aie crainte, mon chéri, au moins dans cette maison, femme et enfants savent que nous ne sommes pas faits du même bois.

Tienne,
Yelena Venediktova

Si comme le disait notre cher Sun Tzu les guerres reposent toutes sur l'art de la tromperie, Brushov découvrit pour sa part que ce dernier pouvait aussi servir à les éviter. Une chose était en tout cas certaine, la guerre de Crimée fut un désastre pour la Russie, non sans s'avérer riche d'enseignements pour les troupes de Radzeski : tout d'abord, éviter de mélanger rhum et café. Ensuite, les tubercules accélèrent le transit. Et enfin, les putes d'Odessa ont tendance à avoir le sang chaud en cas de retard de paiement.

À cette époque les premiers « enfants » du Père commençaient à être relevés de leur service. On parlait là de vétérans âgés de quarante ou cinquante ans qui avaient survécu jusqu'à la retraite. Ils eurent eux-mêmes des enfants et de nombreux petits-enfants, à qui ils parlèrent de leur deuxième père et grand-père, l'adjudant Žižek Brushov, alias Yoshké Berkovits de Motelé, qui était parvenu à libérer leur paternel à la force de ses mots, alors qu'il n'avait pas même dix-huit ans. Žižek était le premier père de l'histoire qui pouvait se targuer à un si jeune âge d'avoir des dizaines de milliers d'enfants, et tous de vingt ans ses aînés, au bas mot.

Patrick Adamski finit lui aussi par devenir l'un des enfants de Žižek, lui qui avait maintes fois survécu aux attaques suicidaires décidées par Radzeski, alors qu'il n'était à l'époque qu'un jeune sous-lieutenant. Régulièrement, les hommes d'Adamski se retrouvaient d'emblée en fâcheuse posture là où les avait déployés Radzeski, cernés par des bachi-bouzouks en supériorité numérique écrasante, et ne pouvant compter que sur des mousquets à faible portée : soit tous les ingrédients pour un énième carnage signé Radzeski, qui se refusait à être totalement spectateur de la campagne. Mais comme par enchantement, et grâce à l'adjudant Brushov, une nouvelle lettre de Mme Venediktova arriva alors à point nommé aux oreilles de Radzeski, qui reconsidéra aussitôt ses velléités d'offensive. Car à en croire ce dernier courrier, son nom était parvenu jusqu'aux esgourdes comtales et princières de Saint-Pétersbourg. Tous se montraient impressionnés par le talent, l'astuce et le sens du commandement que démontrait le « hussard » – comme le désignait désormais ce sacré bout de femme dans sa correspondance. Le « hussard », disaient-ils, réussissait le tour de force de défaire l'ennemi tout en gardant ses troupes saines et sauves, ce qui d'après les princes de la capitale valait à son nom d'être déjà familier du Tsar. Avait-il l'intention de ternir son éclatante renommée par une nouvelle offensive malvenue ? Pas si sûr.

Et dès lors, Radzeski ordonna sans relâche à ses hommes de sécuriser les flancs et d'entamer une manœuvre de repli, puis d'expliquer à ses officiers que leur mission était d'après lui remplie. La nature exacte de leur mission ? Manifestement, de garder simplement sa division indemne.

Toutefois, chère madame, cela ne signifiait pas pour autant que les relations entre Abramson et Berkovits s'étaient réchauffées. À vrai dire, c'était peut-être même tout le contraire. Adamski n'était certes pas un grand patriote, mais la volonté de mourir qui l'animait était en revanche irrépressible, et il reçut une nouvelle affectation dès la fin de la campagne de Crimée – à moins qu'il ne l'ait lui-même demandée – au sein d'un autre corps. Adamski s'y retrouva sous les ordres d'un général de la vieille école, et put ainsi se donner les moyens de ses ambitions. Il prit part à des dizaines de combats dans le Caucase, au cours desquels il parvint à mourir une bonne douzaine de fois, du moins c'est ce que tenaient pour sûr les soldats embusqués qui le voyaient prendre d'assaut les positions ennemies à mains nues. Mais Adamski était pour sa part si indifférent face au trépas que l'Ange de la Mort semblait lui-même craindre d'y laisser une oreille ou un œil en s'y frottant. Par la suite, Adamski reçut l'ensemble des décorations de l'ordre de la croix de Saint-Georges, et ne prit jamais la moindre permission. Son plus grand plaisir était de piller les vivres des maisons juives et de détruire le fruit du labeur de leurs habitants sous leurs yeux. Il piétinait ainsi miches de pain et légumes sous ses bottes après les avoir jetés dans la cour, répandait le contenu des soupières sur leur seuil, brisait le service de table (s'il y avait lieu de), déchirait les vêtements et, pas joli-joli, pissait même sur le bois de chauffage. Lorsqu'un de ses subalternes lui demanda un jour pourquoi ils n'emportaient pas le butin plutôt que de le saccager, Adamski lui avait répondu tout en pressant un chou sous sa semelle :

« Mais qui dit que ça ne nous contente pas ? »

Mais nous parlons là de l'époque où il ne faisait déjà plus partie de la division de Radzeski. Avant cela, il avait pris soin d'ignorer chacune des tentatives de Žižek de croiser son regard, l'expression figée dès qu'il sentait l'ombre de son ami d'enfance dans les parages. Apercevoir Adamski au loin était à chaque fois un crève-cœur pour Žižek, qui le voyait se signer avec défiance. On arriva selon moi au sommet le jour où ils se croisèrent par hasard, et que Žižek esquissa un demi-sourire hésitant.

« Soldat, avait asséné Adamski avec autorité. À qui crois-tu sourire ? »

Et Žižek était resté la gorge serrée.

« Mais dans ce cas, s'écria Fanny au beau milieu du récit, comment se fait-il qu'Adamski ait pris tous les risques en nous logeant dans son auberge ?

— Son auberge ? s'étonna le peintre, quittant même un instant sa toile des yeux. Je ne sais rien de tout cela, chère madame, ces choses-là relèvent du présent. Mais si je devais me prendre au jeu des devinettes, je dirais que… Eh bien, que cela n'a aucune sorte d'importance. Finissons à présent vos oreilles. »

Espaces

Nous avons donc votre profil ainsi que vos nez, bouche, cheveux et oreilles. Ce portrait reste cependant imparfait car nous n'avons pas encore bien habillé l'espace qui sépare vos traits. L'idée communément répandue veut que celui-ci se génère de lui-même par la disposition des différentes parties du visage. Placez le nez ici, ajoutez des lèvres à cet endroit, et vous obtenez une étendue. Si la distance est trop grande, alors l'expression du visage se dissipe. Et si elle est à l'inverse trop courte, alors le rendu sera écrasé, caricatural. De fait, les bonnes proportions ne découlent pas du positionnement alloué aux parties du visage, c'est précisément cette notion d'espacement qui va faire vivre ce visage. Dessinez une main ici, une seconde un peu plus loin, mais à défaut d'être correctement espacées, elles ne raconteront aucune histoire. Une silhouette traverse un camp militaire, une autre lui fait face – sans le vide abyssal qui les sépare, rien ne se passe. L'espacement, chère madame, est le cœur de notre histoire. Prête ? Dans ce cas, tenez-vous droite, je vous prie.

En parlant d'espacement, il faudra vingt années pour que notre histoire arrive à son épilogue. À partir de quoi vous pourrez peut-être m'en dire plus au sujet du Père, puisque vous dites être sa nièce – ce sur quoi je vous ai déjà fait part de mes réserves. Mais je doute que ce que vous pourriez avoir à me raconter puisse être plus renversant que ce que je m'apprête à vous dévoiler, chère madame, car vous allez en effet découvrir comment le Père fut amené à rencontrer le Tsar, rien que ça. Pour surenchérir, il vous faudrait me décrire son tête-à-tête avec la seule entité qui soit au-dessus de notre empereur, c'est-à-dire Dieu. Et sauf votre respect, j'imagine que vous n'êtes pas en mesure de le faire.

Alors que les combats face aux Turcs reprenaient sur le Danube, Radzeski fut nommé général. Désormais, il n'avait ainsi plus besoin de Mme Yelena Venediktova. En tant que commandant d'un corps d'armée, il pouvait passer outre les conseils d'une lady de Saint-Pétersbourg, aussi bien née fût-elle. En d'autres termes, Radzeski avait dès lors entièrement assimilé et fait sien le tempérament de cette dernière. D'un côté, fais donc preuve d'un peu de jugeote, Radzeski, et donne à ces maudits aristos ce qu'ils veulent ; prends-les à leur propre jeu, avec les règles qu'ils ont eux-mêmes écrites. Mais de l'autre, n'oublie pas que tu es du même bois que ceux qui font l'admiration de Mme Yelena Venediktova. *Yok !*

Et ses efforts finirent par porter leurs fruits. Qui aurait cru que le Tsar Alexandre II le convierait au comité d'état-major, alors que la guerre faisait rage face aux Ottomans, en dépêchant spécialement un émissaire depuis Byala en Bulgarie jusqu'au cantonnement du corps d'armée de Radzeski, stationné aux abords de Bucarest pour consolider la défense du front nord ? Radzeski fut ainsi convoqué de toute urgence, sur ordre du Tsar, qui avait pour sa part élu domicile dans la ville blanche sise sur la Yàntra.

Sur place, il n'y avait que la crème de la crème. Des légendes vivantes, des mythes en marche, des titans couronnés de gloire. L'irréductible Iossif Gourko, l'intrépide Mikhaïl Skobelev, et bien d'autres commandants de renom encore – et malgré tout, il en était.

Lui, Radzeski, le fils du planteur de patates, et ce sans avoir délaissé ses valeurs, ni vendu son âme au diable.

Žižek était maintes fois passé par Byala au cours de son service, il gardait même un très bon souvenir de cette ville. Tranquille et propre, cernée de blanches collines, des habitants avenants et une ambiance joviale dans les tavernes. Mais depuis, la ville était passée sous contrôle militaire. On en avait chassé les Turcs, et une puanteur morbide empestait désormais les rues. L'air était épais et poisseux, et les eaux de la Yàntra fangeuses. Impossible d'y trouver de quoi manger pour moins d'un rouble, et Radzeski fulminait contre ces maudits locaux, qui abusaient des honnêtes Russes avec leurs sornettes à propos de l'inflation, alors qu'ils auraient dû plutôt faire montre d'un peu de gratitude envers leurs protecteurs, forts d'une brillante civilisation, et se demander s'ils préféreraient se réveiller chaque matin au son de l'appel du muezzin depuis son minaret.

De leur côté, les habitants se montraient relativement indifférents à la couleur des uniformes qu'ils voyaient défiler dans leurs rues. Quels qu'ils soient, ces soudards pillaient les récoltes, liquidaient leur vin et se ruaient sur les femmes – et peu importait qu'ils fussent russes ou turcs. Le cours de l'histoire s'écrivait dans toute sa gravité au-dessus de leurs têtes, tandis que ses rebondissements les frappaient droit au ventre. Et eux préféraient pour la plupart rester assis sous leur porche, impassibles, à observer la tournure des événements.

Le Tsar s'était établi en centre-ville, dans une maison turque entourée par une haie de saules, abandonnée et présentant les stigmates d'un bombardement en règle. Le souverain avait investi une tente privative érigée dans la cour, tandis que les réunions et les repas se tenaient sous un pavillon principal. Radzeski et son adjudant furent priés de se laver et de revêtir un habit de circonstance. Se présenter face au Tsar dans une tenue de voyage poussiéreuse et défraîchie par une semaine de chevauchée aurait effectivement fait mauvais genre. Ignat Shepkin immortaliserait Radzeski, paré d'un uniforme blanc et affichant une expression qui traduisait force et fierté. Radzeski s'était entretenu avec son peintre attitré et lui avait enjoint de mettre son talent en œuvre pour représenter cette réunion au sommet, afin qu'il puisse étonner le Tsar avec un présent très spécial.

Chère madame, nous avons quelque peu délaissé Ignat Shepkin dans ce récit. Cela est probablement dû à ma volonté de ne pas attrister madame – ni peut-être moi-même d'ailleurs. Mais si vous n'y voyez pas d'inconvénient, je vais à présent vous en dire quelques mots.

Le travail de Shepkin était certes des plus monotones, mais il s'y investissait toujours davantage au fil des années. Tandis qu'Adamski se coupait de son enfance et de ses racines pour se tourner vers l'avenir, c'est-à-dire la mort, et que Brushov rêvait de retrouver un jour son passé, Shepkin se consacrait quant à lui pleinement à son présent, c'est-à-dire la peinture. Vous songez peut-être, chère madame, qu'à ses heures libres Shepkin s'amusait à peindre chevaux, paysages, champs de bataille ou natures mortes en tout genre, et beaucoup le pensent, d'ailleurs, à tort. Jamais Shepkin n'essaya de peindre autre chose que ce maudit portrait que le sergent Sergueïev lui avait appris à reproduire presque trente ans auparavant. Le plus clair de son temps, Shepkin le passait à somnoler sous sa tente, attendant d'être appelé par son commandant. Il avait les faveurs de Radzeski, ce qui l'avait rendu essentiel et lui conférait quelques avantages, mais il n'y puisait pas son énergie créatrice. Shepkin aspirait simplement à réaliser le portrait parfait, incomparablement expressif, comme on n'en recroiserait plus dans l'histoire de la peinture. Et en cela, Shepkin nous a donné, à nous autres les peintres, une grande leçon d'humilité. De l'inspiration ? Il en faut. Une muse ? Très souhaitable. Des éclairs de créativité ? Ça ne fait jamais de mal. Mais si vous n'êtes pas capable d'exercer votre art avec précision, aussi minutieusement qu'un mathématicien, autant ne pas vous prétendre peintre.

De nos jours, nous avons bien des engins qualifiés de « photographiques » et pourtant on ne se passe toujours pas de nos services. Et ceci s'explique, comme nous l'a appris Shepkin, pour la bonne raison qu'un tableau peut se révéler plus précis qu'une photographie.

Cela vous paraîtra certainement étrange, chère madame, mais il arriva plus d'une fois qu'un homme se soit retrouvé face à une photographie de lui sans reconnaître le type vieillissant qu'il avait sous les yeux. Radzeski, à l'inverse, estimait que Shepkin le représentait très fidèlement, même si ce dernier lui faisait grâce des rides qui encadraient son regard étincelant. Le pinceau saisit mieux notre propre perception du temps qui passe.

Shepkin quittait parfois le camp pour prendre un peu de repos dans un village, où il vaquait à diverses occupations, consistant principalement à fréquenter les bordels. Serveurs comme prostituées s'arrachaient ce client modèle ; Shepkin n'avait que peu de désirs, et ses congés leur faisaient surtout des vacances. Il finissait toujours son assiette, laissait des pourboires exorbitants, et se montrait sensuel sans jamais se forcer dans l'intimité des chambres. Les garçons auxquels certaines de ces femmes donnèrent naissance furent tous baptisés sous le nom d'Ignat Shepkin, qu'ils soient les siens ou non – chose que nul ne savait. Pour autant, Shepkin se faisait un devoir de leur envoyer une partie de sa solde et de rendre visite à ses enfants chaque fois qu'il le pouvait. Au début, il terrifiait les plus jeunes, et certains fondaient même en larmes rien qu'en le voyant. Il se comportait comme aucun des hommes qu'ils côtoyaient, c'est-à-dire en leur témoignant tendresse et affection. Il leur fallut donc un certain temps pour s'habituer à ce monsieur décharné qui les couvrait de baisers, les soulevait dans les airs, et restait même avec eux avant qu'ils s'endorment. Après un jour ou deux ils s'étaient faits à sa présence, et lui s'employait alors à leur transmettre son art, celui qui lui avait sauvé la vie, et chacun de ses enfants travailla jusqu'à l'âge de vingt ans à réaliser le portrait d'un homme fier et resplendissant dans son uniforme. Je peux désormais vous révéler que je m'appelle moi aussi Ignat Shepkin, et que j'ai par conséquent été à ma façon un acteur, certes très mineur, de cette histoire. J'ai même quelques souvenirs de lui, faiblard qu'il était : il avait beau entrer dans le bordel presque en rampant, l'air soumis, sa présence rayonnait sur les autres. Et ma mère était si heureuse. Quoi qu'elle pût demander, il le lui donnait.

Mais pourquoi ai-je dans ce cas dit à madame que ce récit l'attristerait ? Car en effet il ne s'arrête pas là – et si seulement chère madame… Si seulement c'était le fin mot de l'histoire. Mais puisque nous parlons d'espacement, l'un d'entre eux se réduisait plus que de raison. Le Tsar reçut donc le haut commandement de son armée avec faste, et tandis qu'il serrait chaleureusement la main de Radzeski, le jeune général eut le sentiment d'avoir atteint la consécration. Son Altesse lui témoignait sa reconnaissance ! Le « hussard » s'était incontestablement taillé un nom. Regardant le Tsar dans le blanc des yeux, Radzeski fit signe à Shepkin de se mettre à l'ouvrage. À ses côtés se tenait l'adjudant Brushov, sur le qui-vive.

Le Tsar semblait très fatigué. Secoué par des quintes de toux, il avait la tête affaissée entre ses épaules et la voix enrouée. Mais pour autant, il s'enthousiasmait d'entendre parler du dévouement de ses soldats qui s'étaient sacrifiés sur les bords du Danube, de ces unités qui avaient chargé les bachi-bouzouks malgré leur infériorité numérique, ou encore des succès ponctuels glanés sur le fleuve ainsi qu'à Chipka. Il fut ensuite question de la ville de Pleven. Skobelev s'emporta, décriant une attaque trop tardive, tandis que les autres commandants campaient sur leurs positions. L'heure de Radzeski était venue. Il s'éclaircit la gorge :

« Mais pourquoi donc faire le siège ? » glissa-t-il ingénument.

Skobelev et les autres généraux se turent aussitôt, à l'affût du bourdon qui s'était introduit dans la tente. Lorsque leurs regards finirent par atterrir sur Radzeski, ce dernier rosit de contentement et se fendit d'une citation Sun Tzu : « En assiégeant une ville, tes forces s'épuiseront. Un commandant insuffisamment maître de lui-même enverra ses hommes telle une colonie de fourmis, et perdra le tiers d'entre eux face à une ville toujours imprenable. Telles sont les amères conséquences d'un siège. »

La Tsar fit émerger sa tête d'entre ses épaules et toisa Radzeski.

« Qui est-ce, lui, déjà ? » demanda Skobelev à l'intendant du Tsar, plutôt que de s'adresser directement à Radzeski.

L'adjudant général égraina ses listes avant d'annoncer :

« Le général Raditchvo.

— Radzeski, le corrigea promptement Brushov, le général Radzeski.

— Oui naturellement, bredouilla l'adjudant général, qui continuait de fouiller dans ses listes avec embarras. Radzeski, neuvième armée, précisa-t-il.

— Onzième armée, rectifia Brushov.

— Oui, bien évidemment, corrobora son homologue.

— La onzième ! s'écria alors Skobelev, goguenard, à l'adresse du souverain. N'est-ce pas le corps de réserve cantonné à Bucarest ? »

Les autres généraux autour de la table éclatèrent de rire, et Skobelev se tourna alors vers Radzeski.

« Des années que tu n'as pas tiré la moindre cartouche, alors tu ferais mieux d'écraser. »

Radzeski fulminait. Jamais il n'avait été humilié de la sorte. Il resta assis à sa place, ivre de rage et les mains tremblantes. Mais ce n'était pas tout, car un autre cacique fit alors son apparition dans la tente et lorgna vers le portrait du Tsar qu'était en train de réaliser Shepkin. Il souleva la toile de son chevalet, la tourna vers l'assistance et déclara, l'air amusé :

« Excellence, il semblerait que ce peintre se languisse de votre père, Nicolas Ier. »

Dans l'hilarité générale et tonitruante, tous se demandèrent comment le peintre avait pu en arriver à un aussi curieux résultat.

« Monsieur, interpella le général en secouant Shepkin par l'épaule. Cela fait plus de vingt ans que nous avons un nouveau Tsar. Qui est votre commandant ? »

Dans une situation aussi humiliante, on fit à nouveau mention de Raditchvo, c'est-à-dire de Radzeski, qui était désormais la risée de tous.

« Telles sont les amères conséquences d'un barbouillage », ironisa Skobelev.

Une boutade qui ne manqua pas de faire grimper en flèche le moral des forces en présence autour de la table. Le regard que lança alors Radzeski à son adjudant n'augurait rien de bon.

Radzeski resta engoncé dans son fauteuil jusqu'au bout. En une fraction de seconde, il était redevenu un minable paysan de Kazan, en proie aux railleries des nobles de Saint-Pétersbourg.

À l'issue de la séance, le Tsar resta discuter avec Skobelev et Gourko. Ce qui avait été ressenti comme un coup de poignard en plein cœur par Radzeski l'avait aussi été pour Shepkin et Brushov. Le Tsar quitta un instant ses cartes des yeux et fixa Radzeski, piétinant d'impatience et pris de sueurs froides. Son Altesse allait-il lui demander conseil, ou bien le faire entrer dans le secret ? Mais le souverain ne faisait, semblait-il, qu'examiner l'un des boutons de son manteau, comme s'il regardait à travers lui. Radzeski prit une profonde inspiration. Il allait leur en faire voir, du Raditchvo qui n'a tiré aucune cartouche.

La suite, vous la devinez probablement, chère madame. Aucune lettre ne saurait sauver celui qui cherche à prouver quelque chose en mourant, pas même un courrier édifiant de la mère d'un des officiers sous les ordres de Radzeski. Une vraie patriote, issue d'une lignée ancrée à Saint-Pétersbourg depuis huit générations, la crème de la crème, qui prévenait son fils des derniers bruits qui couraient, évoquant l'intention de se débarrasser du commandement en place, lequel menait selon elle la Russie à sa perte. Deux noms revenaient avec insistance, ceux de Skobelev et de Gourko. Deux généraux sur la sellette, ayant continuellement vu leurs offensives suicidaires échouer, et en passe d'être relevés par des commandants plus raisonnables. Radzeski écouta d'abord très attentivement la lecture que lui faisait Brushov de cette lettre, avant de le couper brutalement : « Foutaises ! Les raisonnables finissent dans l'oubli. »

Brushov, qui avait sauvé des dizaines de milliers d'hommes grâce à son verbe, se retrouva désarmé lorsque, deux jours plus tard, Radzeski ordonna à son corps d'armée de mettre le cap au sud-est et de se diriger vers Plevna. Ses hommes se traînèrent sous une chaleur de plomb une semaine durant, un calvaire qui eut raison de près de quatre cents d'entre eux, morts déshydratés. Ceux qui survécurent poursuivirent pour moitié avec des fractures de fatigue et le dos rompu, quand certains virent même leurs genoux se dérober puis se disloquer entre deux pas d'escalade. Et qui se retrouva parmi ces hommes ? Aussi bien Shepkin que Brushov, le peintre et l'adjudant, démis de leurs fonctions au sein du commandement, étant donné que l'on n'avait désormais plus l'utilité d'un portraitiste du précédent Tsar ou de lettres falsifiées. Quant à Radzeski, il était résolu à jeter ses troupes dans la fosse aux lions.

Près du village de Pordim, Radzeski fit la jonction avec les hommes de Skobelev. Mais plutôt que de venir renforcer un corps d'armée plus important et commandé par un général plus aguerri que lui, Radzeski ne s'embarrassa pas d'une halte aux abords du village et fonça directement sur une localité occupée par l'ennemi, Lyubcha ; empruntant pour ce faire un terrain exposé dans une zone sous contrôle total des Turcs. Skobelev préparait lui-même une offensive contre ce bourg depuis des mois, mais Radzeski jeta ses hommes en pâture à l'artillerie ennemie. Le premier obus fut tiré à une heure tardive de la nuit. Le canonnier turc avait presque ouvert le feu à contre-cœur, troublé par des bruits qu'il avait cru distinguer depuis les champs de maïs, qui peut-être n'étaient même que le fruit de son imagination. Mais dès qu'il entendit une clameur s'élever après l'impact, il sonna immédiatement l'alerte, tandis que ses camarades de patrouille et lui réalisaient alors qu'ils avaient affaire à toute une division russe, sur le point de donner l'assaut. Radzeski, qui avait tant attendu ce moment, lança son cheval au galop et ordonna à ses hussards de charger.

Mais au-devant de quoi s'élancèrent-ils, au juste ? Chère madame, vous pouvez une fois encore le deviner, obus, balles, piquets et javelines hérissant des positions fortifiées. Les cavaliers de Radzeski s'écroulaient les uns après les autres sous un feu nourri pour s'échouer dans une forêt de baïonnettes, tandis que leur commandant les poussait vers le trépas aux cris de : « *Ah ! Che la morte !* » Les fantassins qui suivaient difficilement à l'arrière furent rapidement mis en déroute par les éclats d'obus au milieu d'une épaisse fumée. Seuls quelques dizaines parmi eux purent s'avancer à portée de tir, mais chaque balle qu'ils réussissaient à tirer leur valait d'essuyer des salves meurtrières en retour. Une petite demi-heure ne s'était pas écoulée que déjà les troupes de Radzeski détalaient à tout-va. Une partie des soldats se retirèrent vers Pordim, quand d'autres tombèrent nez à nez avec les renforts turcs. Quelques-uns réussirent à se cacher dans les champs, dans l'attente d'être secourus. Mais l'ampleur du désastre ne se révéla qu'au lever du jour. Il ne s'agissait pas seulement d'un corps d'armée entièrement réduit à néant, chère madame, il n'y avait pas un cadavre dont on n'avait pas sectionné les oreilles et le sexe. Des têtes et des oreilles dévalaient des talus comme des pierres. Les uniformes avaient été arrachés, et les dépouilles livrées aux charognards et aux bêtes sauvages. La tête de Radzeski gisait à quelques pas de son corps, ses yeux encore ouverts contemplaient son buste toujours érigé, sans fierté ni résignation, mais plutôt avec abnégation.

Shepkin s'était jeté au sol dès le premier coup de feu. J'aurais pu vous raconter, chère madame, que mon père ignorait comment se servir d'une arme, ou bien que les déflagrations l'avaient laissé sonné, mais de tels propos insinueraient que ceux qui se ruent vers une mort certaine seraient sains d'esprit, et Shepkin qui se jette au sol fou à lier. Žižek tenta de le tirer derrière lui, mais mon père s'installa sur un rocher, puis sortit un crayon et du papier de son paquetage. Et tandis que les canons rugissaient autour de lui, il esquissa d'une main sûre le portrait de Nicolas Ier, le Tsar de fer. Lorsque les Turcs le trouvèrent, il respirait encore. Baissant momentanément leurs épées, ils s'attardèrent un instant sur le dessin. Il s'agissait là incontestablement de sa plus belle réalisation. Il quitta ce monde, chère madame, en laissant un trait de lumière au cœur des ténèbres. À travers toute la Russie, des femmes et des enfants le pleurèrent en silence. Non pas qu'ils aient perdu un mari ou un père, n'étant de toute manière pas habitués à sa présence. Mais malgré cela, j'ai senti en apprenant sa mort que je venais de perdre quelque chose, même si je ne l'avais jamais considéré comme un père, et cela rendait ma peine insupportable.

Mais ce n'est pas la douleur d'un pauvre peintre qui nous occupe, chère madame, mais bien l'histoire du Père, dont il nous reste à découvrir comment les saints l'ont sauvé du piège infernal ourdi par Radzeski. Personne ne sait comment il parvint à survivre, et j'espérais d'ailleurs qu'en tant que sa prétendue nièce, vous seriez à même de m'éclairer sur sa mystérieuse disparition du champ de bataille. Était-il resté étendu sur place, laissant les Turcs le prendre pour mort ? Comment se fait-il dans ce cas qu'il ait encore ses deux oreilles ? Avait-il plongé dans la rivière ? Mais alors, comment ne s'était-il pas noyé ? Avait-il trouvé refuge dans un village ? Auquel cas, quelqu'un l'aurait forcément su. Au lieu de cela, la terre gorgée de sang avait tout bonnement fait disparaître le Père sans laisser la moindre trace. Dans de telles circonstances, chère madame, fleurissent des légendes à la véracité douteuse. D'autant que chez les rares soldats qui avaient survécu, le débat restait animé et les opinions divergeaient entre le fait qu'il ait été emporté dans une tempête céleste, avalé par les entrailles de la Terre, ou même cueilli par un ange juché sur un dragon d'argent. Un vétéran jurait ainsi avoir vu le miracle de ses propres yeux : « Le Père avait chargé avec nous tous quand, soudain, un ange s'était posé sur le champ de bataille, il chevauchait un terrifiant dragon qui prit Žižek sur son dos avant de s'envoler vers les cieux. »

Si la part d'exagération qu'il y a dans ces légendes pouvait donner la mesure de l'admiration vouée au Père, vous tiendriez là un parfait exemple. Peut-être n'y avait-il pas de dragon d'argent, comme il y avait peu de chances que quoi que ce soit ait pu tomber du ciel, mais très nombreux étaient ceux qui s'étaient représenté Žižek, telle une engeance divine, emporté par le Saint-Esprit. Il était légitime de supposer qu'on nourrirait contre lui une certaine colère, car n'avait-il pas finalement échoué à empêcher le massacre de ses camarades ? Toutefois, depuis le moment où Radzeski avait fait de Žižek son adjudant, des générations entières de soldats avaient eu la vie sauve, qui eux-mêmes avaient épouse, enfants, parents et amis. On peut donc décemment dire que bien des Russes avaient une dette envers le Père, qui, s'il n'avait pas été juif, aurait de toute évidence été canonisé.

Chère madame, nous arrivons à l'épilogue. Votre curiosité est très certainement rassasiée, mais la mienne n'en est encore qu'aux entrées. Avant de vous dévoiler le résultat de notre rencontre, j'ai quelque chose à vous demander : dites-moi que le Père a eu un enfant, au sens propre j'entends. Même si vous deviez mentir, et déjà je vois vos yeux ciller, dites-moi qu'il a pu vivre une vie pleine, où les mots, retrouvant leur vocation première, n'étaient plus pour lui des outils de travail. Dites-moi que le Père a finalement retrouvé les bras de Mina Garfinkel, et que l'enfant qu'elle lui donna avait soigné son âme. Dites-moi qu'il vit paisiblement dans une bicoque en bois à Motelé. Décrivez-moi simplement comment Žižek Brushov est redevenu Yoshké Berkovits, et je ne vous en demanderai pas davantage, peu m'importe même de savoir si vous êtes vraiment sa nièce ou bien son pire ennemi. Personne n'aurait cru que nous aurions le privilège de revoir le Père de notre vivant, c'est pourquoi sa solitude nous est insupportable. Mais nous tenons en revanche à nous assurer qu'il ne manque de rien. Notre seul rêve est qu'à l'heure du coucher Yoshké Berkovits puisse se dire que sa maison est sa forteresse, et que ces tristes jours, ceux que Yoshké et Pessah avaient enduré dans les latrines, que ces jours ont été bannis de ce monde. Mina Garfinkel l'a-t-elle attendu ? S'est-on réjoui de son retour au pays ? Est-il devenu père, un vrai père ? Serait-ce possible, chère madame, ou bien nous berçons-nous simplement d'illusions ?

Je peux vous assurer que la raison de votre venue ne nous regarde pas, bien qu'elle éveille naturellement notre curiosité, et que, tant que ces soldats et cavaliers seront vivants, il ne vous arrivera aucun mal. Le Tsar en personne aurait beau exiger votre arrestation, nous vous escorterions en lieu sûr et combattrions quiconque intriguerait contre vous. Il n'y a qu'une chose que nous aimerions tous savoir, aussi pardonnez-moi cet énoncé, niais s'il en est : mais le Père est-il heureux ? Oui, heureux, tout simplement. Son cœur rayonne-t-il de joie ? A-t-il trouvé le repos ? Un chez-lui ? Est-il parvenu à retrouver ses mots, eux qui lui ont été soutirés pour le bien commun ? À en faire usage pour lui-même, non plus pour dire les sentiments d'autres soldats, mais plutôt les siens pour sa bien-aimée ? A-t-il fait usage de ces mots comme s'il les employait pour la toute première fois, comme les aurait articulés le Premier Homme ?

Votre visage ne m'annonce rien de bon, chère madame, je crois même deviner ce que vous vous apprêtez à dire. Je n'aimerais pas vous entendre balbutier des demi-vérités, c'est pourquoi il vaut mieux que nous en restions là. Oubliez donc la légende que je viens de vous narrer, et qui n'est rien d'autre qu'une fable. N'importe quel soldat du camp vous raconterait tout autre chose, chacun au gré de son métier, de sa patience, et du temps qu'il a devant lui. Me concernant toutefois, j'ai rempli ma part du contrat ; et pour ce qui est de la vôtre, je n'ai pas à me plaindre. Vous êtes longuement restée assise, plus d'une heure, à écouter un peintre confus et tourmenté, qui désormais aura le souvenir de quelqu'un qui se dit être la nièce du Père. Votre portrait est bien entendu le seul vestige que j'ai de ma famille. Car je suis né sous le nom d'Ignat Shepkin, celui d'un homme qui n'était certainement pas mon père, mais qui m'a traité avec bonté. Voudrez-vous y jeter un œil ?

2

Ignat Shepkin s'inclina devant Fanny puis retourna la toile face à elle. Contempler son reflet n'était déjà pas spontané chez elle, se voir en peinture encore moins – et sous les yeux de quelqu'un, n'en parlons pas. Elle reconnaissait certes son visage en forme de lune, sa chevelure blonde et ses yeux clairs auxquels le peintre avait appliqué un flou d'un coup de gomme. Les proportions de son nez lui semblaient exagérées, et la ride entre ses sourcils était à peine suggérée. Mais elle ne s'identifiait toujours pas à ce portrait, et songeait qu'Ignat Shepkin n'avait pas suivi l'exemple de son père, qui s'était tenu à un seul et unique modèle. L'expression du visage qui figurait sur la toile était mélancolique, les poches sous les yeux lui donnaient un air éteint. « Attendez un instant… »

Fanny mit alors une main à la joue et éprouva un surplus de peau et de graisse. Impossible ! Elle relevait sur le portrait des poches de fatigue, et même une petite cicatrice taillée dans son menton.

« C'est quoi, ça ? pesta Fanny. Qui avez-vous peint exactement ? »

Shepkin sourit en repliant son carnet.

« Donnez-moi ça, dit-elle en tentant de lui arracher la toile.

— Certainement pas », rétorqua-t-il en repoussant son bras.

Elle songea un instant à sa lame.

« Un marché c'est un marché, tança le peintre, irrité, en sautant du chariot. Qu'est-ce qui vous prend tout d'un coup ? Vous n'êtes certainement pas sa nièce », asséna-t-il avant de disparaître dans l'obscurité.

Ce qui lui prenait ? Ce portrait ne la laissait pas tranquille. Elle y avait vu un regard soumis, tout le contraire d'elle. Ou plutôt, le regard de sa mère, Malka Schechter. Comment Shepkin pouvait-il l'avoir connue, alors qu'elle était morte il y a plus de dix ans de cela, à Grodno ? À moins qu'il n'ait cerné chez elle l'apathie qui avait eu raison de sa mère ? Impensable. Contrairement à sa mère, et depuis son enfance, Fanny s'interdisait rigoureusement de jouer à *si-alors.* Elle avait pris son destin en main, de même qu'elle avait décidé d'aller mettre un terme à la partie de cache-cache de Zvi-Meïr plutôt que de rester à prier pour la délivrance des femmes *agounot* comme le faisaient les rabbins. Comment cet imbécile de peintre avait-il pu confondre langueur avec vigueur, faiblesse avec ténacité ?

Fanny sentait la moutarde lui monter au nez, tandis que ses doigts étaient invités par le couteau sanglé à sa cuisse. Le contact de la lame lui procura un apaisement qui se mua rapidement en frisson, au point qu'elle en eut la poitrine opprimée. Elle porta les mains à son cou, comme si elle luttait pour se dégager d'un étranglement – sans succès. Dos au mur, elle en fut réduite à empoigner son couteau. « Qui va là ? Qui ose m'étrangler ? »

Sauf qu'autour d'elle, seule la nuit, aussi impassible qu'un bouc affairé à brouter son herbe. La lune s'était ratatinée telle une poire séchée, le paysage s'éclipsait, et Fanny distinguait maintenant le concert de ronflements qui s'élevait des tentes. Alors même qu'elle était son propre maître, elle était submergée par un sentiment d'absence de contrôle absolu qui la terrifiait. Si elle retournait dormir au camp, alors ils la feraient prisonnière à l'aube. Si elle regardait le vieux cheval de Žižek dans les yeux, ils les enverraient en Sibérie. Mais si elle descendait du chariot du pied droit, alors tous les quatre s'en tireraient sains et saufs, et si elle laissait sa lame tranquille, alors toute cette histoire serait oubliée. Qu'est-ce qui lui prenait exactement ?

Elle mit le pied à terre et se hâta de regagner sa tente. La chiche lumière d'une lanterne révélait qu'Adamski et Kantor étaient ailleurs, chacun vaquant à ses affaires. Žižek était seul, allongé sur son lit, lui tournant le dos. Elle grimpa sur quelques caisses pour voir s'il était réveillé. Il avait le regard d'une carpe morte, totalement insensible à sa présence. Fanny lui tapota gentiment l'épaule.

« Žižek, murmura-t-elle, je suis désolée, pour tout. Je ne voulais pas… Pourquoi avoir tout quitté pour m'aider ? »

Žižek n'esquissa aucun mouvement, mais ses paupières tremblaient. Son non-regard, celui d'un enfant sans abri, lui fendit le cœur. L'âpreté de sa chair, celle d'un corps qui n'avait jamais été touché, d'un corps rejeté, en devenait presque agressive. Son regard évoquait la colère, mais non sans un brin de lucidité – dont Fanny était familière, ses enfants avaient eux aussi ce même soupçon de clairvoyance, celui d'un enfant réprimandé qui demande pardon. Si une femme le touchait, il implorerait une mère, et si une mère le touchait, il se murerait en lui-même. Son corps ne lui avait jamais été utile nulle part, il n'avait vécu qu'à travers les mots issus de son imaginaire qu'il dictait aux soldats. L'amour avec Mina Garfinkel, comme il l'avait déjà compris très jeune, lui était inaccessible.

Et pourtant, Fanny le toucha. D'abord sa bouche balafrée, précisément cet endroit, puis caressa ses lèvres du bout des doigts. Elle passa ensuite sa paume sur ses joues et dégagea les cheveux sur son front. Ce contact, bien qu'interdit, ne lui donna pas la sensation d'un acte infidèle, et ne lui procura aucun désir.

Un soupir de douleur échappa aux lèvres de Žižek. À quel point ses gestes l'avaient-ils transi ? Impossible à dire. Mais tandis que Fanny caressait son front, elle remarqua ses épaules grelottantes, son corps tout entier qui se débattait. Elle s'allongea contre lui, enserrant ses deux bras autour de son ventre. Žižek était toujours muet, mais sa respiration s'apaisait. Dès lors, Fanny se trouva incapable de rompre le contact, sans savoir si c'était de son propre fait ou du sien.

HUITIÈME PARTIE

TABOULKI

1

Aucun des militaires du camp n'aurait eu de mot négatif au sujet du commandant adjoint, le colonel David Fajari, qui du fait des longues absences du général de brigade Mishenkov était considéré comme le commandant effectif de la base. Sans Mishenkov dans les parages, Fajari pouvait faire ce que bon lui semblait. Siroter de bons vins du matin au soir, fumer des cigares de premier choix et consommer des femmes locales. Mais il arrivait qu'en rencontrant un aristocrate de Saint-Pétersbourg, on comprenne qu'il y avait Saint-Pétersbourg et le reste du monde. Le commandant adjoint du camp était raisonnablement grand, large d'épaules et avait un visage aussi ovale que symétrique. Sa chevelure blonde s'étalait sur son front comme un jaune d'œuf, tandis que la ligne droite soigneusement taillée à l'arrière n'avait rien à envier à un dessin d'ingénierie. Fajari se rasait avec application chaque matin, hiver compris, et jamais on ne l'aurait surpris chaussé de bottes défraîchies, du genre de celles que ses pairs raccommodaient avec de la glu bon marché. Même en se levant pour pisser la nuit, il revêtait son ceinturon avant de fièrement sortir de sa tente. De l'avis de tous, Fajari, on ne le verrait jamais en culotte.

Mais outre sa carrure impressionnante, ses traits singuliers et une fine cicatrice au-dessus de sa bouche – trace de quelque aspérité –, Fajari avait pour lui la rare faculté d'émouvoir aussi bien les hommes que les femmes. Il suffisait qu'il lance une banalité au mess, et une bonne part des officiers présents se demanderaient si l'agacement qu'il suscitait en eux n'était pas en fait de l'amour – si ce n'est de la passion. Et puisque la passion d'un homme pour un autre était dix fois plus grisante que son fade parallèle, en présence du colonel Fajari ces messieurs ne pouvaient qu'éprouver amour ou nausée.

Mais ces derniers, les nauséeux, faisaient face à un problème. Pouvoir pointer un quelconque manquement dans la conduite de Fajari aurait pu les conforter. Sauf que le commandant adjoint dirigeait le camp de manière exemplaire. Le colonel aurait facilement pu imiter Mishenkov, et charger son lieutenant d'expédier les affaires courantes tandis qu'il serait allé dîner en ville en compagnie d'officiels. Certains diraient qu'au bout de cette chaîne sans fin de délégations, on aurait pu arriver à ce qu'un engagé finisse commandant en chef. Mais Fajari, lui, préférait la routine de l'administration de son camp aux agréments en tous genres et autres relations politiques. Il discutait avec les conscrits, profitait parfois d'une sieste à la dérobée dans une tente vide, inspectait une fois par semaine les cuisines et restait fumer avec ses officiers. Si quelque chose lui avait échappé, c'est qu'il l'avait volontairement omis – pouvoir ignorer certaines choses lui apportant même une certaine tranquillité d'esprit. L'expérience avait appris au colonel Fajari que tout soldat enfreignait au moins une fois par jour le règlement. Mieux valait que ces manquements touchent aux réserves d'opium, de morphine, à l'alcool ou bien aux prostituées plutôt qu'il ne s'agisse de contrebande d'armes ou – Dieu nous en préserve – d'espionnage.

Un matin, quelques jours après l'arrivée des quatre compagnons dans l'enceinte du camp, Fajari reçut un télégramme urgent de la part du Département de maintien de la sécurité et de l'ordre publics. Une coquette épithète pour ces rats de l'Okhrana, songea Fajari. Le message était adressé au général de brigade Mishenkov et le commandant adjoint se dépêcha d'en consulter la teneur. Comme à son habitude, il commença par examiner le nom apposé sur la signature en bas de page et découvrit avec étonnement que l'expéditeur n'était nul autre que le commandant des districts nord-ouest de l'Okhrana, le lieutenant-colonel Piotr Novak.

Même s'il n'avait été que quinze jours sous les ordres de Novak, Fajari connaissait mieux son ancien commandant que ceux qui avaient été ses subalternes pendant plus de vingt ans ; et cela était dû à des circonstances bien particulières. Encore capitaine de cavalerie à l'époque, Fajari était présent au moment où un obus avait désarçonné Novak au cours de la bataille du col de Chipka. Animé par une détermination téméraire, Fajari évoluait en première ligne lorsqu'il aperçut un officier supérieur s'effondrer au sol, perclus de douleur, traînant sa propre jambe tel un serpent sans queue et désorienté. Laissant derrière lui une traînée de sang, Novak tentait désespérément de se relever en s'appuyant sur son sabre. Contrevenant à tous les ordres, Fajari bondit de sa monture pour extraire ce commandant de la ligne de feu. Mais à peine eut-il essayé de le tirer en arrière qu'il reçut un poing en pleine figure.

« Qu'est-ce que tu crois faire ? Imbécile. Remonte sur ton cheval et retourne à la charge ! »

Fajari obéit au commandant, mais ne put se protéger de la vision abominable de sa jambe estropiée et noircie, se vidant d'une bouillie sanguinolente. Un flot pulsatile de sang jaillit des boursouflures de chair que présentait la jambe en charpie, éclaboussant jusqu'à sa cuisse enflée, aux airs de mandoline calcinée. Fajari grimaça de dégoût, et comprit aussitôt que Novak avait perçu la terreur dans son expression. Levant un regard implorant jusqu'à lui, le lieutenant-colonel semblait demander : « C'est terrible à ce point ? N'y a-t-il pas une ombre d'espoir ? » À cet instant et à son grand dam, le colonel Fajari fut incapable de réunir assez de force intérieure pour mentir, et choisit d'ignorer la requête de Novak tandis qu'il retournait à la ligne de front.

Contrairement à ce que les gens tendent à penser, le sens moral ne permet pas forcément de faire ce qu'il faudrait au moment critique, bien au contraire. Un homme de droiture n'en est pas pour autant un juste, n'ayant aucun défaut ou faiblesse à devoir surmonter. La plupart des gens ont malheureusement le souffle coupé lorsque le mal surgit soudainement, et se montrent incapables de réagir judicieusement. Voilà pourquoi juger des qualités morales de quelqu'un lorsqu'il est mis à l'épreuve est une erreur. Chez Fajari comme chez le commun des mortels, la moralité n'apparaissait qu'a posteriori, après avoir été mise en déroute au moment crucial, lorsque l'injustice causée ne peut plus être réparée. Et de la même façon qu'un tailleur commence par confectionner des habits grossiers, à la mauvaise taille, avant d'acquérir assez de maîtrise, tout un chacun développe pas à pas son sens moral, c'est-à-dire à travers l'échec, l'erreur et le péché.

Bien des années après les faits, Fajari avait toujours en mémoire la scène à laquelle il avait assisté lors de la bataille du col de Chipka. Il avait fini par comprendre que sa mission au sein de l'armée du Tsar était d'amener ses hommes à accepter la réalité telle qu'elle était, tout simplement. S'il avait pu revenir à ce moment précis de la bataille à Chipka – et combien cela le hantait, pas un jour ne passait sans qu'il souhaite pouvoir le faire –, il aurait opposé un regard grave à la supplication de Novak, comme pour lui dire : « La jambe est perdue, voilà le topo. » Et même si Novak avait sollicité son empathie, Fajari aurait accompli son devoir essentiel en tant qu'être humain : voir les gens comme ils étaient – ici en l'occurrence avec une jambe en charpie dégoulinante de sang –, et non comme ils auraient pu se présenter sous leur meilleur jour.

Quoi qu'il en soit, même si Novak avait été un inconnu pour Fajari, un télégramme émanant d'un commandant de district du Département de maintien de la sécurité et de l'ordre publics n'était pas à prendre à la légère. D'autant que l'énoncé du message demandait sans équivoque de signaler la présence de quatre criminels fugitifs, trois hommes et une femme, membres d'une quelconque faction clandestine, des Juifs semble-t-il, qui avaient assassiné une innocente famille et deux agents au cours d'une cruelle attaque terroriste, avant de parvenir à s'enfuir en direction de Minsk à bord d'une vieille charrette. Et un peu plus loin, une autre main avait précisé : « Quiconque dissimulera des informations touchant à leur identiter ou leur localisation sera tenue pour complice et comparètra pour conspiration et compliciter de meurtre. »

Aucun doute que celui qui avait rédigé la fin du message était un abruti fini, songea le colonel Fajari, ce ne pouvait évidemment pas être Novak lui-même. Mais les sourires provoqués par l'orthographe du signifiant ne devaient pas masquer la gravité du signifié. Celui-là même qui était incapable d'écrire son nom correctement pouvait aussi bien actionner une potence. Fajari avait conscience que l'on tendait à penser que la police secrète avait ses propres règles, mais quiconque avait un peu de jugeote savait qu'elle ne respectait justement aucune règle. Si l'on décidait demain que David Fajari ne serait plus, *exit* David Fajari. Si le lendemain on décidait qu'il n'avait jamais existé, point de traces d'un quelconque David Fajari.

Voilà pourquoi, immédiatement après avoir reçu le télégramme, le commandant adjoint donna ordre à ses subalternes de déterminer s'il y avait quoi que ce soit à savoir au sujet de quatre fugitifs dans leur secteur. Il demanda à ses chefs d'unité de vérifier également les postes de garde les plus éloignés, et aux officiers de cavalerie de dépêcher des détachements montés dans les villages alentour. Moins d'une demi-heure plus tard, on lui répondait déjà qu'il n'y avait rien à signaler – une promptitude qui ne manqua pas d'éveiller sa suspicion. Premièrement, ce type de rumeurs avait tendance à tirer de leur torpeur ceux qui s'ennuyaient, lesquels se mettaient volontiers à signaler des choses imaginaires. Mais là, ils n'avaient rien relevé de particulier ? Étrange. Donnez à un moujik une raison de moucharder, il vous pondra un bobard qui ne s'est jamais produit, et vous fourguera en prime quatre innocents sans alibi. Deuxièmement, comment avaient-ils pu arriver jusqu'aux avant-postes et revenir, alors que l'aller simple prenait déjà plus d'un demi-tour de cadran ?

Ceci dit, Fajari acceptait sans broncher que ses hommes puissent lui cacher des choses. En d'autres circonstances, il aurait laissé passer. Mais le ton du télégramme combiné au rapport précipité de ses soldats ne le laissait pas tranquille. Fajari convoqua l'un de ses chefs de régiment :

« Glazkov ! Je te veux à Niesvij dans la journée. Vous barrerez dès cette nuit toutes les sorties de la ville. Demidov ! Vous partez dès demain pour Minsk. Zarobin ! Cap sur Baranavitchy au sud-est. Pas de sommeil pour les troupes tant que nous ne les avons pas attrapés. Compris ? »

Fajari n'avait jamais vu ses officiers si apathiques.

« À Niesvij ? marmonna Glazkov.

— Où doit-on les poser, ces barrages ? demanda Demidov.

— Rappelez-moi la direction indiquée ? hésita Zarobin.

— Vous êtes encore là ? les interpella Fajari, déjà penché sur ses cartes. Allez ! Chaque minute compte. »

Intérieurement, le colonel était amusé de voir ses officiers tergiverser. Il les regarda s'éloigner depuis sa tente et les aperçut échanger des messes basses un peu plus loin. Ils n'avaient jamais discuté ses ordres jusqu'ici, et les voilà qui se montraient incommodés et apathiques. Fajari savait que leur petit secret n'en resterait pas un très longtemps.

Et effectivement, une fois les ordres parvenus jusqu'au dernier des soldats du rang, qui comprirent aussitôt la stupidité de partir ratisser le secteur à la recherche de ceux qui étaient déjà depuis une semaine à l'abri d'une tente bien gardée du camp, Zarobin revint vers son commandant avec une nouvelle : une sentinelle de son régiment l'avait informé que deux des quatre fugitifs avaient été vus à proximité du camp la veille au soir. Ils œuvraient présentement à les localiser afin de les amener à Fajari.

« Et les deux autres ? demanda le colonel.

— Comme je vous l'ai dit, monsieur, notre sentinelle n'a évoqué que deux individus. »

On pouvait comprendre que les soldats fussent réticents à dénoncer le Père et sa nièce. Peu leur importait en revanche le sort d'Adamski, même s'il avait été capitaine et décoré en son temps – sans même parler de ce prétendu chantre à l'appétit vorace.

À vrai dire, certains tenaient pour règle d'airain de ne jamais chercher d'ennuis avec le Département de maintien de la sécurité et de l'ordre publics. S'ils réclamaient quatre fugitifs, il fallait leur en donner quatre – et même Brushov s'il le fallait. À l'inverse, nombre de soldats étaient d'avis que dénoncer ne serait-ce qu'un proche du Père relèverait du sacrilège. Par égard pour l'armée du Tsar et la soldatesque russe en ces temps difficiles, il est préférable de garder sous silence les débats qui agitèrent les tentes, les dissensions qui rapidement laissèrent la parole aux poings, aux altercations, règlement de comptes et autres nez cassés. En définitive, il fut décidé d'en remettre deux afin de sauver les deux autres, sauf que l'on ne savait plus très bien où se trouvaient ceux que l'on destinait à l'arrestation. Ils n'étaient pas dans la tente de Žižek Brushov, et personne ne savait où ils avaient passé la semaine suivant leur arrivée.

2

Lorsque Adamski avait compris que Yoshké et ses camarades, avec cette harpie en chef, avaient abusé de lui (comment avait-il pu perdre toute sa fortune pour une aussi mièvre fadaise ?), il avait quitté la tente et s'était tranquillement enfoncé dans la nuit tombante, aussi naturellement que l'aurait fait un local. Suivant la façon dont étaient nouées les cordes autour des piquets il pouvait déterminer précisément quelles tentes tiendraient bon face aux vents de l'automne, et celles qui s'envoleraient jusqu'à la mer Noire. Les bruits qu'elles laissaient échapper – des ronflements, des miaulements étranglés, des demi-mots – lui étaient si familiers qu'il aurait pu en faire une symphonie à plusieurs mouvements : une flatulence en ouverture, suivie d'un juron et d'une pierre lancée à l'auteur du pet, qui atterrirait malencontreusement sur un ronfleur, lequel s'insurgerait : « Connards, laissez-moi dormir ! » Les autres le feraient aussitôt taire d'un « La ferme, ducon ». De nouveau régnerait le silence, avant qu'une sentinelle ne fasse irruption : « Debout Igor ! » Et ce dernier de répliquer : « Non, j'me lève pas ! », et ainsi de suite. Suite qui serait suivie par les yeux ouverts et les oreilles attentives d'un soldat ne trouvant pas le sommeil, celui qui attendait la délivrance, et qui serait le premier à être massacré sur le champ de bataille.

Adamski aurait facilement pu se faufiler dans l'une des tentes et grimper sur un lit vacant. Se lever le matin et se préparer pour l'appel aurait été un jeu d'enfant ; il aurait même pu le diriger lui-même. Il connaissait toute la procédure, et aurait sans problème pu l'accommoder pour cette jeune génération pourrie gâtée. Aujourd'hui, il s'agissait de plus de dialogue, de compréhension, d'empathie, d'arrondir les angles – allons bon ! Bref, le genre de merde avec laquelle il pouvait composer.

Ce que la vie militaire avait de meilleur était qu'elle permettait de ne pas se poser trop de questions. Il y avait un appel ? On s'y préparait. Pas d'appel ? Ronflette. On était appelé au combat ? On partait se battre. Pas de combat ? Ronflette. Entre-temps on mangeait, si possible, et la nuit on buvait en jouant aux cartes et aux dames. On pouvait passer toute une vie ainsi, Adamski ne le savait que trop bien, de même que l'on pouvait s'habituer à tout : l'oreille arrachée d'un camarade, un sexe tranché, des engelures, l'aigreur de la sueur – diable, on se faisait même aux blagues militaires. Et tout en signant vos papiers de démobilisation, vous maudissiez cette fichue liberté, votre service vous apparaissant soudain aussi misérable qu'insignifiant, et vous réalisiez que vous n'aviez rien en commun avec la plupart des autres soldats, vos plus proches camarades.

Voilà pourquoi il ne songea pas à se mettre à l'abri, même s'il réussit tout de même à subtiliser un manteau léger ainsi qu'un pantalon simple sur un filin tendu entre les tentes, ce qui lui permettrait de se faufiler plus facilement dans la nuit et lui éviterait de se perdre en explications interminables si d'aventure il tombait au cœur de l'obscurité, sans grade ni affectation, sur des soldats avinés. Contrairement à son habitude, ce soir il n'avait aucune envie de se retrouver dans une rixe ou une échauffourée, mais simplement de s'immerger, même pour quelques heures, dans l'insouciance de sa vie antérieure.

Tandis qu'il s'éloignait des tentes les plus centrales, il aperçut au loin un grand halo, celui d'un feu de camp semblait-il. Il savait qu'il y trouverait sûrement de l'alcool et de la compagnie, et surtout matière à oublier cette maudite Fanny, qui avait anéanti son monde d'un coup de couteau. Qui le dédommagerait pour son auberge ? Qui lui rendrait ce qui lui appartenait ? Et celle-là osait encore le regarder avec ses yeux perçants, avec son air de bête féroce, sans même l'ombre de… Non ! Il n'avait sûrement pas besoin de pitié. Qu'aurait-on pu espérer venant d'une damnée Juive ? Pour autant, elle était différente de ses semblables. Elle avait quelque chose que les autres n'avaient pas – à moins que ce ne fût le contraire, qu'elle n'ait été dépourvue de ce qu'eux avaient de plus. Si elle avait été contrainte de donner l'un de ses petits pour obéir au décret des cantonistes, elle n'aurait pas trouvé le repos avant d'avoir tranché la gorge de chaque ravisseur d'enfants.

Dieu ait pitié, le seul souvenir de ses yeux lupins le faisait frémir. Il n'avait pas éprouvé pareille colère depuis la mort de son frère. Il valait mieux qu'il continue sa route sur ce chemin éclairé, il eût été capable de regagner la tente, de lui retirer son couteau et de l'attacher à son lit jusqu'à ce qu'elle tremble de peur. Mais autant éviter d'en arriver à cette extrémité, dans une telle situation, il ignorait s'il serait capable de se contrôler.

Tout soldat aguerri savait que rien n'était plus trompeur qu'une lueur dans la nuit. À moins d'entendre un son depuis cette même direction, la distance qui vous en séparait était sûrement bien plus importante que ce que vous aviez estimé. Bien souvent, vous vous croyiez sur le point d'arriver, et soudain vous vous retrouviez les pieds dans une ravine, ou à devoir grimper une autre colline ; vous pensiez cette fois que c'était vraiment la dernière, mais une crête puis une brèche se présentaient ensuite. La lumière disparaissait alors, au point que vous vous demandiez même si elle avait bien existé en dehors de votre imagination. Ainsi Adamski avança et trébucha à mesure qu'il s'enfonçait dans l'obscurité, maudissant sans ambages le Créateur. S'Il avait voulu les ténèbres, à quoi bon avoir créé la lune ? Et s'il avait voulu éclairer la nuit, pourquoi la lune se couchait-elle si tôt ? N'importe quel abruti aurait mieux pensé ça, bon sang de bordel !

Tu ne peux accuser personne d'autre que toi-même, dit une voix dans sa tête, tu n'es qu'un idiot qui refait constamment la même erreur. Qu'y a-t-il entre toi et Yoshké ? Qu'est-ce que tu lui dois ? Il a lui-même choisi de rester aux latrines jusqu'à en attraper le choléra. Il a choisi de rester fidèle à une communauté qui l'avait vomi et avait anéanti sa famille. Il croyait pouvoir continuer de duper son monde avec ses lettres. Finalement ça lui est retombé sur la figure, et tout un corps d'armée a disparu dans un assaut suicide.

Et toi, qui étais alors en permission à Bucarest, pourquoi avoir chevauché pour le retrouver ? Qu'est-ce qui t'a tant dérangé en apprenant ce que tramait Radzeski ? À cheval cinq jours sans halte, mangeant du pain et des oignons, à dormir en selle. Qui poursuivais-tu ? Et qui as-tu sauvé ? Qu'avais-tu à prouver ? Tu l'avais retrouvé en troisième ou quatrième ligne, chargeant comme une mauviette, sans même tirer la moindre balle. Il courait désœuvré comme un parfait crétin, vivre ou mourir ne lui importait plus.

Et quand il t'avait aperçu, il s'était mis à pleurer. Un vrai poupin tout rose. Tu lui avais flanqué deux gifles.

« Pourquoi tu chiales ? C'est pas le moment, abruti. Garde la tête baissée, on se tire d'ici. Bon sang de bordel ! »

« Pessah », t'avait-il appelé, la voix tremblante. Et toi comme un crétin tu lui avais permis de t'appeler ainsi, tu lui avais permis. À cet instant tu aurais dû le jeter de son cheval, le laisser aux bachi-bouzouks. Tu étais furieux au point d'en sortir ton poignard et de le menacer de lui couper la langue s'il t'appelait encore une fois par ce nom. Et lui, la langue ensanglantée et les gencives écorchées avait continué de bafouiller : « Pessah, Pessah. »

Tu n'en croyais pas tes oreilles, tu l'avais désarçonné et traîné par terre :

« Crétin, qu'est-ce que tu fais ? avais-tu hurlé.

— Pessah, Pessah, avait-il continué de gémir, la bouche en sang.

— Tu es une cause perdue !

— Pessah, Pessah !

— À quoi bon continuer de vivre ?

— Pessah, Pessah.

— Réponds, Yoshké !

— Pessah, Pessah. »

Tu l'avais traîné jusqu'au village voisin pour qu'il y reçoive des soins. Tu n'avais pas d'autre choix. Sa bouche pissait le sang. Tu l'avais laissé au sein d'une famille contre quelques roubles, avant de détaler tant qu'il te restait un semblant d'âme. Et à présent ? Encore une fois la même histoire ? Sans y penser à deux fois ? Il lui avait suffi de surgir, comme ça, à l'auberge, pour qu'immédiatement tu plonges avec lui. Celle-là elle est pour toi, Adamski. Fautif sur toute la ligne.

À en juger par les douleurs à ses chevilles et à mesure que la route s'étirait, Adamski supposait qu'il tentait de rejoindre un groupe d'officiers. Ces derniers avaient évidemment cherché à s'isoler et se libérer quelque peu de leur devoir d'incarner l'exemple, qu'ils portent comme une bosse sur le dos. Son hypothèse fut confirmée par des gloussements féminins, faire venir des prostituées dans les limites du campement nécessitait des moyens et de l'influence. Si les officiers avaient un quelconque avantage sur les simples soldats, c'était bien une meilleure solde, agrandissant d'autant le champ des possibles.

Mais attention à l'arbre qui cache la forêt, car il y avait effectivement une forêt, dense, de bouleaux fins et tachetés, tels des doigts hérissés sortant de terre pour venir gratter le ciel avec leurs ongles pointus. Adamski y était empêtré, continuant de progresser vers la source de lumière, se demandant même comment il avait pu apercevoir cette lumière à travers ces fichus fourrés. Mais finalement, ce n'étaient ni des officiers ni des prostituées qu'il découvrit, mais de jeunes soldats et des femmes du coin. À son grand étonnement, aucun d'entre eux ne le mit en joue, ni ne demanda à l'intrus qu'il était de s'identifier. Il semblait leur être égal qu'il fût un nervi de la résistance polonaise venu les éliminer ou bien un petit vieux voulant simplement fumer tranquillement avec eux.

Ils étaient trois soldats et cinq femmes, et restèrent ahuris en l'apercevant. L'un des hommes, moustache négligée et barbe hirsute, l'invita à s'asseoir avec eux, arborant un sourire niais et radieux : « Joins-toi à nous, grand-père ! » Avant même qu'Adamski ne réponde, un autre jeune soldat, bâti comme une sauterelle, lui tendait déjà une pipe bourrée d'un tabac à l'odeur étrange. Adamski suspectait qu'elle était remplie d'opium, intuition que venait conforter la décontraction qui régnait dans le groupe. Les hommes ne se jetaient pas sur les femmes, et ces dernières ne les repoussaient pas. De leur visage se dégageait un contentement radieux, sans raison apparente. Si Adamski avait été encore officier, il les aurait tous expédiés au trou sur-le-champ. Mais ce genre de pensée ne vint pas troubler la sérénité de son esprit.

L'une des femmes se leva et vint s'installer près d'Adamski.

« Tu es vraiment très vieux », gloussa-t-elle. Mais pour quelque raison, il n'en fut pas offensé.

« Tu as des pattes-d'oie », ajouta-t-elle en lui caressant le visage. Adamski ferma les yeux et se laissa envahir par la grisante fumée.

« Raconte-nous, le vieux, demanda le troisième soldat, dont l'embonpoint bien trop marqué pour son âge suggérait qu'il s'agissait du cuistot. Tu as combattu les Turcs en 1877 ?

— Les Turcs d'Osman Pacha ? railla Adamski, et cette saloperie de Crimée alors ?

— La Crimée ! bondit le moustachu. Et Inkerman ?

— Inkerman, Balaklava, Sébastopol, énuméra Adamski en bombant le torse. 77, c'étaient des gamineries à côté de la Crimée.

— On dit qu'en ce moment ça chauffe à l'est, dit l'homme sauterelle en parlant du nez. On monte au front nous aussi, peut-être le mois prochain. Vous comprenez ce qu'on nous mijote là-bas ? Enfin on va se battre !

— Parce que tu penses qu'on va t'y appeler ? admonesta le moustachu. Qu'est-ce qui mijote là-bas ? Une soupe de concombre froide, si ce n'est pire. Notre génération est perdue. Regarde donc ce vieil homme, deux guerres le temps d'un service. Et nous dans tout ça ? Toute la journée à graisser nos fusils.

— Raconte-nous, grand-père, demanda le moustachu. Racontenous les Anglais. Leurs tireurs sont-ils aussi bons qu'on le dit ? Est-il vrai qu'ils ne pleurent pas aux enterrements ? Avez-vous eu des face-à-face avec eux ?

— Oui, répondit Adamski, renfrogné. On peut dire ça comme ça, même si les faces on ne les voit pas vraiment, simplement… »

Soudain la femme assise près d'Adamski posa sa tête sur son épaule et croisa les jambes telle une nymphe. Adamski était sur le point d'évoquer les membres arrachés à ses ennemis sur le front, mais il s'interrompit, tourna son regard vers cette jeune femme, de trente ans sa cadette au bas mot, cramponnée à lui. Sa façon de se lover contre lui ne relevait pas de la séduction semblait-il, mais plutôt de ce qu'aurait fait une petite fille avec son père pour demander sa protection.

« Alors ? implora le soldat potelé.

— Quel est votre grade, pour commencer ? le relança le moustachu. Sergent ?

— Oui, mentit Adamski, à la retraite.

— À la retraite, caqueta la sauterelle. Un vrai grand-père hein ! »

Adamski se tut.

La jeune femme contre lui avait fermé les yeux, et Adamski remarquait à présent quelque chose de particulier sur son visage. Ses dents étaient espacées et sa bouche enflée, ses paupières étrangement tombantes et son nez écrasé comme celui d'un dogue. Il en vint même à se demander si elle n'était pas atteinte d'un quelconque handicap ou retard. Mais cette idée ne lui inspira ni pitié ni répulsion. Il caressa ses doux cheveux et ferma lui aussi les yeux. La chaleur du feu se propageait jusqu'à son visage, et la fatigue réconfortait ses membres. Après un court instant, il fut envahi par une vision, Ada – le nom qu'il avait choisi de lui donner – préparant le dîner et l'attendant à la maison, tandis qu'il revenait des champs, cette maudite fourche à la main. Soudain il éclata de rire, ignorant si cela était dû à la sensation d'allégresse qui le traversait ou s'il se moquait plutôt de lui-même, qui s'imaginait dans ses fantasmes en paysan plutôt qu'en prince.

Combien de temps avait-il passé en leur compagnie ? Comment le savoir ? Les nuits s'étaient fondues avec les jours, et les seins d'Ada étaient doux et plaisants. Une chose était en revanche avérée : cette pipe n'était pas bourrée avec du tabac, seule raison à même d'expliquer les visions impétueuses qui s'étaient emparées de lui, ou encore pourquoi il s'était retrouvé un beau matin sur un lit de paille dans l'une des tentes à l'extrémité du camp. La petite compagnie avait semblait-il achevé sa semaine de permission et l'avaient traîné avec eux sur le retour. À défaut de connaître son identité, ils l'avaient laissé là, dans une tente vacante. Ou peut-être que toute cette semaine n'avait été qu'un doux rêve, aussi bien qu'Ada, et même cette lumière qu'il avait aperçue au loin, qui n'aurait été que le fruit de son imagination. Quoi qu'il en soit, il avait à cet instant l'impression d'avoir dévalé une colline pour finir dans un marais fangeux, tandis que le souvenir d'Ada lui provoquait soudain une sensation très peu familière de manque, intense et vivace – même s'il ignorait toujours si elle était réelle ou fantasmée.

Jamais il n'avait pensé ainsi à une femme. D'une manière générale, il ne pensait guère aux femmes. Pendant sa carrière militaire, et par la suite en tant qu'aubergiste, les femmes n'avaient jamais été rien d'autre pour lui que des outils de plaisir, c'est-à-dire des prostituées occasionnelles et diverses possibilités d'assouvir ses pulsions. Il n'avait à vrai dire jamais eu l'impression d'avoir besoin d'elles pour autre chose. Dieu était témoin de ses tentatives, il ne pouvait réagir à la vue d'une femme autrement que par le désir ou la répulsion. Jusqu'à ce que cette femme-là, candide, laide, qui avait posé sa tête sur son épaule, cherchant sa protection sans même savoir son nom, lui révèle une autre possibilité, qu'il était pourtant incapable de définir. Un vrai bordel.

Autre étrangeté, Adamski avait le sentiment qu'avant de pouvoir partir à sa recherche dans les villages alentour, il lui fallait retourner à la tente de Yoshké et lui raconter le fin mot de l'histoire – du moins, s'ils étaient toujours là et qu'ils ne lui avaient pas fait porter le chapeau.

Il réussit à retrouver son chemin jusqu'à leur tente. Bien qu'amoindris, ses sens restaient suffisamment alertes pour lui permettre de se repérer. Grâce à son uniforme d'emprunt, il avait l'air d'un parfait conscrit, nul n'aurait pu imaginer qu'il s'agissait d'un capitaine à la retraite. Une fois la tente localisée, il entra précautionneusement par l'arrière. Bien qu'ayant aussitôt reconnu le regard belliqueux de Fanny, il ne fut pas atteint par la fureur que sa présence suscitait habituellement chez lui. Il lui était égal qu'elle pût le soupçonner ou bien tramer quelque chose à l'aide du petit dragon de métal endormi contre sa cuisse. Il s'en soucierait désormais comme d'une guigne.

Il traversa la tente et s'arrêta en apercevant Yoshké affalé tel un mort sur son lit. Qu'avait-il fait toute cette semaine, à part rester ainsi prostré dans l'apitoiement ? Vous aviez là ce costaud, avachi sur le ventre comme un sac de patates, défait par son enfance et victime de ses choix malheureux. De façon surprenante, Adamski s'assit près de lui. Yoshké n'esquissa pas un geste, mais Adamski secoua son épaule et lui murmura :

« Yoshké ? C'est moi. »

Revenu à la vie comme par enchantement, Yoshké se retourna, affichant un regard scintillant à la vue de son vieux camarade.

« Pessah ? »

Conservant sa contenance, Adamski scruta le visage de Yoshké. Il avait la barbe hirsute, ses yeux exprimaient la confusion et sa bouche lacérée était prise de tremblements.

« Voilà Yoshké, murmura-t-il, c'est fini. Je m'en vais. »

L'absolue sérénité qui s'étalait sur le visage de Berkovits disait à Adamski que Žižek avait bien saisi le message : plus rien n'y ferait, c'était la dernière fois qu'ils se voyaient. Désormais, Adamski ne volerait plus à son secours. L'histoire entre eux touchait à sa fin… Et sans réconciliation.

« Voilà », répéta Adamski en tendant la main à son ami.

Ce dernier ne la tendit pas en retour et se rallongea sur le dos, ses yeux clairs pendus à son visage comme deux perles.

« Comme tu voudras, dit Yoshké, le regard tourné vers l'entrée de la tente.

— Patrick Adamski, tu n'iras nulle part, intervint Fanny en insistant sur son nom avec mépris. S'ils te rattrapent, nous en payerons tous le prix.

— Le prix ?! » explosa Adamski. Il avait beau s'être promis de l'ignorer, il n'aurait su continuer de supporter son effronterie. « Et que sais-tu au juste du prix à payer, petite morveuse ? À déambuler aux quatre coins de l'Empire pour une histoire d'amour à la con, et détruire des vies entières au passage. C'est ça la justice à tes yeux ? Tu n'as aucune leçon à me donner sur le prix à payer ! conclut-il en se tournant vers l'embrasure de la tente.

— Tu n'iras nulle part, j'ai dit ! » lui lança-t-elle.

Incapable de se contrôler davantage, Adamski fit volte-face et empoigna le bras gauche de Fanny avant qu'elle puisse atteindre le haut de sa jambe. Il la plaqua contre la toile de la tente et fulmina : « On ne joue plus aux héros sans son couteau, hein ? Je pourrais aussi bien t'écraser comme un moustique, tu saisis ? Ne me dis pas ce que j'ai à faire. J'en ai terminé avec toi. »

Il passa son bras sous sa robe et s'empara du couteau sanglé à sa cuisse. Ce bref contact avec sa jambe mit ses sens en ébullition. Il s'attendait à voir crainte et tremblements sur son visage, mais ne rencontra qu'un sourire presque aguicheur. Elle ne le croyait pas un instant capable de mettre ses menaces à exécution. Il aurait voulu lui prouver qu'elle avait tort, mais il ne pouvait pas la blesser. Il avait conscience de commettre une erreur, qu'il payerait le prix de sa mollesse, mais il ne parvenait pas à resserrer son étreinte sur son bras.

« Pessah ! l'interpella Yoshké d'une voix autoritaire.

— N'ose pas m'appeler Pessah à nouveau, misérable ! »

Adamski pointa le couteau vers Žižek, qui se trouvait maintenant face à lui. Malgré la taille de Žižek, Adamski savait que la femme était le plus grand danger. Il l'empoigna par le cou d'une main, les yeux fermement rivés sur elle. Tous ceux qui lui avaient laissé une brèche avaient fini la gorge tranchée.

Mais soudain, sans crier gare, il reçut le poing d'acier de Žižek en pleine figure. Rompu au combat, Adamski savait qu'on ne pouvait lutter face à ce genre de poing. S'il essayait de se maintenir sur ses jambes et de lui répondre, il ne ferait que frapper dans le vide et finirait à terre. Il opta donc pour la voie de l'expérience et fondit droit sur son opposant, toutes griffes dehors.

La lutte se prolongea à même le sol, dans la tente. Adamski arracha la peau de son adversaire à plusieurs endroits, tandis que Žižek lui brisa une côte. Ils finirent par en arriver à s'étrangler mutuellement jusqu'à épuiser leurs forces. Fanny récupéra alors sa lame, tombée des mains d'Adamski, et la pressa sur sa nuque.

« Non ! Ne te mêle pas de ça ! » hurla Žižek d'une voix étranglée, avant de relâcher le cou d'Adamski.

Le capitaine l'ayant imité, ils étaient maintenant allongés par terre, dégoulinant de sueur et palpitant de rage, les yeux encore écarquillés.

« C'est maintenant que tu te réveilles ? dit Adamski, le souffle lourd. Ça fait quarante ans que tu pionces. C'est un peu tard pour commencer à se battre, non ? »

Žižek resta silencieux. Son corps était meurtri, et sa respiration difficile, laissant ses membres privés de sang frais.

« Tu as compris ce que j'ai dit, juste avant ? » lui demanda Adamski.

Žižek lui répondit par un regard hébété.

« Voilà, reprit Adamski, c'est fini. Je m'en vais. Et si je te recroise un jour, j'agirai comme un étranger. »

Žižek ferma les yeux, comme s'il était focalisé sur une vague de plaisir traversant son corps, tandis qu'Adamski, qui s'attendait à des récriminations, se retrouvait seul sur le ring.

« J'aurais mieux fait de te laisser mourir là-bas », persifla Adamski tout en se relevant, désespéré.

Pour la première fois depuis des années, depuis leur enfance même, il voyait un grand sourire étirer les lèvres balafrées de son adversaire.

« Mourir ? brocarda-t-il. C'est ce que tu voudrais ? Cela peut facilement s'arranger. »

Adamski récupéra la couverture de son lit, y plaça quelques boîtes de conserve qui restaient à leur disposition dans la tente. Il prit ensuite l'une des bouteilles vides près du lit vide de Shleimel Kantor pour la remplir d'eau. Après avoir fait le tour des lieux du regard, il se dirigea vers l'embrasure en évitant Fanny et Žižek. Ayant tout juste franchi le seuil de la tente, il fut arrêté par cinq soldats, dépêchés en urgence, qui avaient instruction d'escorter Adamski et Kantor jusqu'au poste de commandement.

« Je n'ai rien à voir avec eux ! protesta Adamski après avoir reçu l'ordre de déposer son barda.

— Excellent, répondit l'officier de la patrouille. Eux ne sont justement pas conviés.

— Vous m'arrêtez ? » Adamski fulminait de colère. « Ils m'ont… Je suis arrivé avec eux…

— Qui est venu avec qui ne m'intéresse pas. L'ordre que j'ai reçu est clair, et je compte bien l'exécuter. D'ailleurs, où est donc le quatrième ? Le dénommé Kantor ? L'un d'entre vous l'a-t-il vu récemment ? »

3

La question posée par l'officier cernait parfaitement la présente situation de Shleimel Kantor. Il allait effectivement leur falloir pas moins d'une semaine avant de parvenir à le localiser. Ne vous faites pas trop de soucis pour autant, il était toujours en vie. Mais le simple fait que quelqu'un soit à sa recherche, qu'on lui témoigne de l'intérêt, était suffisant pour comprendre qu'en intégrant ce camp militaire, Shleimel découvrait des conditions de vie tout à fait inhabituelles pour lui. À savoir par exemple que, soudain, être ou ne pas être là avait une importance.

Tout avait, naturellement, commencé avec ce gargantuesque repas le jour de leur arrivée au camp. Après avoir englouti plus d'un kilo de viande en conserve (casher, bien entendu. C'était du moins ce que lui avaient soutenu les soldats chargés d'apporter leur repas), une miche de pain et trois bouteilles de vin (tout aussi casher que la viande, lui avaient assuré les échansons en uniforme), le chantre avait sombré bien malgré lui dans un profond sommeil. Mais ayant ingurgité un peu plus de nourriture qu'il ne pouvait en tolérer, il s'était réveillé, pris d'angoisse, à minuit passé, avant de se précipiter hors de la tente pour soulager son maudit corps.

Quelque chose taraudait Shleimel Kantor, au point de l'avoir empêché de retrouver le sommeil. Il avait initialement suspecté qu'il s'agissait de l'un de ces tourments qui parfois l'accablaient et dont il ignorait l'origine, comme une sorte de nuage sombre et sans pluie, qui lui inspirait du chagrin tout en l'empêchant de pleurer. Un bref gargouillement venu de son ventre suffit à lui faire comprendre que cela n'était en fait que la faim qui repointait le bout de son nez – le tracas en question n'était qu'un coup de pied donné par son appétit en gestation.

C'était ainsi qu'il concevait sa faim : une petite créature fourmillant dans son ventre, jusqu'à atteindre des proportions gigantesques et siphonner la totalité des ressources du corps qui l'hébergeait. Kantor s'était habitué à cette forme de grossesse, il écoutait les pulsations du cœur de ce fœtus avec autant de plaisir que de douleur. Il aurait été capable de répertorier sur demande chacun des repas qui avaient su réduire son ventre au silence, a fortiori s'il s'agissait d'un festin composé de plusieurs plats. Dans ce dernier cas, le simple fait d'y repenser lui procurait une satiété étalée sur plusieurs jours.

Sauf que le repas de la veille, des plus opulents et venu comme une récompense pour avoir escorté le Père (mais qui était donc ce fameux Père ? Il n'en avait pas la moindre idée), l'avait laissé affamé et déshydraté. À cet instant, il n'était pas en mesure de supporter une grossesse prolongée. Ce camp militaire, lui semblait-il, offrait des possibilités tangibles d'obtenir une rétribution immédiate. S'il adoptait dès lors l'attitude qui convenait parmi les soldats, ce genre de repas pourrait devenir son pain quotidien.

Kantor se joignit aussitôt à un groupe de joueurs de cartes réunis sous une tente, se proposa comme joueur supplémentaire et fut cordialement reçu. Au vu du montant de la mise de départ, vingt kopecks, il déduisit qu'il s'agissait d'une partie entre amis. Un paramètre qui ne prévint pas pour autant les pertes colossales qu'il accumula, c'est-à-dire pas moins de cinq roubles. Mais pour quelque raison, sa présence distrayait les soldats. Aussi, ils n'exigèrent pas qu'il s'acquittât sur-le-champ de sa dette. Bien au contraire, ils lui proposèrent du *kvass* et des saucisses de veau – garanties casher, parole de brêmeurs – et riaient joyeusement à chacune de ses interventions.

« J'ai gagné ! » triomphait Shleimel, qui avait la moins bonne main de la table, causant l'hilarité générale.

« Je relance ! » annonçait Kantor, coiffé de son stupide chapeau, avant que l'un des soldats, comme si son fou rire était sur le point de l'achever, n'expédiât une bouteille vide se fracasser contre un montant de la tente.

« Il reste quelque chose à manger ? » demandait le maigrichon, qui venait de gober douze saucisses. Les autres ne purent se contenir davantage.

Quand vint le moment de se séparer, ils empilèrent dix fusils près de lui, avec instruction de les avoir graissés d'ici l'aube. Kantor opina du chef, surpris du fait que cette tâche l'affranchît de sa dette. Ce genre de nuits de guignon s'achevaient en général sur une bonne raclée, mais pour une fois, son nez était intact, ses côtes indemnes et son moral au plus haut.

Ce que savait Kantor au sujet des fusils ? Trois fois rien. En pressant la détente, lui semblait-il, quelqu'un mourrait en face. Mais qu'importe, pouvoir s'acquitter de sa dette par du fourbissage plutôt qu'en se faisant mettre la tête au carré ? Quelle merveille que cette vie sous les drapeaux ! S'étant échappé de l'orphelinat tant qu'il avait encore son âme, sa vie n'avait été qu'errance depuis. Qui eût cru que l'on pût rationner des repas d'enfants ? Une tranche de pain par jour, un peu de fromage et une soupe de légumes sans légumes. Plutôt passer de famine à satiété que de vivre constamment tiraillé par la faim.

Il avait opté pour un mode de vie reposant sur la chance. L'attitude des gens était difficilement prévisible. Il pouvait tomber sur une femme revêche, le houspillant avant même qu'il ait ouvert la bouche : « Un jeune de ton âge ! Que fais-tu sans travail ? Bon à rien ! *Hazan* ? Dans tes rêves, vois donc mes enfants ! Ils ploient sous les seaux d'eau du matin au soir », avant qu'une chaussure, dégainée d'on ne sait où, ne manquât sa figure d'un rien. Une fois rentrée chez elle et tandis qu'il rebroussait chemin la tête basse, la voilà qui ressortait avec un plateau garni de bonnes choses : une salade de chou, du borsht chaud, du ragout à la viande et, pour finir, des *kartoshkes* et du *lekekh*. Allez comprendre. À l'inverse, une mère compatissante pouvait tout aussi bien se présenter sur son perron, du miel plein la bouche : « Bien sûr que je te comprends, comment ne te comprendrais-je pas ? Personne n'est orphelin, très cher, nous avons tous un père, Là-Haut. Tu n'es en rien responsable de ce qui t'arrive. Viens, entre, notre maison est la tienne, joins-toi à notre table, c'est une *mitsva.* » Et voilà qu'ensuite elle grattait avec application le fond de la marmite de goulash pour ses enfants, tandis qu'elle lui servait une pâle carotte rabougrie, un doigt de mort, au prétexte qu'on ne saurait alourdir un mendiant au-delà de ce que son estomac pouvait supporter. En aucun cas elle n'aurait voulu avoir la mort d'un *tsaddik* sur la conscience.

La providence se présentant à Shleimel Kantor de manière toujours inattendue, il avait acquis la certitude qu'il ne fallait jamais perdre espoir. Il avait remporté ses plus illustres victoires à des moments où il pensait être au seuil de la défaite et de l'humiliation. Voilà pourquoi il avait accepté avec sollicitude la tâche de briquer les fusils, espérant que lui soient prodiguées d'autres grâces par la suite. À ceci près que, cette fois, il avait le sentiment que tout cela n'était pas que coïncidence, mais procédait d'une certaine logique. Non seulement il avait pu jouer et se gaver aux frais de ses hôtes, mais il n'avait finalement rien payé. Il était parfaitement naturel qu'on lui demande d'accomplir quelque chose en retour, étant bien compris que les tâches incombant à un soldat indiquaient – pour des raisons évidentes – plutôt l'usage d'un fusil que d'un bouquet de fleurs. Et tandis qu'il enduisait un canon d'huile, Shleimel Kantor se demanda si ce n'était pas le sens et l'ordre qu'il avait recherchés toute sa vie. Si ce que l'on exigeait de lui se résumait à nettoyer quelques tiges de métal contre de la viande en boîte – toujours casher, ça allait de soi –, alors il voulait s'enrôler dans l'armée du Tsar. Et que ça saute !

Le matin venu, lorsqu'il annonça son souhait aux soldats encore somnolents, leurs visages n'étaient déjà plus aussi radieux. Aussi, ils lui demandèrent de préparer le café. Désireux de faire preuve de sa détermination, il s'exécuta. Et lorsqu'il évoqua à nouveau la possibilité d'intégrer une unité en servant leur café :

« Je suis pour, plaisanta l'un des soldats. Qu'il remplace Oleg.

— Excellente idée, braillèrent les autres. Qu'il remplace Oleg ! »

Kantor demanda si le remplacement dudit Oleg incluait vivres et boisson, et tous se voulurent rassurants. Avoir à manger et à boire serait dès lors le cadet de ses soucis.

Décrire ce qui traversait l'esprit d'un homme dont les soucis passaient subitement du premier au dernier plan était chose peu aisée. Vous aviez tout d'abord, très simplement, une vague de joie qui saisissait le corps ; mais d'un autre côté, la perte également d'un pilier de ce qui faisait votre existence. C'était tout un mode de pensée qui se voyait ainsi altéré, toute une expérience de vie chamboulée. S'il n'avait plus à faire les poubelles pour se nourrir, comment allait-il bien pouvoir s'occuper ?

« Allez ! fit l'un des soldats. Viens, nous allons remplacer Oleg.

— Que dois-je emporter ? s'enquit le *hazan*.

— Qu'est-ce que tu as avec toi ? demanda le soldat.

— Rien, répondit Kantor.

— Que voudrais-tu emporter dans ce cas ? »

Quelque chose dans les propos du soldat trahissait un savoir pratique tout à fait militaire. Le maîtriser prendrait un certain temps à Shleimel.

La marche fut très longue, sous un soleil aveuglant. Qui aurait pu savoir qu'Oleg ne se trouvait pas tout à fait dans l'enceinte du camp, mais plutôt entre deux collines escarpées ? Quoi qu'il en soit, le *hazan* se traîna sur les talons des soldats avançant d'un bon pas. Parvenus au col, il s'avéra tout d'abord qu'Oleg était en fait Dimitri – jeune conscrit de son état, posté au guet sur le flanc oriental du camp. D'autre part, l'authentique Oleg était quant à lui – au passé – un soldat, oublié à son poste. Ses compagnons avaient fini par le retrouver un beau jour, dévoré par les loups.

« On rigole, s'amusa le soldat. C'est pour rire !

— C'était il y a fort longtemps, le rassura Dimitri. Moi, j'avais de la visite tous les deux jours.

— Une fois tous les deux jours ? s'inquiéta aussitôt le *hazan*. Mais qu'en est-il des… ?

— Mais tu as vu cette caisse ? lança le soldat, rigolard. Il y aurait de quoi nourrir un régiment ici ! Tu pourras manger à ta faim. »

Le *hazan* ouvrit la caisse, chassa quelques mouches, et ce fut un véritable trésor qui s'étala devant lui. S'Il avait fait pousser le pain de la Terre mais ne lui en avait pas donné à manger, *dayyénou,* cela nous aurait suffi. S'Il lui avait donné du pain, mais qu'Il n'avait pas ajouté de la viande en boîte, des conserves de sardines, des gâteaux secs, des légumes encore en bon état et quatre bouteilles de *yash, dayyénou.* S'Il avait ajouté de la viande en conserve et des boîtes de sardines et des gâteaux secs et des légumes en bon état et quatre bouteilles de *yash,* mais qu'Il ne lui avait pas accordé une petite tente pour pouvoir s'y allonger, *dayyénou.* S'Il lui avait accordé une petite tente pour pouvoir s'y vautrer, mais qu'elle ne contenait pas de lit de paille, *dayyénou.* Si elle avait contenu une couche de paille, mais sans un oreiller de plumes, *dayyénou.* Monsieur Tout-Le-Monde aurait-il pu comprendre le bonheur de Shleimel Kantor ? C'en était vraiment fini de ses soucis, et il se faisait une joie de remplacer Oleg.

« Comptez sur moi, chef ! » s'écria-t-il en les saluant avec sa moitié de chapeau, les yeux émerveillés, tandis que les deux soldats éclataient de rire.

Une fois la relève effectuée, Dimitri tomba sur ses genoux et se signa abondamment. Même Kantor comprenait que cela montrait à quel point cette affectation exposait à de grands périls, et que les chances d'y survivre et la durée du tour de garde étaient inversement proportionnelles. Si par bonheur ils se souvenaient de vous dans les deux jours, vous pouviez vous en sortir sans trop de dommages. Mais s'ils vous oubliaient pendant deux semaines, sachant que deux fois par semaine des brigands ou des loups se ruaient sur le poste de guet, voilà que vos chances s'effondraient. Il s'avérait que Dimitri avait remplacé Oleg il y a quatre jours, et que le fait qu'il n'ait pas été massacré par des Gitans, des Polonais ou des Turcs était une issue tout à fait réjouissante.

Dimitri et son escorte s'éloignèrent du poste de garde d'Oleg.

« N'oublie pas que tu as aussi Olga », lui cria Dimitri, en pointant du doigt l'épouvantail à la blonde chevelure de paille.

Kantor fut impressionné par ce sac de jute qui lui servait de ventre et par les deux vieilles planches de bois qui représentaient ses mains, l'une d'entre elles étant plus courte que l'autre.

« Enchanté, Olga ! se réjouit le *hazan* en se présentant à sa nouvelle amie et lui serrant sa main valide. On passe à table ? »

4

Tandis qu'Adamski était tiré de force par la garde hors de la tente, le Père surgit à sa suite, Fanny sur ses talons. « Non ! » cria Žižek, et tout un bataillon baissa aussitôt la tête, comme une réponse à cette voix qu'il leur tardait tous d'entendre. À cet instant, ils comprenaient que s'ils voulaient sauver le Père du Département de maintien de la sécurité et de l'ordre publics, ils seraient contraints de le bâillonner et de l'attacher à l'un des montants de la tente. Mais pour quelque raison, nul n'était capable d'une telle chose, même s'il était clair que cela les mettait eux-mêmes en péril.

Ce furent donc trois des quatre suspects qui se présentèrent au colonel Fajari. Et c'était justement le quatrième, proie censée être la plus docile de cette bande, qu'ils avaient échoué à localiser. Fajari comprit qu'il s'agissait d'un profil très facilement identifiable : une créature fruste et étrange, dont la barbe et les *péot* avaient été coupées – un *żyd* de chez *żyd*, comme on appelait ça.

« Trouvez-le-moi, ordonna Fajari. Il est forcément quelque part dans le camp. »

Fajari voyait juste, même s'il n'avait pas pris en compte un fait surprenant. Les soldats qui avaient envoyé Kantor relever Oleg ne s'étaient pas pressés de le mentionner dans un rapport. Lorsque le mot d'ordre fut de donner les quatre fugitifs, ils jouèrent aux naïfs, sans imaginer un instant les conséquences de leurs agissements, ni même avoir eu besoin de se concerter. Lorsque l'envoyé s'était présenté, et avec lui la directive, ils l'avaient regardé avec stupéfaction et avaient haussé les épaules comme s'ils étaient surpris, à plus forte raison du fait qu'un Juif puisse se trouver dans leur tente.

Une fois l'envoyé sorti, ils comprirent soudain ce qu'ils avaient fait, et se prirent la tête dans les mains, l'air de ne pas y croire. Pourquoi avaient-ils couru de tels risques pour ce misérable sac d'os ? Si la vérité refaisait surface, l'un d'entre eux voire tous en subiraient les conséquences. Dieu du ciel, ils risquaient la cour martiale. Pourtant, ils ne le dénoncèrent pas, et turent le pourquoi du comment. Comme si Kantor, ce *żyd*, ce vagabond, cet orphelin affamé, était des leurs. Allez comprendre.

Quoi qu'il en soit, le colonel se tourna vers le trio qu'il avait face à lui, regrettant que le quatrième soit absent, car aucun de ces trois-là ne lui donnait l'impression d'être un meurtrier. La femme, certes singulière, le regardait droit dans les yeux, sans peur. Que voulait-elle ? Il n'en avait pas la moindre idée, mais même si elle avait quelque chose derrière la tête, elle avait l'air bien pâlotte et faible. Sous son foulard, ses cheveux clairs avaient viré au gris avec la poussière de la route et du camp, son visage s'était recouvert d'une couche aux airs de feuille de chou brunie. Son équilibre lui semblait précaire, elle trébuchait sans raison. Et plus encore, elle n'était pas armée. Difficile de croire qu'elle pût infliger de sérieuses blessures d'un coup de poing.

Le gaillard qui l'accompagnait était au contraire bâti comme un colosse. Malgré son âge – cinquante-cinq ? ou peut-être soixante ans ? –, Fajari eût préféré qu'on le lui amenât menotté, en particulier à cause de cette balafre barrant sa bouche, stigmate de l'expérience du combat. Mais à cet instant, Fajari vit que son impressionnante masse remplissait l'enveloppe d'un être apeuré. Difficile d'imaginer que de ce cocon il puisse surgir et charger frontalement. Il était recroquevillé et ses yeux rivés au sol. De ce Golem ne s'extirperait pas un papillon aux ailes d'acier.

Le troisième, qui s'annonçait lui-même en tant que capitaine Adamski, ne cessait de radoter à propos de la 3e division, 5e brigade, 11e régiment, où il avait soi-disant servi, alors que Fajari avait face à lui un nain replet accoutré en bleusaille, dont les favoris broussailleux évoquaient volontiers un proxénète – de ceux que l'on avait l'habitude de croiser à la taverne. Ceux-là mêmes qui, lorsque vous les voyiez sortir dans la rue au crépuscule, titubant comme des poulets sans tête, vous amenaient à vous demander : « Pour qui exactement est-ce que je sacrifie ma vie ? » Impossible de savoir s'il était oui ou non capitaine. Il n'avait aucun document pour en attester. À cet instant, sa parole ne valait donc guère davantage qu'un pet.

« Pour quelle raison ne sont-ils pas menottés ? demanda-t-il au commandant de la garnison.

— Monsieur… hésita ce dernier, il est impensable de menotter le Père. Il est notre invité.

— Le Père ? se renfrogna Fajari. Le père de qui exactement ? »

La sentinelle se tut, embarrassée.

« Il s'agit bien du Père », le soutint Zarobin.

Fajari était agacé par l'obséquiosité de son interlocuteur, réticent à lui fournir des précisions, avant de se rendre soudain compte où ils voulaient en venir.

« Lequel d'entre eux, demanda-t-il, encore sous le coup de la surprise, puis le devinant par lui-même avant même que Glazkov ne le lui indiquât.

— Et voilà sa nièce, ajouta Demidov.

— Et voilà… ajouta Zarobin, pointant Adamski du doigt. Lui, personne ne sait ce qu'il fait là.

— Je suis le capitaine Patrick Adamski, 3e division, 5e brigade, 11e régiment.

— Vous êtes en état d'arrestation », le reprit Fajari avec mépris.

Il ne faisait aucun doute que l'arrestation avait sapé la faculté de réflexion d'Adamski, puisqu'au même moment il jaugeait la distance qui séparait son poing du menton du colonel, avant de lui décocher un direct tranchant.

Comme Adamski en avait fait l'expérience, vous pouviez frapper encore et encore quelqu'un au visage, et cela lui serait bien peu agréable. Vous pouviez lui briser la mâchoire, lui casser le nez, lui imprimer un cocard ou faire sauter ses dents comme des dominos ; un seul coup porté au menton causait davantage de dégâts que tout cela réuni. Et le colonel Fajari, effectivement, s'effondra sur place, tandis qu'Adamski s'extirpait de la tente comme un enragé.

S'il fallait évaluer les chances d'Adamski d'échapper à la détention au regard des forces en présence, eh bien vous aviez là, très exactement : un soldat à l'apogée lointaine, ayant récemment coché son cinquante-cinquième printemps, déboulant du poste de commandement du camp, lui-même encerclé par une garnison. Autour de lui s'étalaient les tentes des officiers et, par-delà, des dizaines de milliers de soldats en pleine mise en place matinale, fusil chargé à l'épaule. Près des chevaux qui mastiquaient toute la matinée des épis d'avoine, patientaient des milliers d'intrépides hussards. Et cet homme, au sommet de son intelligence, pensait pouvoir en réchapper.

Adamski avait pourtant un atout dans sa manche, peut-être d'ailleurs le seul dont il eût jamais disposé. La plupart des combattants qui l'encerclaient ne savaient rien de ce qu'était réellement le combat. Ils s'affrontaient les uns les autres à l'entraînement, tiraient sur des cibles fixes et sautaient des obstacles tels des jockeys anglais. Mais il suffisait de leur chiquer l'oreille pour soudain les voir ramper au sol, la langue pendue, cherchant leur oreille manquante dans la poussière.

Le succès remporté par Adamski dépassa même ce qu'il avait espéré. Il avait repoussé la garde, franchi les tentes des officiers, crevé quinze yeux – dont la paire d'un officier – brisé sept nez – laissant même un homme sans naseaux – ôté vingt et un lobes d'oreilles – trois d'entre eux retrouvés facilement, en déterminer les propriétaires l'était un peu moins – alors que cent dix cartouches – deux balles pour chaque bougie sur le gâteau, Adamski les avait comptées une à une – avaient manqué celui que Fajari avait pris pour un nabot proxénète.

Comment l'évasion avait-elle été mise en échec ? Comme toujours chez Adamski, son tempérament échaudé était en cause. S'il avait profité du bazar qu'il venait de semer pour franchir le dernier cercle et sauter au dos d'un jeune poulain, il aurait peut-être réussi à rejoindre Ada, cette jeune femme dont il imaginait le nom, leur avenir commun déjà en tête. Mais Adamski s'attarda trop longtemps sur ses oreilles, jusqu'à ce que finalement une foule d'hommes en colère lui saute dessus et finisse par avoir raison de lui.

À cet instant, il était cerné par des dizaines de soldats, sachant tous pertinemment de quoi sa mâchoire était capable, rien qu'à la regarder ils s'en touchaient le nez et les oreilles pour vérifier qu'ils étaient bien en place. Adamski, frénétique, tomba sur ses genoux, se signa quatre fois de suite, et livra ses poignets aux menottes.

Le capitaine fut roué de coups à la tête et à l'abdomen puis remis menotté au commandant de la garnison, qui avait entretemps recouvré ses esprits – bien que toujours hébété, la respiration difficile et la langue endolorie –, il était en effet de notoriété publique que le soldat démontrait mieux que tout le monde sa bravoure et sa science du combat à coups de pied. Adamski gisait sur le flanc, gémissant et crachant du sang. Žižek et Fanny restèrent silencieux en apercevant son corps gauchi par les coups, tandis que Fajari s'abaissa pour le regarder entre quatre yeux.

« Pourquoi ? demanda le colonel.

— Et pourquoi pas ? », sourit le capitaine.

Et même si Fajari respectait cette réponse honnête, il ne put passer outre sans rien dire.

« Sortez-le d'ici, lança-t-il à sa garde. Je veux trois soldats sur lui, y compris quand il va pisser. Et vous ! reprit Fajari en se tournant vers Fanny et Žižek. Vous, vous venez avec moi. »

5

Mishenkov, le commandant en chef du camp, disposait dans sa tente d'une alcôve, fermée par une toile, que le général de brigade appelait le « cabinet » et ses officiers le « clandé ». Mishenkov s'assurait que son boudoir offre à tous ces assesseurs et autres conseillers d'État la quintessence de l'hospitalité moderne ; et quoique établi dans un camp militaire, ce dernier n'avait rien à envier aux splendides salons de réception de ces messieurs.

Il suffisait d'en franchir l'embrasure pour être transporté dans un autre monde, riche en couleurs, embaumé de senteurs exquises et capitonné de moelleuses étoffes. Le canapé de velours vert était flanqué de chaque côté des pans de toile de l'alcôve et placé face à un fauteuil à bascule en vieux chêne, où trônait un coussin de satin. Au centre était disposée une table asiatique, sur laquelle un échiquier, avec ses pièces faites en dents d'otarie ouvragées, côtoyait un seau à glace – qui donc remplaçait en permanence cette glace ? – accueillant une bouteille de la fameuse vodka Wyborowa, un tonnelet de rhum anglais, ainsi qu'une boîte de cigares français. Une étagère accueillait les pièces de Racine et Molière, ainsi qu'une sorte de buffet fourni en caviar, poissons, œufs d'autruche, pièces de bœuf et fruits exotiques – où Mishenkov se les procurait-il donc ? Tout vous poussait à poser votre tête sur l'un des coussins de ce sofa et à vous laisser aller droit dans les bras de Morphée.

Toutefois, Fajari ne s'était lui-même jamais autorisé à investir le cabinet, et voilà qu'à présent il y conviait ses chers invités, leur indiquant de prendre place sur le sofa. Si le gouverneur, sans même évoquer le Tsar en personne, venait à visiter le camp, Fajari n'aurait osé le recevoir dans une tente poussiéreuse. Tout comme il se serait abstenu de lui servir du thé tiède ou des biscuits trop secs. Pour les mêmes raisons, il tenait à accueillir le Père comme il se doit. Tandis qu'il leur tournait le dos, sans la moindre crainte, le commandant adjoint du camp leur proposa un peu de Wyborowa – à laquelle il n'avait bien sûr jamais goûté. Les deux compagnons refusèrent, mais Žižek lorgna vers le tonnelet de rhum. Attentif à ce regard, le colonel le servit aussitôt. Žižek vida son verre avec délice et le reposa aussi vide qu'il l'avait trouvé. Fajari sourit pour lui-même et lui versa volontiers un deuxième verre.

Comme tout un chacun, le colonel connaissait l'une des variantes de la légende du Père, sans avoir naturellement l'expertise d'Ignat Shepkin en la matière. Les manières obséquieuses déployées par Fajari à l'égard de Fanny et Žižek n'étonnèrent en rien ses subordonnés – et pas davantage ses invités à ce stade. Fanny présumait que Fajari éprouverait une émotion particulière à l'idée d'avoir eu la vie sauve grâce à l'une des lettres de Mme Yelena Venediktova, et à défaut de la sienne, celle d'un père, frère ou oncle. Le diable savait lequel d'entre eux avait patienté au seuil d'une mort certaine avant l'intervention de l'adjudant Žižek Brushov. Sauf que Fajari avait servi dans une unité basée très au nord ; il n'avait jamais croisé Radzeski et était assurément le seul militaire de sa famille – pour la simple et bonne raison qu'il n'avait pas de famille. Ainsi, on pouvait dire avec certitude que son affection pour le Père ne tenait pas à sa gratitude.

Toujours est-il que les troupes, de l'engagé jusqu'au dernier des vétérans, se montraient satisfaites du traitement accordé par leur commandant au Père, et se réjouissaient que Žižek Brushov fût ainsi reçu par un aristocrate de Saint-Pétersbourg. Sauf qu'ils se trompaient également sur ce point, non pas sur le traitement, mais sur la noble ascendance en question. Il n'y avait d'autre choix pour expliquer leur erreur que de fouiller quelque peu dans le passé du colonel David Fajari, cet homme qui n'avait l'air que d'un badaud de plus sur le chemin de Fanny et Žižek, mais se trouvait être le commandant adjoint du camp – et chef en pratique – et dont il était écrit qu'il endosserait un rôle crucial dans ce qui allait décider de leur destin.

6

La première faute commise par le colonel avait été de naître dans une taverne. Encore aujourd'hui, le pourquoi du comment demeurait obscur. Il était plausible que son père en ait été le propriétaire, c'est-à-dire le souteneur, et que sa mère ait tardé à arranger une petite bévue. Une chose n'était en revanche pas sujette à débat : une taverne n'était pas un endroit approprié pour élever des gosses.

Les registres avaient beau faire mention du placement de Fajari à l'orphelinat à l'âge de cinq mois, lui-même était convaincu d'avoir gardé un souvenir de sa mère : une femme bien en chair et pleine de vie, à la chevelure bouclée et au front étroit, qui lui murmurait une berceuse avec un accent français : « David, mon bout de chou, mon bijou. »

Cette berceuse, ou plus exactement le souvenir qu'il en avait, était peut-être en mesure d'expliquer tout ce qu'il fallait savoir au sujet de David Fajari. Jamais il n'avait eu de ressentiment contre sa mère, et jamais il n'avait rêvé du jour où il lui reprocherait ses actes méprisables, y compris lorsqu'il endurait les coups de fouet du directeur de l'orphelinat, un pieux dévot, après une énième tentative d'évasion. Il acceptait son châtiment, conscient de la nécessité de dissuader les autres enfants de suivre son exemple. Mais le châtiment n'entama pas sa détermination, et il peaufinait un peu plus sa prochaine stratégie à chaque coup infligé à son dos.

Sa neuvième tentative eut lieu un soir de Noël, l'enfant David ayant profité de la célébration du Christ, et de l'ébriété générale associée, pour détaler hors de la ville et gagner la forêt. Le défaut évident de son plan était naturellement la neige qui entravait ses mouvements, ainsi que le froid qui lui coupait le souffle. Il fut donc contraint de s'abriter dans les étables et autres cabanons qu'il croisait en chemin. Caché sous de vieux harnais, abrité par des meules de foin, il réussit ainsi à survivre plusieurs semaines, ne souffrant que de trois engelures : deux aux jambes et une entre le nez et la bouche. Cette dernière ayant laissé sur son visage une petite cicatrice toujours visible, qui venait perturber l'agaçante symétrie de ses traits.

Concernant la nourriture, il n'avait pas pléthore de choix. Il s'introduisait de temps à autre dans une maison déserte pour y dérober des boîtes de conserve, et se risqua une fois à voler une jarre de lait. Au village de Taboulki, près de la ville de Motelé, il finit par trouver du travail en tant que domestique des Komarov, une famille paysanne qui, dans sa grande générosité, lui permettait de dormir dans un cabanon fait de planches dans leur cour, mais qui avait des airs de palais aux yeux de David. Y étaient entreposés des outils, des clous, des pots de peinture, des seaux de différentes tailles, et même un baril suffisamment long pour être garni de paille et servir de lit.

Les Komarov étaient de fervents chrétiens, l'enfant apprit

ainsi à aimer Jésus comme nul autre. Il aimait particulièrement les histoires qui touchaient à la sainte trinité – Jésus, Marie et Marie-Madeleine – que Lev Komarov contait à ses enfants avec enthousiasme, et manifestement une imagination considérable. Rien n'était plus touchant aux yeux de David que l'amour que portait Jésus à Marie-Madeleine. Dans ses rêves, il l'imaginait bien en chair, les cheveux bouclés et un front étroit, chanter au crucifié avec un accent français : « Jésus, mon bout de chou, mon bijou. » Ayant remarqué que David prêtait l'oreille à ses histoires, Lev Komarov l'avait autorisé à interrompre son époussetage des étagères afin qu'il pût en apprendre davantage sur Jésus. Aux yeux de David, son maître faisait là preuve d'une immense générosité.

Mais un jour, l'âge d'or de sa vie nouvelle prit fin. Une cohorte de paysans, venus des propriétés voisines, avait débarqué chez eux, demandant s'ils avaient aperçu des individus suspects dans les environs. Ils rapportèrent que des voleurs avaient pillé le cabanon de Teplov ; que c'était le deuxième cambriolage en une semaine à Taboulki. Lev avait d'abord répondu par la négative en haussant les épaules.

« Que cherchaient-ils dans ce cabanon ? Vous avez vu quelque chose, les enfants ? » leur avait-il demandé. Mais les enfants s'étaient tus, David compris.

« Nous n'avons rien vu du tout, avait tranquillement confirmé Komarov.

— Ce vaurien a menacé Teplov avec une hache. Et Teplov a juré que c'était un *žyd*, il l'a vu de ses propres yeux.

— Un *žyd* ? persifla Komarov, pour qui ce seul mot sonnait comme une insulte. Attendez-moi, je vous accompagne. Que l'on prenne quelques chevaux à l'écurie. David, va donc les seller. »

Qu'y avait-il dans ce mot, *žyd*, pour susciter ainsi l'ire de son maître ? Curieux, l'enfant avait prié Komarov de lui permettre de se joindre à eux. Le moral de Komarov était au beau fixe. Donnant à l'enfant une tape sur la joue, il l'avait fait monter derrière lui. Nul n'aurait été plus heureux que David lorsqu'il s'était élancé avec ces hommes dans les forêts de bouleaux à la poursuite de ce fugitif. En chemin, ils avaient mis feu au champ d'un *żyd* et incendié le cabanon d'un autre. Quel frisson !

« Qu'ils crèvent, ces *żyds* ! avait hurlé le frère de Teplov.

— À mort ! » avait repris David, ne manquant pas d'amuser les traqueurs.

David avait un désir ardent de capturer le gredin dans les bois, tous ses sens étaient à l'affût. Le misérable ! Détruire une cabane, menacer de braves gens avec une hache ! Pour qui se prenait-il ce *żyd* ? Qu'ils meurent tous !

Quelques heures plus tard, l'escadron était de retour au village. Sans le scélérat, mais avec le sentiment d'avoir réaffirmé leur capacité de dissuasion et la satisfaction d'avoir fait étalage de leur force et de leur courage aux yeux de tous. La cohorte s'était réunie chez les Komarov. Les hommes s'étaient enivrés tandis que l'enfant leur avait servi les restes du dîner : du bortsch, des tranches blanches de porc et des *latkes** de pommes de terre à la crème. Une fois le nettoyage de la cuisine effectué, Komarov autorisa David à se retirer dans son cabanon, où l'attendait une surprise.

Dans son tonneau, dans l'obscurité la plus totale, était tapie une bête rugissante. L'enfant ne songea pas un instant à fuir. Ce cabanon était son chez-lui, pour le défendre il aurait été prêt à y laisser la vie. Il s'empara de la scie, mais la créature fondit sur lui et lui asséna un coup de seau en pleine tête. L'enfant brandit la scie et entendit un murmure terrifié : « Non ! Non ! » – c'était là le seul mot de polonais que la bête connaissait. David laissa tomber la scie et regarda le jeune garçon qui se tenait face à lui. Il venait de découvrir la cause de tout ce raffut.

Ils ne se voyaient pas clairement l'un l'autre, uniquement leurs silhouettes floues. Ils n'avaient aucun moyen de communiquer. Le fugitif parlait yiddish et un peu d'hébreu, et David le polonais et un peu de russe. Mais ils entendaient mutuellement leur souffle, et soudain il vint clairement à l'esprit de David que, quitte à tout perdre, il lui fallait aider ce garçon.

Le fugitif était trempé jusqu'aux os. David tira immédiatement la rustique chemise du dimanche qu'il possédait, une vieille écharpe, un chapeau élimé en fourrure de mangouste qu'il avait trouvé près d'une rivière et qui avait sauvé ses oreilles pendant la nuit – qui aurait cru qu'un enfant comme lui éprouverait un jour le toucher exquis de la fourrure de mangouste ? – et une paire de vieilles bottes aux semelles décousues. Il songea même à retirer son pantalon, mais il n'en avait pas d'autre. Il retourna l'une des planches, dévoilant au fugitif son garde-manger secret, recelant du pain frais – c'est-à-dire vieux d'une semaine –, la moitié d'un chou, un bout de fromage de vache et un pot de confiture de fruits des bois. Le garçon effrayé entama la miche de pain et fourra dans sa bouche un si gros morceau que l'on aurait pu croire qu'une main s'extirpait de sa gorge, écartant sa mâchoire de ses doigts.

David était satisfait. Un sentiment agréable se distilla en lui tandis qu'il voyait le *žyd* manger avec un appétit féroce le pain qu'il s'était gardé de côté. La foi était une bien étrange chose. Untel pouvait trahir le plus intime de ses bienfaiteurs, quand un autre continuerait de se traîner comme un agneau derrière celui qui lui voulait du mal. David ne s'attarda pas à peser le pour et le contre, il tâchait d'empiler les jarres, de combler les trous d'air comme il pouvait, de déplacer son tonneau afin de dégager assez d'espace pour que le garçon pût s'y cacher. S'il l'avait repéré dans la forêt, une heure auparavant, il l'aurait volontiers décapité. Mais à cet instant, alors que dénoncer le fugitif aurait fait de David un héros, ce dernier se serait sacrifié pour épargner son hôte.

Le coq se mit à réprimander le soleil tandis que l'aube s'infiltrait à travers les interstices que David s'était efforcé de combler, traçant des rayures sur la silhouette du fugitif. À en juger par sa respiration profonde, il était toujours endormi. David s'était posté dans un coin telle une sentinelle, sans parvenir à fermer l'œil. Combien de nuits ce garçon avait-il passées dans son abri ? David n'en avait même plus le souvenir. Combien de mots avaient-ils échangés ? Si quelqu'un lui avait proposé « aucun », il aurait certainement vu juste ; si un autre lui avait répondu « une infinité », il aurait eu lui aussi raison.

La dernière nuit, David s'en souvenait parfaitement. Passé

minuit, le garçon s'était risqué à sortir de sa cachette pour s'asseoir près de David. Il empestait l'urine mais David n'y prêtait guère attention. Il n'aurait pu imaginer qu'un corps pût émettre autant de chaleur qu'un âtre brûlant. Les deux se rapprochèrent jusqu'à finir totalement enlacés, et le jeune garçon leva des yeux scintillants vers le ciel, un regard qui prouvait à David qu'il avait fait ce qu'il fallait.

Le matin venu, lorsque David se réveilla, son compagnon n'était plus là. Sans le fugitif, son cabanon avait soudain perdu son atmosphère familière de chez-soi. Il avait laissé tous les vêtements que son hôte lui avait prêtés, bien pliés. David commença par les mettre en tas, et prépara son évasion de chez les Komarov. Son cap, Saint-Pétersbourg. Pourquoi la capitale ? Car Saint-Pétersbourg était l'endroit le plus décrié qu'il connaissait. Chez les Komarov, on ne parlait de cette ville que comme d'une taverne à ciel ouvert, un égout qui grouillait d'indolents outrecuidants, toute la sainte journée à flâner sur la perspective Nevski. Vêtus des queues-de-pie à la dernière mode, ils se drapaient de pèlerines en laine de chèvre doublées de soie, discutaient bruyamment des réformes sur le parvis du palais de Stroganov. Ces réformes, qui concernaient-elles ? Eux-mêmes, certainement pas. Elles étaient destinées à la plèbe, avec laquelle ils n'avaient rien à voir : les villageois, moujiks, serfs et autres esclaves, qui vivaient d'un vrai travail, cultivaient des choses tangibles, que l'on pouvait goûter ou sentir. Et entre deux débats sur les réformes, les habitants de la capitale allaient au théâtre, qu'ils fréquentaient principalement pour ragoter, à l'Opéra on pointait même Machin qui fricotait avec Chouette en plein acmé. Les officiels et leurs rejetons, qui ne savaient rien de ce que travailler signifiait, voilà l'engeance qui peuplait la capitale, ceux qui ourdissaient ces réformes. David ne comprenait pas grand-chose à ces critiques, mais il se sentait attiré par ce lieu abhorré chez les Komarov.

Comment Fajari, de vagabond, s'était-il métamorphosé en notable de Saint-Pétersbourg ? Eh bien, cette mue n'avait jamais eu lieu. Descendu à la gare de Moscou à huit heures et demie du matin, le jeune homme avait été pris de vertige, cerné par un déluge de grises mines et de sourcils froncés. Que s'était-il imaginé ? Ils étaient vêtus différemment, leur odeur était différente et ils parlaient un russe qu'il n'avait jamais entendu. Il aurait voulu demander comment se rendre à… Mais n'avait tout simplement aucune idée de là où il allait. D'autant qu'il était embarrassé à la seule idée d'ouvrir la bouche. Il avait traversé la place Vosstanïa, d'où il avait poursuivi jusqu'au monastère Nevski et aux quais de la Neva, sentant que les policiers l'épiaient suspicieusement, comme s'il avait été sur le point de dérober un portefeuille. Il avait aperçu quelques soldats dans une ruelle. Et pour quelque raison, il s'était senti à l'aise parmi eux.

Le lendemain, il s'était présenté à la commanderie de la ville, et fut enrôlé puis envoyé dans une école d'instruction, très loin à l'est, par-delà l'Oural. Lorsqu'on lui avait demandé d'où il venait, il avait répondu : « de Saint-Pétersbourg », et avait soudain vu le visage de ses interlocuteurs se fendre d'un sourire amusé, puis se renfrogner :

« Quoi, sérieusement ? Tu as un lien avec le comte Fajari de Saint-Pétersbourg ?

— Bien sûr que nous sommes parents », avait répondu le jeune homme, comme une évidence. Si cela n'avait tenu qu'à lui, il aurait même continué par : « Je *suis* Fajari, de Saint-Pétersbourg. Quelle question vous me posez là ! »

« Tu es le fils de Son Excellence le comte ? lui avaient-ils demandé.

— Son neveu, avait grommelé David, qui venait de saisir le malentendu. Le cousin du fils. »

Le comte Alexandre Fajari de Saint-Pétersbourg était l'un des personnages les plus respectés et les plus fameux à travers l'Empire russe. Il comptait parmi les plus proches conseillers du Tsar, et les plus influents. Il était par ailleurs en voie d'accession à la position de *Kancelor*, la plus haute fonction au service de l'État. Il résidait naturellement sur la perspective Nevski et était proche de la famille Stroganov. Le jeune David Fajari, que l'on prenait à présent pour un parent du cacique, fut gratifié à son arrivée au camp d'un accueil réservé aux souverains. Ses camarades d'unité manifestaient envers lui la plus grande courtoisie, les gradés avaient quant à eux demandé un rapport hebdomadaire sur son agrément, et tout officier, avant de s'aventurer à lui confier une quelconque mission, prenait soin d'indiquer qu'il avait déjà cette petite cicatrice entre le nez et la lèvre en rejoignant son détachement.

Mais bien rapidement, l'enfant choyé révéla des aptitudes militaires non négligeables. Il réussissait ses études, se mesurait à des adversaires plus solides que lui, avait d'excellentes dispositions au tir éloigné, et fit même preuve d'une très bonne capacité d'adaptation au terrain. Les jours d'hiver, on pouvait le voir aller et venir sans son manteau de fourrure, tandis qu'il se contentait en guise de repas d'un peu de pain avec du fromage et de la confiture.

L'ascension fulgurante que connut Fajari dans la hiérarchie était amplement méritée, et s'il était vrai que son nom de famille lui avait conféré un avantage à ses débuts, il se trouvait que tous les commandants se l'arrachaient pour leur division. La rumeur d'un certain neveu du comte Fajari dans les rangs de l'armée et déjà jeune officier fit tache d'huile à Saint-Pétersbourg. Et contre toute attente, le comte ne démentit pas. Aucun des fils du comte Fajari – tous des bons à rien trop gâtés – n'avait daigné servir leur nation en tant que fantassin ou artilleur. Toute la journée il les entendait jacter : « Papa, nomme-moi conseiller ici. » « Papa, ouvre-moi un cabinet d'avocat. » Papa, papa, papa – pas la moindre dignité. Laisser dire qu'un des membres de cette famille était un valeureux soldat du rang ne ferait pas de mal, loin de là.

Quand on évoquait le sujet face à lui, Alexandre Fajari s'abstenait de confirmer ou d'infirmer.

« Votre Excellence, nous avons entendu dire que les états de service de David Fajari sont excellents, lui disaient-ils. Il vient d'atteindre le grade de lieutenant-colonel alors qu'il n'a pas trente ans.

— Un brave garçon, se contentait de répondre le comte avec satisfaction. J'ai toujours su que ce garçon irait loin. »

Lorsque, à trente-cinq ans, David reçut le grade de colonel, les propositions d'intégrer le commandement civil commencèrent à affluer. David les repoussa toutes fermement, déterminé à rester aux côtés de ses hommes.

« Votre Excellence, avait-on demandé à Alexandre Fajari, à Saint-Pétersbourg, que se passe-t-il avec votre neveu ? Veut-il faire de vieux os dans sa caserne ?

— David Fajari n'est pas un homme ordinaire, répondit le comte. Le sang des princes coule dans ses veines. »

7

En s'installant face à Žižek et Fanny, Fajari eut le sentiment que sa vie tout entière avait convergé vers ce moment – l'apogée de son existence, rien de moins. Lorsqu'il avait entendu pour la première fois l'histoire du Père, il avait compris que leurs chemins s'étaient croisés chez les Komarov. Le fugitif qu'il avait caché dans son cabanon était selon toute vraisemblance Yoshké Berkovits. Fajari le sentait dans sa chair. Ceux qui étaient plus experts que lui en matière de légende du Père auraient pu suggérer quelque chose de plus raisonnable : David n'avait pas eu affaire à Yoshké Berkovits dans son cabanon, mais à Motl Abramson, le frère fugitif de Pessah. Les dates et la région concordaient, de même qu'une série d'autres détails. Évidemment, seul un orphelin au grand cœur comme Fajari, et ce même s'il avait atteint le grade de colonel et de commandant en second, pouvait croire qu'au milieu de la vaste Russie, terre à l'étendue gigantesque, un tel concours de circonstances fût possible. Mais depuis qu'il avait entendu parler du Père, s'était forgée en lui la conviction qu'il s'agissait de Berkovits – comme si cet Empire n'avait pas son lot de jeunes vauriens en tout genre, y compris juifs. Eh bien, il se trouvait qu'il n'en était rien du tout. Quoi qu'il en soit, les lubies de David Fajari jouaient en faveur du trio désormais aux arrêts, et ce grâce à cette coïncidence insensée.

« Alors, qu'est-ce qui vous amène ici ? » demanda Fajari à ses deux hôtes, assis face à lui sur le canapé de satin, encore hébétés.

Pas de réponse.

« Vous êtes, je suppose, Žižek Brushov », relança Fajari, espérant engager la conversation par cette question triviale.

Ils n'en dirent pas davantage.

« Et vous ? enchaîna-t-il en se tournant vers la jeune femme. Savez-vous que vous avez la moitié de l'Empire à vos trousses ? »

Fajari releva une curieuse mimique au niveau de son visage. Ses yeux se parèrent d'un air prédateur, tandis que son expression se refermait. Sa main gauche s'agitait. Il se tramait quelque chose.

« Fanny ! » tonna Žižek. Fajari eut quant à lui un mouvement de recul. Aurait-il sous-estimé cette jeune femme ?

« Pardon, désolé mais… s'excusa aussitôt Brushov.

— Tout va bien, bredouilla Fajari. Ce n'est rien. »

La main de l'officier se dirigea lentement vers son revolver, logé dans un étui de cuir plaqué à sa hanche. Au moindre geste, il dégainerait. Il n'avait nullement l'intention d'être la prochaine victime de cette étrange jeune femme, dont il ignorait encore les sombres desseins. Fajari savait pertinemment qu'à ce moment-là, il était exclu de se montrer distrait. Si elle se rendait compte qu'il avait repéré sa main qui s'approchait de son arme, il pourrait la pousser à tenter quelque chose. Comme il l'avait appris au cours de ses longues années de service en tant qu'officier, si un soldat vous mentait droit dans les yeux, mieux valait éviter une confrontation directe et plutôt lui laisser une marge lui permettant de revenir sur son geste et de s'amender. En mettant un escroc face à ses mensonges, il se sentirait constamment acculé dans son tort, et vous haïrait pour cela.

« Avez-vous l'intention de nous dénoncer ? » demanda la jeune femme sur un ton offensif, comme si une réponse par l'affirmative ferait de Fajari un homme mort. Quelle effrontée !

« Non, répondit sobrement Fajari.

— Pourquoi vous croire ? rétorqua Fanny.

— Chère madame, je perçois que votre prononciation est quelque peu imprécise, énonça Fajari, afin de la remettre poliment à sa place. Il serait peut-être souhaitable que vous laissiez votre camarade parler.

— Pardon, désolé, mais… bégaya Žižek, la tête inclinée.

— Nul besoin de s'excuser, le réconforta Fajari. Que faites-vous ici ?

— Nous… S'il vous plaît, vite… marmonna Žižek. Patrick… Adamski… C'est… C'est un sanguin, il…

— C'est un crétin fini, intervint Fanny. Heureusement qu'ils l'ont attrapé, il nous aurait tous mis dans le pétrin.

— Je ne suis pas en mesure de lui venir en aide, dit le colonel en dirigeant son regard vers Žižek. Il sera rapidement pendu, et croyez-moi, ils ne feront que lui rendre service. Vous, d'un autre côté… »

Mais Fajari n'était pas préparé pour ce qui allait suivre. Žižek laissa choir son visage dans ses mains et fondit en larmes. Le colonel était désemparé face à ces sanglots déchirants, Žižek gémissait comme un nourrisson, le souffle court et le corps grelottant. Le titan avait l'esprit brisé et le corps rompu. De sa bouche entaillée, dans le creux de ses mains qui abritaient son visage, il hurlait : « Pessah… Pessah… »

« Žižek… le réconforta Fanny, une main posée sur sa nuque. Pessah Abramson est depuis bien longtemps devenu Patrick Adamski. Tu ne crois pas ?

— Écoutez, dit le colonel tout en s'approchant d'eux, je verrai ce que je peux faire au sujet de Pessah… enfin, d'Adamski. »

Žižek releva ses yeux clairs vers Fajari, comme s'il venait d'accomplir un miracle.

« Savoir si les soupçons qui pèsent sur vous sont fondés ou non ne m'intéresse pas, poursuivit le colonel. À vrai dire, vous feriez mieux de ne rien m'avouer si vous êtes bien derrière ces meurtres. Ma question est des plus simples : que faites-vous ici, et quelle direction comptez-vous prendre ?

— Celle de Zvi-Meïr Speisman, trancha Fanny.

— Zvi-Meïr qui ?

— Zvi-Meïr Speisman, reprit Fanny. Le mari de ma sœur, qui se trouve à Minsk.

— Pardon, désolé, mais… bredouilla Žižek, vous disiez pour Pessah… Qu'il…

— N'ayez crainte, répondit Fajari tout en posant une main sur le bras de Žižek, il n'arrivera aucun mal à votre ami. »

Intérieurement, le colonel ignorait pourtant comment il pourrait honorer cette imprudente promesse.

« Je vous en prie, insista Žižek, fixant avec panique la main de son interlocuteur, comme si un serpent s'était jeté à son bras.

— Je me chargerai personnellement d'Adamski, assura le colonel, embarrassé. Dites-moi simplement, qu'est-il arrivé à Zvi-Meïr ?

— Rien du tout, et c'est bien là le problème », répondit Fanny.

Fajari se tut et fixa Žižek, qui avait lui-même les yeux rivés au sol.

« Il a abandonné ma sœur et ses enfants, il a des comptes à rendre », lança Fanny pour ces messieurs.

Le colonel gigotait d'inconfort dans son fauteuil, les bras croisés.

« Et Žižek ? Qu'a-t-il à voir là-dedans ?

— Il m'aide, je suis sa nièce.

— Vous voulez plutôt dire qu'il aide votre sœur, dont le mari est à Minsk. Si vous êtes la nièce de Brushov, votre sœur l'est également.

— Oui, exactement.

— Et Pessah ? C'est-à-dire, Patrick ?

— C'est un proche de Žižek, répondit Fanny.

— Et le quatrième ?

— Il n'a rien à voir avec cette histoire.

— Pardon, désolé, s'excusa Žižek.

— Pas besoin de vous excuser, rassura Fajari. Tout va bien ? »

Dans quel bourbier me suis-je empêtré, songea-t-il.

« Patientez un instant », leur demanda poliment le colonel.

Fajari dépêcha sa garde afin d'ordonner que l'on n'esquinte pas davantage Adamski. Mais à en juger par la mine de son lieutenant, la directive arrivait clairement trop tard. Il apprit que le détenu Adamski gisait inconscient, après avoir été copieusement tabassé. L'un des militaires lui avait même voracement soutiré un lobe d'oreille, avant de mastiquer le lambeau de chair humaine et de déglutir avec contentement. Adamski lui avait brièvement souri avant de perdre connaissance – un authentique sauvage se devait de rendre hommage à un pair. Fajari avait quant à lui conscience que si d'aventure Žižek le voyait dans cet état, cela sonnerait le glas de leur périple. Que pourrait en retirer Fajari si ces quatre-là poursuivaient leur quête ? A priori rien. Que lui avait apporté le fait de cacher un fugitif dans son cabanon ? Moins de nourriture, moins de couverture. D'aucuns diraient que le colonel était un homme doux et bon, mais ceux qui l'avaient vu combattre dans les tranchées savaient qu'il était un roc. Pourquoi songeait-il donc à agir en hors-la-loi ? Voilà qui faisait trop de questions d'un coup. Lui-même n'en avait pas la moindre idée.

Tandis qu'il revenait à la tente de Mishenkov, où l'attendaient les deux prévenus, Fajari comprit que la solution la plus logique était de séparer le groupe en deux. Lui se chargerait d'escorter Žižek et Fanny jusqu'à Minsk, où ils s'occuperaient de ce qu'ils avaient à régler avec Zvi-Meïr. Quant aux deux autres, l'un étant grièvement blessé, ils stationneraient au sein du camp – si tant est que l'on retrouvât le quatrième larron. Dans l'intervalle, il jetterait un os à Novak pour gagner du temps, distillerait çà et là quelques fausses pistes, et une fois cette affaire bouclée, il lui faudrait dénoncer l'un d'eux – a priori le quatrième. Mais avant même d'avoir rejoint le « cabinet », il entendit au loin l'un des officiers de sa garnison crier :

« Formez les rangs ! Le commandant Mishenkov ! Tous à vos postes ! »

8

Habituellement, le général de brigade Mishenkov prévenait de son arrivée. Deux jours avant, il mandait un émissaire au camp pour obtenir un état des lieux des troupes et du déroulement des entraînements. En retrouvant Fajari le surlendemain, Mishenkov avait l'habitude de passer en revue les rapports remis par son colonel.

« Alors, vieux singe ? J'ai cru comprendre que vous avez potassé cette excellente manœuvre d'exercice des artilleurs ?

— Tout à fait, monsieur ! Ce fut un franc succès.

— Vous savez que nous n'avons que deux désertions ce mois-ci, mon vieux ? D'excellentes nouvelles.
— Tout à fait, monsieur ! Bzarov et Gossin. Nous les trouverons.
— J'ai cru comprendre que le typhus nous en a seulement laissé douze sur le carreau, j'en dis qu'on peut parler là de performance.
— Oui, monsieur. Enfin, disons que c'est relatif… »
La deuxième chose que faisait Mishenkov à son arrivée était d'annoncer un changement quelconque dans la routine du camp. Bien des choses n'étaient pas à son goût, mais il préférait y aller progressivement. Une fois, c'étaient les drapeaux qui le perturbaient : « Vieux singe, comment peut-on lever les couleurs de l'Empire avec des haillons en charpie ? Remplacez-les sur-le-champ ! » Une autre fois, c'était le tour des chevaux : « Pourquoi ne font-ils pas l'appel comme leurs cavaliers ? Mettez-les immédiatement en rang ! » Étant familier des directives farfelues de Mishenkov, Fajari s'évertuait à retarder leur application, avant de se présenter au général de brigade, une heure plus tard, pour lui demander de mettre un peu d'eau dans son vin. Car effectivement, le camp ne disposait pas pour l'heure de drapeaux, les faire venir de Minsk prendrait un certain temps. Et quant à cette brillante idée de convoquer les chevaux pour l'appel, c'était la goutte de trop pour les palefreniers, déjà surmenés, qui avaient à peine le temps de dormir. Mais on pourrait obtenir le même résultat en demandant aux hussards d'inspecter leurs montures dans les écuries.

« Certainement, vieux singe, agréait Mishenkov, satisfait, ayant le sentiment que ses directives contribuaient à relever encore le professionnalisme de ses troupes. C'est exactement ce que je voulais dire, nous procéderons donc ainsi ! »

Fajari avait vu Mishenkov lui coller ce surnom de vieux singe le premier jour où il était entré en fonction. Le colonel était âgé de quelques années de plus que Mishenkov et, à travers ce surnom, Mishenkov signifiait à Fajari que ni l'âge, ni l'expérience, ni a fortiori les liens de parenté n'étaient pertinents s'agissant d'avancement dans la hiérarchie. Voyez donc Mishenkov, fils d'un noble dont la fortune était inférieure à celle du comte Alexandre Fajari, et qui avait grandi à Kazan – et non à Saint-Pétersbourg. Pourtant, voilà que Mishenkov venait d'être nommé général de brigade – et Fajari, quoi ?

Naturellement, on avait proposé le grade de Mishenkov à Fajari il y a quatre ans de cela, mais ce dernier avait décliné la promotion, arguant qu'il préférait continuer de combattre, aux côtés de ses hommes, plutôt que rester derrière un bureau. Également car le colonel désirait rester dans l'ombre. Si le mensonge auquel il devait son ascension jusqu'à un tel rang dans l'armée venait à s'ébruiter, tout s'effondrerait pour lui comme un château de cartes.

Quoi qu'il en soit, Mishenkov chevauchait donc ce jour-là en direction du camp. Il était suivi par une barouche conduite par son chauffeur personnel, qui avait grand-peine à suivre le galop imprimé par le général de brigade. Quelques soldats, rudement ballottés à bord de la calèche, semblaient être des adjudants rattachés à une autre section.

« Vieux singe ! lança Mishenkov en agitant la main tandis qu'il tirait sur les rênes de son coursier. J'espère que les nouvelles sont bonnes !

— Toujours, monsieur, répondit Fajari. Toujours.

— Bien ! Vous les avez attrapés ?

— Qui donc ? répondit-il, feignant d'être surpris par la question.

— Venez dans mon cabinet, ordonna Mishenkov, qui mettait pied à terre. Maintenant. »

Lorsqu'il avait entendu l'un de ses hommes crier : « Formez les rangs ! Le commandant Mishenkov ! Tous à vos postes ! », le colonel Fajari s'était empressé d'agir. Il avait fait sortir Fanny et Žižek par l'arrière de la tente de commandement et donné ordre au commandant de la garnison de les placer immédiatement en détention avec Adamski, et de les mettre tous les trois dans la cellule la plus isolée.

« Je me dois de vous dire, monsieur, que mes hommes refuseront d'obéir à cet ordre. Personne n'acceptera qu'on mette le Père au mitard.

— C'est la seule façon de les sauver, lui répondit Fajari sur un ton pressant. Expliquez-le-leur. »

Lorsque Mishenkov parvint à son cabinet, Fanny et Žižek avaient disparu et se trouvaient déjà au fond d'un cachot puant. Le trou dans lequel on les avait jetés jouxtait la fosse d'aisance, l'odeur fétide qui s'en dégageait fit rendre son repas à Fanny. De son côté, le bol alimentaire de Mishenkov termina son transit dans un sens plus conventionnel après sa longue chevauchée. Puis dans la foulée, le commandant du camp se prépara quelques tranches de saucisse tartinées de caviar.

Soudain, Mishenkov repéra un verre sur la table. Le portant à ses narines, il s'écria d'une voix tonitruante :

« Mon rhum ! »

Son regard était à présent rivé sur Fajari, lequel haussa les épaules dans un geste d'impuissance. Il s'éclaircit ensuite la gorge avant de répondre :

« Je me suis permis de m'en servir un monsieur…

— Oh ! Inutile de vous justifier, claironna Mishenkov. Je vous en prie », ajouta-t-il en poussant la dispendieuse bouteille dans les mains de son colonel.

À cet instant, il observait Fajari comme un cuisinier attendant l'approbation de son client.

« N'est-il pas vrai que mon rhum est le meilleur qui soit ? »

Fajari hocha la tête, embarrassé tandis que Mishenkov se renfrognait.

« Bon, deux dossiers urgents. En chemin j'ai aperçu les tentes du deuxième régiment, pourquoi ne sont-elles pas plus proches les unes des autres ? D'autre part, il m'a semblé qu'elles étaient positionnées des deux côtés de la barricade, comme si le camp allait subir un assaut. Ordonnez-leur de se rapprocher.

— Oui, monsieur », répondit Fajari, sachant qu'il lui faudrait retourner voir Mishenkov et lui demander de se contenter de repositionner une seule tente – celle qui lui avait semblé trop éloignée des autres – car en effet, il faudrait plus d'un mois pour déplacer les tentes de tout un régiment.

« Un autre point, mon vieux. Tandis que j'étais avec le conseiller Bobkov… Vous connaissez Bobkov, non ? C'est un proche d'Anton et Maria. Un garçon exquis. »

Pour Fajari, l'attitude de Mishenkov prêtait à sourire. Il ne pouvait s'empêcher d'égrainer de pompeux patronymes de la haute société, afin de donner l'impression qu'il était de la même envergure qu'eux. Anton et Maria étaient issus de la famille Radziwill, tout en haut de la hiérarchie nobiliaire. Il était plus qu'improbable que Mishenkov les ait jamais rencontrés.

« Nous discutions donc de sujets touchant au militaire et certaines affaires d'État, quand Bobkov me dit qu'Anton et Maria organisent un grand bal à Berlin, et que le couple demande que je fasse de mon mieux pour être présent. Ah, Anton et Maria... Je vous le dis, un couple merveilleux. Quoi qu'il en soit, soudain surgirent deux agents secrets, qui, ayant à peine toqué à la porte, avaient déboulé comme une tempête – à en faire sursauter ces bonnes dames.

« "Que se passe-t-il ? me suis-je exclamé, afin de tempérer les esprits. Que voulez-vous ? — Nous avons un message de la part de Novak", me répondirent-ils. Je tranquillisai tout ce beau monde avant d'aller m'entretenir en privé, dans la bibliothèque, avec les agents. Le diable sait comment ce bougre de Novak m'avait trouvé chez Bobkov. Mais le fait est qu'il m'avait trouvé, et en beauté. Et par-dessus le marché, il avait ordonné à ses agents de me dire de déployer toutes nos forces pour traquer quatre séditieux qui rôdaient dans notre secteur. Vous comprenez ? Qui est-il donc pour m'ordonner, à moi, de déployer mes troupes ? Voyez-vous, du temps de son service, il n'était rien d'autre qu'un lieutenant-colonel. Nous, nous allons lui montrer. Oui, nous allons trouver ces rebelles, quoi qu'il en coûte.

— Quoi qu'il en coûte, bien monsieur », répondit Fajari, qui se haïssait d'employer un ton aussi obséquieux.

Qu'importe la manière avec laquelle, de domestique orphelin, il était parvenu à quitter la maison Komarov puis à se frayer une carrière jusqu'à Saint-Pétersbourg, il lui fallait toujours s'effacer devant une autorité supérieure.

Mishenkov s'empara de sa bouteille, servit d'abord une petite lampée à Fajari, puis une plus généreuse pour lui-même, et après s'être gargarisé avec le précieux alcool, déclara :

« À en croire les deux agents, les suspects sont encore plus redoutables que ceux de la Narodnaïa Volia. On parle de trois hommes et d'une femme, des pouilleux de *žyds.* Qu'on lance immédiatement les recherches !

— Bien, monsieur ! » acquiesça le colonel.

À ce stade, Fajari prenait d'ordinaire congé, avant de revenir une heure plus tard au cabinet avec une proposition plus sensée, venant tempérer les directives de Mishenkov. Mais cette fois, acculé par l'inhabituelle détermination de ce dernier, il s'écria :

« Mais qu'en est-il des exercices au programme, monsieur ? Ces recherches vont épuiser nos hommes, et les priver d'entraînement. Les fusiliers sont des plus imprécis, les cavaliers se font désarçonner par leur propre monture, quant aux artilleurs, les derniers de la classe, ils envoient leurs obus droit dans les nuages.

— La chasse sera donc combinée avec les manœuvres régimentaires pour l'ensemble de la division. Excellente idée, Fajari ! »

S'il y avait bien deux mots qui, à eux seuls, pouvaient instantanément donner à un soldat la chair de poule, la bouche sèche, des démangeaisons dans le dos et des plaques rouges sur les bras, c'était bien : *manœuvre régimentaire.* Fajari comprit qu'il venait de commettre une erreur. À cet instant, du fait de quatre prévenus, qui pour trois d'entre eux étaient détenus dans une cellule, distante d'une petite verste seulement du cabinet de Mishenkov, la division tout entière s'apprêtait à se mettre en branle sous une chaleur de plomb. Qu'allait-il faire ? Il lui fallait trouver une solution au plus vite.

« Donnez l'ordre, Fajari. Maintenant !

— Oui, monsieur, grommela Fajari qui peinait à finir son verre de rhum.

— Sur-le-champ ! »

En chemin pour retrouver ses officiers, moment où lui venait généralement à l'esprit ce qu'il opposerait aux brillantes trouvailles de son commandant, Fajari resta à court d'idées. La seule possibilité qu'il considéra : atteindre Mishenkov par l'affect, lui raconter que le Père se trouvait en leurs murs, et lui demander d'entrer dans leur jeu. Mais Fajari savait bien qu'il y avait deux catégories de gens : ceux qui sanctifiaient la loi, et ceux qui obéissaient à leur conscience. Les premiers ressortaient toujours vainqueurs d'un débat, quand les seconds auraient toujours raison dans leurs actions. Mishenkov appartenait à la première catégorie, aussi Fajari se figurait déjà mentalement la réponse de son commandant :

« Ça me brise le cœur, vieux singe, mais ce n'est pas à nous de départager le bien du mal. Si les autorités ont établi que Žižek Brushov était un assassin, qui sommes-nous pour l'aider à se soustraire à la loi ? Si on faisait tous comme bon nous semble, en suivant ce que l'on appelle "notre conscience" – c'est-à-dire, en d'autres termes, nos caprices –, on sombrerait dans l'anarchie la plus totale. »

Fajari n'était pas un lettré, et encore moins un logicien, mais il s'efforçait pourtant d'imaginer ce qu'il pourrait opposer à Mishenkov pour le convaincre. Il regagna sa tente, toujours à court d'idées. Il se pencha sur les cartes topographiques dépliées sur son bureau, tenta de faire surgir l'inspiration à partir d'une pomme pourrie gisant au pied de son lit, prêta encore l'oreille aux aboiements d'un chien errant, mais rien n'y faisait ; il ignorait toujours par quel moyen il parviendrait à infléchir les intentions de Mishenkov.

Finalement, il manda le commandant de la garnison, le capitaine Istomin ; jeune et robuste officier en qui Fajari avait toute confiance. Il regarda le juvénile capitaine droit dans les yeux :

« Refusez d'exécuter cet ordre, et vous aurez ma compréhension. Il vous faut savoir que si cette mission venait à échouer, vous et votre bataillon comparaîtrez pour trahison. Si cela peut vous réconforter, nous partagerons le banc des accusés. Vous escorterez donc les trois prisonniers jusqu'à Minsk, et ce avant que nos hommes ne reviennent de la manœuvre régimentaire. Il leur faut trouver un dénommé Zvi-Meïr Speisman, aidez-les à le localiser. Seuls vos cinq meilleurs hommes seront autorisés à être en contact avec les prisonniers. Ils assureront leur ravitaillement en eau et en vivres, ainsi que leurs soins médicaux. Personne ne touche à Patrick Adamski ; allongez-le dans la barouche et affectez-lui une infirmière. Vous avez ordre de les ramener vivants, et de conduire cette mission dans le secret absolu. C'est tout. Vous êtes prêt ?

— Oui, monsieur ! » assura le capitaine, au garde-à-vous, avant de tourner les talons.

Le lendemain, le général de brigade Mishenkov donna, très hâtivement, le départ de la manœuvre régimentaire, pour s'éclipser aussitôt afin de rejoindre la ville de Niesvij. « Je dois obtenir quelques autorisations, vieux singe, et régler des histoires de budget et de logistique, j'imagine que vous comprenez. » Il délégua à Fajari la supervision de l'exercice, et demanda à être tenu au courant de l'évolution des recherches, d'ici à son retour à la tête du commandement.

Fajari était inquiet. Il savait qu'il ne faudrait pas longtemps avant que Novak ne découvre que les quatre fugitifs étaient passés par l'enceinte du camp, voilà pourquoi il décida, quelques instants avant le début de la manœuvre, d'envoyer un télégramme aux bureaux de l'Okhrana de Grodno et de Minsk. Avec ce message, Fajari savait qu'il lui fallait leur jeter un os – ni trop sec, ni trop juteux. Il fit ainsi mention de trois étrangers s'étant aventurés à proximité du camp – il ignorait toutefois si une femme se trouvait parmi eux – dont l'identité n'était pas fermement établie. L'un était, semble-t-il, un certain Patrick Brushov, tandis qu'un autre s'était présenté aux sentinelles sous le nom de Žižek Adamski, ou quelque chose de ce style. Ils n'avaient de toute façon fait que passer par là, sans que les gardes en poste ne fussent marqués par un quelconque détail.

Tandis que Fajari commandait la division du haut de sa monture, les potentielles questions que pourrait lui poser Novak le préoccupaient. Combien de temps durerait la manœuvre ? Mishenkov, lui, aurait répondu : jusqu'à ce que la mission soit accomplie – quand bien même il n'aurait pas clarifié si l'objectif prioritaire était la capture des suspects ou bien l'entraînement de ses troupes. Qui restait-il dans l'enceinte du camp ? Eh bien, la garnison, quelques hommes en état d'arrestation – dont trois placés à l'isolement –, du personnel administratif, des malades, des blessés, peut-être deux chevaux, ainsi que quelques centaines de sentinelles et coureurs aux avant-postes – certains étant même très éloignés, et l'un d'entre eux un squelettique chantre à l'appétit gargantuesque, qui avait relevé Oleg.

Kantor, au passage, avait la conviction grandissante que la vie militaire lui allait comme un gant. Pourquoi cet Oleg avait-il donc renoncé au boulot rêvé ? Un type décidément bien étrange… On ne lui demandait rien d'autre que de rester assis à la même place du matin au soir. Il ne manquait pas de nourriture – même si, certes, il n'y avait plus de sardines, et que, vu la cadence de sa consommation de viande en conserve, elle serait elle aussi épuisée dans les deux heures ; quant aux biscuits secs, comment dire, ils avaient tendance à obstruer les passages devant rester dégagés. Mais l'on ne devrait jamais se plaindre d'avoir le ventre plein.

Et par-dessus tout, il fallait être reconnaissant de la façon dont on s'était soucié de lui offrir de la compagnie. Le *hazan* n'était pas un imbécile, il savait que cette Olga n'était qu'une poupée blonde. Par conséquent, lorsqu'il s'adressait à elle, il savait bien que ses mots résonnaient sur un sac de jute et deux vieilles planches de bois. D'un autre côté, cette surdité était libératoire, Kantor n'avait plus à craindre qu'on lui saute soudain dessus ou qu'on lui casse les dents parce qu'il avait dit quelque chose qui avait accidentellement énervé quelqu'un.

Olga ne lui avait rien refusé depuis qu'ils se connaissaient. Kantor étalait à ses pieds des morceaux de chou noir, et un reste de courge. Une chance qu'il y eût dans ce monde des gens comme Oleg, qui ne se contentaient pas de leur part, toujours à courir après de nouvelles ambitions. Kantor était heureux d'avoir pris son poste, mais il faudrait d'ici peu que l'on vînt renouveler son stock de vivres. Autrement, il retournerait au camp et ferait le nécessaire pour obtenir ce qui lui était dû, poussant si nécessaire une gueulante. Non pas pour lui-même, mais plutôt pour Olga, on ne se comportait pas ainsi avec une honorable dame ; elle qui gardait toujours un œil sur lui et le protégeait des hurlements des loups au crépuscule.

NEUVIÈME PARTIE

GRODNO

1

Au même moment, le lieutenant-colonel Piotr Novak faisait route vers l'ouest depuis Baranavitchy pour rallier la ville de Grodno. Pourquoi Grodno en particulier ? Eh bien…

Il avait eu besoin d'une semaine pour se remettre de cette maudite nuit à l'auberge de Patrick Adamski – l'établissement avait d'ailleurs été transformé en centre opérationnel de crise, les piliers de comptoir ayant été congédiés à grand renfort de coups de pied. Novak sortit dès qu'il le put pour dégourdir sa jambe meurtrie, s'aventurant jusqu'au marché. Pour la toute première fois, il s'arrêta face à l'étal des *żyds*. Appuyé sur sa canne, il grinça des dents en observant ces créatures primitives, qu'il avait toujours et presque inconsciemment tenues pour infirmes.

Il n'y avait qu'à les regarder, dans leurs étranges vêtements, quelque chose dans leur apparence le révulsait. Ces barbes hirsutes, ces yeux enfoncés, ces doigts qu'ils humectaient du bout de la langue tandis qu'ils feuilletaient leur fameux bouquin. Un monde les entourait, mais eux restaient reclus dans leurs lettres aux contours rectilignes. Par tous les diables, allez comprendre ! Et leur odeur, que Dieu ait pitié de nous, ne se douchaient-ils donc pas ? Ce n'était pas pour rien qu'ils étaient en proie aux mouches – et à la dysenterie qui allait avec – pendant l'été.

Inutile de prêcher à Novak la bonne morale, celle qui voulait que tous les êtres humains étaient les créatures de Dieu. Nul besoin de lui enseigner que les enfants pouvaient être façonnés dans n'importe quel moule. Si l'on voulait, par exemple, qu'ils portent des lunettes dès l'âge de cinq ans, il suffisait de les asseoir devant des minuscules lettres à quatre ans. Si l'on ne coupait pas leurs *péot*, elles continueraient fatalement de croître. Une fois l'interdiction d'avoir la tête découverte assimilée, il était parfaitement logique qu'ils soient constamment coiffés d'une kippa ou d'un chapeau. Tout cela, Novak le savait pertinemment. Pourtant il s'attendait venant d'eux à davantage de civilité, de savoir-vivre, il aurait aimé percevoir chez eux un soupçon de volonté d'intégration à la société.

Mais justement parce que le mépris pour les *žyds* était presque inné chez lui, Novak commença à songer qu'il ne valait peut-être pas mieux que tous ces ballots en s'alignant sur l'opinion de la masse sans avoir mené de véritable réflexion. Par tous les diables, une semaine tout juste qu'il avait connu ces quatre maudits *žyds* ! La femme avait éliminé ses agents, l'un d'entre eux avait massacré sa jambe, et cet avorton n'avait cessé de piailler. Celui qui donnait l'impression d'être le plus redoutable, ce briscard à la bouche balafrée, était resté muet comme un golem. Aucun d'entre eux n'avait l'air particulièrement instruit. Vêtus d'une blouse de simples paysans, on aurait même pu les prendre pour tels. La femme l'intriguait tout particulièrement, cette espèce de Jeanne d'Arc juive, diable, quel genre de femme agirait d'une façon aussi bestiale ? Comment avait-elle l'audace de venir envahir les pensées, bonnes et mauvaises, d'un homme ?

Au milieu du marché bondé, Novak s'était imposé de s'arrêter et d'observer plus attentivement les *žyds*. Il lorgna leurs chariots où régnait le chaos, avec ces piles de casseroles, d'outils empilés sens dessus dessous. Il étudia la queue qui s'étirait devant chez Levinson, leur fameux pâtissier. Remarqua leur tendance à s'agglutiner les uns aux autres, par tous les diables, comme si cela leur était agréable d'avoir le nez fourré dans la nuque du voisin ! Il prit note de leur manière de converser – une vieille femme vociférait sur un vendeur de légumes, ce dernier lui rendait la pareille, et voilà qu'un instant plus tard, ils s'enlaçaient joyeusement et troquaient concombres contre kopecks. L'espace n'était pas structuré en boutiques, c'était juste une marée humaine, une masse bruyante et gémissante, comme si chaque transaction devait atteindre un pic de tension avant sa résolution. Chacun des mots de leur étrange langue sonnait comme une conspiration, vous harcelait à vous en donner la nausée. Pourquoi ne se trouvaient-ils pas un endroit à eux ? Pourquoi venir pulluler sur une terre où ils étaient indésirables ?

Encore et encore, Novak revenait ainsi à ces sempiternelles conclusions, chose qu'il jugeait peu opportune pour les progrès de son enquête. En effet, que désirait-il ? Se familiariser avec leurs coutumes. Voilà pourquoi il s'était arrêté pour les observer, sauf qu'il retombait inévitablement sur son opinion première. Novak songea donc que sa méthode était peut-être en cause. Plutôt qu'observer, ne serait-il pas plus judicieux de faire l'expérience par lui-même ?

Jamais il n'avait approché un *żyd* sans l'avoir au préalable prévenu de son statut. Jamais il n'avait simplement discuté avec l'un d'entre eux, d'égal à égal, sans l'intention de soutirer des informations. Et voilà précisément ce qu'il se décida à faire sans plus tarder. Il approcha d'un vieux marchand de légumes qui venait de conclure en fanfare sa vente de concombres.

« *Cześć* », le salua Novak, en polonais.

Le vieil homme se contenta de hocher négligemment la tête. Aussitôt, Novak sentit les regards rivés sur lui, comme si ce marchand et ses coreligionnaires le regardaient à travers les mêmes yeux.

« C'est combien ? demanda Novak en désignant les concombres.

— *Acht und zwanzig*, répondit le vieil homme en retirant une tomate pourrie de son étal.

— Combien ? demanda à nouveau Novak, priant le marchand de le lui écrire.

— *Acht und zwanzig* », répéta-t-il, refusant d'écrire quoi que ce soit.

Novak se tut. Le visage de ce vieil homme était émacié et couvert de taches, telle une hyène affamée, ses mains mouchetées s'affairaient à retourner les légumes comme un paysan retourne la terre. Inexplicablement, il avait le nez bleu, dont le bout noir et pointu évoquait la mine d'un crayon. Novak tira de sa bourse une pièce d'un rouble et la fit tinter sur la balance dans un claquement métallique, mais le vieux n'y prêta même pas attention, et refusa naturellement de prendre la pièce. Novak remit les concombres qu'il avait choisis et récupéra sa pièce. Le marchand reforma aussitôt les concombres rendus en pile.

Novak se dirigea ensuite vers la queue qui patientait devant la pâtisserie Levinson. Plus loin dans la file, quelques locaux discutaient avec les Juifs dans un idiome mêlant polonais et yiddish. Novak y voyait quelque chose d'encourageant – peut-être pourrait-il lui aussi entamer une conversation. Mais à sa grande surprise, ceux qui patientaient près de lui se dispersèrent. Que se passait-il ? N'était-ce pas la pâtisserie la plus courue de Baranavitchy ? On disait que les gâteaux de chez Levinson étaient les meilleurs, et les gens faisaient la queue devant sa pâtisserie du matin au soir, qu'il vente, qu'il pleuve ou qu'il neige.

Une étrange sensation s'immisça en lui : sa présence n'était pas la bienvenue, comme s'il était un étranger en son propre pays. Plus grave encore, il apparaissait qu'il ne savait rien des coutumes locales. Enfoncé jusqu'au cou dans les affaires du Département de maintien de la sécurité et de l'ordre publics, il n'avait jamais agi en citoyen lambda ; et eux, les *žyds*, étaient les premiers à en faire le constat. Se lever, chaque matin, se rendre au même travail, et retrouver la même femme le soir : cela lui était inconnu. Son visage trahissait-il sa vie dans l'ombre ? Que fallait-il faire ici pour ressembler à monsieur Tout-Le-Monde ?

Finalement, arriva son tour chez Levinson, et Novak désigna ce qu'avaient demandé les deux clients l'ayant précédé, du gâteau aux prunes, ou aux cerises – il ne pouvait lire l'écriteau. Il s'attendait à ce qu'on lui rendît la monnaie sur sa pièce d'un rouble, mais Levinson lui tendit sa part de gâteau, enveloppée dans du papier, haussa les épaules et se tourna vers le client suivant. Était-ce vraiment la somme à débourser pour une seule part ? Un prix parfaitement exorbitant, celui d'un repas complet. Il lui semblait que les deux clients avant lui n'avaient pas payé autant. Mais à défaut de savoir poser la question, même si la logique tarifaire le laissait dubitatif, il ressortit en rogne de la boutique. Dans la foulée, la file de clients se reforma, mêlant Juifs et locaux qui semblaient soulagés de voir Novak s'éloigner.

Ce dernier fut lui aussi soulagé de pouvoir de nouveau les observer à distance. De loin, il était en mesure de cerner à qui il avait affaire. Trop proche, il se sentait comme un étranger, et, plus encore, comme venu d'une autre époque. En tant qu'officier supérieur de l'Okhrana, son rôle était de semer la peur et la défiance dans la population. Il était convaincu qu'en prenant à part n'importe lequel de ces types qui faisaient des messes basses dans la queue, il pourrait sans mal l'inciter à poignarder dans le dos le client devant lui. Presque sans effort, il pourrait les monter les uns contre les autres. Mais en l'absence de menace concrète, ils vivaient en bon voisinage. Il suffisait d'une belle part de gâteau aux fruits des bois (il avait cru à tort qu'il s'agissait de prunes ou de cerises, c'était là une merveille de consistance, garnie de myrtilles et de mûres, quel délice !) pour faire oublier aux Polonais qu'untel était *žyd*, gagnant deux fois plus d'argent, et que leurs voisins à kippa avaient la mainmise sur la plupart des commerces de la ville.

Sur le plan philosophique, on aurait pu dire que les hommes étaient des créatures bien terre à terre, et qu'il suffisait d'une part de gâteau – même moins bonne que celle qui lui fondait présentement dans la bouche – pour sceller la paix avec les *žyds*. Mais heureusement pour Novak, rien n'était plus vil aux yeux des locaux que le pragmatisme. Ils s'évertueraient toujours à démontrer qu'il leur restait une part de spiritualité. Novak savait que, sans ce que les locaux appelaient « valeurs », il n'y aurait pas de violence ; et sans violence, l'admettre était bien fâcheux, Novak se retrouverait sur le pavé. Ce qu'il lui suffisait de faire, par conséquent, était de poser aux locaux une simple question : qu'est-ce qui est le plus important – la morale ou les mûres ?

Il aurait suffi d'une journée à Novak pour inciter la plèbe à incendier la moitié des maisons que comptait la ville. Mais peut-être lui fallait-il s'infiltrer autrement parmi les *žyds*. S'il ne pouvait les observer, ni discuter naturellement avec eux, l'unique solution était peut-être de devenir l'un des leurs. Il aurait besoin d'une légende particulièrement bien conçue, et évidemment d'un interprète, du cru de préférence, quelqu'un qui fût familier des us et coutumes des *žyds* et de leur perfide langage. S'il se présentait comme l'un des leurs, ils lui parleraient ouvertement.

Mais qu'en était-il de son apparence ? Eh bien, ne lui en déplaise, il y avait déjà un moment que le visage anguleux du lieutenant-colonel était amoché et hirsute. Il avait un jour entendu par hasard l'un de ses agents affirmer sur le ton de la plaisanterie que personne sans le connaître ne pourrait se douter qu'il appartenait à l'Okhrana car il avait l'air d'un *žyd.* Le moment était ainsi venu de tirer profit de sa bien triste allure. Il en était convaincu, cette enquête avait trait à l'occulte ; et découvrir l'identité des criminels lui imposait de jouer avec la sienne.

2

Novak ressortit du marché et revint d'un pas toujours plus boiteux à l'auberge d'Adamski, où il retrouva son lieutenant Albin Dudek, penché sur des cartes. Le nord pointait vers la bedaine adipeuse de Dudek, lequel était perdu dans les signes de la légende, comme s'il essayait de déchiffrer un message crypté.

« Une trouvaille intéressante, Dudek ? demanda Novak, tandis que son lieutenant rougissait comme s'il venait d'être pris la main dans le sac.

— Absolument, monsieur, j'ai vérifié dans quels patelins du coin ils pourraient se cacher.

— Et quelles sont vos conclusions ?

— Que s'ils ne sont pas à la base militaire, et tout porte à croire que c'est le cas, ils se cachent forcément dans un village aux alentours. »

Le fait que son lieutenant eut écarté aussi catégoriquement la possibilité de la base militaire mit aussitôt la puce à l'oreille de Novak, qui commença à songer que c'était précisément là où les fugitifs se trouvaient.

« Nos messagers sont-ils revenus avec une réponse du commandant de la base, Mishenkov ? demanda Novak

— Non, monsieur, ils ne sont partis qu'hier. J'ai cependant insisté sur l'urgence de la situation dans une note, flagorna Dudek. Et précisé que quiconque dissimulerait des informations sur l'identité ou la localisation des prévenus serait tenu pour complice, ou quelque chose de ce genre.

— Et qui vous a demandé d'insister sur cela ? » fulmina Novak. Tous les habitants du district songeraient maintenant que le commandant du Département de maintien de la sécurité et de l'ordre publics était un nigaud fini. « Dépêchez sans plus tarder deux agents à Niesvij, ordonna Novak. Le général de brigade Mishenkov est certainement en pleine flânerie chez le conseiller Boubkov. Je veux qu'ils lui fassent clairement savoir que le gouverneur Gourko entre en scène, et j'exige que sa division passe sous mon commandement.

— Le gouverneur Gourko ? s'affola Dudek. Oui monsieur, sur-le-champ ! »

Du raffut se fit soudain entendre depuis l'étage des chambres. Un homme avait tenté de sauter par la fenêtre, avait été rattrapé de justesse par le cou par deux agents, qui l'avaient ensuite plaqué au sol, avant d'être eux-mêmes assaillis par deux jeunes hommes et une femme d'âge moyen. Novak ne comprenait pas vraiment ce qui se tramait en haut, mais cela avait tout d'une saynète comique où des clowns s'empilaient les uns sur les autres – ses bouffons d'agents inclus. Imperturbable, Dudek fournit son explication :

« Ce sont des *žyds* dénoncés par des locaux. Nous avons effectué des descentes chez eux à l'aube, et maintenant ils font du ramdam.

— Je n'y comprends rien, répondit Novak en se prenant la tête dans les mains. En quoi sont-ils liés à l'enquête ?

— C'est de la juifaille.

— Tout comme la moitié des habitants de cette foutue ville.

— Certes, mais ceux-là ont été dénoncés.

— Et pour quel motif ?

— Lui, par exemple », Dudek désigna le fuyard mis en échec,

auquel les agents passaient les menottes tout en l'agrémentant de coups de poing. « Lui, on nous a dit qu'il distribuait des tracts.

— Et de quoi parlent-ils, ces tracts ?

— Ils disent que la religion est l'opium du peuple, monsieur. »

Novak jeta un œil au prospectus, similaire à ceux qui circulaient partout dans l'Empire : un feuillet imprimé distribué par les socialistes pour exciter la plèbe.

« Et en quoi ces brochures se rapportent-elles à notre enquête ?

— Je l'ignore, monsieur, mais nous allons le découvrir, c'est certain. Les enquêteurs sont là pour ça. Mais celui-là ? Quel effronté ! Il nous rit au nez. Savez-vous comment il se surnomme lui-même ? Akaki Akakiévitch ! Comme si un nom pareil existait vraiment.

— Pourtant c'en est bien un. Gogol ? Vous connaissez ?

— Pas Gogol, monsieur, Akakiévitch j'ai dit.

— Laissez tomber. Libérez-les tous, et mettons-nous au travail.

— Oui », opina Dudek, sans ajouter « monsieur ».

Novak, qui connaissait tous les signes de contrariété chez son lieutenant, ne s'en émut pas. Avoir besoin de l'approbation d'un imbécile, c'est en être un soi-même.

« Attendez un instant, l'interpella Novak qui venait d'avoir une idée. Faites-moi venir ce Akakiévitch.

— Oui, monsieur », bondit Dudek. Il avait enfin convaincu son commandant d'aller dans son sens.

« Et laissez-nous seuls. »

Akaki Akakiévitch avait le front dégarni d'un nouveau-né et les lèvres en cul-de-poule d'un poisson-perroquet (mais peut-être était-ce dû aux coups de poing qu'il venait de recevoir ?), sa peau était rose et glabre, tant et si bien que si Novak n'avait pas su qu'il s'agissait là d'un délinquant, il l'aurait pris pour un domestique.

On aurait pu décrire leur conversation comme deux monologues dans un dialogue, à moins que cela ne fût plutôt un dialogue entre deux monologues. Mais dans les deux cas, Novak tint le crachoir tout du long ; comme s'il dévalait une ravine escarpée, il fut incapable de s'arrêter de lui-même : « Akaki Akakiévitch. Ce nom me dit déjà tout ce qu'il me faut savoir au sujet de l'homme qui est assis en face de moi. Monsieur est un intellectuel pédant, qui a lu – ou pas – les magnifiques œuvres de Gogol et de Pouchkine, et est persuadé de n'être entouré que d'imbéciles. Et si vous me permettez d'être franc, monsieur n'est pas loin de la vérité s'agissant des agents de l'Okhrana. Le destin a voulu que votre serviteur soit familier des œuvres de Gogol, et même de Pouchkine dans une moindre mesure. Je serais d'ailleurs ravi de discuter à l'occasion avec monsieur d'*Eugène Onéguine*, des aventures de Chichikov, ou peut-être même d'écrivains moins connus, voire d'écrivaines, comme Éliza Orzeszkowa par exemple – monsieur en a certainement entendu parler. Ah non, vraiment ? C'est une romancière tout à fait brillante, originaire de Grodno – raison pour laquelle son nom n'arriverait pas jusqu'aux oreilles des caciques métropolitains. Bien, que monsieur-le-révolutionnaire sache que j'ai personnellement fait disposer de la paille sur la route jouxtant sa maison, afin que le cliquetis des roues de barouche ne trouble pas sa tranquillité. Monsieur veut-il savoir ce qu'est la culture ? Il n'a qu'à sortir le nez de ses livres et observer le monde. Voilà ce qu'est la culture.

« Monsieur sera peut-être surpris d'apprendre qu'un officier supérieur de l'Okhrana s'intéresse à ce que la plupart voient comme une bagatelle. Mais je vous dirai ceci : si une romancière ne peut écrire en paix, à quoi bon défendre cet Empire ? Sans doute, monsieur, homme du grand monde et illustre révolutionnaire, considère-t-il que les policiers ne sont que des abrutis en uniforme. Peut-être que monsieur a la tête bien remplie des idées venues de ce Prussien ventripotent et pourri gâté, un certain Karl Marx, qui n'a de sa vie jamais travaillé le moindre jour, et qui à force d'ennui s'est imaginé l'avènement d'un nouveau monde par la révolution. Si c'est bien le cas, monsieur me permettra de lui demander ceci : dans le nouveau monde de notre prussienne feignasse, qui étendra de la paille sur la route afin que Mme Orzeszkowa puisse écrire en paix ? Vous autres y avez-vous songé dans votre manifeste ?

« Monsieur le distributeur de tracts a certainement de nobles intentions. Il s'est certainement dit : j'en ai assez d'être le juifaillon de service, je veux m'intégrer, être un homme du monde. Mais je hais viscéralement ceux qui sont d'ici – comment nous désignez-vous, déjà ? Les *goyim* ! – vous nous haïssez depuis le berceau, et demeurez incapables de concilier votre volonté d'intégration dans une société de *goyim* et la répulsion que leur présence vous inspire. Voilà pourquoi monsieur se voit contraint de vouloir nous changer, de nous critiquer, afin que nous lui ressemblions toujours un peu plus. Et qu'y a-t-il de mieux pour cela que le socialisme, qui ambitionne d'abolir les religions et les classes sociales ? Sauf que monsieur devra faire sans famille, ni compatriotes locaux ; deux entités qui le rejettent. Sa famille traditionnelle le vomit, et les *goyim* le prennent pour une grosse tête vérolée. Sa seule issue est ainsi de devenir un révolutionnaire pour lui-même, et de distribuer ses tracts à des analphabètes. À défaut d'être entouré par des proches, il ne lui reste qu'à se vautrer dans le giron de la "justice", de la "liberté" et de la "vérité", en espérant qu'un jour ces millions de gens qui le méprisent se libèrent de leurs entraves – la même foule qui, au premier jour de l'avènement de son régime, écorchera Son Altesse Prospectus en place publique.

« Quoi qu'il en soit, il n'y a plus qu'une seule possibilité pour monsieur de sortir de l'embarras dans lequel il s'est fourré avec ses tracts. Trouver le vrai nom de monsieur est un jeu d'enfant. Une fois son identité révélée, monsieur ne pourra plus dissimuler celle de ses parents, de sa femme, de ses enfants, et de tous ceux qui ont le même sang qu'Akaki Akakiévitch dans les veines. Une seule pomme pourrie dans le panier, et vous voilà obligé de vérifier les autres ; il n'y aura ainsi d'autre choix que d'aller les trouver. J'imagine qu'il souhaite éviter la Sibérie, éviter à ses enfants de recevoir un courrier officiel expliquant dans quelles circonstances leur père a été emporté par la maladie – sans que cela soit calculé, Dieu nous en préserve. Ce sont des choses qui arrivent, vous savez. La route pour la Sibérie est aussi longue qu'éreintante, et les conditions de détention sont le défaut le plus évident de la région. Vous devez bien admettre que le bien-être des criminels n'a pas vocation à faire la pluie et le beau temps dans l'agenda du gouverneur, n'est-ce pas ?

« Mais n'ayez crainte, monsieur. La fin n'est pas venue pour vous. Je peux d'ailleurs voir que monsieur m'écoute très attentivement. Il sera ravi d'apprendre que celui qui se trouve face à lui n'a aucune intention de contrecarrer ses plans, ou même de révéler qui sont ses comparses – bien au contraire. On pourrait même dire que monsieur Prospectus et le Département de maintien de la sécurité et de l'ordre publics sont en réalité dans le même camp. Imaginez donc, monsieur, ce qu'il se passerait sans vos tracts. Imaginez-vous les gens se lever un matin sans tomber sur une feuille de chou subversive. Que penseraient-ils ? Ce régime nous opprime ! Il n'y a pas de liberté d'expression ! Vous comprenez, monsieur ? Le pouvoir a besoin d'opposition. Si une minorité se rebiffe, c'est qu'une majorité la soutient, et le message n'est pas si mauvais du point de vue du gouvernement. Voilà pourquoi l'Okhrana n'a que faire de vos tracts, et ce n'est pas pour cela que nous sommes ici.

« Ma proposition est on ne peut plus simple : j'accorderai à monsieur une immunité totale, à lui comme aux siens. En échange, vous allez m'aider à capturer trois suspects qui ont semé la terreur sur le district pour des raisons qui doivent encore être éclaircies. Vous n'aurez qu'à m'accompagner et me servir d'interprète. Je souhaite simplement mieux comprendre ceux de votre milieu, pas les marxistes bien entendu – d'eux je sais parfaitement m'occuper – mais les Juifs, le peuple qui a vu naître monsieur, c'est-à-dire, avant qu'il ne choisisse de s'en éloigner. Monsieur aidera Novak à devenir l'un d'eux.

« Vous pourriez par exemple vous appeler Akim, suffisamment proche d'Akakiévitch, mais plus crédible. Quant à mon nom, ce sera quelque chose en "P". Peut-être Prokor, le nom d'un valeureux officier que votre humble serviteur a connu à l'époque de son service. Vous n'avez pas encore dit un mot, Akakiévitch, je veux dire, Akim. Alors, qu'est-ce que vous en pensez ? »

La conversation avançant, le distributeur de tracts, qui se gaussait il y a peu des agents de l'Okhrana en se présentant comme Akaki Akakiévitch, avait perdu toute envie de rire ; il était maintenant mutique et terrifié. Sous cette peau rosée, Novak voyait clairement que ne se cachait rien d'autre qu'un bambin, une petite frappe, qui pouvait se montrer teigneux dans les débats idéologiques tenus dans telle ou telle académie et déclamer ses arguments alambiqués avec bravoure, mais qui, maintenant qu'il ne s'agissait plus de distribuer des prospectus, cet apanage des lâches, se sentait au bord du précipice.

La partie dégarnie du front d'Akim affichait désormais une ardente teinte violacée, comme si le monologue de Novak avait provoqué des démangeaisons bourgeonnantes sur son visage. Sa moustache soignée, stigmate d'une vanité déplacée, se haussait et s'affaissait au rythme de sa respiration haletante.

« Vous ne pouvez pas… Comment serait-ce… »

Pour Novak, ces phrases marmonnées à demi-mot sonnaient comme des bulles de savon.

« C'est impossible… Vous ne pouvez pas vous faire passer pour un Juif… Ils ne goberont pas ça.

— Exactement ! s'écria Novak, voilà pourquoi j'ai besoin de vous.

— Mais pourquoi moi ?… Qui suis-je donc ? Vous ne comprenez pas… Je ne suis pas des leurs – ma famille ne m'adresse plus la parole… Et la langue, je m'en souviens à peine.

— Excellent ! lança Novak, en lui tapant sur l'épaule. Maintenant, vous avez des regrets, vous souhaitez réintégrer la communauté. Ça, c'est une belle histoire, nous progressons déjà !

— Mais… se contorsionna Akim.

— Écoute, mon ami, coupa Novak en s'approchant de lui. Mon cher Akim, il y a des moments où les explications deviennent creuses, la contradiction superflue et où la conversation s'arrête. Il faut à présent se retrousser les manches et se mettre au travail. Qui sommes-nous ? Akim et Prokor. Que sommes-nous ? Des Juifs. Vont-ils nous croire ? Pour l'heure, rien n'est moins sûr. Mais c'est pour cette raison que tu es toujours là et bien en vie, n'est-ce pas ? »

Novak n'aurait pu prévoir les conséquences immédiates, et excellentes au demeurant, du recrutement de celui qui se surnommait plaisamment Akaki Akakiévitch. Le jour même, peu avant la tombée de la nuit, deux personnes sortirent de l'auberge d'Adamski : Akim et Prokor, alias Pinhaslé et Abramlé Rabinovitch. Arpentant la grand-place qui se vidait de ses passants et où les étals du marché étaient sur le point d'être repliés, ils croisèrent un groupe de marchands dont la conversation semblait être passée des affaires aux ragots. Akim alla à leur rencontre, craintif de prime abord, et leur présenta rapidement l'histoire de Pinhaslé et d'Abramlé. Les camelots écoutèrent avec intérêt tandis que Prokor se joignait au groupe à pas feutrés. Il constata qu'Akim avait su diriger la conversation vers les informations qu'il était chargé d'obtenir : connaissaient-ils un *shokhet* de sexe féminin dans les environs ? Même dans leur étrange verbiage, Novak parvint à relever la mention de la ville de Grodno, et afficha aussitôt un sourire. La recette qu'il avait soigneusement conçue avait trouvé la bonne marmite.

Lorsque Akim eut terminé d'interroger les marchands, Novak savait déjà, sans même l'aide de son partenaire, qu'ils avaient désigné une ville qu'il connaissait bien, et où l'attendaient un confortable bureau et des agents expérimentés. Ils mettraient la main sur la famille de la *shokhetet* et en apprendraient plus sur ses motivations. On verrait bien si elle continuerait d'agiter son couteau quand une lame menacerait la gorge de ses parents et de ses frères.

« Beau travail Akim, félicita-t-il son bambin apeuré. Nous partons demain, à l'aube. »

3

Il n'y avait rien dont la Russie se targuait plus que de sa taille, et il n'y avait rien dont la Russie souffrait davantage que de sa taille. Tel un colosse imposant et replet, incapable de voir ses jambes ou de se baisser pour faire ses lacets, la Russie ne savait jamais ce qui se tramait entre ses bourrelets. Un marchand de sel moscovite pouvait être amené à se déplacer à Astrakhan pour affaires, mais vouloir tout de même s'enquérir de la bonne évolution de la grossesse de son épouse. S'il recevait d'elle une lettre, elle serait datée de six mois auparavant, et s'il lui répondait, elle ne le lirait que six mois plus tard. Pouvait-il changer le passé, ou bien dire le futur ? Évidemment que non. C'est pourquoi il était préférable qu'il évitât les conseils sur ce qui relevait du quotidien et en restât aux mots d'affection classiques : demander comment allaient ses enfants, s'enquérir de leur santé et invoquer le bon gré des cieux. Ces choses-là n'avaient jamais été astreintes au temps et à l'espace.

Il ne fallait ainsi pas s'étonner si l'idée de l'ingénieur autrichien Franz Anton von Gerstner, qui suggérait de quadriller la Russie par des chemins de fer, avait été accueillie avec enthousiasme par le Tsar Nicolas Ier. Ses conseillers ne mettaient pas en doute les bienfaits d'une infrastructure ferroviaire sur l'économie de l'Empire, mais étaient en revanche dubitatifs quant à la capacité du pataud géant russe à se changer aussi vite en athlète véloce. Des dizaines de milliers de verstes d'acier pourraient-elles vraiment sillonner l'immensité sauvage et désolée ? Et surtout, pouvaient-elles vraiment changer le visage de la Russie ?

Jusque-là, les gens de Iakoutsk vivaient avec les Iakoutskiens, en Sibérie ; tandis que les Moscovites vivaient avec les Moscovites à Moscou. Si un Iakoutskien et un Moscovite se rencontraient, ils seraient étonnés d'être sujets du même Empire. Leur apparence était si différente : l'un était un Turco-Mongol, le second un Européen de l'Est. Ils n'avaient pas la même religion – même si les Moscovites avaient tenté d'évangéliser les Iakoutskiens, ces derniers avaient conservé leur culte chamanique. Et qu'en était-il de leurs occupations ? Ici des éleveurs de bovins, et là-bas des gratte-papier et des bureaucrates. Que pourraient bien avoir à se dire les Iakoutskiens et les Moscovites ? Eh bien, ils auraient sûrement trouvé un sujet de conversation s'ils avaient parlé la même langue. Un chemin de fer pourrait-il modifier un tel tableau ? Difficile d'y croire.

Mais de toute façon – et beaucoup au sein du gouvernement partageaient cet avis – pourquoi les Iakoutskiens et les Moscovites devraient-ils se ressembler ? Une telle aspiration était extravagante. Était-il nécessaire que tous les liens qui s'établissaient entre des humains fussent basés sur la capacité à avoir une conversation, sur le partage d'une foi commune et sur des occupations similaires ? Ils pouvaient bien s'échanger des biens par le commerce, exporter leurs marchandises ou bâtir des usines. Peut-être qu'un mariage entre un Iakoutskien et une Moscovite ne se produirait pas de sitôt, mais d'ici là des partenariats commerciaux et industriels étaient concrètement envisageables. Des voies ferroviaires ne pourraient à cet égard qu'aller dans le bon sens. Soit dit en passant, avant d'imaginer marier notre Iakoutskien à sa fiancée moscovite, mieux valait commencer par œuvrer à une ligne Saint-Pétersbourg – Varsovie.

Quoi qu'il en soit, lorsque Novak arriva avec son poupon rose adoptif à la gare de Baranavitchy, il trouva un hall bondé. Une annonce prévint les voyageurs que des retards étaient à prévoir à cause d'une intervention urgente sur la voie reliant Baranavitchy à Slonim. Un solide moujik s'était effondré ivre mort sur la voie ; un événement pas si rare en soi, on pouvait même supposer que sa femme ne l'attendait pas pour dîner. Sauf que le conducteur, plutôt que de passer sur le corps de cet ivrogne, avait eu pitié de sa vie et freiné brutalement au point de faire dérailler le train et de gauchir l'axe de la voie. À cet instant, le district tout entier était coupé du monde, les voyageurs étaient déshydratés, et nul ne savait quand l'incident serait résolu.

En se rendant au guichet, Novak apprit que tous les départs vers l'ouest en direction de Slonim étaient suspendus jusqu'à nouvel ordre. Il demanda au guichetier assoupi dans son box : « Combien de temps cela va-t-il prendre ? » et ce dernier, pour toute réponse, retira ses lunettes, se frotta les yeux et haussa les épaules. L'un des conducteurs, adossé au mur près de Novak, pipe au bec, laissa échapper une volute de fumée et dit : « Comme tout le reste dans ce pays, une éternité. » En le regardant, Novak comprit qu'il cherchait à engager la conversation. Il n'y avait rien de plus facile que de poursuivre un échange qui s'engageait par « comme tout le reste dans ce pays », il suffisait d'enchaîner sur l'aristocratie spoliatrice, la corruption des fonctionnaires et le désœuvrement des petites gens face à la bureaucratie. Mais c'était là du temps gaspillé en pure perte.

Sur le chemin du retour vers la taverne d'Adamski, Novak décida de passer outre l'incident. Ils chevaucheraient jusqu'à Slonim, rallieraient ensuite Białystok en train, puis Grodno. La route jusqu'à Slonim n'était pas une mince affaire, plus de soixante verstes de rochers et de collines, mais Novak considérait qu'ils ne pouvaient se permettre de perdre davantage de temps. Après une seule journée de chevauchée, il gémissait déjà la nuit, torturé par sa jambe.

Les anesthésiants n'étaient plus d'aucun secours. Ce maudit Adamski avait sorti le monstre de douleurs de son hibernation. Novak pourrait obtenir de la morphine auprès d'un médecin une fois arrivé à Slonim, mais il lui faudrait alors se reposer sans pouvoir rien faire d'autre – et cette perspective, Piotr Novak marmonnant des inanités sous ses couvertures, était proprement impensable. Il n'avait qu'une solution : se faire à la douleur, ou mourir.

« Besoin d'aide ? » lui demanda son poisson-perroquet.

Le jour où j'aurai besoin de son aide, je m'en collerai une dans la tête songea Novak. Mais à leur arrivée dans une auberge pour passer la nuit, il souffrait au point d'être incapable de descendre de cheval. Il fut ainsi forcé de laisser le bambin adoptif hisser son sac jusqu'à l'étage et les inscrire au registre des hôtes, car il lui fallait rester assis. Novak monta se coucher dès qu'il le put. Il resta éveillé de longues heures, allongé, le visage enfoui dans son oreiller. La douleur et la colère se mêlaient à la honte, et des sanglots lui montaient à la gorge.

Lorsqu'ils se mirent en route pour Slonim le jour suivant, son poupon d'interprète s'assoupit sur sa selle devant lui, et Novak ne pouvait s'empêcher de songer à la raison qui le poussait à courir après des fantômes. Ses pairs occupaient des bureaux somptueux, fricotaient avec le haut du panier, jouaient de leur influence sur les officiels, et s'occupaient de leurs affaires et de leur famille. Lui, au contraire, s'attachait encore à satisfaire son maître, le gouverneur Iossif Gourko, son commandant vénéré, à moins que cette enquête eût tourné en une vendetta contre Adamski qui avait rouvert les plaies de sa jambe ? Voulait-il vraiment découvrir le mobile du tueur, ou poursuivait-il simplement cette mystérieuse *shokhetet* ? Pouvait-on seulement séparer ces intentions ? Lui-même n'en était pas sûr. Pourtant on pouvait dire avec certitude que Novak aurait mis le cap sur Grodno quoi qu'il arrive.

Le deuxième jour, ils en restèrent au tiers de la distance parcourue la veille. Novak avait besoin de repos, et le plan selon lequel ils arriveraient à Slonim dans les deux jours paraissait bien peu réaliste. Ils s'efforceraient désormais de terminer leur trajet en quatre, peut-être cinq jours. L'option de se rendre dans la ville où avait grandi la *shokhetet* se révélait ainsi décisive : s'ils n'en retiraient rien, ce serait alors une semaine cruciale de perdue pour l'enquête, et la possibilité de rectifier le tir était tout sauf garantie.

Pour Novak, Akaki Akakiévitch était déjà imbuvable. Souvent les prisonniers, sous l'effet de l'autorité et du respect, cherchaient à plaire à leur geôlier, et le cas échéant trouver grâce à ses yeux. Mais lui ? Il agissait parfois comme si c'était Novak le prisonnier.

« Je peux vous aider ? Avez-vous faim ? Soif ?

— Arrête avec tes questions, s'emporta Novak. Je n'ai en rien besoin de toi. »

Imperturbable et pas effrayé pour un sou, Akaki se mit soudain à interroger Novak sur un terrain personnel, comme s'il était l'objet de l'investigation.

Akaki : Alors, d'où est votre famille ?

Novak : De Saint-Pétersbourg.

Akaki : Et quand les avez-vous vus pour la dernière fois ?

Novak : Il y a de ça un an.

Akaki : Ils vous manquent ?

Novak : En voilà une question. Je présume que oui, mais laissons cela.

Akaki : Pourquoi ne pas leur rendre davantage visite ?

Novak : Le travail.

Akaki : Combien d'enfants avez-vous ?

Novak : J'ai deux garçons, Ivan et Alexis.

Novak était dos au mur, il lui fallait faire montre d'autorité et reprendre la main.

Novak : Et toi, d'où vient ta famille ?

Akaki : De Vitebsk, de Minsk, de Kaunas.

Novak : Je ne comprends pas.

Akaki : Moi non plus, pour tout dire.

Novak : Comment ça t'est venu, Marx ?

Akaki : C'est lui qui est venu à moi.

Novak : Pardon ?

Akaki : Oui, oui, c'est bien ce que j'ai dit.

Les réponses laconiques d'Akakiévitch étaient trop vagues pour que Novak pût les relier et se faire une idée d'ensemble. Mais qu'importe, c'est lui qui disposait d'Akakiévitch, et même si son prisonnier feignait le calme et l'assurance, son corps chevrotant trahissait constamment sa peur.

Concernant les tremblements d'Akim, Novak commettait une erreur aussi grossière qu'inhabituelle pour lui. Un homme qui craignait les autorités ne s'amusait pas à se faire appeler Akaki Akakiévitch sous le nez d'agents de la police secrète. Il ne fallait ainsi pas supposer qu'il deviendrait obéissant pour les beaux yeux de Novak.

Novak ignorait en réalité qu'Akim souffrait d'arthrite chronique qui lui causait frissons et tremblements constants. Il était parti étudier la médecine à Minsk pour cette raison. Outre le fait qu'il n'avait jamais connu le moindre Pinhaslé, son véritable nom n'était pas Abramlé, mais Haïm-Lyzer, et il n'était né ni à Vitebsk ni à Minsk et encore moins à Kaunas – où il n'avait jamais mis les pieds. Il venait en fait de la ville de Mir. Comment en était-il venu à distribuer des tracts marxistes ? Il y a bien des années, pendant un cours d'anatomie, il avait fait la connaissance d'une jeune femme juive, Minka Abramovitch, qui l'avait fait tomber sous son charme. Elle avait l'air si cultivée, si éclairée, parlait couramment russe et portait le genre de jupes qui faisaient fureur à Saint-Pétersbourg. Si elle lui avait demandé d'intégrer un cercle clandestin portant un certain Pharaon au pinacle, il aurait rédigé des tracts à la gloire de Pharaon. Qu'est-ce que cela pouvait bien lui faire ? Même s'il savait qu'il n'avait aucune chance avec elle, cela n'entamait en rien son enthousiasme. Il était trop vieux jeu pour elle – ou, en d'autres termes, il n'avait pas totalement renoncé à sa judéité. Certes, il avait quitté sa yeshiva pour étudier la médecine, mais ne vouait pas pour autant le vieux monde aux gémonies. Parfois, on pouvait même le voir se rendre à la synagogue.

À l'inverse, Minka était une vraie sauvageonne. Elle n'avait à la bouche que révolution mondiale, statut des ouvriers et lutte internationale. Les veines de son front palpitaient quand elle parlait en public. Toujours la première à lever la main lorsqu'on cherchait des volontaires pour distribuer des tracts, aussitôt imitée par Haïm-Lyzer.

Deux ans plus tard, il abandonna ses études de médecine et se greffa à la faction contestataire que Minka se consacrait pleinement à chapeauter. À l'instar de ces jeunes révolutionnaires qui tendaient à oublier les raisons personnelles qui les avaient poussés à rêver du Grand Soir, Haïm-Lyzer ne vivait plus que pour les idées et les principes ; y compris après que Minka eut épousé un *goy*, et surtout après qu'elle eut été emprisonnée et envoyée en Sibérie. Les années passant, Haïm-Lyzer prit la tête d'une cellule clandestine, chargé de la gestion d'un effectif, activité qui lui avait toujours semblé au moins aussi corrompue que le pouvoir qu'il cherchait à renverser. Lorsque la police secrète de Baranavitchy avait mis la main sur lui, il n'avait pas demandé à être libéré le jour même. Il voulait retrouver ses camarades après une semaine, non, après un mois d'arrestation – et accroître d'autant son prestige auprès d'eux. Voilà pourquoi il s'était choisi Akaki Akakiévitch pour alias, et fut déconcerté qu'aucun des agents ne connût l'origine du nom. Lorsqu'ils le remirent à Novak, il songea qu'il avait cette fois affaire à quelqu'un qui savait au moins lire. Après l'avoir longuement écouté, il comprit également qu'il frayait avec un très haut gradé. Face à un officier supérieur de la police secrète, il ne serait pas question d'un mois d'incarcération, mais d'une « évaporation », comme on appelait ça dans le jargon des militants. Mais malgré tout, en entendant Novak décrire les quatre suspects qu'il traquait, Haïm-Lyzer sut qu'il devait faire tout ce qui était en son pouvoir pour entraver l'investigation. Ces quatre-là étaient-ils complices de ses propres activités ? Bien sûr que non, mais ils étaient des hors-la-loi – il ne lui en fallait pas plus.

Quelque chose en revanche surprit Haïm-Lyzer : il était incapable de haïr Novak. C'était la première fois qu'il côtoyait un gradé aussi haut placé dans les forces de l'ordre, quelqu'un qui incarnait ce qu'il y avait de plus abject dans le régime du Tsar. Ne parlait-on pas d'un homme qui avait permission de fouiller dans la correspondance privée de tout un chacun, qui pour des raisons de sécurité pouvait faire irruption chez les gens, les soustraire à leur lit, mettre leur chez-eux sens dessus dessous, et les arracher à leurs proches ? Sous l'égide de la justice, de la loi et de l'ordre public, il semait le chaos parmi la population. De peur que les citoyens en viennent à se dévorer les uns les autres en l'absence d'un pouvoir compétent, on les jetait en pâture au plus terrible des monstres. Sauf que Novak, contrairement à ses semblables, du moins lui semblait-il, ne se berçait pas de l'illusion d'être le protecteur de l'ordre. Son corps meurtri était couvert de cicatrices, des pommettes saillantes rendaient son visage anguleux, et l'on voyait à quel point cet homme était brisé à sa seule démarche. Pour tout dire, comme lui, Novak était un solitaire, un homme arraché à son foyer pour quelque raison. Si Haïm-Lyzer n'avait pas connu l'homme qui chevauchait à ses côtés et qu'on lui avait demandé s'il pensait qu'il s'agissait d'un officier supérieur de l'Okhrana ou d'un Juif tourmenté comme lui, il aurait choisi la seconde option. Pour cette raison, même si Haïm-Lyzer souhaitait voir Novak vaincu, il ne voulait pas son humiliation.

4

Lorsque Akim et Prokor arrivèrent à Slonim, Novak était en piteux état. Les douleurs dues à sa jambe irradiaient jusqu'au bas de son dos, les frottements subis à l'aine s'étaient étendus comme des bourgeons, et chaque parcelle de sa peau avait désormais sa propre teinte, entre rose, rouge et violet, selon sa proximité avec la région pelvienne. Il convient également de se souvenir que Novak approchait de l'âge de la retraite, sa carcasse n'était plus aussi robuste face aux vents du soir et aux frimas matinaux.

Novak songeait aux horaires du prochain train pour Białystok, d'où ils rallieraient Grodno. Voyager en train n'était pas non plus la panacée : ses os déjà ébranlés par la longue chevauchée étaient maintenant malmenés par les remous du wagon. Il arriva à Grodno éprouvé, mais trouva du réconfort au sortir de la gare dans cette vision familière : le Niémen, dans les méandres duquel la ville était blottie, le château bas, désormais une base militaire, et les clochers de Saint-Xavier qui surplombaient le marché. Novak aurait volontiers fait halte à son bureau en ville. Il y avait des limites à ce qu'il pouvait endurer. Après cinq jours de chevauchée et une nuit hachée dans le train, il méritait un peu de répit. Mais qu'adviendrait-il si ne fût-ce qu'un seul Juif le voyait sortir des bureaux de l'Okhrana, qui jouxtaient les bâtiments de la mairie et la place du marché ? Quid de sa couverture, Pinhaslé Rabinovitch, s'il était salué par des agents de police ? Mais pouvoir profiter d'un bureau douillet, ouvrir une bouteille de slivovitz et changer ses chaussettes, l'envie en rongeait Novak au point qu'il s'ingéniait à trouver les justifications les plus alambiquées pour y céder.

Il finit cependant par réunir ses dernières forces, et se convainquit que c'était justement dans cet état lamentable qu'il leur fallait s'infiltrer parmi les Juifs au marché. Il détailla à Akim la manière dont il devait procéder. Tout d'abord présenter leur histoire de la manière la plus plausible, dire que la faim les tiraillait, questionner les Juifs, ensuite, sur les abattoirs que comptait la ville, et enfin seulement, évoquer comme si de rien n'était la *shokhetet* de Grodno, Fanny Schechter, fille de Meïr-Anshel Schechter.

Tout se passa comme prévu. Akim engagea aussitôt la conversation avec un vendeur de légumes, un vieil homme édenté qui dégageait une odeur piquante de radis – son étal ne proposait en effet que betteraves et radis. Le marchand écouta Akim avec la plus grande attention, alors que s'agrégeaient autour d'eux un nombre croissant de curieux. Leur histoire était touchante, celle de deux voyageurs venus de Vitebsk ; déjà on leur proposait généreusement du pain, des oignons et des radis. Affamé par le périple, Novak goba le tout sans même prêter attention aux parties moisies, et attendit qu'Akim en arrivât au cœur du sujet.

Lorsque les auditeurs entendirent la question d'Akim au sujet de Fanny, la fille de Meïr-Anshel Schechter, ils commencèrent à s'éparpiller en messes basses.

« *Di wilde khayeh*, la bête sauvage ? demanda l'un.

— *Eine Barbaren !* lui répondit un autre.

— *Oistrakht**, balivernes », lança le tailleur.

Novak bouillait quant à lui d'impatience, que diable pouvaient-ils se dire ? Par tous les dieux, quelle drôle de langue ! Qu'était-ce exactement, le yiddish ? De l'allemand abâtardi ? Du bavarois joyeux ? Du prussien raffiné ?

Entendant ce qu'ils lui disaient, Akim se mit à rougir. Novak tentait de se raccrocher à son regard, mais son interprète s'appliquait à l'éviter et à écouter ses interlocuteurs. Novak aurait voulu le tirer sur le côté pour faire le point, mais Akim continuait de l'ignorer. Ajustant l'épaule de sa chemise, Novak glissa à Akim :

« Que disent-ils ?

— Elle n'est pas ici, chuchota Akim dans sa moustache.

— Comment ça, pas ici ? Où est donc sa famille ? »

Akim sourit, semble-t-il pour donner le change, mais Novak releva un air satisfait dans son regard.

« Ils sont tous passés dans l'au-delà.

— Comment ? s'étrangla Novak, s'efforçant de ne pas hurler. Es-tu sûr ? »

Avant même qu'Akim n'ait pu répondre, certains des Juifs les entraînèrent vers le bas du marché, les firent passer en contrebas des deux palais, face à la rivière, puis devant la grande synagogue, et poursuivirent de là jusqu'à un gourbi sombre et humide, censé être un restaurant. On leur servit d'étranges salades de concombres à l'aneth, ainsi qu'un plat à la consistance flasque et repoussante, une sorte de poisson, accompagné de boulettes de viande qui avaient un goût d'orteils frits, des carottes râpées, piquantes à vous en brûler la langue. Novak s'efforça de sourire en goûtant cette nourriture infecte, et de remercier tout le monde : *Danke, danke !* – un mot qu'il avait appris d'Akim. Il observait comment s'amassaient autour de lui des Juifs par dizaines. Tous avaient les yeux brillants et satisfaits, accompagnant chaque bouchée de Novak jusqu'à ce qu'il fût trop tard pour la recracher dans une serviette. Si seulement il avait pu prendre en douce un peu de slivovitz pour rafraîchir son palais et faire passer le goût, mais au lieu de cela, ils lui servirent du *yash,* ainsi désignaient-ils ce qui était censé être leur vin à eux, quelque chose à mi-chemin entre du brandy et du rhum, agrémenté de pisse de vache et de mouton. Il enquilla verre sur verre, jusqu'à ce que son cœur s'embrase.

Dès la fin du repas, les Juifs les emmenèrent par des allées jusqu'à une grande demeure, dotée d'une vaste cour. Akakiévitch parvint à glisser à Novak :

« Nous sommes tombés sur des *hassidim*, ils nous emmènent chez « *a gutter yid* », le bon Juif, c'est-à-dire leur *rebbe**. Lui-même est l'arrière-petit-fils de rabbi Alexander Ziskind haTsaddik, auteur de *L'essence et l'origine du culte*, et considéré par le Gaon de Vilna en personne comme un génie. C'est un immense honneur !

— Formidable, et qu'en est-il de Fanny Schechter ? grommela Novak.

— Je n'en sais rien », lâcha Akakiévitch en haussant les épaules.

Comme s'ils étaient ses fils revenus au foyer, le *rebbe* les reçut avec une grande embrassade et des yeux larmoyants. En l'espace de quelques instants, Novak se retrouva entre les mains du *gabbai**, qui lui passait une redingote. D'autres l'avaient coiffé d'un galurin fait avec on ne sait quel animal, tandis que des *tsitsit* pendaient maintenant aux coins de sa chemise. Ils se mirent ensuite à danser en cercle autour de lui, comme des déments. Vint l'heure de la prière au *shtibl** – une pièce délabrée, misérable et pleine à craquer ; une foule d'hommes entassés qui, pour tout dire, lui rappelait la place du marché. Tous se balançaient en prière, d'avant en arrière et de droite à gauche, enveloppés dans leur drap sacré qui sentait la purée de chou. Plutôt que de rendre leur louange agréable aux cieux, en l'accompagnant d'un orgue et d'harmonies, en diffusant de l'encens et des senteurs, eux s'égosillaient dans un état d'extase évoquant volontiers des moutons bêlants. Ils lui collèrent ensuite leur étrange livre dans les mains. Près de lui, l'un des laquais du rabbin lui fit suivre le fil de cette écriture carrée, mot après mot.

Après la prière, tous vinrent lui serrer la main, et convièrent naturellement Pinhaslé et Abramlé à la *tish**. Novak n'en pouvait déjà plus d'attendre que la soirée s'achevât, il ne rêvait que de s'enfiler un verre de slivovitz pour se débarrasser de ces mauvais goûts, et finit par saisir Akaki Akakiévitch par le col et lui demander des comptes pour ce désastre. Avant le début du repas, le rabbin prononça un discours, verre de vin à la main. Novak imita ceux qui l'entouraient, cria *lekhaïm* après eux, but lorsqu'ils burent, psalmodia quand ils psalmodiaient, s'assit lorsqu'ils s'assirent, chanta lorsqu'ils chantèrent, manifesta de l'allégresse lorsqu'ils en manifestèrent, et dansa lorsqu'ils dansèrent. Les plats étaient cette fois différents, mais le goût identique – et surtout, toujours ce maudit *yash.* Sauf qu'à cet instant, Novak sentait que son ventre, jusque-là récalcitrant, était sur le point de céder. Dès lors, il se mit à tout engloutir, qu'importe le goût, et abandonna ses sens à l'alcool et à la danse.

À la tombée de la nuit, au lieu de gratifier Akaki Akakiévitch d'un coup de poing au visage pour l'avoir fourré jusqu'au cou dans cette mascarade, Novak s'effondra sur un lit branlant garni d'un matelas de paille dans un cabanon que les résidents avaient préparé pour eux. Il n'aurait pu demander mieux. À cet instant, il se contrefichait de Fanny Schechter, il en avait même oublié cet horrible voyage jusqu'à Grodno. Enfonçant sa tête dans l'oreiller, il s'endormit instantanément, tout habillé, alors que dans son cœur résonnaient encore les mots du rabbin, auxquels il n'avait bien entendu rien compris.

5

Le clairon du coq était parfois susceptible d'éveiller une soif de vengeance. Avant le lever du soleil, un duo de gallinacés avait choisi de se tailler une bavette au détriment des rêves de Novak. Le genre de moments où il regrettait de ne pas avoir son revolver à portée de main. À ses collègues, il expliquait à longueur de journée que le Département de maintien de la sécurité et de l'ordre publics menait une guerre du silence, que l'utilisation d'une arme était synonyme d'échec. « Une ouïe fine et une mémoire d'almanach, voilà notre artillerie. » Mais à cet instant, la tête comme une citrouille et les tripes jouxtant ses dents du fond, ni ses oreilles ni sa mémoire ne lui étaient d'aucun secours. Un coup d'œil lancé à celui qui ronflait à côté vint rafraîchir ses souvenirs de la veille. Le matin, il était arrivé à Grodno et avait été embarqué dans des festivités pour abrutis. Ils l'avaient saoulé dès l'après-midi avec un vin répugnant, et Novak s'était retrouvé à chanter *Shalom aleikhem* à des heures indues. Au *shtibl* – encore un mot qu'il venait d'apprendre –, il s'était balancé d'avant en arrière et avait suivi sur un livre dont il ne comprenait pas le moindre mot. Et tout ça pour quoi ? Ceux qu'il recherchait, les proches de Fanny Schechter, étaient tous morts. Formidable.

Il commençait d'ailleurs à soupçonner que cet Akaki n'était pas aussi innocent qu'il y paraissait. Savait-il depuis le début que leur virée éreintante ne porterait aucun fruit ? Il ne pouvait pas écarter cette possibilité. Si la chose était avérée, ce bambin tout rose était davantage un loup aux écailles de poisson-perroquet. Voilà qui était intéressant. S'il déroulait son plan malgré les menaces proférées par Novak, il avait alors face à lui un digne rival.

Il était clair aux yeux de Novak qu'atterrir dans ce lit était le résultat d'une série d'erreurs de jugement. Mais encore. La facilité avec laquelle il s'était laissé happer par la boisson et le festin auquel ils avaient été conviés la veille relevait de la négligence et du manque de professionnalisme. Mais malgré cela, en se remémorant la joie qui avait gagné ceux qui se dénommaient *hassidim*, l'attirail dont ils l'avaient accoutré, les plats qu'ils lui avaient fait ingurgiter, ces danses qui lui avaient donné le tournis, il ne parvenait pas à repérer un moment où il aurait pu leur échapper. Ils l'avaient tout simplement encerclé, emmené, escorté, et installé avec eux à table. Il était peu agréable de l'admettre, mais ils lui avaient fait éprouver une sorte de sursaut d'énergie, et même… une certaine allégresse. Telle une horde de taureaux, ils avaient piétiné sa volonté et, plus étonnant encore, il avait vraisemblablement lui-même demandé à être ainsi piétiné. Même sa jambe lui paraissait plus légère, il avait passé une journée entière sans y songer, et sa flasque de slivovitz était restée au chaud dans sa poche.

Ainsi, même s'il avait conscience qu'il lui fallait mettre fin à ces folies dansantes et prendre la route pour retourner à Baranavitchy, Novak ne dit mot lorsque deux jeunes hommes se présentèrent pour les convier au *shtibl*. Novak se leva, passa l'habit qu'on lui avait prêté la veille. Et voilà que le lieutenant-colonel Novak marchait bras dessus bras dessous avec trois *žyds*, chapeauté d'un *spodik** – une coiffe de fourrure –, vêtu d'une longue redingote noire, la taille ceinte par un *gartl** – une ceinture de tissu –, tandis qu'il était soutenu d'un côté par sa canne et de l'autre par son « frère » Abramlé Rabinovitch.

En chemin vers le *shtibl*, Novak aperçut quelques canards se dandiner dans la cour comme des ivrognes, les cerisiers étaient rouges de fruits. Il échangea sourires et chaleureuses poignées de main avec ses hôtes *hassidim*. Il ne fallait pas s'y méprendre, si ses collègues agents étaient amenés à le croiser, il pourrait leur exposer en détail sa stratégie : ayant renoncé à son intention première de retrouver la famille de Fanny Schechter, il cherchait à présent à se familiariser suffisamment avec les coutumes des *žyds* pour pouvoir se fondre parmi eux. Jusque-là, tout se tenait. Mais tandis qu'il traversait la cour du *rebbe*, entouré par le balancement des fidèles en prière, ce qu'il ne dirait vraisemblablement pas à ses confrères était que son cœur exultait littéralement de joie.

On les invita, Akim et lui, à déjeuner chez l'une des familles de la communauté : un mari, sa femme et leurs sept enfants, dont quatre jouaient à chat autour de Novak. L'un des bambins vint se cogner contre le coin de la table et son visage bleui se crispa avant qu'il ne fondît en larmes. Sa mère le remit sur pied et gronda le reste de la fratrie, tandis que la grand-mère s'efforçait de rétablir le calme et que son père lui tendait un *lekekh* – encore un mot ! Un instant plus tard, le galopin avait déjà oublié la douleur et savourait son biscuit avec délice, éveillant la jalousie des autres. Après qu'ils eurent eux aussi obtenu un gâteau, le silence prévalut soudain pour quelques instants.

Novak n'avait jamais su comment se comporter en famille. Il s'était marié, conformément à ce que l'on attendait de lui. Sa femme lui avait donné deux fils bien portants. Mais cette unité, cette famille qu'il avait pour rôle de commander, quel était son cap ? Contre qui se battait-elle ? Quel objectif protégeait-elle ? À l'aune de quoi serait mesuré son succès ? Ses fils avaient reçu le meilleur de ce qui pouvait être offert en matière d'éducation ; aucun doute n'était possible à ce sujet. Ivan était déjà notaire et

Alexis étudiait l'ingénierie à Moscou. Son épouse, Anna, ne semblait pas malheureuse. Toute sa vie durant, Novak avait œuvré à garantir leur confort matériel. S'il n'avait pas atteint les grades les plus élevés, et envoyé chaque mois une coquette enveloppe, ses fils n'auraient pu réaliser leurs aspirations.

Après avoir remué ciel et terre pour pouvoir assister aux noces d'Ivan, son fils aîné, ce dernier lui avait serré la main en le remerciant comme un invité : « Merci beaucoup d'être venu, monsieur. » Lorsque son fils cadet était parti pour Moscou, Novak était venu s'assurer que tout était en ordre et avait avancé une année entière de loyer. Alexis l'avait regardé avec embarras et s'était saisi craintivement de la liasse, comme si son père lui prêtait avec intérêt. Et même si son fils l'avait abondamment remercié, Novak sentait que son geste n'avait fait que les éloigner encore un peu plus l'un de l'autre.

Après avoir longtemps observé la famille qui l'accueillait, il s'excusa auprès de ses hôtes, abandonna le jeune Akaki et sortit prendre une gorgée de slivovitz. Il poursuivit ensuite seul, le long des étroites allées entre les maisons, pour peu à peu se laisser entraîner sur un chemin plus large et rejoindre enfin la route principale et la grande synagogue. Il déboucha rapidement sur la place du marché. Des passants lui jetaient d'étranges regards, sa boiterie suscitant tour à tour aversion et pitié. Sans y songer à deux fois, et même si cela risquait de compromettre toute l'opération, il prit directement le chemin de son bureau, accolé au bâtiment de la mairie.

6

Les subordonnés de Novak étaient habitués à le voir affublé de tous les déguisements imaginables. Mendiant ou proxénète, charretier ou domestique – et même en femme. Il allait presque de soi qu'un individu, appartenant aux catégories susmentionnées, et qui se présentait aussi naturellement au Département de maintien de la sécurité et de l'ordre publics sans être inquiété par les deux gardes en civil au portail, était très vraisemblablement Novak

– un coup d'œil à sa démarche boiteuse permettait de le confirmer. Mais pour quelque raison, il était inenvisageable qu'un Juif s'approchant de l'entrée pût être Novak. Sans même tenir compte de sa boiterie, les gardes lui hurlèrent : « Halte-là, le *žyd* ! », lui jetant même une pierre allégorique.

Cela était pour le moins singulier, mais Novak en fut offensé. La promptitude avec laquelle ils s'étaient affranchis de toute forme de civilité le laissa pantois, et de nouveau sa jambe le lança, comme si elle avait été atteinte par une pierre bien réelle. Après un instant, il regagna sa contenance :

« Adrian, Nestor, du calme. C'est moi, Novak. » Aussitôt dressés comme des piquets, les sentinelles le saluèrent avec déférence. « Veuillez nous excuser, monsieur ! »

Le regardant se diriger vers l'entrée du bâtiment avec admiration, ils tressaient à voix basse des lauriers à leur vénérable commandant, qui ne reculait devant rien. Clochard ou souteneur, va encore, mais *žyd* ? Cet homme ne se ménageait décidément pas. Il se lançait dans chaque enquête comme à la découverte d'un nouveau monde, et traitait chaque prévenu comme s'il était son premier. Novak avait depuis longtemps atteint ce qui avait poussé Adrian et Nestor à s'engager dans le département, à savoir les délices du pouvoir, mais malgré tout, il continuait de crapahuter sur le terrain.

Lorsqu'il traversa le couloir, la rumeur avait déjà précédé Novak, et tous s'inclinèrent humblement sur son passage. Une fois dans son bureau, il retira sa redingote et eut soudain les épaules transies de froid. L'apostrophe « *žyd* », que lui avaient jetée les deux gardes, lui collait à la peau, comme s'ils avaient touché un point sensible. Il s'affaissa dans son fauteuil, s'empressa de déboucher une bouteille de slivovitz, et regarda la croix de bravoure qui trônait sur son bureau. Soudain lui vint l'envie de fermer les stores, de verrouiller sa porte et de se retrancher du monde. Il se plaisait très souvent à observer l'activité du marché depuis sa fenêtre au deuxième étage, s'amusant à distinguer parmi la foule les petites fourmis – agents et citoyens confondus – qui s'activaient en bas à lui porter ses grains de blé. Combien déambulaient ici et là, occupaient les coins des rues, tendaient l'oreille dans les tavernes, filaient leur cible d'allée en allée, demandaient de l'aide à leurs voisins ? Tout cela dans le seul but de satisfaire l'occupant du deuxième étage, Piotr Novak, en fût satisfait. Mais alors qu'il était dans son fauteuil, une profonde tristesse lui étreignit la gorge. Qui était-il exactement ? Un *žyd* repoussant. Un cafard.

La fatigue le gagnait, il n'avait que faire de la pile de courrier juchée sur son bureau. N'étaient tapis dans ces enveloppes que flatteries et mensonges, qu'il en fût l'auteur ou le destinataire. Il avait toujours considéré que si les rebelles et autres insurgés qu'il traquait en venaient à obtenir les moyens adéquats, ils mettraient ce pays à feu et à sang et sèmeraient le chaos. Ignares et imbéciles prendraient la place de Sa Majesté le Tsar, délinquants et forbans se substitueraient aux officiers militaires et de police, tandis que princes et nobles demanderaient l'aumône dans les rues. L'anarchie ! Mais qu'avait-on pour l'heure ? s'interrogeait Novak. L'ordre établi et sa corruption galopante ne s'assimilaient-ils pas toujours un peu plus à l'anarchie ? La loi ne finirait-elle pas à force par devenir celle de la jungle ?

Ce qui l'attendait dans ces plis entassés sur son bureau ? Cafardages et ragots, semi-vérités et pures fictions. Un individu dénonçait ses voisins : Truc n'a pas payé ses impôts, Bidule ment aux autorités, Machin a l'air de fricoter avec les socialistes, Chouette a parlé de manière désobligeante d'un prince proche du Tsar. Avant de tomber sur ce sempiternel épilogue : « Priant que trace soit gardée de ma dévotion envers le Tsar », suivi immédiatement de : « Concernant un tout autre sujet, j'aurais simplement aimé vous recommander mon fils comme candidat idéal pour un poste d'agent au service de l'État. » Que voulaient-ils tous ? S'attirer les bonnes grâces, prouver leur loyauté, leur obéissance, se rapprocher du pouvoir. Il savait pertinemment qu'ils se joindraient tout aussi volontiers à une meute de corsaires si ces derniers avaient l'apanage du pouvoir.

Une idée jaillit soudain dans l'esprit de Novak. Pris d'excitation, il se drapa de la redingote qu'il avait précédemment quittée. Bondissant de son fauteuil, il se mit à faire les cent pas entre son bureau, sa bibliothèque puis son bar, et ainsi de suite. Sans même s'en rendre compte, il s'écria : « Mais oui ! Voilà ! C'est ça que je vais faire ! », puis retourna s'installer à son bureau. Il préleva une feuille vierge de son tiroir, trempa sa plume dans l'encrier et coiffa ses cheveux en arrière. Comment allait-il formuler la chose ? Il fallait provoquer un véritable scandale, que sa lettre ne fût pas avare de détails, que le gouverneur Gourko comprît les raisons de sa démission, qu'entre les lignes ressortît une critique de la conjoncture politique de l'Empire, qu'il fût clairement entendu que Novak ne pouvait continuer à prendre des risques pour un système qui opprimait les citoyens par la peur, pour un État qui s'évertuait à opposer les uns aux autres, tout en les maintenant dans l'indigence et l'ignorance. Mais d'un autre côté, ne valait-il pas mieux se montrer concis ? Et écrire quelque chose dans cet ordre d'idées : « Je soussigné… souhaiterais vous faire part de ma démission de la fonction de commandant des *goubernias* de Grodno et de Minsk. » Diable, une lettre pareille ferait son petit effet ! Gourko le convoquerait sur-le-champ pour un entretien urgent.

Gourko : Que se passe-t-il, mon cher Piotr. Parle-moi, on ne se connaît pas d'hier.

Novak : Rien, monsieur. Je souhaite simplement me retirer.

Gourko : Mais pourquoi ?

Novak : Je n'ai pas envie d'épiloguer sur le sujet. Telle est ma décision.

Gourko se prendrait la tête dans les mains, mais Novak tiendrait bon, sans rien ajouter. Le mystère entourant sa résignation mènerait justement Gourko à comprendre que quelque chose de pourri germait à la base.

Mais qu'adviendrait-il de l'enquête ? Il faisait face à une énigme parmi les plus complexes qu'il eût jamais rencontrées. Il lui faudrait justifier ce brusque retrait d'une affaire qui mettait la *goubernia* tout entière sens dessus dessous. Avait-il identifié les meurtriers ? Si oui, pourquoi n'avaient-ils pas les menottes aux poignets ? Avait-il découvert leurs motivations ? Et alors, qu'en était-il ? Autant de pistes restant à éclaircir, ce scénario n'avait décidément rien de logique. Qu'allait-il dire à Gourko ? Qu'il renonçait précisément parce que cette enquête était irrationnelle ? Que la seule part de rationnel dans ses enquêtes était aussi sordide que corrompue ? Ou que la logique elle-même était viciée ? Avouerait-il droit dans les yeux de son vénéré commandant qu'il restait admiratif devant l'étrange périple entrepris par ces tordus, même s'il n'avait pas la moindre idée – ou peut-être justement parce qu'il n'en avait pas la moindre idée – de la nature du but recherché ? Confesserait-il qu'il ne se retirait pas de l'enquête parce qu'il démissionnait, mais plutôt que, du fait de son abandon, il se sentait le devoir de démissionner ?

Mais au même moment, des coups appuyés retentirent à la porte du bureau de Novak, qui retira promptement sa redingote, ouvrit les stores, dispersa la pile de courrier sur sa table avant d'y ajouter un tampon et un coupe-papier. Enfin, il s'en alla ouvrir avec l'air d'avoir été interrompu en pleine réflexion sur une tâche ardue, et fut surpris de tomber nez à nez avec son lieutenant, Albin Dudek, qui se tenait sur le seuil de son bureau avec d'urgentes nouvelles.

« Je vous ai cherché dans tout le district, monsieur. Alors finalement, j'ai décidé de prendre le train. »

Par tous les diables, songea Novak, il avait risqué de perdre sa jambe avec cette interminable chevauchée, et ce faible d'esprit bien dodu – qui n'aurait pu endurer, ni même ne serait-ce qu'envisager une telle chevauchée – était quand même arrivé avant lui. Dudek poursuivit :

« Ma petite contribution à la fin de ce télégramme qu'on a envoyé à Mishenkov a fait mouche. Je veux parler du "Quiconque cachera des informations ayant trait à l'identité ou la localisation des suspects sera tenu pour complice". Et même si cela vous a énervé, il semble bien que j'aie eu raison de le faire.

Exact, songea Novak, à supposer qu'il fût capable de raisonner à dessein. Plus il passait de jours sans voir Albin Dudek, plus son étonnement était grand en le retrouvant. Mon lieutenant ? Lui ?

« Quoi qu'il en soit, monsieur, le colonel Fajari nous a fait parvenir un télégramme, disant que les quatre que nous recherchons sont passés à proximité du campement il y a quelques jours. L'un d'entre eux se nomme Patrick Brushov, et l'autre Žižek Adamski.

Vu que nous connaissons l'un des noms, Patrick Adamski, nous tenons donc le deuxième, Žižek Brushov ! s'exalta Dudek.

— Oui, on le tient peut-être, ou pas, soupira Novak, qui s'en retournait à son bureau et ses enveloppes.

— J'ai fait mes vérifications. Un dénommé Žižek Brushov vit bien à Motelé, et je vous parie qu'on trouvera là-bas tout ce que nous voulions savoir sur sa complice.

— À Motelé ?

— Oui, Motelé. J'ai envoyé quelques agents.

— Quoi ? Qu'avez-vous fait ? s'horrifia Novak.

— Ils sont partis hier ! jubila Dudek. Ils devraient arriver d'un instant à l'autre.

— Arrêtez-les immédiatement ! s'écria Novak, se dressant au plus près du visage de Dudek. Qu'ils restent à l'extérieur de la ville.

— Quoi ? Mais comment, monsieur… ? Pourquoi ?

— Parce que ce sont mes ordres, chuchota Novak, relevant le regard circonspect de son lieutenant. J'ai l'intention d'aller vérifier moi-même sur place, ajouta-t-il, comme s'il énonçait une évidence.

— Naturellement, monsieur. Je vais leur donner instruction de se replier, répondit Dudek d'une voix singulière, comme s'il cherchait à berner son commandant.

— Maintenant sortez et laissez-moi travailler », dit Novak en joignant le geste à la parole.

Dudek ne réagit pas immédiatement, comme s'il cherchait à comprendre en quoi l'échange qui venait d'avoir lieu n'avait pas valeur de travail.

Dudek parti, deux choses étaient désormais claires dans l'esprit de Novak. L'enquête ne relevait tout d'abord plus seulement de lui. Telle une gigantesque pieuvre, cette affaire déployait ses tentacules de toutes parts. Il était improbable que Novak pût la faire disparaître comme si de rien n'était. D'autre part, si la famille de la tueuse habitait bien Motelé, les initiatives de Dudek se révéleraient brillantes, tandis que lui-même, en sa qualité de lieutenant-colonel, aurait l'air d'avoir fait preuve de négligence dans la conduite de cette enquête. Au lieu de garder son sang-froid et un regard détaché – voire simpliste –, il s'était empêtré de manière personnelle dans cette affaire, qu'il avait jugée plus complexe qu'elle ne l'était vraiment. Dès le départ, il avait sous-estimé la loyauté d'Adamski, après quoi il avait achoppé sur des préconçus en ignorant la possibilité qu'une femme – une Juive, à plus forte raison – pût être l'assassin. Le point d'orgue étant la nuit précédente, où il s'était dévoyé dans des festivités hassidiques, jusqu'à atterrir sur une *tish*, à chanter *Shalom aleikhem* sous l'emprise du *yash*. Et voilà que son crétin de lieutenant avait recoupé les noms « Patrick Brushov » et « Žižek Adamski », et même identifié la bourgade reculée, dont il n'avait jamais entendu parler, où vivait ce dernier.

Motelé ? Vraiment ? En passant en revue les localités autour de Pinsk, ce nom était apparu, cerné par de noirs marais dans une région coupée du monde. On y trouvait des négociants en bois et des paysans cultivant des patates et du lin. Ceux qui s'aventuraient en dehors de la ville n'allaient pas plus loin que les marchés de Pinsk et de Telekhany, et l'on ne s'y intéressait dans l'ensemble qu'aux bagatelles : les mariages, les naissances et la lessive à la rivière Yasselda. Ils se targuaient de la qualité de leur bois et de leurs habits de lin, comme s'il se fût agi de soie. Le dernier fait divers en date s'était produit lorsqu'un moujik revenu ivre de la taverne était entré par erreur dans la mauvaise maison, où il avait épongé son vin à grand renfort de tranches de porc et de blé que sa femme – du moins, celle qu'il imaginait être la sienne – lui avait laissés. Dans un élan de gratitude pour ce délicieux repas, comme il n'en avait pas goûté depuis longtemps, il avait retiré ses bottes pour s'en aller serrer le cordon-bleu dans ses bras. Sauf qu'en lieu et place de généreuses rondeurs, il était tombé sur un torse velu. Avait alors éclaté une violente rixe. Amis, oncles et connaissances en avaient profité pour régler leurs vieux comptes. Même si tous s'étaient accordés sur le fait que l'incident était parti d'une malencontreuse méprise, ses conséquences étaient irréparables. Novak avait-il été négligent au point de ne pas comprendre que le mal pouvait venir de Motelé ?

Ce laisser-aller avait même quelques précédents. On aurait en effet pu envoyer d'autres agents à Grodno, non ? Et déjà avoir rallié Minsk, sur les traces de ce Zvi-Meïr, qui semblait être la clé de toute l'énigme. Le premier principe que Novak enseignait aux commandants de district envoyés auprès de lui par Gourko pour leur formation était l'importance de la position du commandant. « Votre position, vous ne la choisissez pas, c'est la mission qui la détermine pour vous. Elle ne relève pas d'un souhait subjectif, mais d'un enjeu objectif à tous les niveaux. » Et maintenant, où étaient donc ses propres standards d'objectivité ? Sa curiosité et ses inclinations avaient pris le pas sur son esprit. Il n'avait même pas été capable de patienter jusqu'à ce que l'incident sur les voies soit réparé, et s'était tout bonnement lancé comme un enragé pour cinq jours de chevauchée avec Akaki Akakiévitch. Où l'avait donc mené cette piste de Grodno, où Fanny Schechter avait grandi ? À se goinfrer de pieds de veau en gelée et de boulettes au goût de bottes.

En quittant son bureau, il était toujours habillé en Juif et sentait le poids des regards sur lui. En jetant un œil dans l'embrasure du bureau de Dudek, il tomba sur deux paires de jambes anonymes étendues nonchalamment sur la table de travail de son lieutenant. Dudek hocha la tête dans la direction de Novak. Pour savoir lesquels de ses agents se trouvaient dans le bureau de son lieutenant, Novak aurait dû s'avancer davantage dans l'encadrement de la porte, mais il choisit de s'en abstenir. Sitôt ce choix fait, il se mit à songer au pire, à savoir qu'il serait désormais filé par ce duo sans visages. Et cela ne relevait pas d'une quelconque paranoïa. Il avait lui-même inculqué cette doctrine de la filature à ces agents, car on n'opérait pas ici au sein d'une hiérarchie classique, mais selon un maillage similaire à celui d'une toile d'araignée, dans lequel chaque agent représentait un nœud, exposé à tous les autres.

Immanquablement, Novak retrouva Akaki dans son lit. Après avoir été contraint de se joindre aux agents à l'office, Abramlé Rabinovitch s'était régalé d'un encas composé d'œufs – un rare privilège réservé aux invités de marque –, d'une salade de concombres, suivis d'un thé tiède et d'un gâteau de semoule trop sec. Il était ensuite retourné se coucher, son corps ne s'étant pas encore remis de la ripaille de la veille et ayant encore à digérer le trop-plein de joie qu'avait marqué son retour à la judéité. Novak frappa la bedaine d'Akaki du bout de sa canne.

« Lève-toi. On part pour Motelé. »

À la grande surprise de Novak, Akaki lui sourit en retour.

Le voyage vers Motelé fut bref. De Grodno, ils prirent le train jusqu'à Baranavitchy. Arrivés au relais postal, Novak exigea qu'on lui préparât une calèche dernier cri, assortie des chevaux les plus fringants. Le soir même, Akim et Prokor étaient ainsi lancés au galop dans une barouche munie de gigantesques roues rayonnées de cuivre et d'une luxueuse banquette de cuir, suffisamment large pour accueillir cinq personnes. Le tout reposant sur un châssis indifférent aux aspérités de la route ; installé à bord d'un tel engin, vous ne pouviez que vous dire : « Ça c'est du châssis, par tous les diables. Voilà à quoi un voyage devrait toujours ressembler, celui qui conçoit son châssis autrement n'est qu'un rigolo. » Ce ne fut donc pas un miracle si ces deux-là rallièrent Motelé en moins d'une journée.

Cette fois-ci, ils ne se dirigèrent pas vers la place du marché. Novak savait que s'ils commettaient la même erreur, il était susceptible de se retrouver à nouveau dans un *shtibl*, à suivre du doigt une incompréhensible écriture carrée, avant d'être entraîné le soir venu autour d'un mauvais bortsch de chou. Pas question ! Cette fois, il se présenterait directement au commandement, au rabbin de la communauté, et lui soumettrait discrètement une généreuse proposition. L'arrestation des coupables contre la clémence pour les innocents. L'heure était venue d'en finir. Peu à peu, Novak parviendrait ainsi aux cimes du bonheur, suivi par un cheptel de croyants et de traîtres. Arrivé à ce genre d'extrémité, qui aurait pu prévoir ce qui allait se passer ?

7

Disons-le clairement : le plan de Novak fut couronné de succès. Qu'il fût oui ou non suivi par les deux agents, la seule chose qu'ils pourraient retenir contre lui était sa bonne veine : il devait ses résultats à une solide part de chance. Il doutait cependant que quiconque osât le formuler ainsi, car cela lui donnerait l'air d'un perdant ou d'un jaloux.

Dans tous les cas, lorsque Akim et Prokor se présentèrent au rabbin de Motelé, Moishe-Lyzer Halperin, et lui firent part de leurs grands projets pour la ville – fonder une yeshiva, et même rénover le *mikvé* – ils n'auraient pu se douter qu'au même moment, une certaine Mme Rivka Keizman attendait de pouvoir s'entretenir avec le rabbin. Et quand bien même ils l'auraient su, il ne leur serait pas venu à l'esprit qu'elle pût être liée à leur enquête. Mais lorsque le rabbin leur présenta cette vieille dame et évoqua le funeste destin de sa bru, Fanny Keizman, qui avait disparu il y a peu sans refaire surface depuis, l'association de « Fanny » et « disparition » retentit aux oreilles de Prokor comme des tambours sur un champ de bataille. Il lui fallut une grande force mentale pour faire abstraction du tocsin qui sonnait à ses tempes. Le rabbin leur décrivit ensuite par le menu le drame que vivait la famille, mentionnant également les déboires de la sœur avec son mari, Zvi-Meïr, et Prokor atteignit le septième ciel. Les deux lièvres d'un seul coup, Fanny et Zvi-Meïr étaient de la même famille. Comment avait-il pu ne pas y songer plus tôt ?

Mais quelque chose dans l'histoire du rabbin perturbait toutefois Novak. Il lui semblait qu'on lui décrivait ces deux disparitions, celles de Zvi-Meïr et de Fanny, comme s'il s'agissait de deux événements distincts, sans rapport de causalité entre eux. Sauf que Novak savait pertinemment que les deux étaient liées ; chose que la tueuse avait elle-même confirmé tandis que Novak l'empoignait par la gorge.

Mais qu'importe, Novak jugeait qu'il était l'heure de rendre visite aux Keizman, qui habitaient le village voisin d'Upirawa. Flairant le danger, il décida de faire d'abord boucler la ville et ses environs à l'aide de nombreux renforts. Certes, ils n'arrivèrent au seuil de la maison Keizman qu'une semaine après, mais désormais même une nonne n'aurait pu sortir de Motelé sans avoir l'aval de Novak. Les hommes de l'Okhrana observaient ébahis comment

Novak avait réussi en l'espace de quelques jours à enserrer la ville et ses environs dans un corset aussi invisible que bien ajusté. Des forces de police en civil se tenaient prêtes sur l'autre rive de l'Yasselda, plus au sud, près du village de la famille Keizman, un caïd n'attendant que l'ordre de pouvoir surgir derrière sa meute enragée, torche à la main. Non loin de Pinsk stationnait une formation militaire susceptible d'être mobilisée pour les opérations. Novak avait même disséminé quelques vagabonds au cœur des marais, prêts à lui rapporter ce qu'ils verraient. À Motelé même, il avait déployé des agents et engagé une foule d'informateurs : à la taverne, au restaurant, sur la place du marché. Un indic aurait pu vendre des légumes à un autre sans même le savoir.

Novak se présenta chez Mme Keizman, à Upirawa – encore un trou paumé ! –, confiant et sûr de sa capacité à élucider l'affaire. Les pièces étaient maintenant disposées sur l'échiquier comme il l'entendait. Quatre pièces adverses étaient certes toujours dans la nature, parmi lesquelles la reine, semblait-il, mais les autres étaient à sa merci. Laissez donc la reine gambader à sa guise, avant qu'elle ne voie les pions tomber un à un autour d'elle. Laissez-la flâner autour des ruines de son royaume. La liberté n'était pas toujours l'apanage de la victoire – qui l'aurait mieux su que Novak lui-même ?

La cour de la maison de Fanny était tout sauf suspecte. Quelques poules gambadaient, une oie et son jars – monsieur était prompt à tendre le cou, gare à son bec –, et un potager. La maison elle-même était une simple bicoque en bois, mais relativement spacieuse. À en juger par la charpente et les tuiles, Novak devinait que cette famille avait quelques moyens. Et qu'en était-il des bambins qui cavalaient dans le jardin ? Tout d'abord, tant mieux s'il y avait des enfants. La marge de négociation de l'adversaire s'en trouvait aussitôt limitée dès que les enfants étaient en jeu. Ensuite, l'aînée avait une certaine ressemblance avec sa mère, du moins ces yeux clairs et indomptables. Elle, son nom l'intéressait.

Ils investirent la maison sans encombre, rabbi Moishe-Lyzer Halperin leur ouvrit la voie. Ce dernier fit alors part à Mme Keizman de leur rencontre avec Fanny et Zvi-Meïr, d'après ce que lui traduisait

Akim. Le rabbin demanda alors à la vieille femme de tout leur dire sur ce qu'elle savait, afin de les aider à localiser les disparus.

« Que dit-elle au rabbin ? demanda Prokor, impatient, à Akim.

— Qu'il ne reste plus de fromage de chèvre, celui qui a la croûte orange.

— Pourquoi se retrouve-t-on à causer frometon maintenant ? s'agaça Prokor.

— Rabbi a faim. »

Tandis que Moishe-Lyzer Halperin mastiquait dans son coin un peu de pain et de fromage (pas son préféré), eux restèrent assis face à Mme Keizman, une femme certes âgée, mais au visage impeccable. On aurait pu s'attendre à ce que cette vieille pie eût une ride ou deux, mais toute sa colère s'accumulait, semblait-il, dans ses yeux arqués et dans les larges sourcils qui les surplombaient comme deux caroubes. Peut-être était-elle aveugle, car elle ne les regardait jamais directement. Sa tête était tournée vers le mur, à qui elle semblait même s'adresser lorsqu'elle grommelait ou grognait pour elle-même des réponses à ses propres questions, qu'Akim ne manquait pas de traduire.

Voix haute : Vous voulez que je vous parle de Zvi-Meïr et de Fanny ?

Grommellement : Ils veulent me faire parler de Zvi-Meïr et de Fanny. Non mais vous les avez entendus ?

Voix haute : Vous avez combien de temps devant vous ?

Grognement : Ils croient vraiment que j'en ai pour eux, du temps ? Assez avec ces palabres.

Voix haute : Que savez-vous déjà ?

Sifflement : *Nu*, qu'est-ce qu'ils peuvent bien savoir… Celui-là est un imbécile, et l'autre pas mieux.

Novak, c'est-à-dire Prokor, se mit à remuer nerveusement sur sa chaise et demanda à Akaki, c'est-à-dire à Akim, d'orienter la vieille femme par des questions plus explicites. « Quand sont-ils partis ? Où sont-ils allés ? Ont-ils laissé un mot ? Qui les a vus en dernier ? Quel rapport avaient les deux disparus ? »

Voix haute : Quand sont-ils partis, c'est ce que vous demandez ? Qui sait quand ils sont partis ?

Grommellement : Et à vrai dire, qui en a quelque chose à faire ? Comment ça, moi rester assise là, à compter ? Ils en ont des questions, ces deux-là. Tout le monde est là, et puis un beau jour ils décident de disparaître. Et pourquoi d'un seul coup ça deviendrait important ? De toute façon, ils n'étaient déjà plus vraiment là. Quel genre de mari abandonne sa femme ? Mendé, pauvre d'elle, mariée à un brillant étudiant de yeshiva, qui se retrouve au final entichée d'un vulgaire fromager. Et Fanny, vous en avez déjà connu vous, des femmes qui relèguent leur belle-mère dans la cour ?

Voix haute : Où ils sont partis ? Vous croyez vraiment qu'ils me l'auraient dit ?

Grognement : Zvi-Meïr, celui-là, il était toujours assis à côté de moi aux repas de fête. Jamais daigné m'adresser la parole. Toute la sainte journée à philosopher – la culture c'est comme la confiture. *Nu*, moi j'y étais à la création du monde ? Qu'est-ce que je pourrais bien avoir à dire sur ce qu'ont fait Adam et Ève ? *Kwatsch mit zozé* – des âneries en sauce. Voilà votre Zvi-Meïr. Alors maintenant, il viendrait me raconter où il compte détaler avant de disparaître ? Et Fanny ? Pis encore. Ça ne lui est pas venu à l'idée de me le dire alors que je suis la grand-mère de ses enfants. Et moi, qu'est-ce que je veux au fond ? Le bien de tous. J'essaye d'être bonne avec tout le monde, et c'est sûrement là que je me trompe. Qu'est-ce que je reçois en retour ? Chaque jour que Dieu fait, j'attends qu'elle vienne me voir : *Savta**, tu as de l'expérience, j'aimerais avoir ton conseil. *Savta*, qu'est-ce que tu ferais ? *Savta*, c'était comment chez vous ? Mais elle ? Rien du tout, parce qu'elle sait tout. Et vous voudriez que justement cette fois-ci, avec un gros secret qui la fait se sauver de la maison, elle vienne soudain m'en parler ?

Voix haute : A-t-elle laissé un mot ? Mais qu'est-ce que c'est que cette question ? Je suis quoi, moi, un bureau de poste ? Un guichet public ? Une secrétaire ? Moi, je m'amuserais à chercher des mots dans la maison ?

Sifflement : *Nu*, qu'est-ce qu'ils en savent, eux ? Ils en savent que dalle. Ils pensent que la vie des gens c'est comme dans une pièce de théâtre. Quel mot ? De quoi ils parlent ? On brise des cœurs, et ensuite on laisse un mot ? On détruit une famille, et on vient signer son œuvre ? Qu'est-ce qu'on pourrait bien écrire ? « Prenez bien soin de vous jusqu'à mon retour », par exemple ? Dieu sait où ces énergumènes ont été élevés.

Novak était à bout, il fulminait de rage. La clé de voûte de son enquête était coincée dans le bec d'une vieille rombière. Akim, au contraire, affichait un visage d'ange. Sa peau rosée transpirait la sérénité, sa bouche de poisson en cœur comme s'il tétait avidement les paroles de la mégère. Bon sang, qu'il meure sur-le-champ si bébé Akaki ne fomentait pas un coup ! Par tous les diables, évidemment qu'il avait averti la grand-mère ! Novak empoigna fébrilement le bras d'Akakiévitch en lui chuchotant :

« Écoute-moi attentivement, face de fion, dis-lui d'arrêter de pinailler, tout de suite. Si je n'ai pas mes réponses d'ici cinq minutes, c'est la troupe qui débarque.

— Que voulez-vous que je lui dise ? lui demanda Akaki.

— Dis-lui exactement ceci : madame Keizman, pour que nous puissions vous aider, nous avons besoin que vous répondiez simplement à nos questions, en une phrase. »

Si Novak avait su ce qu'entraînerait cette menace, il l'aurait sûrement retirée, ou aurait au moins soigné sa formulation.

Voix haute : Pour que vous puissiez m'aider ?

Grommellement : Ils s'imaginent qu'ils m'aident. Le cosaque arrive, saccage la maison, me dérange, effraye mes petits-enfants, et tout ça pour quoi ? Pour m'aider ! Si j'avais eu besoin de votre aide, j'aurais imploré le Saint béni soit-Il de mettre fin à ce cauchemar qu'on appelle la vie. Ai-je jamais demandé davantage que d'avoir pain, Torah et famille ? Ai-je un jour demandé Abramlé et Pinhaslé Rabinovitch ? Ou même dit à quelqu'un : « Si seulement le Ciel nous envoyait deux saints pour retaper le *mikvé* ? » Laissez-moi vous dire une chose : Ce *mikvé* est parfait ! Le mieux est l'ennemi du bien. Que dirait le père de Natan-Berl s'il voyait la tête de ceux qui viennent pour m'aider ? Vous savez d'où je suis partie ? Nous, on n'avait rien à la maison. Le puits était à quatre verstes. Rien ne poussait dans ces marécages. Pour quelques *kar-*

toshkes, il fallait vendre nos souliers. Et vous, vous allez pouvoir m'aider ?

Voix haute : En une seule phrase, hein ?

Sifflement : Voyez donc, la police du verbe. Ils veulent du bref, du concis. Mais qu'ils veuillent bien me rappeler depuis quand je travaille pour eux, pour oser me dire combien de mots je dois employer ? Car s'il en est ainsi, j'exige salaire en bonne et due forme pour chaque mot que je vous épargne, et croyez-moi, que vous ayez du beurre ou non, vous allez vous retrouver sur la paille en cinq secondes. « En une phrase », qu'ils le gardent pour leurs soudards, avec qui ils ont ou pas mangé du porc, avec qui ils ont ou pas chanté à l'église – mais pas à Rivka Keizman, qui fait de sa langue ce que bon lui semble. Et celui qui lui dira encore une fois « En une phrase », il prendra la porte.

Le rabbin Moishe-Lyzer Halperin, qui venait de finir d'engloutir une demi-meule – fromage orange ou pas –, leur adressa un sourire assorti d'un regard idiot, et ajouta :

« Il n'y en a pas deux comme Rivka Keizman, je vous l'avais bien dit ! »

Pour Novak, c'était la goutte d'eau qui faisait déborder le vase. Il n'aurait rien demandé de mieux qu'étrangler Akakiévitch et coller un gnon au rabbin glouton, avec sa trop grosse barbe et sa main qu'il se passait du front à la poitrine, comme s'il singeait le signe de croix. Si seulement il avait eu son revolver, il aurait volontiers secoué la vieille bique jusqu'à ce qu'elle passe à table. On pouvait dire que sa patience était usée jusqu'à la corde. Écouter Mme Keizman requérait visiblement un certain entraînement, qui pour l'heure faisait en tout cas défaut à Novak. Cela ressemblait à s'y méprendre à l'effort nécessaire pour apprécier pleinement certains audacieux compositeurs, dont les œuvres brusquent l'oreille novice aux première et seconde écoutes, avant de la faire accéder à une nouvelle définition de la beauté.

On pouvait aussi simplement dire que Novak en avait assez. Après le coup reçu à sa jambe déjà invalide, il avait crapahuté comme un beau diable, changé d'identité, sollicité des informateurs et engagé des renégats, il sentait maintenant qu'il fallait jeter toutes les forces du Département de maintien de la sécurité et de l'ordre publics dans la bataille. Il brûlait d'envie d'armer son bras et de décocher une beigne qui laisserait tout Motelé au tapis. Il n'avait qu'à siffler et la ville passerait sous couvre-feu, tandis que cette maison, si sûre et paisible en apparence, serait cernée par des dizaines de policiers et de soldats. Il savait ce que tous diraient : « Et voilà, même Novak s'est lassé de ses petits jeux. En fin de compte, lui aussi se met à faire le cosaque. »

Et c'était peut-être mieux ainsi ; il en avait assez de se prendre pour d'autres. Certes, il avait atteint le rang de lieutenant-colonel au cours d'une brillante carrière. Oui, il avait fait le siège de Plevna, et on lui parlait encore aujourd'hui du col de Chipka. Oui, il avait vu la reddition du grand Osman Pacha de ses propres yeux. Mais qu'était-il devenu depuis ? Jusqu'à quand pouvait-on se reposer sur le passé ? Quand pour la dernière fois s'était-il regardé et dit : « Novak, tu as fait ce qu'il fallait, tu mérites les honneurs. » De qui recevait-il des regards admiratifs ? De ce crétin d'Albin Dudek et consorts. Jadis, il était lieutenant-colonel dans l'armée la plus fière du monde, mais il ne restait plus grand-chose aujourd'hui de cet homme-là. Il songea donc qu'il pouvait tout aussi bien dévier pour une fois de ses standards, en décrétant un couvre-feu. Tous seraient ainsi forcés de jouer cartes sur table, les enjeux apparaîtraient au grand jour, et lui pourrait naturellement en retirer les informations nécessaires. Peut-être qu'alors, il en finirait avec son idéal passéiste de lieutenant-colonel et d'armée du Tsar, pour enfin accepter d'être celui qu'il était : une brute épaisse qui ne valait pas mieux que le dernier des scélérats.

Par tous les diables, non ! Il devait y avoir une autre issue, car si la conclusion était que toutes les affaires pouvaient se résoudre par la force et le chantage, il avait alors perdu la seconde partie de sa vie en tours de passe-passe et autres calembours. S'il ne valait pas mieux qu'un Dudek, il aurait aussi bien fait de se mettre à écrire avec les mêmes fautes. Si l'on pouvait tout régler avec une poigne de fer, pourquoi l'Okhrana s'évertuait-elle à rester secrète ? Que penserait le gouverneur Gourko lorsqu'il s'entendrait dire que Novak avait perdu ses moyens ? Comment réagiraient ceux qui avaient été envoyés en formation auprès de lui ? Procéder par couvre-feu ? Extorsion ? Menaces ? Tortures ? Étaient-ils venus de Minsk pour apprendre ce que tout le monde savait déjà ? Il devait se retirer et mettre au point une autre stratégie, même s'il devait perdre deux jours pour ça.

Rabbi Halperin, qui finissait à l'instant de mastiquer sa dernière miche de pain, regarda Akim et Prokor avec une délectation à peine voilée : « *Nu* ? Vous avez obtenu ce que vous vouliez savoir ? Si tel est le cas, nous pouvons retourner en ville pour dîner avec les représentants de la communauté. »

Akaki regarda Novak, qui ne lui rendit pas la pareille mais lui chuchota : « Dis-leur que nous les remercions. Nous ne les embêterons pas plus longtemps. »

Tandis que ces derniers se dirigeaient vers la porte et que le rabbin se hâtait avant de les rejoindre de récolter les miettes qu'il avait laissées sur la table, les enfants qui jouaient dehors se précipitèrent dans la maison, suivis d'une femme terrifiée qui se trouvait un instant plus tôt dans la cour. Ils claquèrent la porte derrière eux, et Novak s'avança vers la fenêtre pour voir ce qui se tramait dehors. Une dizaine d'agents à cheval, menés par Albin Dudek, approchaient de la maison – le revolver dégainé pour deux d'entre eux. À quoi pensait ce crétin ? se demanda Novak, espérant en même temps que ces agents ne fussent pas venus pour lui. Sans attendre, il pressa la famille de se réfugier dans une pièce à l'arrière.

Dudek et sa troupe firent halte au niveau du portail. Le lieutenant mit pied à terre et adressa un salut à son commandant, qui l'observait depuis le porche.

« Monsieur !

— À quoi tu joues, abruti ? »

Novak aurait volontiers giflé ce nabot. Dudek venait de réduire à néant sa couverture.

« Nous sommes venus procéder à l'arrestation de la famille, répondit Dudek, essoufflé.

— Et qui a bien pu te demander d'arrêter cette famille ? »

Dudek ouvrit avec précaution le loquet du portail et s'approcha de son commandant à pas mesurés. Nerveuse, l'oie se retira avec son jars, remarqua Novak. Le lieutenant grimpa les marches jusqu'au porche et ôta son melon ridicule – le genre de galures qui criaient « agent secret » à vingt lieues.

« La situation est hors de contrôle, monsieur, annonça Dudek, à bout de souffle, sans même regarder son commandant. Les gens commencent à parler.

— À parler ? se gaussa Novak. Et que savent-ils faire d'autre que parler, les imbéciles ?

— Tout de même, monsieur. L'heure est grave.

— Qui t'a envoyé ?

— Enfin, monsieur, c'est vous qui m'avez envoyé.

— Moi ? Je crois bien que tu débloques. Je t'ai justement demandé d'attendre. Qui d'autre est de la partie, Dudek ? Qui t'a envoyé ?

— Je vous le jure, monsieur, je n'ai aucune idée de ce dont vous voulez parler. Tout le monde est impliqué là-dedans. L'affaire s'est ébruitée, avec tous ces morts, et tout. L'affaire a déjà fait le tour de la région. Vous avez dit vous-même que le gouverneur Gourko en était.

— Gourko ? s'écria Novak, abasourdi. Le gouverneur t'a parlé ? C'est lui qui t'envoie ?

— Pourquoi m'aurait-il parlé, monsieur ?

— Tu viens de le mentionner.

— Moi ? Mais non, c'est vous qui l'avez dit ! Quand vous avez envoyé les collègues trouver Mishenkov, vous m'avez dit de dire que Gourko était impliqué.

— Dudek ! pesta Novak, qui commençait à perdre son calme. Ce n'était qu'une menace.

— Comment aurais-je pu le deviner, monsieur ?

— Alors Gourko est au courant ?

— Je n'en ai aucune idée.

— Comment avez-vous su où me trouver, ici, dans ce village ? Qui m'a suivi ?

— Mais personne, monsieur. C'était évident que vous seriez ici. »

La dernière réplique de Dudek fit vaciller Novak. Il regarda son lieutenant, stupéfait, n'ayant pas encore digéré le sens de ce qui venait de lui être asséné. Ses manigances étaient-elles devenues à ce point prédictibles ? Lui, ce triple idiot de lieutenant, le cerveau comme un petit pois et la jugeote d'un escargot, avait vu venir le prochain coup du lieutenant-colonel Novak ?

« Et maintenant ? » demanda Novak, encore confus. Dudek l'avait clairement pris au dépourvu.

« Tout est bouclé, monsieur, nous avons décrété un couvre-feu général. Personne n'entre ni ne sort de la ville. Maintenant il faut mettre la main sur tous les proches et les interroger. Quelle brillante opération, monsieur, mes félicitations ! Que Gourko soit déjà au courant ou pas, il sera certainement très fier ! »

Toujours sous le choc, Novak se gratta le crâne. Dudek le regardait comme s'il était un étranger, voire un suspect. Soudain Novak eut une idée et heurta le sol du bout de sa canne, revêtant une expression dure.

« Tu as commis une grave erreur.

— Une erreur, monsieur ?

— Oui absolument, tu as agi trop précipitamment, en oubliant Zvi-Meïr, qui est la clé de toute cette affaire.

— Zvi-Meïr ? bredouilla le lieutenant.

— Dudek ! Assez palabré ! Fais parvenir un télégramme aux agents qui sont à ses trousses à Minsk, qu'ils ne le lâchent pas d'une semelle et se tiennent prêts à l'arrêter à tout moment.

— Tout à fait, monsieur. Zvi-Meïr, je n'y avais pas pensé.

— Penser ne fait pas partie de tes attributions.

— Certainement pas.

— À quoi bon tenir les tueurs sans avoir le cerveau ?

— Bien sûr, monsieur.

— Alors au travail. »

Novak souffla de soulagement en voyant Albin Dudek transmettre à ses hommes la marche à suivre. Une chance qu'il ait songé à temps à Zvi-Meïr, sans qui il aurait été pris de court. L'essentiel était qu'il avait à nouveau su démontrer que son bourricot de lieutenant était incapable de penser dans la globalité. L'esprit de Dudek, telle une couverture trop courte, laissait fatalement la partie cruciale à l'air. Pour éviter de se retrouver une nouvelle fois dans les cordes, Novak devait garder en tête que cette enquête n'avait rien d'habituel. Ses soubresauts ne cernaient pas les seuls fugitifs, eux-mêmes tenaient également les enquêteurs par le col. Pas vrai ?

DIXIÈME PARTIE

MINSK

1

Fait et posté à Minsk,
De la main de Zvi-Meïr Speisman,
Le douze du mois d'Ellul, l'an 5654

Chers maîtres et professeurs, vous mes champions et amis, bienveillants et bien-aimés, illustres piliers de la foi, hommes de rareté et de sagesse. À mon très cher rabbi Scheinfeld, à mon ami et maître des écritures, le rabbi Kahana, à l'unique, au sage, au parfait rabbi Leibovitz. Ô vertueux piliers de ce monde, vous dont les trois noms composent l'acronyme Shakhal, *que paix et salut soient sur vous.*

Celui qui tient la plume n'est autre que Zvi-Meïr Speisman, le jeune homme que vous avez chassé il y a maintenant huit printemps de la yeshiva de Volojine, au bel et vivace âge de dix-huit ans. Que cette lettre ne vous inspire aucune crainte, elle n'a nullement pour objet de vous dénigrer ou de vous calomnier. Il n'y a dans mon cœur pas la moindre once ni goutte d'amertume, de colère, ou même de joie maligne en songeant à la fermeture de Volojine. Je ne suis désormais plus celui que je fus, pur et candide. S'adresse à vous aujourd'hui Zvi-Meïr Speisman, anonyme condamné à arpenter le prophétique chemin de la souffrance.

À l'heure où j'écris, le bas marché de Minsk est mon seul toit, à défaut de revenus. Mes jours sont comptés, mais mon bonheur incommensurable. Ma mission en ce monde étant désormais accomplie, mon cœur se consume dans le feu de la foi et mon esprit émerge vers les cieux. Les paroles de vérité que j'ai répandues ont pris racine dans toute la Russie. Ceux qui me pourchassent auront beau essayer de réduire mes traces à néant, ils ne réussiront pas à extraire la vérité qui s'est ancrée dans tant de cœurs et de têtes. Bien au contraire, mon trépas ne fera que fortifier ma droiture et éclairer l'iniquité que j'ai subie. Contrairement à ce qu'enseignent nos traditions, la justice s'affranchit de l'approbation des masses. La vérité ne réclame rien d'autre qu'un messager, et je fus un messager de ce noble principe.

Mes chers compagnons, les sans-logis, les mendiants, m'ont prévenu que d'immenses forces policières et militaires étaient à mes trousses. Accuser tous azimuts n'est pas mon intention, mais alors que j'essayais de comprendre comment il est possible que Zvi-Meïr Speisman, petit et misérable penseur, insignifiant érudit, soit devenu une menace pour l'immense Empire russe, voilà qu'un message s'est révélé à moi, aussi limpide qu'éclatant : mon logos est devenu votre péril, chers et respectables conservateurs, tenants du vieux monde, dont l'infinie sagesse a rendu le cœur hermétique, et dont l'intelligence clairvoyante a obstrué la vue jusqu'à la cécité. Tout comme ceux des Enfants d'Israël qui ont refusé d'entendre leurs Prophètes, vous ne m'avez pas écouté. Par jalousie et par esprit de querelle vous m'avez vomi, rejeté de votre giron.

À Motelé, je fus un élève brillant, si tant est que l'on puisse qualifier d'intelligent celui qui se distingue dans l'imitation et les jeux de mots. Le maître du heder *me surnommait le « petit surdoué », me gratifiait d'innombrables éloges. Ma farouche soif de vérité, et pas forcément ma modestie, m'oblige simplement à préciser que les autres élèves étaient des abrutis – ce qui n'était pas de leur fait. À quoi bon persévérer lorsqu'on vous rabâche que vous ne savez rien et que votre savoir n'équivaudra jamais à la moindre goutte de l'océan du savoir ? L'élève restait assis, les yeux rivés à la fenêtre, attendant patiemment le moment où le maître l'autoriserait à sortir pour s'amuser dans la cour.*

En ce qui me concerne, j'étais l'élève qui vivait devant ses livres ouverts. On m'avait destiné à Volojine. Qui l'aurait cru. Si le Peuple élu est bien la lumière des nations, alors la yeshiva de Volojine en est le flambeau, le sanctuaire du savoir, le temple de la dialectique et du logos. On ne se retrouvait pas sur ses bancs pour ânonner immuablement les mêmes versets, on venait pour penser et argumenter, et même, comme on me l'avait rapporté, on pouvait s'y imprégner des sept savoirs : mathématiques, ingénierie, musique, astronomie, biologie, théologie et philosophie. Imaginez-vous donc, un érudit juif, menant des recherches astronomiques, faisant la démonstration de théorèmes et chassant même les papillons ! L'onirique se réaliserait à Volojine. Des yeshivas, la Zone de Résidence en comptait d'innombrables, mais Volojine les surpassait toutes. Et son nom, mes chers, loué dans chaque petit bourg et village, a résonné jusqu'aux confins.

Ainsi, le maître vint s'entretenir avec mes parents, et se contenta de cette ellipse : mon nom, suivi de celui de l'illustre yeshiva. Ma mère, Rokheleh Speisman, s'évanouit aussitôt. « Que se passe-t-il ! » s'était écrié mon sourd de père, et ma mère, qui attendait de perdre tout à fait connaissance, eut encore la force de houspiller son mari : « Volojine, Eliyahou ! Volojine ! »

Chers maîtres et professeurs, vous mes champions et amis, bienveillants et bien-aimés, illustres sages de la Juste Parole, vous ne pourriez imaginer l'excitation qui m'a submergé lorsque mon père m'a déposé au train, et m'a fait signe de loin avec son mouchoir. « Ne reviens pas ! » m'avait-il crié avant que sa silhouette ne commençât à s'éloigner. J'étais livré à moi-même sur le mont Moriah, non pas attaché comme le fut notre Père Isaac, et touché par la grâce de l'Ange Divin. C'est alors que j'ai su, plus de heder *à Motelé, fini, ces élèves qui ne s'intéressaient qu'aux insectes et aux cubes à empiler. Fini, même, les « promesses ». J'arpentais la voie menant au sanctuaire des plus grands sages du peuple juif – c'est-à-dire de l'humanité.*

Vous mes chers, mes bienveillants – à moins que je ne vous appelle plutôt mes bourreaux ? Quand les limiers de la police et les épaulettes galonnées vous ont demandé qui était Zvi-Meïr Speisman, vous leur avez certainement répondu que cet énergumène était un impertinent de premier ordre, et une menace pour les Juifs de la Zone de Résidence, diffusant des bagatelles, incitant les cœurs purs à la sédition, abusant des candides, instillant la mécréance chez les plus tendres. Voilà trois jours déjà que les sans-logis du bas marché me disent : « Zvi-Meïr, fais attention ! Zvi-Meïr, prends garde ! Ces gradés sont à tes trousses. Tu n'as pas idée des ennuis que tu t'es attirés cette fois. » Et moi de leur répondre : « Je sais bien à qui j'ai défrisé les moustaches, je les connais mieux que personne. Je les ai suppliés à genoux, j'ai bu le lait de ce que je prenais pour la quintessence du savoir, quand aujourd'hui je n'y vois plus qu'un château en Espagne, un donjon lévitant dans les airs, un arbre millénaire sans racines. »

Je suis arrivé à Volojine à l'âge de dix-sept ans, et me souviens encore de mes tout premiers jours : un horrible cauchemar. J'étais donc assis au milieu des plus grands érudits – qui l'eût cru – voyant comment l'on se chicanait pour un sérif, alors que j'en étais encore à l'alphabet. Et tandis que j'invoquais tel verset biblique, on me rétorquait par le Khayeh Adam *de rabbi Avraham Danzig, en y ajoutant un peu d'Eléazar de Worms, sans oublier la réponse de Samuel Eidels. On tournait le* Guide des Égarés *de Maïmonide en dérision, contredisait Abravanel, citait une perle signée Juda de Ratisbonne. Et quant à moi, j'étais assis face aux traités de la Mishna* les yeux dans le vague, submergé de honte. Qu'avais-je fait à Motelé ? J'étais en tête d'une portée de renards. J'avais dilapidé mon temps, porté au pinacle par un maître dont l'étroitesse d'esprit serait ici objet de plaisanteries. Ils me prenaient pour un espoir à Motelé ? « Ils » n'étaient en fait que des abrutis.*

Quatre lunes, chers maîtres, chers professeurs, cent vingt couchers de soleil, je restai dans ma chambre sans dire mot. Lorsque l'on s'adressait à moi, j'opinais respectueusement du chef, et j'étudiais les écritures comme un fanatique le reste du temps. On me disait : lève donc la tête de tes livres. Réponds avec logique. Les Prophètes d'Israël n'étaient pas des érudits. Mais je sentais que ma logique n'était encore que gazouillis, elle rampait sur le ventre, tel un bébé hurlant la nuit et tâtonnant jusqu'à atteindre ce qu'il veut attraper. Je n'en avais pas encore fini avec un volume que je passais déjà au suivant, et revenais au tout premier la nuit venue. Je répétais sans relâche, cent deux, cent trois, feuilletais inlassablement mes tomes sous ma lanterne, à m'en esquinter les yeux. J'attendais tant la fin du semestre, le 15 Av, pour profiter ainsi des vacances et arriver fin prêt pour le second. Et pendant que mes camarades de la yeshiva retrouvaient leur famille, se faisaient un peu d'argent, savouraient des cuisses de poulet et s'allongeaient dans un vrai lit, de mon côté je restais enfermé face à mes piles de livres.

Tandis que je songeais aux commentaires sur la nature de l'Arbre de la connaissance du bien et du mal – était-ce un cédratier ou un figuier, une vigne ou un champ de blé ? –, une réflexion vint me harceler sans répit. Je me suis adressé à rabbi Scheinfeld, initiale de l'acronyme Shakhal, *lumière d'Israël et éminent parmi les illustres maîtres de la yeshiva. Les mains tremblantes, les jambes flasques et la voix fluette je m'étais tourné en ces termes vers cet homme vénérable : « Comment se fait-il que l'interdit de consommer le fruit de l'Arbre de la connaissance ait été indiqué à Adam et Ève avant même qu'ils n'aient consommé son fruit – c'est-à-dire avant qu'ils n'acquièrent la connaissance du bien et du mal ? »*

Oui, cher rabbi Scheinfeld, avez-vous le souvenir de cette question, aussitôt balayée ? Vous rappelez-vous m'avoir répondu que, de prime abord, nombreux étaient ceux qui avaient soulevé cette question avant moi, et que les plus brillants d'entre eux avaient avancé une réponse qui était tout juste sous mes yeux – comment avais-je pu ne pas la comprendre ? La « connaissance du bien et du mal » dans ce sens-là n'était rien d'autre que le passage du monde de vérité immanente de l'Éternel vers le règne de l'homme, où le bien et le mal étaient aux mains du caprice et du désir, raison pour laquelle Adam et Ève s'étaient couverts d'une feuille de figuier. Point à la ligne.

J'avais eu beau le regarder, acquiescer, dans mon cœur je n'y croyais pas. M'avait-il seulement écouté ? Je n'avais pas posé la question que tous les garnements avaient à la bouche celle-ci : pourquoi Dieu aurait-il voulu priver le premier homme de la « connaissance du bien et du mal », et comment se fait-il que la connaissance lui eût justement été conférée par le péché ? Alors que moi, honorable maître, je voulais savoir comment il se faisait que l'homme eût pu concevoir l'interdit a priori ? Comment, alors qu'il ignorait tout de la mort, avait-il pu comprendre l'injonction : « Mais l'Arbre de la science du bien et du mal, tu n'en mangeras point : car du jour où tu en mangeras, tu dois mourir ! » Comment avait-il su saisir la gravité de cet interdit, et celle du châtiment qu'entraînerait sa transgression ?

J'ai adressé cette même question à rabbi Kahana, grand érudit et médiane de l'acronyme Shakhal *qui, à ma stupéfaction, m'a fixé à travers ses piles de livres, repoussant ma requête : Dieu n'a jamais eu l'intention de faire mourir l'homme, mais de lui appliquer une finitude, c'est-à-dire, qu'un jour viendrait où il mourrait. Votre Excellence, avez-vous seulement saisi l'ampleur du dilemme que j'ai souligné ? Pouvez-vous ne serait-ce qu'admettre qu'un bébé pût poser une question digne de vos lumières ?*

Je m'en suis donc remis au sage, au parfait rabbi Leibowitz, finale de l'acronyme Shakhal *et premier à avoir compris le paradoxe, lui opposant promptement des contre-arguments : « L'homme a pleinement intégré l'interdit divin, car il lui a été dit que "du jour où il mangerait le fruit de cet arbre, il devrait mourir", c'est-à-dire, qu'il cessera de travailler ; et l'homme savait bien ce qu'était le travail, car Dieu l'avait placé dans le Jardin d'Éden pour qu'il y travaille et le préserve. » Mes maîtres bien-aimés, il ne m'avait fallu que quelques instants pour relever des errements dans la réponse de rabbi L., mais avant même d'avoir pu lui répondre, déjà rabbi Scheinfeld m'admonestait : « Speisman, tu ressasses encore sur l'Arbre de la connaissance ? Retourne donc à ta Mishna ! » « Non ! aurais-je voulu crier, là n'est pas la question. » Je suis alors reparti, solitaire, l'esprit brisé et sans voix.*

Je décidai de ne revenir vers le concile Shakhal *qu'une fois ma question formulée avec la plus grande précision. J'y ai consacré jours et nuits, sans jamais m'éloigner des Écritures. J'y ai réfléchi encore et encore, comment le premier homme avait-il pu comprendre l'interdit signalé par Dieu avant d'acquérir cette « connaissance du bien et du mal », et d'en avoir fait l'expérience. Et à force de creuser ces mêmes versets, encore et toujours, m'enquérant exhaustivement des commentaires associés, la conscience me sauta au visage comme une bête sauvage et affamée, et soudain je compris : La « connaissance du bien et du mal » n'était ni liée à l'arbre, ni à son fruit – qu'il se fût agi d'un figuier ou d'un cédratier. Le savoir était l'émanation de l'interdit. Si l'homme n'avait pas transgressé cet interdit, il n'aurait pu connaître ni le bien ni le mal – seule l'obéissance. L'arbre dont Adam et Ève avaient prélevé le fruit interdit s'était* mué *en l'Arbre de la connaissance du bien et du mal, seulement après qu'Adam et Ève eurent dérogé à l'interdit, et pas avant.*

Maîtres bien-aimés, je ne saurais vous décrire l'émoi qui m'a alors saisi. Mon esprit s'en est pris à mon corps, et celui-ci s'est effondré aussitôt. J'étais étendu, saisi d'une syncope totale, et fondamentalement heureux, en esprit libéré de la chair. Enfin, les Écritures faisaient soudain parfaitement sens, les problèmes se résolvaient les uns après les autres. Mais je continuais de songer à ce que cette découverte pouvait nous enseigner de plus : c'est seulement par cette entorse à l'interdit divin que l'homme éprouva aussi bien les confins de la foi et le pendant qui la jouxtait. Grâce à quoi, il pouvait dès cet instant choisir librement entre l'observance et l'impiété. Transgresser l'interdit divin était donc la condition nécessaire à la foi. Telle était la vérité absolue. Comment le savais-je ? La vérité n'avait pas besoin de mon savoir. Deux et deux font quatre – que Zvi-Meïr Speisman le veuille ou non.

En mon for intérieur, les montagnes s'étaient soulevées et entrechoquées jusqu'à finir en sable. J'avais œuvré sans relâche et découvert que seul le pécheur pouvait être un pieux croyant. S'il ne franchissait jamais la ligne tracée à ses pieds, l'homme n'était qu'un chien obéissant.

Débordé d'excitation, j'ai dévisagé les génies de mon temps, mes maîtres bien-aimés, afin de poursuivre la conversation avec eux. Mais leurs lèvres empourprées et brûlantes surgirent de leurs barbes, tandis que leur courroux laissa progressivement place à l'hilarité. « Seul le noir peut être blanc », persifla rabbi Scheinfeld, « Et il fait seulement nuit le jour », ironisa rabbi Kahana, « Et seule la bêtise renferme la sagesse », maugréa rabbi Leibowitz. Je ne pouvais croire ce que j'entendais. Le Shakhal *m'avait défait, humilié, tandis que les autres étudiants s'étaient associés au lynchage. Je m'en serais presque enterré vivant.*

Les érudits se réunirent autour de moi et me crachèrent leurs sarcastiques paradoxes au visage : « Seul un Juif peut être goy *», « Seule une* kartoshke *peut être un navet », et ainsi de suite. Cette nuit-là, j'ai intercédé auprès des titans de la Torah – Ô Gaon de Vilna ! Juda de Ratisbonne ! Me voilà ! – mais eux, héros de leur époque, dispensés du Messie pour se repaître de la chair du taureau sauvage, eux n'avaient que faire d'un gosse de la yeshiva de Volojine. Et dans le même temps, ceux qui avaient la charge de me patronner, qui m'avaient vu souffrir, jour après jour, d'eux je n'avais pu m'approcher. Il suffisait que j'entrouvre la bouche pour qu'ils me fassent aussitôt taire, tel le dernier des ignares, et me livrent à la moquerie. « L'olibrius de Motelé », m'appelaient-ils sans vergogne, « le roi des marais ».*

Je suis resté livré à moi-même, mes chers, et je compris alors que je ne ferais pas de vieux os à la yeshiva. Même s'il n'y avait pas eu d'expulsion officielle, ni de herem* *prononcé, on sait bien que l'ostracisme et le dénigrement étaient plus durs encore que le bannissement. Dès que je me joignais à une table où l'on débattait de quelque sujet, tous s'évaporaient avant même que je n'ouvre la bouche. On m'installait à la table où l'on rassemblait les étudiants les plus médiocres, ceux qui ne devaient leur* *venue à Volojine qu'à la très généreuse contribution de leur très fortuné père. Et ce n'était même pas le pire. Ils ne me regardaient pas dans les yeux, ne remarquaient pas ma détresse. Tel un poison, ils instillèrent dans mon cœur une aigreur immuable qui réveillait en moi de sombres pensées.*

J'ai alors enfin réalisé que la yeshiva de Volojine, si réputée, n'était rien d'autre qu'un marché aux puces, où tirer son épingle du jeu revenait à professer des évidences d'un ton assuré. En bref, obéir aux règles que vous aviez fixées. Et vous justement, les gdoylim*, *les* grands hommes, *passiez au milieu de vos jeunes pousses, les corrigeant à la volée – pas d'après ce qui est vrai, mais selon le caprice et la lubie du moment. Rien qu'un clin d'œil de votre part, et les plus médiocres relevaient la tête. Un souk, messieurs, rien de plus. Moi qui croyais qu'à Volojine toutes les questions étaient les bienvenues, tant qu'elles étaient porteuses de sens et d'esprit. Mais j'en suis venu à comprendre qu'à Volojine, logique et raison étaient votre pré carré. Apprendre que des dissensions faisaient rage au sein de la yeshiva ne m'a donc pas surpris. Les secousses ayant laissé place à une vague dénonciation aux autorités, la fermeture était inéluctable.*

Le jour où j'ai quitté la yeshiva j'ai accompli l'objet de mes études. Je me suis présenté à rabbi Leibowitz, retirant mon chapeau comme le font les chrétiens, dénudé face à l'Éternel. Moi, Zvi-Meïr Speisman, j'ai franchi la ligne afin de ressentir dans ma chair le fardeau de la mécréance, pour que la décision de suivre le chemin de Dieu résulte de mon libre choix. Je me suis alors promis que j'irais dans la voie de l'Éternel, différente de la vôtre, et me suis fait le serment de gagner ma vie comme un homme ordinaire. Si cela signifiait tenir un étal, soit, et je ferais mieux d'exceller au marchandage – mais jamais au détriment de la vérité.

J'ai épousé Mendé Schechter, fille de Meïr-Anshel Schechter, boucher venant de Grodno. Mes parents voyaient ce shiddoukh *d'un bon œil, la dot était appréciable, et Mendé n'était pas farouche – assez belle, une charmante cicatrice lui barrait le menton, ses yeux étaient candides et ses manières affables. Et même si elle ne me faisait pas chavirer, elle était digne d'un brillant élève comme moi.*

Pour gagner mon pain, je tirais un chariot rempli de tout ce dont un foyer juif avait besoin : des vêtements, des meubles, des ustensiles de cuisine, du bois. Mais lorsque je proposais mes marchandises dans les villages, je ne rencontrais que perplexité et défiance. Que faisait donc un élève de Volojine sur une charrette de mendiant ? demandaient-ils tous. Aux yeux de mes clients, j'étais trop intelligent pour faire le camelot, tandis que pour le cercle des sages je faisais trop porte-balle pour en être. Je n'avais plus le choix, il me fallait raconter mon histoire, m'étendre sur mes découvertes à qui voulait bien m'entendre. Bien, vous ne croirez pas la réaction des gens. Oreilles dressées et poils hérissés, ils en oublièrent totalement mes marchandises. Les uns après les autres ils me conseillèrent de retourner à mes études. Lorsque j'essayais d'évoquer mes malheurs à ma femme enceinte, elle me répondait par un regard vide et prenait congé, prétextant une migraine. Le lendemain elle avait toujours mal à la tête, et le surlendemain elle était encore un peu vaseuse. Et lorsque vint notre fille Mirl, Mendé était fatiguée la majeure partie de la journée. Chaque fois que j'essayais d'aborder avec elle le sujet, elle me suppliait – « de grâce » – de remettre la conversation à plus tard. Dieu tout-puissant, à qui l'homme devrait-il parler, à son âne ?

Je vous le dis, mes maîtres, sans mes enfants je serais venu à Minsk il y a déjà neuf ans. Mais comment pouvais-je les abandonner ainsi ? Soir après soir je berçais Yankelé, en lui parlant de la Mishna et de l'académie où il étudierait quand il serait grand. Ce serait la yeshiva fondée par son père, rabbi Zvi-Meïr Speisman, à qui l'on donnerait l'acronyme Tsamash, *yeshiva qui serait jalousée par tous les étudiants de Volojine. Au sein de la yeshiva du* Tsamash *seraient inculquées en tout premier lieu la finesse de réflexion et l'audace intellectuelle. Et celui qui répéterait des versets à déclamer par cœur serait chassé aussi sec. Voilà ce que j'ai raconté à mon tout jeune fils. Mais ces rêves pleins de gloire et de splendeur côtoyaient une routine toujours moins supportable. Voilà que je déambulais dans les rues, prêchant la voix de la Torah, et maudissant ceux qui n'achetaient pas mes marchandises. Autour de moi, je voyais mes frères affluer à la synagogue, selon le commandement qu'on leur avait enseigné, sans l'ombre d'un libre choix. Ils étaient soudain pareils à une colonie de fourmis, jaillissant d'un puits pour fondre sur quelques miettes.*

Mais en quoi pouvais-je me plaindre ? Chez moi aussi on se préoccupait des miettes. Mendé jacassait à propos de ce qu'elle avait acheté, de qui avait fait quoi à qui, de ce que l'on racontait sur untel, de quand ceux-là allaient chez ceux-ci. Le tout sans manquer d'épiloguer sur la quantité de tomates vendues par Machin, et de demander pourquoi on n'achetait pas de lin à Chouette. En avait-on vraiment quelque chose à faire ? Moi qui errais dans le monde de l'esprit, soudain je devais donner mon avis sur le manteau qu'avait acheté la voisine. Et si j'avais le malheur de réclamer un peu de silence, Mendé faisait tomber son visage entre ses mains et se mettait à déambuler dans la maison comme un poulet sans tête.

Mes enfants, mes chéris, si intelligents, faisaient tout mon bonheur. Voilà par exemple que je voyais Yankelé jouer avec un bol posé dans un coin. Je le grondais aussitôt : « Yankelé ! Laisse ce bol ! », et lui me dévisageait avec malice, se gardant bien d'obéir. Dites-moi donc, ô illustres piliers de la foi, comment ce que comprend un bambin qui n'a pas encore trois printemps peut échapper aux plus sages parmi les hommes ?

J'ai tout donné pour mes enfants et, en misérable marchand ambulant que j'étais, je passais de village en village jusqu'à pouvoir garnir leur table d'une miche de pain. La dot de Mendé s'était évaporée, et je n'avais plus de temps pour m'asseoir et méditer sur les Paroles de la Torah. Les gens me demandaient : « Zvi-Meïr, un grand sage comme toi, pourquoi n'es-tu pas dans une salle d'études ? » Et moi de répondre avec le sourire : « Pas de pain, pas de Torah. Ma salle d'études, c'est mon chariot. » Sauf que la honte consumait mon cœur. Plus que tout, j'avais pitié de mes enfants. Yankelé irait au heder, *où ils allaient écraser son esprit. Mirl grandirait et deviendrait comme sa mère. La journée idéale de Mendé ? Réussir à négocier une paire de chaussures, échanger des ragots croustillants et rire du malheur des autres. Qu'enseignait-elle par l'exemple à sa fille ? Que le futile était l'essentiel.*

Mes bienveillants et bien-aimés, je ne pouvais pas en supporter davantage. Je voyais ma disgrâce dans les yeux de mes propres enfants. Le vendredi soir, au premier repas de shabbat, je leur enseignais quelques passages de la Torah, et le samedi soir à la sortie du shabbat, je les abandonnais. Ma vie se résumait à passer de porte en porte, mais qu'avais-je à voir avec mes clients ? Ils ne vous achetaient rien avant d'être certains de vous avoir plumé comme il faut. Ce n'était que lorsque je leur tournais le dos, refusant de marchander, qu'ils me disaient de revenir – misérables d'eux. Comme si le commerce était à leurs yeux une démonstration de force. Et moi quand je les regardais, je voyais mon propre reflet. Car en fin de compte j'étais leur parfait pendant – uniquement intéressé par le tintement des pièces qui tombaient dans ma poche.

J'aurais voulu garder ma foi et mon travail distincts, mais cette occupation ne se contentait pas d'accaparer le corps, elle rognait aussi sur les ressources de l'esprit. J'espérais le soir venu pouvoir m'asseoir et laisser libre cours à mes pensées, mais le caquètement de Mendé ne me laissait pas de répit. Je ne supportais plus la vision de ma famille autour de moi au dîner, à mâchonner gloutonnement leur pain, quand je n'avais moi-même plus le moindre appétit. Des jours entiers à ne rien manger. Au milieu des goinfres qui me cernaient, je me mouvais tel un squelette sur pattes.

Chaque feu de camp me donnait au loin l'impression d'être un buisson ardent qui m'appelait à ma destinée. Mais quand je m'approchais, j'étais systématiquement reçu par une pluie de pierres. Je me réveillais chaque matin, espérant recevoir la parole du Ciel, pour ne finalement entendre que les ronflements de Mendé. Je voulais attendre que Mirl soit grande, que Yankele soit en âge de penser par lui-même, mais déjà neuf ans s'étaient écoulés. Et ma coupe était pleine. J'ai laissé mon chariot, je me suis juré de ne pas revenir à Motelé tant que je n'aurais pas réalisé mon aspiration : devenir un homme meilleur, et surtout un père digne de ses enfants.

Je suis arrivé à Minsk sans le sou. Les gens de bien m'ont offert l'asile. Des nuits ici et là, chez eux ou dans leurs écuries. Eux n'auraient pas laissé un Juif mourir gelé dans la rue. Lorsqu'ils m'ont questionné, je leur ai tout raconté de bout en bout. C'est alors qu'ils me parlèrent de la fermeture de la fameuse yeshiva dans laquelle j'avais étudié, et me décrivirent les intrigues et les dénonciations qui y avaient sévi. J'en ai eu honte, mes maîtres, mais cela ne m'a pas surpris. Je leur ai juré d'œuvrer à la refondation de la resplendissante yeshiva, et cette fois sur des fondations saines. Je leur ai demandé un don pour ce faire, et eux me proposèrent de me rendre dans leur centre d'études et d'y partager mes découvertes. J'y suis volontiers allé, mais l'arrière-garde de Volojine attendait à l'entrée pour me barrer le passage. Calomnié par ces rescapés de la célèbre yeshiva, j'essuyai l'affront d'être privé d'approcher l'arche sainte et l'estrade.

Épuisé, éreinté, cherchant en vain une lueur dans cette vallée de larmes, je sentais que les jours m'étaient comptés. Je ne pouvais revenir à Motelé, voir ainsi leur père plus bas que terre aurait brisé le cœur de mes enfants. La Palestine n'était qu'un bourbier à pignoufs, et New York, di goldeneh medineh, *un monticule de mauvaises herbes. J'étais prêt à brûler mon* talit, *comme le faisaient les adeptes de Mendelssohn, et à prendre ma propre vie en main, comme le faisaient ceux qui étaient habités par un* dibbouk. *Mais je savais qu'ainsi je tendrais le bâton à mes détracteurs. Je me suis mis à vivre dans la rue, continuant à prêcher ma parole du soir au matin. Le froid m'a amputé de trois doigts, mes poumons ont manqué de flancher par deux fois, et seul le Saint béni soit-Il m'a insufflé la force de continuer à être Son porte-voix.*

Les passants défilaient, me couvraient d'avanies, « Va donc travailler, ce que tu vends ne vaut pas tripette ». Quant à mes réponses, elles n'étaient qu'innocence et pureté. Dites-moi, quel est donc ce monde dans lequel nous vivons ? Exempt de vérité, dénué d'esprit, et peuplé d'êtres qui ne valent pas mieux que des bêtes. Peu s'arrêtaient pour écouter mes commentaires, peu jetaient quelques kopecks à mes pieds. Seuls les vagabonds m'avaient adopté, et m'apportaient chaque jour du bouillon chaud. Je n'allais pas à la soupe populaire, et n'ai pas mis un pied dans la moindre taverne. Mes très chers maîtres, je n'étais qu'esprit, fier et heureux de mon sacerdoce.

Et voilà, ô grands piliers de sagesse, que j'ai entendu dire il y a quelques semaines que la police était à ma recherche. « Prends garde, Zvi-Meïr ! me chuchota un mendiant. Tu es suivi. » J'ai regardé à droite, à gauche, et j'ai alors aperçu ces types louches au coin d'une rue. Je me suis avancé vers la place, et ils étaient là, installés sur les marches de l'église, tapis dans la fumée de leurs cigarettes. Je me suis faufilé jusqu'à ladite « froide synagogue », di kalte shul, *les voyant dégainer leurs calepins.*

Qui les avait lâchés à mes trousses ? Certes, les preuves ne laissaient guère de place au doute : les caciques de Volojine. Les illustres piliers de sagesse avaient commencé à voir dans la pensée de Zvi-Meïr Speisman une menace. Ils avaient noté un remous, une vague, quelque chose qui était en train de souffler parmi les résidents de Minsk. De bouche à oreille se propageaient tout bas les sages paroles de ce petit mariole, et voilà que les gens avaient commencé à comprendre que leur libre arbitre était la condition sine qua non *de la foi. Soudain ils voyaient des Juifs se rendre à leur bureau en frac et haut-de-forme. Soudain, ils voyaient qu'à l'heure de la prière de l'après-midi les Juifs étaient toujours au travail et ne venaient plus à la synagogue. La rumeur avait commencé à se répandre, et les dirigeants de la communauté, embarrassés, n'avaient eu d'autre choix que de s'unir pour lutter sans merci contre celui qu'ils avaient déjà voué aux gémonies et qui revenait les importuner jusque chez eux – moi, Zvi-Meïr Speisman. Sauf que le soleil, messieurs, on ne l'éteint pas avec de l'eau froide.*

Vous avez envoyé des informateurs à la police pour leur faire passer le mot, la menace qui planait sur l'Empire était Zvi-Meïr Speisman, Juif aussi sage qu'inoffensif, qui avait un peu mieux compris la Torah que vous-mêmes. Et voilà qu'après quelques heures on m'annonçait que je n'avais plus seulement la police à mes basques, mais aussi la troupe. On avait fait de moi l'ennemi de la nation. Le régime n'avait plus connu de tel péril depuis Napoléon Bonaparte.

Ma foi, mes chers enfants, vous ne m'aurez fait que justice. Le buisson ardent dont j'attendais de recevoir la révélation est bien là, sous mes yeux. À ceci près cette fois que ce n'est pas le buisson mais le prophète qui s'embrasera. Son corps sera léché par les flammes, mes élèves bien-aimés, mais son esprit n'en sera point consumé. Mon nom parviendra jusqu'à Motelé et sera sur toutes les lèvres. Il reviendra en majesté à ma femme et à mes enfants, à qui il fera oublier le souvenir odieux d'un père réduit à la mendicité et à faire du porte-à-porte. L'histoire touche à sa fin et ma mission en ce monde est accomplie. Transmettez mes sentiments aux enfants du peuple que j'ai consacré, ainsi qu'à ma famille, que j'aime plus que tout.

Bien à vous,

ZVI-MEÏR SPEISMAN
Simple homme de sagesse
Minsk, 5654

2

Transiter de la base militaire à Minsk sous escorte militaire n'avait rien à voir avec le périple mené jusqu'ici par les quatre compagnons. Pour commencer, ils n'étaient plus que trois – Shleimel Kantor étant toujours aux abonnés absents. De plus, ils chevauchaient sur la route principale, à un train de sénateur, et chaque passager somnolent qu'ils croisaient se muait en bête apeurée aussitôt qu'il identifiait leur convoi. Les innocents détournaient le regard comme s'ils étaient coupables, tandis que ceux qui honnissaient la police les saluaient servilement. Tous se redressaient nerveusement en les apercevant, puis soufflaient de soulagement une fois la caravane passée.

Sous la chaleur de l'été, se manifestaient de nouvelles parties du corps, moites et collantes, auxquelles on n'aurait jamais prêté attention sans ce désagréable signalement. Plutôt qu'à une saison, il semblait qu'on avait affaire à une immense et terrible créature qui attaquait le corps avant de battre en retraite.

Ils firent halte la première nuit pour quelques heures dans un champ de betteraves à sucre, afin de reposer les chevaux. Le commandant du convoi, le capitaine Istomin, posta deux gardes sur la barouche et permit aux autres soldats de s'affaler à même le sol. Cet arrêt était expéditif, le repos insuffisant. Les chevaux étaient sur les rotules, et le capitaine ordonna aux deux femmes, Fanny et l'infirmière, de couvrir le blessé. Naturellement, seule l'une d'entre elles s'exécuta, et Istomin de s'étonner du flegme affiché par la seconde. Il lui décocha un regard autoritaire, et elle répliqua avec ses yeux lupins. Istomin songea à faire valoir son rang, mais un pressentiment lui annonçait qu'elle lui opposerait une fin de non-recevoir, un affront qui le laisserait cloué sur place. Si elle agissait ainsi avec celui qui était censé la protéger, qu'en serait-il face à celui qui la mettrait dos au mur ?

Depuis la barouche, Fanny suivit le dos puissant du capitaine Istomin s'éloigner. Elle jeta un œil à la tenue d'infirmière qu'elle portait. Tout du long de ce périple, elle avait été déguisée en le diable sait quoi.

D'aucuns diraient qu'elle se sentait coupable de s'être empêtrée dans une situation aussi inextricable. Si elle n'avait pas quitté Motelé à deux heures passé minuit, toute une famille, de malfaiteurs certes, serait saine et sauve. Deux agents de renseignement, qui avaient eux aussi une famille, auraient pu retrouver leur foyer. Quant aux deux hommes qui l'accompagnaient, dont l'un était entre la vie et la mort, et l'autre entre le présent et le passé, ils seraient restés chacun à leur place. L'un dans son auberge douteuse, et l'autre sur son canot à rames, sans être promis à l'échafaud. Si elle s'était contentée de la vie qui était la sienne, Mendé aurait fini par se remettre, quant à Zvi-Meïr… Être Zvi-Meïr Speisman était déjà un châtiment en soi.

Même lorsque, au plus noir de la nuit, cet enquêteur de la police l'avait attrapée par le cou, répandant son haleine fruitée sur son visage, elle n'avait pas songé un instant à retourner à Motelé. Si elle poursuivait jusqu'à Minsk, elle trouverait nécessairement les autorités une fois encore sur sa route, mais découvrir une cachette où se réfugier ne lui venait pas à l'esprit. Depuis un certain temps déjà, elle ne savait plus très bien si c'était elle qui fuyait ses poursuivants ou si elle se jetait elle-même droit entre leurs griffes.

L'infirmière darda sur Fanny un regard réprobateur. Pour certaines femmes, l'oisiveté des autres femmes était insupportable. Elles ne voyaient pas vraiment de différence entre un monde où ce genre de femmes existaient et un monde qui en serait exempt. Leur premier réflexe était de songer : « Mais à quoi donc est-elle bonne, celle-ci ? » Et puisque, à leurs yeux, utilité et existence ne faisaient qu'un, l'inutilité était synonyme d'inexistence. Pour elles, la plus banale des actions – recouvrir un blessé d'une couverture, par exemple – prenait des atours de rituel. Ainsi cette infirmière, sous les yeux de Fanny, commença par secouer les couvertures à l'extérieur de la barouche, avant d'en plier deux en quatre afin de les répartir sur le blessé, puis les redéplia en deux pour recouvrir au mieux le corps d'Adamski tandis qu'elle lâchait un soupir. Elle lui appliqua à nouveau huiles et onguents, lui administra ses antalgiques et lui prépara des boissons aux herbes – elle ne restait pas une minute les bras ballants, soulignant d'autant le désœuvrement de Fanny.

Fanny avait l'impression que tous se liguaient contre elle : gardes, inspecteurs, soldats, sentinelles, policiers, agents de l'ordre, bourreaux, juges – aucun doute, ils n'attendaient que de pouvoir mettre la main sur elle. Idem pour ses compagnons. Si Adamski n'avait pas été hors d'état de nuire, il serait incapable de se contrôler. Et Žižek ? Depuis qu'il faisait route à ses côtés, on pouvait dire qu'il avait dégusté. Et sa famille ? Natan-Berl devait bouillir de rage. À son retour le soir, il prenait certainement soin d'ignorer la place qu'elle occupait d'habitude à table. Après le dîner, il jouait sûrement avec les enfants avant de monter se coucher. Si le terme « maman » se faisait entendre, il tournait probablement la tête, comme s'il s'agissait d'un vocable étranger. Tant qu'elle serait absente, elle n'existerait pas. À son retour uniquement, il en dirait ce qu'il avait à en dire. Et Gabriella, l'aînée, aussi intelligente fût-elle, ne pouvait se substituer à sa mère. Et même si elle la suppléait depuis toujours, elle n'était encore qu'une enfant. Quant aux autres, Dieu du ciel, ils devaient évidemment être bouleversés, furibonds. Et Rivka, aucun doute qu'elle devait en faire un vrai scandale.

Fanny se remémorait sa routine du soir, caresser les cheveux de sa dernière, Elisheva, et couvrir les pieds de son petit David. Et dans son lit, elle sentait dans les tréfonds de son âme qu'un drame se préparait. Ce calme apparent n'était qu'un feu de paille, elle en était certaine. Le danger était constamment tapi derrière la porte. Son monde, si paisible et si serein – Dieu du ciel, comme elle aurait souhaité qu'il perdure –, ne tenait que d'une injustice, dont elle était la complice. Tout cet équilibre qui régnait dans sa vie était inique, tandis qu'elle se hâtait de rentrer se mettre à l'abri – vite vite, au chaud – et fermait les yeux sur la catastrophe qui attendait à la porte. « Pas maintenant, Fannishka. Maman est fatiguée. »

Elle s'était alors enfermée chez elle, volets clos et porte fermée à clé. Elle était tout à fait ravie et satisfaite de son petit arpent de royaume, rendait grâce à l'Éternel pour la bonne santé de ses enfants et de son mari. Chaque bouffée de Mishka était une merveille, et chaque mot d'hébreu appris par Gabriella était un prodige. Ces catastrophes qui frappaient tout autour, elles avaient toutes une raison. Ainsi l'avait-on éduquée. Unetelle ? Imprudente. Et Machine ? Négligente. C'était couru d'avance. À y repenser, toutes ces calamités, on aurait pu les voir venir. Et quoi d'autre qu'une prophétie conjuguée au passé pour dissimuler l'amère vérité : Fannishka ne maîtrisait rien – rien du tout. « Pas maintenant, Fannishka. Maman est fatiguée. »

À elle aussi, Fanny Keizman, on lui avait prédit la ruine. Avaient-ils eu raison ? Depuis des années, Mendé lui rapportait ce qui se disait en ville concernant le fait qu'elle vive au village, avec les *goyim*. Pas une fois elle n'avait entendu sa sœur lui dire que la communauté aurait aimé voir la famille Keizman revenir parmi eux – qui couche avec les chiens ne s'étonnera pas de se réveiller avec des puces. Tandis que Fanny n'en avait pas fait de même avec sa sœur. Elle se gardait bien de mentionner en quels termes on parlait de son mari, Zvi-Meïr Speisman, ce zouave qui se prenait pour un génie, lui qui aurait mieux fait de consacrer son temps et son énergie à apprendre un vrai métier, plutôt que de jouer à la lumière guidant le peuple juif.

Sauf que quand Zvi-Meïr eut abandonné sa sœur, échapper aux médisances devint impossible. Brusquement, elle avait découvert comment les gens évoquaient Mendé, les autres femmes en premier lieu. Et toutes avaient naturellement vu venir. Au départ, elles se contentaient de casser du sucre sur ce gougnafier patenté qui se pavanait comme un monument de sagesse. Mais peu à peu ce fut le tour de Mendé. Car voyez-vous, une femme vigilante protégeait son foyer, une femme diligente le tenait, une femme consciencieuse s'en souciait. Le fait que Mendé avait désormais le statut d'*agouna*, de femme « enchaînée » à défaut de divorce, était mentionné sur le ton d'une accusation. Comme si elle était elle-même responsable de l'abandon de Zvi-Meïr, qu'elle l'avait forcé à faire d'elle une *agouna*. Quand ces propos perfides lui étaient parvenus, Fanny se serait volontiers arraché les cheveux.

Mais le mal était déjà fait. Mendé avait sombré dans les abîmes, avant d'être sauvée des eaux de la rivière par Žižek, de qui le village avait fait son idiot attitré, lui qui était présentement à ses côtés, tenant la main du proxénète molesté qui lui faisait office d'ami.

Évidemment, ils la sermonneraient. Étaient-ce là des façons ? En quoi l'inique saurait-il rendre justice à sa sœur Mendé ? Une délégation de rabbins aurait probablement pu ramener Zvi-Meïr sans laisser derrière eux des macchabées. Une lettre de ses parents aurait pu être dix fois plus utile que de frayer avec des forbans. Alors Fanny, tu voulais des aventures ? Tâche déjà de ne pas invoquer le mot justice en vain. N'y avait-il pas des centaines de femmes dans le même cas que ta sœur ? Pourquoi ne pas faire la chasse à tous les indélicats de la *goubernia* de Grodno ? Conviens au moins que tu as agi en ne pensant qu'à toi, car tu ne pourras pas remédier aux maux de ce monde. Si le sort de ta sœur t'importait vraiment, tu aurais choisi une autre voie. Et s'il y avait une autre motivation, quelle est-elle ? Parle !

Voilà, tu n'en sais rien. Mais maintenant une chose est sûre, tu ne peux plus faire machine arrière.

3

Le troisième jour, les abords de Minsk se dessinèrent clairement. Les lumières de la ville brillaient au loin, mais le commandant de l'escorte ordonna à ses hommes une nouvelle halte, à terrain découvert. Fanny s'étonna de cette décision de ne pas s'arrêter dans quelque auberge. Après avoir avalé une telle distance, leurs dos les mettaient au supplice, leurs barbes étaient grises de poussière, leurs visages noirs de suie, et leurs gorges blanches comme la sécheresse. Le dur contact du sol n'avait rien d'une panacée pour le moral des troupes, mais le capitaine Istomin ordonna malgré tout à ses hommes de monter rapidement les tentes.

Le peu de légumes qu'il leur restait depuis le départ du camp, des courgettes pour l'essentiel, les contenta malgré leur aigreur. Ils avaient pu récolter quelques choux dans les champs qu'ils avaient traversés en chemin, et en étaient à présent à finir de se partager les feuilles les plus amères. Les soldats ne s'assirent pas avec eux. Après un moment, le groupe des hussards laissa jaillir un rire alcoolisé, accompagné d'une volute de fumée. L'un des combattants s'approcha du Père et lui proposa avec déférence de les rejoindre. Žižek refusa, le soldat baisa sa main et glissa dans la poche de sa chemise une saucisse sèche, du tabac et des gâteaux secs.

L'infirmière arrangea l'une des tentes afin de pouvoir y installer le blessé et indiqua à Fanny et Žižek de se partager la seconde tente. Mais Žižek refusa de s'éloigner d'Adamski, abandonnant ainsi Fanny à elle-même. Dormir seule lui sembla soudain problématique. Embarrassée, elle regarda autour d'elle en espérant croiser le regard de Žižek. Sa mince barbe était noire de suie, lui donnant l'air d'avoir le visage brûlé, tandis qu'il fixait la chiche lumière de la lampe, un filet de bave à la bouche.

« Vite, madame Keizman, lâcha-t-il. Joignons-nous à eux. »

Soulagée, Fanny vint s'allonger dans la tente bondée. L'obscurité n'avait raison ni des odeurs ni des bruits. La respiration d'Adamski semblait défier la sienne. Des effluves de rhum et d'urine se mélangeaient à l'odeur des bandages souillés et des produits désinfectants. Žižek lui tendit un bout de fromage et rompit un biscuit sec avec les dents pour le partager avec elle. Ils mastiquèrent silencieusement. Après une petite heure, le silence régnait au point de ne laisser entendre que les battements de cœur. Un étrange sentiment de familiarité gagnait le corps assiégé de Fanny, tandis qu'elle sentait l'excitation la submerger. Qui aurait cru qu'elle arriverait là ? Et ce que voulait dire ce « là », au juste, elle n'en avait pas la moindre idée.

« Žižek Brushov, murmura-t-elle. Pourquoi être venu avec moi ?

— Désolé, madame Keizman, mais c'est vous qui êtes venue jusqu'à moi, s'empressa-t-il de répondre sans la regarder, comme s'il avait retenu cette phrase déjà prête depuis un long moment.

— Beaucoup sont venus vous voir, mais c'est à moi que vous avez choisi de rendre service.

— Beaucoup sont venus, dites-vous ? s'étouffa-t-il, tandis qu'il toussait Dieu sait quoi. Désolé, madame Keizman, mais personne n'est venu. Vous et seulement vous. »

Avant qu'elle ne sombrât dans le sommeil, Žižek, qui respirait avec difficulté, ajouta tout bas :

« Toi, et lui. »

4

Au matin, ils remarquèrent qu'ils avaient en fait bivouaqué aux portes de la ville. Le commandant de l'escorte prit conscience qu'un tireur embusqué dans l'une des maisons voisines aurait pu sans peine les atteindre. Žižek songeait pour sa part que si la ville avait été ceinte de remparts et qu'une sentinelle avait été prise d'une envie pressante pendant son tour de garde, elle aurait tout aussi bien pu les arroser d'en haut. Quant à Adamski, il imaginait le jardin de la maison où Ada et lui s'étaient installés : elle, son visage difforme et rayonnant, sa poitrine généreuse pointant dans sa direction à travers son tablier, deux poules picorant leurs graines, des moutons toutes générations confondues – de l'agneau au grabataire – se balançant sous les dernières brises de l'été. À chacun ses pensées.

Les hommes du détachement étaient épuisés, terrassés de fatigue. Les cavaliers eux-mêmes avaient les traits tirés. Leurs favoris se ramassaient comme des talus sur le côté, et les rides de leur visage s'étaient changées en sillons de poussière. Le fait que les chevaux se tenaient encore sur leurs pattes relevait du miracle. Lorsque le commandant ordonna de lever le camp pour reprendre la marche, les montures échangèrent un regard, l'air de ne pas vouloir y croire.

Heureusement, leur entrée des plus matinales dans la ville se fit sans encombre. Il sembla à Fanny qu'à cette heure-là, ils auraient été tout aussi indifféremment reçus avec des uniformes ottomans sur le dos. Quelques ronds-de-cuir jouaient les coqs, à hurler aux abords de la gare. Les mendiants qui se réveillaient dans la rue les regardaient passer avec gêne, comme s'ils empiétaient sur un territoire ennemi. Des ouvriers à l'étrange couleur de peau, certains tout à fait noirs, se pressaient aux portes de la cité dans l'espoir d'être engagés pour la journée ; Fanny repérait quant à elle de nombreux Juifs parmi eux.

Il aurait été logique que le commandant les logeât dans une auberge pendant que l'escorte s'occupait de localiser Zvi-Meïr Speisman. Mais les faits en décidèrent autrement. Le temps passait et Fanny voyait bien qu'ils erraient sans but dans les rues. Régulièrement, deux cavaliers quittaient le groupe, pour être relevés par un autre tandem. Elle supposait qu'il s'agissait là d'une précaution prise pour s'assurer qu'ils n'étaient pas suivis.

Ils commencèrent par ce qui ressemblait aux faubourgs du centre-ville. Fanny était collée au carreau de la Barouche, contemplant les immeubles de bureaux, les usines, ici une enseigne indiquant un théâtre, une autre un peu plus loin, et ces cafés à chaque coin de rue. Quand travaillait-on, exactement, à Minsk ? Qu'était-ce donc que ce wagon tracté par des chevaux ? Tout simplement incroyable. Et cette odeur d'humidité, Dieu du ciel, les maisons avaient-elles vraiment l'eau courante ? Et ces immeubles, quel prodige ! Un étage, ça n'était pas suffisant ? D'en haut leur vue devait donner sur… Qu'y a-t-il là-bas ? Un pont ! Et quel pont…

Les Juifs d'ici avaient l'air différents. Depuis leurs chaussures bien cirées et leur barbe soignée jusqu'à leurs chapeaux – Dieu du ciel, certains portaient même des toques de vison, et d'autres le chapeau melon des *goyim*. Qui oserait se promener ainsi vêtu à Motelé ? Regardez, celui-là vient de tirer une montre à gousset en or de son manteau, et juste à côté des Juifs sont assis à plaisanter avec des étudiants. Se pourrait-il que d'ici quelques années le Juif fasse partie des meubles ? Qu'il soit nécessaire de lui poser la question pour connaître sa confession ?

Ils s'éloignèrent ensuite de la place du haut marché, près duquel s'élevait un palais, celui du gouverneur semblait-il, avant de franchir une large rivière, sans doute la Svislotch, et rejoindre la partie orientale de la ville. Quand les voitures se firent plus rares et que les nids-de-poule abondèrent sur des chemins de plus en plus étroits, ils surent qu'ils arrivaient dans les quartiers pauvres, qu'ici à Minsk on appelait le « marais », « *di blotte* », le faubourg des Juifs. Fanny resta médusée à la vue de ces Juifs déguenillés, certains d'entre eux d'apparence malingre. À Minsk, lui avait-on dit, il y avait plus de soupes populaires que de pauvres. Un miséreux affamé n'avait qu'à tourner la tête pour trouver un établissement de bienfaisance : « Le salut du pauvre », « Œuvres de grâce », « Le dais des justes », « L'hospitalier ». Mais la réalité qu'observait Fanny depuis le carreau de la barouche était tout autre : des Juifs voûtés, accablés de tristesse par la misère, la faim palpable sur des visages rivés au sol. Les mêmes Juifs que ceux qu'elle connaissait à Motelé et à Grodno. Elle en vint à se demander si vivre à l'écart était l'apanage des pauvres. Deux vieilles femmes se disputaient un client au coin de la rue, chacune tenant un panier de concombres ratatinés. L'une criait à l'autre :

« Il t'en a déjà acheté deux aujourd'hui, maintenant c'est mon tour !

— Mme Tczitron, ici ce n'est pas chacun son tour, le marché c'est le marché ! » lui répondait sa consœur.

Après une énième tournée des synagogues, le capitaine Istomin ordonna une halte près de Juifs attroupés pour quelque raison, aucun d'entre eux n'ayant remarqué ce curieux convoi en approche. Le commandant du détachement mit pied à terre et vint jusqu'à la voiture.

« Allons, dépêchez-vous de descendre et d'aller les questionner sur votre homme, clama-t-il autoritairement à Fanny et Žižek. Nous restons dans le secteur. »

Fanny et Žižek lui renvoyèrent un regard hébété, comme s'ils avaient oublié la raison de leur présence.

« Eh bien ! rugit le commandant. Vous ne voulez quand même pas que ce soit à nous de les interroger, ils détaleraient en réveillant la moitié de la ville à hurler "*gewalt !*" » Étonnamment, Fanny et Žižek restaient figés sur place. « Ils sont des vôtres ! » ajouta le capitaine, qui avait encore élevé la voix. Toutes les têtes du groupe des Juifs se levèrent à l'unisson.

Remarquant l'agitation qu'il venait de provoquer, il poursuivit en maugréant tout bas :

« Voilà le topo, aucun de nos hommes ne peut parler avec quelqu'un de chez vous sans que la chose n'éveille des soupçons. Voilà où nous en sommes arrivés ici, en Russie, c'est un fait. Qui sait comment votre histoire va s'achever. Mais le colonel Fajari m'a confié une mission, que j'ai l'intention de mener à bien. À présent je vous demande de descendre de cette voiture et d'aller discuter avec eux, avant qu'ils ne s'éparpillent dans tous les sens en faisant un esclandre. »

L'appréciation du commandant était sensée, aussi Fanny et Žižek finirent par descendre. Le groupe resta figé face à eux en rang d'oignons, comme s'ils étaient déjà arrêtés. Certains relevaient par moments la tête, et alors que Fanny et Žižek s'approchaient, ils resserrèrent la ceinture de leur caftan avant de plonger les mains dans leurs poches.

« *Shalom aleikhem*, leur lança Fanny. *Gut Morge !* »

Mais les hommes réagirent par un mouvement de recul qui provoqua une bousculade.

Si le commandant les avait abordés en personne, ils auraient su comment réagir. Mais une *shikse* aux cheveux clairs et au regard de feu, traversant la rue pour venir leur parler en yiddish ? Ils n'avaient encore jamais rien vu de tel.

« *Wart a minut ! Halt !* » s'écria Fanny. Gênés, ils finirent par lui faire face. « Nous devons vous demander quelque chose.

— *Fragen ?* Une question ? demanda, étonné, l'un des hommes, qui entortillait ses *péot* autour du doigt. Une question ? Avec des soldats, il n'y a pas de questions. C'est justement pour ça qu'ils ont un fusil.

— Vous n'avez rien à craindre, voulut les rassurer Fanny. Ils sont de notre côté.

— Vous êtes une *meshugeyné** ou alors une *meshakéret** ! – une folle ou une menteuse ! – protesta le doyen, en éclatant de rire. L'armée, elle n'est jamais de notre côté. L'armée c'est pour les gorets. »

Se rapprochant d'elle, il lui glissa à l'oreille :

« Et de toute façon, qu'est-ce qui dit que vous et nous serions du même côté ?

— Veuillez nous excuser, nous ne vous cherchons pas querelle », intervint Žižek.

Il s'exprimait certes en polonais, mais, bien aidé par sa gestuelle calme et rassurante, il semblait avoir été compris par le groupe.

« Vite, s'il vous plaît, poursuivit-il, nous ne vous voulons aucun mal. Nous recherchons simplement un certain Zvi-Meïr Speisman. Rien de plus. Dites-nous où nous pourrions le trouver, et nous filons aussi sec. »

Des soupirs de soulagement s'élevèrent de manière diffuse parmi eux.

« Zvi-Meïr Speisman ? Bien sûr, Zvi-Meïr Speisman. *Le* Zvi-Meïr Speisman. »

Ils répétèrent ainsi son nom à de nombreuses reprises, avant que le doyen, dont les yeux semblaient occuper la moitié du visage, ne se montrât plus explicite :

« Un cinglé, un dépravé, un olibrius, un *shkotz** doublé d'un *sheigetz**. Pauvre comme Job, il vit dans la rue parmi les rats. Il scande à qui veut bien l'entendre qu'il est l'*illustre,* quand tout le monde sait pertinemment qu'il est surtout très rustre. Constamment les yeux au ciel, avec cette insupportable suffisance. Quiconque le croise écope d'un exposé. Il ne cesse de maugréer contre les grands sages de la Torah, à ses yeux l'éminente yeshiva de Volojine n'est qu'un repaire d'imbéciles fossilisés. Et sa prophétie se limite en fait à une phrase sans queue ni tête qu'il radote sans fin : "La foi est un péché" – à moins que ça ne soit en fait l'inverse, qu'importe. Le Jardin d'Éden est à la base de toute sa doctrine, mais aucun Juif un minimum sensé n'a encore jamais compris où il voulait en venir. Il court les femmes mariées et se saoule au *yash* à longueur de journée, avant qu'on ne finisse parfois par le retrouver à la taverne. C'est Zvi-Meïr Speisman que vous voulez ? Servez-vous ! Allez donc voir du côté du bas marché et demandez après lui dans les allées de la rue Rakovias. Il apparaîtra aussitôt sous votre nez dans toute sa splendeur. C'est lui que vous voulez ? Pourquoi ne pas l'avoir dit plus tôt – prenez donc ! »

Aussi surprenant que cela puisse paraître, Fanny fut prise d'empathie pour son beau-frère. Entendre que Zvi-Meïr était la risée de tous aurait plutôt dû la réjouir, mais à cet instant, Dieu du ciel, elle préférait le sauver des griffes de cette bande de mouchards ameutés face à elle. Dès qu'ils avaient compris qu'évoquer Zvi-Meïr Speisman ne leur attirerait aucune sorte d'ennuis, ils s'étaient mis à jacter sans retenue. Sans même chercher à savoir qui était celle qui les questionnait, ou celui qui s'exprimait en polonais, et se gardant bien de faire allusion au convoi militaire qui les accompagnait, ils n'avaient pas hésité un instant à le leur livrer.

« Allez voir du côté du bas marché, répéta le doyen. Vous le trouverez forcément, ce Speisman. »

Les autres buvaient les paroles de leur ancien, ils étaient manifestement très fiers de celui qui parlait en leur nom.

Et tandis que le vieil homme se régalait des regards admiratifs que lui lançaient ses compagnons ainsi que de l'approbation qu'ils lui témoignaient suite à son brillant laïus, Žižek vit Fanny allonger la main vers le dessous de sa robe. Aussitôt il saisit son bras et l'immobilisa. Fanny était épuisée et avait les nerfs à vif, ce qui pouvait peut-être expliquer ce coup de sang. Jusqu'à présent, elle n'avait jamais osé tirer son couteau face à l'un de ses frères. Certes, elle avait massacré une famille de malfrats sans ciller, et avait promptement tranché la gorge des agents du renseignement qui avaient tenté de l'arrêter dans l'auberge de Patrick Adamski, et si d'aventure elle avait eu à dégainer sa lame face aux soldats au milieu du camp, elle l'aurait fait sans hésitation. Mais cependant, à cet instant, elle ressentait le besoin de défendre son beau-frère Zvi-Meïr Speisman face à ses coreligionnaires qui, tels des loups en meute, venaient se repaître de sa carcasse. Et à vrai dire, c'était la justesse frappante des propos tenus par le doyen qui l'avait heurtée. « Et de toute façon, lui avait-il dit un instant auparavant, qu'est-ce qui dit que vous et nous serions du même côté ? » Effectivement, il lui semblait peu probable qu'ils le fussent. Mais par conséquent, à quel camp appartenait-elle ? Voilà pourquoi elle avait d'instinct porté la main au fourreau sanglé à sa cuisse. Et sans l'intervention de Žižek, qui sait comment l'entrevue aurait pu s'achever.

« Désolé, mais merci », leur lança-t-il tandis qu'il entraînait Fanny derrière lui.

5

Une fois au bas marché, là où soudoyer avait le plus de chance de se révéler concluant, ils récoltèrent des témoignages divergents concernant l'endroit où se trouvait Zvi-Meïr. Un vendeur de concombres avait pointé du doigt une petite synagogue attenante au cimetière. Un autre index, celui d'un clochard déplumé, désignait un établissement charitable : « Rempart du pauvre ». Un nonchalant en habits de travail qui gobait des mouches leur affirma qu'il était arrivé tout juste la veille de Vitebsk, il n'avait aucune idée de ce qui se passait en ville. La promesse d'une récompense se révéla inefficace et, à l'inverse, ajouta même à la confusion. S'agrégeaient en effet autour d'eux une multitude de mendiants, chacun s'évertuant à démontrer que ses informations étaient dignes d'être rétribuées. Après plusieurs tours du marché, ils remarquèrent un groupe d'ivrognes, et non loin d'eux un loqueteux qui occupait le coin d'une rue – si l'on pouvait effectivement qualifier une brochette de bicoques en bois de rue –, haranguant les badauds d'une façon pour le moins équivoque : « Approchez, approchez, et écoutez donc les mots portés par Zvi-Meïr Speisman, homme simple et de peu de biens, mais dont la bouche expire le souffle de la vérité. »

Fanny et Žižek approchèrent l'autel du prophète. Le visage et les yeux avaient beau être dissimulés par sa chevelure, Fanny avait immanquablement reconnu la voix de son beau-frère, celui qui avait anéanti sa sœur. Contrairement à ce dont elle se souvenait, sa voix n'était plus empreinte de ce ton sarcastique et pédant, ne trahissait plus cette volonté d'affirmer une supériorité. « Approchez, approchez, et écoutez les mots d'un homme simple », il s'adressait maintenant à eux deux, tandis que Fanny remarquait un sac étendu près de lui, contenant une fine couverture, quelques feuilles de chou et du pain couvert de moisissures.

Fanny prit Zvi-Meïr en pitié. Elle avait face à elle un prétendu oracle déguenillé, aux chaussures éventrées, qui exhalait une odeur piquante de sueur proche de celle de l'oignon. Sa main gauche était amputée de trois doigts. Žižek se tint quant à lui en retrait, il ne voulait pas s'immiscer dans un différend familial qui ne le regardait pas.

« Approchez donc et écoutez-moi ! s'écria Zvi-Meïr en direction de Fanny, gardant la tête basse. N'ayez crainte, je ne suis qu'un simple homme du nom de Zvi-Meïr Speisman. Vous n'avez qu'à demander, tout Minsk sait qui je suis. Dites aussi à votre mari d'approcher, chère madame, qu'il soit sans crainte. Il profitera lui aussi de ce que j'ai à vous dire, qui recèle des trésors de sagesse.

— Zvi-Meïr Speisman, dit Fanny, alors qu'elle ne parvenait pas à accrocher son regard à travers sa chevelure ramassée vers l'avant.

— Oui, Zvi-Meïr, tel est mon nom, demandez où vous voudrez dans toute la *goubernia*. La foule vous dira que je suis un imbécile, mais demandez-leur séparément, et chacun vous vantera mes mérites. Savez-vous, madame, Dieu m'en soit témoin, qu'ils ont envoyé l'armée du Tsar me trouver ? Et qui suis-je pour mériter cet honneur ? Mon nom n'est que broutille. Tout comme vous, je suis quelqu'un de simple, et je ne désire rien pour moi-même.

— Zvi-Meïr, essaya-t-elle à nouveau, la voix tremblante.

— Oui, Zvi-Meïr en effet, ma chère, je sens la crainte dans votre voix, dit-il en lui tendant la main, qui ne comptait plus qu'un pouce flanqué d'un index. Tous savent que Zvi-Meïr a interdiction de s'approcher. Ses propos sont dangereux, ils ne sont pas reconnus par les "grands". Mais ne leur en déplaise, tout comme vous le faites, on vient m'écouter. Pourquoi cela ? Car la vérité n'a cure de la majorité, la vérité ne se plie pas à l'opinion des foules. Les mensonges se diffusent en masse, mais la vérité touche intimement les cœurs, un à un. Si vous êtes une âme avide de sagesse, alors vous deviez forcément vous retrouver un beau jour ici, dans le *beit midrash* où Zvi-Meïr dispense son enseignement.

— Zvi-Meïr, c'est moi Fanny, Fanny Keizman. »

Le premier regard qu'il lui asséna, Dieu du ciel, la frappa de stupeur. À travers son masque de misère et les touffes de sa grasse chevelure, ses yeux verts scintillaient, et malgré ce sourire édenté, c'était indéniablement un beau jeune homme qui lui faisait face.

« Fanny Keizman ? murmura-t-il, des larmes de joie perlant à ses yeux. Serait-ce possible que Mendé soit là aussi ? Et mes petits ? Mirl et Yankelé ? Ils me manquent tellement, grand Dieu, serait-ce possible ? Le vent a-t-il vraiment porté mon nom jusqu'à Motelé ? Jusqu'à l'ouïezd de Kobryn et à la province de Grodno ? »

Fanny ne dit rien, étrangement, ses propos l'émouvaient.

Soudain, des cris se firent entendre depuis les toits. Une voix juvénile, celle d'un enfant même, donnait l'alerte :

« Fuis, Zvi-Meïr ! Vite ! Les soldats sont là ! »

Relevant la tête, le prophète aperçut derrière Fanny l'escorte militaire qui venait jusqu'à lui. Un large sourire s'étala sur son visage dévasté, tandis qu'il entrait dans un balancement liturgique.

« Enfin… Fanny Keizman, murmura-t-il, des trémolos dans la voix. Enfin mes enfants pourront être fiers du nom qu'ils portent. Raconte-leur comment on est venu prendre leur père. Raconte-leur comment il a fait trembler les fondations grâce à sa vérité. Et bien sûr, qu'ils sachent que j'ai tout fait pour eux, même si la peine les a affligés, cette douleur ne fut pas vaine. Embrasse Mendé, ma bien-aimée, qui est sûrement convaincue que je l'ai fait souffrir gratuitement. Aussi pense-t-elle peut-être que j'ai été me vautrer dans les bordels, ou même que j'ai couru après la gloire et l'argent. Dieu tout-puissant, Fanny, comme il aurait été plus simple d'expliquer mes choix si j'avais monté une fabrique d'allumettes. Comme il aurait été simple de leur prouver comme je les aime si j'avais pu, grâce à un métier, subvenir à leurs besoins. Sagesse et vertu, voilà les seules choses que je voulais pour ma famille. Raconte-lui comment son mari est devenu la bête noire des corrompus et des imbéciles. Promis ? »

Le capitaine Istomin s'approcha d'eux, et Zvi-Meïr présenta ses poignets joints, prêts à être menottés.

« Je suis sans crainte, fin prêt à payer le prix de la justice, chuchota le prophète à Fanny.

— Allons ! s'écria en polonais le commandant de l'escorte à l'intention de Fanny. Il nous faut partir, vite ! Vous avez tiré ce que vous vouliez de ce va-nu-pieds ?

— Attendez encore un instant », exigea Fanny.

À nouveau, Zvi-Meïr présenta avec insistance ses mains sous le nez du capitaine Istomin, suppliant d'être menotté.

« N'essaye pas de t'interposer, Fanny Keizman ! Je savais qu'ils viendraient. Dieu tout-puissant, déjà des années que je les attends.

— Dites-lui de retirer ses mains crasseuses, morigéna le militaire.

— Zvi-Meïr, reprit Fanny, je suis venue jusqu'ici pour te faire signer un *get.* Nous allons dès maintenant aller voir le rabbin de

Minsk, et signer sous son autorité un accord de divorce avec ma sœur en bonne et due forme.

— De divorce ? balbutia Zvi-Meïr. Comment ça, un divorce ?

— Oui, un *get*, Zvi-Meïr. Tu vas lui donner son *get.* »

Zvi-Meïr se gratta le nez, mais ne manifesta aucune autre réaction. Puis il baissa la tête et se tint sur une seule jambe, comme s'il avait de l'eau coincée dans une oreille.

« Je ne comprends pas, dit-il, élevant à présent la voix, comme s'il déclamait face à un public. Tu me demandes un *get* juste avant qu'on ne me pende en place publique ?

— Mais personne n'a l'intention de te mettre la corde au cou, Zvi-Meïr Speisman, murmura Fanny.

— Fanny Keizman, n'as-tu pas remarqué ces soudards qui m'encerclent ? Une colonne d'une demi-douzaine de hussards en plein marché ? Serait-ce là une pure coïncidence ? Et qui les envoie, penses-tu ?

— C'est moi, Zvi-Meïr. *Je* les ai fait venir.

— Toi ? se gaussa-t-il. Et quand as-tu été faite maréchale de l'armée impériale ?

— Zvi-Meïr, implora Fanny, viens avec moi signer ce *get.*

— Le *get* ? fulmina-t-il. Et puis quoi encore ! J'aime mes enfants, et Mendé Speisman est la plus vertueuse des épouses. Pour eux, je donnerais ma vie !

— Zvi-Meïr, répéta Fanny, saisissant maintenant son bras, monte dans cette barouche, nous allons voir le rabbin. Sinon, nous t'obligerons à rentrer avec nous à Motelé.

— À Motelé ? » reprit-il d'une voix posée, le regard humide.

Zvi-Meïr s'assit à même le sol et plongea sa tête entre ses mains. Les épaules frémissantes, il éclata en sanglots. Ensuite il releva un peu le visage et observa la paume de sa main mutilée.

« Mais comment pourrais-je revenir à Motelé ? demanda-t-il à la paume de sa main. Comment permettre que mes enfants me voient ainsi ? Un bon à rien patenté, un clochard indigent, la risée de la ville.

— Allons, Zvi-Meïr », dit Fanny, qui, remarquant un attroupement croissant de curieux tout autour, essaya de le relever.

Des touffes de cheveux hirsutes masquaient à nouveau le visage moite de Zvi-Meïr, lequel psalmodiait une prière du bout des lèvres : « Car pourquoi Dieu imposerait-il un interdit à celui qui n'a pas assimilé cette idée d'interdit ? L'homme a pris conscience de l'interdit, mais sans en comprendre la portée. À quoi pourrait-on comparer cela ? Supposons qu'une ligne soit tracée au sol, sans qu'elle ne distingue ou sépare deux éléments distincts, et pourtant voilà qu'on nous dit : "Tu ne franchiras pas cette ligne." »

Fanny se tenait à présent face à Zvi-Meïr, son malaise devenait palpable. Une foule s'amassait autour de l'étrange convoi, s'évertuant à résoudre cette énigme : pourquoi avoir dépêché un tel détachement pour la capture de cette demi-portion ? Fanny notait que se rassemblaient toujours davantage de clochards et de marchands, jeunes et vieux confondus – tous attendaient de voir ce qui allait advenir du misérable Zvi-Meïr.

Le capitaine Istomin revint à la charge :

« Voyez dans quel pétrin vous nous avez fourrés, cet esclandre va se propager aux autres quartiers d'une minute à l'autre. » Se tournant alors vers Zvi-Meïr, il saisit la poignée de son sabre.

« Debout ! » lui ordonna-t-il.

Aussitôt l'intéressé bondit en avant pour présenter une fois encore ses poignets avides de menottes.

« Voyez, maison d'Israël ! cria le prophète. Me voici, Zvi-Meïr Speisman, ennemi public dont la sagesse menace les "grands" au point qu'ils font lever l'armée du Tsar pour m'arrêter. Un crime contre l'intelligence et la justice !

— Zvi-Meïr, supplia Fanny, la mine grave. Viens avec nous signer ce *get*.

— Messieurs ! Ils veulent que je divorce de la vérité ! Ils veulent m'extorquer de faux aveux ! Maîtres et professeurs adorés, jamais je ne signerai le moindre papier ! Jamais je ne me départirai de la vérité ! »

La foule se densifiait autour d'eux, la curiosité du public était à son comble. Certains se mettaient à fourrer le nez jusque dans le briska, venaient se mêler du cours des événements, tandis que les spéculations fusaient à haute voix. Les chevaux ne pouvaient se frayer de passage, aussi le capitaine tira son sabre et ordonna aux attroupés de reculer. Il fut imité par cinq hussards, peu rompus au maintien de l'ordre.

C'est alors que plusieurs éléments au sein de la foule se défirent de leur caftan, et Fanny vit ainsi sous ses yeux se révéler autant de policiers infiltrés, de véritables agents. Des tireurs sur les toits, toutes issues bouclées – ils étaient faits comme des rats. Les cavaliers furent promptement déjuchés de leur monture, tandis que pas moins de trois hommes bondirent sur le blessé inconscient et son infirmière pour les maîtriser. Le capitaine Istomin eut encore le temps de dégainer son revolver, mais cinq agents fondirent sur lui et le débarrassèrent de son arme. Aucun coup de feu tiré, ni la moindre dent éjectée ou pommette étrillée à déplorer.

Personne n'approcha Žižek et Fanny. Ils étaient cernés par plus de vingt agents, formant un cercle autour d'eux. Leur commandant ordonna à Fanny de déposer par terre la lame cachée sous sa robe. Il avait reçu des renseignements précis, et à cet instant plus de vingt balles n'attendaient qu'un seul mouvement suspect – tout particulièrement venant d'elle – pour quitter leur canon. Fanny libéra son couteau et le posa au sol. Žižek leva quant à lui les mains en signe de reddition, tandis que trois lascars vinrent le faire ployer sous une pluie de coups à l'abdomen. Fanny se précipita à son secours, mais l'une des brutes épaisses la devança et lui décocha un violent direct dans la joue droite. Un instant avant qu'elle ne perdît connaissance, effondrée au sol, elle eut le temps d'éprouver la brutalité du coup, qui diffusa d'abord une douleur métallique, un sentiment d'humiliation ensuite, et enfin une révélation – elle s'était, sans le savoir, préparée toute sa vie durant à encaisser ce coup de poing. Maintenant qu'il était arrivé, et que quatre colosses s'empressaient de venir la ligoter poings et pieds, elle sentait que ce coup était une nécessité, et qu'il venait de grandement la soulager.

Très rapidement, des policiers en képis réglementaires achevèrent de quadriller les lieux. Cette opération manifestement complexe avait mobilisé plus de deux cents hommes. Le commandant en chef dicta à son lieutenant un télégramme à faire parvenir d'urgence à Motelé :

« INSPECTEUR PIOTR NOVAK

« AVONS MIS LA MAIN SUR QUATRE SUSPECTS – STOP – LES TROUPES DU GBR MISHENKOV SOUS COMMANDEMENT DU CAPT ISTOMIN SONT MISES EN EXAMEN – STOP – SUSPECT AU SIGNALEMENT DE GRINGALET CHETIF TOUJOURS INTROUVABLE – STOP – SERA APPREHENDE SOUS PEU – STOP – SERONS SOUS TROIS JOURS A MOTELE AVEC ENSEMBLE DU CONVOI »

Une fois sa pipe allumée, le commandant brailla :

« À la gare ! Et que ça saute ! »

ONZIÈME PARTIE

MOTELÉ

1

On ne sait quel matin de son tour de garde, l'engagé Shleimel Kantor fut réveillé par une agaçante mouche qui, ayant élu domicile au coin de sa bouche, avait rappelé la faim à son bon souvenir.

La soirée de la veille avait été particulière. Lui restait une dernière bouteille de *yash*, la fin d'une délicieuse saucisse – casher, bien évidemment –, un demi-quignon de pain, trois biscuits secs et une pomme. Kantor avait fait le calcul dans sa tête, s'il n'en mangeait que la moitié, il serait rassasié – et ce fut effectivement le cas. Toutefois, il ne cessait de penser à cette moitié restante. Aussi, après avoir chassé cette mouche, puis ouvert sa cantine, il se tenait déjà prêt à convoquer Olga : « On passe à table ? » Sauf qu'il n'y avait plus rien à se mettre sous la dent. Kantor adressa alors un regard plein de gêne à sa compagne, la situation le prenait de court. Elle le fixa en retour, bras croisés et la bouche de guingois. Non content de remplacer Oleg dans ce trou perdu, qui plus est sous ce vent saharien, le gardien et son épouse étaient-ils en outre censés vivre d'amour et d'air chaud ? À quoi servirait une sentinelle au corps faible et chevrotant ? Afin de reprendre des forces, il devait trouver de quoi se sustenter, et vite. Sans même y songer à deux fois, et qu'importe sa mission, le *hazan* se leva, étira ses membres, et emporta Olga avec lui. Sa conjointe, n'étant que peu habituée à se mouvoir, tomba bien vite en morceaux. Elle n'était dès lors plus rien d'autre que deux planches et un sac de jute, dépossédée de son apparence originelle – c'est-à-dire celle d'un épouvantail. Mais Kantor n'était pas le genre d'homme à laisser une compagne à son sort à cause d'un défaut. Il la porta dans ses bras comme l'aurait fait un futur marié avec sa fiancée et mit le cap vers le campement afin de se ravitailler.

Sauf que le sens de l'orientation de Kantor, au même titre que sa logique, n'était pas ce qui se faisait de mieux dans les rangs de l'armée. Lorsqu'il avait rallié le poste d'Oleg depuis le camp, il se souvenait d'avoir marché en suivant le soleil. Il songea donc que revenir sur ses pas demandait de s'orienter de la même façon, vers le soleil. C'est ainsi que Kantor se lança la fleur au fusil dans la direction opposée au camp. Que diraient les soldats en le voyant débarquer après tout ce temps ? Quelle serait leur réaction en le trouvant non plus seul mais en ménage ?

Après une demi-journée de marche vers le camp, du moins le croyait-il, Kantor tomba sur une petite cahute, que l'on eût pu assimiler à une taverne. Tenant Olga à bout de bras, l'engagé Kantor constata que son entrée avait fait son petit effet. Impossible désormais de le malmener selon l'humeur. Il portait l'uniforme ! L'uniforme impérial qui plus est. Il investit donc les lieux, installa Olga à ses côtés, puis tapota sur sa table et s'écria :

« Un verre serait-il trop demander pour une fraîche recrue et sa dame ? »

On aurait pu entendre les fous rires qui répondirent à cette apostrophe jusqu'à Niesvij, voire Baranavitchy – à condition d'avoir l'ouïe d'une chouette, bien entendu. Et ceux qui ne faisaient que passer dans les parages, même dépourvus de sens aussi affûtés, ne tardèrent pas à percevoir qu'il se tramait quelque chose à la taverne, et se pressèrent de venir profiter du spectacle : un soi-disant soldat, en fait un Juif un peu frappé – aucun doute possible, barbe mal élaguée et *péot* sommairement coupées, marié à une planche de bois et s'amusant à débiter des ordres.

Cela allait sans dire, on vint lui tenir compagnie, écouter ses histoires, sans manquer de lui faire endosser des dettes de jeu abyssales – au cours de parties qu'il était, au demeurant, persuadé de remporter haut la main. Ayant compris une fois au fond du gouffre que son uniforme ne lui sauverait pas la mise, il envisagea de liquider ses dettes en entonnant son fétiche *Adon Olam* – c'est-à-dire en étant supplié d'arrêter. Bien vite son public fit pleuvoir les coups sur lui, et l'on brisa le corps de sa bien-aimée sous ses yeux.

Quel bilan pour Shleimel ? Ni nourriture, ni boisson, et bien peu de dents restantes au bout du compte. Il ne devait sa vie qu'à l'horloge, car à une certaine heure, les moujiks avaient fini par le laisser et rentrer chez eux. Shleimel Kantor était ressorti de la taverne en charpie, sans uniforme ni galons, mais aussi sans ressentiment. Parfois on est tout en haut, parfois tout au fond, comme à cet instant. Et alors ? Au moins il avait Olga, même si, certes, elle était un peu abîmée.

À l'aube, une carriole tressautante chargée de sacs de patates passa devant lui. Le *hazan* prit Olga – totalement épuisée – dans ses bras, et se fraya un passage entre les sacs dans la ridelle, leur permettant ainsi de rallier la ville la plus proche. Honte à ceux qui professent qu'on ne trouve plus de bonnes âmes, les mécréants ! Pour preuve, tandis qu'ils approchaient de Baranavitchy, le charretier hurla à Kantor : « Maintenant dégage d'ici, vaurien ! » en lui jetant le quart d'un quignon de pain. Remerciant ce magnanime paysan pour le bout de chemin à l'œil, le chantre finit de rejoindre la ville par ses propres moyens. Baranavitchy n'avait déjà rien d'une destination rêvée pour un *hazan* errant ayant des différends avec le chantre attitré de la communauté locale, investir une ville truffée d'agents du renseignement en tant que suspect recherché pour meurtre n'arrangeait rien à l'affaire.

Dans son infinie candeur, Kantor ne concevait de toute manière pas qu'il pût être relié à ces tueries. Et étant donné qu'il craignait davantage le *hazan* local, plutôt que de se rendre à la synagogue, il choisit d'aller tenter sa chance dans le troquet du coin, sur la rue de la Poste. Cette fois-ci il échappa aux coups de poing, mais fut surpris de la façon dont on le dévisageait avec sidération, tandis que l'on comparait son visage avec le portrait que l'on se souvenait d'avoir vu sur une affiche. En moins d'une heure, il était menotté et transféré à l'inspecteur Novak à Motelé, les mains toujours fermement agrippées à ses deux planches de bois brisées et son sac de jute.

2

Dans la vie d'une nation, songea le lieutenant-colonel Novak, certains moments annonçaient le début de la fin. Il s'agissait toujours au départ de quelque chose d'anodin, d'une broutille qui aurait disparu aussi sec si l'on s'en était occupé à temps. Mais une fois ce quelque chose enraciné, l'arracher devenait des plus ardus, et bientôt ses ramifications se propageaient jusqu'aux tréfonds les plus isolés de l'Empire.

Armée et police, attributs par excellence d'un pouvoir vigoureux, étaient censées travailler de concert : la première traitait les menaces extérieures, quand la seconde avait la charge des menaces intérieures. Sauf qu'à cette heure, ces deux entités engageaient toutes leurs forces dans une lutte sans merci. L'armée avait tenté de couvrir les quatre suspects, c'était là une évidence, tout comme il ne faisait aucun doute que le colonel David Fajari avait menti comme un arracheur de dents en mentionnant ces soi-disant Žižek Adamski et Patrick Brushov dans son rapport. Après des vérifications exhaustives, Novak avait découvert le secret bien gardé de David Fajari concernant ses origines. Pourquoi lui, et maintenant ? Pour tout dire, il était surtout surpris que personne n'eût creusé avant lui. Pour avoir un neveu, encore fallait-il que le comte Alexandre Fajari eût une sœur ou un frère. Et certes, il avait bien une sœur. Mais encore ? Personne à Saint-Pétersbourg n'avait le souvenir de l'avoir vue enceinte, alors que la sœur du comte était connue comme le loup blanc dans bien des cercles. L'avait-on vue titubant d'ivresse ? Certainement. S'encanailler avec une amie répondant au nom de Doushinka ? Oui, et pas qu'une fois. Femme volage ? Attention, le mari n'était pas au courant…

Mais enceinte ? Que nenni – même les corsets de Saint-Pétersbourg ne pouvaient dissimuler ce genre de rondeurs. À partir de là, il fallait évidemment remonter jusqu'à Saint-Pétersbourg et faire surveiller le comte Alexandre Fajari lui-même, lequel ne s'était, pour quelque raison, pas donné la peine de démentir ce lien de parenté présumé entre lui et ce brillant officier en devenir. Sans aucun doute, cette première découverte allait déboucher sur ce qui lui apporterait la clé de toute l'affaire. Après tant d'errements, il pouvait enfin relier ses diverses péripéties à un homme de pouvoir et d'influence du côté de la capitale. Telle était la seule raison recevable à même d'expliquer qu'un soi-disant rejeton de la noblesse, ayant déjà atteint un rang éminent au sein de l'armée, pût songer à courir de tels risques. Expliquant de même comment le capitaine Istomin, aux états de service aussi brillants qu'irréprochables, avait pu se mettre dans un tel pétrin.

Alexandre Fajari apparaissait à travers ces présomptions comme un petit comte capricieux incapable de se contenter de ses privilèges déjà considérables. Sur un coup de tête, il n'avait pas hésité à engager une poignée de voyous qui avaient semé le chaos dans l'ouïezd de Kobryn.

Il était toutefois surprenant qu'il eût réussi à mêler les Juifs à son intrigue, eux qui se montraient généralement si prudents –, à moins que Fajari ne leur eût soumis le genre de proposition qui ne se déclinait pas. Il était des gens, surtout chez les analphabètes patentés et les extravagants de l'intelligentsia, qui considéraient que les Juifs aspiraient à la domination du monde. La déception serait des plus cruelles pour Novak s'il s'avérait que ses conclusions au sujet des meurtres rejoignaient les préjugés dans lesquels se vautraient aussi bien l'intelligentsia que les derniers des abrutis. Cependant, pour l'heure, il n'avait pas d'autre hypothèse – et pour quelque raison, l'explication qu'il recherchait encore le taraudait bien plus que celle qu'il avait sous la main.

Quelque chose lui avait-il échappé ? Difficile à dire. Dans tous les cas, il ne faisait aucun doute que tous ceux qui avaient trempé dans cette affaire savaient que l'Okhrana était de la partie, et cela ne les avait aucunement dissuadés. C'était là qu'était tapi le crépuscule d'une nation : un peuple ayant perdu la conviction que ses lois ont le moindre rapport avec la justice.

Mais avait-il matière à se plaindre ? Il n'y avait qu'à voir ceux qui l'entouraient dans son propre département. Rien d'autre qu'une brochette de corniauds. Albin Dudek, au moins, avait pour lui le fait de ne pas être un alcoolique. Les autres empestaient purement et simplement la vodka, sans même prendre la peine de le cacher par civisme avec un peu de liqueur de prune. Ils se rongeaient les tripes avec du *kvass* bon marché, et partaient ensuite pour leur tournée d'arrestations nocturnes. Pas une once de jugeote, de bon sens ou de réflexion.

On leur disait : « Coffrez-moi untel », ils s'exécutaient. Encore un augure du crépuscule d'une nation : quand défendre la loi et l'ordre public attirait principalement des demeurés analphabètes.

Et qu'en était-il de son supérieur, le maréchal Gourko, vénérable gouverneur de son état ? Pourquoi l'avait-il désigné à cette fonction putride ? Pourquoi ne l'avait-il plus convoqué personnellement à son bureau depuis des années ? À l'époque où Gourko avait voulu le convaincre d'accepter cette charge, il lui avait dit : « Piotr, j'ai besoin de toi à ce poste. Tu sais pertinemment pourquoi. »

Certes, il savait – du moins, c'était alors ce qu'il croyait. Mais à l'heure où je vous parle, monsieur le gouverneur, au diable ! Je n'y comprends plus rien ! Où sont les honneurs que vous m'aviez promis avec ce poste ? Pas le prestige du grade ni les émoluments afférents, mais l'honneur du travail ? Avant toute chose, maréchal, je suis un soldat. Toute ma vie, j'ai aspiré à devenir un militaire. J'ai toujours eu face à moi un ennemi avec qui j'avais tout en commun, il était armé, organisé en forces structurées, dont les couleurs étaient brandies. Et il avait suffi que je sois projeté de ce cheval, héritant au passage d'une jambe en charpie, pour être soudain changé en rat répugnant, livrant une guerre à des ennemis moins bien équipés, dont les troupes étaient un vaste foutoir, avec pour seul étendard leur foi inexpugnable.

Que s'était-il donc passé ? Pensiez-vous m'envoyer sur un nouveau théâtre d'opérations ? Ou bien saviez-vous déjà, en me faisant venir pour me passer la pommade et constater par vous-même ma démarche d'éclopé, qu'un homme comme moi, infirme, n'était plus bon qu'à racler les fonds de caniveaux de l'Empire ? Cher monsieur Gourko, comte, généralissime, vénérable gouverneur, peut-être ne me conviez-vous plus à votre bureau car vous ne supporteriez pas d'être entre quatre yeux avec un rat ? Encore un autre présage crépusculaire : l'inspecteur en chef de l'enquête marchait au bord du gouffre.

« Monsieur, le surprit Dudek. Il est mûr.

— Mûr ? demanda Novak, pour grappiller du temps. Qui est mûr ? »

3

Lorsqu'il réalisa que son illustre visiteur n'était autre que Shleimel Kantor, Novak en fut profondément accablé, au point de laisser choir sa canne. Jusque-là, il n'avait rien pu tirer des entretiens qu'il avait conduits à Motelé – y compris de cette *discussion* avec le très laconique Natan-Berl, et du monologue de cette pie de Rivka Keizman.

Interroger les habitants de ce hameau reculé au sujet du colonel David Fajari ne lui était pas venu à l'esprit – de même qu'il était naturellement inutile de leur demander quoi que ce soit concernant le comte Alexandre Fajari, dont ils n'avaient jamais entendu parler. Pour tout dire, il doutait même qu'un seul des autochtones eût déjà croisé un Russe. Rien qu'à entendre « Saint-Pétersbourg », ils se mettaient à mouliner des bras comme des noyés. La seule mention de la capitale éveillait chez eux une répugnance, comme si l'on s'était adressé à eux dans un langage recherché et incompréhensible.

Mais qu'importe, concernant la coopération des habitants, il n'était pas à plaindre. Les gens de Motelé, Juifs et *goyim* confondus, ne s'étaient pas montrés bien farouches. Avaient soudain afflué toutes sortes de petites délations, dont l'objet n'était d'aucune utilité pour Novak : évasion fiscale, velléités insurrectionnelles présumées, affiliations partisanes, et Dieu sait quoi encore. On avait même dénoncé les maris infidèles. D'où ce paradoxe : les habitants d'une localité, attendant d'être débarrassés du couvre-feu, et des barbouzes de l'Okhrana avec, fournissaient à Novak des informations qui ne feraient que resserrer encore un peu plus l'étau policier sur leur ville. Il apparaissait en effet que Motelé n'avait rien d'une gentille bourgade pittoresque. Il avait des preuves tangibles de la présence de chauds partisans de la Palestine, des brochures communistes avaient même été aperçues ici et là. Tel ou tel livrait ces informations en partant du principe que la présence du Département de maintien de la sécurité et de l'ordre publics était liée à une affaire circonscrite, que ce couvre-feu allait permettre d'élucider. Aucun des habitants n'imaginait que le couvre-feu pût être une fin en soi, et que les troupes stationneraient à Motelé aussi longtemps que nécessaire.

De par sa collaboration diligente, rabbi Moishe-Lyzer Halperin s'était révélé providentiel. Outragé de prime abord, il était certes resté un temps circonspect, mais avait malgré tout agi avec Akim et Prokor comme l'aurait fait un bon père avec ses fils. Que n'avait-il pas fait pour eux ? Partout ils avaient subi l'ostracisme, et lui au contraire leur avait ouvert les portes de sa synagogue. Et comment l'avaient-ils remercié ? En nourrissant son cœur d'un espoir chimérique, avant de tomber leur masque et de brandir un badge à la place. Honte à eux, les misérables. Quelle bassesse !

Mais bien vite le rabbin se rappela ses responsabilités vis-à-vis des habitants. En tant que figure publique, il ne pouvait agir selon ses griefs personnels. Il lui fallait défendre sa communauté afin de laver les fautes dont elle s'était rendue coupable. Novak décida d'en faire son intermédiaire entre la population et les autorités. Moishe-Lyzer passa ainsi de porte en porte, rapportant aux familles ce qui se passait en ville et les incitant à répondre aux questions, pour ensuite revenir déballer à Prokor, c'est-à-dire à Piotr Novak, tout ce qu'il savait sur leur compte.

Si d'aucuns avaient prédit à Novak, commandant de l'Okhrana dans les *goubiernas* du Nord-Ouest, qu'il s'entretiendrait avec Yoshké Mandel, patron de « commerce » ; interrogerait Schneider, couturier ; cuisinerait Liderman, cordonnier ; pressurerait Grossman, drapier, bousculerait Blumenkrantz, pâtissier ; enjôlerait Itzik Holtz, marchand de bois ; pouponnerait Mordekhaï Schatz, libraire itinérant ; et houspillerait même Simha-Zissel Reznik, boucher très enclin à divaguer au sujet des impétueux désirs carnés de Mendé Speisman (qui diable pouvait en avoir quelque chose à faire ?), Novak leur aurait répondu qu'ils avaient tous perdu la tête. Ce genre d'enquêtes à la petite semaine, très peu pour lui ; elles étaient bonnes pour Dudek, avec sa propension à jeter le bon grain et garder l'ivraie. Mais aussi nombreux qu'ils fussent à défiler face à lui, Novak peinait à dresser son tableau d'ensemble, où ne figurait toujours pas Son Altesse le comte Alexandre Fajari de Saint-Pétersbourg.

De toutes les familles que comptait Motelé, seules deux refusèrent de parler à Novak, quelles que fussent les menaces et autres intimidations. Plaidant leur cause, rabbi Moishe avait supplié que l'on ne démolît pas leurs maisons.

« Ce sont des têtes de mule, et de toute façon ils ne savent rien du tout ! assura le rabbin.

— Et comment pourraient-ils ne rien savoir ? fulmina Novak. On parle des Berkovits et des Abramson, leurs rejetons sont les suspects !

— Effectivement, répondit Moishe-Lyzer en mettant la main à son front. Sauf qu'à l'âge de douze ans, à l'époque où ils étaient encore Pessah Abramson et Yoshké Berkovits, tout lien avec leurs familles a été rompu.

— Et pourquoi cela ? » demanda spontanément Novak, avant d'immédiatement regretter d'avoir lancé le rabbin dans un sermon d'une demi-heure.

Retranscrire fidèlement les propos de Moishe-Lyzer serait pour le moins fastidieux, mais l'essentiel tournait autour d'une abominable tragédie, s'étant produite il y a des années de cela. Des enfants avaient été arrachés à leur famille, non sans entraîner des conséquences dévastatrices. Aucun foyer ne s'étant porté volontaire pour envoyer ses fils, les têtes pensantes de la communauté s'étaient vues contraintes de couper dans le vif. Y avait-il tâche plus ingrate ? Ils avaient objectivement pesé le pour et le contre, puis rendu leur décision en toute bonne foi et sans favoritisme.

« Si le couperet était tombé sur mes fils, dit le rabbin, en caressant sa barbe hirsute, ne les aurais-je pas envoyés ? Je vous le demande ainsi, cher monsieur, bien que vous ne soyez pas un expert en matière de Torah. Abraham n'a-t-il pas accepté de donner Isaac ? Fin de la démonstration.

« Il se trouve, poursuivit le rabbin, que ces deux familles ont choisi de rejeter la décision collective et de suivre leur propre voie. Que n'a-t-on pas fait pour arriver à une réconciliation ! Mais ils demeurèrent inflexibles – ni paix ni pardon. Sachez, monsieur, inspecteur Novak, que tout Juif est comme le maillon d'une chaîne qui les relie tous les uns aux autres par une force immuable. Žižek Brushov et Patrick Adamski sont les chaînons qui ont sauté de la chaîne. Une situation que les familles ont envenimée par leur réaction, en choisissant de scier la branche sur laquelle leur équilibre était déjà précaire. Il va sans dire que l'on ne saurait juger l'homme qui traverse un malheur, mais ici la peine a fait courir le risque d'une implosion de toute la communauté. »

Dans l'impasse, Novak perdit son sang-froid. Flanqué de quatre agents, il fit irruption chez les Berkovits.

Le père étant mort depuis longtemps, ne restaient plus que l'un des enfants et sa mère. Novak ordonna à deux de ses agents de passer la mère à l'interrogatoire devant son fils, afin de faire pression sur ce dernier et lui soutirer des informations. Mais Novak fut surpris de constater que la manœuvre resta sans effet. En d'autres termes, non seulement il n'avait rien obtenu du fils, qui avait vu sa mère malmenée par deux cosaques, mais cette dernière avait gardé sa contenance et un regard impassible. Il avait alors songé : « Cette vieille toute fripée est déjà tellement pressée qu'on n'en tirera plus rien d'autre. »

Novak comprit soudain que c'était précisément l'oppression du régime qui immunisait ces gens contre toute forme d'intimidation. Pour asseoir une domination totale sur eux, le pouvoir devait les laisser maîtres de quelque chose de valeur, hors de portée de l'autorité, c'est-à-dire une certaine part de liberté. Il ordonna à ses hommes de quitter rapidement les lieux et renonça à se rendre chez les Abramson.

Remarquant que l'enquête piétinait, Novak demanda que lui soit créé un bureau temporaire à Motelé, dans l'une des maisons accolées à la synagogue. La famille qui vivait là, les Weizman, se virent confinés dans une seule pièce. Tous les témoins potentiels furent ensuite convoqués et interrogés, un à un, dans la cour. Akaki Akakiévitch, qui s'était entre-temps mué en Akim, était alors revenu à son identité, Haïm-Lyzer, et servait à Novak d'interprète. Ce dernier savait qu'une fois qu'il aurait interrogé tous les autres, viendrait le tour de son traducteur. Quelque chose dans les sourires récurrents d'Akakiévitch, dans ses rictus, ses clins d'œil, donnait à Novak le sentiment que sa parole était relayée par un petit poisson réfractaire, voire même dangereux.

« Qu'en penses-tu ? » lui demanda Novak après qu'il eut questionné Mikhaï Andreyevich, le cocher qui avait conduit Fanny la nuit de sa fuite.

Son témoignage avait été inutile et, de plus, il ne s'était pas retenu de tousser copieusement et de cracher des glaviots verdâtres.

« C'est vraiment une comédie, glousa l'interprète.

— Cinq macchabées, ça relève de la galéjade ? le tança Novak.

— Non, bafouilla Haïm-Lyzer, comme s'il se rappelait soudain qu'il était lui aussi en ligne de mire. Ces gens-là n'ont aucune idée de ce qui se passe, ils vivent encore comme au siècle dernier.

— Leur distribuer tes tracts serait peut-être utile », répondit Novak, sarcastique, qui savait malgré tout que les propos de son interprète se tenaient. Le mode de vie qui prévalait à Motelé était amené à disparaître. Il n'obtiendrait rien en cuisinant ces énergumènes.

« Quand on en aura fini avec tout ça, je partirai pour New York, lança Haïm-Lyzer sans crier gare.

— New York, dit Novak en le regardant. Et ça s'accommode avec tes idées socialistes peut-être ?

— En rien, lui répondit Haïm-Lyzer, mais cet endroit est foutu. »

Novak décida d'arrêter d'interroger les habitants. L'enquête ne se déroulait en fin de compte pas si mal. Le colonel Fajari avait été convoqué à Motelé pour « donner sa version des faits » concernant la localisation des prévenus. Novak ne voulait pas procéder à son arrestation avec une unité armée à ses côtés, il avait donc choisi de le rencontrer avant que les soupçons à son encontre ne soient dévoilés. Le colonel arriverait à Motelé plein d'assurance, mais se retrouverait bien vite menotté.

Les habitants étaient tous soumis à un couvre-feu. La ville était bouclée. Il allait de soi que les gens du cru gardaient le droit de mener leurs activités comme à l'accoutumée – il aurait été insensé de punir des paysans innocents –, mais ils subissaient eux aussi les contrôles de leurs documents d'identité et des marchandises qu'ils transportaient. Les familles au centre de l'affaire, les Keizman et les Speisman, étaient quant à elles soumises à une pression de chaque instant. Il ne restait à présent plus qu'à localiser les suspects, à Minsk.

Il n'y avait ainsi rien d'étonnant à ce que Novak poussât un gémissement de désespoir lorsque l'on fit entrer le suspect, qu'il reconnut immédiatement comme étant le gringalet Shleimel Kantor. Par tous les diables, qu'allait-il gagner à interroger ce débile à la cervelle de moineau ? Ce qu'il avait devant lui n'était rien d'autre qu'un idiot de chantre, accro à l'alcool et au jeu, dont il avait lui-même empêché le lynchage dans l'auberge de Patrick Adamski, et qui, le soir, empestait l'urine dans le lit voisin de Fanny.

Et voilà qu'on installait face à lui cet astèque, qui ne se gêna pas pour demander à manger pour deux, lui et sa femme. « Sa femme ? » s'écria Novak, interloqué, avant de comprendre aussitôt que les deux planches cassées et le sac de jute lui tenaient lieu d'épouse. La présence d'autres agents de l'Okhrana mettait Novak mal à l'aise, un interrogatoire aussi embarrassant risquait de ternir sa réputation.

« Mettez-le aux fers, ordonna Novak. Il ne nous sert à rien.

— Ce n'est pas une façon de s'adresser à un soldat, répondit Kantor avec flegme, provoquant le fou rire des autres agents dans la pièce.

— Emmenez-le ! vociféra Novak. Et retirez-lui ces foutues planches. »

Novak ne pouvait s'attendre à ce qui allait se produire. Certains avaient une famille, une épouse, des enfants, et la possibilité de les enlacer plusieurs fois par jour. D'autres, à l'instar du chantre Shleimel Kantor, avaient deux planches et un sac en toile de jute. Voilà à quoi se résumait ce qu'ils avaient de plus cher. Leur destin les avait privés de grandir sous l'aile d'une mère douce et d'un père clément. Passé leur prime jeunesse, les seuls contacts d'une peau dont ils pouvaient se souvenir résidaient dans le passage de main à main de quelques kopecks les jours de bonne fortune, et des coups de poing le reste du temps. Un beau jour, Shleimel avait été placé dans un avant-poste, où il avait fait la rencontre d'une radieuse jeune femme. Était-elle la plus belle des femmes ? La plus bavarde ? Certes non. Mais qui était Shleimel Kantor pour prétendre mériter l'extraordinaire ? Malgré cela, il s'était épris d'elle, et même s'il était habitué à perdre, l'idée de la perdre elle lui paraissait injuste. Voilà pourquoi il se retrouva à genoux, à gémir. « Olga ! » parvenait-il à réclamer, tremblotant, entre deux sanglots, nez et lèvres ruisselants, les yeux gonflés. « Olga ! »

Une telle scène avait naturellement poussé le rire du public à son paroxysme. Qu'y avait-il de plus drôle qu'un homme tombant plus bas que terre ? Vous étiez presque contraint d'en rire, pour éviter de vous imaginer à sa place. Quoi qu'il en soit, tous étaient hilares à l'exception de Novak, que quelque chose émouvait dans les pleurs du chantre. Lui, Novak, était incapable de pleurer ainsi. Lui, Novak, était tout aussi incapable d'exulter de joie comme les *hassidim* qui l'avaient accueilli à Grodno. Rien dans sa vie n'était aussi sensible, pour le meilleur ou pour le pire. Il était à l'image d'une maison abandonnée dont on aurait pillé meubles, fenêtres et plancher, où ne subsisteraient que les murs, vides, fissurés, seulement maintenus par d'antiques fondations. Même cet efflanqué avait ainsi quelque chose que lui ne possédait pas, fût-ce sous forme de deux planches et d'un sac de jute. Novak avait-il perdu la tête ? Qu'importe, il ordonna à ses agents de laisser Kantor retrouver sa « compagne ». Un employé des postes fit irruption dans la pièce, un télégramme en main. Novak ouvrit fébrilement l'enveloppe, avant d'esquisser un sourire. Un sourire qui venait dissiper tous les doutes. Un sourire de victoire.

« Ils ont eu les quatre autres à Minsk, annonça-t-il à ses agents. Fanny Keizman, Žižek Brushov, Patrick Adamski et Zvi-Meïr Speisman. »

Des applaudissements enflammés s'élevèrent, poignées de main et embrassades s'échangèrent, tandis que Dudek lançait à Novak un regard admiratif.

« Vous avez réussi, monsieur », le félicita son lieutenant en lui donnant une tape sur l'épaule.

Novak se tut et martela le sol avec sa canne.

« Félicitations, lui chuchota Shleimel Kantor. Zvi-Meïr va enfin payer pour ses actes.

— Ses actes ? tressaillit Novak, qui reposait tout son poids sur sa canne. Que savez-vous à propos de Zvi-Meïr ?

— Ma foi, bafouilla Kantor. C'est un petit fripon, n'est-ce pas, Olga ?

— Lâchez-le, ordonna Novak. Et laissez-nous seuls. »

4

Les sens aiguisés de Novak lui donnaient à penser que les propos de la demi-portion pourraient aussi bien être inutiles que cruciaux. Seulement il n'avait pas songé que ce qu'il allait lui dire pût justement s'avérer capital car futile.

Il n'avait désormais plus besoin d'Akakiévitch, cette brindille parlait polonais. Novak le conduisit vers les bords de l'Yasselda. Combien de temps la conversation dura-t-elle ? Pas même un instant. Novak commença par lui demander quels liens il entretenait avec cette bande, et la brindille tressaillit rien qu'à entendre le mot « lien ». En effet, du point de vue de Kantor, ce lien était nul et non avenu. Ils l'avaient trouvé sur la grand-route et avaient abusé de sa naïveté. Qu'avait-il à voir avec eux ? Cela revenait à considérer le lien entre l'homme et l'humeur du ciel. Quand l'un apparaissait, l'autre se manifestait ; mais cela ne permettait pas pour autant d'établir un lien de cause à effet. Surpris par cette métaphore, Novak songea que, même imparfaite, elle ne collait pas vraiment avec le profil d'un présumé débile profond.

« Mais malgré tout, insista Novak. Comment connaissez-vous Zvi-Meïr ?

— Zvi-Meïr ? s'étonna la brindille. Évidemment que je ne le connais pas.

— Vous l'avez pourtant qualifié de petit fripon, pointa Novak.

— Un fripon patenté, s'écria le chantre. Fanny a bien raison de le pourchasser.

— Fanny ?

— C'est bien son nom me semble-t-il, n'est-ce pas ? »

Étrange, songea Novak, « n'est-ce pas ? », c'est ma formule. Se pourrait-il que ce misérable ne cache davantage que ce que les yeux, et surtout les narines, peuvent percevoir ?

« Pourquoi le pourchasse-t-elle ? »

Le chantre se mit alors à raconter ce qu'il avait entendu dans l'enceinte du camp. En bref, que ce Zvi-Meïr était une véritable ordure. Il avait abandonné sa femme et leurs deux enfants avant de rallier Minsk. Fanny, celle que monsieur recherchait, s'était lancée à ses trousses pour lui arracher un acte de divorce et ainsi délivrer sa sœur d'une vie de solitude. Ce qui impliquait donc que lui-même, Kantor, n'avait rien à voir avec ces événements. Si être pauvre voulait dire manigancer, pourquoi Son Excellence n'arrêtait-elle pas l'ensemble des habitants de l'Empire ? Quoi qu'il en soit, il était avéré que…

« La ferme ! » trancha Novak, et la brindille de se dresser comme un *i*. « Maintenant, déguerpis ! »

Le chantre pivota dans un sens, puis dans l'autre, se mit à faire des cercles, et finit par choisir une direction au hasard. On lui tirerait peut-être dessus pour avoir enfreint le couvre-feu, songea Novak, sans pour autant lui ordonner de s'arrêter. L'inspecteur se tenait dans la rue principale de la ville. Regardant autour de lui, il sentait les habitants l'observer derrière leurs volets clos, les cigognes se moquer de lui depuis le toit des maisons, et les corbeaux prêts à lui dévorer les yeux.

Il prit la direction du cimetière juif, puis poursuivit vers la sortie de Motelé. Obtenir un acte de divorce ? Toute cette affaire pouvait-elle ne tenir qu'à cela ? L'Okhrana était-elle sur le pied de guerre pour une histoire aussi sotte ? Impensable. Les femmes ne partaient pas de chez elles au beau milieu de la nuit, un couteau sanglé à la jambe, pour s'en aller donner une bonne leçon à leur rebelle de beau-frère. De même, ce scénario n'expliquait en rien les autres circonstances mises en lumière par l'enquête. Pourquoi avaient-ils reçu le soutien de l'armée ? Pourquoi de parfaits inconnus se seraient-ils mobilisés pour l'aider ? Comment cette affaire en était-elle arrivée à impliquer Son Excellence le comte Alexandre Fajari ? Et si cette histoire de *get* était en fait une diversion planifiée ?

Et si… il ne fallait pas en fait chercher midi à quatorze heures ? Une femme était partie aider sa sœur déprimée, et s'était défendue à l'aide d'un couteau de boucher. Mais même en retenant cette hypothèse, comment avait-on pu en arriver à de telles extrémités ? À nouveau, qui s'était joint à sa cause, et pour quelle raison ? Comment une affaire si insignifiante avait-elle pu semer la zizanie entre les deux corps les plus loyaux de cet Empire ? Il devait y avoir là quelque chose de plus profond. Cela ne faisait aucun doute.

Mais tandis que le cerveau de Novak s'échinait à analyser le récit qu'on venait de lui soumettre, son cœur lui disait qu'il était tombé dans un piège à cons. Il n'y avait là rien d'insondable. Cette histoire surprenait justement en ceci qu'elle était parfaitement triviale. Fanny avait engagé Žižek moyennant rémunération, et après avoir eu par la suite des ennuis avec la famille de truands, ils avaient pris peur et s'étaient tournés vers l'ancien frère d'armes de Žižek, Patrick Adamski. Leurs problèmes n'ayant fait que s'accroître au cours de cette nuit sanglante, la fine équipe n'eut d'autre choix que de demander à pouvoir se réfugier dans la base. Sur place, ils avaient usé d'une amitié ancienne avec David Fajari ou quelque autre officier supérieur, et avaient réussi à se voir affecter un détachement qui les avait escortés jusqu'à Minsk.

Comme à l'accoutumée, Mishenkov se prélassait à Niesvij ; quant à Alexandre Fajari, Novak pouvait l'écarter faute de preuves. Que lui restait-il donc ? Des fariboles sur une soi-disant lame de fond révolutionnaire qui allait tout emporter sur son passage.

Novak leva les yeux au ciel. L'automne foisonnait de nuages. Des pins se dressaient tel un mur hérissé face au vent. Encore une semaine, peut-être deux, et viendraient les pluies. La région tout entière serait alors recouverte par les marais. Il remonta le cours de l'Yasselda, et finit par s'immobiliser sur la berge. Que fallait-il à un homme pour pouvoir marcher sur l'eau ? S'il faisait un pas plein d'assurance, éviterait-il de couler ? Que fallait-il à un homme pour se noyer dans la rivière ? S'il y plongeait la tête, ses narines s'ouvriraient-elles ? Voilà qui ferait une sacrée lettre de démission.

Des bruits de chevaux au galop parvinrent jusqu'à Novak, il porta son regard sur la lisière de la forêt, sur l'autre rive. Les prévenus pouvaient-ils déjà arriver de Minsk ? Réalisant que le convoi se dirigeait vers lui, il s'empressa de remonter la berge pour trouver un point d'observation. Dételant leurs chevaux des voitures, les cavaliers pressèrent leurs montures de gagner le lit de la rivière – des cavaliers chevronnés, que diable ! Leurs têtes émergeant de la surface, les chevaux nageaient dans l'eau, avant d'être imités par les hommes. Tout effet de surprise se dissipa de lui-même lorsque Novak comprit de qui il s'agissait.

Un homme aux cheveux grisonnants descendit de son destrier. Il portait une épaisse moustache du dernier chic, qui plongeait sur les flancs de sa barbe, telles des queues de castor. Son uniforme inspirait la crainte, celui d'un grand général ; ses bottes étaient boutonnées jusqu'aux genoux, la garde de son sabre scintillait à l'extrémité de son fourreau, et le pommeau de son revolver était plaqué d'or. Voilà un fier Russe, songea Novak. Ce visage intrépide, cette moustache guerrière, ce regard de meneur, cet habit princier, ce menton impeccablement rasé (depuis quand ne s'était-il pas rasé ? Il avait sûrement l'air d'un fichu gitan). Vois donc, Novak, tout ce que tu aurais pu être.

« Excellence, dit-il pour saluer le gouverneur Iossif Gourko.

— Excellence ? s'écria Gourko en se jetant sur lui pour l'ébouriffer, comme s'ils étaient de simples soldats. Toi et moi, on a nagé ensemble dans la merde.

— Tout juste, Excellence, sourit Novak, mais les galons sont les galons.

— Galons mon cul, oui ! Dans mes bras, Novak ! Des années que nous… Tu sais bien comme il me tardait de venir ! Je le rabâchais à Arkadi : "Il faut que nous allions rendre visite à Novak", dit Gourko en se tournant vers l'un des cavaliers, dont le nom devait être Arkadi. Mais le travail, mon cher, qui mieux que toi pour le savoir, on ne sait plus où donner de la tête.

— Absolument, acquiesça Novak.

— Alors, tu es sur quoi en ce moment ?

— Sur pas grand-chose…

— Pas grand-chose ! se gaussa Gourko. Tu as entendu, Arkadi ? Si seulement on faisait tous aussi peu que lui. Et cette jambe, mon cher ? lança-t-il en lui tapant sur l'épaule. Du mieux ?

— De pire en pire, répondit très sérieusement Novak, tandis que Gourko éclatait de rire.

— Tu l'as entendu, Arkadi ? De pire en pire ! »

Cette manière qu'avait Gourko de répéter ce qu'il disait devant les autres horripilait Novak depuis toujours. Il remarquait que le dénommé Arkadi ne prenait même pas la peine de lever la tête. Il semblait s'être habitué au fait de n'être utilisé qu'à des fins rhétoriques.

« Tu es venu nous accueillir ? demanda Gourko.

— Oui, monsieur », mentit Novak, qui ignorait toujours qui avait fait intervenir Gourko. Dudek eût été la réponse la plus évidente, mais cela serait revenu à attribuer des mérites intellectuels à un imbécile complet.

« Viens, l'invita Gourko en retirant son chapeau. J'aimerais qu'on parle un moment en privé. » Novak lui emboîta le pas.

Ils marchèrent ainsi un moment sur la rive, puis Gourko s'arrêta au pied d'un cerisier déraciné pour en examiner les branches. Novak, qui se tenait près de lui, fut soudain surpris par les sillons de rides sur son visage. Ce qu'il avait pu vieillir, par tous les diables ! Des manches de l'uniforme du gouverneur dépassaient des mains fripées et pâles, tel un serpent se débarrassant de sa mue.

« On parle sans arrêt de toi, Novak, reprit Gourko. Sais-tu qu'une réorganisation de tout le secteur se prépare ? On aura besoin de gouverneurs, de maires. Pas demain ni après-demain bien sûr… Mais tu le sais, le jour viendra. Anna sera très heureuse, les garçons aussi.

— Oui, Excellence. Merci, répondit Novak en inclinant la tête. Anna sera absolument ravie.

— Tout va bien, Novak ? Tu m'as l'air d'avoir le cœur gros.

— Tout va pour le mieux.

— Je pensais que tu serais heureux d'entendre cette nouvelle.

— J'en suis absolument ravi, Excellence.

— Bon, mon cher, veux-tu me raconter plutôt ce qui se trame ici ? »

Novak savait que le moment clé de l'enquête était arrivé. Il brûlait de lui dire : « Rien du tout, Excellence, cette montagne a accouché d'une souris. Nous avons là une Juive qui a perdu la boule, c'est tout. » Phrase qui aurait pour autant été inexacte, car elle aurait passé sous silence l'admiration qu'il éprouvait pour la principale suspecte, Fanny Keizman. Mais qu'avaient donc à voir ses sentiments avec les conclusions de l'enquête ? Qui pensait-il duper ? Était-il vraiment en position de force ? S'il osait donner sa propre version, il recevrait immanquablement une volée de bois vert. « Il s'égare totalement, diraient-ils. Rien dans sa théorie ne colle avec les faits. » Toute une armée pouvait-elle réellement être sur le pont pour une histoire de divorce ? Un colonel enfreindre des ordres pour mettre la main sur un mari réfractaire ? Son Excellence le comte Alexandre Fajari mentir pour arracher une Juive à la solitude ? Le gouverneur venir en personne se ridiculiser publiquement ? La seule présence de Gourko exigeait a minima une histoire que l'on pût faire remonter jusqu'à Saint-Pétersbourg.

Novak comprit à cet instant qu'il était impuissant. Il n'avait plus la main. Quoi qu'il pût dire, la version retenue serait nécessairement celle qui servirait au mieux les intérêts du pouvoir. Le comte Gourko reviendrait en héros à Saint-Pétersbourg, les agents de l'Okhrana auraient à nouveau prouvé l'efficacité de l'organe secret. Novak pourrait lui-même continuer d'occuper son poste, et peut-être même se verrait-il promu à une fonction civile – maire ? Lui qui ne s'était jamais imaginé sans uniforme. Tous les coupables et leurs complices seraient envoyés, au choix, à l'échafaud ou en Sibérie, tandis qu'un petit pogrom sur Motelé satisferait les ardeurs des hordes de locaux. Cette affaire ne pouvait avoir qu'une seule issue, celle qui donnerait satisfaction aux autorités.

« Alors, mon cher ? »

Novak finit par cracher le morceau, et Gourko ne s'attendait à rien de tel. Tandis qu'il déroulait son propos, Novak voyait les traits de Gourko se ragaillardir. L'inspecteur en chef de l'enquête lui expliqua ainsi que le comte Alexandre Fajari, qui était en passe d'accéder à la position de premier conseiller du Tsar – qu'il occupait d'ailleurs déjà officieusement, d'après certains – avait menti des années durant concernant sa parenté avec un officier supérieur de l'armée, le colonel David Fajari. La nature exacte de leurs rapports restait encore à élucider, mais il était en revanche très clair que le comte Alexandre Fajari avait sous la main une force militaire non négligeable, dont il pouvait faire ce que bon lui semblait. D'ici à ce qu'il décide ce qu'il voulait en faire, le comte s'appuyait sur des sectateurs diffusant les idées radicales d'un *žyd* de Minsk, un certain Zvi-Meïr Speisman. Le périmètre des agissements de ce dernier était encore à délimiter, mais il était en revanche établi que ses partisans étaient prêts à trancher la gorge de quiconque n'adhérait pas à sa doctrine. Les crimes dont il était ici question – qui devançaient certainement d'autres découvertes macabres – avaient été perpétrés par Žižek Brushov et Patrick Adamski, deux Juifs apostats – à la bonne heure ! – au sillage sanglant. Le comte Alexandre Fajari leur allouait à l'occasion et par l'intermédiaire du colonel David Fajari un petit détachement pour les besoins de leurs opérations. Il les avait ainsi fait escorter jusqu'à Minsk afin qu'ils rencontrent secrètement leur chef de file, Zvi-Meïr Speisman. On pouvait raisonnablement penser que le comte Alexandre Fajari attendait le moment propice pour déployer le corps d'armée dont il avait pris le contrôle. Lorsqu'on aurait atteint une telle extrémité, cinq cadavres ne seraient plus qu'une broutille. « Nous courons un grand danger, résuma Novak. Une cinquième colonne constituée des meilleurs éléments de la plus haute noblesse de Saint-Pétersbourg, des conseillers du Tsar même qui complotent pour leurs propres fins sous notre nez, vous le croiriez ?

— Le croire ? rétorqua Gourko la moustache frétillante. Ceux-là de la capitale, de vrais serpents. Tous autant qu'ils sont. Je les enverrais volontiers au peloton.

— Voilà où nous en sommes… »

Gourko cogitait en tortillant sa moustache, dont chaque poil semblait incarner le fil d'une idée.

« Mais qu'en est-il de la femme ? » demanda-t-il soudain, laissant Novak rougissant d'embarras. Qui diable avait donc tenu Gourko informé des détails de l'enquête ?

« Oh ! Elle ? Trois fois rien. On lui a monté la tête. Un petit agneau.

— J'ai pourtant entendu dire qu'elle et son couteau faisaient bon ménage ?

— Effectivement, bégaya Novak. C'est ce que nous pensions au départ… Disons… qu'en tant que bouchère… cela semblait plausible. Mais finalement, ce sont bien eux qui sont derrière ces meurtres.

— Je la veux elle aussi, Novak.

— Naturellement, Excellence. Nous n'avons aucune intention de la relâcher.

— Il n'est pas question de relaxe. Je veux tout ce beau monde sur l'échafaud, et sans faire de chichis.

— Ni flaflas.

— Parfait, car j'en ai déjà plus qu'assez. Ces *žyds*… Pas russes pour un sou.

— Ni pour deux…

— Ils ne sont pas des nôtres.

— Comment pourraient-ils l'être…

— Ils sont puants, vivent les uns sur les autres. Ils n'ont aucune culture.

— Je n'en pense pas moins.

— Vois donc tout ce que nous avons accompli. Une fière nation. Le peuple relève la tête. Nous n'avons pas fait cette guerre en vain, Novak. Et toi, tu n'as pas perdu ta jambe pour rien.

— De toute évidence, répondit Novak en inclinant la tête.

— Pourquoi ne vont-ils pas s'installer ailleurs ? Manque-t-on de pays en ce bas monde ?

— Je l'ignore, monsieur. Peut-être sont-ils trop à l'aise ici.

— Et c'est justement le problème. Cette affaire tombe à point nommé. Elle prouvera à beaucoup qu'il ne peut y avoir qu'une seule issue.

— Cela va sans dire, Votre Excellence. »

5

Motelé s'était changée en ville d'agents, au point d'évoquer volontiers une académie de police, ou même un cantonnement. La chose était plutôt surprenante puisque le couvre-feu ne s'appliquait pas aux non-Juifs, majoritaires parmi les habitants, lesquels ne se précipitaient pas pour autant dans les rues, ni sur l'opportunité de tirer profit de la situation. Le marché était fermé, peu de passage, la ville était comme à l'abandon. Sans les Juifs, elle ressemblait à une créature paralysée, le visage encore expressif, mais les membres inertes.

Les agents entraient et sortaient des maisons, emportant bouteilles de *yash* et *kartoshkes*, piquaient ici et là un chandelier doré ; la paire étant volontiers complétée par leurs hôtes, qui ne rêvaient que de les voir partir.

Rabbi Moishe-Lyzer Halperin visitait tour à tour les familles de sa communauté, étant le seul Juif non astreint au couvre-feu, comme en avait décidé Prokor, c'est-à-dire Piotr Novak. Le rabbin s'attendait à être reçu comme à l'accoutumée : une assiette bien garnie, un bout de pain, et des yeux avides de réponses. Mais leurs visages, *Oy*, leur mine était si sombre ! Une catastrophe allait s'abattre sur la ville, et sa venue à leur porte en était le funeste présage.

Ce qui s'était vraiment passé, les habitants avaient pu le reconstituer en moins de deux. Nul besoin d'être expert en investigation criminelle, ils avaient su établir le lien entre Zvi-Meïr Speisman et l'étrange personnalité de la *shokhetet* aguerrie qu'était Fanny Keizman, trouvant ainsi la clé d'une intrigue à la complexité sans précédent dans les annales de l'Empire russe. « Si elle s'était simplement contentée de rester sagement chez elle, rien de tout cela ne se serait produit. A-t-elle aidé à quoi que ce soit, mis à part apporter la honte sur sa famille ? Elle est partie à minuit passé, comme une somnambule, pour aller le diable sait où. »

Le rabbin s'abstint de se rendre chez les Keizman, qui hébergeaient également Mendé et ses enfants, craignant le regard de Rivka. Pour elle, Moishe-Lyzer était coupable de tout. S'il ne s'était pas laissé amadouer par les vanités d'Akim et Prokor, Abramlé et Pinhaslé Rabinovitch – sans l'ombre d'un doute des noms fabriqués de toutes pièces –, la ville ne serait pas bouclée. Rivka, qu'attendait-elle de lui au bout du compte ? L'union de son fils avec sa belle-fille. Et qu'avait-elle obtenu de lui jusque-là ? Une lame plaquée sur sa gorge. Comment pouvait-elle quitter ce monde ? Puisse l'Éternel avoir pitié d'elle, mieux eût valu qu'elle soit morte.

D'aucuns disaient : Rivka Keizman est une femme forte.

La vérité : Rivka Keizman était au bord de l'effondrement. Son fils était assis à table du matin au soir, le visage plongé entre ses mains. Il n'avait pas la permission de mener le cheptel au pâturage, ni de réparer les clôtures. On lui faisait même des histoires pour pouvoir sortir soulager ses boyaux. Il avalait par moments une tranche de pain, sans fromage, et avait constamment l'air de s'apprêter à faire voler la table contre le mur et aller se mesurer aux agents de la police secrète. Rivka restait assise, figée face à lui, n'osant le lâcher un instant. Si elle se levait, elle craignait qu'il commît l'irréparable.

Et les enfants ? Que Dieu les protège, aussi intenables et sauvages que leur mère. La plupart des garnements n'avaient qu'à entendre le mot « police » pour se faire pipi dessus. Mais eux ? Ils s'aventuraient loin de la maison, se faufilaient sous les clôtures, se cachaient dans les buissons – pensant en fin de compte que tout cela n'était qu'un jeu d'enfants. Ah ces petits, espérons qu'il ne leur arrivera rien. Même un abruti de soudard illettré devait bien savoir faire la différence entre un enfant et un criminel. Mais Gabriella, l'aînée ? Elle avait huit ans. Les « grandes » comme elle, on pouvait déjà les taxer de conspiration. Et elle qui disparaissait des heures durant. Où allait-elle se promener ? Aucune idée.

« Natan-Berl, où est Gabriella ?

— Hum… Euh… Gabriella ? Tout ira bien. »

D'aucuns disaient : Rivka Keizman est une femme amère.

La vérité : Rivka Keizman avait raison sur toute la ligne. Fanny Keizman était une calamité ambulante, et ils en subissaient désormais les conséquences. Peut-être aurait-elle dû s'en tenir à sa première impression, mais elle s'efforçait toujours d'être bonne avec tout le monde. C'était peut-être là son erreur.

Claquemurée dans sa chambre, Mendé Speisman bouillait de rage. Comment sa sœur avait-elle osé l'humilier ainsi aux yeux de tous ? Dieu l'en préserve ! Était-ce trop demander d'imaginer que Mendé tiendrait le coup sans Zvi-Meïr Speisman ? Était-elle de ces femmes misérables qui envoient une annonce larmoyante au *ha-Maggid* ? Avait-elle affiché son nom dans le journal, sous un titre tel que « Désemparée », ou « Affligée » ? Avait-elle demandé que le monde entier se mêle de ses affaires ?

Son nom allait se retrouver partout, non pas dans les pages des annonces mais dans celles des gros titres ; et pas seulement dans le *ha-Maggid*, mais également dans le *Melitz* et d'autres encore. Qu'avait donc fait Mendé à sa cadette pour mériter traitement si cruel ? Fanny était-elle à ce point jalouse d'elle ?

Mais Mendé n'était pas du genre à rendre coup pour coup, elle ne voulait pas d'une vengeance dont ses enfants auraient à payer le prix. Elle n'avait à cet instant qu'une chose en tête : veiller à ce qu'aucun des enfants ne sortît de la cour. Elle ne parvenait pas à mobiliser Natan-Berl. Rivka Keizman la soutenait par la pensée, mais n'avait pas la force de leur courir après. Mendé se retrouvait ainsi seule à constamment surveiller les cinq enfants de Fanny, en plus des siens, et faire en sorte qu'ils soient toujours à portée de vue.

Seule Gabriella parvenait à échapper à la surveillance de Mendé.

Et à vrai dire, même si elle l'avait cherchée au-delà de la cour, elle ne l'aurait pas trouvée. Gabriella s'était mise à passer de nombreuses heures là où personne à Motelé n'aurait songé la trouver. Un endroit des plus centraux, à seulement un quart de verste de la grand-place, en dépit de quoi personne ne l'avait remarquée. S'était-elle secrètement réfugiée dans le nid abandonné d'une cigogne ? Mais sinon, où était-elle donc ?

Comme les autres enfants, Gabriella récoltait ici et là des bribes d'informations. Mais contrairement à eux, elle avait très bien compris ce qui se tramait, et s'était même efforcée d'en savoir le plus possible au sujet de Žižek, le complice de sa mère. Elle en vint à éprouver une grande empathie pour les familles Berkovits et Abramson, et nourrir un ressentiment croissant envers les autres habitants.

Léa Berkovits, cette vieille harpie, n'en crut pas ses yeux lorsqu'elle trouva un enfant de huit ans sur son seuil. « Que fais-tu ici, petit ? » maugréa-t-elle en la prenant pour un garçon. La vue de cette vénérable dame était, comment dire, approximative. « Je suis venue pour être avec vous », lui répondit Gabriella, et il en fut ainsi.

De quoi avaient-elles discuté ? Elles n'avaient pas vraiment bavardé. À l'instar des Keizman, les Berkovits n'étaient pas de grands bavards. Qu'avaient-elles fait alors ? Disons, ce à quoi la majorité des habitants de Motelé s'occupaient. Être assis. Se lever. Nettoyer. Manger. Coudre. Lire. Rêver de l'été. Somnoler. Attendre. Ça, pour faire des choses, elles en avaient fait ! En tout cas, ni elle ni son fils ne lui avaient claqué la porte au nez, comme cela aurait été le cas avec tous les autres. Mieux encore, ils avaient laissé Gabriella appeler Léa Berkovits *babouchka*. L'avaient laissée caresser le visage de Léa, rompu par un torrent de larmes.

« Je suis venue pour être avec vous », lui avait dit Gabriella. Et ils l'avaient laissée entrer.

6

En se réveillant, Fanny avait toujours la joue brûlante du coup de poing qu'elle avait reçu. Le reste de son visage était lui aussi crispé de douleur. Elle sentait un craquement au niveau de sa mâchoire, avait-elle laissé une dent dans l'affaire ? Son nez était engourdi, s'était-il cassé au passage ? Elle avait l'impression d'avoir le crâne tiré par le haut, l'avaient-ils droguée ? Impossible à savoir.

N'aurait-elle pas préféré un visage intact ? Évidemment. Mais à cet instant, elle avait acquis la certitude que celui qui n'avait jamais reçu de coup de poing ne savait absolument rien de la vie. Le choc qu'elle avait encaissé n'avait pas seulement atteint son visage, il avait ébranlé tout son être. La perte de contrôle avait été totale, l'ayant laissée à la merci de la brute qui l'avait frappée et qui, s'il l'avait voulu, lui aurait fracassé l'autre joue. Mais quelque chose dans le coup qu'elle avait reçu était à propos, comme une conclusion nécessaire à son périple.

Sa tête était douloureuse. Elle avait passé de longues heures dans ce briska cahotant. Le cocher ne lui épargnait quant à lui aucun nid-de-poule. Son corps était coincé dans une position inconfortable, et l'on avait entassé trois hommes à ses côtés. L'un était inconscient, toujours soigné par une infirmière. De quoi rêvait-il ? Impossible à savoir. Le second n'avait pas eu l'air aussi serein depuis bien des années. Il tenait toujours la main d'Adamski, et on ne savait pas vraiment s'il était mort ou vivant – en ce qui le concernait, la distinction était peut-être par nature incertaine. Sa bouche balafrée affichait un demi-sourire, et ses yeux clairs rayonnaient de contentement. Quant au troisième, Zvi-Meïr Speisman, l'orgueil qui l'avait saisi en apprenant que l'armée et la police étaient à ses trousses était de l'histoire ancienne. Ses yeux étaient rivés au sol tandis que ses lèvres psalmodiaient des inanités.

Un peu plus loin, Fanny apercevait un autre briska, dans lequel se trouvaient le capitaine Istomin et cinq robustes cavaliers. D'après ce qu'elle avait entendu, rien dans les états de service de ce brillant officier n'aurait pu prédire qu'il serait un jour accusé d'insubordination et de mutinerie. Tous les faits d'armes qu'il avait accomplis jusqu'ici pour l'Empire venaient d'être prestement balayés. Ceux qui pensaient accumuler un crédit de loyauté en étant de bons et dévoués citoyens avaient tout faux. Un seul coup de pagaie à contre-courant suffisait à vous faire envoyer au peloton d'exécution, flanqué des droits communs.

Deux chevaux hennirent derrière elle. Le premier avait une robe grise, une crinière noire, et un dos témoignant de son long vécu. Quel âge avait-il ? Il était sans âge, avait traversé toutes les guerres. Le deuxième, un jeune poulain, ne cessait de faire des cercles avec sa queue. Cette fameuse nuit, lorsqu'elle avait traversé l'Yasselda puis vu que Žižek avait préparé des chevaux et une téléga, elle avait compris qu'il ne s'agissait plus seulement de son voyage. Elle était désormais fière de ce pêle-mêle de marginaux qui s'était agrégé autour d'elle, de ceux qu'en ville on pointait du doigt en disant : « Vous les voyez, ceux-là ? Nous sommes tout le contraire. » C'était maintenant une armée, la sienne. Et même si aucun d'entre eux ne partageait son avis, elle était convaincue que quelque chose de très puissant fédérait ce groupe à la fois divisé et roué de coups, qui était parvenu à faire trembler l'Empire jusqu'à ses fondations.

Avait-elle basculé dans la folie ? La question ne la préoccupait aucunement. Bien des sentiments se déchaînaient dans son cœur, mais le remords n'en faisait pas partie. Elle envisageait clairement toutes les éventualités, y compris de perdre ses enfants. Et malgré cela, elle n'aurait pas souhaité faire machine arrière. Assurément, on la conduisait auprès de cet inspecteur. Sa posture était en effet très défavorable, mais cette fois-ci l'échange se ferait entre quatre yeux, de jour, et sans une main serrée autour de son cou. Elle le sentait, cette entrevue serait décisive. Elle avait acquis la certitude qu'ils se rencontreraient à nouveau après la nuit à l'auberge d'Adamski. Que lui dirait-elle ? Elle n'en avait pas la moindre idée. Mais elle lui ferait face, certes sans son couteau, mais d'égal à égal. De tout l'Empire, il lui semblait que c'était le seul à qui elle pouvait parler.

Elle doutait de pouvoir échanger ne serait-ce qu'un mot avec les siens à Motelé. Elle savait pertinemment que l'écrasante majorité songerait qu'elle n'avait plus toute sa tête. L'enfer c'est les autres, elle en avait l'intime conviction. En tant qu'individu noyé dans la masse, l'homme était une créature hybride entre singularité et alignement. Sa pensée aspirait à se conformer à ce qui était admis, l'empêchant ainsi de réfléchir par et pour lui-même. Il verrait toujours n'importe quelle forme de liberté comme une rébellion, et toute différence comme un désordre. Que n'allait-on pas dire sur son compte ? Dieu tout-puissant, il fallait s'attendre au pire. Mais Natan-Berl ne les croirait pas, Gabriella non plus. Quant aux petits, même s'ils étaient en colère, ils ne l'abandonneraient pas. Sa folie était peut-être avérée, mais elle sentait qu'elle allait les revoir très bientôt.

« Où nous emmènent-ils ? » lança soudain Zvi-Meïr entre deux élucubrations.

Fanny se tut et scruta Žižek, lequel se joignit du regard à l'interpellation de Zvi-Meïr.

« Au bercail, répondit-elle. Où d'autre ? »

7

Bonté n'allait pas toujours de pair avec courage. Car dans le cas contraire, comment aurait-on pu distinguer les deux ? La bonté avait bien des façons de se manifester, et il arrivait parfois qu'elle intervînt en l'absence de courage, auquel cas on s'empressait de la dénier.

Ceux qui voyaient l'existence sous un prisme monochrome, en noir et blanc par exemple, seraient enclins à dire que l'accueil réservé par les habitants de Motelé au convoi venu de Minsk n'avait rien d'une manifestation de bonté. Et pour preuve, pour la première fois depuis que le couvre-feu avait été imposé, tous avaient ouvert leurs volets pour bombarder le briska de Fanny de bouts de bois, d'épluchures de pommes et autres légumes. Mais contrairement à ces pessimistes, il était aussi possible de s'interrompre et méditer un instant : comment réagirions-nous après une semaine de couvre-feu ? Que ferions-nous si nous pensions la vie de nos enfants menacée ? En premier lieu, nous aurions cherché une raison. Eh bien, cette raison était toute trouvée : Fanny Keizman, qui avait mis le bazar dans cette ville. Ensuite, nous aurions estimé qu'une fois les troubles causés par Fanny retombés, les agents de la police secrète s'en iraient, et que l'on pourrait alors tous souffler. Enfin, nous aurions exprimé notre ralliement aux autorités, tant pour nous tenir éloignés des fauteurs de troubles que pour leur ôter une raison supplémentaire de rester. La conclusion était ainsi des plus limpides : qui n'aurait pas jeté des tomates pourries à Fanny ?

Néanmoins, on se devait également d'observer que ce jet de projectiles sur le briska des prisonniers fut relativement clément. On aurait pu envoyer des fruits déjà moisis, ou bien de grosses pierres, mais ils en restèrent finalement aux épluchures de pommes et aux bouts de bois. Ils auraient pu hurler insultes et jurons à la meneuse criminelle, mais au lieu de cela ils avaient grommelé leur ressentiment entre leurs murs. Partout ailleurs, les prisonniers seraient arrivés à leur lieu de dépôt avec le visage boursouflé et leurs habits couverts de jaune d'œuf. Mais ici, deux des cinq cavaliers avaient réuni les épluchures de pommes qu'on leur avait jetées pour s'en faire un casse-croûte. Tels étaient les Juifs de Motelé, comme aucun autre.

Prenons l'exemple de Mina Garfinkel. Certains disaient que Yoshké Berkovits était amoureux d'elle avant d'être arraché à ses parents. D'autres racontaient qu'ils l'avaient vu, de leurs propres yeux, se mettre à léviter en l'apercevant sur la place du marché. Et il y avait aussi ceux qui auraient été prêts à jurer qu'il avait passé sa vie à rêver du jour où il la reverrait. Si cela était vrai ou non, qui sait. Quoi qu'il en soit, près d'un demi-siècle avait passé depuis le drame qui avait frappé les Berkovits, et Mina Garfinkel n'avait pas attendu Yoshké, bien entendu. Mariée à quinze ans, vingt-cinq ans plus tard elle était déjà grand-mère. Mais au passage du convoi devant sa maison, elle avait ouvert ses volets pour voir les prisonniers. « Qui est-ce ? » lui avaient demandé ses fils. Comme les autres, elle aurait pu répondre : « Ce sont des criminels, des vauriens. » Mais au lieu de ça, elle avait refermé ses volets sans en dire plus.

Chez les Weizman, bureau improvisé de l'inspecteur en chef, le lieutenant-colonel Piotr Novak et les galonnés étaient sur le pied de guerre. Le maréchal Iossif Gourko tenait à repartir pour Minsk avec des preuves irréfutables d'une conspiration visant à assassiner le Tsar. Le gouverneur n'était pas flanqué de gamins mais d'une suite de secrétaires et de conseillers de renom, toujours occupés à lui préparer tel ou tel formulaire. Le lieutenant-colonel Piotr Novak, tendu, était assis près de Gourko et attendait les prévenus. Derrière eux se trouvaient Albin Dudek et Akaki Akakiévitch, chacun mécontent de son voisin de table. Le second avait le sentiment de ne pas être du bon côté des barricades, qu'il collaborait avec le régime corrompu. Quant au premier, il avait l'impression qu'on l'avait rangé avec les détenus. Assis face à Novak, le dos tourné aux entrants, se trouvait également quelqu'un de surprenant en la personne du colonel David Fajari, lequel pensait encore à cet instant être partie prenante de l'enquête. Mais bien vite, il se retrouverait du côté des prévenus.

« C'est un grand honneur, monsieur, annonça Novak pour accueillir Fajari. Ce n'est pas tous les jours que l'on rencontre le neveu du futur chancelier », ajouta-t-il, curieux de la réaction de son interlocuteur.

Fajari hocha la tête, mais fut incapable de regarder l'inspecteur en chef dans les yeux. Novak supposait que le colonel était secoué de palpitations, mais en vérité Fajari était surtout effrayé par le visage émacié de Novak et son maintien faiblard. Le lieutenant-colonel au physique vaillant qui chargeait au galop devant lui au col de Chipka avait dorénavant l'air d'un château de cartes chancelant – touchez-en une, et tout s'écroule.

Même s'il savait que ce qu'il s'apprêtait à dire était un faux pas lourd de conséquences, Fajari ne pouvait se résoudre à faire la même erreur qu'au col de Chipka. Il prit Novak à part, et le fixa droit dans les yeux.

« Commandant, lui chuchota-t-il à l'oreille. Nous avons servi ensemble à Chipka. »

Le mot « commandant » illumina les traits de Novak. Cela faisait bien longtemps qu'on ne l'avait pas appelé par ce titre qui inspirait le respect.

« Vraiment ? » répondit-il, espérant masquer son émotion.

Au moins un homme dans cette pièce avait donc vu le vrai Novak. Un homme qui savait aussi que tout ce qui allait se passer dans cette pièce différerait de ce qu'avait prévu Novak. Un homme qui savait la différence entre Albin Dudek et Piotr Novak.

« Ça a été un sacré combat, finit par lâcher Novak en élevant la voix, ayant bien l'intention de montrer à ses agents ce que le mot « courage » voulait dire.

— Je voulais vous dire que »… répondit Fajari, avant d'ajouter tout bas : « Je chevauchais à vos côtés lorsque… »

On pouvait utiliser bien des qualificatifs pour décrire Novak, mais le manque de vivacité d'esprit n'en faisait pas partie.

« Pendant des années, j'ai regretté d'avoir…

— Il n'y a rien à regretter, rétorqua Novak, goguenard. À côté de ma gambette, les Turcs en ont bien plus bavé, n'est-ce pas ? »

Mais Novak était dès lors en prise à une tornade d'émotions. D'un côté, cet homme l'avait vu charger à la tête d'un escadron de cavalerie. Mais de l'autre, ce même homme l'avait vu se traîner au sol tel un lézard. Une contradiction qui, comment dire, exigeait un arbitrage.

« Tout va bien, mon cher ? lui demanda Gourko, posant une main sur son épaule.

— Tout va pour le mieux, Excellence », lui répondit-il en affichant un sourire confiant.

Lorsqu'on fit entrer les accusés dans la pièce, Fajari tourna la tête et pâlit aussitôt à la vue du capitaine Istomin menotté. Anticipant la cohue qui allait suivre, Fajari demanda à échanger quelques mots avec Novak en privé. L'inspecteur en chef acquiesça, se leva, mais Albin Dudek esquissa un clin d'œil à quatre agents auxquels il avait ordonné à l'avance de défaire le colonel de son arme. Stupéfait, Fajari n'opposa aucune résistance, tandis que son sabre et son revolver lui étaient retirés. À cet instant, il était à nouveau le petit David de l'orphelinat. Placé aux côtés du capitaine Istomin, il entendit résonner dans sa tête « David, mon bout de chou, mon bijou », et se mit à balayer la pièce du regard, sondant les possibilités d'évasion. Étrangement, il ressentit un grand soulagement en voyant ceux qui étaient encore un instant auparavant ses alliés se changer subitement en ennemis jurés.

Novak pour sa part ne s'étonnait plus de rien. Il n'avait plus aucun contrôle sur les décisions, et le flou persistait quant à celui dont elles relevaient désormais. Il adressa un hochement de tête au colonel, lequel comprit que c'était la fin pour lui.

Étaient à présent alignés, de droite à gauche, le colonel David Fajari, le capitaine Istomin, cinq cavaliers, Žižek Brushov, Fanny Keizman, Zvi-Meïr Speisman ; le capitaine Adamski au premier rang, allongé sur sa civière, et la brindille, Shleimel Kantor, serré au fond à défaut de place, ses deux planches à la main. S'il avait quitté la pièce, Olga dans ses bras, personne ne l'aurait remarqué. Mais il resta sagement à sa place.

« Bien, lieutenant-colonel Novak, proclama le maréchal Iossif Gourko. Commençons ! »

Novak savait qu'il pouvait interroger n'importe lequel en premier, la version des faits qui en ressortirait contenterait chacun de ceux qui se trouvaient de l'autre côté du prétoire. Mettre Fajari en difficulté serait chose aisée en pointant sa parenté fictive et jamais démentie avec le comte de Saint-Pétersbourg, tout comme il pourrait accuser le capitaine Istomin et ses hussards de sédition, et clouer le bec à ce benêt de Žižek Brushov. Quant à Adamski, qui gisait inconscient, Novak disposait de témoignages en tous genres issus de l'auberge et des baraquements, à commencer par celui de sa propre cuisse mutilée, preuve de l'agression d'un officier supérieur de police. Pour Shleimel Kantor enfin, on n'avait de toute façon pas besoin de se faire prier pour qu'il vidât son sac.

La cible de Novak était à portée de tir, mais il choisit néanmoins de s'adresser à Fanny. Novak était convaincu qu'aucun des présents – Gourko compris – n'oserait affronter cette femme droit dans les yeux. C'était l'acmé de toute une carrière qui se jouait, celui qu'il attendait tant.

« Eh bien madame Keizman, l'apostropha Novak avec des accents de procureur, veuillez nous indiquer l'identité de ceux qui comparaissent à vos côtés, ainsi que la nature de vos rapports avec les individus susnommés. »

Fanny garda le silence. Moment de gêne. Novak sentait qu'il lui fallait affiner sa question.

« Oh, mon vieux ! l'interpella soudain Gourko. Le temps presse, je dois être après-demain à Minsk. Mettez-les face à leurs aveux et qu'ils les signent.

— Leurs aveux ? bredouilla Novak. Quels aveux ?

— Les voilà ! » intervint son lieutenant Dudek en lui présentant le document en question.

Terrifié, Novak regarda autour de lui. D'un moment à l'autre, il serait à son tour menotté, il le sentait clairement.

« Excellence, bégaya Novak, mais qu'en est-il du procès ?

— Du procès ? s'étonna Gourko. Combien de temps cela va-t-il nous prendre ? Vous ne pensez tout de même pas que face à l'urgence, alors que l'Empire est sous la menace, nous puissions lanterner pour un procès ?

— Tout de même, répondit Novak. Ce procès est... »

Mais il ne parvint pas au bout de sa phrase.

Ce procès est quoi, par tous les diables ! Qu'essayait-il de dire ? Il n'en avait pas la moindre idée. Mais à ses yeux ce procès prenait soudain toute son importance, devenait même capital.

« Ce procès est susceptible de mettre au jour de nouveaux éléments, plaida Novak. D'établir d'autres connexions.

— Et c'est exactement pourquoi vous êtes là, mon cher, répliqua Gourko, qui avait changé de ton. Nous n'en avons pas terminé. Mais pour l'heure, il faut faire un exemple. Simple, clair, et net. »

Novak se tut, sentant que sa vie ne tenait plus qu'à un fil. On annulait le procès, on annulait *son* procès – et il voulait son procès. Que tout s'achevât ainsi était proprement inconcevable.

Soudain, Fanny s'avança. Son regard de fauve foudroya la masculine assistance. Chacun d'eux avait senti comme un fragment de mort le traverser, une funeste bribe. Jetant par terre le document qui venait de lui être présenté, ses soi-disant aveux, elle annonça d'une voix tranquille :

« Je ne signerai rien du tout avant d'avoir vu mes enfants. »

Novak était comblé. Désormais, ses pairs, le maréchal en tête, comprendraient la complexité de cette affaire, qu'ils avaient cru pouvoir bazarder avec des aveux fabriqués. Mais à elle, on ne la faisait pas.

« Comme il plaira à madame, répondit Gourko qui se tourna ensuite vers Novak. Nous signerons pour elle. Les gibets sont-ils prêts ?

— Les gibets ? » s'étrangla Novak.

Son regard erra jusqu'à la fenêtre du prétoire, d'où il aperçut cinq potences qui avaient été dressées dans la nuit sur la place du marché. Comment ne les avait-il pas remarquées ? Elles qui désormais le toisaient de haut, tels des arbres séculaires. Qui donc avait donné l'ordre de les installer ?

Fajari fit un pas en avant, rejoignant Fanny.

« Lui, vous ne pouvez pas le tuer, dit-il en désignant Žižek Brushov. C'est le Père.

— Le père ? reprit Gourko, incrédule. Le père de qui ?

— Cet homme n'a pas d'enfants, commenta Dudek. Nous avons vérifié. »

Livide, Novak sentait son cœur s'alourdir. Le Père ! Comment ne l'avait-il pas compris plus tôt ? Imbécile qu'il était, la famille Berkovits, Yoshké Berkovits, devenu Žižek Brushov. Tout soldat connaissait l'histoire par cœur – ce qui expliquait au passage le soutien qu'ils avaient reçu au sein du camp. Par tous les diables, il n'y avait aucune conspiration ici, mais un code d'amour et d'honneur, un code qui, jadis, faisait partie de lui.

« Monsieur, dit Novak à l'attention de Gourko, n'oublions pas que nous avons affaire à Yoshké Berkovits, le "Père", qui fut l'adjudant du général Radzeski. Gardons-nous d'une condamnation à mort expéditive.

— Je ne connais pas de "Père", se gaussa Gourko. Mais je sais en revanche que le général Radzeski était un idiot. »

Novak s'empourpra. Jamais il n'avait été humilié de la sorte face à ses hommes. Le gouverneur s'approcha alors de lui et lui glissa à l'oreille :

« Tu sais, très cher, dehors on peut aussi bien en ajouter une sixième. »

Gourko le gratifia alors d'une tape dans le dos, puis le renifla et se fendit d'une grimace qu'il aurait tout aussi bien pu adresser à un mendiant aviné, avant de dissimuler son dégoût par un grand sourire, qui vint relier les extrémités de sa moustache.

« Et que faisons-nous d'eux ? demanda Dudek en désignant Fajari et ses hommes de la tête.

— Il faut les faire escorter jusqu'à la base, répondit Novak. Ils comparaîtront devant une cour martiale.

— Inutile, coupa Gourko, nous ferons office de cour martiale ici même. Ont-ils quelque chose à dire pour leur défense ? » demanda-t-il en fixant Fajari.

Le colonel baissa les yeux. Novak était pétrifié.

« Excellent, reprit Gourko. Le verdict est donc la sentence capitale par peloton d'exécution, comme le méritent les traîtres. »

Novak n'en croyait pas ses oreilles. Tout allait trop vite, il était incapable de placer le moindre mot. Le colonel David Fajari, le capitaine Istomin et les cinq hussards furent promptement conduits à l'extérieur, face au mur d'une vieille maison noire, à la basse toiture de bois. Le commandant du peloton hurla quelque chose, le cerveau de Novak était plongé dans les ténèbres, puis l'espace d'un instant, des détonations vinrent déchirer l'air. Depuis la fenêtre, Novak observa les sept soldats, comptant parmi eux un colonel, gisant au sol dans leur sang.

« En voilà du bon travail, très cher ! asséna Gourko en lui tapant sur l'épaule. Je file à Minsk, faites-moi un rapport après la pendaison.

— Naturellement, Excellence », répondit Dudek en lieu et place de Novak, toujours pétrifié, puis Gourko sortit en faisant claquer ses bottes.

Novak sortit de la bâtisse et se précipita du mieux qu'il pouvait auprès de Fajari. Ce même homme qui gisait à ses pieds l'avait à la fois vu galoper à la tête d'un escadron de cavalerie et ramper par terre tel un lézard. Comme le symbole d'une époque qui touchait à sa fin. Une époque d'inextricables paradoxes.

8

Que devait faire une petite branche qui refuserait d'être emportée par les eaux de la rivière ? Elle pouvait le leur demander, voire les supplier. Mais les eaux ne pouvaient choisir d'emporter ou non. Leur nature était d'emporter, sans distinction, qu'il s'agît d'une petite branche ou d'un jeune écureuil.

Telle était la tournure que prenaient les événements dans le bureau improvisé de Novak. À partir du moment où le maréchal Gourko avait quitté la pièce, il ne fut plus possible de résister au courant. À l'instar des eaux de la rivière, les agents de l'Okhrana ne pouvaient agir contre leur nature. Ils avaient ainsi copieusement gratifié les cinq accusés de coups de poing et de pied, avant de sortir ameuter la foule en vue de leur exécution.

En moins de deux heures, la place du marché avait réuni les habitants de Motelé et de ses environs. Les agents s'étaient introduits dans chaque maison pour en extirper les femmes et les enfants, ne laissant le choix de les suivre qu'aux non-Juifs. Yoshké Mandel était au milieu de la place, certes sans sa boutique, mais débitant toujours ses *mille mercis* par habitude. Simha-Zissel Reznik avait fermé sa boucherie, c'est-à-dire sa propre maison, laissant son épouse et ses enfants enfermés à l'intérieur. Remarquant que ce dernier n'était pas accompagné par sa famille, deux informateurs lui demandèrent où se trouvaient les siens. Un premier bégaiement lui valut une gifle, au bafouillement qui suivit on vida ses poches. Ses larmes incitèrent des agents à enfoncer sa porte et à traîner sa femme et ses enfants à grand renfort de coups de pied jusqu'à la place du marché, non sans renverser son étal à la recherche des pièces de premier choix.

Rabbi Moishe-Lyzer Halperin fit lui aussi le tour des maisons, implorant les familles de sortir de chez elles. « N'avez-vous pas entendu ce qui est arrivé à Simha-Zissel ? les prévint-il. N'essayez pas de jouer aux plus malins. Tout ça sera bientôt derrière nous, si Dieu le veut. »

Le rassemblement sur la place du marché eut le mérite de leur mettre un peu de baume au cœur. Blumenkrantz fit un clin d'œil à Schneider, tandis que Grossman demanda pour le taquiner à Itzik Holtz s'il avait fourni son bois pour les potences. Après une semaine de réclusion sous couvre-feu, ils se retrouvaient enfin en communauté, réunis face à leur destin commun. Étant si proches les uns des autres, ils comprirent également que policiers et agents ne parviendraient pas à s'immiscer parmi eux, ce qui était suffisant pour les apaiser. Passé un certain temps, les enfants commencèrent à s'impatienter et se mirent à jouer à cache-cache, mettant à profit les abris potentiels que constituaient les parents. Ils s'agitaient ainsi dans tous les sens, non sans pousser de petits cris enjoués. Une atmosphère festive les avait gagnés. Quel mal à cela ? Aurait-il plutôt fallu leur dire la vérité ?

Deux briskas se frayèrent un passage à travers la foule, escortés par des agents de l'Okhrana. Les plus curieux se pressaient contre les carreaux puis rapportaient autour d'eux ce qu'ils y avaient vu. L'une des deux calèches conduisait la pauvre Mendé Speisman. Ce que lui avait infligé sa sœur était proprement abject. Elle l'avait couverte d'opprobre, avait sali son nom, et avait fait d'elle la risée de la foule. Pas un foyer de l'ouïezd de Kobryn et de la *goubernia* de Grodno n'avait manqué d'entendre parler de l'infortune de Mendé Speisman. Pour l'heure, elle serrait contre elle ses deux enfants, Yankelé et Mirl, ignorant encore qu'ils s'apprêtaient à revoir Zvi-Meïr pour la première fois depuis un an, et ce pour la plus funeste des occasions.

Natan-Berl se trouvait quant à lui dans la seconde voiture. L'ours redoutable avait la tête basse et les mains menottées. Sa mère, Rivka Keizman, geignait à ses côtés. Une *bobè* comme elle n'était pas censée passer ainsi les jours qui lui restaient à vivre. Mieux aurait valu qu'elle soit déjà morte. Elle tirait ce qui lui restait de force de son instinct de protection envers ses petits-enfants – alors même que l'aînée avait disparu. Rivka n'avait plus vu Gabriella depuis la veille, elle en était morte d'inquiétude. Une vraie petite rebelle. Comment aurait-il pu en être autrement, elle avait tout pris de sa mère – en admettant que l'on pût parler de « mère » concernant sa belle-fille. Quelle mère véritable infligerait ce genre de choses à ses enfants ?

Les briskas passaient maintenant devant Rokheleh Speisman, la mère de Zvi-Meïr. Apercevant Mendé, elle leva aussitôt les yeux au ciel : « Saint béni soit-Il, toute ma vie durant je me suis échinée. Mais pour quoi et pour qui ai-je travaillé si dur ? Toi qui protèges les orphelins, si Tu voulais m'accorder ne serait-ce qu'une once de miséricorde de mon vivant, alors c'est le moment ! Délivre mon fils des mains des *goyim.* Épargne mes petits-enfants. » Eliyahou Speisman essayait lui aussi de lever les yeux au ciel, mais son dos bossu ne lui rendait pas la tâche facile. Aussi, à chaque tentative d'apercevoir les cieux, ses yeux tombaient à la place sur les gibets et leurs tabourets assortis.

9

L'organisation de l'exécution laissait clairement à désirer. Les potences avaient été dressées trop près de la maison des Weizman où attendaient les cinq condamnés, qui n'eurent pas même le temps de méditer sur leurs ultimes instants. La foule fut quant à elle privée de l'occasion de vilipender et d'injurier. Plutôt que de la fendre, la procession rallia la place par un chemin discret. Celui qui aurait fermé l'œil pour échapper ne serait-ce qu'un instant au soleil éblouissant aurait aussitôt retrouvé les suppliciés pieds et poings liés sous leurs gibets respectifs.

Novak, en retrait, regardait fébrilement la scène depuis le côté qu'il occupait. Il n'avait aucune intention de participer au déroulement de l'exécution, et n'avait aucun pouvoir de l'entraver. Il observait Dudek faire la mouche du coche, des documents à la main. Pas de doute possible, c'était assurément quelqu'un d'autre qui dirigeait ce spectacle. De toute évidence les bourreaux étaient des agents novices, des imbéciles patentés. Savaient-ils au moins faire un nœud coulant ? Il en doutait sincèrement. Voilà le début d'une ère : celle où tout est fait à la hâte – car l'enfer, c'est le temps.

Le désordre ambiant permit aux condamnés de mieux digérer leur sentence. Il n'y avait là ni décorum ni solennité. On leur passa la corde au cou avec le même détachement que si l'on avait pris leurs mesures pour la confection d'un vêtement. Les tabourets sur lesquels avaient été placés les condamnés avaient été récupérés dans différentes maisons – chacun d'une taille et d'une couleur différentes. Un véritable cirque.

Des cinq suppliciés, seul Shleimel Kantor perdit ses moyens lorsqu'on resserra le nœud sur son cou.

Il essaya d'entonner *Adon Olam*, cria « À l'aide ! » de toutes ses forces à Olga, puis s'adressa avec émotion à l'assistance :

« Voilà le Père ! s'écria-t-il en pointant Žižek Brushov. Le Père ! »

Zvi-Meïr Speisman s'était replié sur lui-même, s'efforçant de ne pas croiser les regards de sa femme et de ses enfants. Avant d'être arrêté, il avait achevé le texte de ce qui serait son ultime *drasha*. Un sermon exceptionnel, un discours inoubliable, dont les mots trouveraient leur place dans les livres d'histoire. Mais pour l'heure ses lèvres étaient comme scellées, tandis qu'il tâtait avec la paume d'une main l'espace qu'occupaient auparavant trois de ses doigts.

Patrick Adamski relevait quant à lui du cas particulier. Étant encore inconscient, il fallait le soutenir en s'y prenant à deux. Et lui ne manquait pas de se rebiffer face à ce chahut – ne voyaient-ils pas que son bébé essayait de dormir dans les bras d'Ada ? Un peu de silence, tout de même ! Les gens sont vraiment des porcs. Dégoûtant !

Žižek Brushov toisait pour sa part la foule sans ciller. Vraiment ? Disons qu'il avait les yeux ouverts. Il passait sa langue sur la balafre qui barrait sa bouche, tandis qu'il cherchait en vain la boîte de tabac qui lui avait été subtilisée. On aurait pu supposer que, dans une telle situation, l'esprit de Žižek serait frappé d'hébétude et son cœur pétrifié de terreur. Mais, en vérité, il n'avait pas éprouvé une telle quiétude depuis fort longtemps. Quand le petit Yoshké Berkovits avait chevauché au cœur de cette nuit maudite derrière le ravisseur Leib Stein et sa cohorte de brutes, il avait senti un abîme se creuser entre lui et Motelé. Lui et les frères Abramson se tenaient d'un côté de l'abysse, tandis que de l'autre côté, à vrai dire, était tout le reste. Un bébé venait au monde dans le giron d'une famille. Il associait quelque chose à un nom, et observait aussitôt ses parents pour avoir leur approbation. Il se tenait sur ses pieds et levait les yeux pour vérifier qu'on le regardait. Du matin au soir, on lui disait qu'il était le monde entier, ou même que, sans lui, il n'y aurait pas de monde du tout. Et voilà qu'un jour, le monde sacrifiait l'enfant sur l'autel de Moloch. Ses parents pleuraient, se lamentaient, la communauté éprouvait ce déchirement dans sa propre chair, mais le monde continuait sa marche. Et soudain, l'enfant découvrait que son monde et le monde, le grand, ne formaient pas une seule et même chose – il restait accroché comme un sparadrap sur une plaie, prêt à se détacher à tout moment.

Le regard bleu et serein de Žižek se releva alors vers la place. Au milieu de la foule, il repéra la Mina Garfinkel de douze ans. Elle jouait avec ses tresses, une poupée de chiffon confectionnée par sa mère à la main. Ses grands frères la taquinaient, et Yoshké aurait voulu lui venir en aide, mais il redoutait leur réaction. Ses membres frémirent lorsque leurs regards se croisèrent, et il savait que jamais il ne la décevrait. Il rachèterait la pauvreté dégradante de sa famille en devenant un grand érudit, qui la rendrait fière. Il désirait plus que tout s'approcher d'elle, mais craignait que ses mots ne lui fassent défaut. Puis elle disparut. Pas grave, ils avaient toute la vie devant eux. Le monde les rapprocherait, pas à pas, et tout Motelé serait convié à les célébrer une fois réunis.

10

Puisqu'il n'y avait ni discours ni dernières volontés exprimées – Dieu tout-puissant, les bourreaux ne portaient même pas de cagoule –, un flou persistant entourait le moment d'en finir en poussant les tabourets. En l'absence d'un horaire planifié pour chaque étape, on n'aurait su parler de retard. Les bruits disaient que l'on cherchait un peintre ou un photographe – mais allez savoir.

Même l'assistance qui observait les condamnés n'eut pas la réaction à laquelle on pouvait s'attendre. Où étaient les injures, les tomates, les torches ? Ils étaient simplement plantés là, bouches bées comme s'ils assistaient à la vente aux enchères de diamants qu'ils ne verraient jamais que de loin. Novak lui-même se tenait auprès d'eux, désœuvré, le regard rivé à la seule chose dont il parvenait à tirer du réconfort, Fanny Keizman.

Fanny ne cherchait pas une opportunité pour agir. Ce n'étaient pas les poignards qui manquaient, certains étaient même à portée de main, mais elle se refusait à attaquer les agents devant ses enfants. Elle-même avait été prise de court par la tournure expéditive des événements et, peu à peu, l'espoir d'un ultime retournement de situation se dissipait.

Elle reconnut le bras velu de Natan-Berl dans l'un des deux briskas arrêtés. Il tournait alors la tête à l'opposé, et Fanny espérait que cette toute petite main qu'elle voyait posée sur son torse était… oui, c'était bien elle, sa petite Elisheva… Sa dernière était assise sur les genoux de son père et jouait avec sa chemise. Natan-Berl pointa quelque chose sur la fenêtre opposée à Fanny pour détourner l'attention de sa fille, qui imita son geste en riant.

Fanny tentait d'attraper le regard de Natan-Berl, mais en vain. Pour l'heure il occupait Mishké, David et Shmulké avec une étrange sorte de jeu, les défiant de parvenir à lui retirer ses menottes. Les trois enfants tiraient sur la chaîne de toutes leurs forces, à s'en faire mal aux doigts. Les policiers les laissaient faire. Natan-Berl ferait tout pour leur éviter de trop prêter attention à ce qui se passait autour, et tomber au passage sur leur mère au pied d'un gibet.

Fanny sentait les sanglots lui étreindre la gorge. Son mari agissait sagement. Aucun enfant ne devrait voir sa mère ainsi. Mais cette fois, aussi courageuse qu'elle fût, elle avait besoin de leur regard, et contre tout ce que l'on aurait jugé souhaitable pour le bien des enfants, elle se mit à hurler comme une démente : « Mishké ! Elisheva ! David ! Shmulké ! Gabriella ! »

Un silence de plomb tomba soudain sur la place. Tous les regards convergèrent vers la voiture de la famille Keizman. Les enfants étaient à la fenêtre, cherchant d'où venait cette voix.

Avaient-ils rêvé, ou bien venaient-ils d'entendre leur mère ? Puis de nouveau : « Mishké ! Elisheva ! David ! Shmulké ! Gabriella ! »

Médusé, Natan-Berl finit par la regarder. Son visage fulminait de rage et ses poings étaient serrés. Elle lui retourna un regard implorant. Quelque chose – et Dieu seul savait quoi – l'avait poussée à s'éclipser à deux heures passé minuit pour disparaître au cœur de la nuit. Pourquoi avait-elle cédé à ce quelque chose ? Elle n'en avait pas la moindre idée. Mais à cet instant, même si cela défiait toute logique, elle se devait d'appeler ses enfants, devait absolument croiser leur regard. Commettait-elle une erreur ? Évidemment. Mais Natan-Berl était familier de ses erreurs.

La cohue qui s'ensuivit indiqua clairement aux responsables que la chose avait trop duré. L'un des enfants essaya soudain de forcer l'une des portières du briska, et les policiers se retrouvèrent à lutter avec deux gamins qui tentaient de se faire la malle par la fenêtre. On entendait crier des : « Mamé, Mamé ! » assourdissants, auxquels répondaient des « Mishké ! Elisheva ! Mamé est là ! Je suis là ! Où est Gabriella ? » Natan-Berl faisait quant à lui son possible pour calmer les esprits, mais ses enfants lui assénaient des coups au visage en s'échinant à s'extraire de la voiture.

Et c'est alors qu'un policier dépassa les bornes. Mishké allait réussir à passer par la fenêtre, quand il fut saisi à la gorge par l'agent, qui lui colla une gifle. La foule fut frappée de stupeur. Encore sous le choc et grelottant, Mishké regarda autour de lui et, voyant la foule les yeux rivés sur lui, il fut pris d'un sanglot déchirant : « Mamé ! Mamelé ! » Fanny se mordit la langue, et Natan-Berl déchira sa chemise en tentant sauvagement de faire céder ses liens. Les autres agents dégainèrent leurs armes, sentant que la situation était sur le point de dégénérer.

Fanny scruta la foule. Maintenant ! C'était le moment ! Ils n'étaient que trente policiers, et peut-être une vingtaine d'agents. Et eux plus d'un millier, que diable ! La foule réunie sur la place échangeait des regards embarrassés, la tête basse – mais personne ne bougea d'un pouce. Fanny les observait, tous immobiles sous ce soleil de plomb, tel un troupeau sans berger. Ici et là, certains adressaient à la dérobée un regard furieux aux policiers, mais gardaient une expression apathique et une posture soumise. Lorsqu'on lui passa la corde au cou, Fanny entendit une voix lui murmurer : « Pas maintenant, Fannishka. Maman est fatiguée », mais elle savait que sa mère n'était pas la seule à être fatiguée, le monde entier ployait sous l'épuisement. La foule était quant à elle accablée et terrorisée. Alors qu'ils auraient pu tous ensemble constituer une force immense, ils étaient plus faibles et résignés qu'un seul homme. Se pourrait-il que la peur ne fût pas qu'une émotion qui les dominait, mais un véritable choix, un parti pris ?

Lorsqu'elle sentit les fibres rêches de la corde opprimer la peau de son cou, Fanny s'efforça de chasser la rancune de son esprit pour se focaliser sur ses enfants. Mais rien n'y faisait, elle haïssait cette foule amassée face à elle sur la place. Son sang ne faisait qu'un tour. Tant qu'on leur gageait de pouvoir ouvrir boutique le lendemain, ils resteraient docilement plantés là, avec leurs yeux de merlan frit. Passé un jour ou deux, on entendrait de nouveau brailler ici même à propos de concombres et de quincaillerie. Entre deux transactions, on évoquerait son histoire. « Une femme sauvage », diraient-ils. « Depuis qu'elle est toute jeune… » À l'endroit de ses compagnons, ils ajouteraient : « Une bande de vagabonds et de marginaux. » Moralité : celui qui ne s'oppose pas ne subit pas ; celui qui ne cherche pas de crosses n'en trouvera pas. Et Fanny Keizman ? Personne ne disait à une mère de famille de se sauver de chez elle à deux heures passé minuit.

Le clou du spectacle n'apporta pas aux habitants le soulagement dont ils avaient tant besoin. Le premier à voir le tabouret se dérober sous ses pieds fut Shleimel Kantor. Mais du fait de son poids ridicule de brindille, la chute laissa son échine en un seul morceau. Toujours vivant au bout de sa corde, il se mit alors à agiter la tête dans tous les sens, expliquant aux bourreaux leur erreur : « Attendez, attendez, descendez-moi d'ici, un instant, quelque chose ne va pas avec cette corde, un instant, ça m'étrangle, écoutez un instant, monsieur ! Olga ! Attendez, vous ne comprenez pas ! Je n'ai jamais trempé là-dedans, ils m'ont pris avec eux, pourquoi la serrer si fort, cette corde ? », mais le flot de mots finit par se tarir peu à peu. « Attendez… Un instant… Y a erreur… Olga… la corde… »

Le deuxième sur la liste était Patrick Adamski. Même inconscient, sa jambe refusait de laisser partir le tabouret. Les bourreaux lui adressaient des coups avant de reculer aussitôt. Ils avaient entendu parler à plusieurs reprises de lobes d'oreilles déchiquetés et autres éborgnés. Adamski s'accrocha au tabouret, animé d'un regain insoupçonné de vigueur, tout en imaginant ses enfants se jeter sur lui et se lover à son cou. Quel bonheur ! Ada, radieuse, les observait, la maison était chaleureuse, pleine de bonnes odeurs, et bientôt ils se mettraient à table. L'un de ses enfants s'enhardit un peu trop, Adamski en eut le souffle coupé. Attendez un instant, non, ce n'était pas un enfant. Qui s'était donc introduit chez lui ? Les gens sont vraiment des porcs, par tous les diables, on ne le laissera donc jamais tranquille !

Le troisième à se retrouver les jambes ballantes fut Zvi-Meïr Speisman, qui refusait toujours de donner le *get*. Privé de trois doigts, il parvint à extirper sa main mutilée de ses menottes et s'agrippait maintenant à l'uniforme de son bourreau. « Le divorce ? gronda-t-il. Comment ça, le divorce ? Jamais je ne donnerai ce *get* ! Jamais ! » lui hurla-t-il à travers l'épaisse chevelure qui cachait ses yeux.

Le quatrième après lui fut Žižek Brushov. Mais les bourreaux semblaient avoir oublié qu'il s'agissait d'un colosse. Après qu'on eut fait voler le tabouret à coups de pied, voilà qu'il atterrit sur ses jambes. Pris de court, trois agents convinrent de tirer la corde à la force de leurs bras afin de l'étrangler, plutôt que de le laisser chuter et qu'il meure sous son propre poids. Les yeux étincelants, Žižek passait sa langue sur sa balafre avec un plaisir ostentatoire. Il n'avait pas foulé la place du marché de Motelé depuis ses douze ans, mais rien n'avait vraiment changé. À l'époque, on entendait crier les mêmes « Bandits de grand chemin ! », beugler les mêmes « Assassins ! ». Son retour n'était pas un rapprochement, mais plutôt un dernier déchirement auquel il ne s'était pas préparé.

Même sa langue l'avait abandonné, les mots avaient fui sa mémoire. Lorsque le rabbin Schneerson de la Confrérie de résurrection des morts lui portait les lettres de sa mère jusqu'à la base, Žižek ne comprenait pas pourquoi elle lui écrivait « mon fils », qui était le dénommé « *mein zissele* », ou encore qui se cachait derrière cette « *mamele* » qui prétendait que son absence lui brisait le cœur. Il lisait ces mots encore et encore, et se sentait coupable. Quel genre d'enfant ne comprenait pas la langue de sa mère ? Il avait songé répondre, mais ne savait pas quoi écrire. Il ne lui avait jamais envoyé la moindre lettre.

La cinquième et dernière fut Fanny Keizman. Pour elle, pour quelque raison, tous les bourreaux détournèrent le regard. Elle n'était ni chétive comme Kantor, ni immense comme Žižek. Ses mains étaient entravées et ses jambes ne pouvaient s'accrocher au tabouret. Dans son cas, il n'y avait aucun ajustement à faire. Un coup sec dans le tabouret et son cou se briserait. À ce moment, cependant, une étrange odeur se fit sentir. Qui faisait donc cuire des pommes de terre ? C'était bien le moment ! Non, non, quelque chose était en train de brûler. Dieu tout-puissant ! Un épais nuage noir faisant pleuvoir de la poix surgit depuis le lit de l'Yasselda. Les bourreaux relâchèrent les cordes, Dudek hurla aux troupes de dégainer leurs armes, et Novak regarda quant à lui le monstre cracher des flammes sur les maisons.

D'immenses flammes jaillirent, et déjà une rue entière partait en fumée. Des craquements sourds s'élevaient des habitations, dont s'échappaient des volutes qui s'agrégeaient en un nuage noir démoniaque. « La synagogue ! » cria rabbi Moishe-Lyzer Halperin en se ruant vers les flammes. Mais avant qu'il n'ait le temps de traverser la place, le toit du bâtiment s'effondra dans une déflagration volcanique. La foule s'éparpillait tous azimuts. L'un criait « À la rivière ! », l'autre « Au puits ! », et un dernier, plus flegmatique, se souvint que Motelé disposait d'un chariot de pompiers. Une vague ardente balaya la foule, dissuadant les volontaires armés de seaux d'eau de s'approcher. Les parents mettaient leurs enfants à l'abri, retiraient leurs vêtements et détalaient sans demander leur reste. Les policiers et les agents eux-mêmes, y compris ceux qui avaient servi de bourreaux d'appoint, en oublièrent les cinq condamnés et prirent leurs jambes à leur cou. Seul un n'en démordait pas, Albin Dudek, aux côtés de son commandant, Piotr Novak.

« Allez ! brailla Dudek sur un ton implorant, tandis qu'il protégeait son visage brûlant avec sa chemise. Aidez-moi, il faut appliquer la sentence ! »

Mais Novak ne bougea pas d'un pouce.

« La loi c'est la loi ! hurla Dudek, Aidez-moi !

— Absolument, s'écria Novak. Tire la corde de la première potence ! »

Novak vint pour seconder son lieutenant, mais, tandis qu'Albin Dudek saisissait fermement la corde au bout de laquelle pendait toujours Shleimel Kantor, Novak tira son épée et l'enfonça à travers son cœur jusqu'à ce que sa lame ressorte par son dos charnu.

« Quelle leçon vas-tu maintenant noter dans ton cahier ? » demanda-t-il à Dudek, qui se retenait à lui avec un regard vitreux.

DOUZIÈME PARTIE

LA RIVIÈRE YASSELDA

Le 13 août 1894,
À l'attention du Gouverneur de Pologne,
Le Maréchal Iossif Gourko

Cher monsieur,

1. *Par la présente, je tiens à vous informer de la fin des investigations à Motelé. Les cinq accusés, conformément aux décisions actées, ont été exécutés par pendaison, et leur familles averties par courrier. Tous sont des criminels de petite envergure, y compris Zvi-Meïr Speisman, mais l'enquête nous a toutefois permis de remonter jusqu'aux plus hauts cercles de Saint-Pétersbourg – et notamment au comte Alexandre Fajari. L'ensemble des facteurs à l'origine de ce soulèvement restent encore à éclaircir, de même que son objectif final. En tout état de cause, le centre de gravité de cette enquête est amené à se déplacer vers la capitale.*
2. *Les mutins ont été condamnés à la peine capitale et fusillés dans la foulée – dont deux officiers, notamment un colonel. L'implication du général Mishenkov ne saurait être passée sous silence. Au cours de l'enquête, le commandant en chef du camp était en villégiature à Niesvij, chez le conseiller Bobkov. Le cas de ce dernier ainsi que ses liens avec la famille Radziwill doivent encore être approfondis.*
3. *Motelé a été frappée par un incendie suite à l'exécution des peines, causant la destruction de la synagogue et d'une bonne moitié de la grand-rue. Ce feu ne semble pas intentionnel. Comme chacun le sait*

dans nos villages, la canicule et le bois de piètre qualité ne font pas bon ménage. Aucun blessé n'est à déplorer, et le secrétaire public rendra son rapport une fois les travaux achevés. La totalité des frais engagés reviendra naturellement à la communauté juive.

4. *Les habitants de Motelé ont, semble-t-il, retenu la leçon. Ce qui n'empêchera pas l'Okhrana de renforcer par ailleurs sa surveillance dans les marais de Polésie.*
5. *Pour conclure, nous venons de déjouer une sauvage attaque contre la sécurité de nos citoyens. Cependant, nous estimons que les ennemis qui nous font face opèrent majoritairement dans l'ombre, et que leurs motivations demeurent floues à ce stade. Il ne serait ainsi pas surprenant de voir l'éclosion de nouvelles poches de résistance.*

Avec mes respectueuses salutations,

Le lieutenant-colonel PIOTR NOVAK,
Commandant des *goubernias* de Grodno et de Minsk

Le rapport officiel qu'avait rédigé Novak avait le mérite de clarifier une chose quant à la valeur de cette enquête. Prenez la vérité, mettez-lui la tête en bas, et vous obteniez ce que Gourko voulait entendre. Pour satisfaire son maître, Novak se voyait contraint de présenter le fil des événements en totale contradiction avec la réalité. S'il avait voulu dire la vérité, il aurait pu la présenter ainsi :

Les cinq accusés ont été menés à l'échafaud, mais aucun d'entre eux n'a été exécuté. Shleimel Kantor avait certes perdu connaissance après être resté un peu trop longtemps suspendu par le cou, et même aperçu un instant l'Ange de la Mort. Mais si vous le voyiez aujourd'hui, vous ne pourriez croire qu'il se balançait au bout d'une corde il y a encore de cela une semaine. Il mène désormais une vie paisible chez Fanny Keizman, où il a tout le loisir de s'empiffrer de fromage, et cela sans agir en *schnorrer*, mais justement en gagnant sa pitance. Naturellement, il n'avait pas été engagé comme goûteur de fromages, Shleimel avait hérité d'une vraie occupation : remplacer l'infirmière qui avait été assignée à Adamski. Il se chargeait ainsi des soins d'un contempteur des Juifs. De plus, puisque les Keizman évitaient toujours la synagogue de Motelé, le *hazan* les enchantait par ses chants liturgiques – à moins que le charme en question ne vienne plutôt du silence enfin retrouvé.

Cela avait toutefois une fâcheuse incidence. Car si Shleimel Kantor coulait des jours paisibles chez les Keizman en qualité de soignant attitré d'un capitaine antisémite, cela impliquait qu'Adamski ait élu domicile non loin de chez Fanny – une véritable aberration. Un cabanon dans la cour des Keizman, est-ce suffisamment proche ? Impensable. Parlait-on du même cabanon dans lequel logeait autrefois Rivka Keizman ? Tout juste ! Comment Fanny avait-elle pu accepter une telle chose ? Disons qu'il est plus facile d'accepter ses propres suggestions. Comme une espèce à préserver à l'aube du Déluge, Fanny avait choisi de recueillir ses comparses par paire sous son arche : un vagabond alcoolique et un gérant d'auberge salement amoché – que Dieu leur vienne en aide. Pas de veto de la part de Natan-Berl ? Si c'était là son seul souci, il s'en accommodait bien volontiers.

Fallait-il en déduire que les cinq condamnés étaient réunis sous le toit des Keizman ? Drôle de question. Zvi-Meïr n'avait-il pas son propre foyer ? Dans ce cas, pourquoi se retrouverait-il chez les Keizman ? Sitôt descendu de l'échafaud, Zvi-Meïr était rentré chez ses parents, sans dire mot. Une semaine déjà qu'il n'avait pas évoqué la yeshiva de Volojine, mentionné Adam et Ève, ou encore soutenu que la foi est un péché. Du matin au soir, il s'employait à trouver du travail. Et en attendant, comme le lui avait imposé Mendé, il nettoyait l'arrière-cour, plantait des légumes et allait jusqu'à Pinsk avec leur fils Yankelé pour rapporter du fumier bon marché. La veille, il s'était entretenu avec le *melamed**, l'instituteur local, afin qu'il lui confie quelques enfants pendant l'après-midi, lui promettant de suivre l'enseignement traditionnel, et non sa propre « méthode ». Il embrassait ses enfants chaque soir, et suppliait sa femme de partager son lit. Mais Mendé Speisman était intraitable, que Dieu la garde, tout en lui promettant que les choses rentreraient dans l'ordre une fois qu'il leur aurait trouvé une maison à eux – un prêté pour un rendu.

Žižek lui non plus ne vivait pas chez les Keizman. Une fois décroché de sa corde, il avait titubé jusqu'à son chez-lui, l'Yasselda. Il avait quitté ses vêtements et traversé le paisible cours d'eau à la nage. Sa barque l'attendait sur l'autre rive, restée sagement là où il l'avait laissée. Il avait aussitôt équipé son embarcation d'un fût de rhum plein, avant de reprendre ses trajets entre les deux berges. La veille, un premier client s'était présenté, et avait voulu le rétribuer avec de l'argent. Ignorant la main tendue, Žižek avait conduit son passager jusqu'à l'autre rive.

Et Natan-Berl ? Depuis le retour de sa femme, il songeait à ce qu'il pouvait lui dire. Mais le moment venu, rien n'était sorti de sa bouche. Pourrait-il la convaincre de ne jamais recommencer ? Certes non. Reconnaissait-elle avoir agi de manière irresponsable ? Évidemment. En avait-elle tiré la leçon ? Plutôt deux fois qu'une. Et pourtant, si elle s'y sentait poussée, elle partirait de nouveau. Que pourrait-on bien faire entendre à une telle femme ? Sauf que Natan-Berl n'était pas de ceux qui renoncent facilement, voilà pourquoi, après un long silence, il avait annoncé :

« Ma mère ne vivra plus dans le cabanon. Un point c'est tout.

— Entendu », lui avait répondu Fanny, sans un mot de plus.

Difficile de déterminer si l'intervention de Natan-Berl traduisait une protestation enfouie des années durant quant à la mise à l'écart de sa mère, ou bien une volonté de démontrer à Fanny qui était l'homme dans cette maison, même au prix de se faire violence. Quoi qu'il en soit, la vieillesse adoucissait Rivka Keizman. Elle avait d'abord hésité à réintégrer cette maison de fous. D'un côté, elle n'était plus toute jeune, et voulait quitter ce monde sans tarder. Mais de l'autre, comment les laisser dans cette terrible situation ? La demeure était crasseuse, et ses petits-enfants intenables. La vérité : elle avait jusque-là essayé d'être bonne avec tout le monde. C'était là son erreur. Mais c'en était assez ! Il y avait une limite à tout ! Elle allait leur montrer comment on tenait un foyer, et il ne ferait pas de mal à sa belle-fille d'en prendre de la graine. Rivka Keizman n'était certes pas plus maligne, mais elle avait de l'expérience à revendre. « Mishka, on ne se promène pas dans la maison pieds nus ! » « David, essuie l'eau que tu as renversée ! » « Shmulké, aide ta grand-mère à faire le ménage ! » « Elisheva, les petites aussi peuvent aider ! » « Et Gabriella, elle a encore disparu ? Dieu m'en soit témoin, ce sont des chiots que j'élève ! Voyez donc quelle vie j'ai – autant être déjà morte. »

Qu'en était-il des militaires exécutés, le colonel David Fajari en tête ? S'ils étaient des traîtres ou des mutins, Novak ne parvenait pas à trancher. Mais tout soldat était amené à vivre ce moment où les ordres lui semblent iniques. Et croyez-en Novak, cela n'arrivait pas tous les quatre matins. N'enseignait-on pas avant toute chose aux jeunes recrues que les ordres allaient de pair avec la justice ? Le moment venu, le soldat sentirait ainsi que désobéir en cédant à sa conscience ferait de lui un lâche. Car la mort n'était pas la seule à être avide de victimes, et le courage n'était pas seulement nécessaire pour attaquer les lignes ennemies sur le champ de bataille. Un cœur sensible avait aussi ses propres soldats, dont le ralliement à sa cause n'était pas moins meurtrier.

Concernant à présent cet incendie – devrait-on l'appeler « criminel » ? Difficile à dire. Novak savait pertinemment que l'ensemble des habitants de Motelé n'avaient pas assisté à l'exécution. Loin de là. En revanche, tous à Motelé savaient exactement qui n'était pas face à l'échafaud, à commencer par les Berkovits et les Abramson. Lorsque les policiers étaient passés de maison en maison pour forcer leurs occupants à venir assister à la pendaison, ils n'avaient pas frappé à la porte des Berkovits et des Abramson. Qu'auraient-ils pu faire de plus ? Gifler Léa Berkovits ? Tordre le bras de Mirka Abramson ? Ces deux vieilles peaux auraient continué de les toiser avec dédain depuis leur fauteuil. Pour qui vous prenez-vous ? Vous nous avez déjà pris ce que nous avions de plus cher. Vous pensez pouvoir menacer de coups une pierre ? Ne vous gênez pas !

Tant qu'à mentionner les Berkovits et les Abramson, il ne fallait pas oublier ce qu'avait hurlé Fanny sous sa potence : « Où est Gabriella ? » Au moins trois témoins avaient indiqué à Novak avoir vu une fillette de huit ou neuf ans aller et venir de chez les Berkovits durant le couvre-feu. Recoupez l'un et l'autre, et vous tombiez sur un scénario plausible : la vengeance explosive qui n'attendait que de rencontrer l'étincelle Keizman.

Un autre élément qu'il convenait de prendre en compte était

le chemin suivi par les flammes. Parti de l'une des maisons de la grand-rue, non loin de celle des Berkovits, le feu avait ensuite fondu droit sur la synagogue. Les maisons qui avaient pris feu étaient proches les unes des autres, cependant certaines, pas moins rapprochées, étaient restées indemnes. L'incendie s'était propagé de maison en maison jusqu'à la synagogue en suivant un tracé net, comme si quelqu'un les avait aspergées d'une substance inflammable, une à une, tout en prenant soin d'épargner les maisons polonaises. Novak pouvait-il en être certain ? Peu importe. Les preuves lui faisaient défaut.

À l'inverse, les Juifs de Motelé croyaient dur comme fer qu'une horde sauvage était venue perpétrer un pogrom. Les calamités qui s'étaient abattues sur eux la semaine passée étaient la parfaite expression des persécutions du régime : une seule Juive avait fauté, et voilà que tous les *żyds* se changeaient soudain en abominables meurtriers. Il n'en fallait pas davantage pour attiser l'imagination des moujiks, qui n'exigeaient pas de preuves avant d'incendier et de saccager. D'où venaient-ils ? Les possibilités ne manquaient pas. Que voulaient-ils ? Le sang et les larmes des enfants.

Le lendemain de l'incendie, les habitants s'étaient réunis sur la grand-place afin de mesurer l'ampleur des dégâts dans la synagogue et évaluer le montant des réparations. Rabbi Moishe-Lyzer Halperin avait mis une coupelle au centre de la place, dans laquelle les habitants étaient venus un à un déposer une contribution. Son initiative semblait avoir déclenché un véritable miracle, presque une résurrection, car au même moment commencèrent à affluer des marchands derrière des brouettes pleines de fruits et légumes. Derrière eux se bousculaient des télégas débordant de marchandises. Soudain, tous se souvinrent qu'il n'y avait pas simplement le shabbat qui approchait, mais également les Jours Redoutables – les dix jours du jugement divin. Il fallait donc bien rouvrir quelques étals, le poisson de shabbat n'allait pas tomber du ciel, n'est-ce pas ?

Les habitants de Motelé n'entretenaient semble-t-il aucune relation avec les Keizman – les villageois au village, les citadins à Motelé. Les liens ne s'étaient pas davantage renoués entre Speisman et Keizman. Mendé ne pardonnerait jamais à sa sœur ce qu'elle lui avait fait, et ne manquait pas d'expliquer à son mari à quel point une femme devait être malheureuse pour se sauver de chez elle à deux heures passé minuit. Zvi-Meïr restait quant à lui assis en face de son épouse, parcourant le *ha-Maggid* avec les deux doigts qui lui restaient à la main gauche. Il le savait bien, son nom n'apparaîtrait plus dans ces colonnes, et sa sagesse ne ferait désormais plus de vagues. Sincèrement, on appelait ça un journal ? Vraiment ? Tant de banalités, d'élucubrations et autres pitreries de petits malins avides de notoriété, ça ne volait pas bien haut… Voilà justement une annonce : « La voix d'une femme heureuse et comblée », où l'intéressée tenait à remercier le Saint béni soit-Il de lui avoir dispensé bonté et miséricorde, de lui avoir accordé un toit et deux enfants adorés. *Nu,* vous appelez ça écrire, vraiment ? Ce canard n'était bon qu'à emballer le poisson. Honte à celui dont le nom atterrissait dans cette feuille de chou.

La veille, après la prière du soir, les Speisman avaient été aperçus en train de se disputer en pleine rue, et pas au sujet d'éminentes questions. Mendé avait dit quelque chose, et Zvi-Meïr avait plaqué ses mains sur ses oreilles. Mendé avait continué de jacasser, jusqu'à ce que Zvi-Meïr, à court de patience, se mette à hurler : « Silence, la poule ! Tu me tapes sur le système ! » Que s'étaient-ils dit juste avant ? Nul ne savait. Mais à en juger par la mine déconfite de Mendé, ce qualificatif de « poule » n'avait rien d'affectueux.

Voilà ce que Novak aurait écrit, dans les grandes lignes, s'il avait voulu dire la vérité sur cette enquête, avant d'ajouter :

Pour conclure, Maréchal Gourko, vénérable Gouverneur de Pologne, la sécurité des citoyens n'a jamais été menacée. Les forces qui nous font face sont en effet invisibles, pour la simple et bonne raison que nous refusons de les voir telles qu'elles sont.

Irrespectueusement,

Piotr

Novak, accompagné par son interprète Haïm-Lyzer, se trouvait à l'entrée principale du village d'Upirawa, à sept verstes de Motelé. Avant de repartir pour Saint-Pétersbourg, il tenait à s'entretenir une dernière fois avec Fanny Keizman. Désormais, il avait le sentiment de pouvoir se passer d'interprète. Aussi ordonna-t-il à Haïm-Lyzer de l'attendre près de la voiture.

« Tout est si calme ici, commenta Haïm-Lyzer. On dirait que la vie reprend son cours dans la région.

— Si c'est ce que tu crois, tu n'as vraiment rien compris, railla Novak en s'éloignant.

— Vous me laissez seul, sans surveillance ? lança-t-il à Novak, qui avait déjà le dos tourné.

— J'espère même ne plus te voir en revenant. »

De loin, la maison des Keizman ne se différenciait pas des autres. Mais au fur et à mesure qu'il se rapprochait, Novak remarqua qu'elle avait été agrandie à l'arrière. Quelques poules flânaient dans la cour, des oies tendaient le cou dans sa direction, et un chien de berger borgne se chargea de l'annoncer auprès de ses maîtres. Natan-Berl se présenta sous le porche, avec dans ses bras sa benjamine, Elisheva. L'ours reconnut Novak et tenta de lire sur son visage. Bien vite, il comprit que l'inspecteur ne venait pas pour lui, et grommela quelques mots dans l'entrée.

Fanny arriva à la porte, accompagnée de Gabriella. Natan-Berl demanda à son aînée de retourner à l'intérieur, mais Fanny prit la main de sa fille et s'avança jusqu'à la clôture de la cour. Novak était captivé par le regard de la fillette – exactement les yeux de sa mère – et longea la palissade à l'aide de sa canne jusqu'au portail.

« Entrez, je vous en prie, lui dit Fanny en ouvrant le battant.

— Non, non, répondit Novak, surpris.

— Je m'attendais à votre visite. »

Novak resta silencieux.

« Vous venez m'arrêter ? » reprit Fanny, le regard plus incisif.

L'inspecteur remarqua un mouvement de son bras gauche et empoigna fermement sa canne, par précaution.

« Non, finit-il par répondre, l'air grave. Et j'espère que la chose est réciproque. N'est-ce pas ? »

Fanny tira soudain son couteau et le tendit à Novak. L'inspecteur, stupéfait, examina la minuscule lame qu'elle venait de déposer dans sa main. Comment croire qu'une si petite lame ait pu ouvrir la gorge de ses agents avec une telle précision ?

« Pourquoi venez-vous, dans ce cas », lui demanda-t-elle en sondant ses traits marqués.

Que voyait-elle sur ce visage ? Il le lui aurait volontiers demandé. Un trouillard ? Un misérable ? Un ivrogne ? Un honnête homme ?

« Je suis venu vous avertir », répondit Novak, qui s'inclina et lui rendit son couteau.

Il prévoyait déjà les questions inévitables : « M'avertir de quoi ? De qui ? » Mais Fanny se contenta d'acquiescer.

Novak tourna les talons et s'éloigna avec une démarche incertaine, difficilement soutenu par sa canne. Fanny le suivit des yeux, tenant toujours fermement son couteau. Elle ne pouvait ni s'en débarrasser ni le remettre à sa cuisse. Elle se tourna vers sa fille Gabriella, qui lui lança un regard implorant. Ainsi légua-t-elle l'héritage de son père à son aînée, dont les yeux étincelaient de fierté. Fanny lui sourit, tout en retenant ses larmes.

Les grands espaces de Polésie rayonnaient de clarté, les bouleaux s'élevaient au ciel, tandis que les cigognes observaient les champs lumineux. Sous cet ensemble écumaient les marais d'ébène, déversant leurs eaux vaseuses vers les rivières. Au loin, des nuages annonçaient les pluies de l'automne ; puis la neige viendrait tout recouvrir. Le Déluge avait déjà commencé depuis des lustres, Fanny le savait bien. Et ses pluies n'allaient pas cesser de sitôt. Sur les toits, perlaient de minuscules gouttes – on aurait pu se prendre à y voir des larmes. Le monde s'apprêtait à être frappé par une immense catastrophe, et les événements des dernières semaines n'étaient rien en comparaison. Pourtant, nul ne se pressait de gagner l'Arche, car la Terre n'était pas encore submergée, et la tombée du crépuscule était aussi lente qu'imperceptible. Mais qu'importe, un miracle pouvait toujours arriver, n'est-ce pas ?

Faisant route vers le nord en direction de Telekhany, Novak traversa Motelé et assista à une bien étrange scène. Žižek dans sa barque le long de la berge, vaquant à ses affaires un verre de rhum à la main. Deux chevaux se trouvaient près de lui, l'un au dos voûté, et l'autre animé d'une fougue incontrôlable. Bien que n'étant pas attachés, ils restaient tranquillement en place, mâchonnant leur foin. À quelques encablures de Žižek, Novak remarqua qu'une vieille dame émaciée se dirigeait vers la berge. Il eut du mal à la reconnaître au départ, mais à mesure qu'elle s'approchait, Novak devina clairement le visage chiffonné de Léa Berkovits.

Le plus jeune des deux chevaux hennit, son aîné grogna nerveusement, tandis que le colosse à la bouche balafrée remarquait enfin la femme sans âge qui venait à lui. On aurait pu croire que Žižek bondirait comme un serpent, depuis tant d'années qu'il l'attendait. Mais, de façon surprenante, il ne perdit rien de sa contenance. Il reposa son verre sur son siège et aida la vieille femme à monter à bord. Sans dire mot, elle s'installa face au colosse. Point de « *mein zisselé* », « mon petit », ni de « *mamelé hier* », « maman est là ».

Fendant les eaux limpides de ses coups de rame, Žižek affichait un visage serein. Arrivés précisément entre les deux rives, il marqua la même halte dont il avait l'habitude avec ses clients. Il lui proposa le rhum de son fût, mais la vieille dame répondit par une grimace, pour se raviser aussitôt. Elle saisit le verre avec ses mains émaciées, avant de siffler l'amer breuvage d'un trait. Žižek hocha la tête, et se remit à ramer vers l'autre rive.

GLOSSAIRE

AGOUNA, pl. agounot (héb.) : femme dont le mari a disparu sans qu'on sache s'il est mort ou vivant, et qui ne peut donc se remarier.

BABOUCHKA (rus.) : grand-mère.
BALÈBOS (yid.) : propriétaire.
BOBÈ (yid.) : grand-mère.

CACHEROUT (héb.) : ensemble des règles qui gouvernent la consommation de nourriture selon la religion juive.

DAYYÉNOU (héb.) : « Cela nous aurait suffi ». Passage célèbre du récit de la Pâque juive.
DIBBOUK (héb) : esprit malfaisant qui prend possession du corps d'un vivant.
DRASHA (héb.) : sermon, interprétation homilétique.

GABBAÏ : intendant de la synagogue.
GARTL (yid.) : ceinture de tissu portée par les Juifs orthodoxes, séparant le haut et le bas du corps.
GDOYLIM (yid.) : illustres rabbins et sages de la Torah.
GET (héb.) : acte de divorce.
GOLEM (héb.) : créature légendaire faite d'argile supposée défendre les Juifs contre les pogroms.
GOUBERNIA (rus.) : division territoriale de l'Empire russe.
GOY, pl. goyim (héb) : un non-Juif.

HALAF (héb.) : couteau spécifiquement destiné à l'abattage rituel.
HALAKHA (héb.) : législation talmudique.
HALLOT (héb) : pains nattés pour le shabbat.
HEREM (héb.) : décret d'excommunication.
HEVRA KADISHA (héb.) : confrérie chargée des soins mortuaires.

KARTOSHKES (yid.) : bouchées au chocolat.
KHAPER (yid.) : celui qui kidnappe de jeunes garçons juifs pour les enrôler de force.
KLAFTES (yid.) : femmes médisantes.
KREPLECH (yid.) : raviolis à la viande.
KRUPNIK (yid.) : soupe à l'orge.
KURWES (yid.) : prostituées.

HAZAN (héb.) : chantre synagogal.
HEDER (héb.) : école élémentaire juive.

LASHON HARA (héb.) : péché de médisance.
LATKES (yid.) : beignets frits de pommes de terre.
LEKEKH (yid.) : gâteau typique de la cuisine ashkénaze.
LEKHAÏM (héb.) : formule consacrée lorsqu'on trinque.
LUFTMENSCHEN (yid.) : personnes sans occupation fixe.

MAKHERIM : (yid.) : homme d'affaires louche, sans scrupules.
MASKILIM (héb.) : partisans de la Haskala, le mouvement juif des Lumières.
MELAMED (héb.) : enseignant, précepteur.
MESHAKÉRET (héb.) : menteuse.
MESHUGEYNÉ (yid.) : folle.
MEZOUZA, pl. mézouzot (héb.) : étui fixé au montant droit de la porte, contenant un petit rouleau de parchemin sur lequel est inscrit le texte de la profession de foi juive.
MIKVÉ (héb.) : bain rituel de purification.
MISHNA (héb.) : code des lois rabbiniques achevé à la fin du IIe siècle.
MITNAGED (héb.) : « Opposant ». Juif orthodoxe, adversaire des hassidim.
MITSVA, pl. mitsvot (héb.) : devoir religieux commandé par la religion juive.
MOTSI (héb.) : bénédiction prononcée sur le pain.
MOUJIK : paysan russe.

OISTRAKHT (yid.) : balivernes.

PARNASSA (héb.) : moyens de subsistance, revenus.
PÉOT (héb.) : papillotes.

POLKOVNIK (rus.) : grade militaire correspondant au rang de colonel en Occident.

REBBE (yid.) : titre donné à un rabbin ou un chef religieux d'un groupe hassidique.

SAVTA (héb.) : grand-mère.
SBORCHTCHIK (rus.) : collecteur d'impôts.
SCHNORRER (yid.) : mendiant, un quémandeur.
SHABRIYYA (ar.) : dague courte et légèrement recourbée.
SHEIGETZ (yid.) : terme généralement péjoratif pour désigner un non-Juif.
SHEKHINA (héb.) : la présence divine sur Terre.
SHEKHITA (héb.) : abattage rituel.
SHEYIHIYEH (héb.) : « qu'il en soit ainsi ».
SHÉOL (héb.) : là où errent les âmes des défunts.
SHIDDOUKH (héb.) : mariage arrangé.
SHIKSE (yid.) : non-Juive, péjoratif.
SHKOTZ (yid.), syn. de sheigetz : un jeune Juif qui se comporte comme un chrétien.
SHOKHET, fém. shokhetet, pl. shokhetim (héb.) : abatteur rituel, fonctionnaire de la communauté juive, qualifié pour tuer selon des règles précises la volaille et les animaux destinés à la consommation permise par la religion juive.
SHTETEL (yid.) : bourgade juive.
SHTIBL (yid.) : petit oratoire.
SPODIK (yid.) : toque de fourrure portée par certains Juifs hassidiques.

TALIT (héb.) : châle de prière porté par les hommes à la synagogue.
TCHOLENT (yid.) : plat emblématique du shabbat dans le monde ashkénaze.
TISH (yid.) : banquet hassidique.
TREYF (yid.) : non casher.
TSADDIK (héb.) : se dit d'un homme pieux et charitable ou d'un maître reconnu pour sa sagesse.
TSENA URENA (héb.) : traduction de la Bible en yiddish, principalement à l'usage des femmes.
TSITSIT (héb.) : franges aux quatre coins du petit châle de prière que les hommes portent sous leur chemise.

YASH (yid.) : eau-de-vie de vin.
YESHIVA, pl. yeshivot (héb.) : académie talmudique destinée aux jeunes hommes.

YIBBOUM (héb.) : lévirat, mariage contracté entre une veuve dont le mari est mort sans enfant, et le frère du défunt.
YISHOUVNIK (héb.) : Juif habitant un village.

ŽLOB (slave) : homme grossier.
ŽYD (slave) : youpin.

Composition : Nord Compo
Achevé d'imprimer par Normandie Roto Impression s.a.s.,
En décembre 2022.
Dépôt légal : décembre 2022.
Numéro d'imprimeur : 2205954

ISBN 978-2-07-278164-3 / Imprimé en France.

331593